Knaur

Richard Dalby (Hrsg.)

Eiskalte Weihnachten

Geschichten von Mord und Totschlag

Aus dem Englischen
von Stefan Troßbach

Knaur

Die englische Originalausgabe erschien unter dem Titel
»Chillers for Christmas«
bei Michael O'Mara Books Ltd., London.

Besuchen Sie uns im Internet:
www.knaur.de

Vollständige Taschenbuchausgabe 2002
Droemersche Verlagsanstalt Th. Knaur Nachf., München
Dieser Titel erschien bereits unter der Bandnummer 67025.

Umschlaggestaltung: ZERO Werbeagentur, München
Umschlagabbildung: Bilderberg
Satz: MPM, Wasserburg
Druck und Bindung: Elsnerdruck, Berlin
Printed in Germany
ISBN 3-426-62369-2

1 3 5 4 2

Inhaltsverzeichnis

Vorwort

Weihnachten und unheimliche Geschichten gehören im Bewußtsein der Menschen von jeher zusammen. Die Wintersonnenwende, die dunkelsten Tage des Jahres, brachte seit heidnischen Zeiten ein Erbe an Sagen, Geschichten und Aberglauben hervor. Kaminfeuer, flackernde Schatten und altes, im heulenden Wind knarzendes Gebälk – der traditionelle Hintergrund für kalte Winterabende – haben schon immer den Eindruck unterstützt, daß fremde, unheimliche Mächte in der Nähe sind. Im Mittelalter hieß es, Kobolde und Geister seien mit Nahrungsmittel- und Gastgeschenken zu besänftigen.

Die Kunst der Weihnachtserzählung wurde während des neunzehnten Jahrhunderts von so großen Autoren wie Charles Dickens, William Makepeace Thackeray und Washington Irving unsterblich gemacht. In seinem Aufsatz »Altes Weihnachten« (»Old Christmas«) beschreibt Irving, wie er in Bracebridge Hall einer wunderbaren, typisch britischen Gastfreundschaft begegnete: Leibesgenüssen in Hülle und Fülle, dem schrulligen Humoristen und herzhaften Esser herzhafter Kost, Schnee, Spielen und Gespenstergeschichten.

Wie die Anthologie *Geister zum Fest* ist auch die vorliegende in erster Linie weihnachtlich gefärbten Erzählungen vom Übernatürlichen gewidmet, die insgesamt mehr als hundert Jahre umspannen, von Frank Cowpers stimmungsvollem Kabinettstückchen »Heiligabend auf einem Geisterschiff« bis zu mehreren Kostproben aus neuerer Zeit. Sechs

Geschichten wurden eigens für diesen Band von modernen »Meistern des Makabren« geschrieben. Zwei weitere kamen letzte Weihnachten auf den ersten beziehungsweise zweiten Platz in einem Geistergeschichtenwettbewerb, bei dem ich selbst Schiedsrichter war.

Darüber hinaus ist die Auswahl diesmal um Grusel- und Horrorklassiker erweitert, die nichts Übernatürliches zum Thema haben. Gemeint sind die Autoren Rudyard Kipling, Conan Doyle, Amelia Edwards, »Sarban« und John Collier.

Ich hoffe, die vorliegenden Erzählungen dienen nicht nur zur Unterhaltung, sondern werden auch die traditionelle Kunst der »Kaminfeuergeschichte« weiter am Leben erhalten und fördern.

R. D.

Morrowbie Jukes' Ritt zu den Toten

Rudyard Kipling

Rudyard Kipling (1865–1936) war erst neunzehn, als er kurz vor Weihnachten des Jahres 1885 diese eindrucksvolle Geschichte schrieb, die bald in seiner frühen Sammlung *The Phantom Rickshaw & Other Eerie Tales* nachgedruckt wurde. In seiner Kipling-Biographie mit dem Titel *The Strange Ride of Rudyard Kipling* schrieb Angus Wilson über diese Geschichte: »Sie ist und bleibt einer der kraftvollsten Alpträume über die äußerst unsichere Position einer Herrschergruppe, in diesem Falle einer Gruppe, die von den Erinnerungen an eine noch keine zwanzig Jahre zurückliegende Meuterei verfolgt wird.«

Auf Erfindung oder Erdichtung beruht diese Geschichte nicht; Jukes ist durch Zufall in ein Dorf geraten, von dem man weiß, daß es existiert, obwohl Jukes der einzige Engländer ist, der dort war.

Eine ähnliche Einrichtung wie die, von der die Rede sein wird, soll einst in der Umgebung von Kalkutta bestanden haben; auch geht das Gerücht, im Herzen von Bikanir, tief im Innersten der Großen Indischen Wüste, liege eine Stadt – nicht etwa ein Dorf! –, in der Tote, nämlich solche, die zwar nicht gestorben sind, aber nicht leben dürfen, ihr Hauptquartier aufgeschlagen hätten.

Da es außer jedem Zweifel steht, daß sich in eben derselben

Wüste eine prachtvolle Stadt befindet, in die sich reiche Leute zurückziehen, nachdem sie ein Vermögen gemacht haben (und zwar ein Vermögen, so groß, daß sie sich unter dem Schutze der Gouvernementsregierung nicht mehr sicher fühlen und als Wohnort die wasserlose Sandwüste vorziehen, wo sie in prunkvollen, elastisch gefederten Kutschen fahren, sich schöne Mädchen kaufen und die Wände ihrer Paläste mit Gold, Elfenbein, kostbaren Minton-Kacheln und Perlmutter schmücken), so sehe ich nicht ein, warum Jukes' Erzählung nicht wahr sein sollte!

Jukes ist Zivilingenieur, hat den Kopf voll mit Streckenmessungen, mit Entwürfen aller Art und ähnlichen Dingen; warum sollte er sich damit abgeben, Phantasien auszuhecken? Wenn er seinem Beruf nachgeht, verdient er auf weit leichtere Art sein Geld. Auch erzählt er die Geschichte immer gleich, fügt nichts hinzu und läßt auch nichts weg; und immer bekommt er einen roten Kopf, wenn er die unwürdige Behandlung schildert, die ihm in jenem Dorfe zuteil geworden ist.

Zuerst hat er die Geschichte in schlichten Worten, und offenbar für ihn allein bestimmt, niedergeschrieben, später hat er stellenweise im Stil nachgefeilt und persönliche Bemerkungen eingefügt. Sie lautet:

Angefangen hat alles mit einem leichten Fieber. Mein Beruf zwang mich, einige Monate zwischen Pakpattan und Murbarakpur zu kampieren – eine trostlose, sandige Gegend, wie jeder weiß, der das Unglück gehabt, dort leben zu müssen. Meine Kulis waren weder besser noch schlechter als andere Arbeitertrupps dieser Art, und überdies nahm mich meine Aufgabe derart in Anspruch, daß mir zu Träumereien keine Zeit geblieben wäre, selbst wenn ich Neigung zu solch unmännlichen Schwächen verspürt hätte.

Am 23. Dezember 1884 fühlte ich das Fieber kommen. Es

stand damals der Vollmond am Himmel, und sämtliche Hunde in der Nähe meines Zeltes bellten ihn ununterbrochen an, wie das bei ihnen üblich ist. Die Köter hatten sich zu zweien und dreien versammelt und brachten mich schier zur Verzweiflung. Einige Tage vorher hatte ich einen solchen lärmbeflissenen Sänger erschossen und seinen Leichnam als abschreckendes Beispiel ungefähr fünfzig Yards von meiner Zelttür entfernt aufgehängt. Leider verfehlte die Maßnahme ihren Zweck: Seine Freunde fielen über ihn her, rauften sich um seinen Kadaver und verzehrten ihn schließlich; dann sangen sie, wie mir schien, Dankeshymnen. Mit verdoppelter Energie.
Die Benommenheit, die das Fieber begleitet, wirkt auf die verschiedenen Menschen verschieden; in mir ließ sie nach kurzer Zeit den Entschluß reifen, eine ungeheure schwarze und weiße Bestie, die beim nächtlichen Gesang, aber auch beim Ausreißen die erste war, zu ermorden, koste es, was es wolle. Dank meiner zittrigen Hand und meinem schwindligen Kopf hatte ich sie bereits zweimal mit der Flinte gefehlt, und da kam mir der verrückte Gedanke, ich müsse sie niederreiten und mit der Saufeder erlegen. Es war das offensichtlich ein Einfall, wie ihn nur ein im Fieberdelirium befindlicher Kranker haben konnte, erschien mir aber damals als das einzig richtige und überaus leicht und einfach ausführbar.
Ich befahl demnach meinem Stallknecht, Pornic zu satteln und leise an die Rückseite meines Zeltes zu bringen.
Als das Pony bereitstand, faßte ich die Zügel, entschlossen, sofort aufzuspringen und fortzusprengen, falls der Hund seine Stimme wieder erheben sollte. Nebenbei bemerkt: Pornic war einige Tage nicht aus dem Stall gekommen, die Nachtluft war erregend und kalt, und überdies trug ich ein paar besonders lange und scharfe Sporen, mit denen ich

am Nachmittag ein faules Füllen aufgemuntert hatte; man kann sich also leicht vorstellen, wie Pornic losging, als der Moment gekommen war! Im Nu lag das Zelt hinter mir, und wir flogen über den weichen sandigen Boden dahin, als gelte es, einen Rennpreis zu gewinnen. Der Hund rannte wie ein gehetztes Wild, aber schon im nächsten Augenblick waren wir an ihm vorbei, und ich hatte bereits vergessen, weshalb ich eigentlich zu Pferde saß und den Sauspeer mitgenommen hatte.
Das Fieberdelirium und die Erregung infolge der schnellen Bewegung in der frischen Luft müssen mir den letzten Rest meiner Besinnung geraubt haben, denn ich erinnere mich nur dunkel, daß ich aufrecht in den Bügeln stand und mit meinem Sauspeer nach dem großen weißen Mond zielte, der ruhevoll auf meinen wahnwitzigen Galopp herniederschien. Schreiend forderte ich ein paar Kameldornbüsche, die gespenstisch an mir vorbeiflogen, zum Kampfe heraus. Einmal oder zweimal, so dünkte mich, fiel ich vornüber auf Pornics Hals, und buchstäblich hing ich nur noch dank meinen Sporen im Sattel, wie die Spuren am nächsten Morgen zeigten.
Das arme Pferd raste dahin wie besessen über eine, wie ich mich zu erinnern glaube, grenzenlose mondlichtbeschienene Sandfläche. Sodann, das weiß ich genau, stieg der Weg vor mir plötzlich scharf aufwärts, und als wir den Gipfel des Hügels erreicht hatten, sah ich tief unten die Wasser des Sutlej schimmern wie ein silbernes Band.
Gleich darauf fiel Pornic mit einem Ruck auf die Nase, und wir rollten gemeinsam einen unsichtbaren Abhang hinunter.
Ich muß wohl das Bewußtsein verloren haben, denn als ich wieder zu mir kam, lag ich bäuchlings auf einem Haufen weichen weißen Sandes, und die Morgendämmerung warf

ihren verschwommenen Schein über den Rand des Abhanges, von dem ich herabgefallen war.
Als es heller wurde, sah ich, daß ich mich am Fuße eines hufeisenförmigen Sandkraters befand, dessen offene Seite von den Ufern des Sutlej begrenzt war. Das Fieber hatte fast ganz aufgehört, und abgesehen von einem leichten Schwindelgefühl im Kopf fühlte ich keine schlimmen Folgen des nächtlichen Sturzes.
Pornic, der einige Meter entfernt stand, war zwar sehr erschöpft, aber nicht verwundet. Sein Sattel, ein richtiger Polosattel, war stark verrutscht und hing ihm am Bauch. Da das Riemenzeug arg verknotet war, dauerte es eine Zeit, bis ich alles wieder zurechtgebracht hatte; dabei blieb mir aber Muße genug, den Ort zu betrachten, in den ich so dummerweise gefallen war.
Auf die Gefahr hin, weitschweifig zu werden, muß ich ihn dennoch genau schildern, da nur ein scharfes Bild seiner Eigentümlichkeiten es dem Leser ermöglichen kann, die jetzt folgenden Begebnisse zu verstehen.
Man stelle sich also einen – wie schon vorhin bemerkt – hufeisenförmigen Krater aus Sand vor, dessen steil abfallende Seitenwände ungefähr fünfunddreißig Fuß hoch waren. Der Neigungswinkel betrug, schätze ich, ungefähr fünfundsechzig Grad. Dieser Krater schloß ein flaches Stück Boden ein von etwa fünfzig Meter Länge und dreißig an der breitesten Stelle, mit einem rohen Brunnen in der Mitte. Rund um diesen Boden des Kraters, ungefähr drei Fuß hochragend, zog sich eine Reihe von dreiundachtzig halbkreisförmigen, ovalen, viereckigen oder unregelmäßig geformten Höhlen hin, alle mit Eingängen oder Öffnungen von je drei Fuß im Ausmaß. Jede Höhle zeigte mir, als ich sie später besichtigte, eine sorgfältig hergestellte Innenverschalung aus Treibholz und Bambus und oberhalb der Eingangsöffnung eine höl-

zerne Wasserablaufrinne, zwei Fuß breit und von der Form einer Jockeymütze. Dennoch war keine Spur von Lebewesen in diesen Höhlen bemerkbar. Nur ein Brechreiz erzeugender, scheußlicher Geruch durchdrang das ganze Amphitheater – ein Geruch, widerwärtiger noch, als ich ihn jemals auf meinen Wanderungen in irgendwelchen indischen Dörfern gefunden habe. Ich bestieg Pornic, der ebenso wie ich heftige Sehnsucht nach den heimischen Zelten zu empfinden schien, und ritt rings um die Basis des hufeisenförmigen Kraters, um eine Stelle ausfindig zu machen, von der aus man am besten wieder ins Freie gelangen könnte. Da die Bewohner, wer sie auch immer sein mochten, es nicht für nötig hielten, sich sichtbar zu machen, so war ich auf meine eigenen Ratschlüsse angewiesen. Mein erster Versuch, Pornic die steile Sandbank »hinaufzustacheln«, brachte mir lediglich die Überzeugung, daß ich in eine Falle gestürzt war, ähnlich dem gewissen Sandtrichter, wie ihn der sogenannte Ameisenlöwe im kleinen herstellt, um Insekten zu fangen. Bei jedem Schritt fiel der lockere Sand tonnenweise von oben herab und prasselte wie Schrotfeuer auf die Wasserablaufrinnen der Höhlendächer nieder. Noch einige erfolglose Versuche, und Pornic und ich rollten, halb erstickt von den Sandmassen, auf den Grund des Kraters zurück. Ich war also genötigt, meine Aufmerksamkeit dem Flußufer zuzuwenden.

Hier schien die Sache keine Schwierigkeiten zu bieten. Zwar reichten die Sandhügel bis dicht an den Flußrand, aber es schien genug seichte Stellen und Sandbänke zu geben, über die Pornic hinweggaloppieren konnte, so daß ich den Weg auf festen Boden finden mußte, wenn ich mich nur scharf nach rechts oder links hielt.

Als ich aber mit Pornic dementsprechend auf den Sandgrund des Flusses zusteuerte, überraschte mich der matte

Knall eines Flintenschusses, der vom jenseitigen Ufer kam; im selben Augenblick pfiff eine Kugel an Pornics Kopf vorbei. Über die Art der Schußwaffe konnte kein Zweifel bestehen: Es mußte ein Martini-Henry-Gewehr gewesen sein. Ungefähr hundert Schritt von mir entfernt lag, mitten im Strom verankert, ein plumpes Boot, und eine aus seinem Bug in die stille Morgenluft aufsteigende Rauchwolke verriet mir, woher diese zartsinnige Aufmerksamkeit gekommen war. Hat man jemals einen ehrenwerten Gentleman auf derart rüde Weise behelligt? – Der tückische Sand gestattete kein Entrinnen von dem Ort, den ich so ganz gegen meinen Willen betreten hatte, und ein Spazierritt am Flußufer löste sofort ein Bombardement seitens irgendeines verrückten Eingeborenen drüben auf dem Boot aus. Ich gestehe, ich geriet ganz aus der Fassung.

Eine zweite Kugel belehrte mich, daß es am besten sei, meine Wut herunterzuschlucken und mich schleunigst von der Sandbank in das Hufeisen zurückzuziehen. Dort angelangt, sah ich, daß der Knall des Gewehrschusses etwa fünfundsechzig menschliche Wesen aus den Dachshöhlen, die ich bisher für unbewohnt gehalten, gelockt hatte. Ich fand mich umringt von ungefähr vierzig Männern, zwanzig Weibern und einem Kind, das kaum mehr als fünf Jahre zählen konnte.

Alle waren spärlich bekleidet mit jenem lachsfarbigen Stoff, der die Hindubettler kennzeichnet, und machten mir beim ersten Anblick den Eindruck von ekelhaften Fakiren. Das abstoßende Äußere der Bande und ihre Schmutzigkeit spotteten jeder Beschreibung; ich schauderte bei dem Gedanken, welches Leben sie in den Höhlen führen mußten.

Selbst heutzutage, wo die Selbstverwaltung der Distrikte dem Respekt der Eingeborenen vor einem Sahib stark Abbruch getan hat, war ich immer noch an einen gewissen Grad von Höflichkeit seitens meiner Untergebenen gewöhnt und erwartete demnach wenigstens eine zivilisierte Beachtung meiner Anwesenheit. Beachtung fand ich allerdings, aber in einer Weise, die mich enttäuschte.

Die zerlumpte Bande lachte mir buchstäblich ins Gesicht – es war eine Art Lachen, die ich nie mehr wieder in meinem Leben zu hören hoffe! Sie grunzten, schnatterten, schrien, pfiffen und heulten wie besessen, als ich unter sie trat. Einige von ihnen warfen sich auf die Erde und wanden sich in widerwärtigen Lachkrämpfen. Sofort sprang ich aus dem Sattel und boxte, aufgeregt wie ich war von den Abenteuern dieses Morgens, aus Leibeskräften auf die Bande ein. Die Jammergestalten fielen wie die Kegel um unter meinen Hieben, und ihr Hohngelächter verwandelte sich sofort in ein Gewinsel um Gnade. Die, die keine Püffe davongetragen hatten, umklammerten meine Knie und flehten mich mit den seltsamsten und fremdartigsten Lauten an, sie zu verschonen.

Mitten in diesem Tumult – und ich schämte mich bereits heftig, daß ich mich so hatte gehen lassen, krähte eine hohe dünne Stimme hinter mir auf englisch: »Sahib! Sahib! Erkennen Sie mich denn nicht? Sahib, ich bin doch Gunga Dass, der Telegraphenbeamte!«

Ich drehte mich rasch um und faßte den Sprecher ins Auge. Gunga Dass – ich wüßte keinen Grund, seinen Namen zu verschweigen – war ein Brahmane aus dem Dekkan, und ich hatte ihn vor vier Jahren als einen Angestellten aus dem Punjab-Gouvernement in einem der Khalsia-Staaten flüchtig gekannt. Er war damals Vorsteher einer Zweigtelegraphenstation gewesen und lebte in meiner Erinnerung als ein geschickter, wohlbeleibter Distriktsbeamter, der die wunderbare Gabe besessen hatte, Kalauer in englischer

Sprache zu machen – eine Eigenschaft, die mich an ihn länger als an seine mir geleisteten amtlichen Dienste hatte denken lassen. Ein Hindu, der englische Kalauer zum besten gibt, kommt nicht alle Tage vor.

Jetzt, als ich ihn wieder sah, war er bis zur Unkenntlichkeit verändert. Kastenabzeichen, Schmerbauch, die schieferfarbenen Hosen, die gewählte Sprache – alles war dahin. Ich erblickte statt dessen ein verwittertes Gerippe vor mir, fast nackt, ohne Turban, das Haar lang und verfilzt, tief eingesunkene Schellfischaugen! Wäre nicht eine sichelförmige Narbe an seiner linken Wange gewesen – die Folge eines Unfalls, den ich seinerzeit verschuldet hatte –, ich hätte den Mann überhaupt nicht wiedererkannt. Aber es war zweifellos Gunga Dass, und – ich empfand es wie Dankbarkeit und Befriedigung in mir – ein englisch sprechender Eingeborener, der mir wenigstens klarmachen konnte, wie ich hoffte, wo ich mich eigentlich befand und wie ich mir die Vorgänge des Morgens zu deuten hätte.

Die Menge trat ein wenig zurück, als ich die jämmerliche Gestalt anredete und aufforderte, mir zu sagen, wie ich denn aus diesem Krater herauskommen könnte. Eine frischgerupfte Krähe in der Hand, kletterte er langsam auf eine Plattform aus Sand, die sich vor den Höhlen hinzog, und fing schweigend an, ein Feuer anzuzünden. Trockene Grashalme, Sandwicke und dürres Treibholz brennen schnell; es war mir in gewissem Sinne ein Trost, als ich sah, daß er sie mit einem gewöhnlichen Streichholz anzündete. Als das Feuer hell brannte und die Krähe davor aufgespießt war, entschloß sich Gunga Dass endlich zu einer Antwort. Ohne irgendwelche Einleitung ging er sofort zum eigentlichen Thema über:

»Es gibt nur zwei Arten von Menschen, Sir: die lebenden und die toten. Wenn Sie tot sind, Sar, dann sind Sie eben tot, und wenn Sie lebendig sind, nun, dann sind Sie ein Lebendiger.« Hier nahm die Krähe seine Aufmerksamkeit wieder voll in Anspruch, denn sie wirbelte vor dem Feuer herum und konnte jeden Augenblick zu Asche verbrennen. »Wenn Sie zu Hause sterben, aber noch nicht tot sind, und man Sie zum Verbranntwerden zu dem Ghaut trägt, so kommen Sie hierher an diesen Ort.«

Die Natur dieses stinkenden Dorfes war mir jetzt mit einem Schlage klar. Alles, was ich jemals an Schrecklichem und Groteskem über solche Einrichtungen gelesen oder gehört, verblaßte vor dem, was mir dieser ehemalige Brahmane soeben mit ein paar Worten angedeutet hatte. Als ich vor sechzehn Jahren zum erstenmal nach Bombay kam, erzählte mir ein wandernder Armenier von einem irgendwo in Indien existierenden Ort, an den man Hindus brächte, wenn sie das Unglück gehabt hatten, aus Trance oder Starrsucht wieder zu erwachen. Man hielte sie dort fest, damit sie nicht entkommen könnten. Damals lachte ich über die Geschichte und hielt sie für Reisendengeschwätz. Jetzt, wo ich selber in dieser Menschenfalle aus Sand saß, tauchte die Erinnerung an Watsons Hotel mit seinen fächelnden Punkahs, den weißgekleideten Dienern und an das wachsgelbe Gesicht des Armeniers vor mir auf wie eine scharfentwickelte Photographie. Ich brach in ein krampfhaftes Lachen aus: Der Kontrast war zu absurd!

Gunga Dass hatte sich über den unappetitlichen Vogel gebeugt, beobachtete mich jedoch dabei neugierig. Hindus lachen selten; überdies war die Umgebung auch nicht besonders geeignet, zum Lachen zu reizen. Er zog die gebratene Krähe mit feierlicher Miene von dem Holzspieß und verzehrte sie ebenso feierlich. Dann fuhr er in seiner Erklärung fort. Ich gebe sie hier mit seinen eigenen Worten wieder:

»Bei Choleraepidemien trägt man die Leute zum Scheiterhaufen, auch wenn sie noch nicht ganz tot sind. Werden sie nun ans Flußufer gebracht, so erwachen manche wieder durch die frische Luft. Werden sie nur ein wenig lebendig, so legt man ihnen Lehm auf Nase und Mund. Hilft das nicht, so legt man ihnen noch mehr Lehm auf; sie sterben dann meistens unter Zuckungen. Werden sie aber allzu lebendig, dann läßt man ›Das mit Lehm‹ sein und schleppt sie fort. Ich, zum Beispiel, war allzu lebendig und wehrte mich gegen solch unwürdige Behandlung, denn ich war damals noch ein Brahmane und ein stolzer Mann. Jetzt freilich bin ich ein toter Mann und esse« – hier blickte er auf den abgenagten Brustknochen des Vogels mit dem ersten Zeichen innerer Bewegung, seit ich ihn gesehen – »Krähen und anderes Zeugs. Man nahm mich vom Scheiterhaufen herunter, als man sah, daß ich zum Verbrennen noch zu lebendig war, gab mir eine Woche lang Medizinen ein, und ich wurde wieder gesund. Dann schickte man mich per Eisenbahn mit einem Mann zur Aufsicht zu der Station Okara. Dort kamen noch zwei dazu, und wir wurden nachts auf Kamelen hierhergebracht. Dann warf man mich hier herunter in den Krater und die beiden anderen hinterdrein. Jetzt bin ich hier seit zweieinhalb Jahren. Ja, ja, einst war ich eine Brahmane und ein stolzer Mann, und jetzt esse ich – Krähen.«

»Gibt es denn keinen Weg, hier herauszukommen?«

»Keinen. Als ich herkam, habe ich es oft versucht und die andern auch, aber wir sind jedesmal dem Sand unterlegen, der auf unsere Köpfe herabstürzte.«

»Aber«, unterbrach ich ihn, »die Flußseite ist doch offen, und es lohnt sich, die Gefahr zu riskieren, vom Boot drüben aus erschossen zu werden; nachts zum Beispiel.« Ich sprach den Satz nicht zu Ende; ein natürlicher Instinkt hieß mich schweigen. Gunga Dass aber erriet meine unausgesprochenen Worte und brach zu meinem Erstaunen in ein Lachen aus – in ein so spöttisches Lachen, wie es sich nicht einmal ein mir im Range Höherstehender hätte erlauben dürfen.

»Sie werden (schon nach seinen ersten Sätzen hatte er unterlassen, mich mit dem Titel ›Sir‹ anzureden) auf diesem Weg nicht entkommen, mein Lieber. Sie können es ja versuchen, wenn Sie wollen. Ich hab's auch versucht. Aber nur einmal.«

Das Gefühl eines unbeschreiblichen Schreckens, gegen das ich vergebens anzukämpfen versuchte, überfiel mich. Das lange Fasten – es war bereits zehn Uhr geworden –, dazu der aufregende nächtliche Ritt, kurz: Ich war erschöpft; ich fürchte, ich habe mich damals eine Zeitlang wie ein Wahnsinniger gebärdet. Ich rannte gegen den Sandhügel an, lief im Kreis in dem Krater herum und betete und fluchte gotteslästerlich in einem Atem. Ich kroch zwischen Schilfgras hinaus auf die Flußufersandbänke, nur um immer wieder und wieder durch Flintenschüsse, die rings um mich herum Furchen in den Sand zogen, in die Agonie nervöser Angst versetzt und zurückgejagt zu werden. Ich wollte den Gedanken nicht dulden, wie ein toller Hund hier unter diesem gräßlichen Volk sterben zu müssen, und stürzte schließlich, erschöpft und rasend vor Wut, am Brunnen nieder. Niemand nahm die geringste Notiz von mir, und heute noch treibt es mir die Röte ins Gesicht, wenn ich mir vorstelle, wie ich mich damals gebärdet habe.

Zwei oder drei dieser Menschen traten auf meinen zuckenden Leib, als sie Wasser schöpfen kamen; sie schienen an derlei Vorgänge gewöhnt zu sein und hatten keine Zeit für mich übrig. Nur Gunga Dass unterzog sich der Mühe, mir, nachdem er die glimmenden Kohlen seines Feuers mit

Sand erstickt hatte, einen halben Becher fauligen Wassers über den Kopf zu gießen; ich hätte ihm dafür gerne auf den Knien gedankt, wenn er nur nicht immer mit demselben freudlosen keuchenden Ton, wie anfangs, als er mich erkannt hatte, gelacht hätte.

So lag ich, halb ohnmächtig, bis zum Nachmittag. Da ich auch nur ein Mensch bin, fühlte ich Hunger und sagte es Gunga Dass, in dem ich allmählich meinen natürlichen Beschützer zu sehen begann. An den Verkehr mit Eingeborenen gewöhnt, zog ich vier Annas aus der Tasche, um sie ihm zu geben; gleich darauf sah ich das Absurde einer solchen Gabe an einem Orte wie diesem ein und wollte das Geld wieder einstecken. Aber Gunga Dass schrie: »Geben Sie mir das Geld! Alles, was Sie haben! Oder ich hole Hilfe, und wir schlagen Sie tot!«

Ich glaube, jedes Briten erster Impuls ist, den Inhalt seiner Tasche zu behüten; aber ein Augenblick der Überlegung sagte mir, wie töricht es wäre, mit dem einzigen Menschen, der mir mein Los erleichtern konnte, in Streit zu geraten. Ich gab ihm also alles Geld, das ich bei mir hatte: neun Rupien, acht Annas und fünf Pies. (Ich trug immer, wenn ich im Lager war, Kleingeld für Bakschisch bei mir.) Gunga Dass versteckte das Geld rasch in seinem zerlumpten Lendentuch und blickte sich scheu um, ob es auch niemand gesehen hätte.

»Gut, jetzt will ich Ihnen auch zu essen geben«, sagte er.

Welche Genüsse er sich für das Geld glaubte verschaffen zu können, bin ich außerstande zu sagen, aber ich gab es ihm, da ich sah, daß es ihm Freude machte; jedenfalls wäre ich umgebracht worden, wenn ich es ihm verweigert hätte. Man reizt wilde Bestien nicht unnötigerweise, und meine Gefährten standen tiefer als wilde Tiere.

Sie ließen mich ruhig essen, was mir Gunga Dass gab: ein

rohes Chapatti und einen Becher faules Brunnenwasser, und zeigten nicht die geringste Spur der in indischen Dörfern sonst so üblichen Neugier. Ich hatte den Eindruck, als verachteten sie mich; jedenfalls brachten sie mir die kühlste Gleichgültigkeit entgegen, Gunga Dass sowohl, wie auch alle andern.

Ich bestürmte ihn mit Fragen über das schreckliche Dorf, erhielt aber nur sehr ungenügende Antworten. Soviel ich mir zusammenreimen konnte, existierte es seit »unvordenklichen« Zeiten, woraus ich schloß, es müsse mindestens hundert Jahre alt sein – und niemals sei auch nur ein einziger daraus entkommen. (Ich mußte die Zähne zusammenbeißen, damit mich nicht abermals das Entsetzen packte und mich wie vorhin in dem Krater umherrasen ließ.) Gunga Dass schien einen teuflischen Genuß dabei zu empfinden, diese Tatsache immer wieder zu unterstreichen, als er gesehen hatte, wie ich zusammengezuckt war. Sosehr ich auch in ihn drang, mir zu sagen, wer denn eigentlich diese geheimnisvollen »sie« seien, die ihn und die andern hierhergebracht hätten und ständig bewachten, nichts konnte ihn bewegen, es mir zu verraten. »Es ist ihnen befohlen, so zu handeln«, antwortete er immer wieder, »und bis jetzt habe ich noch von keinem gehört, der dem Befehl nicht gehorcht hätte.«

»Warte nur«, entgegnete ich ihm, »wenn man im Lager mein Verschwinden bemerkt, werden meine Diener kommen. Ich verspreche dir, daß dieser Ort vom Antlitz der Erde verschwinden wird. Übrigens, eine Unterrichtsstunde in höflichem Benehmen werde ich dir dann auch erteilen, mein Freund!«

»Ihre Diener würden in Stücke gerissen sein, längst bevor sie diesen Ort erreicht hätten! Aber abgesehen davon, sind Sie doch tot, mein Lieber! Freilich ist das nicht Ihre

Schuld, aber tot und begraben sind Sie nichtsdestoweniger.« In unregelmäßigen Zeitabschnitten, sagte er mir, würden von der Landseite her Nahrungsmittel in den Krater herabgeworfen; die Bewohner des Amphitheaters kämpften dann darum wie wilde Tiere. Wenn einer seinen Tod herannahen fühle, zöge er sich in eine Höhle zurück und stürbe darin. Später zöge man den Leichnam wieder heraus und würfe ihn auf den Sand. Bisweilen aber ließe man ihn auch verfaulen, wo er gerade läge.

Die Phrase »auf den Sand werfen« erweckte meine Aufmerksamkeit, und ich fragte, ob dadurch nicht Pestilenz erzeugt würde.

»Sie werden das später ja selbst beobachten können«, meinte er und bekam wieder einen seiner keuchenden Lachanfälle. »An Zeit zum Beobachten wird es Ihnen nicht fehlen.«

Ich zuckte zu seiner großen Freude wieder zusammen; rasch, um den Eindruck zu verwischen, fuhr ich mit meinen Fragen fort: »Und wie lebt ihr eigentlich hier? Womit beschäftigt ihr euch?« Die Frage rief dieselbe Antwort hervor, nur mit dem Zusatz: »Dieser Ort ist wie euer europäisches Himmelreich; auch hier gibt es weder Heirat noch Hochzeitstag.«

Gunga Dass war in einer Missionsschule erzogen worden. »Wäre ich«, so sagte er, »ein kluger Mann gewesen und hätte die Religion gewechselt, so wäre ich dem Lebendigbegrabensein an diesem Ort, der jetzt mein Los geworden ist, entgangen.«

Solange ich mit ihm in dem Krater beisammen war, hatte ich trotzdem die Empfindung, daß er sich ganz glücklich fühlte.

Er hatte in mir einen Sahib vor sich, einen Repräsentanten der herrschenden Rasse, hilflos wie ein Kind und in jeder

Beziehung seiner Gnade und der seiner eingeborenen Gefährten ausgeliefert. In raffinierter und wohlüberlegter Weise pflegte er mich zu peinigen, wie etwa ein Schulknabe sich in einer freien halben Stunde an den Todesqualen eines aufgespießten Käfers weidet oder ein Marder in einer verborgenen Höhle sich genußsüchtig an der Kehle eines Kaninchens festbeißt. Immer wieder kam er in seiner Rede auf die Betonung des Umstandes zurück, daß ein Entkommen unmöglich sei und daß ich eben bis zu meinem Tode hierbleiben müsse, um schließlich »auf den Sand« geschmissen zu werden.
Wäre es möglich, sich die Reden der Verdammten bei der Ankunft neuer Seelen im Abgrund der Hölle vorzustellen, so möchte ich sagen: Sie müßten so sprechen, wie Gunga Dass zu mir sprach. Mir fehlte die Kraft, zu antworten oder dagegen Einwände zu erheben; ich mußte meine ganze Willenskraft aufbieten, um gegen das unbeschreibliche Entsetzen anzukämpfen, das mich wieder und wieder zu überwältigen drohte. Ich kann meinen Zustand nur mit dem würgenden Gefühl einer übermächtigen Seekrankheit vergleichen, die einen bei einer stürmischen Kanalüberfahrt befällt. Nur war meine Agonie geistiger Art und daher weit schrecklicher.
Als der Tag vorgerückt war, erschienen die Bewohner des Kraters vollzählig, um die Nachmittagssonne zu genießen, die jetzt bereits in schrägen Strahlen in das Amphitheater herabschien. Sie standen in kleinen Gruppen beisammen und sprachen miteinander, ohne mich auch nur eines Blikkes zu würdigen. Es war meiner Schätzung nach etwa vier Uhr, da erschien Gunga Dass, tauchte einen Augenblick in seiner Höhle unter und kam gleich darauf wieder hervor mit einer lebenden Krähe auf der Faust. Der arme Vogel starrte vor Schmutz und war auch sonst in jämmerlichem

Zustand, dennoch schien er keine Furcht vor seinem Herrn zu haben.
Dann ging Gunga Dass vorsichtig auf die Flußseite zu, wobei er von einem Grasbüschel auf das andere trat, bis er einen Sandfleck direkt in der Schußlinie des Bootsfeuers erreicht hatte. Die Wächter am andern Ufer nahmen jedoch anscheinend keine Notiz von ihm. Dort blieb Gunga Dass stehen, legte mit ein paar geschickten Handgelenkdrehungen den Vogel auf den Rücken und befestigte ihn irgendwie mit ausgespreizten Flügeln.
Natürlich begann die Krähe sofort laut zu schreien und zu krächzen und mit den Klauen in die Luft zu krallen. In wenigen Sekunden hatte ihr Geschrei eine Schar wilder Krähen angelockt, die auf einer mehrere Meter entfernten Sandbank über einem Etwas, das aussah wie ein Aas, eine Ratsversammlung abhielten. Ein halbes Dutzend flog sofort herbei, um zu sehen, was los sei, und um, falls die Sache ungefährlich, ihren wehrlosen Kameraden anzugreifen. Gunga Dass hatte sich auf ein Grasbüschel niedergelegt und winkte mir zu, ich solle mich ruhig verhalten, was ich übrigens sowieso getan hätte. Im Augenblick und ehe ich noch klar erkennen konnte, wie es zuging, hatte Gunga Dass eine wilde Krähe gepackt, die auf die Gefesselte herabgestoßen war und von dieser mit den Krallen festgehalten wurde. Im Nu hatte er sie gefesselt, genau wie die Gezähmte. Neugier, so schien es, trieb auch den Rest der Schar herbei, und kaum hatten Gunga Dass und ich Zeit gefunden, uns zurückzuziehen, schon hatten sich wieder zwei in den aufwärts gekehrten Krallen der Lockvögel gefangen. So ging die Jagd – wenn ich diesem Treiben einen so edlen Namen geben darf – weiter, bis Gunga Dass sieben Krähen gefangen hatte. Fünf erwürgte er auf der Stelle, zwei hob er auf für den späteren Betrieb des Unterneh-

mens. Diese Art, sich Nahrung zu verschaffen, imponierte mir einigermaßen, und ich beglückwünschte Gunga Dass zu seiner Geschicklichkeit.

»Es hat nicht viel auf sich«, wehrte er ab, »morgen sollen Sie es für mich tun; Sie sind stärker als ich.«

Dies freche Betonen seiner Überlegenheit ärgerte mich nicht wenig, und ich fuhr ihm sofort mit den Worten über den Mund: »So? Glaubst du? Wofür, du alter Schuft, meinst du eigentlich, habe ich dir mein Geld gegeben?«

»Auch recht«, war seine kaltblütige Antwort. »Vielleicht nicht morgen, vielleicht auch nicht in den nächsten Tagen oder in Wochen, aber später ganz bestimmt werden Sie Krähen fangen – und Krähen essen – und Ihrem europäischen Gott danken, daß Sie Krähen zu fangen und Krähen zu essen haben werden!«

Am liebsten hätte ich ihn wegen dieser Rede erdrosselt, aber in meiner Lage schien es mir vernünftiger zu sein, gute Miene zum bösen Spiel zu machen. Eine Stunde später aß ich denn auch richtig eine der Krähen und dankte meinem Gott, genau wie Gunga Dass gesagt hatte, daß ich eine zu essen hatte.

Nie, solange ich lebe, werde ich dieses Abendessen vergessen! Die gesamte Einwohnerschaft hockte auf der Plattform aus hartem Sand gegenüber den Höhlen um kleine Feuer aus Binsen und Treibholz geschart. Der Tod, der einst Hand an diese Menschen gelegt, aber sie nicht hinweggerafft hatte, schien sie jetzt vergessen zu haben; der größte Teil dieser Elenden bestand aus alten Männern, gebeugt, abgemagert, zusammengeschrumpft unter der Last der Jahre; die Frauen schienen so alt zu sein wie die Nornen selber. So saßen sie beisammen, sprachen – Gott allein weiß, worüber sie wohl gesprochen haben mögen – sprachen in leisem, gleichmäßigem Ton, in auffallendem Kon-

trast zu dem überlauten Geschwätz, mit dem die indischen Eingeborenen die Zeit zu verscheußlichen pflegen.
Bisweilen wurde ein Mann oder ein Weib plötzlich von derselben Art rasender Wut gepackt, die auch mich am Morgen überfallen hatte. Dann stürzten sich solche Unglückliche mit gellendem Geschrei und lauten Verwünschungen zu dem Sandhügel, wollten sich emporkrallen, rutschten zurück, immer wieder neue vergebliche Anstrengungen machend, um schließlich blutend und nicht mehr imstande, auch nur ein Glied zu rühren, auf die Plattform zurückzusinken.
Die übrigen blickten nicht einmal auf, wenn dergleichen geschah, wie Menschen, die die Nutzlosigkeit solcher Versuche nur zu gut kennen und ihres Anblickes längst müde sind.
Vier solcher Ausbrüche sah ich an jenem Abend! Gunga Dass schätzte meine Lage, während wir dinierten, vom rein geschäftsmännischen Standpunkt aus ein – heute kann ich darüber lachen, wenn ich mir die Situation vergegenwärtige, damals aber schien sie mir fürchterlich. Er stellte die Bedingungen, unter denen er für mich sorgen wollte, folgendermaßen fest: Für meine neun Rupien und acht Annas sollte ich, den Tagespreis zu drei Annas berechnet, einundfünfzig Tage oder sieben Wochen lang verköstigt werden; das heißt, diese Zeit hindurch wolle er für meinen Lebensunterhalt sorgen. Nach Ablauf dieser Frist hätte ich mich selbst zu erhalten. Für ein weiteres Entgelt – nämlich meine Stiefel – würde er mir gestatten, die Höhle neben der seinigen zu beziehen, außerdem wolle er mir so viel von seinem Vorrat an getrocknetem Gras als Bettzeug überlassen, wie er gerade entbehren könne.
»Also gut, Gunga Dass«, erwiderte ich, »auf die erste Bedingung gehe ich ganz gerne ein, aber da mich nichts

hindern kann, dir den Schädel einzuschlagen, so wie du da sitzt, und dir alles wegzunehmen, was du hast (ich dachte dabei an die zwei unschätzbaren Krähen), so weigere ich mich rundweg, dir meine Stiefel zu geben, und werde mir die Höhle nehmen, die mir am besten gefällt.«

Es war ein kühnes Wagnis, und ich war froh, daß es glückte. Gunga Dass schlug sofort einen andern Ton an und stellte alle bösen Absichten auf meine Stiefel in Abrede. – Damals schien es mir ganz in Ordnung, daß ich, ein Zivilingenieur, ein Mann von dreißig Jahren und Engländer von gut bürgerlichem Rang, einen Menschen, der mich unter seine Fittiche genommen hatte – wenn auch gegen Bezahlung –, ohne Skrupel mit Beraubung und Totschlag bedrohte. Die Welt, so schien es mir, lag seit Jahrhunderten hinter mir. Ich war damals so überzeugt, wie ich es jetzt von meiner Existenz bin, daß in dieser verfluchten Ansiedelung nur das Gesetz des Stärkeren Geltung haben konnte, daß die lebenden Toten alle Vorschriften einer Welt, die sie ausgestoßen hatte, mißachten mußten und daß mein Leben nur von meiner Kraft und meiner Wachsamkeit abhing. Die Männer eines ohne Segel hilflos auf dem Ozean treibenden Schiffes sind vielleicht die einzigen Menschen, die meinen damaligen Gemütszustand begreifen können. – ›Heute noch‹ – sagte ich mir – ›bin ich bei Kräften und kann es mit sechs dieser Elenden aufnehmen. Es ist meiner Sicherheit wegen unter allen Umständen eine zwingende Notwendigkeit für mich, daß ich mir Gesundheit und Kraft bewahre, bis die Stunde meiner Erlösung kommt, wenn sie jemals kommt.‹«

Ich aß und trank also, soviel ich konnte, und gab Gunga Dass zu verstehen, daß ich von jetzt an sein Herr sei und ihn beim geringsten Zeichen von Ungehorsam streng bestrafen – ihn, mit andern Worten, totschlagen würde.

Kurz darauf legte ich mich schlafen. Das heißt, ich ließ mir von Gunga Dass ein paar Arme voll trockenes Gras geben, warf es in den Schlund der Höhle, die rechts neben der seinigen lag, hinab und folgte dann selbst mit den Füßen voraus. Die Höhle erstreckte sich ungefähr neun Fuß in den Sand hinein, mit einem leichten Gefälle nach abwärts, und war ganz sauber mit Holz verkleidet. Von ihrem Innern aus konnte ich das Wasser des Sutlej sehen, wie es unter dem Licht des zunehmenden Mondes dahinfloß. Ich wollte versuchen zu ruhen, so gut es eben ging; aber die Schrecken dieser Nacht werde ich nie vergessen!

Die Höhle war eng wie ein Sarg, und ihre Wände waren klebrig und glatt infolge der Berührung der unzähligen nackten Menschenleiber, die früher hier gelegen hatten. Dazu roch es abscheulich. Schlaf war also, zumal bei meiner Erregung, vollkommen ausgeschlossen. Als die Nacht zunahm, konnte ich die Empfindung nicht loswerden, Legionen unreiner Teufel stiegen aus den Niederungen, erfüllten das Amphitheater und verhöhnten die Unglücklichen in ihren Höhlen.

Ich bin nicht phantastisch veranlagt – sehr wenige Ingenieure sind es –, aber damals war ich wie ein Weib vor Schrecken und Entsetzen fast gelähmt. Erst nach ungefähr einer halben Stunde hatte ich mich soweit gefaßt, daß ich wieder ruhig überlegen konnte, auf welche Weise wohl ein Entkommen möglich wäre.

Versuche, die steilen Sandwände zu erklimmen, waren vergeblich, das wußte ich. Möglich, aber auch nur eben möglich war es, daß mich die Flintenkugeln von drüben nicht treffen würden – denn das Mondlicht läßt die Umrisse der Dinge nicht klar erscheinen –, wenn ich mich zum Flußufer wagte. Aber der Krater hatte für mich so viel Schrecknisse, daß ich nichts unversucht lassen wollte.

Man stelle sich meine Freude vor, als ich, vorsichtig ans Flußufer kriechend, bemerkte, daß das höllische Boot nicht mehr da war! Wenige Schritte, und die Freiheit lag vor mir! Wenn ich bis zu der nächsten seichten Pfütze ging, die am Fuß des vorspringenden linken Hufeisenschenkels lag, so konnte ich quer hinüberwaten, um die Flanke des Kraters biegen und – der Weg ins Land war offen. Ohne auch nur einen Augenblick zu überlegen, marschierte ich flott über die Grasbüschel, wo Gunga Dass die Krähen gefangen hatte, und betrat den weichen weißen Sand.

Doch schon beim ersten Schritt von den Grasbüscheln weg sah ich, daß jede Hoffnung auf ein Entrinnen auch hier vergeblich war; denn kaum hatte ich den Fuß niedergesetzt, da fühlte ich ein Nachgeben der Sandschicht, und eine saugende Bewegung machte mein Bein bis zum Knie einsinken. Im Mondlicht schien es mir, als tanze die ganze Sandfläche auf und ab, wie in teuflischem Entzücken über den Zusammenbruch meiner Hoffnung.

Mit Aufgebot aller meiner Kräfte arbeitete ich mich heraus und zu den Grasbüscheln zurück. Dort fiel ich, in Schweiß gebadet, vor Anstrengung und Schrecken auf mein Gesicht.

Die letzte Möglichkeit, aus dem Hufeisen zu entkommen, war mir durch den Schwimmsand unmöglich gemacht.

Wie lange ich so gelegen haben mag, weiß ich nicht. Geweckt wurde ich durch Gunga Dass' glucksendes boshaftes Gelächter: »Ich würde Ihnen raten, o Sie Schirmherr der Unterdrückten (der Schuft verhöhnte mich auf englisch), in Ihre Wohnung zurückzukehren. Es könnte Ihrer Gesundheit schaden, wenn Sie hier lange liegenblieben. Überdies würde man auf Sie schießen, wenn das Boot zurückkehrt.« – Er stand da, über mich gebeugt, im Dämmerlicht des Morgengrauens, und gluckste und gurgelte in sich

hinein vor Freude. Meine erste Regung war, den Kerl am Genick zu packen und in den Sand zu schleudern, aber ich beherrschte mich, stand auf und folgte ihm schweigend auf die Plattform vor den Höhlen.
Plötzlich fragte ich ihn – es waren eigentlich eher lautwerdende Gedanken als eine Frage: »Gunga Dass, wozu hat man das Boot nötig, wenn es doch sowieso keinen Weg über das Wasser gibt?« – Ich erinnere mich, daß ich trotz meiner Niedergeschlagenheit immerwährend daran denken mußte, welch überflüssige Maßnahme die Bewachung des Ufers sei.
Gunga Dass lachte wieder und erwiderte: »Sie haben das Boot nur bei Tage hier. Und zwar aus dem Grunde, weil es einen Weg gibt. Aber ich hoffe trotzdem, daß wir Ihre Gesellschaft hier noch recht lange genießen werden. Wenn Sie erst einige Jahre hier zugebracht und die entsprechende Menge Krähen verzehrt haben werden, wird Ihnen der Aufenthalt hier ein Vergnügen sein.«
Stumpf und gebrochen stolperte ich zu meiner Höhle und sank in Schlaf. Eine Stunde mochte vergangen sein, da weckte mich ein durchdringender Schrei – der schrille, ohrenzerreißende Schrei eines zu Tode verwundeten Pferdes. Wer so etwas nur einmal im Leben gehört hat, wird es nie mehr vergessen. Mit einiger Anstrengung kroch ich aus der Höhle ins Freie und sah Pornic, meinen alten armen Pornic, tot auf dem sandigen Boden liegen. Auf welche Weise sie ihn getötet haben, kann ich mir nicht erklären. Gunga Dass meinte, Pferdefleisch sei besser als Krähen, und möglichst viel davon hier zu haben hieße die soziale Frage am besten lösen. »Wir bilden hier eine Republik, Mister Jukes«, sagte er, »und Sie haben gewissermaßen ein Anrecht auf einen beträchtlichen Teil des Tieres. Wenn Sie es wünschen, werden wir Ihnen außerdem ein Dankes-

votum ausstellen. Wollen Sie, daß ich diesbezüglich einen Antrag stelle?«

Ja, in der Tat, wir waren eine Republik! Eine Republik von wilden Tieren, gefesselt an den Boden eines Abgrundes, um bis zum Tode zu kämpfen, zu schlafen, zu essen.

Ich erhob mit keinem Wort Protest, setzte mich nieder, starrte auf das gräßliche Bild nieder, das sich mir bot. Schneller, als ich es hier niederschreibe, war Pornics Leib in Stücke zerrissen. Männer und Weiber schleppten die Fleischfetzen auf die Plattform und begannen ihr Morgenmahl zu bereiten. Gunga Dass kochte die für mich bestimmte Portion. Wieder befiel mich der fast unwiderstehliche Drang, mich auf den Sandwall zu stürzen; mit aller Macht mußte ich dagegen ankämpfen.

Gunga Dass machte immer boshaftere Späße, bis ich ihm drohte, ihn auf der Stelle zu erdrosseln, wenn er nicht sofort aufhöre. Das brachte ihn denn auch zum Schweigen, aber dieses Schweigen wurde mir allmählich so unerträglich, daß ich ihm befahl zu reden.

»Sie werden hier leben, bis Sie sterben, wie – der andere Feringhi«, sagte er kühl und beobachtete mich dabei über den Knorpelrest, an dem er nagte, hinweg mit einem lauernden Blick.

»Welchen andern Sahib meinst du, du Schwein? Rede! Und untersteh dich nicht, mich anzulügen.«

»Da drüben liegt er«, antwortete Gunga Dass und deutete auf den Schlund einer Höhle, etwa die vierte links neben der meinigen. »Sie können ja selbst nachsehen. Er ist in dem Loch gestorben. So wie Sie sterben werden, wie ich, wie alle diese Männer, die Weiber und das Kind.«

»Um Gottes Barmherzigkeit willen, erzähl mir alles, was du von ihm weißt! Wer war er? Wann ist er hierhergekommen, und wann ist er gestorben?« schrie ich. Meine Bitte war ein

Fehler; Gunga Dass grinste nur und erwiderte: »Ich will nicht – erst müssen Sie mir etwas dafür geben!«
Das brachte mich zur Besinnung, wo ich war; ich versetzte ihm einen Hieb zwischen die Augen, der ihn fast betäubte. Er taumelte von der Plattform herunter und versuchte winselnd und schmeichelnd meine Füße zu umfassen, dann führte er mich zu der von ihm bezeichneten Höhle.
»Ich weiß nicht das geringste über den Gentleman. Euer Gott ist mein Zeuge, daß ich nichts weiß. Er war ebenso bedacht zu entkommen wie Sie und wurde dann vom Boot aus drüben erschossen. Wir haben alles getan, ihn von Fluchtversuchen abzuhalten. Hier hat ihn die Kugel getroffen.« Gunga Dass legte die Hand auf seinen eingefallenen Bauch; verbeugte sich.
»Nun, und weiter? Fahr fort!«
»Nun, und dann – und dann, Euer Gnaden, haben wir ihn in sein Haus getragen, ihm Wasser gegeben und nasse Lappen auf seine Wunde gelegt, aber er hat sich ausgestreckt und hat den Geist aufgegeben.«
»Wie lang hat das gedauert? Nun? Wie lang, will ich wissen!«
»Etwa eine halbe Stunde, nachdem er verwundet worden war. Ich – ich rufe den Gott Vishnu als Zeugen an«, beteuerte der elende Mensch, »daß ich alles für ihn getan habe! Alles, was möglich war, hab ich für ihn getan.« Und Gunga Dass warf sich vor mir nieder und umfaßte meine Füße. Aber ich hatte meine Zweifel, was seine Güte betraf, und versetzte ihm einen Fußtritt – trotz seiner Beteuerungen.
»Ich glaube eher, du hast ihn beraubt und ihm alles genommen, was er besaß. Aber ich werde das in wenigen Minuten herausgefunden haben. Wie lange war der Sahib hier?«
»Ungefähr anderthalb Jahre. Ich glaube, er ist nach und nach wahnsinnig geworden. Aber hören Sie meinen

Schwur, o Beschirmer der Unterdrückten! Niemals habe ich einen Gegenstand angerührt, der ihm gehört hat! Wollen Euer Gnaden doch anhören, wie ich es beschwöre! Was gedenken Euer Gnaden zu tun?«

Ich hatte Gunga Dass am Genick gepackt und zu der unbewohnten Höhle auf die Plattform gezerrt. Ich malte mir aus, wie unaussprechlich mein Unglücksgefährte die achtzehn Monate hindurch gelitten haben mußte unter den Schrecknissen hier, um schließlich wie eine Ratte in der scheußlichen Höhle mit einer Schußwunde im Leib zu sterben. Gunga Dass fürchtete wahrscheinlich, ich wolle ihn töten, und heulte ganz erbärmlich. Die übrige Bewohnerschaft, vollgefressen mit Pferdefleisch, betrachtete uns, ohne ein Glied zu rühren.

»Geh hinein, Gunga Dass«, befahl ich, »bring ihn heraus!«

Ich fühlte, wie mich das Grausen packte, so daß ich fast ohnmächtig wurde. Gunga Dass rollte beinahe die Plattform hinab vor Schrecken und heulte laut auf:

»Ich bin Brahmane, Sahib! – ein Brahmane, von hoher Kaste! Bei deiner Seele, Sahib, bei der Seele deines Vaters, Sahib, erlasse mir das!«

»Brahmane oder nicht Brahmane, bei meiner Seele und der Seele meines Vaters – hinein gehst du!«, und ich packte ihn bei der Schulter, zwängte seinen Kopf in den Schlund der Höhle und gab dem Rest des Kerls einen nachhelfenden Fußtritt; dann setzte ich mich hin und bedeckte mein Gesicht mit den Händen.

Nach einigen Minuten vernahm ich ein Rasseln und Schlürfen und hörte, wie Gunga Dass in schluchzendem Gemurmel und mit keuchendem Atem mit sich selbst redete. Dann ein leises Aufschlagen, und ich nahm die Hand von den Augen.

Der trockene Sand hatte den Leichnam in eine gelbbraune

Mumie verwandelt. Ich sagte Gunga Dass, er solle sich entfernen, und begann den Toten zu untersuchen. Der Körper war mit einem olivgrünen Jagdanzug bekleidet, der stark abgetragen und beschmutzt, an den Schultern mit Lederaufschlägen versehen war. Der Tote schien ein Mann von vierzig bis fünfzig Jahren gewesen zu sein, war über Mittelgröße und hatte helles sandfarbiges Haar, einen langen Schnurrbart und einen rauhen, ungepflegten Backenbart. Der linke Eckzahn des Oberkiefers fehlte, ebenso ein Teil des rechten Ohrläppchens. Am zweiten Finger der linken Hand stak ein Ring mit einem schildartig geformten, in Gold gefaßten Blutstein und einem Monogramm darin, das entweder B. K. oder B. L. sein konnte. Der dritte Finger der rechten Hand trug einen sehr abgenutzten silbernen Ring, der eine zusammengerollte Kobra darstellte. Gunga Dass hatte, bevor er gegangen war, eine Handvoll kleiner Gegenstände, die er offenbar in der Höhle zusammengerafft, zu meinen Füßen niedergelegt. Ich breitete mein Taschentuch über das Gesicht des Toten und machte mich daran, die Sachen zu prüfen. Ich gebe hier eine Liste von ihnen; vielleicht dient sie dazu, daß jemand dadurch instand gesetzt wird, die Person des Unglücklichen festzustellen:

1. Ein Pfeifenkopf aus Bruyèreholz, am Rande ausgezackt, sehr verbraucht und beinahe schwarz geraucht, an der Schraube mit Spagat festgebunden.
2. Zwei Patentschlüssel mit abgebrochenen Bärten.
3. Federmesser mit Schildkrotschale, Namenplatte aus Silber oder Nickel, Monogramm B. K.
4. Briefumschlag, Poststempel nicht mehr zu entziffern, Viktoriabriefmarke, adressiert an Miss Mon – (Rest unleserlich) – »ham« – »nt.«
5. Notizbuch aus imitiertem Krokodilleder mit Bleistift. Die

ersten fünf Seiten leer, zwei und eine halbe unleserlich, fünfzehn weitere ausgefüllt mit privaten Aufzeichnungen, die sich hauptsächlich auf drei Personen bezogen: eine Mrs. Singleton, verschiedene Male abgekürzt durch »Lot Single«, Mrs. S. May und einen Mr. Garmison, der bisweilen auch »Jerr« oder »Jack« genannt wird.

6. Griff eines schmalen Jagdmessers, Klinge kurz abgebrochen, Hirschhorn, oben glatt geschliffen, mit Kette und Ring am Ende, Fragment einer Baumwollschnur angeknüpft.

Natürlich nahm ich dieses Verzeichnis nicht auf der Stelle so genau auf, wie ich es hier niederschrieb. Das Notizbuch fesselte zuerst meine Aufmerksamkeit; ich steckte es in die Tasche mit dem Vorsatz, es später durchzusehen. Die übrigen Gegenstände trug ich sicherheitshalber in meine Höhle, und dort erst fertigte ich als ordnungsliebender Mann das Verzeichnis an.

Ich kehrte sodann zu der Leiche zurück und befahl Gunga Dass, mir zu helfen, sie an die Flußseite zu tragen. Während wir damit beschäftigt waren, fiel die abgeschossene Hülse einer braunen Patrone aus einer Tasche des Toten vor meine Füße. Gunga Dass hatte es nicht bemerkt. Ich sagte mir sofort, daß ein Mann, der auf die Jagd geht, abgeschossene Patronenhülsen, zumal braune, die man nicht zweimal laden kann, nicht mit sich herumtragen wird. Ich schloß daraus, daß die Patrone innerhalb des Kraters abgeschossen worden war. Folglich mußte noch irgendwo die Flinte sein! Ich wollte schon Gunga Dass dieserhalb befragen, aber ich überlegte es mir noch rechtzeitig, denn ich nahm an, er würde mich bestimmt belügen.

Wir legten die Leiche nahe den Grasbüscheln auf den Treibsand nieder.

Meine Absicht war, sie weiter hinauszuschieben, damit sie der Schwimmsand verschlingen könne – die einzige hier mögliche Art eines Begräbnisses. Ich befahl Gunga Dass, sich zu entfernen.

Dann schob ich die Leiche behutsam auf den Schwimmsand. Dabei – sie lag mit dem Gesicht nach unten – zerriß der braune morsche Jagdrock, und ein schreckliches Loch im Rücken des Toten wurde sichtbar. – Wie ich bereits erwähnt habe, hatte der trockene Höhlensand den Körper in eine Mumie verwandelt. Ein einziger Blick sagte mir, daß die weitklaffende Wunde von einem Flintenschuß herrühren mußte, aber, darüber konnte kein Zweifel herrschen: Der Schuß war aus nächster Nähe abgefeuert worden! So zwar, daß der Gewehrlauf beinahe den Rücken des Unglücklichen berührt hatte. Der Jagdrock hingegen war unbeschädigt; offenbar hatte man ihn erst nachträglich der Leiche übergezogen. Der Tod mußte unmittelbar nach dem Schuß eingetreten sein.

Die näheren Umstände waren mir sofort klar: Irgend jemand von den Kraterbewohnern, vermutlich Gunga Dass, mußte den Unglücklichen mit dessen eigener Flinte – eben jener Flinte, zu der die braunen Patronen paßten – erschossen haben. Der Fremde hatte gar nicht versucht – angesichts der von dem verankerten Boot drohenden Gefahr – zu entkommen.

Ich schob den Leichnam weiter hinaus und sah, wie ihn der Treibsand in wenigen Sekunden verschluckte. Ich schauderte bei diesem gräßlichen Anblick.

Betäubt und halb von Sinnen, versuchte ich, das Notizbuch durchzulesen. Dabei schob sich ein vergilbter und beschmutzter Papierstreifen aus dem Einbandrücken, wo er offenbar versteckt gewesen, und fiel heraus, als ich umblättern wollte.

Folgendes stand darauf:
»Vier geradeaus vom Krähenplatz; drei links; vierzehn geradeaus; zwei links; drei rückwärts; neun geradeaus; zwei rechts; drei rückwärts; zwei links; vierzehn geradeaus; zwei links, sieben geradeaus, einer links, neun rückwärts; zwei rechts; sechs rückwärts; vier rechts; sieben rückwärts.«
Das Papier war an den Ecken beschädigt und angebrannt; was die Schrift zu bedeuten hatte, konnte ich nicht verstehen.
Ich setzte mich auf einen Sandhaufen und drehte den Papierstreifen hin und her, da bemerkte ich plötzlich, daß Gunga Dass hinter mir stand, mit glühenden Augen und die Hände ausgestreckt.
»Haben Sie es gefunden?« keuchte er. »Wollen Sie mich nicht einen Blick hineinwerfen lassen? Ich schwöre, daß ich es Ihnen zurückgebe.«
»Was soll ich gefunden haben? Was willst du mir zurückgeben?« fragte ich.
»Das, was Sie da in Ihren Händen halten! Es wird uns beiden helfen.« – Gunga Dass streckte zitternd vor Aufregung seine langen vogelklauenartigen Krallen aus. – »Ich habe es nie finden können«, fuhr er fort. »Er muß es an seinem Leib versteckt getragen haben. Deshalb hab ich ihn erschossen. Aber auch dann hab ich es nicht finden können.«
Offenbar hatte Gunga Dass ganz vergessen, was er mir von einem Schuß aus dem Boot vorgelogen hatte. Ich hörte ihn ruhig an: Die sittliche Empörung kommt einem gar leicht abhanden, wenn man mit lebenden Toten verkehrt!
»Was redest du da für dummes Zeug zusammen? Was willst du, das ich dir geben soll?«
»Das Stück Papier aus dem Notizbuch! Es wird uns beiden helfen. O du Narr du! Du Narr! Siehst du denn nicht, was

es wert ist?! Entkommen können wir von hier!« Seine Stimme erhob sich bis zu wildem Gekreisch, und er tanzte in höchster Aufregung vor mir herum. Ich muß gestehen, auch ich war tief erschüttert bei dem Gedanken an eine Möglichkeit zu entfliehen.

»Willst du vielleicht behaupten, daß dieser Fetzen Papier uns retten soll?« fragte ich. »Was hat er zu bedeuten?«

»Lies ihn laut vor«, schrie Gunga Dass. »Lies ihn vor! Ich bitte und beschwöre Sie, lesen Sie ihn laut vor!«

Ich tat es. Gunga Dass lauschte verzückt und zog mit den Fingern unregelmäßige Linien in den Sand.

»Sehen Sie! Hier! Die Länge des Flintenlaufs ohne Schaft ist das Längenmaß! Ich besitze den Flintenlauf! Vier Flintenläufe geradeaus vom Fleck, wo ich die Krähen zu fangen pflege – geradeaus gemessen. Verstehen Sie jetzt? Dann drei nach links! Ich erinnere mich genau, wie der Mann sich abgearbeitet hat, Nacht für Nacht. Dann: neun geradeaus und so weiter. Geradeaus: das heißt immer direkt vorwärts über den Schwimmsand, nach Norden. Das hat er mir erklärt, bevor ich ihn erschoß.«

»Aber wenn du alles gewußt hast, weshalb bist du nicht längst entflohen?«

»Ich hab es eben *nicht* gewußt! Er sagte mir vor achtzehn Monaten, daß er es herausfinden wollte, und er hat Nacht für Nacht daran gearbeitet, sobald das Boot fort war. Er sagte, er würde bestimmt über den Schwimmsand hinweg entkommen können. Dann versprach er mir, wir wollten zusammen entfliehen, aber ich fürchtete, er werde mich im Stiche lassen, und deshalb schoß ich ihn tot, als er seinen Plan ausgearbeitet hatte. Außerdem ist es nicht ratsam, daß ein Mensch, der einmal hier war, entkommt – mich ausgenommen, denn ich bin ein Brahmane.«

Die Hoffnung auf Entrinnen hatte in Gunga Dass die Erinnerung an seine Kaste wieder wachgerufen; er erhob sich, ging auf und ab und gestikulierte heftig mit den Händen. Allmählich brachte ich ihn soweit, daß er wenigstens in zusammenhängenden Sätzen sprach. Er schilderte mir, wie dieser Engländer Nacht für Nacht und Zoll für Zoll festen Grund unter dem Schwimmsand ausgeforscht habe; es sei nunmehr eine Leichtigkeit, innerhalb zwölf Metern Entfernung vom Flußufer um den linken Hufeisenschenkel herum zu waten, ohne Gefahr zu laufen, im Sand zu versinken. Offenbar aber hatte sich der Mann doch nicht ganz klar ausgesprochen gehabt, bevor Gunga Dass ihn niederschoß. Außer mir vor Entzücken angesichts der Möglichkeit, entkommen zu können, schüttelte ich Gunga Dass wieder und wieder die Hände, und wir verabredeten, noch in derselben Nacht einen Fluchtversuch zu unternehmen. Ich konnte es kaum erwarten, bis es Abend wurde.

Es mochte meiner Schätzung nach etwa zehn Uhr geworden sein und der Mond tauchte gerade über dem Rande des Kraters auf, da stieg Gunga Dass in seine Höhle hinunter, um den Flintenlauf zu holen, der uns als Meßinstrument dienen sollte.

Die übrigen elenden Bewohner des Dorfes hatten sich längst in ihre jämmerlichen Behausungen zurückgezogen; das Wachschiff war schon vor einigen Stunden stromabwärts fortgeschwommen, und wir standen völlig unbeobachtet auf dem Krähenplatz. Gunga Dass nahm den Flintenlauf zur Hand und ließ dabei den Papierstreifen fallen, der unser Führer sein sollte.

Schnell bückte ich mich, um ihn wieder aufzuheben, da sah ich an dem Schatten, der auf den Sand fiel, daß der Halunke im Begriffe war, mir mit dem Flintenlauf einen Schlag auf den Hinterkopf zu versetzen. Umdrehen konnte ich mich nicht mehr –.

Ich muß wahrscheinlich einen schweren Hieb ins Genick erhalten haben, denn ich fiel bewußtlos am Rande des Schwimmsandes nieder.
Als ich wieder zu Bewußtsein kam, stand der Mond bereits weit im Westen. Ich fühlte einen unerträglichen Schmerz im Hinterkopf. Gunga Dass war verschwunden und mein Mund voll Blut. Eine Weile lag ich so und betete, der Tod möge kommen und mich von meinen Leiden erlösen. Dann packte mich noch einmal jene besinnungslose Raserei, die ich schon einmal geschildert habe, und ich raffte mich auf und taumelte zurück zu den Kraterwänden. Da schien es mir, als flüstere eine Stimme aus der Luft mir zu: »Sahib! Sahib! Sahib!«, genau in dem Tonfall, in dem mich des Morgens mein Diener im Lager zu rufen pflegte. Zuerst glaubte ich, ich deliriere, dann, als eine Handvoll Sand zu meinen Füßen niederfiel, blickte ich in die Höhe und sah einen Kopf in das Amphitheater herabschauen – den Kopf Dunnoos, des Burschen, der für meine Hunde zu sorgen hatte. Als er bemerkte, daß ich ihn erblickt hatte, hielt er die Hand empor und zeigte mir einen Strick. Hin- und hertaumelnd, gab ich ihm ein Zeichen, er solle ihn herunterlassen.
Ein paar lederne Punkah-Stricke waren zusammengeknotet und trugen am Ende eine Schlinge. Ich zog sie über Kopf und Arme, hörte Dunnoo etwas brummen, wurde mir bewußt, daß ich die steile Sandwand emporgezogen wurde, das Gesicht nach unten, und fand mich gleich darauf, halb erwürgt und beinahe ohnmächtig, oben auf dem Gipfel der Sandhügel, die den Krater umschlossen.
Dunnoo, das Gesicht aschgrau im Mondlicht, bestürmte mich, keinen Augenblick verstreichen zu lassen und unverzüglich zurück zu den Zelten zu eilen.
Allem Anschein nach hatte er Pornics Hufspuren vierzehn

Meilen weit über den Sand, der sich bis zu dem Krater erstreckte, verfolgt. Dann war er zurückgegangen, um meine Diener von dem Geschehnis in Kenntnis zu setzen. Aber sie hatten sich aufs entschiedenste geweigert, mit jemandem – gleichgültig, ob es ein Weißer sei oder ein Schwarzer –, der in dieses grauenhafte Dorf der Toten gefallen war, jemals wieder in Berührung zu kommen.
So nahm denn Dunnoo eins meiner Ponys und ein paar Punkah-Stricke, kehrte allein nach dem Krater zurück und zog mich heraus, so, wie ich es beschrieben habe.

Heiligabend auf einem Geisterschiff

Frank Cowper

Frank Cowper (1849–1930) war ein renommierter Jachtfahrer, der fünf Bände über Segeltörns *(Sailing Tours)* zusammenstellte und einen unschätzbaren Ratgeber zu diesem Thema schrieb *(Yachting and Cruising for Amateurs)*. Seine beliebte Sammlung von Seefahrergeschichten (*Cruising Sails and Yachting Tales*, 1921) erlebte mehrere Auflagen, und Cowpers eigene stimmungsvolle Horrorgeschichte »Heiligabend auf einem Geisterschiff« gehört zu den besten der Gattung, obwohl sie von Anthologien weitgehend ignoriert wurde. Sie erschien ursprünglich 1889 in der Januarausgabe von *Blackwood's Magazine.*

Ich werde diese Nacht bis an mein Lebensende nicht vergessen.

Es geschah während der Weihnachtsferien 187-. Ich war bei einem alten Freund aus dem College zu Gast, den man kürzlich zum Seelsorger einer Landgemeinde ernannt und der mich gebeten hatte, ihn ein wenig mit meiner Anwesenheit zu erfreuen; er selbst sei nämlich diesmal nicht abkömmlich.

Während wir von der kleinen Bahnstation über die gerade Landstraße fuhren, überfiel mich plötzlich ein Gedanke: Das Leben an einem solchen Flecken muß wahrlich trostlos sein! Ich habe mich schon immer stark vom Kolorit eines

Ortes beeinflussen lassen; vor allem eine eintönig platte Landschaft wirkt deprimierend auf mich, und die Eintönigkeit hier erschlug einen geradezu. Ringsherum niedrige, von Flechten überwucherte und vom Wind zerzauste dürre Hecken, dazu weite kahle Felder, und nur in Abständen ein trübseliger Baum, der den absolut geradlinigen Horizont unterbrach und sich wie ein morscher, alter Finger gen Osten reckte, weil auf seiner anderen Seite ein tosender Südwest alles Wachstum zernagt oder zerfetzt hatte. Hier und da bildete ein Heuhaufen oder die Hütte eines Knechts einen schwarzen Punkt vor der grauen Ferne, während rund zwei Meilen weiter der kümmerliche Turm von der Kirche meines Freundes zwischen dem Geäst ein paar dürrer, knorriger Bäume in den Winterhimmel ragte. Zu unserer Rechten erstreckte sich eine trostlose Schlammwüste, die an manchen Stellen zwar mit festerem Boden durchsetzt war, aber auch diese wirkten verloren und desolat, durch Hektare von Schlamm und dünne braune Bäche jeglicher Verbindung mit der übrigen Landschaft beraubt.
Über dieser Wüste pfiffen ein paar Seevögel, doch das war außer dem Knirschen unserer Wagenräder und dem stetigen Trott des Pferdes auch das einzige, was die Stille brach.
»Nicht gerade viel Leben hier, was?« sagte Jones. Ich konnte nicht das Gegenteil behaupten.
Während wir weiter die sogenannte »Straße« entlangfuhren, wie bei den Einheimischen liebevoll die kleine Ansammlung von niedrigen Häusern hieß, welche die Chaussee säumte, fielen mir die stumpfen, freudlosen Gesichter der Kinder und ein paar schlampige Weiber auf, die in den Hauseingängen herumlungerten.
Es gab eine alte Bruchbude von Gasthaus mit einem halbzerfallenen Schild, das kaum noch an seiner durchgeroste-

ten eisernen Halterung hing. Ein gelbroter Farbklecks mit einem schmutzigblauen Streifen darin sollte den »Kopf des Herzogs« darstellen, obwohl kaum jemand hätte sagen können, welchem erlauchten Mitglied des Hochadels diese Ehre widerfuhr. Jones glaubte, es sei der Herzog von Wellington, während ich die Theorie vertrat, daß es der von Marlborough sei, hauptsächlich aufgrund der Tatsache, daß kein Künstler, der eine frappierende Ähnlichkeit vermitteln wollte, den Großen Herzog frontal abgebildet hätte, was bei der dargestellten Persönlichkeit offenkundig der Fall war. Außerdem trug sie einen Dreispitz.
Die Kirche lag am Ende des Dorfes und war von einem verwahrlosten Friedhof umgeben, während ihr gegenüber ein hübsches, noch ganz neues Häuschen jenes rein zweckorientierten Architekturstils stand, der das viktorianische Zeitalter zu einer der phantasielosesten Epochen abstempeln wird. Zwei Fenster flankierten seine Eingangstür, und drei weitere, sehr schmale lugten unter einem Schieferdach hervor. Abwechslung und etwas Besonderes erhielt die Fassade durch die Mischung von gelbem und rotem Backstein, beides so leuchtend, das man fast hätte glauben können, sie wären bemalt. Eine peinlich saubere Steinschwelle vor der Tür zusammen mit dem ebenfalls leuchtenden Grün des Fachwerks und eines kleinen Pfahlzauns verrieten mir, was für eine Art Gastgeberin ich zu erwarten hatte, und ich wurde nicht enttäuscht. Eine schlanke, fröhliche, rührige Frau mit freundlichem Gesicht begrüßte uns in diesem aufmunternden Ton, der halb Mitleid, halb das väterliche (beziehungsweise mütterliche) Gebaren einer Hausherrin war und den meiner Erfahrung nach so viele Frauen gegenüber einsamen Vertretern des anderen Geschlechts anschlagen.
»Du wirst dich hier ganz schön langweilen, alter Junge«,

meinte Jones während unseres einfachen Abendessens. »Es gibt hier nichts, was du tun könntest, außer du hast mal Lust, in den Sümpfen drüben auf Entenjagd zu gehen. Ich bin morgen fast den ganzen Tag unterwegs, ich stecke nämlich bis zum Hals in Arbeit und werd' nur immer mal kurz reinschauen.«
Während wir miteinander sprachen, konnte ich nicht umhin, die Fröhlichkeit zu bewundern, mit der Jones die schreckliche Monotonie seines hiesigen Alltags überstand. Sein Vorgesetzter, so erzählte er mir, sei bei schlechter Gesundheit und sehr empfindlich. Um ein Leben zu verlängern, das seines Erachtens von unzweifelhaftem Wert für die Kirche war, weilte er deshalb mit seiner Familie in Torquay oder Cannes, wo er einem gepflegten Nichtstun frönte, dabei aber durchaus imstande war, die angenehme Gesellschaft an diesen zauberhaften Orten zu genießen. Er empfand seine Pflicht vollauf als getan, wenn er ein Zehntel seines Einkommens für die geistlichen Bedürfnisse seiner Pfarrei opferte. Ein Schirmherr in Form eines Großgrundbesitzers war ja nicht vorhanden, die nächsten »Herrschaften«, wie die Bauern es nannten, lebten fünf Meilen entfernt. Es gab keine Menschenseele, mit der ein Mann von Jones' Stand und Bildung hätte Umgang pflegen können. Und doch äußerte er, wenn überhaupt, nur ein einziges Wort der Klage: Das Schlimmste daran sei die Schwierigkeit, wenn nicht Unmöglichkeit, von jemandem wirklich verstanden zu werden. »Die Armen sind derart argwöhnisch und unwissend, daß sie alles von so einer niedrigen Warte betrachten; Frische und Begeisterung versacken da ja so leicht in Förmlichkeit und Lethargie.«

Wie ich am nächsten Tag feststellte, konnte ich mich tatsächlich nicht nützlich machen, und fühlte mich derart überflüssig, wie man es immer tut, wenn ein anderer eifrig seiner Pflicht nachgeht, man selbst sich aber langweilt. Darum begab ich mich mit einer Flinte ins Moor hinaus. Vielleicht ließe sich ja irgend etwas erlegen.

Da ich nicht vor dem Abendessen zurückzukehren gedachte, nahm ich einige Brote und eine Feldflasche mit. Ein nicht ganz ungefährlicher Weg führte auf mehr oder weniger morschen Holzstegen über einem Deich nach dem anderen, bis ich mich schließlich am Rande eines größeren, aber seichten Gewässers befand. In dessen Mitte entdeckte ich ein paar Enten, und weit draußen stand ein Reiher. Aber sie waren alle außer Schußweite. Ohne ein Boot würde ich da nichts ausrichten können.

Also setzte ich mich auf einen alten Stoß Balken, der noch von den letzten Ausbesserungsarbeiten oben auf dem Deich dalag. Die Enten machten einen sehr verlockenden Eindruck; aber da mir weder ein Boot noch ein Entengewehr zur Verfügung standen, wäre ich am hellichten Tag wohl nicht sehr weit gekommen. Und so saß ich eine Zeitlang verzagt herum und machte mich dann wieder auf den Weg.

Die Einöde war fast deprimierend: Alles nur braun und grau, nichts unterbrach die Monotonie des weit ausgedehnten Sees, und die gesamte Szenerie vermittelte mir den Eindruck einer Geraden von undefinierbarer Länge, in deren Mitte sich ein winziges Pünktchen befand – ich selbst.

Schließlich – ich folgte gerade einer Abbiegung des Dammes – sah ich etwas über der Hochwassermarke liegen, das nach einem Boot ausschaute.

Voll Freude über dieses Zeichen von Menschenleben beschleunigte ich meinen Schritt, und es war tatsächlich ein Boot, noch dazu ein Flachboot, wie man es für die Entenjagd verwendet. Als ich näher kam, sah ich, daß es schon

alt und höchstwahrscheinlich nicht mehr dicht war, aber hier konnte man doch wenigstens auf ein Erlebnis hoffen, und ich ließ mich nicht so rasch einschüchtern. Bei genauerer Untersuchung schien der Kahn weniger leck als erwartet, zumindest hielt er das Wasser, das in ihm war, recht gut, und wenn er das tat, dann mußte er es auch ebensogut draußen halten. Ich drehte ihn auf den Kopf, zog die alte Schaluppe dann hinter mir durch den Schilfgürtel und ließ sie zu Wasser. Dann aber stieß ich auf eine echte Schwierigkeit. Von einem Ruder war weit und breit keine Spur. Bestimmt hatte ihr Besitzer sie mitgenommen, und es wäre ziemlich zwecklos, danach zu suchen. Aber ein kräftiger Stock würde es auch tun, denn das Wasser war ja ganz seicht, und es dauerte nicht lange, da hatte ich einen gefunden.
Das war wirklich ein Glück. So hatte ich doch wenigstens etwas Hoffnung, ein paar Enten zu erwischen. Auf jeden Fall war ich jetzt auf dem Wasser und konnte die kleinen Inselchen erkunden, die kaum über die braune Brühe hinausragten. Vielleicht waren ja dort ein paar Kaninchen. Ich stieß mich vorsichtig auf die schwarzen Flecken zu, da flog zuerst eine, dann eine zweite und eine dritte Ente hoch. Es sah aus wie eine Perlenschnur. Der ganze Schwarm flatterte mit ausgestreckten Hälsen zu meiner Rechten davon, um sich anscheinend auf einer flachen Insel, rund eine halbe Meile hinter der ersten, niederzulassen. Der Reiher hatte sich ohnehin schon längst davongemacht. Was blieb mir also anderes übrig, als mich hinter den Enten her durch den Schlamm zu staken. Aber ich war kaum ein paar Meter weit gekommen, da merkte ich, daß ich weit schneller fuhr als erwartet, und bald entdeckte ich auch die Ursache: Die Flut ging zurück, und das Wasser zog mich mit sich. So käme ich zumindest näher an meine Enten heran.

Ich steuerte das Boot ganz gemütlich mit meinem Pfahl, und als ich die Insel umrundete, entdeckte ich einen neuen Quell des Interesses. Der See wurde hier viel breiter, und rechts von mir, in der Ferne, erblickte ich eine Schneise, die aussah, als hätte man einen tiefen Graben durch das Flachland gestochen. Warum in diesem Graben aber von Zeit zu Zeit dunkle Objekte aufstiegen und wieder verschwanden, war mir unerklärlich. Ein seltsames Phänomen!

Das Wasser schien aus den Schlammebenen abzulaufen, und ich erkannte, daß ich mich sehr genau in den kleinen Kanälen oder »Seen« halten mußte, die der schlickigen Wüste als natürliche Abzugsrinnen dienten, wenn ich nicht mitten darin steckenbleiben und mir nasse Füße holen wollte.

Etwa eine Meile – oder vielleicht auch weiter – vor besagtem Landschaftseinschnitt sprang mir etwas anderes ins Auge. Es handelte sich um ein kleines Schiff, das hoch auf dem Schlamm lag und verlassen wirkte.

Die Enten hatten sich rund hundert Meter hinter der Insel niedergelassen, und ich näherte mich so vorsichtig ich konnte. Aber gerade als ich den Pfahl beiseite legte, um nach meinem Gewehr zu greifen, ertönte ein rascher Flügelschlag, das Spritzen von Wasser, und weg war meine Beute. Die Enten flogen tief über dem Schlamm auf das alte Schiff zu.

Das ist meine Chance, dachte ich. Wenn ich an Bord klettern und mich dort versteckt halten könnte, würde ich mit Geduld und Spucke vielleicht doch noch zum Schuß kommen. Ich sah auf meine Taschenuhr; es blieb immer noch hinreichend lange hell, und die Ebbe hatte ja gerade erst eingesetzt. Also stieß ich mich mit neuer Hoffnung vorwärts, und bald war ich dem alten Kahn schon recht nahe.

Das Wasser stand gerade noch hoch genug, daß ich bis auf drei oder dreieinhalb Meter herankommen konnte; weiter allerdings nicht, und das war eine Enttäuschung. Doch bemerkte ich auf der anderen Seite des Wracks einen tiefen See, der es umgab, und beschloß, mein Glück dort zu versuchen. Mit einem Ruck, der die Schmutzbrühe aufspritzen ließ, bekam ich mein Boot wieder flott und fuhr in Richtung des tieferen Wassers. Das erwies sich als ziemlicher Erfolg, denn ich gelangte bis unter den Bug, wo eine gut passierbare Wasserrinne steuerbords nach achtern führte, und es dauerte nicht lange, da war ich über die rostigen Ketten des Vorschiffs an Deck geklettert.

Das alte Fahrzeug stand fast aufrecht in dem weichen Schlamm, und schon ein kurzer Blick verriet mir, daß man es nie wieder benutzen würde. Es handelte sich um eine Brigg von schätzungsweise zweihundert Tonnen, die zweifellos einmal ein schönes Schiff gewesen war. Nun aber war ihre Takelage völlig morsch und verrottet und alles Wertvolle aus ihr herausgerissen. Für mich birgt ein verlassener Kahn immer eine ganze Welt von Romantik. Die Orte, an denen er gewesen sein, die Szenen, die er erlebt haben muß, die vielen denkbaren Verbrechen und Abenteuer – all diese Vorstellungen bestürmen mich beim Anblick eines abgetakelten, vergessenen Wracks, das man im Schlamm irgendeines einsamen Flüßchens dem Moder und dem Verfall überlassen hat.

Um mein Boot so lange wie möglich flott zu halten, vertäute ich es unter dem Heck und sah dann über die Reling nach den Enten. Da waren sie, keine hundertfünfzig Meter entfernt! Sie schwammen auf mich zu, und während ich mich hinter der hohen Reling versteckt hielt, konnte ich sie in dem schlammigen Tang rudern und fressen sehen. Sie näherten sich nur langsam, aber ich hatte ja Zeit. Noch eine Minute, dann wären sie in Schußweite, und ich wollte mir schon zu dem Erfolg meines Abenteuers gratulieren, dachte bereits an Jones' Freude über diese Bereicherung seiner Speisekammer, da ertönte ein schweres Platsch, und mit wildem Flügelschlag flog der ganze Schwarm aus dem Wasser, um flach über den Schlamm auf das ferne Meer zuzuschießen. Ich feuerte ihm aus beiden Läufen hinterher und tröstete mich damit, daß ich wenigstens von einer Ente die Federn fliegen sah; aber keine einzige fiel herab, und ich blieb allein mit meiner Zerknirschung.

Was, fragte ich mich, konnte dieses Platschen verursacht haben? An Bord war bestimmt niemand außer mir, und ohne Schlammschuhe oder ein Boot konnte auch niemand hier herauskommen. Ich sah mich um. Alles war totenstill. Nichts brach die Eintönigkeit der grauen, sumpfigen, ausgestorbenen Landschaft. Im Südwesten kam ein eisiges Lüftchen auf, das einen naßkalten Nebel mitbrachte und die dunkle Ferne verschwinden ließ. Meine Sichtweite schrumpfte im Nu. Der Tag ging zur Neige, und ich mußte an den Rückweg denken. Als ich mich aber umdrehte, fiel mein Blick auf ein Flachboot, das vorüberglitt. Es trieb auf dem nunmehr rapide sinkenden Wasser, das an der Schlammbank, auf welcher das Schiff lag, vorbeistrudelte. Aber es saß niemand in diesem Boot – und mich traf ein fürchterlicher Gedanke: Es mußte mein eigenes sein! Wie sollte ich jetzt wieder zurückkommen? Ich lief ans Heck und sah über die Reling. Das Boot war verschwunden.

Das ausgefranste, zerfaserte Ende der Leine verriet mir, was geschehen war. Ich hatte die Ebbe nicht einkalkuliert, und unter dem Zug des Bootes war die Leine, ein altes, morsches Ding, einfach gerissen.

Ich rannte zum Bug, sprang auf die Reling und sah mein Boot in rund einer Viertelmeile Entfernung friedlich da-

vonschwimmen. Es war ein sonnenklarer Fall: Ich konnte mir keine Hoffnungen machen, es zurückzubekommen. Jetzt setzte auch noch Regen ein. Ich sah, daß mir Hundewetter bevorstand, und wurde ein wenig nervös, was meine Rückkehr betraf. Wie sollte ich das denn schaffen, zumal es jetzt auch noch rapide dunkel wurde? Die Finsternis war so dicht, daß ich das flache Festland nirgendwo erblicken und seine Position nur daran abschätzen konnte, daß das Heck meiner Erinnerung nach in diese Richtung wies.
Ich kam zu der Überzeugung, daß ich ohne fremde Hilfe unmöglich von diesem trübseligen alten Kahn herunterkommen würde; und woher ich diese Hilfe nehmen sollte, konnte ich ums Verrecken nicht erkennen. Ich hatte den ganzen Tag über nicht ein menschliches Wesen gesehen, und es war unwahrscheinlich, daß nachts mehr davon herumlaufen würden. Aber dennoch rief ich aus Leibeskräften und wartete dann, ob irgendeine Antwort käme. Nicht die geringste, kein Laut außer dem Stöhnen des Windes, der durch die abgebrochenen Masten strich, und einem Knarren aus der Kajüte.
Na, dachte ich, immerhin hätte es auch schlimmer kommen können. Wenigstens hatte ich für heute nacht einen Unterschlupf, wogegen ich auf einer dieser Inseln einsam und verlassen dem prasselnden Regen ausgesetzt gewesen wäre. Geh unter Deck, bevor's zu dunkel wird, und sieh nach, was sich als Koje auftreiben läßt. Mit diesen Gedanken begab ich mich zur Kajütenluke und fand sie, wie erwartet, halb zerbrochen vor. Jeder, der Lust dazu hatte, konnte ungehindert nach unten gehen.
Während ich den morschen Niedergang hinabstieg, nahm die Luft einen feuchten Modergeruch an. Ich setzte meine Schritte sehr vorsichtig, weil ich durchaus nicht sicher war, daß die Stufen mich tragen würden. Das erwies sich als ein

Glück, denn ich wollte gerade in die Kajüte treten, da gab der Boden unter meinen Füßen nach, und hätte ich mich nicht am Geländer festgehalten, dann wäre ich gestürzt. Bevor ich auch nur einen Schritt weiterging, warf ich einen Blick ringsum.

Keine sehr verlockenden Aussichten. Es gab kaum Licht, und nur mit Mühe konnte ich die Dinge in meiner Nähe erkennen; alles andere blieb ungewiß. Aber daß man das Innere des Schiffes völlig ausgeschlachtet hatte, war nicht zu übersehen. Die wenige vorhandene Helligkeit fiel durch die Achterluken, und ein kleiner runder Lichtfleck starrte mir aus der Finsternis entgegen. Ich bemerkte, daß auch die Bodenbeplankung durchgebrochen oder herausgerissen war. Ein Nässeschimmer zeigte mir, was ich zu erwarten hatte, falls ich durch die Querträger rutschen würde. Man hätte insgesamt kaum einen trostloseren, gespenstischeren Ort finden können.

Eine Koje oder Schlafkabine, um mich hinzusetzen, entdeckte ich nirgendwo, und alles bewegliche Inventar hatte man hinausgeschafft. Was blieb, war lediglich der hohle Schiffskörper. Mit zunehmender Wachsamkeit tastete ich mich an der Kajütenwand entlang, stieg über die Querbalken und kam bald zu einem Schott. Als ich mich weitertastete, gelangte ich an eine Öffnung. Wenn es in der Kajüte schon düster war, dann war es hier schwarz wie die Nacht. Ich spürte, daß es sinnlos wäre, mich weiter vorzuwagen, zumal aus dem Bilgenwasser im Laderaum ein sehr feuchter, fauliger Geruch emporstieg. Also blieb ich stehen, starrte in die Finsternis, und plötzlich überkam mich ein eisiges Frösteln. Schaudernd richtete ich meinen Blick in die Kajüte hinter mir. Meine Augen hatten sich inzwischen an die Düsternis gewöhnt. Ein tieferer Fleck Dunkelheit zu meiner Rechten deutete auf das Vorhandensein einer mehrstöckigen Koje, und als ich mich hinübertastete, stellte ich fest, daß die untere davon tatsächlich noch heil war. Hier konnte ich mich wenigstens ausruhen, wenn es sich schon als ein Ding der Unmöglichkeit erwies, an Land zu kommen. Da ich ein paar Wachszündhölzer in meiner Tasche hatte, nahm ich eines davon heraus und unterzog die Koje einer näheren Prüfung. Sie war in besserem Zustand als erwartet. Wenn ich jetzt noch irgend etwas Brennbares finden würde, hätte ich es relativ gemütlich.

Aber so schnell wollte ich mich mit einer unerquicklichen Lage nicht abfinden. Ich beschloß, noch einmal nachzusehen, ob ich nicht doch irgendwie an Land kommen könnte, und stieg wieder die morsche Treppe hinauf. Es regnete jetzt sehr stark, und der Wind hatte aufgefrischt. Das Wetter hätte nicht unangenehmer sein können. Dann schaute ich über die Reling und ließ mich an einer der Ketten hinab, um nachzusehen, ob der Schlamm begehbar wäre. Doch noch bevor ich unten ankam, befiel mich Furcht – vielleicht würde ich nicht mehr zurückklettern können, wenn ich erst losließe, und darum hangelte ich mich wieder an Deck hinauf.

Es war offensichtlich, daß ich hier würde übernachten müssen. Aber vor dem Hinuntergehen rief ich noch einmal aus Leibeskräften – mehr, um nicht in Niedergeschlagenheit zu verfallen, als in der Hoffnung, daß jemand mich hören würde – und lauschte dann. Nicht ein Laut gab mir Antwort. Jetzt war ich bereit, es mir so bequem wie irgend möglich zu machen.

Es war eine trübselige Aussicht. Lieber hätte ich sogar an Deck übernachtet als unten in dieser modrigen, stinkenden Kajüte; aber der Regen, der einen naß machte bis auf die Haut, der Wind und auch die Kälte trieben mich in den Schutz des Schiffsinneren. Es schien so absurd, daß man sich zwei, drei Meilen von einem nüchternen Allerweltsdorf in der Situation eines Schiffbrüchigen befand, noch dazu in einem von Land umschlossenen Hafen, der eigentlich ja Festland war, falls sich der tiefe, schleimige Schlamm so bezeichnen ließ. Viele Streichhölzer hatte ich nicht mehr, dafür aber meine Patronen und mein Gewehr. Mir kam der Gedanke, Signalschüsse abzugeben. Ja, natürlich! Das ist es! In einer so dunklen Nacht wird man die Mündungsflamme sehen. Denn dunkel war es jetzt ganz zweifellos. Ich stieg auf den höchsten Punkt des Schiffes und feuerte ab. Das Geräusch erschien mir ohrenbetäubend; bestimmt brachte es die halbe Umgebung auf die Beine. Ich schoß ein Dutzend Patronen leer und wartete dann. Aber die Stille wirkte nur noch bedrückender, die Finsternis nur noch schwärzer. Es hat keinen Zweck; ich werde mich aufs Ohr legen, dachte ich niedergeschlagen. Ich tastete mich mit großer Mühe zum Kopf des Niedergangs und polterte äußerst unsanft die Stufen hinunter. Wenn ich nur eine Lampe hätte, dann ließe es sich schon aushalten, dachte ich. Ha, eine Idee! Bastel dir einen Speiteufel! So nannten wir als Jungen immer die kleinen Kegel aus feuchtem Schießpulver.

Ich nahm meine letzten zwei Patronen heraus, schüttete das Pulver darin behutsam in meine Hand, feuchtete es an und knetete es zu einem Brei, den ich auf das glatte Ende des Treppengeländers legte. Dann zündete ich ihn an. Eine funkelnde Helligkeit entstand – wenigstens im Vergleich zu der absoluten Schwärze ringsum –, und in ihrem Schein konnte ich zu meiner Koje finden. Das Ganze hielt gerade so lange vor, daß ich mich einigermaßen bequem für die Nacht einzurichten vermochte, und durch haushälterischen Umgang mit einer Reihe von Streichhölzern bekam ich außerdem genug Licht für mein karges Abendmahl. Ich hatte nämlich ein klein wenig Sherry sowie ein paar Butterbrote für den Notfall aufgespart, und das war ein Glück. Die Helligkeit und das Essen munterten mich auf, und als das letzte Streichholz verloschen war, meinte ich bereits, es hätte auch noch weit schlimmer kommen können.

Während ich still dalag und auf den Schlaf wartete, drängte sich mir der Gedanke an die Absurdität meiner Lage auf. Da war ich nun – an all meinen Plänen und Vorsätzen gemessen – so weit vom Rest der Welt abgeschnitten wie ein Ausgestoßener auf einer einsamen Insel. Sehr wahrscheinlich würde ich morgen jemanden auf mich aufmerksam machen können, und Jones würde auf jeden Fall die Gegend absuchen lassen, so daß ich höchstens eine einzige Nacht hier sowie schadenfrohes Gelächter in Kauf nehmen müßte; bis dahin aber war ich von jedem Kontakt zur menschlichen Außenwelt abgeschnitten, wie Robinson Crusoe auf seiner Insel, ja, sogar noch mehr, denn ich hatte ja nichts Lebendiges, das meine Einsamkeit teilte. Die Stille hier war vollkommen; und wenn Stille das Einschlafen erleichtern sollte, dann hätte mich der Schlaf sehr bald heimsuchen müssen. Hat man aber Hunger, ist naß und befindet sich an einem fremden, unheimlichen Ort (davon, daß man noch in seinen Kleidern steckt, einmal ganz abgesehen), dann fällt das Einschlafen schwer. Erstens lag schon mein Kopf zu tief; und als ich meine Arme darunterlegte, bekam ich in ihnen einen Krampf. Zweitens schien mein ganzer Rücken aus Beulen zu bestehen. Ich drehte mich auf die Seite, aber da glaubte ich eine ziemlich ernsthafte Schwellung des Hüftgelenks zu spüren. Und meine Kleider rochen, wie ich fand, ausgesprochen muffig. Eine Zeitlang seufzte und ächzte ich herum. Dann setzte ich mich auf, holte mir dabei aber an den morschen Trümmern der einstmaligen Koje über mir fast einen Schädelbruch. Mich durch die pechschwarze Finsternis zu bewegen wagte ich nicht, denn ich hatte genug gesehen, um zu wissen, daß ich mir in der Kajüte mit ihrem herausgerissenen Boden mühelos auch ein Bein oder mein Genick brechen konnte.

Ich konnte nichts anderes tun, als stillzusitzen oder liegenzubleiben und auf das Tageslicht zu warten. Wieviel Uhr es war, wußte der Himmel. Als ich das letztemal nachgesehen hatte – vor dem Verlöschen des letzten Streichholzes –, war es erst sechs Uhr abends gewesen. Nun mochte es ungefähr acht sein, vielleicht sogar noch nicht einmal das. Zwölf lange Stunden in dieser trostlosen Schwärze, ohne irgendeinen Zeitvertreib! Ich *mußte* einschlafen; und von diesem Vorsatz erfüllt, legte ich mich wieder hin.

Wahrscheinlich gelang es mir tatsächlich. Das einzige, an das ich mich nach dem Hinlegen erinnern kann, ist, daß ich mich resolut nach innen richtete und darauf konzentrierte, mit Feuereifer eine imaginäre, nicht enden wollende Schafherde zu zählen. Diese verdienstvolle Methode, den Schlaf herbeizuzwingen, wurde zweifellos belohnt; aber wie lange ich schlief, kann ich unmöglich sagen. Ich weiß lediglich, daß ich nach Eintreiben des fünfhundertsten Schafes zwei schreckliche, grauenvolle Schreie durch die Finsternis gellen hörte. Ich schnellte kerzengerade empor, und als Beweis, daß ich alle meine fünf Sinne beisammen hatte, schlug ich mir diesmal nicht an der Koje über mir den Kopf an, sondern dachte daran, ihn ein Stück nach außen zu neigen.

Es ertönte kein Laut mehr. Die Stille war ebenso vollkommen wie die Schwärze. Ich muß geträumt haben, dachte ich, aber die Schreie klangen mir noch in den Ohren nach,

und mein Herz pochte vor Aufregung. Das mußte doch einen Grund haben! Ich hatte noch nie zu dergleichen Hirngespinsten geneigt. Ich wurde einfach nicht schlau aus der Sache, und mir war höchst unbehaglich zumute. Eine Weile blieb ich einfach sitzen und lauschte. Kein Laut brach mehr die Totenstille, und als ich das Herumsitzen satt hatte, legte ich mich wieder hin. Erneut begann ich, meine endlose Herde durch das Gatter zu treiben, aber ich spitzte unwillkürlich die Ohren.
Es war, als würde in der Finsternis ein Ton oder ein Geräusch anschwellen, ein undefinierbares Etwas, das sich in den Partikeln der Luft sammelte wie atmosphärische Moleküle, und diese Moleküle regten sich leise – sie raunten und wisperten. Der Wind hatte sich gelegt. Ich wäre ja an Deck gegangen, doch es war schon bei Licht riskant genug, hier umherzutappen; in dieser Schwärze wäre es Wahnsinn gewesen. Also blieb ich liegen und versuchte zu schlafen.
Plötzlich vernahm ich ein Geräusch, undeutlich zwar, aber nicht bloße Einbildung – ein gedämpftes Geräusch, so als würde sich im vorderen Teil des Schiffes etwas bewegen. Ich starrte in die Finsternis und lauschte gespannt.
Was war das? Es hörte sich nicht nach Ratten an. Nein, das Geräusch war eine Art sehr dumpfes, undeutliches Schlurfen, das nicht den geringsten Aufschluß zuließ, wodurch es verursacht wurde. Es dauerte nur kurze Zeit an. Jetzt aber schien die feuchte, winterliche Luft noch eisiger zu sein. Die klamme Kälte drang mir bis ins Mark, und ich klapperte mit den Zähnen. Gleichzeitig wurde ein neues Sinnesorgan attackiert. Der faulige Geruch des in der Bilge stehenden Wassers, der mir bereits aufgefallen war, schien sich noch unangenehmer in den Vordergrund zu drängen, so als hätte man es aufgerührt.

»Das ist ja nicht zum Aushalten!« brummte ich und zitterte dabei vor Ekel über diesen grauenhaften Gestank. »Jetzt nehme ich jedes Risiko in Kauf, ich gehe an Deck!«
Und um diesen Entschluß gleich in die Tat umzusetzen, wollte ich mich schon aus meiner Koje erheben, wurde aber gebremst. Das Geräusch setzte von neuem ein. Ich spitzte die Ohren. Diesmal erkannte ich ganz deutlich zwei unterschiedliche Laute: der eine wie eine schwere, weiche Last, die mühsam vorwärts geschleift wird, der andere wie das Poltern von Stiefeln auf Bodenplanken. Konnte doch noch jemand an Bord sein? Aber wenn ja, warum hatte er sich dann nicht gerührt, als ich an Deck geklettert war, oder später, als ich gerufen und mein Gewehr abgefeuert hatte?
Wenn es hier Menschen gab, dann wollten sie offensichtlich im verborgenen bleiben, und meine Anwesenheit war ihnen lästig. Aber wie mucksmäuschenstill sie sich verhalten hatten! Ich lauschte angespannt. Das Geräusch hatte wieder aufgehört, und abermals herrschte ringsum die vollkommenste Stille. Dann schien sich in der Finsternis ein neuer Laut zu bilden: ein leises Zischen, Blubbern und Plätschern, das anschwoll, bis ich es als das Sprudeln von Wasser erkannte. Das muß die Flut sein, dachte ich. Sie hat die Ruderanlage erreicht und wirbelt um den Achtersteven. Das erklärte meines Erachtens alles, denn wenn die Flut das Fahrzeug umgab und es sich wieder aufrecht stellte, konnten in diesem alten Kasten alle möglichen Geräusche entstehen.
Aber dennoch wurde ich dieses leise, eisige Grauen nicht los, das die beiden Schreie zusammen mit dem Gestank hervorgerufen hatten. Und darüber hinaus wurde dieser widerliche Geruch immer aufdringlicher. Er war modrig, gräßlich, ekelhaft – wie ein verwesendes Stück Aas. Ich

wappnete mich innerlich gegen die drohenden Gefahren und stand auf, um mich zum Niedergang zu tasten.
Das erwies sich als schwieriger, als ich es mir hatte träumen lassen. Zwar besaß ich mein Gewehr und konnte damit nach den Bodenträgern tasten, aber sobald ich den Kojenrand losließ, hatte ich nichts mehr, woran ich mich festhalten konnte, und wäre schon beinahe beim ersten Schritt auf die Nase gefallen. Dieser Versuch überzeugte mich, daß ich lieber die rätselhaften Schrecknisse des Unbekannten über mich ergehen lassen sollte, als einen Bein- oder Genickbruch zu riskieren.
Also setzte ich mich wieder auf die Koje.
Nun, da ich selbst aufgehört hatte, mich zu bewegen, merkte ich, daß dieses Schlurfen immer noch anhielt. Na, meinetwegen schlurft, dachte ich. Wird auch nichts schaden. Ich schlaf jetzt wieder. Und mit diesen Gedanken legte ich mich hin, behielt das Gewehr jedoch in Händen, um es notfalls als Keule zu benutzen.
Nun ist es ja schön und gut, über abergläubische Ängste zu spotten. Nichts läßt sich schneller und billiger erwerben als ein Ruf von Courage, geistiger Brillanz und Eigenständigkeit, wenn man bei guter Beleuchtung und in Gesellschaft anderer Menschen von einem gemütlichen Wohnzimmersessel aus die Furcht vor dem Übernatürlichen verlacht. Aber versetzen Sie diese Spötter nur einmal in eine Situation wie die meine, dann wären sie von den gegenteiligen Gefühlen ihrer Keckheit, ihrer Ironie und ihres Wohlbehagens kaum freier gewesen als ich.
Ich hatte diese überaus kraftvolle Spukgeschichte des verstorbenen Lord Lytton gelesen, und ihre beunruhigende Lebendigkeit beeindruckte mich schon damals zutiefst. Sollte ich nun etwa am eigenen Leibe und ohne die Möglichkeit eines Entrinnens jene Feuerprobe erleben, die die-

ser kühne Gespensterjäger durchgemacht hatte, und das unter weit günstigeren Voraussetzungen? Er hatte ja wenigstens den Beistand seines Dieners sowie Licht und Brennmaterial gehabt, vor allem aber konnte er jederzeit wieder verschwinden; und auch ich selbst fühlte mich sämtlichen Spukphänomenen gewachsen, hätte ich nur etwas Licht und Wärme besessen. Aber die Eiseskälte der Luft fraß sich in meine Knochen, und ich zitterte so stark, daß meine Zähne klapperten.

Ich konnte nicht einschlafen, konnte mich nicht davon abhalten zu lauschen, bis ich mich schließlich geschlagen gab. Aber anscheinend war da gar nichts zu hören. Solange ich meine Ohren daran gehindert hatte, ihren Dienst zu tun, mir mein Taschentuch auf das eine und das andere auf meinen Arm gelegt hatte, schien ein verschwommenes Geräusch zu mir zu dringen. Als ich mich aber auf den Rücken drehte, war mit einem Schlag alles still. Also sind es doch nur Hirngespinste, sagte ich mir. Das Resultat der Kälte und meines kümmerlichen Abendessens. Ich werde wieder schlafen. Aber trotzdem verharrte ich noch ein Weilchen regungslos in meiner Koje und lauschte. An dem breiten Schiffsbauch war ein Rieseln von Wasser zu hören, und ich wußte, daß die Flut rasch stieg. Meine Gedanken kehrten zu dem verlorengegangenen Boot zurück – zu Selbstvorwürfen, weil ich so dumm gewesen war, nicht genug Leine zu geben oder besser darauf zu achten. Und dann wurde ich plötzlich wieder ganz Ohr. Ein völlig anderes Geräusch fesselte mich nun, ein unverkennbares leises Stöhnen, dem fast augenblicklich zwei schwere Schläge auf etwas Dickes, Weiches folgten. Danach noch mehr Gestöhn und wieder diese übelkeiterregenden Schläge.

Es müssen Menschen hier sein! Wo stecken sie nur, und was ist los? Ich setzte mich auf, um angestrengt in Richtung der Geräusche zu spähen. Jetzt waren sie wieder verstummt. Sollte ich rufen und damit dem Mann oder den Männern verraten, daß ich hier war? Nur diese absolute Finsternis stellte mich vor ein Rätsel. Wie war jemand überhaupt in der Lage, genug zu sehen, daß seine Schläge trafen, oder sonst etwas zu tun? Ein entsetzlicher Gedanke: Nur eine Handbreit von mir entfernt konnte sich alles mögliche abspielen, ohne daß ich auch nur zu ahnen vermochte, wer oder was es war. Wie aber sollte ein Mensch in der Lage sein, sich hier besser zurechtzufinden als ich? Vielleicht war zwischen mir und dem Vorschiff ja ein festes Schott. Aber dieses Schott müßte sehr dicht und ohne die geringste Ritze sein, damit sich kein Lichtstrahl hindurchstehlen konnte. Nein, ich war nun einmal davon überzeugt, daß das Innere des Schiffes durchgehend offen war, vom einen Ende bis zum anderen. War das Ganze in Wirklichkeit also ein Traum? Um mir zu bestätigen, daß ich hellwach war, tastete ich in meinen Taschen nach dem Notizbuch, zog meinen Stift hervor, nahm das Buch in meine Linke und schrieb in der Dunkelheit rein nach Gefühl: »Ich bin hellwach; es ist ungefähr Mitternacht – Heiligabend 187-.« Als ich feststellte, daß ich ans Ende der Seite gelangt war, klappte ich das Buch zu und beschloß, morgen früh gleich hineinzuschauen. Ich war schon gespannt, wie die Schrift bei Tageslicht aussehen würde.

Aber alle weiteren Mutmaßungen wurden durch das Schlurfen und Schleifen abgeschnitten, das jetzt wieder begann. Kein Zweifel, die Geräusche waren lauter als zuvor und kamen in meine Richtung.

Noch nie im Leben hatte ich mich so mulmig gefühlt, so – ich kann es auch gleich gestehen – so verängstigt. Hier, in diesem leeren Schiffsrumpf, über diesen verrotteten Boden, über diese morschen Querbalken zog irgend jemand

oder irgend etwas eine schwere Last. Welche, das konnte ich nicht einmal erahnen, nur mußte ich in Anbetracht dieser beiden gellenden Schreie, der Schläge, des Ächzens und des dumpfen Polterns das Schlimmste vermuten – daß ich mich wirklich und wahrhaftig nur ein paar Schritte weit von einem grauenhaften Mord aufhielt, der gerade verübt wurde. Ich konnte nicht einmal ahnen, wer das Opfer oder wer der Täter war. Daß ich die Geräusche aber tatsächlich hörte, daran hatte ich keinen Zweifel; daß sie zunehmend lauter und deutlicher wurden, empfand ich mit schmerzlicher Klarheit. Die Situation hatte etwas durch und durch Grauenhaftes. Wenn ich nur ein Streichholz anzünden und sehen könnte, was dort, in meiner unmittelbaren Nähe, vorging. Aber ich hatte keines. Ich konnte lediglich die Geräusche hören: zuerst ein langsames, tiefes Geröchel, dann ein dumpfes Ächzen. Und wieder fielen diese grausamen Schläge, wie auf etwas Dickes, Durchnäßtes, gefolgt von ein paar leisen Tropfgeräuschen – »plitsch, plitsch« – und danach von einem einzelnen schweren »Platsch«. Die Tropfen fielen in das brackige Bilgenwasser, aus dem dieser übelkeiterregende Gestank aufstieg, diese beißenden, verwesungsähnlichen, grauenvollen Dünste.
Jetzt setzten wieder das Schleifen und Schlurfen ein. Es kam näher und war schließlich so dicht, daß ich das Gefühl hatte, ich brauchte nur meine Hand auszustrecken, um das Ding zu berühren. Großer Gott! Wollte es etwa zu meiner Koje? Nein. Es ging vorbei, und die ganze Zeit fielen diese dumpfen, schweren Tropfen ins Wasser. Es war entsetzlich. Diesmal legte ich mich nicht wieder hin. Ich blieb sitzen, hielt das Gewehr in Händen und war innerlich dazu bereit, es im Falle eines Angriffs auch zu benutzen. Als das Geräusch am dichtesten bei mir gewesen war, hatte ich unwillkürlich meine Flinte ausgestreckt, jedoch ohne etwas zu

berühren. Mich schauderte bei dem Gedanken, daß es ja *gar keinen Fußboden gab, über den die Last geschleift werden konnte.*

Ich mußte irgendeinen furchtbar lebendigen Traum haben. Es konnte nicht anders sein. Ich zwickte mich. Ich spürte, daß ich mich zwickte. Es war kein Traum. Der Schweiß lief mir übers Gesicht, meine Zähne klapperten vor Kälte. Die Rätselhaftigkeit des Ganzen war entsetzlich.

Und nun veränderten sich die Geräusche. Sie hatten jetzt den Niedergang erreicht. Jemand stieg mühevoll nach oben. Die alten Stufen knarrten. Polternd und mit vielen Unterbrechungen wurde etwas die Treppe hinaufgeschleift, bis es schließlich an Deck zu sein schien. Eine lange Stille trat ein, und das Schweigen ringsum verdichtete sich. Es erfüllte mich mit tiefster Furcht. Welch neue Schrecken würde diese Ruhe hervorbringen?

Ein schwaches, dumpfes Tröpfeln von der Treppe her brach die Stille, und dann setzten wieder die Schleifgeräusche ein. Weiter weg und weniger deutlich zwar, aber dafür waren die Schritte jetzt lauter. Sie näherten sich über meinem Kopf. Die alten Planken knarrten, und die Last wurde an eine Stelle genau über mir gezerrt. Dann hielten die Schritte inne, und es ertönte zweimal ein so deutliches Klopfen, gefolgt von einem dritten, festeren, daß es schien, als würde jemand auf das morsche Bretter- und Balkenwerk dort oben schlagen. Die Geräusche erinnerten in grauenhafter Weise an Kopf und Ellbogen eines Körpers, den man auf das Deck fallen ließ.

Und als wäre all dieses Entsetzen noch nicht genug, kam jetzt ein neues hinzu. Das scharfe Klopfen über mir war so nah, daß ich mich unwillkürlich bewegte, als hätte es mich selbst getroffen. Und in ebendiesem Moment fühlte ich etwas auf meinen Kopf tropfen und danach eine Feuchtigkeit, die mir über die Stirn rann. Erfüllt von Ekel, sprang ich auf, trat mit einem wilden Schrei nach vorn und fiel in das stinkende Wasser zwischen den Querträgern unter mir. Der Schock traf mich wie ein Faustschlag. Hätte ich vorher geschlafen und geträumt, dann hätte mich dies unweigerlich wachgerüttelt. Ehe ich mich's versah, fühlte ich mich von Wasser umgeben, vollkommen darin eingetaucht und einen Moment lang absolut denkunfähig. Da es stockdunkel und mein Kopf unter Wasser gewesen war, konnte ich nicht sagen, ob ich mich schon wieder außerhalb befand, als ich den Boden spürte und mich wild rudernd auf die Beine kämpfte. Erst ganz allmählich wurde mir klar, daß ich zwar in der ekelhaften Brühe steckte, daß mein Kopf aber darüber war, denn ich konnte mühelos atmen. Allerdings lief mir die Nässe aus den Haaren und tropfte mir in den Mund, während ich zitternd und japsend dastand. Es war erstaunlich, wie körperliches Unbehagen geistiges Entsetzen überwand. Nichts konnte jämmerlicher, konnte abscheulicher sein als meine derzeitige Lage, und sofort richteten sich meine Anstrengungen darauf, von diesem Ort des Schreckens wegzukommen. Aber wenn einer in seiner Kindheit je das Pech hatte, aus seinem Bett zu fallen, dann soll er nur einmal versuchen, sich an diese Gefühle zu erinnern, an die fassungslose, verwirrende Erkenntnis, daß er sich nicht in seinem Bett befindet, daß er nicht weiß, wo er ist, in welche Richtung er gehen oder was er tun muß, um wieder zurückzukommen; alles, was er berührt, fühlt sich fremd an, und ein Möbelstück gleicht ziemlich genau dem anderen.

Wenn einem also schon in einem Raum, den man in- und auswendig zu kennen glaubt, so sehr die Orientierung fehlt, wieviel hoffnungsloser war dann meine Situation am Grunde dieses Wracks, bis zur Taille im Wasser und ohne irgendeinen Anhaltspunkt, um wieder hinauszukommen. Ich hatte nicht die geringste Ahnung, in welcher Richtung Bug oder Heck lagen, und jede Bewegung, die ich mit meinen Füßen machte, brachte mich bloß noch mehr aus dem Gleichgewicht, denn nicht nur die großen Balken behinderten einen, sondern auch der Schlick am Boden des Schiffes.

Mein erster Gedanke, als ich meine fünf Sinne wieder beisammen hatte, war, meine Arme nach oben zu strecken. Zu meiner Erleichterung stellte ich fest, daß ich die Querträger über mir mühelos erreichen konnte, und da ich schon immer ein ganz guter Turner gewesen war, bereitete es mir keine großen Schwierigkeiten, mich hochzuziehen und auf den Balken zu setzen. Allerdings erschwerte das Gewicht meiner nassen Kleider die Übung beträchtlich. Soweit erfolgreich, blieb ich da hocken und ließ mich gewissermaßen in das Wasser unter mir abtropfen. Der Geruch war abscheulich. Noch nie hat es mich so vor mir geekelt, und ich zitterte vor Kälte.

Da ich nasser nicht mehr werden konnte, beschloß ich, irgendwie an Deck zu steigen. Aber wo war der Niedergang? Ich besaß keinerlei Orientierungshilfe. Es klingt zwar merkwürdig, doch über der rauhen Wirklichkeit meiner Mühen und Nöte waren mir die mysteriösen Geräusche beinah entfallen. Jetzt aber fesselte etwas meine Aufmerksamkeit. Während ich mich umsah, entdeckte ich nämlich ein unbestimmtes Flimmern zu meiner Rechten – von wie weit her, konnte ich nicht sagen. Es glich dem Schimmer eines Glühwürmchens, nur größer und von unbeständigerer Gestalt – einmal wie ein helles längliches Oval und dann wieder in die eine oder andere Richtung flackernd, als wäre es einem Luftzug ausgesetzt. Während ich noch hinsah und mich nach der Ursache dieser Erscheinung fragte, hörte ich oben die Schritte. Sie gingen über meinem Kopf hinweg nach links, wo sie lauter zu werden schienen. Mich beschlich eine schauerliche Angst. Wenn ich nur von diesem grauenvollen Ort wegkommen könnte – aber wo war die Treppe? Ich spitzte die Ohren. Die Schritte hörten sich an, als kämen sie ein paar Stufen herunter; also mußte sich der Niedergang links von mir befinden. Wenn ich mich aber dorthin bewegen würde, dann liefe ich diesem unheimlichen Ding – was immer es war – direkt in die Arme. Mich schauderte bei dem Gedanken. Aber ich faßte einen Entschluß. Indem ich ganz vorsichtig und behutsam meine Hand ausstreckte, ertastete ich den nächsten Querträger und kroch darüber hinweg. Dann verharrte ich, um zu lauschen. Die Schritte kamen näher. Mein Gehör war jetzt ganz scharf geworden, und ich konnte fast sagen, an welcher Stelle jeder Schritt war. Sie kamen näher, immer näher, und ich zog unwillkürlich meine Hand weg. Die Schritte gingen vorbei, in Richtung des Flimmerns, wurden schwächer und endeten dann ganz. Eines jedoch bemerkte ich mit Grauen: Das Licht verschwand – obwohl das Ding zwischen uns durchgegangen sein mußte – nicht einen einzigen Moment. Das aber wäre unvermeidlich geworden, wenn irgend etwas Festes, zum Beispiel ein Körper, sich dazwischengeschoben hätte.

Das Ganze war grauenhaft mysteriös. Und was war aus diesem anderen Geräusch geworden, diesem Etwas, das jemand am Boden entlangschleifte? Ich zitterte vor Angst, aber ich beschloß, meinen Weg fortzusetzen, bis ich irgendwohin kam.

Nachdem ich haarscharf mehreren weiteren Stürzen entgangen war, tauchte ein Schott auf, und ich tastete mich vorsichtig daran entlang. Da! Eine Öffnung! Es war der Niedergang. Meine Hände waren vom Betasten der Balken inzwischen wieder trocken, und ich fühlte nach den Stufen, um sicherzugehen, daß es sich auch bestimmt um die Treppe handelte. Dabei berührte ich etwas. Etwas Nasses, Klebriges. O Grauen! Was war das? Ein eisiger Schauer hätte mich fast von dem Balken geworfen, auf dem ich stand, und ich empfand einen unaussprechlichen Widerwillen davor weiterzugehen. Aber die frische Luft, die den Niedergang herunterkam, belebte mich, und indem ich meine Furcht bezwang, stieg ich auf die Treppe. Wenig später war ich oben und wieder an Deck.

Ich glaube, in meinem ganzen Leben habe ich mich nicht so gefreut wie damals, als ich aus diesem scheußlichen Loch heraus war. Ich war zwar naß bis auf die Haut, und der eisige Nachtwind drang bis auf die Knochen, aber diese Dinge vermochte ich wenigstens zu verstehen; sie entsprachen der allgemeinen Erfahrung. Was ich hingegen durchgemacht hatte, konnte nur eine Nervensache sein. Es besaß keinen greifbaren oder sichtbaren Schrecken, war deshalb aber nicht weniger entsetzlich, und ich wollte so etwas um nichts in der Welt noch einmal erleben. Während ich mit eingezogenem Kopf im Windschatten der Reling stand, betrachtete ich den Himmel. Es sah aus, als würde es Tag. Ringsum herrschte ein schwaches Licht, und ich hatte das Gefühl, daß mit dem Morgengrauen alle meine Sorgen vorbei wären. Es war bitterkalt. Der Wind hatte auf Norden gedreht, und achtern konnte ich schwach das flache Ufer erkennen.

Während ich noch dastand und zitterte, wehte ein Schrei zu mir herüber. Zuerst hielt ich es für den Ruf eines Seevogels, dann aber ertönte er erneut, und ich konnte schwören, daß es eine Menschenstimme war. Schnell sprang ich auf die Heckreling, erwiderte den Schrei aus Leibeskräften und wartete dann. Die Antwort erfolgte mit größerer Deutlichkeit. Es war Jones' Stimme. Hatte er mich gehört? Ich schwenkte mein schmutzig gewordenes Taschentuch, rief abermals und hörte kurz darauf die Worte: »Wir kommen!« Was für ein beglückender Satz! Kein schiffbrüchiger Matrose auf einer einsamen Insel hatte je größere Freude verspürt. Bald wäre meine Not ausgestanden.

Unglücklicherweise war wieder Ebbe, und der Wasserspiegel fiel immer noch. Nur mit einem Boot könnte man mich erreichen, und das aufzutreiben würde Zeit kosten. Darum stapfte ich an Deck hin und her, um mich aufzuwärmen; gegen den Niedergang und die tiefen Schatten des Vorschiffs hatte ich einen Abscheu.

Als ich mich wieder umdrehte, glaubte ich etwas zu erkennen, daß sich über den Schlamm bewegte. Ich hielt inne. Ja, da kam unzweifelhaft eine Gestalt auf mich zu. Eine schroffe Stimme begrüßte mich.

»*Lily* ahoi! Irgend jemand an Bord?«

Was für eine absurde Frage! Dabei hatte ich mir hier die Lunge aus dem Leib geschrien. Aber ich gab meinem Retter rasch Antwort, und dann begriff ich, warum er in dem weichen Matsch nicht tiefer einsank. Er hatte Schlammschuhe an. Während er so nah wie möglich herankam, rief er mir zu, ich solle beiseite gehen, und warf dann ein Paar Holzbretter herauf. Klappernd landeten sie an Deck. Ich hob sie auf und brauchte unter der Anleitung meines Freundes nicht lange, um sie anzuziehen. Er gab mir Anweisungen und Ratschläge zum Herunterklettern, aber es war mir egal, wieviel nasser ich noch wurde. Ich ließ mich einfach über die Reling in den Schlick plumpsen, kämpfte mich zu meinem Freund hinüber und schlitterte mit ihm zusammen weiter Richtung Ufer – obwohl das Wort »Schlittern« für das Herumgeplatsche, das ich auf meinem Weg an Land veranstaltete, etwas übertrieben ist. Am Ufer erwartete mich schon ein ziemliches Häufchen Menschen. Aber Jones drängte mich sofort zu einem Pferdefuhrwerk, das er auf einem Weg in der Nähe stehen hatte, und brachte mich nach Hause.

Unterwegs schilderte ich ihm mein Abenteuer, ohne aber die merkwürdigen Geräusche zu erwähnen. Es ist seltsam, wieviel Scheu man hat, etwas zu erzählen, wenn man weiß, daß andere es einem niemals glauben werden. Erst am Abend des nächsten Tages fing ich an, ihm näher davon zu berichten, und auch dann nur gestärkt durch ein vorzügliches Essen und einen sehr guten französischen Rotwein. Jones hörte mir aufmerksam zu. Er war ja viel zu höflich und wohlerzogen, um mich auszulachen; aber ich merkte, daß er nicht eine Sekunde lang an die Realität des Vorfalls glaubte. »Sehr merkwürdig!«, »Höchst beachtlich!«, »Ganz außergewöhnlich!« sagte er pausenlos und mit offensichtlichem Interesse. Aber ich war sicher, daß er alles meiner Erschöpfung und meiner wirren Phantasie zuschrieb. Und, um die Wahrheit zu sagen, das hat auch jeder andere getan, dem ich diese Geschichte seither erzählte.

Tatsache ist, daß wir in unserem nüchternen, unromantischen Zeitalter an nichts glauben, das irgendwie ins Übernatürliche spielt. Aber dennoch weiß ich so sicher, wie ich diese Worte schreibe, daß das Ganze wirklich geschehen ist, ja, vielleicht sogar wieder geschehen wird; warum nicht in jeder Nacht? Ich habe eine Theorie, über die man natürlich lachen wird, und weil ich alles andere als ein Wissenschaftler bin, kann ich sie auch nicht mit wissenschaftlichen Argumenten untermauern. Aber es ist folgende: Nachdem Mr. Edison jetzt entdeckt hat, daß sich durch gewisse unkomplizierte Vorgänge menschliche Töne und

Geräusche beliebig oft reproduzieren lassen, könnte es doch zufällig, aufgrund eines völlig kuriosen Zusammentreffens von Umständen, auch sein, daß die Schreie irgendeiner gequälten Kreatur oder die Laute, die man zu einem Zeitpunkt ausstößt, wenn alle anderen Emotionen nichts sind im Vergleich zu den übermächtigen Gefühlen eines Menschen, der gerade ein schreckliches Verbrechen begeht – es könnte, sage ich, doch sein, daß diese Geräusche in der Atmosphäre oder der Oberfläche irgendeines geschlossenen Raums bleiben und unter den gleichen atmosphärischen Bedingungen wieder abrufbar sind, zum Beispiel durch einen Luftzug. So die verschwommene Erklärung, die ich mir selbst zurechtgelegt habe.

Aber Erklärung hin oder her, es ändert nichts an dem geschilderten Sachverhalt. Sollen diejenigen, die ihn nicht am eigenen Leibe erlebt haben, ruhig darüber lachen.

Nun gut, kehren wir zum Schluß der Geschichte zurück. Ich gab Jones zwei Dinge zu bedenken, aus denen hervorgeht, daß ich nicht geträumt habe. Das eine war mein Notizbuch. Ich zeigte es ihm, und die Worte waren ganz deutlich lesbar, wenn natürlich auch sehr weit auseinandergezerrt:

Ich bin hellwach es ist ungefähr Mitternacht Heiligabend 1837.

Wobei ich mir das Datum 1837 allerdings nicht erklären kann.

Das andere waren diese übelriechenden schokoladefarbenen Flecken auf meinem Haar, meinen Händen und meinen Kleidern. Jones schrieb das natürlich den verrosteten Stahl- und Eisenteilen des Schiffes zu. Bestimmt sei infolge des starken Regens und der schadhaften Deckskalfaterung etwas Rost davon heruntergerieselt. Aber ein findiger Verstand kann schließlich alles erklären; fragt sich nur, ob diese Erklärung richtig ist.

Eine Erklärung für den phosphoreszierenden Schimmer hatte allerdings auch ich zur Hand: Da das Wasser faul und abgestanden war, hatten ihn zweifellos dieselben Gase verursacht wie beim Irrlicht.
Wir statteten dem Wrack einen Besuch ab und holten meine Flinte. Auf dem Deck waren die gleichen Flecken wie an meinen Kleidern, und merkwürdigerweise verliefen sie in einer fast geraden Linie vom Kopf des Niedergangs über die Stelle, unter der ich gelegen hatte, zur Steuerbordreling. Wir unterzogen das Vorschiff einer eingehenden Untersuchung; aber es war ebenso restlos ausgeschlachtet wie das übrige Fahrzeug. Jones war froh, als er wieder an Deck kam. Die Atmosphäre im Inneren war sehr unangenehm, und ich hatte kein Lust zu bleiben.
Auf meine Bitte hin zog Jones alle nur möglichen Auskünfte über die alte Brigg ein. Viel kam dabei jedoch nicht heraus. Sie war verrufen, und niemand wollte an Bord, solange es sich vermeiden ließ. Wie es aussah, galt der Kasten als Geisterschiff. Sein Eigentümer, der auch der Kapitän gewesen war, hatte vor ungefähr drei Jahren das Zeitliche gesegnet. Auch er hatte in einem üblen Ruf gestanden. Da er aber sein Geld dem einflußreichsten Landwirt des Bezirks hinterließ, sagte niemand in der Bevölkerung ein Wort gegen ihn.
Ich besuchte mit Jones zusammen einen Bauern und fragte ihn geradeheraus, ob er je etwas über einen Mord an Bord der *Lily* gehört habe. Der Mann starrte mich an und brach dann in Gelächter aus. »Nicht, daß ich wüßte«, war das einzige, was er dazu sagte – und tiefer bin ich nie vorgedrungen.
Ich finde das alles sehr unbefriedigend und wünschte, ich könnte irgendeine aufregendere, sensationellere Erklärung bieten. Aber tut mir leid, ich kann es nicht. Meine

Phantasie läßt ja viele Möglichkeiten offen, und zweifellos geht es allen Lesern, die über diese Gabe verfügen, genauso, aber mein Bericht dient ausschließlich den Tatsachen, nicht zur Bereicherung unserer ohnehin mehr als blühenden Dicht- und Erzählkunst.

Sollte ich jemals nähere Einzelheiten erfahren, so werde ich nicht versäumen, sie umgehend weiterzugeben.

Das Schiff, das ich gefunden habe, war die *Lily* aus Goole, ihr Eigentümer ein gewisser Gad Earwaker, Handelskapitän, und das Baujahr 1801.

Die Phantomreiter
Ernest R. Suffling

Der Altertumsforscher Ernest Richard Suffling, ein Zeitgenosse Frank Cowpers, war ebenfalls ein begeisterter Bootsfahrer, der gegen Ende der Viktorianischen Zeit einige schöne Schauergeschichten zu Papier brachte. Außer einer Reihe von Büchern und Artikeln über die sogenannten Norfolk Broads schrieb Suffling ausgiebig über Kirchenarchitektur, -grabmäler und -fenster. Seine Geistergeschichten werden von verschiedenen Klienten eines Hypnotiseurs erzählt, und zwar in den beiden unterhaltsamen Bänden: *The Decameron of a Hypnotist* (1898) und *The Story Hunter, or Tales of the Weird and Wild* (1896), aus dem »Die Phantomreiter« entnommen ist.

Es war einmal« – so könnten gut und gerne die Anfangsworte dieser aufwühlenden Geschichte lauten, denn die Begebenheiten, von denen sie erzählt, trugen sich schon vor vielen, vielen Jahren zu, genauer gesagt, Ende des siebzehnten Jahrhunderts, am 23. Dezember 1695; exakt zweihundert Jahre vor diesem Weihnachten, aber der Himmel bewahre uns vor einem so schrecklichen Christfest.

Das alte Herrenhaus von Minehead in Somersetshire steht heute nicht mehr, denn die damit verbundenen Legenden waren derart furchterregender Natur, daß es nach dem Tode von John Simmonds im Jahre 1696 niemand zu mieten wagte. So moderte und verwahrloste das betagte Bauwerk vor sich hin, bis es als das Idealbild trostloser Verlassenheit erschien.

Ob Spukhaus oder nicht, jedenfalls hatten die alten Giebel, die rasch dem völligen Verfall entgegenbröckelten, etwas derart Unheimliches an sich, daß man selbst im schwindenden Spätnachmittagslicht nur schaudernd daran vorbeieilte, während die Leute abends oder nachts lieber einen großen Bogen um das verwitterte Gemäuer machten. Schon die Luft, die um die Ruine strich, schien einen Friedhofsgeruch in sich zu tragen – zweifellos als Folge des rasch verrottenden Boden- und Deckengebälks.

Kurz gesagt, das alte Gebäude geriet in solchen Verruf, und es kursierten so schreckliche Geschichten über darin erlebte Erscheinungen und Geräusche, daß man es vor einigen Jahren abriß, den Boden umpflügte und jetzt Feldfrüchte dort gedeihen, wo ungestört ganze Generationen von Eulen und Fledermäusen gehaust haben.

Minehead Manor House war ein elisabethanisches Gebäude aus rotem Backstein, mit hohen, schneckenförmigen Kaminen, abgerundeten Giebeln und Dachfenstern, die zwischen den roten Lehmziegeln hervorlugten. Das Grundstück besaß einen hohen Wert, seine Gärten waren tadellos gepflegt, sein Fischteich mit Aalen, Karpfen und Hechten bestückt, denn John Simmonds, sein Besitzer, liebte es, auf seinem Anwesen umherzustreifen und es noch zu verbessern. Garten und Fischteich waren sein Steckenpferd und nahmen seine Zeit dermaßen in Anspruch, daß man ihn im Dorf nur selten zu Gesicht bekam. Allerdings machte ihn seine Güte gegenüber den Armen zu einem hochgeehrten und bewunderten Mann, während seine stattliche, altenglische Erscheinung ganz die Würde eines typischen Landjunkers besaß.

Er hatte eine Tochter, Julia, und sie war sein einziges Kind. Nach den Maßstäben jener Zeit war sie eine kunstfertige, kultivierte junge Dame, die singen und sich auf dem Spinett begleiten, dazu sehr schön sticken, spinnen und sich überhaupt ganz so betragen konnte, wie es sich für eine dreiundzwanzigjährige junge Dame schickt, auf deren Schultern ein ganzer Haushalt ruht.

Freundinnen hatte sie nur wenige, und noch dünner waren ihre männlichen Bekannten gesät. Ein vornehmer junger Herr aus der Umgegend, ein entfernter Verwandter von Julia namens Wynne Clarge, ging wahrscheinlich nur in Ermangelung jeglichen Nebenbuhlers davon aus, daß er eines Tages um die Hand des Mädchens werde anhalten müssen; doch in dieser Angelegenheit war er sehr phlegmatisch. Eine wirkliche Liebe zwischen ihnen gab es ja kaum; sie waren ganz gut befreundet, mehr nicht. Darum betrachtete er Julia genauso wie sein Pferd: Sie waren beide auf ihre Art ganz nett und kamen seinen eigenen Wünschen entgegen; das übrige nahm er als selbstverständlich, einfach, weil es keinen Rivalen gab.

So ging denn alles seinen gewohnten Gang, bis sich eines Tages Anfang Dezember ein Gentleman melden ließ, um Mr. Simmonds seine Aufwartung zu machen.

Wie sich alsbald herausstellte, handelte es sich bei dem Besucher um Charles Benwell, den Sohn von Mr. Simmonds' Schwester, die viele Jahre in Virginia gelebt hatte. Vetter und Cousine verliebten sich auf den ersten Blick ineinander (man lud Charles nämlich ein, ein paar Wochen im Manor House zu bleiben), und diese Liebe war so tief und aufrichtig, daß bei Mr. Simmonds noch vor Ablauf von drei Wochen um Julias Hand angehalten wurde.

»Schnelle Arbeit, mein Junge«, sagte der leutselige alte Mann. »Ihr beide hattet ja noch kaum Zeit, einander kennenzulernen. Das Ganze erinnert mich an Julius Cäsar: ›Er kam, sah und siegte‹. Genauso hast es offenbar auch du gemacht. Nun gut, warten wir's ab. Aber du darfst dir keine fette Mitgift erwarten. Genau wie dieses Mädchen im Lied kann Julia nämlich singen: ›Mein Reichtum ist mein Angesicht‹; aber gar nichts wird sie auch nicht mitbringen, nein, nein! Ich werde schon dafür sorgen, daß sie eine angemessene Aussteuer bekommt.«

»Was das betrifft, Mr. Simmonds, so wissen Sie, daß ich eigens zum Verkauf der Besitztümer herübergekommen bin, die meine arme Mutter, Ihre Frau Schwester, mir hinterlassen hat. Dazu gehören drei Landstücke von beträchtlichem Umfang, insgesamt wohl an die zwölfhundert Morgen, sowie mehrere Häuser. Die diesbezüglichen Dokumente habe ich bei dem Sachwalter in Dulverton gelassen. Nun, Mr. Simmonds, sagen Sie mir: Bestehen Ihrerseits irgendwelche Einwände dagegen, wenn ich Ihre Tochter als meine Verlobte betrachte?«

Mr. Simmonds hatte keine Einwände, doch hätte er als Geschäftsmann – und ein sehr sorgfältiger und wachsamer noch dazu – ganz gerne einen Blick auf die Dokumente geworfen, die Charles ermächtigten, die Anwesen seiner seligen Mutter zu verkaufen; nur vorsichtshalber, um festzustellen, ob nicht vielleicht irgendwo ein Pferdefuß war, der die Veräußerung des Besitzes hinauszögern könnte.

»Was dies betrifft«, erwiderte Benwell voll Enthusiasmus, »so sollen die Papiere morgen um diese Zeit in Ihren Händen sein, damit Sie sie einer Prüfung unterziehen und dann, am Heiligabend, unserem Verlöbnis Ihre Einwilligung und Ihren Segen geben können.«

»Stellen Sie sich nur vor, Julia, Verlobung am Heiligabend!« jubelte Charles später. »Wie romantisch! Es ist fast wie der Anfang eines Märchens.«

Seit Benwells Ankunft war Wynne Clarge um Manor House herumgestrichen, wobei er gegen alles und jeden knurrte und die Zähne fletschte. Selbst Julia hatte er sehr unhöflich behandelt und sie eines Tages gefragt: »Was läuft Ihnen denn da für ein Schmachtlappen hinterher? Das dulde ich nicht, Julia!«

»Aber Wynne!« entgegnete seine schöne Cousine. »*Sie* geht es doch bestimmt nichts an, wenn er mir Aufmerksamkeit schenkt. Er ist mein Vetter, und wer weiß, vielleicht hält er vor seiner Abreise sogar um meine Hand an?«

Dies alles war in kokettem Ton gesagt, doch als sie zu Wynne aufsah, machte der Haß, den sie in seinem Gesicht erblickte, ihr geradezu angst.

»Anhalten um Ihre Hand soll er ruhig, aber bekommen wird er sie nicht, solange ich das hier an meiner Seite trage!« Und er berührte vielsagend seinen Degenknauf, bevor er auf dem Gartenweg davonschritt.

Von diesem Tage an suchte er Streit mit dem jungen Benwell, und sein Verhältnis zu Mr. Simmonds wurde derart belastet, daß der alte Herr sich wegen Wynnes Gebaren größte Sorgen machte. Daher verbot er ihm höflich, aber bestimmt das Haus.

»Ich brauche weder Ihr Haus noch Ihre Ländereien!« schrie der erzürnte Wynne. »Aber hör zu, Alter! Julia wird *meine* Frau und die von keinem anderen; sie *wird* mir gehören, ob freiwillig oder nicht. Ich habe jahrelang auf sie gewartet und werde sie mir nicht von diesem milchgesichtigen amerikanischen Tölpel nehmen lassen! Soll er seine Sachen erledigen und dann wieder dorthin verschwinden, wo er hergekommen ist. Aber Julia bleibt hier bei mir!«

Es war Heiligabend. Squire Simmonds hatte ein paar vornehme Gäste aus der Nachbarschaft eingeladen. Und eingeladen war auch Wynne, denn an Weihnachten konnte Simmonds mit niemandem in Zwietracht leben. Aber es wurde Abend, und kein Wynne erschien. Dies gab Anlaß zu einigen kleinen Bemerkungen unter den Gästen, welche die hübsche Julia gutmütig damit neckten, daß sie gleich zwei Eisen im Feuer habe.

Errötend ließ das Mädchen es über sich ergehen, sah hin und wieder aber beunruhigt auf das Zifferblatt der alten Uhr am Ende des Speisezimmers. Um diese Stunde nämlich hatte Charles zurückzukehren versprochen. Am Morgen war er nach Dulverton geritten, um die gewünschten Dokumente zu holen, und wollte abends um sechs wieder da sein. Jetzt war es acht, und Julia und ihr Vater fingen an, äußerst besorgte Blicke zu tauschen.

Um neun wurden selbst die Gäste allmählich unruhig. Mr. Simmonds versuchte, nicht nur den Anwesenden, sondern auch sich selbst einzureden, daß alles in Ordnung sei. »Es sind schließlich fünfzehn Meilen von hier bis Dulverton«, sagte er, »und wahrscheinlich ist er erst um sechs dort losgeritten. Außerdem mußte er einen Abstecher über Stoke Pero machen, um einem von Julias Bekannten etwas auszurichten; dadurch verlängert sich sein Heimweg um drei bis fünf Meilen, und fünfunddreißig Meilen hin und zurück, das ist ein langer Ritt, zumal sein Pferd, die alte Maggie, für einen ausgedehnten Trab über dieses hügelige Land sich nicht allzugut eignet. Schenkt euch nach, Freunde! Auf unseren zukünftigen Landherrn, Charles Benwell!« Er hob den Kelch an seine Lippen, hatte aber noch keinen Schluck genommen, da sah er den vermißten Charles zur Tür hereinkommen. Mit extrem bleichem Gesicht trat der junge Mann auf den Tisch zu, wandte sich aber, obwohl sich alle von ihren Plätzen erhoben, um ihn zu begrüßen, gleich wieder ab, öffnete die Spange seines Reitumhangs und ging zu einem Alkoven, der früher einmal ein gewaltiger Kamin gewesen war, heute jedoch nur als Garderobe für Mäntel oder Schals diente. Vor seinem Eingang befand sich ein Vorhang.

Als Charles Benwell sich umdrehte, bemerkte jeder der Anwesenden mit Schrecken, daß der schneeweiße Kragen des jungen Mannes (die damalige Mode) von Blut durchtränkt war, und schon lag es ihnen auf der Zunge, danach zu fragen. Er aber verschwand in den Alkoven, und zwar allem Anschein nach nicht, indem er den Vorhang, wie üblich, beiseite zog, sondern *mitten durch ihn hindurch* ging!

Die Festgesellschaft stand da wie vom Donner gerührt.

Was sollte man daraus schließen?

Lange Zeit regte sich keiner. Dann wurde der Bann von einem jungen Burschen namens William Rayner gebrochen, der sich ein Herz faßte, mit einem Schwert in der Hand auf den Vorhang zutrat und ihn aufriß.

Die Nische war leer!

Offenbar war Charles Benwell durch die Mauer verschwunden!

Der Vorhang entglitt Rayners Fingern, während dieser dastand wie erstarrt. Zunächst sagte keiner ein Wort, dann begann ein allgemeiner Meinungsaustausch, und die Gläser wurden wieder aufgefüllt. Schließlich gelangte man zu dem Schluß, daß die Anwesenden den Geist von Julias Verlobtem erblickt hatten.

Jetzt machte sich eine tiefe Furcht unter ihnen breit, und während man noch dasaß, sich in gedämpftem Ton unterhielt und dabei nervöse Blicke ringsum warf, wurde hinter dem Vorhang zum Alkoven eine neue Bewegung wahrgenommen.

Er wölbte sich leicht nach außen, als wäre ein Luftzug hineingefahren, dann sank der schwere Stoff langsam wieder

zurück und schleifte ein wenig am Boden. Kein Fältchen regte sich mehr.
Auch die Anwesenden regten sich nicht von der Stelle, an der sie gerade saßen oder standen, doch ihre Augen waren alle voll Grauen auf die Portiere geheftet.
Sie bewegte sich erneut!
Der kühne Will Rayner stand wieder auf, zückte sein Schwert, und andere schlossen sich ihm an. Mit blankgezogenem Säbel stürmten sie auf den Vorhang zu, und Rayner ergriff den Stoff mit seiner Linken, um ihn beiseite zu reißen.
Doch was war das! Statt des geisterbleichen Benwell stand jetzt mit finstrem Gesicht sein Rivale da, Wynne Clarge. Clarges rechtes Handgelenk war entblößt, und an seiner Schwertspitze, die den Gästen entgegengestreckt war, sah man lauter Blut.
Während sie erschrocken darauf starrten, tropfte das Blut langsam zu Boden: *plitsch – plitsch – plitsch!*
»Oho, Master Clarge! Denkst du, du könntest uns mit solchen Possen Angst einjagen?« rief Will Rayner. »Pack dich mit deinem Mummenschanz, sonst soll mein Schwert dich lehren, andere nicht zum Narren zu halten!«
Sprach's und stürzte sich auf Wynne, um ihm die Klinge aus der Hand zu schlagen. Zu seiner Verblüffung aber ertönte gar kein Klirren, als die beiden Waffen sich trafen.
»Nun denn, Wynne!« schrie der jetzt wutschäumende Rayner und führte einen tödlichen Stich nach der Brust seines Widersachers. Die Klinge durchbohrte die Gestalt, als wäre sie Luft, und traf so heftig gegen die Wand, daß ihm das Schwert aus der Hand sprang und klirrend zu Boden fiel. Wynne aber blickte seinem Angreifer die ganze Zeit geradewegs ins Gesicht, lächelte sardonisch und – *löste sich langsam in Luft auf.*

Die Gäste blieben über Nacht und schliefen, wo es gerade ging – zumindest diejenigen, die ein Auge zutun konnten. Die nervöseren hingegen wagten sich kaum aus dem Zimmer, um nicht auf einen ihrer gespenstischen Besucher zu treffen.
Es hatte keinen Sinn, die wilde Landschaft zwischen Minehead und Dulverton vor Tageslicht abzusuchen, doch beim ersten Schimmer eines grauen Morgens – es war der Weihnachtstag – machte sich eine achtköpfige Herrengruppe auf die Suche nach Charles Benwell.
Schweigend ritten sie durch Selworthy und bogen dann nach links in Korners Wälder. Hier erhoben sich steile Berge zu beiden Seiten des Tales, durch das die Männer zogen, Berge, welche die tiefhängenden graubraunen Schneewolken zu berühren schienen, ja, sie sogar wirklich berührten. Neben dem zu einem Wildbach angeschwollenen Flüßchen lag eine Art unwegsamer Pfad, auf dem man allenfalls Kühe trieb und der jetzt schnell unter dem fallenden Schnee verschwand.
Ohne ein Wort ritten die Männer weiter; das einzige vernehmbare Geräusch war das Tosen des Wildbachs, der durch sein Felsenbett Porlock und dem Meer entgegenraste.
Da wieherte plötzlich ein Pferd, und sofort ritten sie in die Richtung, nur um nach kurzer Suche die arme alte Maggie zu finden, die am Fuße des Leuchtturms von Dunkery, unweit des Dorfes Stoke Pero, mit den Hufen scharrte.
Der Schnee fiel jetzt so stark, daß selbst das schärfste Auge nicht die Spitze des Leuchtturms erkennen konnte, der fast fünfzig Meter über die Gruppe emporragte.
Will Rayner rief mehrmals Maggies Namen, und die Stute kam mit einem leisen Wiehern zu ihm. Sie war immer noch gesattelt, und wie befürchtet, entdeckte man auf ihrem Sattel und ihrem Rücken Blutflecken.

»Mir nach, Freunde!« sagte Will. »So schnell wie möglich, denn wenn ich mich nicht irre, liegt unser armer Freund hier in der Nähe. Beeilt euch, sonst deckt der Schnee noch zu, wonach wir suchen.«

Als sie zu der Holzbrücke am Fuß des Hügels abbogen, von dem aus Stoke Pero träumerisch ins Tal blickt, fanden sie den beklagenswerten Benwell, mit dem Gesicht nach unten, tot, stocksteif gefroren und teilweise von Schnee bedeckt wie mit einem Leichentuch.

Sie stiegen ab, um den Ermordeten zu untersuchen, aber man stelle sich das Grauen vor, als sie entdeckten, daß Benwell von der Hand eines Feiglings erstochen worden war: *von hinten,* und zwar mitten durchs Genick.

Sie legten die Leiche über den Rücken eines Pferdes, und vier aus der Gruppe ritten wieder zum Herrenhaus, während Will mit den drei anderen die Suche nach Wynne Clarge aufnahm.

Doch diese Suche erwies sich als vergebens. Nicht eine Spur von ihm war zu entdecken, und nach langem, ziellosem Hin und Her durch den Schnee kehrte man um.

Es war in der Tat ein trauriges Weihnachten für die Leute von Manor House, in dessen Mauern nun keine Freude mehr herrschte, sondern der tiefste Kummer.

Die arme Julia war untröstlich.

Da man bei der Leiche keine Papiere fand, die mit den fraglichen Ländereien in Beziehung standen, schloß man daraus auf Wynnes Motiv, dem bedauernswerten Benwell aufzulauern.

Man begrub den jungen Mann auf dem Friedhof hoch über der Ortschaft, einem Friedhof, dessen Mauern in das stille Tal hinabschauten wie die Zinnen einer stolzen Zitadelle.

Eine Woche später sorgte eine Nachricht für große Aufre-

gung: Man habe Wynnes Leiche in einem Forellenteich entdeckt, der fast verborgen unter dem hohen Berg bei Stoke Pero lag.
Und es stimmte. Auch für den Mörder wurde eine letzte Ruhestätte auf dem Hügelfriedhof gefunden.

Die fehlenden Papiere blieben verschwunden, obwohl man den Wald in allen Himmelsrichtungen durchsuchte, und als der ungewöhnlich strenge Winter den ersten freundlichen Frühlingstagen wich, begannen alle die Tragödie als eine Sache der Vergangenheit zu betrachten und redeten nicht mehr darüber.
Das Unglück hatte die arme Julia dahinwelken lassen, doch mit dem warmen Wonnemond erwachte selbst sie zu neuem Leben und wurde allmählich so liebreizend wie ehedem; nicht ganz so melodiös in ihren Liedern zwar, aber sie blieb doch nach wie vor das kleine Singvögelchen ihres Vaters, der es liebte, wenn seine Tochter ihm abends vorsang.
Der Sommer kam mit seinen Blumen, der Herbst mit Früchten und Getreide, und dann – dann kam wieder der kalte, freudlose Winter.
Das Weihnachtsfest rückte heran, doch dieses Jahr wurde nicht wie sonst zu einem fröhlichen Beisammensein ins Herrenhaus gebeten. Statt dessen nahmen Julia und ihr Vater eine Einladung des Pfarrers von Stoke Pero an, der sie als unternehmungslustiger Mensch für ein paar Tage in seinem Haus willkommen hieß. Am Montag, dem 22. Dezember, trafen sie ein und wurden aufgefordert, doch bis nach dem Weihnachtsfest zu bleiben.
Julia war keineswegs in freudiger Stimmung. Wahrscheinlich dachte sie an das schreckliche Weihnachten vor einem Jahr und ihren verlorenen Geliebten. So sehr brütete sie vor sich hin, daß sie beim Herannahen des Heiligen

Abends außerstande war, ihre Nervosität und Schwermut zu verbergen, und am Mittag des vierundzwanzigsten beschwor sie ihren Vater, sie nach Hause zu bringen.

Mr. Simmonds und seine Hochwürden gingen miteinander zu Rate. Offenbar befand Julia sich in einem Zustand nervlicher Erregung, der schon an Fieber grenzte, und so verabreichten sie ihr einen Schlaftrunk und legten sie in den großen Lehnsessel des Pastors in der Ecke neben dem Kamin. Dort schlief sie zwar für drei Stunden, flehte ihren Vater beim Aufwachen aber erneut an, sie nach Hause zu bringen, da sie sich so krank fühle und ihrem gütigen Gastgeber keine Mühe bereiten wolle.

Dieser zweiten Bitte konnte man sich nicht verschließen. Also stiegen Vater und Tochter, als alles hergerichtet war, auf ihre Pferde, um, begleitet von einem Jungen, der ihnen mit einer Laterne auf einem Pony vorausritt, den Nachhauseweg anzutreten.

Dicker Schnee bedeckte Bäume und Hügel, und sie kamen nur langsam vorwärts. Die Laterne hüpfte hin und her wie ein Irrlicht und spendete nur wenig Helligkeit. Und schließlich strauchelte auch noch das Pony, so daß alle – Pferd, Reiter und Laterne – tief in einer Schneewehe versanken. Der Junge war zwar schnell herausgekrabbelt, aber selbst die Befehle des Squire brachten die Laterne nicht wieder zum Brennen. So überquerten die drei die Brücke und setzten ihren unsicheren Weg am Rande des Wildbachs fort, der von einem verschneiten Pfad gesäumt war.

Da zügelte Simmonds plötzlich sein Pferd. Ein Mann kam schnell und lautlos von hinten herangeritten und sprengte an ihnen vorbei.

»Genau wie die alte Maggie«, sagte der Squire halblaut. »Und wenn ich es nicht besser wüßte, hätte ich schwören können, der Reiter wäre der arme Benwell.«

Er stützte Julia, die neben ihm ritt, mit seinem linken Arm und versuchte sie nach Kräften aufzuheitern.
»Wer ist das gewesen, Vater?« fragte sie. »Wie merkwürdig, daß er nicht gesprochen hat, als er an uns vorbeikam.«
»In der Tat, mein Liebes«, bestätigte der Squire. »Aber wahrscheinlich war es ein Fremder, der mit unseren herzlichen Begrüßungen hier im West County nicht vertraut ist. Schau, jetzt hat er angehalten und ist abgestiegen.«
Sie sahen ihn im Mondschein, wie er neben seinem Roß stand. Aus irgendeinem Grunde jedoch blieben auch die Pferde des Squire und seiner Tochter stehen, während das Pony des Jungen wie ein Wirbelwind kehrtmachte, um in Richtung Stoke Pero zurückzugaloppieren.
Der unbekannte Reiter tätschelte seinem Tier den Hals, zog dann den Sattelgurt fest und wollte gerade wieder aufsitzen, da sprang ein anderer Mann hervor und stieß mit gezücktem Schwert nach dem unglücklichen Fremden. Er erstach ihn von hinten, mitten durchs Genick.
Der Reiter war dem Tode geweiht. Sein Mörder durchsuchte ihn, entnahm einer der Satteltaschen einen dicken Stoß Papier und verstaute diesen in seiner eigenen Tasche.
Dann wandte er sich ein letztes Mal seinem Opfer zu, das noch nicht tot war, sondern sich in dem Schnee aufzurappeln versuchte. Er versetzte ihm einen zweiten Stich, diesmal mitten durchs Herz, drehte sich daraufhin mit einem heimtückischen Lächeln um, schritt zu seinem Pferd, das ganz in der Nähe an einen Baum gebunden war, saß auf und sprengte an den beiden Zuschauern vorbei, die wie gebannt waren.
Als der Reiter jedoch auf ihrer Höhe war, erkannte der Squire zu seinem Erstaunen die Züge von Wynne Clarge!
So vollzog sich der zwölf Monate zurückliegende Mord an Charles Benwell noch einmal.

Am ganzen Leibe zitternd, wandte sich Simmonds seiner Tochter zu. Doch Julia war nicht mehr. *Sein Arm umschlang ihre entseelte Hülle.*

John Simmonds war ein greiser, gebrechlicher Mann, als er sich zwei Monate nach den oben geschilderten Ereignissen aus seinem Bett erhob, wo er langsam von einem Gehirnfieber genesen war. Doch obwohl er gelegentlich an warmen Sommertagen Kraft genug besaß, um stumpf und teilnahmslos durch seinen Garten zu streifen, blieb er nur noch am Leben, bis die ersten Tage des Herbstes das Laub rot und golden färbten. Dann verblich er, wie die Blumen verblichen.

Jetzt ruht der alte Mann an der Seite seiner Tochter auf diesem Hügel im Westen, und bis zum heutigen Tage zeigt man sich ihre Gräber, von denen das eine als »das Grab des Guten Squire« bekannt ist, das andere als »Julias Grab«.

Als es wieder Heiligabend wurde, trommelte der kühne Will Rayner eine kleine Mannschaft zusammen, um an der Stelle des Mordes Posten zu beziehen. Man hielt die schaurige Wache nicht umsonst, denn kurz nach Einbruch der Dunkelheit erblickten sie den gespenstischen Reiter. Er kam heran, stieg ab, um seinen Sattel festzuziehen, tätschelte seinem müden Roß den Hals – und dann geschah der hinterhältige Angriff seines Rivalen. Das alles sahen sie mit ihren eigenen Augen, erlebten es noch einmal, genau wie Mr. Simmonds und Julia es erlebt hatten, und obwohl sie wußten, daß es sich lediglich um einen Spuk handelte, hielt Will seine Gefährten nur mit Mühe davon ab, sich auf den meuchlerischen Wynne zu stürzen.

Sie hatten ja die Absicht, den Geist zu *verfolgen,* und als er sich auf sein Phantompferd schwang, setzten ihm alle nach.

Es war ein wilder Anblick, wie diese jungen Männer dem Phantom auf seinem Weg durch die tiefen Wälder hinterherjagten. Aber offenbar bemerkte der Geist gar nicht, daß man ihm folgte.
Er ritt drei Meilen weit. Dann zügelte er sein Pferd an einer niedrigen Klippe, die über den Wildbach hing, stieg ab, zog das Papierbündel aus seinem Mantel hervor und versteckte es unter einem Baumstumpf, dessen Wurzeln in phantastischen Formen den Hang der Klippe umschlangen. Danach bestieg er mit einem Lächeln des Triumphs auf seinem grausigen Gesicht wieder sein Pferd, ritt die steile Uferböschung hinunter und hatte es schon fast geschafft, da verlor sein Roß plötzlich den Halt. Es überschlug sich, und beide, Roß wie Reiter, wurden von den schäumenden Fluten verschlungen.
Das Geisterpferd tauchte rasch wieder auf und sprengte davon, das Phantom von Wynne Clarge aber blieb verschwunden.
Man suchte bei der Klippe nach den abhanden gekommenen Dokumenten der Benwellschen Ländereien und fand die Schriftstücke mühelos. Da sie aber zwei Jahre lang in einem feuchten, von Kalk durchdrungenen Loch gelegen hatten, zerfielen sie Rayner zwischen den Fingern, und es blieb nur eine nicht zu entziffernde durchweichte Masse.

Das Wachschiff an der Aire
Amelia B. Edwards

Amelia B. Edwards (1831–1892) ist bis heute nicht nur wegen ihrer hervorragenden Reisebücher *Untrodden Peaks and Unfrequented Valleys* (1873) und *A Thousand Miles Up the Nile* (1877) in Erinnerung, sondern auch wegen ihrer unschätzbaren Arbeit bei der Gründung eines »Fonds zur Erforschung Ägyptens«. Außerdem war sie eine begabte Romanautorin und hat neben mehreren klassischen Gespenstergeschichten (vor allem die oft nachgedruckte »Phantom Coach«) auch eine Vielzahl anderer Schauer- und Kriminalgeschichten geschrieben. »Das Wachschiff an der Aire« erschien ursprünglich in ihrer Sammlung *Miss Carew*.

An Weihnachten«, sagte der Fremde in der Kaminecke, »fühlt sich anscheinend jeder berechtigt, andere Leute zum Geschichtenerzählen aufzufordern. Aber nicht jeder ist zum Geschichtenerzähler geboren, besonders nicht ein einfacher Mann, der sich nie für klüger gehalten hat als seine Nächsten. Ich bin ein einfacher Mann, und es fällt mir schwer zu erzählen. Ich habe mein Lebtag noch keine Seite in einem Magazin oder einen einzigen Absatz in einer Zeitung geschrieben. Wie kann man also von mir erwarten, daß ich eine Geschichte erzähle?«

Danach verfiel der Fremde wieder in Schweigen und starrte schwermütig in die Flammen.

Es war Heiligabend. Starker Wind und Nebel kamen vom Meer her, und deshalb fiel unsere Gesellschaft im *Tintagel Arms* heute ein wenig kleiner aus als sonst. Der Fremde war vor etwa zwei Stunden hereingeschneit. Er hatte sein Pferd im Stall untergebracht, ein Zimmer gemietet und sich dann in der Kaminecke eingenistet, als würde er zu uns gehören, den alten Stammgästen des Hauses. Bis zu diesem Moment jedoch hatte er kaum seinen Mund aufgemacht oder die Holzscheite aus den Augen gelassen, die in der Feuerstelle loderten. Wir sahen einander an. Offenbar hatte keiner eine Antwort parat.

Nach einer Weile sprach der Fremde erneut. »Außerdem«, fügte er hinzu, als wäre es ein Nachgedanke und völlig unwiderlegbar, »sind die Zeiten von Tausendundeine Nacht vorbei. Heutzutage wollen wir Fakten, meine Herren – Tatsachen!«

»Und sicher existieren im Leben eines jeden Menschen Tatsachen, die bei getreulicher Wiedergabe eine ebenso belehrende wie erheiternde Wirkung haben«, bemerkte der Schulmeister. »Wir bevorzugen ja Fakten, Sir, sofern wir sie bekommen können. Ja, ich wage sogar zu behaupten, daß uns in den vier Wänden dieser Gaststube manch armer Seemann mit seiner ungeschliffenen Erzählung über Reisen und Gefahren mehr echtes Vergnügen bereitet hat, als es die besten Romane und Geschichten aller Zeiten hätten tun können.«

(Der Schulmeister ist, wie ich vielleicht anmerken sollte, der Redner in unserer kleinen Gruppe. Er hat schon bessere Zeiten gesehen, ist ein hochgelehrter Humanist und verfügt bisweilen über einen geradezu parlamentarischen Stil. Wir hier sind stolz auf ihn, und das weiß er.)

»Sie wollen mir also zu verstehen geben«, entgegnete der

Fremde gereizt, »daß Sie jedem Reisenden, der zufällig hier einkehrt, diesen Tribut abverlangen?«

»Beileibe nein, Sir!« antwortete der Schulmeister. »Wir wollen nur, daß sich jeder Reisende, der sich zu uns in die Gaststube gesellt, auch den Regeln dieser Runde unterwirft. Dort drüben ist die Kaffeestube für den, der sie lieber mag.«

»Und was wären das für Regeln?«

»Die Regeln lauten, daß jeder zum Vergnügen der anderen eine Geschichte erzählt, ein Lied singt oder etwas vorliest.«

»Ich kann nicht singen«, knurrte der Fremde.

»Manche Gäste ziehen es vor, eine Szene aus Shakespeare zu lesen«, sagte der Küster als Wink mit dem Zaunpfahl.

»Könnte ebensogut einen Seiltanz vorführen!« versetzte der Fremde zornig.

Totenstille trat ein, und in diese Stille platzte die Wirtin mit unserer üblichen Punschterrine, und der Schulmeister füllte die Gläser. Der Fremde kostete von dem Punsch, und nach einem zustimmenden Nicken trank er den Rest auf einen Zug. Dann räusperte er sich unbehaglich.

»Ich kann nicht singen«, sagte er nach einigen Minuten, während deren niemand gesprochen hatte, »ich kann keine Stücke vortragen, und ich kann auch keine Geschichten erzählen. Aber sofern nackte Tatsachen genügen, habe ich nichts dagegen, Ihrer Gruppe von einem – ich darf wohl sagen – Abenteuer zu berichten, das ich selbst vor zweiunddreißig Jahren an einem Heiligabend erlebt habe.«

»Sir«, erwiderte der Schulmeister, »es wäre uns eine Freude.«

»Das war es mir damals weniger«, entgegnete der Fremde. »Oder um ganz genau zu sein, es war die unerfreulichste Angelegenheit meines Lebens.«

Damit reichte er sein Glas zum Auffüllen herüber, und

während er weiterhin in den Kamin starrte, als läse er jedes Wort seiner Geschichte aus den Bildern zwischen den Flammen, begann er zu erzählen.

»Ich bin ein Handelsreisender und schon seit fünfunddreißig Jahren unterwegs, das heißt von meinem zwanzigsten Lebensjahr an. Ich reise in Sachen Manchester und war nicht nur im größten Teil von England und Wales, sondern habe auch einige Gegenden Frankreichs und Deutschlands besucht. In der Zeit, von der ich gleich berichten werde, stand ich in den Diensten von Warren, Gray and Company (damals eine berühmte Firma in Manchester, die ein halbes Jahrhundert überdauert hat), und mein Vertretungsbezirk lag in Nordfrankreich, alle Gebiete zwischen Calais, Paris und Cherbourg.

Nun, wie gesagt, es war vor zweiunddreißig Jahren, oder, wenn Ihnen das lieber ist, anno 1830. Wilhelm IV. war gerade König von England und Louis Philippe König der Franzosen geworden. Eine aufregende Zeit ist das gewesen. Ganz Europa befand sich in einem unruhigen, revolutionären Zustand, und in Frankreich gärte es noch mehr als in den anderen Staaten, spaltete es sich doch in Orleanisten und Bourbonen, Napoleonisten und Republikaner.

Ich hasse Politik, Gentlemen! Ich bin nie ein politischer Mensch gewesen und werde auch nie einer sein, aber damals als junger Kerl, der besser mit dem Kontinent vertraut war als die meisten Engländer seines Alters und Standes (in diesen Tagen reiste man ja noch nicht so in der Weltgeschichte umher wie heute), damals kam ich mir haushoch überlegen vor und bildete mir ein, ungeheuer viel von allem zu verstehen. Wenn ich daheim war, redete ich wichtigtuerisch über ausländisches Leben und ausländische Gebräuche und bekundete laute Verachtung für unsere englische Hausmannskost. War ich hingegen im Ausland, so wurde ich zu einem hitzigen Nationalisten, prahlte mit dem britischen Bürgerrecht, britischen Waffen, dem britischen Handelswesen und versäumte, wenn möglich, nie, eine Anspielung auf Wellington, Nelson oder Waterloo fallenzulassen. Kurz, ich gab mir gern einen Anstrich von Überlegenheit, und diese Neigung förderte meine Beliebtheit keineswegs. Natürlich mühte ich mich umsonst, und später sollte ich es noch schwer bereuen ... aber ich greife meiner Geschichte vor.

Nachdem ich den ganzen Juli und August in Paris verbracht hatte (wie Sie sich wahrscheinlich erinnern, war dies der am weitesten im Land gelegene Punkt meines Bezirks), machte ich mich gemäß den Anweisungen meiner Arbeitgeber im September wieder auf den Weg Richtung Norden. Damals gab es noch keine Nordfranzösische Eisenbahn, und dem Reisenden, der kein eigenes Fahrzeug besaß, blieb keine andere Wahl als die holprige Postkutsche. Ich aber verfügte über einen eigenen Einspänner, den ich mir aus England mitgebracht hatte, sowie über ein famoses, in Compiègne erstandenes braunes Pferd; und ich weiß noch gut, wie ich an den Postkutschen vorüberraste und in die Städte gerattert bin, um sämtliche Berufskollegen, denen ich unterwegs begegnete, nach Möglichkeit auszustechen.

Nach meiner Abreise aus Paris schätzte ich, daß ich die Arbeit in rund zehn Wochen hinter mich gebracht haben müßte, und hoffte, rechtzeitig zu Weihnachten wieder in England zu sein. Der Regierungswechsel hatte den internationalen Handel jedoch außergewöhnlich stark angekurbelt, und mit jedem Tag häuften sich die Geschäfte unter meinen Händen, bis ich schließlich alle Hoffnung begrub, vor Ende Januar nach Hause zu kommen. Als Weihnachten heranrückte und ich immer noch auf meinem langsamen

Weg Richtung Norden und Nordwesten war, fragte ich mich allmählich, wo ich eigentlich den Weihnachtstag verbringen würde. Einmal dachte ich, es würde in Lisieux sein, dann wieder, in Caen, und zuletzt war ich sicher, daß es in Bayeux wäre. Jedoch lag ich mit all meinen Vermutungen verkehrt, wie Sie gleich hören werden.

Vom 23. auf den 24. Dezember übernachtete ich in einem lebhaften, dichtbevölkerten Marktflecken namens Crépigny, der rund achtzehn Meilen landeinwärts und etwa auf halber Strecke zwischen Caen und Bayeux liegt. Am nächsten Morgen stand ich außergewöhnlich früh auf und machte mich kurz nach Tagesanbruch auf den Weg; ich hatte nämlich eine lange Strecke vor mir, denn ich wollte Bayeux bis zum Abend erreichen. Allerdings konnte ich nicht die direkte Landstraße nehmen, sondern mußte zuerst einen Abstecher nach St. Angély machen, einem Küstenstädtchen an der Mündung der Aire, das auf der Landkarte genau gegenüber von Portsmouth liegt. Ich hoffte, nachmittags von dort weiter nach Bayeux fahren zu können. Der Weg von Crépigny nach St. Angély führte mich über ödes, freies Land, das nur spärlich von Obstplantagen und Dörfern, Gehöften oder trostlosen, halb zerfallenen Villen durchsetzt war. Dicker, weißer Reif bedeckte die Landschaft wie Schnee. Ein grauer Nebel lastete auf dem Horizont. Immer wieder fegte ein eisiger Wind über das Flachland und schüttelte die nackten Pappeln zu beiden Seiten der Chaussee. Manchmal kam ich an einem mit Reisig beladenen Karren oder einer drallen Bauernmagd mit warmem Mantel und Holzschuhen vorbei, aber zumeist hatte ich die Straße für mich allein. Und es war eine trostlose Straße, weiß Gott! Ja, mit jeder Meile wurde sie sogar noch trostloser, die menschlichen Behausungen immer seltener, die dazwischenliegenden Abstände immer größer.

Jeder Windstoß brachte eine Wolke von feinem weißem Staub mit. Und dann und wann, wenn ich den Gipfel einer kleinen Anhöhe erreichte oder um einen sandigen Hang am Straßenrand bog, erhaschte ich einen Blick auf das ferne Meer.

Es war gegen elf Uhr vormittags, als ich mich der ersten Station meiner Reise näherte, dem trübseligen Küstenstädtchen St. Angély-sur-Aire, das auf der einen Seite aus Häusern, auf der anderen aus Kaimauern bestand. Dazwischen verlief eine einzige, rund eine Meile lange Straße.

Nachdem ich die Kais entlanggebraust und glanzvoll wie immer beim ›ersten Haus am Platze‹ vorgefahren war, stieg ich ab, bestellte mir ein Mittagessen, ließ mein Pferd in den Stall führen und ging dann in die Stadt. Mir wurde jedoch bald klar, daß es hier nichts zu tun gab. Der Ort war zu abgelegen und primitiv, seine Einwohner hauptsächlich ein Gemisch aus kleinen Schiffsbesitzern, Bootsbauern, Kohleschiffern, Fischern und Seeleuten. Außerdem waren sie nicht so freundlich wie die der besser besuchten Städte. Ich konnte mich des Gefühls nicht erwehren, daß man mich mit Mißfallen, ja, sogar Ablehnung betrachtete, als ich die Straßen entlangging. Die Kinder schrien mir nach, und die Ladeninhaber waren kaum höflicher als nötig. Es lag auf der Hand, daß ein Engländer in dem einsamen Städtchen St. Angély-sur-Aire ein ebenso ungewöhnlicher wie unwillkommener Gast war.

Als ich nicht gerade gut gelaunt ins *Cheval Blanc* zurückkehrte, stand mein Mittagessen bereits auf einem Tisch in einer Ecke der Gaststube, neben dem ein Fenster Aussicht auf den Fluß bot. Ein großes Holzfeuer loderte im Kamin, und über dem Kaminsims hing ein kolorierter Stich von Napoleon bei Marengo. In der Mitte des Raumes war ein langer Eichentisch, an dem fünf oder sechs Franzosen sa-

ßen, sauren Wein tranken, schlechte Zigarren rauchten und Domino spielten.
Bei meinem Eintritt blickten sie mürrisch auf und murmelten miteinander – was, konnte ich nicht verstehen, aber ich war sicher, daß es sich in einer unschmeichelhaften Weise auf mich bezog. Sie können mir glauben, das ließ mich nicht gerade freundlicher werden. Schon in meinen vergnügtesten Zeiten ein hochmütiger junger Heißsporn, war ich jetzt auch noch verärgert über den Empfang in diesem Ort. Kurzum, ich spielte mich noch mehr auf als sonst, nörgelte an den Koteletts herum, schimpfte über den Wein, schikanierte den Kellner und machte mich ohne Zweifel ausnehmend unbeliebt.
›Und so was nennt ihr Bordeaux!‹ sagte ich mit verächtlicher Miene. ›In England würden wir das nicht mal als Essig kaufen. Habt ihr nichts Besseres?‹
›Nein, Monsieur‹, antwortete der Kellner demutsvoll. ›Das ist alles, was wir haben, zwei Sorten, eine bessere und eine schlechtere, und Monsieur haben die bessere bestellt.‹
›In England!‹ rief einer der Dominospieler, ein schäbiger Kerl in einer ausgeblichenen Uniform, der wie ein Zöllner aussah. ›Pah! Was versteh'n die in England denn schon von Wein? Dort wächst ja nicht mal welcher! Die da drüben sind doch dankbar für den Bodensatz, den wir aus unseren Bottichen waschen!‹
So dumm und primitiv diese Beleidigung war, mir schoß das Blut ins Gesicht, und es prickelte mir in den Fingern. Ich hätte dem Kerl nur allzugern etwas ähnlich Unverschämtes erwidert, aber es hatte keinen Sinn. Wozu einander in die Wolle geraten, wenn es sich mit ein bißchen Besonnenheit vermeiden ließ? Also zügelte ich meine Zunge und tat, als hätte ich es gar nicht gehört.
Die Kumpane des Burschen lachten, und sogleich fuhr er

fort. ›Was kann man denn von einem Land auch erwarten‹, stichelte er, ›wo alles ein Sumpf und die Luft lauter Nebel ist und wo jeder einen Laden hat? Ihr seht ja, Monsieur dort kann Wein nicht von Essig unterscheiden, und wie sollte er auch? Die Engländer trinken ja nichts außer Bier und Tee!‹

Das war zuviel.

›Halt, Freundchen!‹ sagte ich schäumend vor Wut, bemühte mich aber um einen gefaßten Tonfall. ›Nicht so hastig! Es wäre höchst bedauerlich, wenn Sie sich erlaubten, Ansichten zu einem Thema zu äußern, von dem Sie nichts verstehen.‹

›Haben Monsieur etwas gesagt?‹

›Jawohl! Ich sagte, Sie äußern Ansichten zu einem Thema, von dem Sie nichts verstehen.‹

›Ich glaube, Monsieur, ich habe ein Recht darauf, jede Ansicht zu äußern, die mir paßt.‹

›Nicht, wenn Sie andere damit beleidigen.‹

›Pardon, Monsieur, wie konnte ich ahnen, daß meine Ansichten jemanden beleidigen? Ich sagte, England besteht aus lauter Sumpf und Nebel, na und? Schließlich haben nicht Monsieur das Klima seines Heimatlandes gemacht! Und wenn ich sagte ...‹

›Sie verstehen weder etwas von unserem Klima noch von unseren Sitten und Gebräuchen!‹ fiel ich ihm erbost ins Wort.

›Und wenn ich sagte, die Engländer seien ein Volk von Ladenbesitzern‹, sprach er unbeirrt weiter, ›kann ich mich mit dieser Feststellung dann nicht auf den großen Napoleon berufen? Monsieur sind doch selbst ein *commis voyageur*?‹

Die Dreistigkeit dieses Burschen und die unverhohlene Erheiterung seiner Freunde erzürnten mich dermaßen, daß ich alle Besonnenheit über Bord warf.

›Ladenbesitzer hin oder her‹, erwiderte ich, ›wir haben die Franzosen schon zu oft besiegt, um uns über einen Spitznamen zu ärgern! Waren *das* etwa Krämer, die euch bei Trafalgar restlos vernichtet haben? Waren es vielleicht Krämer, vor denen eure Alte Garde bei Waterloo auf dem Absatz kehrtmachte und geflüchtet ist? Waren es …‹

Es folgte eine Flut von Beschimpfungen. Außer sich vor Wut und mit wilden Gebärden war jeder der Franzosen aufgesprungen, während ich mir in Erwartung eines wahren Sturmangriffs meinen Stuhl schnappte und mich auf verzweifelte Gegenwehr einstellte. In diesem Moment jedoch kam, von dem Lärm alarmiert, der Gastwirt hereingestürzt und stellte sich zwischen uns.

›Bitte, bitte, meine Herren! Frieden, sag ich!‹ rief er laut. ›Ich dulde hier keine Prügeleien! Sechs gegen einen? Pah! Ich schäme mich für euch!‹

›Hol mich der Teufel! Sollen wir uns vielleicht von einem lumpigen Engländer beleidigen lassen?‹ tobte einer.

›Oder sollen wir vielleicht dulden, daß man die Ehre Frankreichs in Frage stellt?‹ schrie ein anderer.

›Oder das Andenken unserer *grande armée* in den Schmutz zieht?‹ fügte ein dritter hinzu.

›Unsinn! Unsinn!‹ sagte der Wirt. ›Ich wette einen Louisdor, daß Monsieur nichts dergleichen beabsichtigt hat. Er ist ein Engländer, ihr seid Franzosen. Ihr versteht einander nicht – *voilà tout!* Vergessen Sie nicht die Pflichten der Gastfreundschaft, meine Herren, und denken Sie stets daran: Monsieur ist hier fremd. Ich möchte schwören, daß er nicht damit angefangen hat.‹

›*Parbleu!* Ich hab angefangen‹, sagte der Zöllner auf einmal freundlich. ›Ich gebe es zu. Ich habe Monsieur gereizt, indem ich auf sein Land schimpfte.‹

›Und ich gestehe, daß mir zu schnell der Kragen geplatzt

ist‹, erwiderte ich. ›Ich habe selbst sehr viel gesagt, das ich mich schämen würde zu wiederholen.‹

›Wie wär's, Messieurs, wenn Sie Ihren Frieden mit einer neuen Flasche Wein besiegelten?‹ meinte händereibend der Wirt.

›Von Herzen gern‹, antwortete ich. ›Falls diese Herren mir erlauben, eine zu bestellen?‹

Die Franzosen lachten, strichen sich über ihre Schnurrbärte, schüttelten mir die Hand und vergaßen ihre Wut so bereitwillig, als wäre nie etwas geschehen – nur einer nicht, ein sonnengebräunter Mann mit blauer Jacke und Gamaschen, der sich wütend die Mütze über die Augen zog, etwas über *maudit Anglais* brummte und aus der Gaststube marschierte.

›*Peste!*‹ sagte einer der anderen. ›Dieser François ist so grimmig wie ein Bär.‹

›Er ist halt ein alter Soldat. Er hat unter Napoleon gedient und haßt die Engländer‹, meinte der Zöllner entschuldigend.

›Tut mir wirklich leid, falls ich diesen tapferen Franzosen in seinen Gefühlen verletzt habe‹, sagte ich. ›Können wir ihm nicht zureden, daß er zurückkommt und mit uns anstößt?‹

›Nein, nein, am besten, man läßt ihn zufrieden. Er ist ein gefährlicher alter Hitzkopf. Auf Ihr Wohl, Monsieur, und angenehme Reise!‹

Damit zogen die Männer ihre Stühle ums Feuer, holten ihre Zigarren heraus, tranken genüßlich ihren Wein und schwatzten so munter drauflos, als hätte unsere Bekanntschaft unter den erfreulichsten Verhältnissen der Welt stattgefunden. Als die erste Flasche zur Neige ging, bestellte ich eine neue, und als auch die leer war, war es fast drei Uhr nachmittags und höchste Zeit für mich zum Aufbruch.

›Wenn Monsieur nach Crépigny wollen‹, sagte ein junger Bauer, den seine Gefährten Adolphe nannten, ›dann würde ich gerne bis zur Kreuzung in seinem Einspänner mitfahren.‹

›Leider komme ich gerade erst aus Crépigny. Ich bin heute früh dort aufgebrochen und möchte nun nach Bayeux‹, erwiderte ich.

›Nach Bayeux? *Peste!* Dann hat Monsieur ja noch einen weiten Weg.‹

›Wie weit, würden Sie sagen? Ich dachte, es wären höchstens drei französische Meilen.‹

›Drei Meilen? Eher fünf.‹

Fünf Meilen, und nur noch eine Stunde Tageslicht! Das war mehr, als ich geschätzt hatte.

›Besser, Monsieur lassen sein Pferd im Stall und bleiben heute nacht bei uns im *Cheval Blanc*‹, sagte der Wirt unterwürfig.

Ich schüttelte den Kopf. ›Nein, nein, ausgeschlossen. Ich möchte den morgigen Weihnachtstag in Bayeux verbringen. Fünf Meilen, sagen Sie?‹

›Volle fünf über die Landstraße‹, antwortete der Zöllner. ›Aber es gibt eine Abkürzung, falls Monsieur sie finden!‹

›Du wirst Monsieur doch nicht durch den Fluß schicken?‹ schaltete sich der Wirt ein.

›Warum nicht? So spart er gut eine Meile.‹

›*Mon dieu!* Das ist für einen Fremden doch viel zu gefährlich, zumal, wenn es schon dunkel wird!‹

›Gefährlich, Maître Pierre? Was soll daran denn schon gefährlich sein? Bei Ebbe ist es genauso sicher wie über die Landstraße‹, entgegnete der andere verächtlich. ›Passen Sie auf, Monsieur! Etwa fünf Kilometer hinter St. Angély mündet die Aire ins Meer. Wie Sie sie hier sehen, ist sie nur schmal, schmal und tief, aber da draußen wird sie breit und flach, breiter als die Seine in Paris. *Eh bien,* Monsieur, etwa vier Kilometer von hier und zirka einen vor der Flußmündung gelangen Sie an eine Stelle, die heißt *L'Eau Perdu.* Das ist bloß ein Flußarm, ein Meeresarm, besser gesagt, der bei Flut ein zweites Flüßchen speist. Wenn Sie die Landstraße nähmen, müßten Sie auf der Brücke bei Creuilly darüber fahren, aber auf der Küstenstrecke können Sie bei Ebbe mühelos dort hindurch. Nichts leichter als das, Monsieur! Ich gebe Ihnen mein Wort, es besteht nicht die geringste Gefahr, und Sie sparen sich einen Umweg von mindestens einer Meile.‹

›Monsieur sollten es lieber nicht probieren‹, meinte der Wirt vom *Cheval Blanc.*

›Den Versuch will ich gerne wagen, wenn ich die Stelle finde‹, erwiderte ich. ‹Mein Pferd ist nicht mehr frisch, und eine Meile ist eine Meile.‹

›Monsieur können den Weg gar nicht verfehlen‹, sagte der Zöllner. ›Sie fahren immer geradeaus und nehmen hinter der Kirche die erste Abzweigung nach links. Dann folgen Sie der Straße bis an einen Feldweg, der zu dem kleinen Gasthaus *Bon Christophe* führt, und bitten dort irgendwen, Ihnen die beste Stelle zum Hinüberkommen zu zeigen. Das Haus steht genau am Rande des *L' Eau Perdu* und in Sichtweite der Flußmündung. Am Abend brennt bei der Zollstation am gegenüberliegenden Ufer immer ein Licht.‹

›Tausend Dank‹, sagte ich und sprang auch schon in mein Gefährt. ›Und Sie sind ganz sicher, daß dann Ebbe ist?‹

›Es ist ja schon jetzt Ebbe‹, antwortete der Zöllner, indem er seine Uhr aus der Tasche zog. ›Und erst zehn Minuten nach vier kommt wieder die Flut. Aber selbst wenn sie bereits eingesetzt hätte, wären Monsieur noch sehr zeitig daran, denn der Meeresarm füllt sich erst kurz vor dem Höhepunkt der Flut. Monsieur werden allerdings eine

Viertelmeile über schlammigen Grund fahren müssen und sich seine Räder schmutzig machen – *voilà tout!*‹

›Davor habe ich keine Angst!‹ erwiderte ich lachend. ›Adieu, meine Herren! Auf baldiges Wiedersehen, um unseren guten Willen mit einer weiteren Flasche von Maître Pierres Bordeaux zu besiegeln!‹

Und mit vielen Verbeugungen, Lebewohls und guten Wünschen gingen wir auseinander. Ich fuhr in einem so rasanten Tempo davon, daß die Einwohner von St. Angély-sur-Aire bei meinem Vorüberrattern an die Fenster eilten.

Ich fand meinen Weg mühelos. Erst fuhr ich zu der Kirche, dann links die Landstraße hinunter, wie man mir gesagt hatte. Es war beileibe keine angenehme Fahrt. Der Nachmittag war grau und naßkalt, die Straße unwegsam, der Seenebel in der Ferne verdichtete sich, und es wehte ein schneidender Wind. Außerdem erwies sich die Strecke als unerwartet lang, und der schlechte Straßenzustand zwang mich zu sehr langsamer Fahrt. Während der Nebel sich weiter verdichtete, schwand das Tageslicht dermaßen schnell, daß es zu dem Zeitpunkt, als ich den Feldweg erreichte, schon fast dunkel wurde. Und was für ein Feldweg das war! Holprig wie ein Acker und so naß wie ein Sumpftümpel, dazu Steine, die mein Pferd ins Stolpern brachten, und Wagenfurchen, in die meine Räder alle paar Meter einsanken. So schlecht auch die Landstraße gewesen sein mochte, war sie nichts gegen das hier. Jetzt freilich war es zum Umkehren zu spät. Also stieg ich ab, führte mein Pferd am Zügel und versuchte aus der Situation das Beste zu machen. Der Weg endete ganz plötzlich vor einem breiten Stück Ödland, in dessen Mitte ich die dunklen Umrisse eines Hauses sowie einen Lichtschimmer hinter einem Fenster sah. Da ich glaubte, daß dies das Gasthaus *Bon Christophe* war, führte ich mein Pferd, so gut es ging, über das holprige Gelände darauf zu. Beim Näherkommen hörte ich Stimmen, aber erst, als ich ein oder zwei Meter vor dem Tor war, konnte ich die beiden Männer erkennen, die daran lehnten und sich unterhielten.

›Heda!› sagte ich. ›Ist das das *Bon Christophe?*‹

›Ganz recht, Monsieur, und ich bin der Wirt, Monsieur zu Diensten‹, antwortete der kleinere der beiden, indem er vortrat und das Tor aufhielt. ›Wenn es Monsieur belieben ...? Wir haben vorzügliche Betten, einen guten Stall, alle Annehmlichkeiten für Reisende!‹

›Danke, aber ich wollte mich nur nach der besten Stelle erkundigen, um über diesen Flußarm hier zu fahren. Es ist doch Ebbe, wenn ich mich nicht irre?‹

›Ja, Monsieur, das ist es – das heißt, gleich setzt die Flut wieder ein‹, antwortete der Wirt in enttäuschtem Ton.

›Und komme ich gefahrlos auf die andere Seite?‹

Der Gastwirt zögerte.

›Wenn nämlich nicht‹, fügte ich hinzu, weil ich den Verdacht hatte, daß er mich, wenn möglich, dabehalten wollte, ›fahre ich wieder nach St. Angély-sur-Aire zurück und schlafe im *Cheval Blanc.*‹

›Der Fluß ist durchaus passierbar‹, warf unvermittelt der größere der beiden Männer ein.

›Ja, er ist passierbar‹, gestand der Wirt. ›Monsieur müssen sich einfach an das Licht der Zollstation halten, immer geradeaus. Dann kann er sein Ziel nicht verfehlen.‹

›Und wären Sie wohl so freundlich, mir jemanden mitzugeben, der mich auf den richtigen Weg führt?‹

›Gewiß, Monsieur, ich werde meinen ...‹

›Nicht nötig‹, schaltete sich erneut der andere ein. ›Ich gehe selbst über den Strand. Folgen Sie mir ganz einfach. Gute Nacht, Freund Collet.‹

›Gute Nacht, François‹, erwiderte der Wirt etwas verschnupft. ›Aber vergiß nicht, Monsieur den Unterschied zwischen den beiden Lichtern zu erklären.‹

›Pah! Hältst du mich für einen Esel?‹

Damit marschierte er los, und ich folgte ihm. Es war zu dunkel, um das Gesicht meines Führers genau zu sehen, aber irgendwie kamen mir seine hochgewachsene Statur, seine Gesten und der Klang seiner Stimme bekannt vor. Und dann der Name! Der Wirt hatte ihn François genannt. Hieß so nicht auch der alte Soldat, dem ich vor drei Stunden in der Gaststube des *Cheval Blanc* begegnet war? Durchaus möglich, daß es sich um ein und denselben Mann handelte. Ja, je länger ich darüber nachdachte, desto sicherer war ich mir. Na, wenn schon! Es hatte ganz bestimmt keinen Wert, auf die Sache von heute nachmittag anzuspielen. Anscheinend hatte er mich ja nicht einmal erkannt, und wenn, dann könnte dies nur zu weiteren Auseinandersetzungen führen. Ich hielt es also für besser, nichts zu sagen.

Diese Gedanken gingen mir in weit kürzerer Zeit durch den Kopf, als man braucht, um sie zu erzählen. Und ich gelangte gerade zu meinem Entschluß, als ich merkte, daß wir einen sandigen Hang hinuntergingen, hinter dem eine große, breite Fläche lag. Anscheinend bestand sie aus lauter Schlamm und Kies. Ganz weit jenseits dieser Wüste aber, durch den Nebel nur vage zu erkennen und offenbar eine halbe Meile auseinander, schimmerten zwei Lichter, das eine rot, das andere weiß. Der Mann blieb unvermittelt stehen.

›*Voilà!*‹ sagte er. ›Das da sind die beiden Leuchtfeuer – das eine an Bord des Wachschiffs vor der Mündung der Aire, das andere bei der Zollstation am gegenüberliegenden Ufer. Sehn Sie sie alle beide?‹

›Ja, ich sehe sie ganz deutlich.‹

›Dann halten Sie sich an das rote. Fahren Sie geradewegs darauf zu.‹

›Danke. Ist der Boden einigermaßen eben, oder muß ich das Pferd führen?‹

›Nein, er ist völlig glatt. Nichts als Schlick und Sand.‹

›Nochmals vielen Dank, *mon ami*. Gute Nacht.‹

Er gab keine Antwort, sondern wandte sich um und verschwand mit raschen, schweren Schritten in die Dunkelheit.

Ich sprang auf meinen Einspänner, legte mir eine Wolldecke über die Knie, zündete mir eine Zigarre an, richtete meinen Blick fest auf das rote Licht und fuhr los. Einen Moment später verließen die Räder den mit dicken Kieseln bestreuten Hang, und wir glitten lautlos durch das Bett des Meeresarms. Er war keineswegs schlecht befahrbar. Obwohl die Oberfläche ein wenig nachgab, war der Grund anderthalb Zentimeter darunter fest genug; und die kleinen Tümpel hier und da, die wir bei unserer Fahrt aufspritzen ließen, oder die Kiesbrocken, die gelegentlich unter den Rädern knirschten, hinderten uns nicht in unserem Fortkommen.

Dazu war die Luft frisch, salzig und hatte einen angenehmen Meeresduft. Endlich gab es ein bißchen Aufregung in Form dieser Fahrt zum roten Licht und eingedenk der Tatsache, daß der Kanal dazwischen in nur wenigen Stunden überflutet sein würde.

Da wieherte mein Pferd plötzlich und blieb stehen. Ich redete ihm zu, streichelte es sanft mit der Gerte und brachte es glücklich zum Weitergehen, bis es nach ein paar Metern erneut stockte, diesmal noch unvermittelter als zuvor. Der Zufall wollte es, daß wir in diesem Moment mitten in einem Tümpel standen, der tiefer und ausgedehnter war als alle, die wir schon durchquert hatten. Ich erklärte mir das damit, daß bereits knapp die halbe Strecke hinter uns lag und die Wasserrückstände in der Kanalmitte naturgemäß etwas größer seien. Wahrscheinlich brachte dies das Pferd in Unruhe. Da gutes Zureden sich als zwecklos erwies, gab ich ihm drei, vier scharfe Peitschenhiebe, die es dann auch wieder in Bewegung setzten, obschon mit offensichtlichem Widerstreben.

Es war seltsam, aber während ich so fuhr, immer auf das rote Licht zu, bemerkte ich, daß die Pfützen und Lachen seit ein paar Minuten eine geschlossene Wasserdecke bildeten, die sich in alle Richtungen erstreckte. Ich wurde wider meinen Willen nervös. Weg hin oder her, am besten würde ich wohl machen, daß ich so schnell wie möglich aus der Kanalmitte herauskäme. Doch obwohl ich das Pferd nun noch mehr antrieb, schien der Boden mit jedem Meter tiefer abzufallen und das Wasser immer höher zu steigen. Beunruhigt reckte ich meinen Hals. Die Stelle, an der ich losgefahren war, war nicht mehr zu erkennen; aber das rote Licht schimmerte, jetzt größer und näher denn je, ermunternd durch den Nebel. Es war zu spät zum Umkehren. Koste es, was es wolle, ich *mußte* vorwärts!

In diesem Moment bäumte mein Pferd sich auf, stemmte seine Vorderbeine fest in den Sand und wollte sich keinen Schritt weiterrühren. War das Angst oder Instinkt? Ich wagte es nicht, mir diese Frage zu stellen. Und ich wagte es auch nicht, mir den schrecklichen Verdacht einzugestehen, der sich im Laufe der letzten Minuten immer mehr in mir verstärkt hatte. Ich nahm die Zügel in die Hand, richtete mich auf meinem Sitz auf und drosch auf das Pferd ein, wie ich es noch nie getan hatte. Es sträubte sich und schnaubte, ehe es voll Verzweiflung weiter durch den Tümpel ging, der ihm inzwischen fast an die Knie reichte.

Plötzlich bemerkte ich ein Kräuseln auf dem Wasserspiegel. Von diesem Augenblick an gab ich mich verloren. Von diesem Augenblick an wußte ich, daß mir die Flut auf den Fersen war.

Ich wundere mich bis zu dieser Stunde, wenn ich daran denke, wie gelassen ich diese Erkenntnis aufnahm. Jeder Nerv, jeder Gedanke, jedes Gefühl schien zu dem einen Ziel zusammengeschweißt: Durchkommen! Meine einzige Hoffnung bestand jetzt in dem roten Licht. Das Wasser stieg immer weiter, immer stärker wurde der Wellengang, bis der Wagen zu schaukeln begann und ich wußte, daß mein armes Pferd sich keine zwei Minuten mehr auf den Beinen würde halten können. Meine Entscheidung fiel in Sekundenschnelle. Ich wußte, daß wir um unser Leben schwimmen mußten. Also zückte ich mein Taschenmesser, zog Stiefel, Rock und Weste aus, sprang ins Wasser, schnitt mein Pferd los und ruderte dann aus Leibeskräften auf das Leuchtsignal zu.

Ich war damals nur ein kläglicher Schwimmer, und ich mußte gegen die Strömung ankämpfen. Aber trotzdem hielt ich meinen Kopf dem roten Licht zugekehrt, kämpfte mich vorwärts, so gut ich konnte, und obwohl ich fühlte, daß die Flut mit jedem Augenblick stärker wurde, war ich entschlossen durchzuhalten. So schien eine lange Zeit zu vergehen; wie lang, konnte ich nicht sagen, denn irgendwie verwirrten sich meine Gedanken. Plötzlich toste mir das Wasser um die Ohren, das rote Licht vor meinen Augen kam und ging, und mit einer namenlosen Verzweiflung spürte ich, daß meine Kräfte schwanden. Dann folgte ein schrecklicher Moment – das Leuchtfeuer war weg, als ob die Finsternis es verschluckt hätte. Und urplötzlich ragte etwas Mächtiges, Formloses, Schwarzes vor mir empor, so etwas wie ein Felsen, und obschon einer Ohnmacht nahe, wußte ich, daß es ein Schiff war, spürte, daß es mich im nächsten Augenblick unter seinen Bug ziehen würde. Das Grauen der folgenden drei, vier Sekunden wird mir mein Lebtag in Erinnerung bleiben. Nie werde ich vergessen, wie ich versuchte, um Hilfe zu rufen, wie meine Hände über den nassen Rumpf glitten, wie ich unter Aufbietung all meiner Kräfte einen letzten Versuch unternahm, einen einzigen, schrillen, verzweiflungsvollen Schrei ausstieß, dann spürte, wie die Wogen über meinem Kopf zusammenschlugen, und wußte, daß ich unterging.

Als ich wieder zur Besinnung kam, lag ich in einer warmen Kajüte vor einem Ofen, jemand hielt eine Flasche Schnaps an meine Lippen, und eine Menge freundlicher Gesichter waren um mich herum. Ich hatte keine Ahnung, wo ich mich befand, erfuhr jedoch bald, daß ich an Bord des Wachschiffs vor der Mündung der Aire sei, auf jeder Seite gute zwei Meilen vom Land entfernt. Der Matrose, der gerade Wache hatte, habe meinen Schrei gehört, sei wie ein Neufundländer über Bord gesprungen und habe mich gerettet, als ich das zweitemal auftauchte. Ich war, wie Sie sich denken können, sehr krank und erschöpft und darum auch froh, diese ganze Nacht sowie einen großen Teil des anschließenden Weihnachtstages ruhig in einer Hängematte liegen zu können. Und ich kann Ihnen versichern, daß ich die Zwiebelsuppe und das Pökelfleisch dieser armen Matrosen mit mehr Dankbarkeit teilte als das köstlichste Weihnachtsessen, bei dem ich je zu Gast sein durfte.«

»Und was war mit dem Soldaten, Sir?« wollte der Schulmeister wissen, nachdem die erste Aufregung sich gelegt hatte und der Fremde wieder in Schweigen verfallen war.

»Ja, dieser Schurke François? Was war mit ihm?« fragte der Küster.

»Keine Ahnung«, antwortete der Fremde knapp und ungehalten. »Ich habe gar nicht erst gefragt. Entweder wußte er, daß er mich in den Tod schickte, oder er hat die beiden Lichter verwechselt. Gott bewahre, daß ich einen unschuldigen Menschen des vorsätzlichen Mordes bezichtige! Aber ob Irrtum oder nicht, er hat mich einen guten Wagen und ein wertvolles Pferd gekostet, denn von beiden habe ich nie wieder etwas gesehen oder gehört. Und nun, Gentlemen, wäre ich Ihnen dankbar für ein neues Glas Punsch.«

Das Grauen: Eine wahre Geschichte

[Anonym]

Viele Geschichten des neunzehnten Jahrhunderts sind anonym in Zeitschriften erschienen, und für gewöhnlich erfuhr man die Identität des Verfassers nur, wenn diese Geschichten in eigenen Bänden nachgedruckt wurden (zum Beispiel im Falle von Amelia B. Edwards, Mary Braddon, J. H. Riddell und deren Zeitgenossen). Leider hat sich die Identität des Autors von »Das Grauen: Eine wahre Geschichte« auch auf diese Weise nie geklärt. Das anonyme kleine Werk wurde von Julian Hawthorne für seine Anthologie mit den »besten klassischen Kriminal- und Detektivgeschichten Amerikas« ausgewählt (*The Lock and Key Library*, New York 1909).

Ich war erst neunzehn, als es zu dem Ereignis kam, das einen Schatten über mein Leben warf. Und ach, wie viele, viele sorgenvolle Jahre haben sich seither dahingeschleppt! Jung, glücklich und geliebt war ich in jenen längstvergangenen Zeiten. Es hieß, ich wäre schön. Heute zeigt mir der Spiegel das Bild einer mageren Greisin mit aschgrauen Lippen und totenbleichem Gesicht. Aber glaubt nicht, ihr würdet hier nur wehleidiges Gejammer hören. Nicht die Jahre haben mich zu diesem Wrack, diesem Schatten meines früheren Selbst gemacht. Wäre es so gewesen, ich hätte den Verlust geduldig, heiter, als allge-

meines Menschenlos ertragen können. Doch es war kein natürlicher Verfallsprozeß, welcher mich meiner Blüte, meiner Jugend, der zur Jugend gehörenden Hoffnungen und Freuden beraubte, das Band zerriß, welches mich mit dem Herzen eines anderen verknüpfte, und mich auf meine alten Tage zur Einsamkeit verdammt hat. Ich bemühe mich um Geduld, aber mein Kreuz war und ist schwer, mein Herz ist leer und müde, und ich sehne den Tod herbei. Wie langsam er zu jenen kommt, die um ihn beten.
Ich will versuchen, das Ereignis, das mein Leben vernichtet hat, genau zu schildern. Obwohl es schon vor vielen Jahren war, besteht keine Gefahr, daß ich auch nur die kleinste Einzelheit vergessen hätte. Sie alle sind mir deutlich ins Gedächtnis eingebrannt wie mit einem rotglühenden Eisen. Ich sehe sie geschrieben in die Runzeln meiner Stirn, in die totengleiche Weiße meines Haares, das einstmals glänzend braun war und keinen allmählichen Übergang von Dunkel zu Grau, von Grau zu Weiß erlebt hat wie bei den glücklichen Gespielen meiner Mädchenjahre, jenen, deren ehrwürdiges Alter durch die Liebe von Kindern und Kindeskindern erhellt wird. Aber ich darf sie nicht beneiden. Ich wollte damit lediglich zum Ausdruck bringen, daß meine Aufgabe mir nicht etwa infolge eines schwachen Gedächtnisses so schwerfällt, denn mein Gedächtnis ist nur allzugut. Doch während ich zur Feder greife, zittert meine Hand, mir schwimmt der Kopf, der alte, jähe Schwindel und das alte, jähe Grauen überkommen mich erneut, und wieder packt mich jene nie vergessene Furcht. Doch das soll mich nicht hindern. Hier also meine Geschichte.
Ich war, denke ich, eine Großerbin, obwohl mich dies nicht weiter kümmerte, aber es ist nun einmal eine Tatsache. Mein Vater hatte ein beträchtliches Vermögen und keinen Sohn. So sollten sich seine drei Töchter, von denen ich die

jüngste war, die weiten Liegenschaften teilen. Doch ich war damals ja so reich mit Jugend, Liebe und Gesundheit gesegnet, daß mich nichts anderes interessierte. Sämtliche Schätze dieser Welt hätten nicht das aufwiegen können, was ich damals besaß – und dann verlor. Natürlich wußten wir Mädchen, daß wir erben würden, doch ich glaube, weder Lucy noch Minnie war deshalb stolzer oder glücklicher. Ich ganz sicher nicht. Reginald hielt ja nicht des Geldes wegen um meine Hand an, das wußte ich bestimmt. Und er bewies es – Gott sei Dank! –, als er sich nach jenem Einschnitt von mir zurückzog. Ja, so einsam meine alten Tage sind, kann ich bis heute dankbar sein, daß er es tat, daß er nicht um des Goldes willen am Traualtar eine Hand ergriff, welche er zu verabscheuen und vor der er zu erschauern lernte. Zumindest das blieb mir erspart. Ich weiß, daß ich geliebt wurde, und nur dank dieses Wissens bin ich so manchen müden, sorgenvollen Tag, so manche ruhelose Nacht hindurch nicht wahnsinnig geworden, in Zeiten, da meine brennenden Augäpfel nicht eine Träne zu vergießen hatten und selbst diese Erleichterung mir versagt blieb. Unser Haus war ein alter Tudor-Herrensitz, und mein Vater achtete peinlich genau darauf, daß auch nicht die geringste Eigenheit daran verändert wurde. So blieben denn die vielen spitzen Giebel, die Türmchen und die mit Pfosten unterteilten Fenster so wie vor drei Jahrhunderten. Die Gegend rings um unser malerisch-schwermütiges Heim mit den Wäldern seines Parks und dem stillen, dunklen Wasser seines Sees war nur dünn besiedelt, und uraltes Gedankengut sowie uralte Sitten hielten sich dort hartnäckig. So wuchsen wir in einer Atmosphäre des Aberglaubens auf. Von Kindesbeinen an hörten wir unzählige Schauergeschichten. Manche von ihnen waren zweifellos Märchen und frei erfunden, andere dagegen handelten

von finsteren Taten aus alter Zeit, waren jedoch durch den Hang zum Phantastischen grob aufgebauscht. Unsere Mutter war schon früh gestorben, und da unser Vater zwar ein guter Vater gewesen ist, aber als Großgrundbesitzer und Friedensrichter viel zu tun hatte, gab es niemanden, um jenen schädlichen Legendenstrom zu kontrollieren, mit dem unsere lebhafte Phantasie in der Gesellschaft von Knechten, Mägden und Kindermädchen überschwemmt wurde. Im Lauf der Jahre freilich verloren die alten schauerlichen Sagen teilweise ihre Anziehungskraft. Wir interessierten uns jetzt mehr für Bälle, Kleider, Tanz- und Freizeitgefährten. Bei einer Zusammenkunft der ganzen Grafschaft lernten Reginald und ich uns kennen; es war Liebe auf den ersten Blick. Ja, ich bin sicher, daß er mich von ganzem Herzen liebte, auch wenn ich in meinem Gram und meiner Wut manchmal dachte, daß dieses Herz weniger tief als andere war; an seiner Aufrichtigkeit allerdings hegte ich niemals Zweifel. Reginalds und mein Vater gaben unserer immer fester werdenden Verbindung ihren Segen, und was mich selbst betrifft, so weiß ich, daß ich damals glücklich war. Ich blicke auf diese flüchtigen Momente zurück, als wär's ein süßer Traum. Doch nun genug mit meinen kindischen Erinnerungen, genug von meiner heiteren, sonnigen Jugend. Ich werde jetzt erzählen, wie alles zu Trauer und zu Trübsal wurde.
Es war an Weihnachten, eine auf dem Lande ja immer frohe, gastfreundliche Zeit, zumal in einem alten Herrenhaus wie dem unsrigen, wo man noch sehr an schönen, fröhlichen Gebräuchen festhielt. Es waren so viele Gäste das, daß man sie nur mit größter Mühe unterbrachte. Etliche enge, dunkle Stübchen in den Türmen – bloße »Taubenlöcher«, wie wir respektlos das bezeichneten, wofür sich in den Zeiten Königin Elisabeths kein Edelmann zu vor-

nehm wähnte – wurden nun, nachdem sie ein Jahrhundert leergestanden hatten, den Junggesellen zugeteilt. Die Gästezimmer sowohl im Mitteltrakt wie in den Seitenflügeln waren natürlich allesamt belegt, und unser Aushilfspersonal wurde auf dem Gehöft und bei dem Gutsverwalter einquartiert, so groß war unsere Raumnot. Zu allem Überfluß kam auch noch eine entfernte ältere Verwandte, die vor Monaten zwar eingeladen worden war, mit der aber niemand gerechnet hatte, und meine Tanten liefen händeringend umher. Lady Speldhurst war eine nicht unbedeutende Persönlichkeit. Aufgrund eines vermeintlichen Affronts bei ihrem letzten Besuch (etwa zur Zeit meiner Taufe) hatte sie jahrelang nur kühle Beziehungen zu uns gepflegt. Nun war sie siebzig, altersschwach, reich, schwierig und zudem noch meine Patin, obwohl ich dies vergessen hatte. Ich selbst machte mir keine Hoffnungen, aber anscheinend dachten meine Tanten, besonders Tante Margaret, daß ich von dieser Seite etwas erben sollte. Und so jammerte sie auch fürchterlich. »Wir haben keinen Platz mehr«, sagte sie. »Kein Zimmer ist mehr frei! Hat man schon jemals so ein Unglück erlebt! Wir können Lady Speldhurst doch nicht in einem Turm unterbringen, aber *wo* soll sie nur hin? Und Rosas Patin ist sie noch dazu! Das arme Kind! Wie fürchterlich! Da hat diese Person hunderttausend Pfund und nach all den Jahren der Entfremdung kein schönes warmes Zimmer, über das sie verfügen kann! Und das auch noch ausgerechnet an Weihnachten!« Was also tun? Ihre eigenen Zimmer hatten meine Tanten schon ein paar verheirateten Gästen überlassen, und auch wenn mein Vater der gastfreundlichste aller Menschen war, so hatte er doch Rheuma, Gicht und eine ausgeprägte Ordnungsliebe. Die Schwägerinnen wagten nicht, ihm einen Umzug vorzuschlagen. Und so räumte schließlich ich mein Zimmer. Es überraschte mich, wie ungern ich den Vorschlag machte. Schwante mir schon das Unheil, das daraus entstehen würde? Ich weiß es nicht. Jedenfalls war es nicht aus Egoismus. Nun, wie dem auch sei, ich stellte mein Zimmer zur Verfügung. Meine Schwestern zogen mich damit auf, daß ich meine Patin offenbar versöhnlich stimmen wolle. »Sie ist wie eine gute Fee«, sagte Minnie, »und du weißt ja, Rosa, daß man sie bei deiner Taufe beleidigt hat und sie mit Racheschwüren davongerauscht ist. Nun besucht sie dich wieder – und hoffentlich mit goldenen Geschenken.«

Ich machte mir nicht viel aus Lady Speldhurst und ihrem etwaigen Goldregen, interessierte mich nicht für ihren sagenhaften Reichtum, über den meine Tanten munkelten und mit den Köpfen nickten. Doch ich frage mich, ob mein ganzes Leben nicht einen anderen Verlauf genommen hätte, hätte ich mich launenhaft und störrisch gezeigt und mich geweigert, der erwarteten Verwandten mein Zimmer abzutreten. Aber dann hätten Lucy oder Minnie das ihre geopfert – und damit sich selbst. Was rede ich?! Nein, besser, daß das Unglück mich traf als meine geliebten Schwestern.

Die Kammer, in die ich zog, war ein dreieckiger düsterer Raum im Westflügel und ließ sich nur über die Bildergalerie erreichen oder durch den Garten, wo eine Steintreppe nach oben führte. Ihr gegenüber befand sich eine Rumpelkammer voll kaputter Möbel, Spielsachen und dem Krimskrams, der sich im Laufe der Jahre ansammelt. In dem Zimmer, in dem ich ein paar Tage übernachten sollte, hingen Gobelins und ausgeblichene grüne Vorhänge aus irgendeinem feinen Stoff, die seltsam mit dem neuen Teppich und den leuchtenden Farben der Decke auf dem hastig aufgestellten Bett kontrastierten. Die Möbel waren zum Teil alt, zum Teil neu, und auf der Platte des Frisiertischs

stand ein sehr seltsamer ovaler Spiegel mit einem schwarzen Rahmen aus Holz, ich glaube, unlackiertem Ebenholz. Noch heute erinnere ich mich haargenau an das Teppichmuster, die Stühle, das Bett und wo sie standen und an die Gestalten auf den Gobelins. Ja, ich entsinne mich nicht nur an die Farbe des Kleides, welches ich an jenem verhängnisvollen Abend trug, sondern an jede Rüsche, jede Schleife, jede Blume.
Kaum hatte meine Zofe die Garderobe für den bevorstehenden Abend ausgebreitet (es sollte nämlich eine große Tischgesellschaft werden), da meldete das Rumpeln einer Kutsche die Ankunft Lady Speldhursts. Der kurze Wintertag ging schon zur Neige, und nach dem Essen hatten sich viele der Gäste in dem geräumigen Salon um das Kaminfeuer versammelt. Mein Vater, daß weiß ich noch, war anfangs nicht dabei, denn ein paar Gutsherren vom alten jagd- und trinkfreudigen Schlag saßen im Speisezimmer beim Portwein, und der Gastgeber konnte sie nicht allein lassen. Aber die Damen und die jüngeren Herren – sowohl die, welche unter unserem Dach schliefen, als auch die anderen, die viele Meilen durch Moor und Nebel fahren mußten, um nach Hause zu kommen – waren alle beisammen. Ich muß wohl nicht sagen, daß auch Reginald da war. Er saß neben mir – mein offizieller Bräutigam. Im Frühling sollte Hochzeit sein. Nicht sehr weit weg waren auch meine Schwestern, die ebenfalls Augen gefunden hatten, in denen es warm funkelte, wenn sie dem Blick von Lucy oder Minnie begegneten, Herzen, welche im gleichen Takt wie die ihren schlugen. Im Falle meiner Schwestern aber zernagte kein grimmer Frost die Blüte, ehe sie gereift war, kein Krebs zerfraß die jungen Hoffnungen, und keine Wolke verdüsterte den Himmel. Rein und innig wurden sie von Männern geliebt, die ihre Wertschätzung verdienten.

Der weite Raum mit seiner altersschwarzen Eichentäfelung und seiner hohen, gewölbten Decke besaß eine leicht düstere Atmosphäre. Es gab Spiegel und Gemälde, schöne Möbelstücke, Kaminsimse aus Marmor und einen bunten Plüschteppich, doch all das wirkte nur wie helle Flecken vor dem dunklen Hintergrund von Balken und Paneelen. Es brannten viele Lichter, aber die Schwärze der Wände und der Decke schienen deren Strahlen vollkommen zu verschlucken, wie ein Höhlenschlund. Keine hundert Kerzen hätten diesem Raum die helle Freundlichkeit eines modernen Wohnzimmers verleihen können. Doch paßte die düstere Pracht der Wandtäfelung gut zu dem Schein des mächtigen Holzfeuers, in dem jetzt knisternd und lodernd das große Weihnachtsscheit lag. Ein geradezu blutrotes Leuchten ergoß sich aus dem Kamin, flackerte an den Wänden und unter dem Kreuzgewölbe. Wir hatten uns in weitem Kreis darum versammelt. Der unstete Schein des Feuers und der Kerzen fiel auf uns alle, doch nicht jeweils in gleichem Maße, denn manche standen im Schatten. Ich weiß noch, wie stattlich, schlank und männlich Reginald an jenem Abend aussah, einen Kopf größer als jeder andere, und er war lustig und guter Laune. Auch ich war in bester Stimmung. Ich habe mich noch nie unbeschwerter gefühlt, und ich vermute, daß meine Heiterkeit die übrige Gesellschaft ansteckte, denn offenbar waren wir rundum fröhlich und vergnügt. Nur Lady Speldhurst nicht. Ganz in grauer Seide und mit einem altmodischen, seltsamen Kopfputz, saß sie still in ihrem Sessel gegenüber dem Kamin. Sie hatte ihr spitzes Kinn und ihre Hände auf eine Art Krückstock mit einem Griff aus Elfenbein gestützt (sie konnte nämlich kaum noch gehen) und musterte mich mit halb geschlossenen Augen. Sie war eine kleine, zurückhaltende Frau. Ihr Ge-

sicht besaß die feinen, scharfen Züge einer Französin. Außerdem hatte sie dünne Lippen sowie durchdringend schwarze und vom Alter ungetrübte Augen. Zu diesem klug wirkenden Gesicht paßten ihr graues Seidenkleid, ihre makellosen Spitzen, ihr altmodischer Schmuck und ihre adrette Steifheit. Doch gerade ihre Augen bereiteten mir trotz meiner guten Laune Unbehagen. Mit forschendem Interesse verfolgten sie jede meiner Bewegungen. Und dennoch war ich fröhlich und vergnügt, ja, meine Schwestern wunderten sich schon über meine fast an Ausgelassenheit grenzende gute Stimmung. Später hörte ich von dem schottischen Aberglauben, daß alle, die zu großem Unglück verdammt sind, nie so heiter, so strahlender Laune seien, wie unmittelbar bevor der Schlag sie trifft. Wenn ein Sterblicher jemals auf diese Art »verhext« war, dann ich an jenem Abend. Und zugleich war da dieses Unbehagen. Auch andere bemerkten, daß Lady Speldhurst mich nicht aus den Augen ließ, doch sahen darin nur die Überspanntheit eines Menschen, der, gelinde ausgedrückt, von jeher als verschroben galt.
Als sich meine Tante aber später am Gespräch beteiligte, verschwand das Unbehagen. Es dauerte nicht lange, und alle lauschten einer unheimlichen Geschichte, welche die alte Dame überaus gut erzählte. Eine Geschichte – sie alle hatten mit Hexerei und bösen Geistern zu tun – ergab die andere, und jeder wurde aufgefordert, sein Teil zur Unterhaltung der Allgemeinheit beizutragen. Schließlich war Weihnachten die rechte Zeit dafür. Und der alte Raum mit seinen düsteren Wänden, düsteren Bildern und der gewölbten Decke, die das Licht so gierig aufsaugten, schien solch uralten Geschichten noch zusätzliche Wirkung zu verleihen. Die schweren Scheite knisterten und spendeten eine glühende Wärme, und der blutrote Schein des Weihnachts-

feuers flackerte auf den Gesichtern von Zuhörern und Erzähler, auf den Porträts der Ahnen, auf den Stechpalmenkränzen an deren Rahmen und auf der betagten, aber ungebeugten Dame in ihrer wunderlichen Aufmachung, die aussah, als wäre sie einem der Gemälde entstiegen. Das Feuer übergoß die Eichentäfelung mit einem roten Glanz. Kein Wunder, daß die Geschichten von Geistern und Kobolden da zu neuem Leben erwachten. Kein Wunder, daß den furchtsameren Gemütern da das Blut in ihren Adern gerann, ein Schauer über den Rücken lief und das Herz flatterte. Kein Wunder, daß die Mädchen da ängstlich über ihre Schultern spähten und dicht zusammenrückten wie die Schafe, glaubten sie doch schon halb, in dunklen Winkeln dieses alten Raumes boshafte Teufelsfratzen zu erblicken. Langsam, aber sicher verflog die Hochstimmung, in der ich war, um einem kindischen, lange verborgenen, längst vergessenen Schaudern Platz zu machen. Ich lauschte jeder Geschichte mit qualvoller Gespanntheit und fragte mich nicht einmal, ob ich an die darin beschriebenen Schrecknisse tatsächlich glaubte. Nein, ich lauschte, und langsam nahm die Furcht in meinem Innern Überhand, jene blinde, irrationale Angst unserer Kindheit. Sicherlich gingen die Geschichten auch den anderen Damen, ob jung oder bereits reiferen Alters, nicht nur wegen ihres phantastischen Charakters unter die Haut, sondern genausosehr aufgrund der Umgebung, in der man sie hörte. Aber bei ihnen, den anderen, würde der Eindruck morgen früh verblassen, wenn die helle Sonne auf die bereiften Äste und Grashalme, auf die purpurnen Beeren und die grünen Stacheln der Stechpalmenzweige schiene. Doch bei mir – ach! Wie würde es beim Anbruch des neuen Tages mir ergehen? Noch ehe wir geendet hatten, kam mein Vater mit den anderen Gutsherren herein, sturen Pragmatikern, die für Schauermärchen nichts

übrighatten und vor denen wir uns wegen unserer Geistergeschichten schämten. Alles geriet nun in Bewegung. Dienstboten reichten Tee, Kaffee und andere Erfrischungen. Dann gab es etwas Musik und Gesang. Ich selber trug mit Reginald, der über eine schöne Stimme und einigen Musikverstand verfügte, ein Duett vor und weiß noch, daß man meinen Gesang sehr lobte. Ja, sogar ich selbst war über Kraft und Ausdruck meiner Stimme erstaunt – beides zweifellos die Folge meiner Gemütserregung. Dann hörte ich jemanden sagen, ich sei nicht nur die weitaus klügste, sondern auch die hübscheste von den drei Töchtern des Hauses, was mich jedoch nicht eitel machte; ich stand mit Lucy und Minnie nicht in Konkurrenz. Aber bevor Reginald auf sein Pferd stieg, um heimzureiten, flüsterte er mir ein paar verliebte, sanfte Worte ins Ohr, welche mich sehr wohl stolz und glücklich machten. Und schon bei unserem nächsten Wiedersehen ...! Aber ich habe ihm längst verziehen. Der Ärmste!
Jetzt baten alle um ihre Mäntel, Kutschen fuhren vor, und unsere Gäste verabschiedeten sich nacheinander, bis nur noch jene übrigblieben, die bei uns wohnten. Mein Vater war zum Gutsverwalter hinausgegangen, weil dieser dringend mit ihm hatte sprechen wollen. Als er nun zurückkehrte, schien sein Gesichtsausdruck verstört.
»Eine merkwürdige Geschichte ist das, die ich da gerade gehört habe«, sagte er. »Kommt doch mein Gutsverwalter, um mir den Verlust von vier wirklich erstklassigen Mutterschafen aus der kleinen Herde bei Southdowns zu melden, die mir so am Herzen liegt und die erst seit zwei Monaten im Norden ist. Ganz greulich zugerichtet seien die armen Viecher gewesen. Eine seltsame Geschichte ...«
Die meisten von uns äußerten ihr Bedauern oder Erstau-

nen, und manche meinten, wahrscheinlich sei ein Hund der Übeltäter.

»Ja, es sieht ganz so aus«, bestätigte mein Vater. »Wie das Werk eines Hundes; und doch sind alle Männer sich darin einig, daß kein Hund aus dieser Gegend in Frage kommt, zumal Hunde hier eine Seltenheit sind, die Collies der Schäfer und die Jagdhunde mal ausgenommen, wobei letztere aber im Zwinger eingesperrt sind. Dennoch zeigen diese Schafe Bißverletzungen, irgend etwas hat sie zerfleischt, hat ihre Körper wie ein Wolf zerfetzt, wenn anscheinend auch nur, um an ihr Blut zu kommen. Das Fleisch ist nämlich fast noch vollständig an den Knochen.«

»Wie sonderbar!« riefen mehrere, und dann erinnerten sich einige der Herren an Fälle, in denen Hunde offenbar aus purer Mordlust ganze Herden vernichtet haben sollen, denn das Fleisch der getöteten Hammel fraßen sie nicht.

Mein Vater schüttelte den Kopf. »Ja, von solchen Fällen habe ich gehört«, sagte er, »aber hier fühle ich mich fast versucht, an eine vorsätzliche Bosheit zu glauben, irgendeinen unbekannten Feind. Hundezähne waren zweifellos am Werk, aber die armen Tiere sind auf geradezu unglaubliche Weise verstümmelt. Das Ganze ist ebenso merkwürdig wie grauenvoll. Auffallend ist vor allem, daß man ihnen das Herz herausgerissen und es jeweils in ein paar Schritten Entfernung zerbissen und zernagt liegengelassen hat. Außerdem behaupten die Männer steif und fest, sie hätten im weichen Schlamm des Grabens den Abdruck eines nackten Menschenfußes entdeckt und nicht weit weg davon – das hier.« Er hielt etwas empor, bei dem es sich anscheinend um ein zerbrochenes Glied aus einer rostigen Kette handelte.

Zahlreich waren die Ausrufe der Betroffenheit, zahlreich und spitzfindig waren die Hypothesen, aber keine schien sämtlichen Umständen vollauf gerecht zu werden. Und als mein Vater sagte, daß drei Tage zuvor ein Paar Lämmer aus derselben Herde auf dieselbe Weise umgekommen seien, daß man auch sie verstümmelt aufgefunden habe, war das Erstaunen noch größer. Die alte Lady Speldhurst lauschte aufmerksam, stimmte jedoch in keinen unserer Ausrufe ein. Statt dessen sagte sie am Schluß zu meinem Vater: »Versuchen Sie sich zu erinnern. Haben Sie denn keine Feinde unter Ihren Nachbarn?« Mein Vater schrak zusammen und runzelte die Stirn. »Nicht, daß ich wüßte«, antwortete er. »Um so mehr Glück für Sie«, meinte die alte Dame mit ihrem grimmigen Lächeln. Es war jetzt schon spät, und bald zogen wir uns in unsere Zimmer zurück. Ein Gast nach dem anderen sagte gute Nacht. Als die Begleiterin der alten Lady Speldhurst wurde ich erkoren, das Familienmitglied, das sein Zimmer ihr zuliebe geräumt hatte. Die Aufgabe gefiel mir nicht besonders. Ich empfand eine merkwürdige Abneigung gegen meine Patin, aber meine ehrwürdigen Tanten drängten mich eingedenk des vielen Geldes, das die alte Dame hinterlassen würde, so hartnäckig, daß ich dem Wunsch entsprechen mußte. Lady Speldhurst hinkte ziemlich aus eigener Kraft (wenngleich auf meinen Arm und ihre Krücke mit dem Elfenbeingriff gestützt) die Treppe in ihr Zimmer hinauf, und dieses Zimmer hatte einladend ausgesehen; ein helles Feuer tanzte im Kamin, die Möbel waren neu und zeitgemäß, und eine farbenfreudige Tapete hing an den Wänden. »Ein hübsches Zimmer, meine Liebe. Ich muß dir dafür wirklich dankbar sein, denn wie mir meine Zofe sagte, gehört es dir«, bemerkte Lady Speldhurst. »Doch ich bin ziemlich sicher, daß dich nach allen diesen Geistergeschichten deine Großzügigkeit reut und du vor dem Gedanken an ein fremdes Bett in einem fremden Zimmer zitterst, wie?« Ich antwortete ihr irgend etwas Unverbindliches. Die alte Dame zog die Brauen hoch. »Wo hat man dich denn einquartiert, mein Kind?« wollte sie wissen. »Bestimmt in so ein Krähennest im Turm, nicht wahr? Oder in einer Rumpelkammer, einer wahrhaften Geisterfalle? Ich kann dein Herz in diesem Augenblick vor Furcht ja klopfen hören. Du bist nicht in der richtigen Verfassung, um allein zu bleiben.« Ich versuchte meinen ganzen Stolz aufzubieten und solche Zweifel an meinem Mut mit einem Lachen zu entkräften, doch insgeheim empfand ich sie als zutreffend. »Kann ich Ihnen noch sonst irgendwie dienen, Lady Speldhurst?« fragte ich und gähnte, als ob ich müde wäre. Der scharfe Blick der alten Dame ruhte auf mir. »Ich mag dich, meine Liebe«, sagte sie. »Genauso wie ich deine Mutter mochte, bevor sie mich bei deiner Taufe derart schändlich behandelt hat. Nun denn, ich weiß, du fürchtest dich, und sollte heute nacht an deinem Fenster eine Eule vorüberflattern, dann bekommst du noch Zustände. In der Ankleidekammer steht ein Couchbett. Ruf deine Zofe, damit sie es dir herrichtet. Dann kannst du schön darauf schlafen, unter der alten Hexe Schutz, und kein Kobold soll dir ein Härchen krümmen. Es weiß ja niemand davon, niemand wird dich als Angsthase verspotten.« Ach, wie wenig ahnte ich, was von meinem Ja oder Nein zu diesem banalen Vorschlag abhing. Hätte der Schleier, der die Zukunft verhüllt, sich doch für einen einzigen Moment gelüftet!

Ich ging, und als ich unten am Treppenabsatz war, schoß ein heller Lichtstrahl aus einer anderen Tür. Sie stand halb offen. Der Strahl fiel über meinen Weg wie eine goldene Lanze, und als ich auf die Tür zutrat, erschien meine Schwester Lucy. Sie hatte schon gewartet, um mich abzufangen. Um ihre Schultern lag bereits ein weißer Kaschmirschal, und ihr schweres dunkles Haar war schon gelöst.

»Rosa, meine Liebe«, flüsterte sie, »Minnie und ich, wir können den Gedanken nicht ertragen, daß du allein in diesem abgelegenen Zimmer schläfst, zumal doch Sherrard, unser altes Kindermädchen, von ebendiesem Zimmer immer erzählt hat. Du weißt ja, Minnie hat das ihre ebenfalls abgetreten und schläft in meinem, aber falls du heute vielleicht bei uns hier übernachten möchtest, könnte eine von uns beiden, ich oder du, sich ja ein Bett auf meinem Sofa machen und ...« Ich brachte sie mit einem Kuß zum Schweigen. Nein, danke, davon wollte ich nichts hören. Das verbot mir mein Stolz. Lieber würde ich auf dem Kirchhof übernachten, als eine Einladung zu akzeptieren, die zweifellos nur einer einzigen Vermutung entsprang, nämlich daß meine Nerven von den alten unheimlichen Geschichten, die wir ausgegraben hatten, zerrüttet wären und ich selbst zu schwach und abergläubisch sei, um eine Nacht in einem fremden Zimmer zu verbringen. Darum küßte ich Lucy, wünschte ihr eine gute Nacht und ging mit einem Lachen davon, um ihr meine Unbekümmertheit zu zeigen. Als ich jedoch noch einmal in den dunklen Gang zurücksah und die einladende Tür noch immer offenstand, der breite gelbe Lichtstrahl immer noch auf die Wand gegenüber fiel, mich das liebe, freundliche Gesicht noch anschaute, ergriff mich eine tiefe Zuneigung zu meiner Schwester, ein Wunsch zur Umkehr, eine Sehnsucht nach Liebe und menschlicher Gesellschaft. Aber die falsche Scham war stärker. Ich winkte ihr zu, und als ich um die Ecke bog und einen letzten Blick über die Schulter warf, war die Tür geschlossen. Kein gelber Lichtstrahl erhellte mehr die Finsternis des Ganges, und einen Moment lang glaubte ich, ein tiefes Seufzen zu vernehmen. Ich wirbelte herum und spähte in die Dunkelheit. Niemand! Nicht eine Tür war offen, und doch glaubte ich, bildete es mir mit

einer wundersamen Lebhaftigkeit ein, einen wirklichen Seufzer gehört zu haben, ganz in meiner Nähe und vom Ächzen der Sykomoren klar zu unterscheiden, deren Äste in der Schwärze draußen vom Sturm hin und her geschleudert wurden. Wenn je der gute Engel eines Sterblichen Anlaß zu einem kummervollen Seufzer hatte, dann der meine in dieser Nacht. Aber die Phantasie spielt uns seltsame Streiche, und mein Nervenkostüm war momentan nicht allzu stark. Ich mußte durch die Bildergalerie. Noch nie hatte ich diesen Gang mit den düsteren Reihen lebensgroßer Porträts bei Kerzenschein betreten. Schwermütig starrten sie von ihrer Leinwand auf die Fenster mit ihren teils rautenförmigen, teils bunten Scheiben herab, die im vorbeiheulenden Wind klapperten. Viele dieser Gesichter wirkten streng und ernst – ganz anders als bei Tageslicht –, während auf anderen ein verstohlenes, flackerndes Lächeln meiner zu spotten schien, als meine Kerze sie erhellte. Doch alle Augen schienen mir, wie es bei guten Porträts ja stets der Fall ist, auf Schritt und Tritt zu folgen – ein Interesse, das durch die gleichgültige Starre der Gesichter nur um so deutlicher hervortrat. Mir wurde unbehaglich unter diesen kalten, harten Blicken, obwohl ich wußte, wie absurd meine Ängste waren. Und so zwang ich mich zu einem Lächeln, als seien das Menschen und nicht bloß Phantome an der Wand. Kurz auflachend, wandte ich ihnen sogar mein Gesicht zu, aber es erfolgte natürlich keine Resonanz, und ich setzte meinen Weg schweigend fort.
In einem jähen, nicht ungewöhnlichen Gefühlsumschwung schüttelte ich meine wirren, unbestimmten Ängste ab, errötete wegen meiner Schwachheit und war nur allzu froh, daß niemand Zeuge gewesen war, wie ich mein Zimmer aufsuchte. Bei meinem Eintritt glaubte ich in der Rumpelkammer gegenüber einen Laut zu hören, als ob sich etwas

darin regte. Doch hatte ich den festen Vorsatz gefaßt, von nun an einen kühlen Kopf zu bewahren, und stellte mich taub gegen dieses leise, flüchtige Geräusch, das ja nichts Unnatürliches besaß. Ein altes Gutshaus, innen Ratten, außen der Sturm, hat bestimmt nicht Geister nötig, um in seiner Nachtruhe gestört zu werden. So ging ich in mein Zimmer, läutete nach meiner Zofe und sah mich um. Und während ich dies tat, erfaßte mich, sosehr ich auch dagegen ankämpfte, eine ganz unerklärliche Abneigung gegen mein einstweiliges Quartier, ein Gefühl, welches nicht eher abzuschütteln war, als es ein Kälteschauer ist, wenn wir in irgendeine feuchte Höhle treten. Und, man möge mir glauben, die Abneigung und Furcht, die wir beim ersten Blick gewissen Orten und Menschen gegenüber verspüren, ist nicht grundlos. Ich gebe zu, sie ist irrational, ein bloßer animalischer Instinkt, aber ist er nicht dennoch eine Gottesgabe, und haben wir das Recht, ihn zu verachten? Nur durch Instinkt vermögen Kinder ja mit so unfehlbarer Sicherheit ihre Freunde von ihren Feinden zu unterscheiden – die, die sie aufrichtig gern haben, von denen, die ihnen schmeicheln, sie in Wahrheit aber hassen. Dasselbe gilt für Hunde. Dem einen lecken sie die Hand, und vor dem andern weichen sie knurrend und zähnefletschend zurück. Zeigt mir jemanden, vor dem Kinder und Hunde zurückscheuen, dann weise ich euch nach, daß er verdorben ist – mit Lügen auf der Zunge und Mord in seinem Herzen. Nein, verachte nur keiner die Gottesgabe eines angeborenen Widerwillens, der das Pferd zittern läßt, wenn der Löwe im Gebüsch lauert, der Kühe schon von weitem das Schlachthaus wittern und sie ängstlich brüllen läßt. Denselben Widerwillen und ohne eine vernünftige Erklärung dafür zu finden empfand auch ich in einem hohen Maße, während ich mich in meinem neuen Nachtquartier umsah.

Alles in allem war es ein wirklich gutes Zimmer. Die grünen Damastvorhänge waren zugezogen, das Feuer brannte hell, auf dem Kaminsims schienen Kerzen, und die verschiedenen Toilettengegenstände lagen wie immer bereit. Auch das Bett wirkte einladend und friedlich – ein hübsches weißes Bett und alles andere als die sargähnliche, düstere Ruhestatt, die Spukgemächer sonst enthalten.
Meine Zofe trat ein, half mir beim Ablegen des Kleides und des Schmucks, den ich getragen hatte, und frisierte mich wie stets unter pausenlosem Geplapper. Normalerweise legte ich auf Plaudereien mit Dienstboten keinen Wert, doch heute abend wurde ich von einer Angst vor dem Alleinsein beherrscht, einem Verlangen, irgendeinen Menschen in meiner Nähe zu behalten, und ich ermunterte das Mädchen zum Schwatzen, so daß es eine halbe Stunde länger als sonst für seine Arbeit benötigte. Schließlich jedoch hatte sie alles, was zu tun war, getan, all meine Fragen waren beantwortet, meine Anweisungen für morgen früh noch einmal wiederholt, und die Uhr vom Turm schlug eins. Mary gähnte leicht. Sie fragte mich, ob ich noch etwas wünsche. Dies war nicht der Fall, und sie ging. Als sie die Tür zumachte, verspürte ich ein Unbehagen. Die Vorhänge, die Gobelins, die düsteren Gemälde, alles erfüllte mich mit Widerwillen. Ich haßte diesen Raum und war fast versucht, mir einen Mantel umzuhängen, halbnackt zum Zimmer meiner Schwestern zu eilen und ihnen zu sagen, ich hätte es mir anders überlegt. Aber sie mußten ja schon schlafen, und ich konnte nicht so rücksichtslos sein. Darum sprach ich – außergewöhnlich andächtig und mit bedrücktem Herzen – mein Gebet, löschte die Kerzen und wollte gerade meinen Kopf aufs Kissen legen, da kam mir ein Gedanke. Ich würde die Tür versperren! Die Kerzen waren ausgelöscht, aber der Feuerschein spendete Licht genug,

daß ich zur Tür fand. Sie hatte zwar ein Schloß, doch das war rostig oder klemmte, so daß ich auch mit aller Kraft den Schlüssel nicht umdrehen konnte. Der Riegel war zerbrochen. Also kehrte ich unverrichteter Dinge in mein Bett zurück und tröstete mich dort mit dem Gedanken, daß ich noch niemals Schloß und Riegel an meiner Zimmertür gebraucht hatte. Noch eine ganze Weile blickte ich in den roten Schein des Feuers. Ich war jetzt ruhig und gefaßter. Selbst das Geschwätz der Zofe mit ihren kleinen menschlichen Freuden und Kümmernissen hatte mir gutgetan, mich von den Grübeleien abgelenkt, und mir fielen schon die Augen zu, da wurde ich zweimal gestört. Zuerst von einer Eule, die draußen im Efeu schrie – kein ungewöhnliches Geräusch, doch heiser und melancholisch; dann vom langen, klagenden Gejaule der Bulldogge, die im Hof hinter meinem Schlafzimmerflügel angekettet war. Es war ein trauriger, beinahe unheilvoller Klang, sehr ähnlich dem, der nach dem Glauben des gemeinen Volkes den nahen Tod eines Familienmitglieds ankündigen soll. Ich selber hatte diese absurde Ansicht nie geteilt, und doch empfand ich das Geheul des Hundes unwillkürlich als schwermütig, ja, als einen Ausdruck tiefer Furcht – ganz anders als das übliche Wutgebell, vielmehr als ginge etwas Ungewohntes, Böses draußen um. Aber bald schlief ich ein. Wie lange ich schlief, habe ich nie erfahren. Doch irgendwann schreckte ich mit einer Plötzlichkeit auf, die uns aus vollem Unbewußtsein in die Beherrschung all unserer Sinne und Fähigkeiten versetzt. Das Feuer brannte noch, aber ganz niedrig, und das halbe Zimmer oder mehr lag tief im Schatten. Ich spürte, nein, ich wußte, daß ich nicht allein war. Etwas oder jemand befand sich ebenfalls im Raum, obwohl sich bei dem schwachen Licht nichts Ungewöhnliches erkennen ließ. Und doch hatte mich eine dunkle Ahnung von Gefahr aus meinem Schlaf gerissen. Ich hatte den Schauer oder Schock einer Bedrohung verspürt und wußte, schon während ich den Schlummer wie einen Mantel abwarf, *warum* ich aufgewacht war: In diesem Zimmer befand sich noch irgend jemand. Aber sosehr ich meine Ohren auch anstrengte, es war nichts zu hören, nichts als das leise Murmeln des Kaminfeuers, ein Kohlestück, das durch die Gitter rutschte, und das laute, unregelmäßige Klopfen meines eigenen Herzens. Und doch, trotz dieser Stille, wußte ich, daß ich mich nicht von einem Traum hatte täuschen lassen. Ich war hier nicht allein, das spürte ich. Ich wartete. Mein Herz schlug jetzt noch schneller. Und dann vernahm ich – leise zwar, aber ganz deutlich – ein Klirren, das Rasseln einer Kette. Indem ich allen Mut zusammennahm, hob ich meinen Kopf vom Kissen. Das Licht war schwach, doch ich bemerkte eine noch dunklere Stelle in der Dunkelheit. Diese Bestätigung meiner Ängste schockierte mich mehr, als daß sie mich erstaunte. Ich wollte schreien, brachte aber nicht einen Ton heraus. Die Kette rasselte erneut, diesmal lauter, deutlicher. Doch sosehr ich meine Augen auch anstrengte, sie vermochten die Düsternis nicht zu durchdringen, die das andere Ende des Zimmers einhüllte und woher das Geräusch kam. Im Nu schossen mir eine Menge Gedanken durch den Kopf: War das ein Einbrecher? Konnte es ein übernatürlicher Besucher sein? Oder war ich das Opfer eines grausamen Streiches, wie ich sie vom Hörensagen kannte und wie leichtsinnige Menschen sie den Furchtsamen so gerne spielen? Und dann drängte sich mir ein neuer Gedanke auf, einer, der so etwas wie einen Hoffnungsschimmer barg. Unter meines Vaters Neufundländern befand sich ein schöner junger Hund, der Neptun hieß, einer von seinen Lieblingen. Neptun war für gewöhnlich über Nacht außerhalb des

Hauses angekettet, aber vielleicht hatte er sich losgerissen, war in mein Zimmer vorgedrungen und hatte die Tür, die ja nicht fest verschlossen war, selbst aufgestoßen. Ich atmete gleich freier, als diese harmlose Deutung des Geräusches sich mir aufdrängte. Es war, es mußte der Hund sein. Ich quälte mich umsonst. Und so beschloß ich, ihn zu beruhigen. Ich versuchte seinen Namen zu sagen, aber eine geheime Angst hinderte mich daran.

Die Kette klirrte wieder – näher an meinem Bett – noch näher! Und dann erschien mir gegenüber eine schemenhafte, unförmige Gestalt. Wie sehnte ich mich danach, das Winseln des armen Tieres zu vernehmen, das ja vielleicht der Grund für all meine Erregung war. Aber nein, ich hörte keinen Laut außer dem Klirren von Eisenketten. In ebendiesem Moment flackerte die letzte Flamme im Kamin noch einmal auf, ich ließ den Blick rasch durchs Zimmer schweifen, sah, daß die Tür zu und – o Grauen! – daß es nicht der Hund war, sondern eine menschliche Gestalt, eine Gestalt, die sich nun schwer aufs Bett warf, neben mir, und schwarz und mächtig in dem heimtückischen roten Schimmer liegen blieb; »heimtückisch«, weil er, nachdem er mir so Furchterregendes gezeigt hatte, nunmehr verglomm. Was blieb, war Düsternis, obwohl die roten Kohlen noch glühten wie die Augen finsterer Bestien. Die Kette klirrte nicht mehr. Ich versuchte zu sprechen, versuchte, um Hilfe zu rufen, aber mein Mund war ausgedörrt, und meine Zunge wollte mir nicht gehorchen. Ich brachte keinen Laut hervor. Doch wer hätte mich denn auch schon hören sollen in diesem abgelegenen Zimmer, in dem ich nicht einen Nachbarn besaß und mich die Bildergalerie von aller Hilfe trennte. Und der Sturm, der draußen heulte, hätte meine Schreie sowieso übertönt, auch wenn Hilfe in der Nähe gewesen wäre. Laut fragen, wer da sei – ach

wie sinnlos, wie gefährlich! Denn wenn der Eindringling ein Räuber war, könnte ihn das in Wut versetzen. Doch welcher Räuber verhielt sich überhaupt so? Und was den Streich betraf, so schien mir diese Möglichkeit jetzt ausgeschlossen. Was aber lag dann, nun ganz unsichtbar, tatsächlich neben mir? Ich mühte mich mit aller Kraft darum zu beten, während mir eine Flut von unheimlichen Geschichten ins Gedächtnis strömte – die schrecklichen, doch faszinierenden Geschichten meiner Kindheit. Ich hatte von Menschen sowohl gehört als auch gelesen, die im Tode an den Schauplatz ihrer Verbrechen zurückkehren mußten, von den bösen Geistern, die an verwunschenen Orten lauern, von dem Vampir und von dem Ghul des Fernen Ostens, die zwischen Grabstätten umherschleichen und sie plündern, um ihren schauerlichen Schmaus zu halten. Dort lag ein unbekanntes Etwas, und mich grauste, als ich in diese schwarze Leere starrte. Es regte sich – es ächzte. Und erneut vernahm ich das Geklirr der Ketten, diesmal dicht neben mir, so dicht, daß sie mich fast berühren mußten. Voll Abscheu und Entsetzen wich ich zurück – wovor, wußte ich nicht, aber ich spürte instinktiv, daß etwas Feindseliges, Böses in der Nähe war.
Und doch, selbst in der größten Angst, wagte ich nicht zu sprechen, im Gegenteil, selbst als ich wegrutschte, war ich seltsam darauf bedacht, mich leise zu verhalten. Ich hegte nämlich die wilde Hoffnung, daß dieses Etwas – ob Phantom, ob Lebewesen – meine Anwesenheit im Zimmer noch nicht bemerkt hatte. Und dann fielen mir sämtliche Ereignisse des Abends wieder ein: die dunklen Andeutungen, ja, fast Warnungen von Lady Speldhurst, ihr merkwürdiger Blick, als wir uns trennten, das Zureden von seiten meiner Schwester, die Angst, die ich dann in der Galerie empfunden hatte, die Bemerkung, daß dies das Zimmer sei, von

dem das Kindermädchen Sherrard immer erzählt habe. An diesem Punkt beschwor meine Erinnerung eine alte Vergangenheit herauf – den üblen Ruf, in dem die unbenutzte Kammer stand, die Sünden, welche sie mit angesehen habe, das Blut, das in ihren Wänden vergossen, das Gift, das dort verabreicht worden sei, und die Legende, der zufolge es darin spuken solle. Das grüne Zimmer. Nun fiel mir auch wieder ein, wie ängstlich die Diener einen Bogen darum machten, wie man es kaum erwähnte, höchstens flüsternd, als wir noch Kinder waren, und wie wir es als einen geheimnisvollen Ort betrachtet hatten, nicht als Wohnung für Sterbliche geeignet. War dieses Etwas, die finstere Gestalt mit ihrer Kette, ein diesseitiges Wesen oder ein Gespenst? Und dann, noch furchterregender: Konnte es sein, daß Tote gezwungen waren, sich aus ihren Gräbern zu erheben und leibhaftig die Orte aufzusuchen, wo sie ihre Verbrechen begangen hatten? War mein grausiger Gefährte ein solcher Geist? Die Kette rasselte. Mir sträubten sich die Haare, meine Augäpfel schienen hervorzutreten, meine Stirn war feucht vom Schweiß der Seelennot, und mein Herz klopfte wie unter einer tonnenschweren Last. Mitunter schienen seine wilden Schläge zu stocken, dann pochte es wieder wie rasend. Ich verspürte eine plötzliche Atemnot und keuchte ebensosehr, wie ich vor Kälte zitterte. Und doch hatte ich Angst, mich zu bewegen. Statt dessen regte sich das Etwas neben mir. Es stöhnte, seine Ketten klirrten, und das Bett erbebte knarrend. Dann war das also *kein* Phantom, sondern ein Wesen aus Fleisch und Blut. Doch gerade dadurch wurde es noch tausendmal schrecklicher. Ich spürte, daß ich mich im leibhaftigen Zugriff von etwas befand, das nicht nur Furcht einjagen, sondern auch verletzen konnte, von etwas, bei dessen Berührung einem bis in die Seele übel wurde vor Angst. Ich traf einen verzweifelten Entschluß. Ich rutschte aus dem Bett, schnappte mir einen warmen Schal, warf ihn mir über und versuchte, mich zur Tür zu tasten. Mein Herz schlug höher in der Hoffnung auf ein Entkommen. Doch kaum hatte ich einen Schritt getan, da ertönte wieder dieses Stöhnen, wurde zu einem tiefen Knurren wie von einem Wolf, und eine Hand griff nach meinem Ärmel. Ich verharrte stockstill. Das drohende Geknurr sank wieder auf ein Stöhnen ab, die Kette hörte auf zu klirren, aber die Hand hielt nach wie vor mein Nachthemd. Ich wagte nicht, mich zu bewegen. Also wußte dieses Wesen von meiner Gegenwart. Alles drehte sich mir im Kopf, das Blut toste mir in den Ohren, und meine Knie wurden butterweich, während mein Herz pochte wie das eines Tieres im Rachen eines Wolfes. Ich sank nach hinten und fiel unter dem Übermaß des Schrekkens in Ohnmacht.

Als mein Bewußtsein wiederkehrte, saß ich barfuß und vor Kälte zitternd auf der Bettkante. Alles war still, doch ich spürte, daß mein gespenstischer Besucher mich immer noch am Ärmel festhielt. Die Stille währte lange. Dann ertönten ein Kichern, welches mir das Blut gefrieren ließ, ein Zähneknirschen wie in blinder, teuflischer Wut und daraufhin ein klagendes Gestöhn, dem neues Schweigen folgte. So vergingen vielleicht Stunden – nein, es *müssen* Stunden gewesen sein (obgleich ich durch den Aufruhr meines Herzens den Schlag der Uhr nicht hören konnte). *Wie* sie vergingen? Mit gräßlichen Visionen, die an meinen schmerzenden Augen vorüberzogen, denn ich wagte nicht, sie zuzumachen. Statt dessen starrte ich unentwegt in die Düsternis, in der er lag, mein schrecklicher Gefährte während all der schlaflosen Stunden dieser Nacht. Ich stellte ihn mir vor, in jeder grausigen Gestalt, die sich ein aufgewühlter Geist zusammenphantasieren konnte. Im einen

Augenblick noch als Skelett, mit leeren Augenhöhlen und grinsenden, entfleischten Kiefern, im nächsten als Vampir mit leichenblassem Antlitz, aufgeschwemmtem Leib und bluttriefenden Lippen. Würde es denn nie hell werden?! Und doch, wenn der Morgen graute, müßte ich dies Etwas Auge in Auge erblicken. Ich hatte zwar gehört, daß Geister und Dämonen gezwungen seien, bei Tagesanbruch zu verschwinden, aber dieses Wesen hier war zu real, war eine zu verworfene Erdengeburt, als daß es sich beim Hahnenschrei in Luft auflösen würde. O nein! Ich müßte es erblicken – das Grauen – von Angesicht zu Angesicht! Dann nahm die Kälte überhand, mir klapperten die Zähne, Schauer jagten durch meinen Körper, und doch stand mir der Schweiß der Seelenqual auf der Stirn. Irgendein Instinkt ließ mich nach einem Schulterumhang oder Mantel schnappen, der auf einem Stuhl lag, und ich zog ihn über. Das Etwas stöhnte neuerlich, die Kette klirrte leise, und dann versank ich in Apathie – wie ein Indianer, dessen Foltern am Marterpfahl man unterbricht. Stunden vergingen, ich aber blieb so stumm und starr, als wäre ich aus Eis gehauen. Ich schlief sogar, denn ich entsinne mich, daß ich mit einem Schrecken erwachte, um in das kalte graue Licht des Wintermorgens zu blicken, das sich zwischen den schweren Fenstervorhängen hindurchstahl und im Raum ausbreitete.

Schaudernd, jedoch von dem Impuls getrieben, der den Vogel gebannt ins Auge einer Schlange starren läßt, drehte ich meinen Kopf, um dieses Grauen der Nacht zu sehen. Ja, es war kein Fiebertraum, keine krankhafte Wahnvorstellung, kein Phantom, welches beim ersten Licht des Morgens verschwand. Ich sah es auf dem Bett liegen, sah das grausige Haupt auf dem Federkissen ruhen. Ein Mensch? Oder ein Leichnam, der aus seinem ungeweihten Grab gestiegen war und darauf wartete, daß ihm der böse Geist Leben einhauchen würde? Da lag er, eine hünenhafte, doch zum Gerippe abgemagerte Gestalt, halbnackt und teils von Staub, teils von geronnenem, verklumptem Blut bedeckt. Seine riesigen Gliedmaßen waren wie aufs Geratewohl aufs Bett geworfen, sein Zottelhaar ergoß sich über das Kopfkissen wie eine Löwenmähne, und sein Gesicht war mir zugewandt. Oh, was für eine gräßliche, verzerrte Fratze, selbst im Schlaf! Den Zügen nach war sie zwar menschlich, selbst unter ihrer grauenhaften Maske aus Schmutz und blutigem, halb angetrocknetem Gedärm, aber der Ausdruck war so wild, so grausam wie der einer Bestie. Die weißen Zähne schimmerten zwischen den zu einem bösen Grinsen geöffneten Lippen, das wirre Haupt- und Barthaar gingen ineinander über wie bei einem Löwen, und Narben zeichneten die Stirn. Um die Taille dieses Wesens war ein eiserner Ring, an dem eine schwere, aber zerbrochene Kette hing – die Kette, die ich hatte klirren hören. Und bei einem zweiten raschen Blick bemerkte ich, daß sie zum Teil mit Stroh umwickelt war, um ihren Träger nicht wundzuscheuern, während die Handgelenke des Geschöpfs – »Mensch« kann ich es nicht nennen – die Spuren von Handschellen aufwiesen. Der knochige Arm, der aus einem der zerlumpten Ärmel ragte, hatte blaue Flecken und Narben. Die nackten Füße waren von Steinen und Dornen zerschunden, um einen war ein Stoffetzen gewickelt. Und dann die dürren Hände, von denen eine mich am Ärmel hielt! Sie hatten Krallen wie die eines Adlers, und blitzartig wurde mir die grauenvolle Wahrheit klar: Ein Irrer hielt mich hier in seiner Gewalt! Oh, lieber noch der Spuk, welcher das Auge erschreckt, als eine wilde Bestie, die das zitternde Fleisch zerfetzt – das reißende, erbarmungslose Tier in Menschengestalt, ohne ein Herz, das sich erweichen läßt, ohne Verstand, an den man appellieren kann, ohne Mitgefühl, ohne irgend etwas Menschliches. Ich keuchte vor Entsetzen. Das Geheimnis dieser blutbespritzten Finger, dieses bluttriefenden, wölfischen Mauls, dieser Fratze, bedeckt mit geronnenem Blut – jetzt war es gelüftet!

Die abgeschlachteten, zerfleischten Schafe, dieses wilde, groteske Massaker, der Abdruck jenes nackten Fußes – für das alles gab es nun eine Erklärung. Und die Kette, von der ein Glied unweit der toten Tiere gefunden worden war, gehörte ihm, die Kette, die er zweifellos bei seiner Flucht aus einem Irrenhaus zerrissen hatte, in dem man seine Raserei in Fesseln hielt. Vergebens! Vergebens! Ach, wehe mir! Wie hatte dieser schauerliche Samson Handschellen und Gefängnisgitter gesprengt, wie war er den Wärtern und einer feindseligen Welt entwischt und dann auf seinem wilden Weg hierhergeraten, nicht nur gleich einem Raubtier gejagt, nein, auch wie ein Raubtier seine grauenvolle Mahlzeit selbst fangend? Durch seine Lumpen konnte ich die Spuren der hartherzigen, dummen Grausamkeiten erkennen, mit denen Menschen versucht hatten, die Macht des Wahnsinns zu bändigen. Die Peitsche – da waren ihre Striemen. Die Abdrücke der eisernen Handschellen und noch manch andere Narbe, die eine trübsinnige Geschichte von Mißhandlungen erzählte. Doch nun befand er sich auf freiem Fuß, nun konnte er ungehindert die Bestie spielen, die drangsalierte, gequälte Bestie, die sie aus ihm gemacht hatten, jetzt ohne Käfig und dazu bereit, sich an den Opfern zu mästen, die sie mit ihrer eigenen Kraft besiegen würde. O Grauen über Grauen! Ich war das Opfer – die Beute – in den Pranken des Tigers! Mir wurde todelend, ein Speer durchbohrte meine Seele, und ich sehnte mich danach zu schreien, doch ich war stumm. An diesem Morgen starb ich tausend Tode. Die Zeit verging, aber ich *wagte es nicht,* ohnmächtig zu werden. Worte können nicht beschreiben, welche Qualen ich erlitt, während ich zitternd den Moment erwartete, da er die Augen aufschlagen und mich erblicken würde, denn ich war sicher, daß er mich noch nicht gesehen hatte. Nach seinem grauenhaften Festmahl hatte er das Zimmer wie eine Höhle betreten, matt und sattgefressen, und sich ohne den leisesten Verdacht, daß er hier nicht allein war, aufs Bett geworfen. Nach meinem Ärmel hatte er zweifellos im Halbschlaf gegriffen, genauso wie sein Stöhnen und Lachen irgendeinem fürchterlichen Traum entsprang.

Stunden vergingen. Mir schauderte bei dem Gedanken, daß bald alle im Haus auf den Beinen waren, meine Zofe mich wie immer wecken und dabei auch dieses greuliche Geschöpf aus seinem Schlummer reißen würde. Und hätte der Unhold dann nicht genug Zeit, mich zu zerfleischen, wie er auch die Schafe zerfleischt hatte? Schließlich war es soweit. Ein leichter sich nähernder Schritt, ein Klopfen an der Tür, dann eine Pause, erneutes Klopfen, diesmal stärker. Der Irre räkelte sich, stieß sein lautes Stöhnen aus, und seine Augen öffneten sich, gingen ganz langsam auf und begegneten den meinen. Das Mädchen wartete eine Weile, ehe es zum drittenmal klopfte. Ich zitterte, daß es die Tür nicht öffnete, dies grausige Etwas erblickte und so das Schlimmste eintreten ließ.

Ich sah die Verwunderung in diesen eingesunkenen, blutunterlaufenen Augen, sah die alptraumhafte Gestalt mit verständnislosem Blick mich anstarren, und dann sah ich langsam den Teufel des Mordes aus diesen grauenhaften Augen spähen, sah die Lippen höhnisch auseinandergehen und diese Wolfszähne hervortreten. Aber ich war nicht mehr dieselbe wie zuvor. Die Furcht verlieh mir eine neue, verzweifelte Gefaßtheit, einen Mut, der meinem Wesen fremd war. Ich hatte von der besten Methode gehört, Irre zu bändigen. Ich mußte es versuchen, und ich versuchte es. Ruhig (und gleichzeitig verwundert über meine gespielte Ruhe) begegnete ich diesen schrecklichen, funkelnden Augen. Mein Blick war fest und unerschrocken, meine Haltung starr. Ich konnte es selbst kaum glauben, doch in dieser Seelenqual übelkeiterregender Angst blieb ich nach außen hin gefaßt. Die Augen senkten sich, flackerten beschämt – sie, diese fürchterlichen Augen – vor dem Blick eines wehrlosen Mädchens, und die Scham, die mit dem Wahnsinn immer Hand in Hand geht, bezwang die Macht des Stolzes, die blutigen Gelüste des wilden Tiers. Stöhnend schlug der Irre sich die knochigen, verdreckten Hände vors Gesicht und ließ den zotteligen Kopf sinken.

Ich verlor keine Sekunde. Mit einem Sprung stürzte ich an die Tür, riß sie auf und rannte kreischend hinaus, wo ich das baß erstaunte Mädchen am Arm packte. »Lauf um dein Leben!« schrie ich, während ich wie der Wind die Galerie entlangstürzte, dann durch den Korridor und auf die Treppe, Mary stets neben mir. Ihr Kreischen erfüllte das ganze Haus. Ich hörte einen langgezogenen Schrei, das Wutgebrüll der Bestie, die um ihre Beute gebracht war, und wußte, was sich hinter uns befand. Aber ich drehte nicht einmal meinen Kopf um, flog mehr, als daß ich lief. Schon war ich in der Halle. Der Lärm von Schritten ertönte, ein vielstimmiger Aufschrei, tierisches Gebrüll, Flüche, schwere Schläge, und mit dem Ausruf »Rettet mich!« fiel ich in Ohnmacht.

Als ich aus einem Delirium erwachte, lag ich in meinem Bett, umgeben von lauter gütigen Gesichtern, die sich zu mir herabbeugten: mein lieber Vater und meine lieben Schwestern. Doch kaum hatte ich sie erblickt, da schwanden mir die Sinne neuerlich.

Die Krankheit währte lange, aber ich wurde liebevoll gepflegt. Als ich wieder aufstehen durfte, ließen die mitleidigen Blicke, denen ich begegnete, mich schaudern. Ich bat um einen Spiegel, doch man verweigerte ihn mir lange Zeit. Am Ende setzte ich mich durch. Der Spiegel zeigte mir ein totenbleiches, hageres Gesicht, wie das von jemandem, der ein Gespenst gesehen hatte. All meine Jugendblüte war dahingerafft, und in den fahlen Lippen, der zerfurchten Stirn, den trüben Augen konnte ich keine Spur der Rosa von einst entdecken. Auch meine Haare, früher voll und glänzend braun, waren nun weiß wie Schnee. In einer einzigen Nacht hatte die Verwüstung eines halben Jahrhunderts mein Gesicht befallen. Und meine Nerven erholten sich von diesem fürchterlichen Schock bis heute nicht. Was Wunder, daß mein Leben da zerstört war, daß mein Bräutigam vor mir, einem jammervollen Wrack, zurückschrak!

Nun bin ich alt – alt und einsam. Meine Schwestern hätten mich gerne bei sich aufgenommen, doch ich beschloß, ihr schönes Heim nicht durch mein geisterhaftes Antlitz und meine leblosen Augen zu trüben. Reginald hatte eine andere geheiratet. Heute ist er schon viele Jahre tot, aber obwohl mir nichts mehr blieb, nachdem er von mir ging, habe ich niemals aufgehört, für ihn zu beten. Bald ist mein trauriges Geschick ja ausgestanden. Es geht mit mir zu Ende – ich sehne mich danach. Ich bin weder verbittert noch verhärtet, aber den Anblick vieler Menschen kann ich nicht ertragen. Besser, ich bleibe allein. Mit dem Reichtum, den mir Lady Speldhurst vererbte, versuchte ich Gutes zu tun. Auf meinen Wunsch hin wurde ihre Hinterlassenschaft unter meinen Schwestern aufgeteilt. Was brauchte ich ein Erbe? Ich, die durch eine einzige schreckliche Nacht an Leib und Seele zerstört wurde!

Die geheimnisvolle Pfeife

G. A. Henty

Das Leben George Alfred Hentys (1832–1902) umspannte die gesamte viktorianische Ära, und seine Geschichten über die britische Kolonialzeit haben viele Generationen seiner treuen Lesergemeinde beeinflußt. Indien, das im Denken viktorianischer Imperialisten die erste Stelle einnahm, bildet nicht nur für mehrere Kurzgeschichten und Romane George A. Hentys den Hintergrund (darunter *The Tiger of Mysore, In Times of Peril* und *At the Point of the Bayonet*), sondern auch für die nachfolgende Erzählung »Die geheimnisvolle Pfeife«, die dem Band *Tales of Daring and Danger* entnommen ist.

Eine fröhliche kleine Gesellschaft war auf einem alten Gehöft bei Warwick um den lodernden Kamin versammelt. Es wurde allmählich spät. Die ganz Kleinen hatten um den Christbaum getanzt, sich damit vergnügt, Rosinen und ähnliches aus brennendem Branntwein zu fischen, und noch vieles andere gespielt. Nun aber waren sie im Bett. Dafür scharten sich jetzt die älteren Jungen und Mädchen um ihren Onkel, Colonel Harley, und baten ihn um eine Geschichte, am liebsten eine Gespenstergeschichte.

»Aber ich habe doch nie welche gesehen, Gespenster mein' ich«, sagte der Colonel lachend. »Und vor allem glaube ich nicht daran. Ich bin schon ziemlich weit in der Welt herumgekommen und habe in Häusern übernachtet, in denen es angeblich spuken sollte, doch gesehen oder gehört habe ich dort nie etwas – nur Geräusche, die sich genausogut mit Ratten oder mit dem Wind erklären ließen. Ein einziges Mal« – hier legte er eine Pause ein – »ein einziges Mal nur hatte ich ein Erlebnis, das im Licht der Vernunft nicht erklärbar war, und ich weiß, daß ihr ja lieber von meinen eigenen Abenteuern hört als bloße Phantasien.«

»Ja, Onkel. Was war das für ein Erlebnis?«

»Das ist eine ziemlich lange Geschichte«, antwortete der Colonel, »und es ist schon spät.«

»O nein, Onkel, nein! An Heiligabend ist es doch ganz gleich, wann wir ins Bett kommen, und je länger die Geschichte ist, desto besser. Aber wenn du selbst nicht an Gespenster glaubst, wie kann deine Geschichte dann von etwas handeln, das du dir nicht mit dem Verstand hast erklären können?«

»Das werdet ihr schon sehen«, sagte der Colonel. »Die Geschichte handelt ja auch weniger von Gespenstern als von etwas, das die Schotten ›das zweite Gesicht‹ nennen. Und was die natürliche Erklärung angeht, so sollt ihr euch eure eigene Meinung bilden, wenn ihr zu Ende gehört habt.

Im Jahre 1850 bin ich mit dem Schiff in Indien angekommen und nach der vorgeschriebenen Grundausbildung mit einer Kommandotruppe ins Innere des Landes marschiert, nach Jabalpur, wo wir zu unserem Regiment stoßen sollten. Jabalpur liegt mitten im Herzen Indiens und hat sich seitdem zu einem wichtigen Ort entwickelt. Die transindische Eisenbahn hält dort an, und unendlich viel ist heute anders als früher, aber damals war es einer der abgeschiedensten Stützpunkte von ganz Indien, und ich darf sagen, auch einer der angenehmsten. Es war hochgelegen, auf dem Narmada konnte man Ruderboot fahren, und vor allem

war es ein hervorragendes Jagdrevier, gleich am Fuße des gewaltigen weiten Hügellandes, das seinerzeit kaum jemand kannte. Dieses Gebiet war mit dichtem Urwald und Dschungel bewachsen, und es gab darin Wild in Hülle und Fülle, Großwild jeglicher Art.
Mein bester Freund in Jabalpur war Simmonds, ein Mann, ganz von meinem Schlag. Wir waren mit demselben Schiff angekommen, waren zusammen nach Jabalpur marschiert und hatten ein fast brüderliches Verhältnis. Er war ein alter Eton-, ich ein alter Westminster-Student, und wir liebten beide den Rudersport, das heißt eigentlich jede Sportart. Aber davon will ich jetzt nicht erzählen. Der Stamm, der in diesen Hügeln lebte, die Gonds, war ein echtes Bergvolk, Eingeborene mit negroidem Einschlag. Jeder Häuptling von ihnen ist ein Mischblut, aber das Volk selbst ist beinahe schwarz. Obwohl offiziell zum Hinduismus bekehrt, sind diese Menschen bemitleidenswert ungebildet und abergläubisch. Ihre Priester stellen eine Art Mischung aus indischem Brahmanen und afrikanischem Stammeszauberer oder Medizinmann dar, und eine ihrer wichtigsten Aufgaben besteht darin, die Tiger durch magische Beschwörungen vom Dorf fernzuhalten. Außerdem gab es, wie auch anderswo in Indien, ein paar Fakire, die sich eines enormen Rufs als Heilige und Seher erfreuten. Man kam von weither, damit sie etwas für einen zauberten oder weissagten, und vertraute blind auf ihre Macht.
Zu der Zeit, als wir in Jabalpur waren, gab es einen Burschen, dessen Ruf den seiner Konkurrenten vollkommen in den Schatten stellte. Man konnte nichts tun, bevor man nicht seine Genehmigung eingeholt und seinen Segen erhalten hatte, und dauernd kamen uns alle möglichen Wunderdinge über ihn zu Ohren, zum Beispiel, daß er mit unfehlbarer Genauigkeit das Ende von Krankheiten, ob bei

Mensch oder Tier, vorhersagen würde. Als der Colonel dies erfuhr, gab er Weisung, daß niemand, der zum Regiment gehörte, diesen Fakir konsultieren dürfe, denn oft trugen solche Prophezeiungen ihre Erfüllung schon in sich. Diejenigen, denen er zum Beispiel sagte, daß ihre Krankheit einen tödlichen Ausgang nehmen werde, gaben sämtliche Hoffnung auf und legten sich im wahrsten Sinne des Wortes hin, um zu sterben.

Viele von den Geschichten, die wir hörten, ließen sich jedoch nicht so leicht erklären, und das Tun und Treiben des Fakirs war ein häufiger Gesprächsstoff im Kasino. Manche der Offiziere spotteten bloß über das Ganze, andere behaupteten hartnäckig, ein paar von den Fakiren verfügten irgendwie über hellseherische Kräfte, und gaben viele wohlverbürgte Geschichten zu diesem Thema wieder.

Die älteren Offiziere waren diejenigen, die eher daran glaubten, wir jüngeren Burschen die Spötter. Wäre nicht allgemein bekannt gewesen, daß Fakire nur in äußerst seltenen Fällen für Europäer weissagten, dann wäre mancher von uns sicher zu ihm gegangen, um seine Fähigkeiten auf die Probe zu stellen. So jedoch hatte keiner diesen Fakir je gesehen.

Er lebte in einer alten Tempelruine inmitten eines großen Stücks Dschungels am Fuße der Hügel, etwa zehn oder zwanzig Meilen weit entfernt.

Nun, ich war schon etwa ein Jahr in Jabalpur, da wurde ich eines Nachts von einem Einheimischen geweckt, der gekommen war, um mir mitzuteilen, daß gegen acht Uhr abends ein Mann aus seinem Dorf von einem Tiger getötet und die Leiche verschleppt worden sei.

Simmonds und ich waren ständig auf Tigerjagd, und in sämtlichen Dörfern innerhalb eines Umkreises von zwanzig Meilen wußte man, daß wir bereit waren, etwas zu zahlen, wenn man uns frühzeitig Bescheid gab. Dieser Tiger hatte viel Schaden angerichtet; rund dreißig Männer, Frauen und Kinder waren von ihm verschleppt worden, und man hatte solche Angst vor ihm, daß sich in der Gegend, die er heimsuchte, kaum jemand aus der Tür wagte, es sei denn in Fünfer- oder Sechsergruppen. Wir hatten schon mehrmals Jagd auf ihn gemacht, aber wie alle sogenannten Menschenfresser war er alt und unheimlich gerissen. Auch wenn wir ihn erwischten, rettete er doch immer seine Haut.

Keine Viertelstunde nach Erhalt dieser Nachricht saßen Charley Simmonds und ich auf dem Rücken eines Elefanten, den wir uns zusammen gekauft hatten. Unser Jagdgehilfe oder ›Shikarry‹, ein wahrer Prachtkerl, trottete zu Fuß ein Stück voraus, und der alte Begaum (so hieß der Elefant) trug uns, so schnell er konnte. Das Dorf, in dem das Unglück geschehen war, lag fünfzehn Meilen entfernt, doch kurz nach Tagesanbruch trafen wir dort ein und wurden mit großer Freude empfangen. Binnen einer halben Stunde war die Jagdgesellschaft auf die Beine gestellt; keiner der männlichen Dorfbewohner blieb zu Hause. Sie alle beteiligten sich, ausgerüstet mit Stöcken, Gewehren, Tamtams und anderen Dingen, mit denen sich Lärm machen ließ, an unserer Expedition.

Die Fährte war schnell gefunden. Ein breiter Pfad, der hier und da verschmierte Blutflecke aufwies, zeigte uns, wo der Tiger sein Opfer hingeschleppt hatte, nämlich durch das hohe Gras zu einer Baumgruppe, ein paar hundert Meter vom Dorf weg.

Wir rechneten kaum damit, ihn dort zu finden, aber die Eingeborenen blieben ein Stück zurück, als wir uns mit dem Gewehr im Anschlag heranpirschten. Wir fanden jedoch nichts als Blut und ein paar Knochen. Der Tiger hatte sich bei Tagesanbruch in den etwa zwei Meilen entfernten Dschungel zurückgezogen. Allerdings konnten wir seine Fährte mühelos verfolgen und entdeckten, daß er eine große Schlucht aufgesucht hatte, von der mehrere kleinere abzweigten.

Eine verflixt ungünstige Stelle, denn mit den uns zur Verfügung stehenden Leuten war es beinahe unmöglich, die Schlucht zu umzingeln. Zuletzt postierten wir sämtliche Eingeborenen oberhalb der Hänge und befahlen ihnen, durch Lärm wettzumachen, was uns an Männern fehlte. Als schließlich alles soweit war, gaben wir das Signal. Ich möchte hier jedoch keine Jagdgeschichte erzählen. Kurzum, wir konnten das Biest weder finden noch aufscheuchen. Umsonst trieben wir Begaum durch tiefstes Dschungelgestrüpp, umsonst schrien die Männer, schlugen ihre Tamtams und überschütteten nicht nur den Tiger mit einer Flut von Verwünschungen, sondern auch seine Ahnen und Urahnen.

Es war furchtbar heiß an diesem Tag, und nach einem dreistündigen Marsch gaben wir erst einmal auf, um uns im Schatten auszustrecken. Die Shikarrys suchten derweil den Boden rings um die Hänge ab, um sicherzugehen, daß der Tiger die Schlucht nicht bereits verlassen hatte. Bei ihrer Rückkehr meldeten sie, daß sie keine Fährten hätten entdecken können und daß er ganz ohne jeden Zweifel immer noch hiersei. Manchmal verkriechen sich Tiger in einem winzigen Fleckchen Gras oder Buschwerk und rühren sich erst, wenn man schon fast über sie stolpert. Wir beschlossen jedoch, noch einmal zu suchen, und sollte sich auch dies als vergeblich erweisen, würden wir aus Jabalpur noch ein paar Männer mit Elefanten kommen lassen, während wir das Tier in Schach hielten. Dazu müßten wir einen Ring von Feuerstellen entfachen und ständig Lärm schlagen, so laut es ging.

Unsere zweite Suche war auch nicht erfolgreicher als die erste. Mit dem Gefühl, jeden Busch und jede Ritze abgeklopft zu haben, in der sich der Tiger verstecken konnte, wollten wir gerade aufgeben, als wir ein fürchterliches Gebrüll vernahmen, dem ein geradezu babylonischer Stimmentumult von seiten der Eingeborenen folgte.
Das Gebrüll kam von der Mündung der Schlucht, und wir, die wir uns an deren oberem Ende befanden, spürten sogleich, daß der Bursche uns entwischt war. Als wir zurückliefen, fanden wir das bestätigt. Der Tiger war völlig unerwartet aus seinem Schlupfwinkel hervorgebrochen, hatte sich einen der Eingeborenen geschnappt, ihn gräßlich zerfetzt, und war dann über das offene Grasland geflüchtet. Wir konnten ihm nur hinterherjagen, was zwar nicht schwer war, aber außerordentlich riskant. So verfolgten wir seine Spur bis zu einem kleinen Stück Dschungel, das zwei Meilen entfernt lag und dessen Durchmesser etwa vier- oder fünfhundert Meter betrug. Die aufgeregten Rufe der Männer verrieten mir sofort, daß dort die Tempelruine des besagten Fakirs stand. Ich vergaß zu erwähnen, daß einer der Shikarrys aus dem Dorf beim Hervorbrechen des Tigers auf das Tier gefeuert und es, wie er hoch und heilig beteuerte, auch verwundet hatte.
Es wurde bereits spät. Wir hatten inzwischen Nachmittag, und eine nächtliche Treibjagd in diesem Dschungel wäre ein hoffnungsloses Unterfangen gewesen. Darum sandten wir einen Laufboten mit einem kurzen Brief los, in dem wir den Colonel um Arbeitselefanten und eine Freiwilligengruppe baten, die bei Nacht hermarschieren und morgen früh, wenn wir die Jagd wieder aufnahmen, den Dschungel umzingeln sollte.
Wir begründeten dieses Anliegen damit, daß der Tiger ein berüchtigter Menschenfresser sei und unermeßlichen

Schaden angerichtet habe. Danach sprachen wir mit unserem Shikarry, schickten einen Mann los, der für unsere Leute Proviant holen sollte, und gaben Befehl, Äste und Gras für einen Ring von Feuerstellen zu schneiden.

Nur der Fakir bereitete uns beiden Kopfschmerzen. Schließlich konnte der erzürnte Tiger (auch wenn die Eingeborenen das mit aller Macht bestritten) jeden Moment über ihn herfallen. Es bestünde kein Grund zur Sorge, sagten sie, denn der Tiger würde es nicht wagen, einen so heiligen Mann anzurühren. Wir hingegen waren von der Gottesfurcht des Tigers keineswegs überzeugt und beschlossen, zu dem Fakir zu gehen und ihn zu warnen. Einem Eingeborenen konnten wir diesen Auftrag nicht erteilen, denn der hätte um keinen Preis der Welt einen Fuß in den Dschungel gesetzt. Also bestiegen wir den alten Begaum erneut und ritten los. Der Pfad zum Tempel war ziemlich breit, und da wir auf unserem fast lautlosen Weg (der Elefant war nämlich zu gut abgerichtet, um auf heruntergefallene Zweige zu treten) unvermittelt auf den Tiger treffen könnten, hielten wir unsere Gewehre im Anschlag.

Die Ruine erschien wie aus dem Nichts. Sie lag urplötzlich vor uns, und obwohl wir zuerst keine Menschenseele erblickten, kam ebenso plötzlich der Fakir aus dem Tempel. Ohne uns zu bemerken (wir waren nämlich hinter ihm und immer noch zwischen den Bäumen), stimmte er einen hohen Gesang an, aber er kam kaum zwei Worte weit, denn auf einmal ertönte ein schreckliches Brüllen, und schon hatte der Tiger ihn angesprungen. Die Bestie schleuderte ihn zu Boden, packte ihn mit dem Maul wie eine Katze eine Maus und begann ihn davonzuschleppen. Offenbar hatte das Tier unsere Anwesenheit nicht bemerkt, denn es trottete direkt auf uns zu. Wir brachten den alten Begaum zum Stehen und hatten den Finger schon am Abzug, um den richtigen Moment abzuwarten. Als der Tiger uns entdeckte, war er höchstens noch fünfzig Meter entfernt. Einen Augenblick hielt er verdutzt inne, Charley murmelte: ›Aus beiden Läufen, Harley‹, und wir brannten ihm vier Kugeln auf den Pelz, daß er leblos auf den Rücken rollte.

Erst als wir das Tier von dem alten Begaum mit dem Fuß hatten anstoßen lassen, um sicherzugehen, daß es tot war, stiegen wir ab und untersuchten den bedauernswerten Fakir. Der Tiger hatte ihn mit seinem Maul an der Schulter gepackt. Sie war schrecklich zerfetzt und der Knochen gebrochen, der Mann selbst aber war noch bei vollem Bewußtsein.

Wir gaben drei Schüsse ab – unser übliches Signal, daß ein Tiger erlegt worden sei – und sahen uns binnen weniger Minuten von den Dorfbewohnern umringt, die kaum wußten, ob sie sich über den Tod ihres Widersachers freuen oder ob sie trauern sollten, weil dem Fakir etwas zugestoßen war. Wir schlugen vor, ihn in unser Lazarett in Jabalpur zu bringen, aber davon wollte er partout nichts wissen. Doch ließ er sich zu guter Letzt überreden, daß unser Stabsarzt ihn versorgen dürfe; danach könne er ja in eines der Eingeborenendörfer gehen und seinen Arm nach eigenen Vorstellungen behandeln lassen. Eine Bahre war rasch improvisiert, und los ging's. Gegen acht Uhr hatten wir Jabalpur erreicht.

Da der Fakir sich weigerte, das Lazarett zu betreten, holten wir ein paar Tischlerböcke, legten die Bahre darauf, und der Arzt behandelte den Mann bei Fackelschein. Danach wurde er auf eine Sänfte gehoben, und seine Träger machten sich zum Aufbruch ins Dorf bereit.

Bis dahin hatte der Fakir kaum gesprochen, jetzt aber drückte er Simmonds und mir in knappen Worten seine Dankbarkeit aus. Wir sagten ihm, daß wir demnächst zu ihm hinüberreiten würden und es ihm hoffentlich bald wieder bessergehe. Eine Minute später war er verschwunden.

Zu dieser Zeit waren drei oder vier von unseren Kameraden auf Urlaub oder hatten Stabsdienst, und mehrere andere lagen mit Fieber zu Bett. Um so mehr hatten die übrigen zu tun, und wir fanden erst nach über einem Monat die Zeit, den Fakir zu besuchen.

Wir hatten gehört, daß er sich recht gut erhole. Als man uns bei unserer Ankunft im Dorf jedoch sagte, er sei schon wieder in seine alte Dschungelbehausung zurückgekehrt, waren wir überrascht. Nun gut. Wir hatten es uns einmal in den Kopf gesetzt, ihn zu besuchen, zumal Simmonds und ich übereingekommen waren, ihn, wenn irgend möglich, zu überreden, daß er uns weissagte. Darum machten wir uns auf den Weg in Richtung Dschungel. Bei unserer Ankunft sahen wir den Fakir auf einem Felsen vor dem Tempel sitzen, genau an der Stelle, wo ihn der Tiger angefallen hatte. Als wir heranritten, stand er auf.

›Ich wußte, daß ihr heute kommen würdet, Sahibs, und habe mich darauf gefreut, die Menschen wiederzusehen, denen ich mein Leben verdanke.‹

›Wir freuen uns ebenfalls, daß Sie offenbar wieder bei Kräften sind, auch wenn Ihr Arm noch in einer Schlinge steckt‹, erwiderte ich, denn Hindustani war nicht gerade Simmonds' Stärke.

›Woher haben Sie gewußt, daß wir kommen?‹ fragte ich, als unsere Pferde angepflockt waren.

›Schiwa hat seinem Diener die Gabe verliehen, viele Dinge zu wissen‹, antwortete er mit ruhiger Stimme.

›Wußten Sie denn auch schon im voraus, daß der Tiger Sie anfallen würde?‹

›Ich wußte, daß eine große Gefahr droht und daß Schiwa mich nicht sterben lassen würde, ehe meine Zeit gekommen ist.‹
Jetzt war der Augenblick da. ›Könnten Sie für uns in die Zukunft sehen?‹ Der Fakir zögerte. Einen Moment lang sah er mich mit ernster Miene an, um festzustellen, ob ich mir nicht nur einen Spaß machte, und sagte dann: ›Die Sahibs glauben nicht an die Macht Schiwas oder seiner Diener. Sie nennen seine Propheten Heuchler und verhöhnen ihn, wenn sie über Zukünftiges reden.‹
›Aber durchaus nicht‹, versicherte ich. ›Meinem Freund und mir liegt es fern, ihn zu verhöhnen. Wir haben schon so oft gehört, wie Ihre Prophezeiungen sich erfüllen, daß wir wirklich begierig darauf sind, uns von Ihnen weissagen zu lassen.‹
Der Fakir nickte mit dem Kopf, ging in den Tempel und kehrte ein, zwei Minuten später mit einem Becken voll glühender Holzkohle und zwei kleinen Tabakspfeifen zurück, wie sie die Eingeborenen zum Opiumrauchen benutzen. Die Pfeifen waren bereits gestopft. Er machte uns ein Zeichen, Platz zu nehmen, und setzte sich vor uns. Dann stimmte er einen leisen Singsang an, bei dem er sich hin- und herwiegte und in seiner Hand einen Stab schwenkte. Seine Stimme wurde ganz allmählich lauter, seine Gebärden immer heftiger. Soweit ich mitbekam, handelte es sich um ein Gebet an Schiwa; er möge einen Blick in die Zukunft gewähren, der den Sahibs, welche seinem Diener das Leben gerettet hatten, zum Vorteil dienen könnte. Dann plötzlich schnellte der Mann nach vorn, drückte jedem von uns eine Pfeife in die Hand, nahm mit bloßen Fingern, doch anscheinend ohne etwas zu spüren, zwei rotglühende Holzkohlen aus dem Bekken und stopfte sie in die Pfeifen, woraufhin er mit seinem Gesang und seinen sonderbaren Gebärden fortfuhr.

Ich warf Charley einen kurzen Blick zu, um zu sehen, ob er wie ich bereit sei, die Sache bis zum Ende durchzustehen, dann steckte ich die Pfeife in den Mund. Ich merkte sofort, daß es Opium war, denn ich hatte es schon einmal ausprobiert, allerdings mit einer anderen Substanz vermischt, bei der es sich vermutlich um Haschisch handelte, ein bestimmtes Hanfpräparat. Ein paar Züge, und ich fühlte mich von sanfter Schläfrigkeit überkommen. Wie durch einen Nebelschleier sah ich den Fakir vor und zurück schwanken, wobei er die Arme schwenkte und sein Gesicht verzerrt schien. Eine Minute später entglitt die Pfeife meinen Fingern; ich fiel besinnungslos nach hinten.
Wie lange ich so dagelegen habe, weiß ich nicht. Jedenfalls erwachte ich mit einem seltsamen, nicht unangenehmen Gefühl und merkte plötzlich, daß der Fakir mir sanft Kopf und Schläfen massierte. Als er sah, daß ich die Augen aufschlug, ließ er von mir ab und tat dasselbe bei Charley. Dann, wenige Minuten später, erhob er sich aus seiner vornübergebeugten Haltung, winkte uns zum Abschied und ging langsam wieder in den Tempel.
Als er verschwand, setzte ich mich auf; Charley ebenfalls. Eine Minute starrten wir einander wortlos an, und dann sagte mein Freund: ›Das war wirklich verdammt seltsam, alter Junge! Verdammt seltsam!‹
›Du hast recht, Charley. Ich glaube, wir haben uns zum Narren gemacht. Los, komm! Nichts wie weg hier!‹
Wir erhoben uns schwankend (wir kamen uns beide wie betrunken vor), torkelten zu den Pferden, gossen uns einen Lederbeutel voll Wasser über den Kopf, nahmen dann einen Schluck von dem Brandy, den wir dabeihatten, und ritten zurück. Jetzt fühlten wir uns schon wieder etwas besser.
›Also, wenn der Blick in die Zukunft, den ich gehabt habe,

stimmt, dann kann ich nur sagen, er ist alles andere als angenehm.‹

›Genau wie bei mir, Charley.‹

›Mein Traum, oder wie du es auch nennen willst, hat von einem Aufstand gehandelt.‹

›Das kann nicht dein Ernst sein, Charley! Meiner auch! Verdammt seltsame Geschichte, gelinde gesagt. Aber erst erzähl du mir deine, danach erzähle ich dir meine.‹

›Viel gibt's da nicht zu erzählen‹, sagte Charley. ›Wir waren in der Mannschaftsmesse – aber nicht in unserer jetzigen – und haben mit Kameraden von einem anderen Regiment zu Abend gegessen. Da erschienen plötzlich, ganz aus heiterem Himmel, lauter Sepoys an den Fenstern, die von rechts und links das Feuer eröffneten. Die Hälfte unserer Kameraden wurde sofort erschossen, die übrigen stürzten zu ihren Schwertern, und im selben Moment stürmten diese Teufel den Saal. Dann fand ein verzweifelter Kampf statt. Ich weiß noch, daß Subadar Pirán – übrigens einer der besten Offiziere von den Eingeborenen im Regiment – sich auf mich geworfen hat und ich ihm eine Kugel durch den Kopf jagte. Aber im selben Augenblick wurde ich selbst von einer Kugel getroffen. Ich ging zu Boden, und da fiel die Leiche eines Sepoys auf mich, die mich teilweise zudeckte. Ein, zwei Minuten hat der Kampf noch gedauert. Ein paar Kameraden sind vermutlich entkommen, denn ich hörte Schüsse von draußen. Dann wurde es still im Raum. Eine Minute später vernahm ich so ein Knistern und stellte fest, daß diese Teufel die Messe in Brand gesteckt hatten. Einer unserer Männer, der dicht neben mir lag, ist aufgestanden und zum Fenster gekrochen, aber sowie er sich zeigte, wurde er abgeknallt. Ich selbst überlegte noch, ob ich dasselbe tun oder still liegenbleiben und mich rösten lassen sollte, da rollte ich mir plötzlich den toten Sepoy vom Leib, kroch, vom Qualm schon halb erstickt, in den Vorraum, klappte eine sehr schwere Falltür auf und stolperte ein paar Stufen zu einem Keller unter der Messe hinunter, der zur Hälfte als Lager gedient hat. Woher ich wußte, daß er da war, ist mir nicht klar. Die Falltür über meinem Kopf knallte zu, und weiter kann ich mich an nichts erinnern.‹

›Seltsamerweise hat auch mein Traum, Charley, von einem ganz ungewöhnlichen Entkommen gehandelt, aber wie deiner nur ein, zwei Minuten lang gedauert. Das erste, was ich noch weiß, ist, daß ich auf einem Pferd saß. Mir scheint, als wäre da vorher noch etwas gewesen, aber was, habe ich vergessen. Vor mir saß ein sehr hübsches, aber schrecklich blasses Mädchen, das ich festhielt. Wir wurden von einem ganzen Trupp Sepoy-Kavallerie verfolgt, der höchstens siebzig oder achtzig Meter hinter uns war und uns rasch einholte. Dabei feuerten die Sepoys mit Pistolen auf uns. In diesem Augenblick bin ich in einen großen verlassenen Tempel geritten. In der Mitte stand eine mächtige Statue. Ich bin mit der jungen Dame vom Pferd gesprungen, und während ich dies tat, sagte sie, ich solle ihr eine Kugel durch den Kopf jagen. Sie wolle ihnen nicht lebend in die Hände fallen.

Statt zu antworten, drängte ich sie hinter die Statue, stieß dabei an eines der gemeißelten Blumenblätter, und eine Tür in dem Stein schwang zurück, um eine kleine Öffnung freizugeben. Sie war gerade groß genug zum Hindurchkommen, und im Körper dieses Standbilds befand sich eine Treppe, zweifellos, damit ein Priester dort hinaufsteigen und durch den Mund der Statue Antwort geben konnte. Ich drängte das Mädchen hinein, zwängte mich rasch hinterher und verschloß die Steintür in dem Moment, als unsere Verfolger mit viel Hufgeklapper in den Hof ritten. An mehr kann ich mich nicht erinnern.‹

›Ebenfalls eine sehr seltsame Geschichte‹, meinte Charley nach kurzem Schweigen. ›Hast du verstanden, was dieser alte Knabe gesungen hat, bevor er uns die Pfeifen gab?‹

›Im großen ganzen schon. Es war ein Gebet an Schiwa, er möge uns einen Blick in die Zukunft gewähren, der uns zum Vorteil dienen könne.‹

Wir zündeten unsere Stumpen an und ritten ein paar Meilen schweigend im Galopp. Als wir nicht mehr weit von unserem Stützpunkt entfernt waren, ließen wir unsere Pferde im Schritt gehen.

›Ich fühle mich jetzt schon viel besser‹, sagte Charley. ›Gott sei Dank haben wir dieses Opium aus dem Kopf. Wie erklärst du dir das alles?‹

›Ich erkläre es mir so, Charley: Das Opium hat uns ins Träumen versetzt, und da wir unter ähnlichen Umständen eine ähnliche Dosis derselben Mischung nahmen, ist es nicht weiter verwunderlich, daß sie den gleichen Teil des Gehirns beeinflußt und ähnliche Träume bei uns hervorgerufen hat. In allen Alpträumen droht oder geschieht etwas Schreckliches, so auch hier. Und es ist auch nicht verwunderlich, daß sich die Gedanken von uns beiden dem Soldatenleben zuwandten. Wenn du dich erinnerst, wurde ja vor kurzem in der Messe darüber gesprochen, was in dem äußerst unwahrscheinlichen Falle eines allgemeinen Sepoy-Aufstandes passieren würde. Bestimmt war das der Auslöser für deinen Traum. Wenn man es sich einmal in Ruhe überlegt, geht das Ganze doch recht natürlich zu. Und übrigens glaube ich, wir sollten lieber nichts davon im Regiment erzählen.‹

›Allerdings!‹ bekräftigte Charley. ›Wir würden die Geschichte doch nie zu Ende bringen; sie würden uns in Grund und Boden verspotten.‹

So bewahrten wir unser Geheimnis und lachten schließlich

sogar von Herzen darüber, wenn wir unter vier Augen waren. Doch das geschah immer seltener, und gegen Ende des Jahres hatten wir den Traum genauso vergessen wie irgendeinen anderen. Drei Monate später wurde das Regiment etwas weiter nordöstlich, nach Allahabad, verlegt – ein Stellungswechsel, der zweifellos dazu beitrug, die Erinnerungen an unser Erlebnis gänzlich auszulöschen –, und wieder vier Jahre später gingen wir nach Birapur. Diese Zeit ist mir noch sehr klar im Gedächtnis, denn in derselben Woche, als wir in Birapur eintrafen, kam auch eure Tante, damals noch Miss Gardiner, aus England, um ihren Vater, unseren Colonel, zu besuchen. Sobald ich sie erblickte, hatte ich den Eindruck, sie schon sehr nah zu kennen. Ich erinnerte mich an ihr Gesicht, ihre Figur, ja sogar an den Klang ihrer Stimme, wußte aber absolut nicht, wo ich ihr schon begegnet war. Als man mich mit ihr bekannt machte, konnte ich einfach nicht widerstehen, es ihr zu erzählen, und fragte sie, ob sie sich an ein Zusammentreffen erinnern könne. Sie verneinte das, nannte aber mehrere Personen, bei denen wir uns begegnet sein könnten. Sie waren mir alle fremd. Dann fragte sie plötzlich, wie lange ich schon in Indien sei.
›Sechs Jahre‹, antwortete ich.
›Und wie alt schätzen Sie mich, Mr. Harley?‹
Im selben Moment erkannte ich meine Dummheit und wollte eine Entschuldigung stammeln, doch sie fuhr schon fort: ›Ich bin knapp über achtzehn Jahre, Mr. Harley, obwohl ich anscheinend um etliches älter wirke. Papa kann es Ihnen bestätigen. Ich war erst zwölf, als Sie England verlassen haben.‹
Umsonst versuchte ich, die Sache zu erklären. Eure Tante wollte sich nicht davon abbringen lassen, daß ich sie für vierzig hielte, aber die Erheiterung über meinen Schnitzer

brachte uns einander näher und verschaffte mir einen Vorsprung gegenüber meinen Kameraden, von denen sich die Hälfte auf Anhieb in May verliebte. Ein paar Monate vergingen, und zum Zeitpunkt der Meuterei waren wir bereits verlobt. Wie voll und ganz nicht nur ich, sondern auch Simmonds unsere Opiumträume vergessen hatten, beweist die Tatsache, daß sie uns nicht einmal dann wieder einfielen, als erste Gerüchte über die allgemeine Unzufriedenheit unter den Eingeborenen in den Regimentern, den Sepoys, kursierten. Und selbst als uns die Nachricht erreichte, es sei tatsächlich eine Meuterei ausgebrochen, verließen wir uns auf unser Regiment wie alle übrigen Kameraden. Es war die alte Geschichte, blindes Vertrauen und schwarzer Verrat. Wie in sehr vielen anderen Stützpunkten brach die Meuterei während des Mannschaftsessens aus. Wir hatten gerade das 34ste Bengalen-Regiment zu Gast. Plötzlich – die Mahlzeit war kaum beendet – wurde ein Fenster aufgestoßen, und ein schrecklicher Kugelhagel prasselte herein. Vier oder fünf Männer waren sofort tot. Den armen Colonel, der mir am nächsten stand, traf eine Kugel mitten in den Kopf, und alles stürzte zu den Schwertern oder zog die Pistolen, denn wir hatten Befehl, eine Pistole zu tragen. Ich saß neben Charley Simmonds, als die Sepoys beider Regimenter unter der Anführung von Subadar Pirán zu den Fenstern hereinströmten.

›Jetzt hab ich's!‹ sagte Charley. ›Das ist die Szene aus meinem Traum.‹

Und noch während er sprach, schoß er mit seinem Revolver den Subadar nieder.

Ein Sepoy in der Nähe senkte seine Muskete, feuerte auf Charley und lief dann zu ihm hin, um ihn mit seinem Bajonett zu erstechen. Ich aber jagte ihm eine Kugel durch den Kopf, so daß er auf Charley fiel, der bereits am Boden lag. Ein, zwei Minuten tobte ein allgemeiner Kampf. Dann unternahmen ein paar von uns, darunter auch ich, einen Ausfall, bahnten sich mit ihren Schwertern einen Weg durch die Aufständischen und sprangen durch ein offenes Fenster auf den Exerzierplatz. Aus den Offiziersbungalows ertönten Rufe, Schüsse und Schreie. An mehreren Stellen loderten Flammen, und was aus den anderen Männern geworden ist, weiß ich nicht. Ich jedenfalls rannte so schnell ich konnte zur Behausung des Colonels. Da sah ich plötzlich einen Sowar, einen eingeborenen Kavalleristen, der von einem Pferd aus die Brände beobachtete. Noch ehe er mich entdeckte, hatte ich mich auf ihn gestürzt, stieß ihm mein Schwert durch den Leib und schwang mich dann auf sein Pferd, um zu Gardiners Privatgrundstück zu galoppieren. In und um den Bungalow befanden sich Scharen von Sepoys, die mit dessen Plünderung beschäftigt waren. Ich sprengte auf das Grundstück.

›May! May!‹ rief ich. ›Wo sind Sie?‹

Gleich darauf stürzte sich mit einem Freudenschrei eine dunkle Gestalt aus einem Gebüsch in der Nähe.

Im Handumdrehen saß sie vor mir auf dem Pferd, und während ich noch ein paar Kerle niederschoß, die herbeistürmten, um uns am Zügel festzuhalten, galoppierte ich schon davon. Vereinzelte ziellose Kugeln pfiffen uns hinterher. Aber gottlob waren die Sepoys zu sehr mit Plündern beschäftigt und hatten ihre Musketen größtenteils weggelegt, so daß keiner ernsthaft die Verfolgung aufnahm. Ich bog vom Exerzierplatz, sprengte zwischen den Hecken zweier Grundstücke hindurch, und eine Minute später waren wir auf offenem Gelände.

Zum Glück war die gesamte Kavallerie unten und plünderte ihre eigenen Quartiere, sonst hätte man uns sofort eingeholt. May hatte Gott sei Dank die Besinnung verloren, als ich sie aufs Pferd hob – ›Gott sei Dank‹, weil die furchtbaren Schreie, die aus den verschiedenen Bungalows kamen, mich fast wahnsinnig werden ließen und ihr wahrscheinlich den Tod gebracht hätten. Die armen Frauen waren ja alle eng mit ihr befreundet.

Ich ritt, bis ich mich vor unmittelbarer Verfolgung ziemlich sicher fühlte, und nach ein paar Stunden machten wir im Schutze einer Baumgruppe halt.

Inzwischen hatte mir May, wieder bei Bewußtsein, alles erzählt. Sie war allein gewesen und hatte sich dabei zwar unbehaglich gefühlt, sich aber selbst deswegen ausgelacht – bis ihr ein Hausdiener, den sie etwas fragte, mit grober Unverschämtheit antwortete. Sofort hatte sie Gefahr gewittert und sich, sobald sie allein war, eine große dunkle Reisedecke geschnappt, sich darin eingewickelt, damit ihr weißes Kleid nicht auffiele, und sich auf die Veranda geschlichen. Es war eine dunkle Nacht, und May hatte das Haus kaum verlassen, da hörte sie in der Messe drüben wildes Gewehrfeuer. Sie war sofort in die Büsche gerannt, um sich dort zu verstecken, während eine Männergruppe in das Zimmer platzte, in dem sie gerade noch gewesen war. Sie hörte, wie diese Männer nach ihr suchten, aber sie hielten nach einer Frau in einem weißen Kleid Ausschau, und ihre dunkle Decke hatte May gerettet. Was sie in den fünf Minuten zwischen dem Ausbrechen des Gewehrfeuers und meinem Kommen durchgemacht haben muß, weiß nur sie allein. May hatte kaum etwas gesprochen, seit wir losgeritten waren, aber ich glaube, sie wußte, daß ihr Vater tot war, obwohl ich auf ihre diesbezügliche Frage eine ausweichende Antwort gegeben hatte. Wir warteten bis zum nächsten Nachmittag, ehe wir wieder aufbrachen.

Wir waren noch nicht weit gekommen, da erschien aufständische Kavallerie hinter uns. Zweifellos hatten sie das ganze

Gebiet durchgekämmt, so daß es sich um einen bloßen Zufall handelte. Wir hielten sie auf Distanz, aber das konnte nicht lange währen, schließlich hatte unser Pferd doppelt zu tragen. Eine halbe Meile voraus, am Fuße eines Hügels, entdeckte ich eine Art Ruine und ritt darauf zu. Daß wir uns dort verstecken könnten, hätte ich mir dabei nie träumen lassen. Ich wollte lediglich eine Wand in meinen Rücken bekommen und mein Leben so teuer wie möglich verkaufen. Die letzten beiden Kugeln im Revolver sollten uns selbst vorbehalten bleiben. Nein, ich wurde ganz bestimmt von keiner wenn auch noch so blassen Erinnerung an meinen Traum beeinflußt, und in dem wilden Aufruhr ringsherum hatte ich über Charley Simmonds' Ausruf gar nicht weiter nachgedacht.
Während wir auf die nur noch hundert Meter entfernte Ruine zuritten, sagte May: ›Edward, jagen Sie mir eine Kugel durch den Kopf! Bitte! Ich möchte ihnen nicht lebend in die Hände fallen!‹
Da traf es mich wie der Blitz. Die Verfolgungsjagd, Mays bleiches Gesicht, ihre Worte, der Tempel – schlagartig fiel mir mein ganzer Traum wieder ein.
›Wir sind gerettet!‹ rief ich zu Mays Erstaunen, während wir in den Hof ritten.
In seiner Mitte stand eine große Statue. Ich sprang vom Pferd, schnappte mir den Lederbeutel mit Wasser, der am Sattel hing, und drängte May dann hinter das Standbild. Auf seiner Rückseite befand sich ein Felsen, der gerade genug Platz zum Hindurchgehen ließ. Ich hatte nicht den geringsten Zweifel, daß ich die Sprungfeder finden würde, wie ich es geträumt hatte. Und wirklich, da war das gemeißelte Blattwerk. Ich hatte alles noch so frisch vor Augen, als hätte ich es erst gestern gesehen. Ohne zu zögern, legte ich meine Hand auf die Stelle, eine dicke Steinplatte öff-

nete sich nach innen, und ich drängte meine verblüffte Braut hindurch. Dann schloß ich die Tür wieder und schob einen schweren Riegel vor. Offenbar diente er dem Zweck, daß niemand zufällig oder absichtlich die Tür aufmachte, solange sich jemand im Innern der Statue befand.
Zuerst schien es mir stockfinster darin, aber ein schwacher Lichtstrahl kam von oben, und wir stiegen eine Treppe hinauf. Wie wir entdeckten, kam das Licht durch mehrere kleine Löcher im oberen Teil des Kopfes und durch noch kleinere weiter unten, die gerade so groß waren, daß man eine dicke Stricknadel hätte hindurchstecken können. Später stellten wir fest, daß diese Löcher sich in den Ornamenten um den Hals der Statue befanden. Sie wurden nach außen hin größer, so daß wir alles überschauen konnten.
Die Aufständischen tobten über unser Verschwinden und suchten stundenlang nach uns. Dann sagten sie, daß wir irgendwo versteckt sein müßten, und schlugen im Tempelhof ein Lager auf, um auf uns zu warten.
Wir verbrachten vier schreckliche Tage im Inneren der Statue. Am Morgen des fünften aber kam ein Späher und meldete den Rebellen, daß eine britische Marschkolonne auf dem Weg nach Delhi dicht an diesem Tempel vorbeikommen würde. Kurz darauf saßen alle auf und galoppierten davon.
Eine Dreiviertelstunde später waren wir wohlbehalten bei unseren Landsleuten und wiederum vierzehn Tage später verheiratet. Es war nicht der geeignete Zeitpunkt für Förmlichkeiten. Man konnte eure Tante unmöglich fortschicken, es gab ja kein Beförderungsmittel und auch keinen Ort, wo sie hätte warten können, bis die Trauerzeit für ihren Vater vorbei war. Also ließen wir uns in aller Stille von einem der Truppenseelsorger vermählen – ›und leben seitdem glücklich und zufrieden‹, wie es in euren Märchenbüchern heißt.«

»Und was war mit Mr. Simmonds, Onkel? Ist er auch gut davongekommen?«

»Ja, sein Traum fiel ihm genauso lebhaft wieder ein wie mir der meine. Charley Simmonds ist zu der Stelle gekrochen, wo sich diese Falltür befinden mußte, und in den Keller gestiegen. Zum Glück gab es dort reichlich Nahrungsmittel, so daß er in seinem Versteck bleiben konnte. Nach vierzehn Tagen ist er wieder herausgekrochen und hat festgestellt, daß die Aufständischen nach Delhi abgezogen waren. Er hat viel durchgemacht, aber zu guter Letzt stieß er vor dieser Stadt wieder zu uns, und wir haben uns oft über unsere Träume unterhalten. Zweifellos verdankten wir ihnen unser Leben. Aber selbst nach diesen Ereignissen erwähnten wir sie anderen gegenüber so gut wie nie, denn es hätte jede Menge Gerede und Rückfragen gegeben, was junge Burschen verabscheuen, wie ihr ja selbst wißt. Dem armen Charley wurde ein Jahr später, bei Lucknow, der Mund für immer versiegelt, denn auf dem Vormarsch unter Lord Clyde kam er ums Leben.

Und jetzt, meine Lieben, ab ins Bett mit euch! Noch fünf Minuten, dann beginnt der Weihnachtstag. Und du siehst, Frank, daß ich, obwohl ich nicht an Gespenster glaube, ein Erlebnis hatte, welches ich mir nicht logisch erklären kann.«

»Sehr merkwürdig ist es allerdings, Onkel, und es stellt jede Geistergeschichte in den Schatten.«

»Mir gefällt es auch besser als eine Geistergeschichte«, sagte eines der Mädchen, »weil wir nämlich ins Bett gehen können, ohne Angst haben zu müssen, daß wir davon träumen.«

»Na schön. Aber jetzt Schluß mit dem Geplapper! Ab mit euch ins Bett!« sagte Colonel Harley. »Sonst falle ich bei euren Eltern noch schrecklich in Ungnade. Sie sehen mich ja schon seit einer Dreiviertelstunde ganz finster an.«

Nachtexpreß

George Manville Fenn

George Manville Fenn (1831–1909) war Hentys Biograph und mit über vierhundert Abenteuergeschichten für Jungen einer von dessen erfolgreichsten Kollegen. Zu Anfang seiner Karriere stand Fenn noch ganz in der literarischen Tradition von Charles Dickens. Wahrscheinlich hat er mehr Weihnachtsgeschichten geschrieben als jeder andere Autor – unheimliche und phantastische ebenso wie solche, in denen alles eine logische Erklärung hat. Immer jedoch sind diese Geschichten spannend, und ein Teil davon wurde unter dem Titel *Christmas Penny Readings, original sketches for the season* veröffentlicht. »Nachtexpreß« stammt aus dieser sehr seltenen Sammlung.

Ich konnte nicht im Haus bleiben, weil ich den Anblick von ihnen allen nicht mehr ertrug. Den Kindern schien es weniger auszumachen. Sie liefen herum und spielten, und ihre kleinen Herzen waren unbeschwert. Doch an dem kümmerlichen Feuer saß jemand, der so bleich, so ausgezehrt und unglücklich erschien, daß es einem richtig nahe ging.

Es war der erste Weihnachtstag, ein Morgen, an dem die Sonne durch die schmutzigen Fenster schien, an dem Frost, Reif oder Schnee unter den hellen Strahlen funkelten und die Schuhe der Passanten auf dem Pflaster knirschten. Die Straße selbst wirkte trocken, und von unserem Hof aus sahen wir einen Himmel, der wohl sogar auf dem Lande nicht blauer war. In unseren Herzen aber war es düster, und wenn ich schließlich hinausging, dann, wie gesagt, weil ich es drinnen nicht mehr aushielt.

Bin ich daran selbst schuld? fragte ich mich unentwegt. Habe ich mir wirklich genug Mühe gegeben, wieder eine Stellung zu finden, oder hätten wir mehr beiseite legen sollen, als ich noch einen Posten hatte? Ach! Immer wieder stellte ich mir diese Fragen, während ich die anderen bettelarm zu Hause ließ, denn uns blieb nur noch ein letzter Shilling.

Ich hatte schon früher immer bemerkt, daß arme Leute ihre Hände in die Taschen stecken, und das tat auch ich an diesem schneidend kalten Morgen, während ich ziellos durch die Straßen streifte. Wo sollte das alles noch enden? Und wie sollten wir uns durchschlagen? Jeder, der mir begegnete, wirkte fröhlich und vergnügt. Hier und da standen Ladentüren einen Spaltbreit offen, gerade so, als würden sie einem zuzwinkern. Die Geschäfte waren ja auch voll von allen möglichen guten Dingen. Mit gefüllten Körben gingen die Leute dort ein und aus, während es einen hungrigen Mann rasend machen konnte, wenn er die Menschen mit ihren glücklichen, gutgelaunten Gesichtern sah, die dem Bäcker Gänse, Truthähne und große, dicke, schön durchwachsene Rindfleischstücke brachten. Es schien, als kannte niemand von ihnen die Armut.

Alle waren offenbar in Eile, und auf jedem Gesicht war die Vorfreude zu erkennen, bis ich schließlich aufgrund meiner elenden, niedergedrückten Stimmung in unbändige Wut geriet. Ja, am liebsten hätte ich hier, auf der Stelle, mit der ganzen Welt abgerechnet.

Jeder, dem man auf den Straßen begegnete, glich heute früh der Natur. Er trug sein Festtagsgewand. Manche waren zur Kirche unterwegs, manche zu einem Besuch. Sosehr ich mich auch bemühte, ich konnte kein einziges unglückliches Gesicht entdecken. Die Mietdroschken und Kutschen ratterten ihres Weges, die Busse waren voll von Menschen, die Glocken läuteten. Es lag wohl irgend etwas in der Luft, das einen heiter stimmte, und nach anderthalb Stunden schienen die Leute auch mich anzustecken. Ich vergaß meine Wut und ertappte mich mehr als einmal dabei, wie ich zum Pfeifen ansetzte.

Aber der Gedanke an das, was ich zu Hause zurückgelassen hatte, brachte mich augenblicklich zum Schweigen. Mein Gesicht verzog sich, ich fiel vom einen Extrem ins andere, und als ich schließlich dem Zusammenbrechen nahe war, merkte ich, daß ich auf dem steinernen Treppengeländer einer der Kirchen im Westend saß.

Nach einer Weile kommt der Küster heraus und wirft mir einen Blick zu, der besagt: Du bist doch ein Bettler, oder? Er selbst aber sagt nichts, und nach einer Weile geht er wieder hinein. Ein Schutzmann kommt vorbei. Er klopft seine weißen Handschuhe gegeneinander und beäugt mich mißtrauisch, so als wäre er sich nicht ganz im klaren, geht dann aber ohne ein Wort weiter. Und ich sitze da, in der Kälte, fühle, wie das pure Elend an meinem Herzen nagt, und sehe zuletzt nichts mehr als ein bleiches, ausgezehrtes Gesicht in einem kahlen Zimmer, in dem eine Meute hungriger Kinder um Brot schreit.

Hört sich seltsam an, und mancher findet es womöglich übertrieben. Aber soll er nur selbst einmal ein paar von den schmutzigen Vortreppen im East End hinaufgehen; da kann er tagtäglich solche Bilder sehen.

Ich war blind für alles außer unserem sogenannten Zuhause, und vielleicht wäre ich dort sitzen geblieben, bis ich erfroren war, wäre da nicht etwas gewesen, das mir fast wie eine Vision vorkam; denn während ich dort meinen Kopf in die Hände gestützt hielt, berührte mich etwas, und beim Aufblicken entdeckte ich ein kleines Kind mit strahlenden Augen, goldenem Haar und schönen, von der Kälte geröteten Wangen. Eine winzige Träne des Mitleids blinkte in jedem Auge, während mir dieses Mädchen einen Penny in die Hand drückte. Ich war dermaßen überrumpelt, daß ich erst nach einer Weile wieder zu mir kam. Der tiefrot leuchtende Mantel des Kindes war schon ein Stück weg, und es trippelte neben einer schlanken stattlichen Dame her.

Das brachte das Faß zum Überlaufen. Mein Stolz, meine Wut, alles schien beiseite gefegt, und so plötzlich, daß ich es kaum aushielt, wurde mein Herz von einem tiefen Gefühl der Hoffnungslosigkeit ergriffen. Auf offener Straße schlug ich mir die Hände vors Gesicht und heulte los wie ein kleines Kind.

Aber nur eine Minute. Dann sprang ich auf und eilte dem strahlenden kleinen Engel des Erbarmens hinterher. Auf der ganzen Straße hielt ich Ausschau nach ihm, bis ich zu der Überzeugung gelangte, daß er in eines der Häuser gegangen sein mußte. Er war verschwunden, und langsam schlurfte ich wieder zurück zum Kirchhof.

Als ich dort war, kamen gerade die ersten Leute aus dem großen Gotteshaus. Pferdekarossen fuhren vor, aus dem offenen Portal dröhnten Orgelklänge, und während ich am Geländer stand und die Flut von glücklichen Gesichtern beobachtete, kam ich mir wie eine Art Betrüger vor. Wenn man sah, wie die Leute angezogen waren, konnte es so etwas wie Not und Elend nicht geben.

Da schrak ich plötzlich aus meinen Gedanken und hielt mich am Geländer fest. Ich hatte eine Stimme gehört, die mich in die Zeit zurückversetzte, als ich bei der Eisenbahngesellschaft entlassen wurde. Genau vor mir gingen ein Herr und eine Dame auf einen Wagen zu, dessen Schlag ein junger Bursche offenhielt. Die beiden waren wie aus dem Ei gepellt, und der Mann lachte und plauderte mit seiner Begleiterin. Ich nahm nur ganz flüchtig wahr, daß sie sehr attraktiv war, denn ich beobachtete die Augen dieses Gentleman – funkelnde, stechend blaue Augen, wie man sie selten findet. Vollkommen verdattert beugte ich mich so weit nach vorn, daß ich dem Paar den Weg versperrte und den Mann wie gebannt anstarrte. Wo hatte ich diese Augen nur schon einmal gesehen?

»Zurück, mein Guter!« sagt er, und die Dame steigt gerade leichtfüßig in die Karosse, da stockt er plötzlich, blickt mit diesen Augen in meine, zupft mit der Hand an seinem dicken braunen Schnurrbart und bricht gleichzeitig in Gelächter aus. In diesem Moment erkannte ich ihn wieder. Er war es! Und während ich an die Not und den Kummer des letzten Jahres dachte, die er verursacht hatte, schien irgend etwas in mir aufzusteigen. Einen Moment lang hätte ich ihn zusammenschlagen können. Als ich aber meine Faust ballte, fühlte ich diesen Penny, und da erschien ein anderes Gesicht vor meinen Augen. Von neuer Hoffnungslosigkeit überkommen, sagte ich, während ich mich abwandte: »Ja, für Sie ist es ein Spaß, aber für mich ist es beinahe der Tod.« Doch ich war noch keine zwei Schritte gekommen, da hatte er seine Hand auf meiner schäbigen, schwarz gewordenen Moleskinjacke.

»Sachte, mein Freund«, sagt er, »ich muß Sie jemandem vorstellen.« Und schon, ich weiß gar nicht, wie mir geschieht, hat er mich vor den Wagenschlag gezerrt. »Schau, Marian, da ist unser wackerer Wagenlenker«, ruft er, »der Vulcanus, der uns nach Moreton gefahren hat!« Und dann flüstert er der Dame etwas zu, woraufhin sie lächelt und eine tiefe Röte ihr hübsches Gesicht überzieht. »Fahren Sie jetzt die Post aus?« wendet er sich wieder an mich.

»Habe seither keinen Lenker mehr angerührt, Sir«, antwortete ich. »Zwei Vormittage später wurde ich vor das Präsidium bestellt und entlassen.« Und mit einmal schienen alle diese Erinnerungen zuviel für mich. Ich konnte eine Minute lang nicht sprechen. Dann schlucke ich und erkläre: »Hab seither sehr viel mitgemacht ... Frau ... Kinder ...« Und wieder versagt mir die Stimme, während ich meine übrigen Gedanken beiseite schiebe.

»Tritt ein Stück zurück!« befiehlt der Mann seinem Burschen und sagt dann ganz freundlich zu mir: »*Ich* hätte das auf gar keinen Fall zugelassen, Sie Ärmster.« Dann sah ich ein, zwei Tränen in den schönen Augen seiner Begleiterin, und sie nahmen sich beide eine gute Viertelstunde Zeit, um so unbefangen wie möglich mit mir zu sprechen. Sie sagten mir, daß sie mir viel Glück zu verdanken hätten, denn es sei eine ganz spontane Heirat gewesen. Und als sie schließlich lächelnd und mit einem Kopfnicken davonfuhren, hielt ich die Karte des Gentleman in der Hand. Ich sollte morgen früh bei ihm vorsprechen. Sein Vater sei nämlich Eisenbahndirektor, und ich würde sofort wieder eingestellt. Noch mehr freute mich im Augenblick aber etwas anderes in meiner Hand: fünf Sovereigns.

Ich wußte nicht, sollte ich lachen oder weinen. Und bestimmt habe ich wie ein Irrer ausgesehen, als ich durch die Straßen und in unser Zimmer hinaufraste, wo ich als erstes jedes Kohlebröckchen unten im Schrank zusammenkratzte und es aufs Feuer legte.

»Deck den Tisch, altes Mädchen!« sage ich und hole einen großen Teller. »Und mach um Gottes willen nicht so eine Leichenbittermiene!« Die Kinder starrten mich an, lachten dann und klatschten in ihre Hände, während ich zu der Gaststube in unserer Straße lief. Ich muß wie ein Wolf ausgesehen haben.

Es kam gerade ein Gänsebraten aus dem Rohr, und wie er da auf dem großen Zinnteller brutzelte, in Soße schwimmend und mit diesem starken, köstlichen Duft der Füllung, konnte man wahnsinnig werden.
Ich schlüpfe eben zur Tür herein, da sagt der Kellner, ein Kerl, der aussieht wie ein schmuddeliger Leichenbestatter, mit roter Nase und einem verschmutzten weißen Fetzen um den Hals: »Zweimal Gans, Apfelsoße und Kartoffeln«, woraufhin der Chef seine Gabel in den Braten sticht und ihn zerschneidet, daß die Füllung nur so spritzt.
»Halt!« rufe ich. »Der Vogel gehört mir!« und schnappe ihn mir am einen Bein, um ihn auf meinen Teller zu legen. Der Koch weiß gar nicht, wie ihm geschieht. »Los jetzt, drauf mit dieser Soße, und her mit allem, was noch so dazugehört!« Sage es und knalle einen Sovereign auf den Rand des Zinntellers.
Ich dachte, sie würden gleich die Polizei rufen, aber beim Anblick dieses kleinen Stückchens Metall war alles in Ordnung, und fünf Minuten später trage ich sowohl das Wechselgeld – was nicht gerade viel war – als auch die Gans nach Hause, während der Kellner mir mit einem Tablett voll Gemüse, Soße und einem dicken Stück Pudding hinterhertrottet.
Als der Kellner aus dem Zimmer war und die Kleinen jauchzten und mit ihren Messern trommelten, stieg ich auf den Tisch, meine Frau fiel auf die Knie, und ich fing an, ein Dankgebet zu sprechen. Da begegneten sich unsere Blicke, und sie stürzte auf mich zu. Gute zehn Minuten lang lag sie schluchzend in meinen Armen, während ich ... Aber das ist Privatsache, und ich glaube, ich habe sowieso schon zuviel erzählt.
Es ist mir völlig gleich, woher dieses Essen kam und für wen es ursprünglich bestimmt war. Ich weiß lediglich, daß in un-

serem Land weit und breit kein solches Festmahl verzehrt oder dermaßen genossen wurde wie unseres an diesem Tag; und obwohl es mir mitunter schwerfiel, zu erkennen, wo ich mit meiner Gabel hineinstach oder wohin ich mit meinem Messer schnitt, lächelte ich die ganze Zeit. Meine Frau ihrerseits hatte einen Ohnmachtsanfall nach dem anderen, bis ich sie anschrie. Dann aß auch sie und half mir, die Kleinen zu versorgen. Für das, was schließlich von der Gans noch übrigblieb, hätte ich einen Shilling genommen, und wer es kaufte, hätte den kürzeren gezogen.

Noch in der darauffolgenden Woche wurde ich bei der London-, Highshare- und Ploughshare-Railway eingestellt, und zwar von demselben Herrn, der an meiner Entlassung bei der Great Central schuld war.

Und letzteres kam so: Am Heiligabend vor demjenigen, von dem ich gerade erzählt habe, war es wieder einmal so neblig und trüb, daß sämtliche Züge Verspätung hatten, nur daß es diesmal selbst für die Weihnachtszeit ungewöhnlich schlimm war. Den ganzen Tag brannten an den Fahrkartenschaltern die Lampen, während der Qualm wie eine Wolke unter dem Dach des Kopfbahnhofs hing. Ich saß gerade im Führerstand unseres Rosses – unseres Dampfrosses, meine ich – und wartete darauf, die Post nach Norden zu transportieren, als mein Heizer, Ben Davis, plötzlich sagt: »Da macht's wieder ›peng, peng‹. Ich frage mich, was die Gesellschaft heute in Nebelsignale investiert hat.« Und als ich darauf keine Antwort gebe, fährt er fort: »Ah, das ist genau so eine stockfinstere Nacht wie damals, vor vier Jahren, wo's den armen Tom Harris zermatscht hat in ... Der arme Tom! Er hat gewußt, daß es so kommen würde, und er hat mir alles darüber erzählt. Ich bin nämlich als Heizer mit ihm gefahren.«

In diesem Moment war es soweit, und mit einer ganz heißen, zischenden Maschine fahre ich zu den Weichen hinaus, wieder auf das Gleis der Südstrecke, wo man uns an den Zug kuppelt.

»Armer Kerl! Er war schon die ganze Zeit nicht auf 'm Damm«, erzählt Ben weiter, »und ich glaube, er hat sich 'n bißchen übernommen. Jedenfalls war er in entsetzlich niedergedrückter Stimmung und hat einem richtig Sorgen gemacht mit seinem Gerede. In der letzten Nacht, in der ich als Heizer mit ihm gefahren bin, hat er mir seine ständige Geschichte erzählt – über 'ne Hinfahrt, wie er sie noch nie erlebt hätte und die er auch nie wieder vergessen würde. Er ist gerade in einer pechschwarzen, schrecklich nebligen Nacht mit Volldampf unterwegs, da hört er plötzlich eine Pfeife, und als er sich umdreht, kann er einen Zug seh'n, der mit furchtbarer Geschwindigkeit direkt hinter ihm auf ihn zurast. Natürlich macht er da noch mehr Dampf. Aber das nutzt anscheinend gar nichts, denn wie er um die Kurve biegt, kann er den Zug sehr schnell aufholen sehen. Und schließlich, als er schon halb wahnsinnig vor Angst und bereit ist, aus dem Führerhaus zu springen, merkt er, daß der andere auf dem Gleis der Gegenlinie fährt, und eine Minute später hat der Zug ihn eingeholt. Sie rasen auf gleicher Höhe nebeneinander her. Als Tom verlangsamt, verlangsamt auch der andere, und als er schneller wird, wird auch der andere schneller. Gleich langer Zug, gleich große Lok, gleiche Lampen und die Heizkesselklappe offen wie seine auch. Deshalb hat er das Gesicht des Lokführers sehen können, und er sagte: ›Mich hat's fast umgehauen, denn der Lokführer dort auf dem anderen Zug war *ich selbst!*‹ Weiter geht's, in den Tunnel, zusammen rein und zusammen wieder raus, und als er nach hinten schaut, brennt in sämtlichen Waggons das Licht, wie in seinem eigenen Zug – alles genauso wie in seinem. Der andere pfeift in den Durch-

gangsstationen, genau wie er, hält haargenau das gleiche Tempo. Es wär gewesen, als würde man in einer Wolke fahren, so dicht war der Nebel, und obendrein vermischte sich noch der Dampf aus den beiden Schornsteinen.
Das war an einem Heiligabend, so einem wie heute. Aber so kalt es auch gewesen ist, hat Tom gesagt, der Ärmste, ist ihm das Wasser vom Gesicht getropft, während sie immer weitergebraust sind. Er wußte, daß es so nicht lange gutgehn konnte, denn in der nächsten Minute müßte ein Gegenzug kommen, und dann würde es einen furchtbaren Zusammenstoß geben. Aber irgend etwas schien ihm zu sagen, daß das nicht geschehen würde; und während eine Station nach der anderen an ihnen vorüberfliegt, steht er zitternd auf seinem Posten. Plötzlich sieht er den Gegenzug, und er legt einen Spurt ein, um ein Stück weiter vorn zu sein, wenn der Zusammenstoß kommt, aber das ist sinnlos, denn der Zug neben ihm hält das Tempo, und dann auf einmal kreischt etwas, es rauscht, und der Gegenzug ist direkt hinter ihm; während neben ihm dieselbe Lok fährt wie zuvor – auf gleicher Höhe und mit ihm selbst als Führer. Mir ist immer ganz unheimlich geworden, wenn der arme Tom diese Geschichte erzählt hat, und er hat das Ganze nicht lange überlebt. Eines Nachts war vorn an unserer Lok nämlich etwas nicht in Ordnung, und er hat nicht abwarten wollen bis zur nächsten Station, sondern hat sich während der Fahrt am Heizkessel zu schaffen gemacht. Und als er nicht zurückkommt und ich aus dem Fenster schaue – ich hatte nämlich noch Kohle nachgelegt –, ist die ganze Scheibe mit Blut vollgespritzt. Ich halte an, stoße zurück, und da liegt der arme Tom, von oben bis unten zerfetzt. Und es heißt, ein paar Kumpels hätten ihn seither gesehen, manchmal auf dem einen Gleis und manchmal auf dem anderen, wie er mit Expreßgeschwindigkeit eine Geisterlokomotive fährt. Und wenn er auf einen anderen Zug

trifft, dann pfeift's, kreischt's, und schwupp, ist der ganze Spuk wieder vorbei.«

»Hübsche Geschichte«, sage ich. »Wenn ich du wär, würde ich ein Buch daraus machen.« Und im selben Moment knallen ein paar Türen, die zweite Glocke läutet, die Pfeife des Zugschaffners trillert, und mit schrillem Rädergekreisch fahren wir los. Der Dampf pufft in runden weißen Wolken aus dem Schornstein und breitet sich langsam über uns aus, bis er schneller kommt, nach hinten strömt und über dem Zug hängt wie eine weiße Federgirlande.

Was für eine Nacht – kohlrabenschwarz. Und immer wieder macht's zwischendurch »peng, peng«, wenn wir über die Nebelsignale fahren und mit unserer Geschwindigkeit ganz zurückgehen müssen. Auf diese Weise haben wir für die erste halbe Meile gut zehn Minuten gebraucht. Und nach der ersten Durchgangsstation fahren wir beinah im Schneckentempo.

Fünfunddreißig Meilen weiter unten lag unser erster Halt, wo wir Wasser auftankten. Der nächste war dann Moreton, noch einmal vierzig Meilen entfernt. Nach und nach kamen wir schneller voran, aber die Finsternis war einfach schrecklich und die Signallampen an den Durchgangsstationen beinah sinnlos, denn ich konnte sie erst sehen, wenn wir ganz nah herankamen. Da wir aber durch die Weihnachtszeit sowieso schon starke Verspätung hatten, jagte ich unsere Maschine vorwärts und verließ mich darauf, daß die Strecke frei sein würde.

Da sagt Ben plötzlich: »Jetzt kommen wir gleich zu der Stelle, wo's Tom erwischt hat. Der arme alte Junge. Und genau hier hat er diesen Zug entdeckt, der neben ihm hergefahren ist.«

Nun wußte ich natürlich, daß das Ganze leeres Gewäsch war, aber Ben sprach mit so ernster Stimme, daß es mich trotzdem richtig gruselte. Und als wir zu den Lichtern eines

Bahnhofs kamen und durch ihn hindurchrasten, da traf mich plötzlich fast der Schlag, denn es sah beinahe so aus, als wäre ein Zug neben uns. Sogar nachdem wir diesen Bahnhof passiert hatten, blieb ich noch auf der Hut, denn die Zuglichter reflektierten auf dem Nebel rechts und links, aber gleich danach lachte ich über mich selbst.

»Etwa hier muß er runtergefallen sein«, brüllte mir Ben ins Ohr, denn wir fuhren jetzt sehr schnell. »Und es heißt, daß er manchmal auf eine Lok steigt und – *Ah-h-h!*« kreischt der arme Kerl und fällt auf alle viere, während ich in die Ecke neben dem einen Fenster zurückweiche und dort zitternd auf eine gräßliche Gestalt starre, die urplötzlich im Licht erschienen ist, als wäre sie aus den Kohlen hervorgeplatzt. Und dann kommt diese Gestalt auf mich zu, denn der arme Ben ist ohnmächtig geworden.

Während wir einander anstarrten, registrierte ich, daß die Gestalt in einem bis oben zugeknöpften Ölmantel steckte, auf dem Kopf eine Pelzmütze trug und die untere Gesichtshälfte von einem Taschentuch verdeckt war. Ich erkannte also nichts, sah nur ein grausam funkelndes Augenpaar. Da stand die Gestalt und hielt sich mit der einen Hand an der Wand des Führerhäuschens fest.

Solange ich mich nicht rührte, blieb auch sie völlig regungslos. Aber kaum daß ich versuchte, auf meinen Platz zu kommen, machte sie eine heftige Handbewegung und gebot mir Einhalt. Zuletzt, halb verzweifelt, spreche ich sie an. Mit ein bißchen Überlegung wird mir nämlich klar, daß es ein Mensch sein muß, obwohl mir Bens Geschichte ziemlich unter die Haut gegangen ist.

»Jetzt kommt gleich Richford«, rufe ich. »Da halten wir.« In diesem Moment sehe ich im Schein des Feuers einen Pistolenlauf blitzen und weiche erschrocken wieder in die Ecke. Hätte dieser Kerl mir nur einen Augenblick den Rücken zu-

gekehrt, dann hätte ich ihn mir geschnappt und ihn festgehalten, aber er sah nur einmal kurz auf die Seite, als Ben von ihm weg in die andere Ecke des Kohlenwagens kroch. So standen wir noch fünf Minuten, nachdem wir mit Volldampf durch Richford gebraust waren, einander gegenüber.
»Los jetzt ...« Der Kerl beugt sich zu mir herab. »Vorwärts mit dir, und leg einen Zahn zu. Und wehe, du hältst an, bevor wir nach Moreton kommen!« Was will man machen? Wenn einem das jemand mit vorgehaltener Pistole sagt, kann man doch höchstens innerlich protestieren.
Na, denke ich, das ist ja eine schöne Bescherung, und gebe Ben einen leichten Tritt, damit er aufsteht und den Kessel heizt. Aber er wollte sich nicht rühren, und was zu tun war, mußte ich selber tun. So rasten wir dahin, denn der Kerl ließ mich noch mehr Dampf machen und durchschaute mich im Nu, als ich statt dessen bremste. Immer weiter fuhren wir, während die Nacht sich mit jeder Sekunde zu verfinstern schien. Station für Station sauste vorbei, und die Erregung wuchs in mir. Der Schaffner hatte wie wild den Gong betätigt, aber das mußte ich natürlich ignorieren. Zweifellos hatte er auch an seiner Bremse gerissen wie ein Verrückter, doch das schien kaum etwas zu ändern, denn sämtliches Metall war ja durch den dicken, frostigen Nebel glitschig geworden. Wir rasten mit einer Geschwindigkeit dahin, wie ich es seitdem nie wieder getan habe. Mehr als einmal vergewisserte ich mich, daß wir nicht in irgendeinen Güterzug krachen würden. Aber obwohl mehrere aus der Gegenrichtung an uns vorbeifuhren, stand uns nichts im Weg, und schließlich, nach der wildesten Fahrt meines Lebens, näherten wir uns Moreton. Das Wasser würde wohl gerade noch reichen. »Und jetzt«, sagte der Kerl mit einer Stimme, die keinen Widerspruch duldete, »halt an! Genau auf dieser Seite des Bahnhofs!« Ich nickte, aber

trotzdem wäre ich geradewegs hineingebrettert, wäre der Kerl nicht zu schnell für mich gewesen. Er zog mit aller Macht an der Handbremse, so daß wir gut fünfzig Meter vor dem Bahnsteig zum Stehen kamen. Dann sprang er hinunter, und ich wollte ihm schon hinterher, da sagte eine rauhe Stimme: »Zurück! Bleiben Sie, wo Sie sind!«, und in den Lichtern des Zuges konnte ich eine Gestalt vor mir stehen sehen. Außerdem bekam ich gerade noch mit, wie eine Waggontür gleich hinter dem Kohlenwagen aufging. Jemand eilte nach draußen, auf eine Stelle zu, wo zwei Lampen schimmerten. Ich konnte Pferde stampfen hören, und dann – das Ganze dauerte nicht einmal eine Minute – ertönte Hufgetrampel, das Rollen von Wagenrädern, und der Mann, der mich am Heruntersteigen gehindert hatte, war verschwunden.

»Hoch mit dir!« sage ich zu Ben, als wir in den Bahnhof einfahren. »Das war kein Gespenst.« Aber Ben schien sich da keineswegs sicher zu sein. Während wir auf diese Weise unsere Fahrt beendeten, zählte ich zwei und zwei zusammen und gelangte zu dem Schluß, daß der fremde Bursche (der viel Mumm gehabt haben mußte) vom ersten Waggon auf den Kohlenwagen gesprungen war, solange wir im Schneckentempo durch den Nebel gleich hinter London fuhren. Und das alles nur, damit wir nicht in Richford anhalten würden, wo zweifellos ein Haftbefehl auf ihn wartete. Das konnte zwar auch auf Moreton zutreffen, war aber nicht sicher. Und sein Trick, kurz vorher anzuhalten, wo ein Transportmittel auf ihn wartete, räumte auch diese Schwierigkeit aus dem Weg.

Am nächsten Tag fuhr ich mit der Post für London wieder zurück, aber es war mein letzter Tag bei Great Central, denn als man mich vor das Präsidium zitierte, hieß es: Auszahlen und gehen! Und das auch noch ohne Zeugnis!

Ein aufregender Heiliger Abend
oder
Mein Vortrag über Dynamit

A. Conan Doyle

In dem Jahrzehnt vor der unsterblichen *Studie in Scharlachrot,* einer Krönung seines Schaffens, produzierte Arthur Conan Doyle (1859–1930) zahllose, zumeist spannende Kurzgeschichten für verschiedene Magazine und Zeitschriften, nicht zuletzt, weil er sich gleichzeitig als junger Arzt in der Südsee durchzuschlagen hatte. »Ein aufregender Heiliger Abend« erschien ursprünglich in der Weihnachtsnummer von *Boy's Own Paper* (1883).

Ich habe mich oft über den merkwürdigen und seltsamen Umstand gewundert, daß Gefahr und Aufregungen offenbar besonders jenen drohen, die nichts mehr schätzen als ein ruhiges, geordnetes Leben. Mir selbst ist es so gegangen; und im Rückblick muß ich erkennen, daß gerade jene Perioden meiner Existenz, wo ich mir mit größtem Recht hätte Ruhe erwarten dürfen, von unerwarteten Abenteuern heimgesucht wurden wie der Blitz aus heiterem Himmel, der die Nerven des alten Horaz erschütterte. Möglicherweise weichen meine Erfahrungen von denen anderer Menschen ab, vielleicht habe ich besonderes Pech gehabt. Falls dem so ist, dann habe ich um so mehr Grund, mein ungewöhnliches Los zu bejammern und es zur Erbauung all derer aufzuschreiben, die mehr Glück hatten.

Vergleichen Sie nur einmal mein Leben mit dem von Leopold Walderich, dann werden Sie verstehen, worüber ich mich beklage. Wir stammen beide aus Mühlhausen in Baden, deshalb habe ich ihn als Beispiel ausgewählt, obwohl sich auch viele andere eignen würden. Er war ein Mann, der behauptete, Abenteuer zu lieben. Und jetzt hören Sie, was passierte. Wir gingen zusammen auf die Universität Heidelberg. Ich war ruhig, fleißig, bescheiden; er wild, draufgängerisch und ziemlich faul. Drei Jahre lang fehlte er bei keiner Schlägerei und bei keinem Besäufnis, während ich in Laboratorien saß und kaum meine Bücher verließ, es sei denn für einen eiligen Spaziergang aufs Land, wenn Kopfschmerzen und Ohrensausen mich warnten, daß ich meine Gesundheit aufs Spiel setzte.

Dennoch verlief sein Leben in diesem Zeitabschnitt recht ereignislos, während meine ganze Existenz eine einzige Kette gräßlichster Gefahren und Rettungen in letzter Minute war. Ich verdarb mir die Augen und wäre bei der Entwicklung eines giftigen Gases beinahe erstickt; ich verschluckte mit meinem Schinken eine Trichine und war für Wochen ans Bett gefesselt; ich wurde von einem verrückten Engländer aus einem Fenster im zweiten Stock geworfen, nur weil ich die feierliche, durchaus ernst zu nehmende Stelle aus Schoppheims »Weltgeschichte« zitiert hatte, welche beweist, daß Waterloo ausschließlich ein Sieg der Preußen war, und stark in Zweifel zieht, daß britische Truppen jemals näher ans Schlachtfeld herangekommen sind als bis nach Brüssel! Zweimal wäre ich fast ertrunken und einmal beinahe von der Brustwehr des Schlosses gestürzt, hätte mir nicht der schon erwähnte Engländer beigestanden. Das ist nur eine Auswahl jener Unfälle, die mich trafen, während

ich nichts anderes wollte, als in Ruhe und Abgeschlossenheit für mein Diplom zu studieren.
Selbst in kleineren Dingen wurde ich von meinem bekannten Pech verfolgt. Ich kann mich zum Beispiel noch gut erinnern, wie den Rädelsführern des Badischen Corps einmal etwas besonders Schwachsinniges einfiel. Etwa zwei Meilen von der Stadt lebte ein Bauer namens Nicholas Bodeck. Dieser Mann hatte sich bei den Studenten unbeliebt gemacht, daher beschlossen sie, sich mit einem Schabernack an ihm zu rächen. Demgemäß wurde eine unglaubliche Anzahl kleiner Mützen mit den Farben des Corps angefertigt, und die Verschwörer drangen mitten in der Nacht in seinen Hof und klebten diese Mützen auf die Köpfe des gesamten Federviehs.
Die Wirkung war wirklich sehr komisch, wie ich selbst feststellen konnte, denn ich kam am nächsten Morgen zufällig dort vorbei. Walderich und seine Freunde verübten diesen kleinen Scherz, wie ich annehme, aus reiner Abenteuerlust, denn der Farmer war als energischer Mann bekannt. Für sie wurde kein Abenteuer daraus; dafür aber für mich. Ich war nie für besondere Schnelligkeit berühmt, aber an jenem Morgen legte ich die zwei Meilen mit einem ganz unglaublichen Tempo zurück – und ebenso die fünf Männer mit Mistgabeln, die hinter mir herrannten!
Diese Dinge mögen trivial klingen, aber, wie man in England sagt, ein Grashalm zeigt, woher der Wind weht, und dies waren nur die Vorboten künftiger Ereignisse.
Ich schloß meine Medizinstudien ab und durfte mich Herr Doktor Otto von Spee nennen. Danach widmete ich mich den Naturwissenschaften und bekam viel Anerkennung für meine Dissertation »Über die explosiven Bestandteile der Tri-Methyl-Reihe«. Schon zitierte man mich in naturwissenschaftlichen Werken als Autorität, und meine Professoren

prophezeiten mir eine bedeutende wissenschaftliche Karriere. Aber durch den Ausbruch des großen Krieges mit Frankreich fanden meine Studien ein jähes Ende.
Walderich meldete sich freiwillig zu einem der Eliteregimenter, focht in fast jedem Gefecht, bedeckte sich mit Ruhm, kam ohne Verletzung heim und wurde mit dem Ritterkreuz ausgezeichnet. Ich war bei einer Ambulanz stationiert, die nie über die Grenze kam, brachte es aber fertig, über eine Tragbahre zu stolpern, mir dabei den Arm zu brechen und mich von einem der wenigen Verwundeten, die ich betreute, mit Wundrose anstecken zu lassen. Ohne Orden noch Medaille kehrte ich nach Berlin zurück, als alles vorüber war, und ließ mich dort als Privatdozent für Chemie und Physik nieder.
Sie werden sich natürlich fragen, was das alles mit meiner Weihnachtsgeschichte zu tun hat. Aber Sie werden bald erkennen, daß diese Einleitung notwendig war, damit Sie die Krönung meiner langen Pechvogel-Karriere erst recht zu würdigen wissen. Sie dürfen auch nicht vergessen, daß ich Deutscher bin und daher vielleicht etwas weitschweifig, wie das von unserem Volk ja allgemein behauptet wird. Ich habe den schneidigen, flotten Stil der englischen Geschichtenerzähler oft bewundert, aber wenn ich mich darin versuchen sollte, so wäre das, wie ich fürchte, als würde einer unserer behäbigen alten Mühlhausener Störche die hübschen, anmutigen Lieder eurer Weihnachtsdrosseln nachahmen wollen. Sie werden jedenfalls früh genug hören, was ich über meinen Weihnachtsabend zu berichten habe.

Nachdem ich mich in Berlin niedergelassen hatte, bemühte ich mich zuerst, eine Privatpraxis als Arzt mit meinen Arbeiten als Privatdozent zu verbinden. Nach einigen Jahren mußte ich aber erkennen, daß meine ärztliche Tätig-

keit, die sich hauptsächlich in den unteren Schichten abspielte, vielleicht eben deshalb meine unselige Neigung zu Unfällen und sonstigen Verwicklungen förderte; daher gab ich sie auf.
Ich nahm also ein abgelegenes Haus in einem ruhigen Stadtteil und widmete mich völlig meinen wissenschaftlichen Forschungen, und zwar einem Zweig, der mich schon immer fasziniert hatte – nämlich der chemischen Zusammensetzung von Sprengstoffen.
Zum Leben brauchte ich nur wenig; alles Geld, das ich aufbringen konnte, verwendete ich für wissenschaftliche Instrumente und verschiedene mechanische Apparate. Bald hatte ich ein ansehnliches kleines Laboratorium beisammen, das zwar nicht so eindrucksvoll war wie jenes in Heidelberg, meinen Zwecken aber völlig entsprach. Zugegeben, die Nachbarn murrten, und Gretchen, meine Haushälterin, mußte mit einem Fünf-Mark-Stück besänftigt werden, nachdem sie dreimal beinah in die Luft geflogen wäre, dafür aber ein anderes Mal in entgegengesetzter Richtung durch die Luft flog, als sie ein elektrisches Kabel auf dem Dach eines kleinen Gartenhäuschens anzubringen versuchte. Mit diesen kleinen Schwierigkeiten wurde ich jedoch schnell fertig, und bald gewann mein Leben ein friedliches Ansehen, auf das ich kaum noch zu hoffen gewagt hatte.
Ich war glücklich – ja, mehr noch, ich wurde langsam berühmt. Meine »Bemerkungen über Kakodylverbindungen« in den »Monatsarchiven der Naturwissenschaft« riefen großes Aufsehen hervor, und Herr Raubenthal aus Bonn nannte sie »meisterlich«, obschon er vielen meiner Folgerungen nicht zustimmte. In einem späteren Beitrag im gleichen Journal konnte ich jedoch bestimmte Experimente anführen, die ausreichten, um selbst jenen hervorragen-

den *Savant* von der Richtigkeit meiner Auffassungen zu überzeugen.
Nach diesem Sieg wurde ich allgemein als Autorität auf meinem Spezialgebiet anerkannt, als einer der bedeutendsten lebenden Experten auf dem Feld der Sprengstoffe. Die Regierung entsandte mich nach Kiel in die Torpedo-Kommission, und viele andere Ehrungen wurden mir zuteil. Eine Folge meines plötzlichen Aufstiegs zur Berühmtheit war, daß ich als Redner plötzlich sehr gefragt war, sowohl bei wissenschaftlichen Versammlungen als auch bei jenen der Volksbildung dienenden Treffen, die in der Metropole so überhand genommen haben. Auf diese Weise geriet mein Name in die Presse als der eines Experten auf diesem Gebiet; und diesem Umstand schreibe ich auch die Ereignisse zu, über die ich im Folgenden berichten möchte.
Es war ein naßkalter, windiger Weihnachtsabend. Schneeregen prasselte gegen die Fensterscheiben, in den kahlen Ästen der hageren Pappelbäume in meinem Garten heulte der Sturm. Auf den Straßen gingen nur mehr wenige Menschen, und diese wenigen hatten ihre Mäntel fest zugeknöpft und das Kinn auf die Brust gesenkt und eilten nach Hause, sich mühsam gegen den Sturm vorankämpfend. Sogar der wuchtige Polizist schritt nicht mehr klirrend auf und ab, sondern hatte sich in einem Haustor untergestellt. Andere einsame Menschen fühlten sich in einer solchen Nacht vielleicht recht unbehaglich, aber ich war zu sehr in meine Arbeit vertieft, um mich groß um das Wetter draußen zu kümmern. Meine Aufmerksamkeit wurde von einer Unterwassermine gefesselt; vor mir stand ein bleierner Wasserbehälter, in den ich eine kleine Kugel meines neuen Sprengstoffes versenkt hatte. Es ging nun darum, festzustellen, inwieweit seine zerstörerischen Qualitäten durch die

Einwirkung des Wassers verändert würden. Die Sache war zu bedeutend, als daß ich mir eine trübe Stimmung hätte gestatten können. Außerdem befand sich einer von Gretchens Verehrern in der Küche, und seine rauhen Laute des Behagens, ob sie sich nun auf ihre Reize bezogen oder auf mein Bier, waren so deutlich zu vernehmen, daß der Gedanke an Einsamkeit nicht aufkam.

Ich hob eben meine Batterie auf den Tisch und verband vorsichtig die Kabel, um die Ladung zu explodieren, als ich vor dem Fenster einen kurzen, schnellen Schritt hörte und unmittelbar darauf ein lautes Pochen an der Außentür.

Nun erhalte ich nur selten Besuch von einem meiner wenigen Bekannten, und gewiß nicht in einer Nacht wie dieser. Einen Moment lang war ich überrascht; dachte dann aber, daß es sich um einen Gast für Gretchen handeln müsse, und wandte mich wieder meinem Apparat zu.

Zu meiner größten Verblüffung hörte ich jedoch, nachdem Gretchen die Tür geöffnet hatte, im Vorzimmer ein Gemurmel von Stimmen, dann ein leises Klopfen am Eingang zu meinem Sanktum, gefolgt von dem Erscheinen einer großgewachsenen Dame, die ich ganz gewiß noch nie in meinem Leben gesehen hatte.

Ihr Gesicht war von einem dichten dunklen Schleier verhüllt, ihr Gewand von der gleichen düsteren Farbe, so daß ich daraus schloß, sie müsse Witwe sein. Mit entschlossenem, energischem Schritt trat sie herein, warf einen Blick um sich, setzte sich dann ganz ruhig auf das Sofa zwischen die Voltasche Säule und meinem Reagenzienbehälter – und dies alles, ohne ein Wort zu verlieren oder überhaupt von meiner Anwesenheit Notiz zu nehmen.

»Guten Abend, gnädige Frau«, bemerkte ich, als ich mich etwas gefaßt hatte.

»Doktor, würden Sie mir einen Gefallen tun?« erwiderte sie darauf brüsk, mit einer rauhen Stimme, die gut zu ihrer hageren, eckigen Gestalt paßte.
»Gewiß, gnädige Frau«, entgegnete ich in meiner gewandtesten Art. Ein Mädchen in Heidelberg pflegte zu sagen, daß ich manchmal etwas Faszinierendes hätte. Das war natürlich nur ein Scherz, aber irgendwie mußte sie doch drauf gekommen sein, sonst hätte sie es ja nicht gesagt.
»Was kann ich für Sie tun?« fragte ich.
»Sie können einmal Ihre Bedienstete fortschicken, die an der Tür horcht.«
In diesem Augenblick ertönte, bevor ich weder Hand noch Fuß bewegen konnte, von draußen ein wüstes Gepolter, gefolgt von einem schrecklichen Krach und einem langgezogenen Schrei. Es war klar, daß meine unglückliche Haushälterin bei ihrem Versuch, einer Entdeckung zu entgehen, die Stiege hinuntergekollert war. Ich wollte schon aufstehen, aber die Unbekannte hielt mich zurück.
»Lassen Sie das«, sagte sie. »Kommen wir zum Geschäftlichen.«
Ich neigte den Kopf, um zu zeigen, daß ich ganz Ohr war.
»Es geht darum«, fuhr sie fort, »daß ich Sie, Herr Doktor, ersuchen möchte, mit mir zu kommen und einen Kranken zu untersuchen.«
»Meine liebe gnädige Frau«, gab ich zurück, »ich übe seit langem keine ärztliche Praxis mehr aus. Sie brauchen aber nur diese Straße weiterzugehen, dann kommen Sie zu der Praxis von Dr. Benger, der ein äußerst tüchtiger Mann ist und Sie sicher gern begleiten wird.«
»Nein, nein«, rief die Dame in größter Aufregung. »Sie oder keiner! Sie oder keiner! Mein armer teurer Gatte hat mir noch beim Abschied nachgerufen, daß Otto von Spee der einzige wäre, der ihn dem Grabe entreißen könnte. Es

wird ihnen allen das Herz brechen, wenn ich ohne Sie zurückkomme. Außerdem sagten auch die Professoren im Krankenhaus, daß Sie der einzige Mann in Europa seien, der damit umgehen könne.«

Nun hatte ich mich zwar völlig der Forschung gewidmet, war aber nichtsdestoweniger immer schon der Überzeugung gewesen, daß ich einen erstklassigen praktischen Arzt abgegeben hätte. Es war wirklich ungemein befriedigend zu hören, daß selbst medizinische Kapazitäten diese Meinung teilten und einen seltenen Fall meinem Urteil unterwerfen wollten. Je länger ich aber darüber nachdachte, um so eigenartiger kam mir die Sache vor. »Sind Sie sicher?« fragte ich.

»O ja, ganz sicher.«

»Aber ich bin Spezialist – ich bin Erforscher von Sprengstoffen. Ich habe nur sehr wenig praktische Erfahrung. Was fehlt denn Ihrem Herrn Gemahl?«

»Er hat einen Tumor.«

»Einen Tumor? Ich verstehe nichts von Tumoren.«

»Ach, kommen Sie, lieber Herr Doktor von Spee! Kommen Sie, und sehen Sie ihn sich an!« flehte die Dame, zog ein Taschentuch aus ihrer Tasche und begann haltlos zu schluchzen.

Das war zuviel. Ich führte das Leben eines einsamen Hagestolzes und hatte noch nie eine Frau weinen sehen.

»Gnädige Frau«, sagte ich, »es wird mir ein Vergnügen sein, Sie zu begleiten.«

Den Moment, da mir die Worte entschlüpft waren, bereute ich sie auch schon. Das wilde Heulen des Windes im Kamin brachte mir die Unbilden der Witterung wieder zu Bewußtsein. Doch ich hatte mein Wort gegeben, jetzt gab es keinen Ausweg mehr. Ich versuchte also, ein fröhliches Gesicht zu machen, und verließ den Raum, während Gretchen

mir einen Schal um den Hals schlang und mich überhaupt einpackte, so gut sie konnte.
Was konnte denn an diesem Tumor sein, so überlegte ich, daß die erfahrenen Chirurgen auf meiner Diagnose bestanden – wo ich doch mehr Artillerist als Arzt war? War das Gewächs vielleicht von derart steiniger Härte, daß kein Messer es entfernen konnte und man es daher wegsprengen mußte? Die Vorstellung war so komisch, daß ich kaum das Lachen verbeißen konnte.
»Nun, gnädige Frau«, sagte ich bei der Rückkehr in mein Arbeitszimmer, »ich stehe zu Ihrer Verfügung.« Bei diesen Worten stieß ich gegen die elektrische Maschine und verursachte eine geringfügige Transmission von Strom über die Verbindungskabel, so daß die Unterwassermine mit lautem Knall explodierte und eine kleine Wassersäule in die Luft jagte. Nun war ich zwar an derartige Zwischenfälle gewöhnt, muß aber doch gestehen, daß mich die Plötzlichkeit der Explosion nicht wenig erschreckte. Mein Gast blieb dagegen vollkommen unerschüttert auf dem Sofa sitzen, erhob sich dann ohne das geringste Zeichen von Überraschung oder Erregung und verließ den Raum.
»Sie hat die Nerven eines Grenadiers«, rief ich im Geiste aus, während ich ihr auf die Straße folgte.
»Ist es weit?« fragte ich, als wir jetzt in den Sturm schritten.
»Nicht sehr weit«, antwortete sie, »und ich habe mir außerdem erlaubt, einen Wagen für Sie bereitzuhalten, damit sich Herr Doktor nicht erkälten. Ah, da ist er ja.«
Bei ihren letzten Worten kam eine geschlossene Kutsche in voller Fahrt um die Ecke und blieb dann neben uns stehen.
»Hast du Otto von Spee?« fragte ein Mann mit einem fahlen Gesicht, ließ das Fenster herab und steckte den Kopf heraus.

»Ja, hier ist er.«
»Dann schmeiß ihn rein.«
Zuerst war ich geneigt, diesen Ausdruck als scherzhaft gemeint aufzufassen, doch mein Besuch belehrte mich bald eines Besseren, indem er mich am Kragen packte und mit einer, wie mir schien, übermenschlichen Kraft ins Innere des Wagens schleuderte. Ich fiel auf den Boden, wurde aber von dem Mann auf den Sitz hochgezogen, während mein Besuch ebenfalls in die Kutsche sprang und die Tür zuschmetterte, worauf die Pferde in mörderischem Galopp davonrasten.
Im Zustand äußerster Verblüffung lehnte ich mich zurück, kaum begreifend, was vorgefallen war. Drinnen in der Kutsche war es stockdunkel, aber ich konnte meine beiden Weggenossen leise miteinander flüstern hören. Einmal versuchte ich zu protestieren und verlangte eine Erklärung ihres seltsamen Verhaltens, aber ein drohendes Knurren und eine rauhe Hand, die sich auf meinen Mund legte, warnten mich, besser zu schweigen. Aber ich war doch weder ein reicher Mann, noch hatte ich bedeutende Freunde, noch war ich ein Politiker. Was also konnten diese Leute im Schilde führen, wenn sie mich auf so umständliche Art entführten? Je mehr ich darüber nachdachte, um so mysteriöser kam mir die Sache vor.
Einmal blieben wir kurz stehen, und ein dritter Mann stieg in die Kutsche, der sich ebenfalls besorgt erkundigte, ob man Otto von Spee geschnappt habe, und die bejahende Antwort mit hörbarer Befriedigung aufnahm. Nach diesem Halt ratterten wir noch schneller dahin als zuvor, so daß die Kutsche von einer Seite auf die andere schwankte und das Getrappel der Pferdehufe das Heulen des Sturms übertönte. Mir schien es, als wären wir durch jede einzelne Straße von Berlin gefahren, bis der Kutscher mit einem

jähen Ruck hielt und meine Kidnapper mir bedeuteten, ich möge aussteigen.
Kaum fand ich Zeit, mich umzusehen und dabei festzustellen, daß wir uns in einer engen Straße in einem ärmlichen Viertel der Stadt befanden. Vor uns ging eine Tür auf, und die beiden Männer führten mich hinein, während das herkulische Frauenzimmer uns folgte und damit wirksam jede Aussicht auf Flucht vereitelte.
Wir gingen durch einen langen Gang oder Korridor, der schwach erleuchtet war von zwei zuckenden Lämpchen, deren matter gelber Schein die Finsternis rundum nur zu verstärken schien. Nach etwa zwanzig Metern oder mehr kamen wir zu einer schweren Tür, die uns den Weg versperrte. Einer meiner Bewacher versetzte ihr mit dem Stock, den er in der Hand hielt, einen Schlag, der ein metallisches Dröhnen auslöste, worauf die Tür aufging und hinter uns wieder zuschnappte.
An diesem Punkt unternahm ich es noch einmal, stehenzubleiben und von meinen Entführern eine Erklärung zu verlangen. Als einzige Antwort versetzte mir jedoch das Individuum hinter mir einen Stoß, der mich durch eine halboffene Tür in ein gemütliches kleines Zimmer beförderte. Meine Bewacher folgten mir etwas gemächlicher nach, drehten den Schlüssel im Schloß, setzten sich und bedeuteten mir, das gleiche zu tun.
Der Raum, in dem wir uns befanden, war klein, aber elegant eingerichtet. Im offenen Kamin knisterte ein Feuer, und die hellen Farben der hübschen Möbel und bunten Teppiche verliehen ihm ein fröhliches Aussehen. Allerdings vermochten es die Bilder an der Wand, diese Wirkung gänzlich aufzuheben, denn jedes einzelne von ihnen stellte ein unerfreuliches oder gar mörderisches geschichtliches Ereignis dar. Einige hingen zu weit weg, als daß ich

die Inschrift hätte lesen können, doch einem Gelehrten, wie ich einer bin, waren fast alle Vorwürfe bekannt. Da war der wahnsinnige Schtaps im Garten, bei seinem Attentat auf Napoleon I.; darüber hing eine Skizze von Orsini mit seiner feigen Bombe, wie er unter den Umstehenden in der Oper schweigend wartet; auf einem Sockel in der Ecke stand eine Statue von Ravaillac, während ein großes Ölgemälde, das die Erwürgung des unglücklichen Kaisers Paul in seinem Schlafgemach abbildete, eine ganze Wand des Zimmers einnahm.

Diese Dinge trugen nicht dazu bei, meine Laune zu heben, und auch die Erscheinung meiner drei Gefährten war nicht dazu angetan. Ich hatte schon mehrmals am Geschlecht jenes Individuums gezweifelt, das mich aus meinem gemütlichen Heim gelockt hatte, aber jetzt war der Schleier zurückgeschlagen, und zum Vorschein kam ein dunkler Schnurrbart in einem sonnenverbrannten Gesicht, dazu zwei unheimliche, stechende Augen, die mir bis auf den Grund der Seele zu dringen schienen. Von den beiden anderen war der eine hager und leichenblaß, der andere unscheinbar, mit ungepflegtem Bart und ungesunder Gesichtsfarbe.

»Herr Doktor von Spee, es tut uns sehr leid, daß wir uns zu dieser Maßnahme gezwungen sahen«, sagte das zuletzt erwähnte Individuum, »aber leider hatten wir keinen anderen Weg, um uns des Vergnügens Ihrer Gesellschaft zu versichern.«

Ich machte eine leichte Verbeugung – die, so fürchte ich, etwas verdrießlich ausfiel.

»Ich muß mich entschuldigen für die kleinen Freiheiten, die ich mir erlaubte, besonders aber, weil ich Ihnen leider die Freude über den Anblick jenes bemerkenswerten Tumors meines Gatten versagen muß«, sagte mein erster Bekannter.

Ich dachte an die Art, wie er mich wie eine leere Reisetasche herumgeschleudert hatte, und meine Verbeugung fiel noch etwas steifer aus als zuvor.
»Meine Herren, ich darf annehmen«, bemerkte ich, »daß Sie, nachdem Ihr Scherz so offensichtlich glänzend gelungen ist, mir gestatten, wieder zu meinen durch Sie unterbrochenen Studien zurückzukehren.«
»Nicht so schnell, Herr Doktor – nicht so schnell«, sagte der Großgewachsene und erhob sich. »Bevor Sie uns verlassen, erwarten wir von Ihnen noch einen kleinen Dienst: nicht mehr und nicht weniger, als daß Sie einigen wissensdurstigen Herren eine Vorlesung über Ihr ureigenstes Spezialgebiet halten. Darf ich Sie bitten, mir zu folgen?«
Damit ging er zu einer Wandtür in der Farbe der Tapete und hielt sie einladend auf. Widerstand war zwecklos, denn auch die beiden anderen hatten sich jetzt erhoben und standen links und rechts von mir. Ich beugte mich der Übermacht und schritt in der angezeigten Richtung hinaus.
Wir durchquerten einen zweiten Gang, der etwas kürzer als der erste war, dafür aber viel heller erleuchtet. An seinem Ende hing ein schwerer Samtvorhang vor einer Falttür aus grünem Fries. Diese wurde aufgeschoben, und ich fand mich zu meiner Verblüffung in einem großen Saal, in dem sich eine beträchtliche Menschenmenge versammelt hatte. In langen Reihen saßen sie da, die Augen auf eine erhöhte Plattform am einen Ende des Raumes gerichtet, auf der sich ein einzelner Stuhl befand sowie ein kleiner runder Tisch mit verschiedenen Gegenständen darauf.
Meine Gefährten schoben mich hinein. Unser Eintritt wurde mit starkem Applaus begrüßt. Es war klar, daß wir erwartet wurden, denn eine allgemeine Bewegung der Spannung durchlief jetzt die Menge. Ich sah sie mir an und

erkannte, daß die meisten wie Handwerker oder Arbeiter gekleidet waren. Es gab aber auch einige in anständiger, ja sogar modischer Kleidung, und ein paar blaue Röcke mit vergoldeten Achselklappen verrieten ihre Träger als Offiziere in der Armee. Ihre Nationalitäten schienen kaum weniger verschieden als ihre Berufe. Ich sah teutonische Langschädel, das runde, gelockte Cranium des Kelten und die vorstehenden Backenknochen und wilden Züge des Slawen. Fast kam ich mir wie im Gipsschädelkabinett des anthropologischen Museums meines Freundes Landerstein vor.

Man ließ mir allerdings nicht viel Zeit für Verwunderung und Überlegung. Einer meiner Bewacher führte mich quer durch den Saal, und schließlich fand ich mich vor dem Tisch auf der erhobenen Tribüne, den ich schon beschrieben habe. Mein Erscheinen an diesem Ort war das Signal für eine neue Runde Applaus, welche mit Händeklatschen und dem Getrommel von Stöcken auf dem Boden eine gute Weile dauerte.

Als der Applaus verebbte, schritt der Hagere, der mit mir in der Kutsche gekommen war, zur Tribüne und richtete ein paar Worte an die Zuhörer. »Meine Herren«, sagte er, »wie Sie sehen, ist es dem Komitee gelungen, sein Versprechen zu halten und den berühmten Doktor Otto von Spee zu einem Vortrag zu bewegen.« Hier setzte erneut Applaus ein.

»Doktor«, fuhr er, zu mir gewendet, fort, »ich glaube, wir schulden Ihnen ein paar Worte der Erklärung. Sie sind überall bekannt als Autorität auf dem Gebiet der Sprengstoffe. Nun nehmen alle diese Herren hier und auch ich selbst großes Interesse an diesem Thema und würden gern Ihre Ansichten dazu hören. Ganz besonders liegt uns daran, von Ihnen klare und präzise Anleitungen bezüglich der

Herstellung von Dynamit, Schießbaumwolle und von anderen derartigen Substanzen zu erhalten, da wir bei der Besorgung dieser Dinge für unsere Experimente hin und wieder auf Schwierigkeiten stoßen. Sie werden uns auch über die Wirkung von Temperaturschwankungen, Wasser und von anderen Einflüssen auf diese Substanzen aufklären, ebenso, wie man sie am besten lagert und wie man sie mit größter Wirkung einsetzt. Wir für unseren Teil werden aufmerksam zuhören und Sie zuvorkommend behandeln, solange Sie nur keinen Versuch machen, nach Hilfe zu rufen oder uns zu entfliehen. Sollten Sie dagegen unverständig genug sein, das eine oder das andere zu tun, so würden Sie« – und dabei klopfte er gegen seine Rocktasche – »mit Projektilen ebenso innig vertraut werden, wie Sie es bereits mit Sprengstoffen sind.« Ich könnte nicht behaupten, daß ich von diesem Scherz sehr angetan war, aber das Publikum schien ihn sehr gut aufzunehmen.
»Ich möchte den Ausführungen unseres gelehrten Herrn Präsidenten noch ein paar Worte hinzufügen«, sagte ein kleiner Mann, sich aus der ersten Reihe der Zuhörerschaft erhebend. »Ich habe auf diesem Tisch alle Materialien bereitgestellt, deren ich eben habhaft werden konnte, damit der gelehrte Herr Doktor seinen Vortrag mit jenen Experimenten illustrieren kann, die er für nötig findet. Abschließend möchte ich ihn noch ersuchen, langsam und deutlich zu sprechen, da einige seiner Zuhörer nur unvollkommen mit der deutschen Sprache vertraut sind.«
Da hatte mich mein bekanntes Pech wieder einmal erwischt, und zwar so heftig wie noch nie! Zu einer Zeit, da Walderich und jeder andere flotte Kerl in Berlin friedlich in seinem Bett schnarchten, da hielt ich – ich, Doktor Otto von Spee, der zurückgezogene Mann der Wissenschaft – einen Vortrag vor einer verbrecherischen Geheimgesell-

schaft, denn nichts anderes konnte mein Publikum sein, und lehrte sie, jene Waffen zu schmieden, mit denen sie die Gesellschaft und alles, was hochgehalten und verehrt werden sollte, anzugreifen planten. Und noch dazu in einer solchen Nacht! Sollte ich es denn wirklich in ihre Hand legen, ein Haus in ein Waffenlager zu verwandeln, die Stabilität meines Vaterlandes zu zerbrechen, ja sogar vielleicht das Leben meines geliebten Kaisers zu bedrohen? Nimmermehr – das schwor ich! Nimmermehr!

Die meisten kleinen Männer, die eine Brille tragen, sind dickköpfig. Ich bin ein kleiner Mann mit Brille, und ich bin keine Ausnahme von dieser Regel. Ich preßte die Zähne zusammen und fühlte, daß *ruat coelum* kein Wort über meine Lippen kommen sollte, das ihnen im geringsten von Nutzen wäre. Ich würde mich nicht weigern, einen Vortrag zu halten, aber ich war entschlossen, genau jene Punkte zu vermeiden, über die sie besondere Aufklärung wünschten.

Man ließ mir nicht viel Zeit zum Nachdenken. Ein drohendes Gemurmel und lautes Füßescharren zeigten an, daß das Publikum ungeduldig wurde. Ich muß allerdings sagen, daß einige von ihnen mir offenbar recht freundlich gesinnt waren, besonders ein rundliches Individuum von ausgeprägt keltischem Typ, das nicht nur über sein ganzes rosiges Gesicht strahlte, sondern auch gelegentlich mit den Armen Gesten in meine Richtung machte, die mir offenbar Mitgefühl zeigen und Mut machen sollten.

Ich trat an den Tisch heran, der ganz bedeckt war mit Dingen, die man wohl mit meinem Spezialgebiet in Zusammenhang brachte. Einige davon waren recht merkwürdig: ein Brocken Salz, ein eiserner Teekessel, ein Stück einer zerbrochenen Radnabe und ein großer Küchenblasebalg. Andere waren schon passender, wie etwa ein Stück Schießbaumwolle, das sicher seine zwei Pfund wog, ungehechelte

Baumwolle, Stärke, verschiedene Säuren, ein Bunsenbrenner, Röhren mit Quecksilberfulminat, etwas Dynamitpulver und ein großer Krug Wasser. Es gab auch eine Karaffe mit einem Glas für meinen eigenen Gebrauch, sollte ich mich danach fühlen.

»Meine Herren«, begann ich, mit vielleicht einem leisen Zittern in der Stimme, »wir sind heute abend in der Absicht hier zusammengekommen, das Dynamit und andere Sprengstoffe zu studieren.« Das ging mir ganz natürlich über die Lippen, da dies die stereotype Wendung war, mit der ich meine Vorträge am Volksbildungsheim meistens einleitete. Mein Publikum schien das aber sehr zu erheitern, besonders der rosige Kelte wand sich vor Bewunderung und Vergnügen. Selbst jene furchterregende Gestalt, die sie den Präsidenten genannt hatten, ließ sich zu einem Lächeln der Zustimmung herab und bemerkte, daß ich mich den Umständen offenbar gut anpaßte.

»Diese Stoffe«, fuhr ich fort, »besitzen eine ungeheure Kraft, die entweder zum Guten – oder aber zum Bösen genutzt werden kann. Zum Guten, wenn es um den Abbau von Gestein geht, um die Beseitigung von Hindernissen für die Schiffahrt oder die Zerstörung von Häusern während einer Feuersbrunst. Zum Bösen –«

»Ich schlage vor, daß Sie zu etwas Praktischerem übergehen«, warf der Präsident grimmig ein.

»Wenn man Stärke in bestimmte Flüssigkeiten taucht«, nahm ich meinen Vortrag wieder auf, »dann erweist sie sich als leicht explosiv. Ein gelehrter Landsmann von uns, der Chemiker Schönbein, wurde auf diesen Umstand aufmerksam und fand, daß Baumwolle, auf ähnliche Weise behandelt, diesen Effekt ungeheuer vergrößert. Schönbein war hoch geschätzt von seinen Zeitgenossen, seinem Vaterland ergeben und loyal –«

»Weiter!« sagte der Präsident.

»Wenn man Baumwolle also in dieser Weise behandelt«, fuhr ich fort, »dann erhöht sich ihr Gewicht um circa 80%. Diese Substanz ist empfänglicher für Temperaturerhöhungen als Schießpulver; sie entzündet sich bei 300 ° Fahrenheit, letzteres aber erst bei 560 °. Schießbaumwolle kann auch durch einen Schlag entzündet werden, was bei einer Mischung aus Kohlenstoff, Schwefel und Salpeter nicht der Fall ist.«

Hier erhob sich unter den Zuhörern drohendes Gemurre, und der Präsident unterbrach mich zum dritten Mal.

»Diese Herren beschweren sich«, sagte er, »daß Sie ihnen kein klares Bild darüber geben, wie diese Substanz hergestellt wird. Wenn Sie bitte diesen Punkt weiter ausführen würden.«

»Ich habe nichts Weiteres dazu zu sagen«, erwiderte ich. Wieder dieses drohende Gemurmel, und dann holte der Präsident etwas aus seiner Rocktasche und spielte ganz beiläufig damit. »Ich glaube, Sie sollten sich Ihre Entscheidung noch einmal überlegen«, bemerkte er dann.

Die meisten kleinen Männer mit Brille sind ängstlich. Wieder war ich keine Ausnahme von dieser Regel. Ich muß leider gestehen, daß die Gefahr für mein Vaterland, ja sogar für meinen Kaiser mir gar nicht mehr recht bewußt war. Ganz deutlich aber war mir, daß ich, Otto von Spee, am Tor zur Ewigkeit stand. Schließlich, so sagte ich mir, konnten sie das ja alles in jedem Chemielehrbuch selbst nachlesen. Warum sollte mein wertvolles Leben um einer solchen Lappalie willen geopfert werden? Ich nahm meinen Vortrag wieder auf, und zwar mit einigermaßen unwürdiger Hast.

»Schießbaumwolle wird erzeugt, indem man Putzwolle in Salpetersäure taucht. Die Explosion wird dadurch hervorgerufen, daß der Sauerstoff der Säure sich mit dem Kohlenstoff der Wolle vermengt. Nach der Herstellung ist eine gründliche Reinigung mit Wasser vonnöten, da sonst die überschüssige Salpetersäure direkt auf die Wolle einwirkt, sie verätzt und schließlich in eine klebrige Masse verwandelt. Im Verlauf dieses Prozesses entsteht oft genügend Hitze, um die Baumwolle zur Explosion zu bringen, es ist also gefährlich, die Reinigung zu versäumen. Danach läßt sich die Feuchtigkeit mit etwas Schwefelsäure entfernen, und damit ist der Stoff zur Verwendung bereit.«

An diesem Punkt meines Vortrags gab es starken Applaus, verschiedene Zuhörer machten sich sogar Notizen.

Während ich sprach, hatte ich den Saal gründlich nach etwaigen Fluchtmöglichkeiten untersucht. Das Podium, auf dem ich stand, reichte bis zur Seitenwand, die ein Fenster hatte. Das Fenster war halb offen; falls es mir gelänge, es zu erreichen, dann befand sich darunter, soviel ich sehen konnte, ein verwildert aussehender Garten, der vielleicht auf eine Straße führte. Keiner konnte mir den Weg zum Fenster abschneiden, aber da war auch noch die tödliche Waffe, mit der mein leichenblasser Freund noch immer spielte. Er saß auf der anderen Seite; der Tisch könnte mich bei einem Ausbruchsversuch teilweise decken. Hatte ich genug Mut zu einem solchen Fluchtversuch? Jetzt noch nicht, jedenfalls.

»General von Link«, fuhr ich fort, »der österreichische Artillerist, ist einer unserer führenden Experten für Schießbaumwolle. Er hat damit in Feldgeschützen experimentiert, aber –«

»Lassen wir das«, unterbrach mich der Präsident.

»Nach ihrer Herstellung läßt sich Schießbaumwolle unter Wasser komprimieren. In gepreßtem Zustand ist dieser Stoff völlig sicher und kann nicht zur Explosion gebracht werden. Dieses Muster, das wir hier auf dem Tisch haben, ist nicht komprimiert. Feuchte Baumwolle reagiert auch auf größte Hitze nicht. In einem Experiment in England wurde ein Lagerhaus mit Schießbaumwolle niedergebrannt, ohne daß es zu einer Explosion gekommen wäre. Wenn aber eine Ladung Knallquecksilber oder ein kleines Stück trockener Baumwolle in Verbindung mit einer feuchten Scheibe entzündet wird, dann genügt das zur Entladung. Ich werde Ihnen das nunmehr anhand eines Experiments zeigen.«

Mir war eine Idee gekommen. Auf dem Tisch lag eine Mischung aus Zucker und Potassiumchlorat, das man mit Schwefelsäure gern als Zündung im Bergbau einsetzt. Auch ein Fläschchen mit dieser Säure fand sich hier. Ich wußte, daß die unvollständige Verbrennung dieser beiden Stoffe eine dichte weiße Rauchwolke erzeugt. Konnte ich diese als einen Vorhang benutzen, der mich vor der Waffe des Präsidenten verbarg?

Im ersten Augenblick schien der Plan verrückt und undurchführbar, bot aber doch immerhin eine Möglichkeit zur Flucht. Aber je mehr ich darüber nachdachte, um so plausibler erschien er mir. Doch selbst wenn ich sicher im Garten landete, dann konnte dieser sich ja immer noch als Sackgasse erweisen, in der mich meine Verfolger leicht fingen. Andererseits hatte ich keinerlei Garantie, daß ich nach Beendigung des Vortrags nicht ohnehin umgebracht würde. Nach allem, was ich von den Gepflogenheiten solcher Männer wußte, war dies sogar sehr wahrscheinlich. Da riskierte ich lieber – aber nein, lieber nicht daran denken, was ich eigentlich riskierte.

»Ich werde Ihnen jetzt die Wirkung von Knallquecksilber auf ein kleines Stück feuchter Baumwolle zeigen«, sagte ich, schüttete den Zucker und das Potassiumchlorat auf den Tischrand und schob das große Baumwollstück ans andere Ende, um mich vor den Auswirkungen der Explosion zu schützen.

»Beachten Sie bitte, daß der Umstand, daß der Stoff in Wasser getaucht wurde, die Reaktion in keiner Weise behindert.« Mit diesen Worten goß ich Schwefelsäure über die Mixtur, ließ die Flasche fallen und floh hinter einer undurchdringlichen Rauchwolke zum Fenster.

Die meisten kleinen Männer mit Brille sind nicht besonders behende. Ha! Hier wenigstens erwies ich mich als Ausnahme. Mein Fuß schien zwischen dem Verlassen des Tisches und dem Sprung durch das Fenster den Boden kaum zu berühren, so wie jene Kunstreiter, die im Zirkus durch Reifen fliegen. Ich war schon mitten im Garten, bevor der scharfe Knall, auf den ich wartete, im Saale hinter mir ertönte, und dann –

Ja – was dann? Wie kann ich je hoffen, das beschreiben zu können? Es gab ein leises, dumpfes Grollen, daß die Erde bebte, und wurde lauter und immer lauter, bis ein Donnergetöse den Himmel aufzureißen schien. Flammen tanzten vor meinen Augen, brennendes Holz, Steine und Trümmer prasselten rund um mich herab, und während ich noch bestürzt um mich blickte, empfing ich einen gewaltigen Schlag auf den Kopf und stürzte zu Boden.

Wie lange ich bewußtlos lag, ist schwer zu sagen. Sicherlich eine ganze Weile, denn als ich wieder zu mir kam, lag ich zu Hause auf dem Bett in meinem eigenen kleinen Zimmer, während das treue Gretchen mir die Schläfen mit Essigwasser wusch. Im Türrahmen standen zwei stämmige Polizisten, die mit ihren behelmten Köpfen nickten und grinsend ihre Freude darüber zum Ausdruck brachten, daß ich zu Bewußtsein kam.

Es dauerte noch etwas länger, bis ich mich an irgend etwas

erinnern konnte. Doch dann fiel mir mein mysteriöser Besucher wieder ein, die wilde Fahrt durch den Sturm, der Stegreifvortrag über Dynamit und schließlich dieser merkwürdige, unerklärliche Unfall. Merkwürdig erscheint mir dies alles auch jetzt noch, aber wenn man bedenkt, daß der Tisch sich zwischen mir und der Kugel befand, auf dem Tisch aber zwei Pfund Schießbaumwolle, die sich durch einen Schuß entzünden ließ, dann brauchen wir nicht lange nach einer Erklärung zu suchen. Ich habe seither einmal eine Pistole aus einiger Entfernung in ein kleines Muster der gleichen Substanz abgefeuert und dabei ein durchaus vergleichbares Ergebnis erzielt.
Und wo war das Haus, werden Sie fragen, und was war das Schicksal seiner Insassen? Ah! – darüber sind mir die Lippen versiegelt. Die Polizei unseres Vaterlandes ist tüchtig und schlau, und sie hat mir befohlen, über diese beiden Punkte nichts zu verraten – nicht einmal meinem besten Freunde. Ohne Zweifel hat die Polizei ihre Gründe, und ich muß gehorchen. Vielleicht möchte sie andere Verschwörer in dem Glauben lassen, es sei mehr herausgefunden worden, als dies wirklich der Fall war. Immerhin darf ich sagen, daß es weder einem langen Leben noch einer guten Gesundheit dienlich ist, bei solchen Anlässen dabeizusein; dagegen hat wohl niemand etwas einzuwenden.
Ich bin jetzt fast genesen, dank Gretchens Fürsorge und Dr. Bengers ärztlicher Kunst, der ja glücklicherweise ganz in der Nähe wohnt. Ich humple bereits herum, und meine Nachbarn beschweren sich schon wieder über die giftigen Dämpfe, die ich erzeuge. Allerdings fürchte ich, daß jener mitternächtliche Vortrag über Dynamit meine Begeisterung für Sprengstoff etwas gedämpft hat. Der Gegenstand hat viel von seinem Reiz für mich verloren. Mag sein, daß ich, wenn etwas Zeit vergangen ist, wieder zu meiner ersten

Liebe zurückkehre; vorläufig jedoch befasse ich mich als zurückgezogener Privatdozent mit einfacheren Bereichen der Chemie. Aber gerade diese Stille und Zurückgezogenheit läßt mich schon wieder Böses ahnen. Ich fürchte, daß das nächste unerwartete Abenteuer nicht mehr fern ist. In einem Punkte allerdings steht mein Entschluß unerschütterlich fest: Sollten auch sämtliche Verwandte, die ich auf dieser Welt besitze, dazu die Kaiserliche Familie und die halbe Einwohnerschaft von Berlin vor meiner Tür um ärztlichen Beistand flehen, ich werde niemals wieder meinen Kopf nach Einbruch der Dunkelheit aus der Tür stecken. Ich bin zufrieden, mein eigenes kleines Feld zu beackern, und habe für immer den Anspruch aufgegeben, als praktischer Arzt zu gelten; ein Anspruch, den ich bis zu jenem Weihnachtsabend noch hegte.

Gnadenlose Rache

Guy Boothby

Guy Boothby (1867–1905) war ein junger Australier, der rasch zum Erfolg gelangte und ein äußerst produktiver Schriftsteller wurde. Nach dem reißenden Absatz seines ersten Buches, *On the Wallaby*, ein Bericht über seine Reise durch Australien im Jahre 1892, zog er nach England, wo er für Ward Lock und das Magazin *Windsor* eine Reihe spannungsgeladener, temporeicher Geschichten schrieb. Seine bekannteste Schöpfung war der geheimnisvolle Dr. Nikola, der in fünf Romanen als Hauptfigur auftrat. »Gnadenlose Rache« erschien in Boothbys Sammlung *Uncle Joe's Legacy* (1902).

Um jene anschauliche Redensart aus der Südsee zu gebrauchen, ich hatte das Pech, daß ich im Laufe meines Lebens an mehreren Orten dieser Welt »gestrandet« bin. Nun gibt es Leute, die behaupten, es wäre schlimmer, am Trafalgar Square zu stranden als, sagen wir, in Honolulu oder Rangun. Dies sei dahingestellt. Jedenfalls habe ich niemals eine schlimmere Zeit durchgemacht als die, von der ich jetzt erzählen werde. Ich hatte als Besatzungsmitglied eines kleinen amerikanischen Postschiffs von San Francisco aus den Pazifik überquert, war in Hongkong von Bord gegangen und auf einem Kohlenschiff weiter nach Singapur gefahren. Da es dort nicht sehr rosig für mich aussah, musterte ich auf einem holländischen

Kahn an, der nach Batavia unterwegs war. Ich hatte nämlich vor, mich als Hilfsarbeiter und Matrose bis nach Australien durchzuschlagen. Gleich nach meiner Ankunft in Batavia wurde ich jedoch krank, und das bißchen Geld, das ich mit Müh und Not zusammengekratzt hatte, schmolz dahin wie Schnee in der Mittagssonne. Ich stand mit dem Rücken zur Wand. Selbst wenn es einen Interessenten gegeben hätte, hatte ich ja nichts zu verkaufen, und schreckliche Visionen von holländischen Zuchthäusern drängten sich mir in den Sinn.
Es war am Abend des 23. Dezembers – eine Nacht, wie man sie zu Hause in England todsicher nicht hatte. Nicht eine Wolke hing am Himmel, und die Sterne leuchteten wie die Laternen am Themseufer, wenn man von der Waterloo-Brücke aus schaut. Ich saß gerade auf der mit Ziegeln gepflasterten Hotelveranda, rauchte eine Zigarre und fragte mich dabei, wie ich die Rechnung bezahlen sollte, da kam ein Mann durch das Tor. Er ging durch den Garten und über die Veranda direkt auf mich zu. Ich merkte, daß er nicht nur sehr groß und breitschultrig war, sondern auch, daß er sich wie ein Mann gebärdete, der gern nach seiner eigenen Fasson lebt und dies in der Regel sogar schafft.
Wer mag das wohl sein, dachte ich, und rechnete nicht damit, daß er bei mir stehenbleiben, sondern weiter zum Empfangsschalter gehen würde. Darum kann man sich vielleicht denken, wie erstaunt ich war, als er von der Wand einen Stuhl heranzog und sich neben mich setzte.
»Guten Abend«, sagte er so gelassen, wie andere vielleicht einen Bekannten in einem Bus begrüßen.
»Guten Abend«, erwiderte ich im gleichen Tonfall.
»Sie heißen doch Frank Riddington, wenn ich nicht irre?«
Sein Verhalten blieb ruhig und gefaßt wie zuvor.

»Ich glaube schon«, antwortete ich. »Aber darf man fragen, woher Sie das wissen?«
»Das ist augenblicklich Nebensache. Ich habe eine Nachricht für Sie ...« Er schwieg einen Moment und zog versonnen an seiner Zigarre. »Ich weiß nicht, ob Sie sich darüber im klaren sind, daß man in diesem Hotel ein reizendes kleines Komplott gegen Sie schmiedet. Man möchte Sie nämlich hinauswerfen, und das schon morgen früh«, fuhr er fort. »Offenbar findet der Besitzer es unwahrscheinlich, daß Sie Ihre Rechnung je werden begleichen können.«
»Beim Zeus! Da hat er gar nicht so unrecht!« erwiderte ich. »Aber es ist ja Weihnachten, und vermutlich liege ich im Bett und träume. Sie sind bestimmt die gute Fee, die man mir als Retterin geschickt hat.«
Er lachte kurz und schroff.
»Also, wie wollen Sie mich retten?«
»Ich möchte Ihnen ein kleines Geschäft anbieten. Ich brauche Ihre Hilfe, und wenn Sie sie mir geben, bin ich bereit, Ihnen soviel Geld dafür zu zahlen, daß Sie nicht nur Ihre Rechnung begleichen können, sondern auch noch ein bißchen übrigbleibt. Und außerdem könnten Sie Batavia verlassen, falls Sie das möchten.«
»Sofern dieses Geschäft, von dem Sie sprechen, keinen Haken hat, ist die Sache abgemacht«, erwiderte ich. »Also, was soll ich tun?«
Er zog mehrmals an seiner Zigarre.
»Haben Sie schon einmal von General Van der Vaal gehört?«
»Dem Mann, der bis vor kurzem die holländischen Streitkräfte oben in Achin befehligt hat?«
»Derselbe. Vor drei Tagen ist er in Batavia eingetroffen. Sein Haus steht auf der King's Plain, etwa eine Dreiviertelmeile von hier entfernt.«
»Und, was ist mit ihm?«

Mein geheimnisvolles Gegenüber beugte sich ein wenig nach vorn und senkte seine Stimme, während es fortfuhr: »Ich möchte diesen General in die Finger bekommen – und das noch heute nacht!«
Einen Moment lang zweifelte ich an seinem Verstand.
»Bedaure, aber ich fürchte, ich habe nicht ganz begriffen, worum es geht«, sagte ich. »Sie meinen, daß Sie den General entführen wollen?«
»Genau das!« antwortete er. »Ich werde ihn von dieser Insel verschleppen. Warum, brauchen Sie vorerst nicht zu wissen. Ich hätte Sie da auch gar nicht mit hineingezogen, aber mein Partner ist leider erkrankt, und ich mußte einen Ersatz finden.«
»Sie haben sich mir noch nicht vorgestellt«, sagte ich.
»Das hatte ich ganz vergessen«, erwiderte er. »Aber jetzt können Sie es gerne erfahren. Ich bin Captain Berringer!«
Man kann sich meine Überraschung vielleicht vorstellen. Da saß ich Auge in Auge dem berühmt-berüchtigten Captain Berringer gegenüber und plauderte mit ihm – einem Menschen, dessen Taten man von Rangun bis Wladiwostok, von Nagasaki bis Surabaya kannte. Er und sein Bruder, von dem man übrigens schon seit geraumer Zeit nichts mehr gehört hatte, waren der dreistesten Piraterie mehr als verdächtig. Die Holländer kannten das Gespann nur allzugut als Perlenräuber in verbotenen Gewässern. Die Russen hatten ihm gedroht, es wegen Robbendiebstahls in der Beringstraße aufzuknüpfen, während die Franzosen in Tonkin ihm einiges zur Last legten, was den beiden einen beträchtlich langen Aufenthalt garantieren würde, sollten sie sich je wieder in dieser Gegend blicken lassen.
»Nun, was halten Sie von meinem Vorschlag?« fragte er. »Er ist genauso leicht auszuführen, wie es dem Hotel leichtfallen wird, Sie morgen früh auf die Straße zu setzen.«

Das wußte ich sehr wohl, aber ich erkannte auch, daß ich aller Wahrscheinlichkeit nach noch schlimmer dran wäre als zuvor, falls sein Plan ins Auge ginge.

»Wo ist Ihr Schiff?« fragte ich in der Überzeugung, daß er eins in der Nähe hatte.

»Das kreuzt momentan vor der Küste, damit man es nicht erwischt«, sagte er. »Bevor es hell wird, gehen wir an Bord.«

»Sie nehmen mich mit?«

»Das liegt bei Ihnen«, antwortete er.

»Dann komme ich mit! Nach heute nacht wird mir der Boden in Batavia bestimmt zu heiß. Aber zuerst das Geld! Ich muß noch heute abend mit diesem kleinen Teufel von Hotelier abrechnen.«

»Ihre Ehrlichkeit gefällt mir«, sagte er mit höhnischem Grinsen. »Dabei wäre es unter diesen Umständen so leicht, ganz einfach zu verschwinden.«

»Captain Berringer«, entgegnete ich, »ich weiß nicht, was ich heute bin, aber früher war ich einmal ein Gentleman.«

Eine Dreiviertelstunde später war die Rechnung bezahlt, und ich hatte alles dafür arrangiert, um mich Punkt Mitternacht vor dem Harmonic Club mit meinem Auftraggeber zu treffen. Ich sage nicht, daß ich nicht nervös war. Das wäre gelogen. Van der Vaal war als grausam verschrien, und würde er sich als der Stärkere erweisen, dann könnten wir wohl kaum auf Gnade hoffen. Schlag Mitternacht gelangte ich zu unserem Treffpunkt, wo mich der Captain schon erwartete. Dann machten wir uns auf den Weg Richtung King's Plain – wie man sich denken kann, immer dicht im Schatten der Bäume. Wir waren noch nicht weit gekommen, da drückte mir Berringer einen Revolver in die Hand, den ich in meine Tasche steckte.

»Hoffen wir, daß wir unsere Waffen nicht gebrauchen müssen«, sagte er. »Aber der kluge Mann baut vor.«

Als wir über die Mauer gestiegen waren und, immer noch im Schatten von Bäumen, auf das Haus zugingen, hatte ich allmählich genug von diesem Abenteuer, aber jetzt war es zu spät. Es gab kein Zurück, selbst wenn der Captain das erlaubt hätte.

Plötzlich legte er mir eine Hand auf den Arm. »Sein Zimmer ist das letzte auf dieser Seite«, flüsterte er. »Er schläft bei offenem Fenster, und sein Bett steht ganz hinten in der Ecke. Seine Lampe brennt zwar noch, aber hoffen wir trotzdem, daß er schon schläft. Wenn er Alarm schlägt, sind wir beide verloren.«

Ich möchte nicht leugnen, daß ich vor lauter Angst keine Antwort gab, doch hinderte diese Angst mich nicht, ihm in die Baumgruppe unweit der Verandatreppe zu folgen. Dort schlüpften wir aus unseren Stiefeln, trafen unsere Vorbereitungen und schlichen dann mit allergrößter Vorsicht über den Pfad, die Stufen hinauf und in Richtung von Van der Vaals Zimmer. Wir wußten, daß er strengste Disziplin hielt und daß sein Wachmann demzufolge ein Wachmann im wahrsten Sinne des Wortes sein würde.

Die tiefen Atemzüge aus der anderen Ecke des Zimmers verrieten uns, daß unser Opfer bereits fest eingeschlafen war. Ein schwaches Licht von einem Docht, der in einer Schüssel voll Kokosnußöl schwamm, erhellte den Raum und ließ uns ein großes, mit Moskitonetzen verhangenes Bett holländischen Stils erkennen, auf das wir zuschlichen. In ihm lag eine voll ausgestreckte Männergestalt. Ich hob das Moskitonetz, während der Captain sich für das Kommende vorbereitete. Einen Moment später sprang er auf sein Opfer, packte es bei der Kehle und machte es dadurch im Nu kampfunfähig. Ein Knebel war schnell in den Mund gestopft, während ich die Handgelenke festhielt, und in weniger Zeit, als man braucht, um es zu erzählen, war der

General an Händen und Füßen gefesselt, das heißt außerstande, sich zu wehren oder um Hilfe zu rufen.
»Nehmen Sie ein paar von seinen Sachen mit«, flüsterte Berringer und deutete auf einen Stuhl, an dem Kleidungsstücke hingen. »Und dann packen Sie ihn an den Fersen, ich selbst trage ihn bei den Schultern. Aber mucksmäuschenstill, wenn Ihnen Ihr Leben lieb ist!«
In nicht einmal zehn Minuten hatten wir den General über das Grundstück getragen, ihn über die Mauer gehievt und in einem Eingeborenenkarren verstaut, der dahinter schon auf uns wartete.
»Und jetzt zum Tanjong Prick«, sagte der Captain. »Wir müssen noch vor Tagesanbruch aus den Inseln heraus sein.«
An einer vereinbarten Stelle rund vier, fünf Meilen vom Hafen entfernt hielten wir unter einem kleinen Palmenhain.
»Haben Sie immer noch Lust, mich zu begleiten?« fragte der Captain, während wir den leblosen General aus dem Karren hoben und auf den Boden legten.
»Mehr denn je«, antwortete ich. »Java soll mich nie mehr wiedersehen.«
Berringer schaute auf die Uhr. Es war genau halb drei. Eine Sekunde später vernahmen wir vom Strand her ein schrilles Pfeifen.
»Das ist das Boot«, sagte der Captain. »Also los, bringen wir ihn hin!«
Und wir machten uns in die Richtung auf, in die er deutete. Aber erst, als wir neben einer schnittig aussehenden Brigg waren und ich an Bord kletterte, fühlte ich mich irgendwie wohler in meiner Haut.
»Hebt ihn rauf, und bringt ihn nach achtern in die Kajüte!« sagte der Captain zu zwei Matrosen und deutete dabei auf

den ausgestreckt daliegenden General, bevor er sich an den Zweiten Maat wandte: »Segel setzen, und nichts wie weg hier! Folgen Sie mir, Mr. Riddington!«
Ich ging mit ihm hinter den beiden Matrosen, die ihre Last trugen, an Deck entlang und in die Kajüte, wo er dem unglückseligen Mann schließlich die Fesseln löste. Sie waren, weiß Gott, fest genug gewesen, denn als wir ihn befreiten, war er so schwach, daß er sich nicht auf den Beinen halten konnte, sondern auf einen der Stühle neben dem Tisch sank und sich die Hände vors Gesicht schlug.
Schließlich fragte er: »Was hat das zu bedeuten?« und blickte dabei mit einem jämmerlichen Anstrich von Würde zu uns auf. »Warum haben Sie mich hierher gebracht?«
»Das ist rasch erklärt«, sagte der Captain. »Letzte Weihnachten hatten Sie in Achin den Befehl. Erinnern Sie sich noch an einen Engländer namens Bernard Watson, einen Glücksritter, der sich dieser Truppe anschloß?«
»Den habe ich am Weihnachtstag erhängt«, versetzte van Vaal mit einem Anflug seines alten Temperaments.
»Genau«, sagte Berringer. »Und eben deshalb sind Sie heute nacht hier. Er war mein Bruder. Wir werden ›quitt!‹ schreien, wenn Sie am Weihnachtsmorgen an der Rahnock baumeln.«
»Gütiger Himmel, Captain!« rief ich. »Das meinen Sie doch nicht im Ernst?«
»O doch«, antwortete er mit einer Entschlossenheit, die keinen Zweifel offenließ. Der Gedanke daran war allzu schrecklich. Ich wollte es mir gar nicht erst vorstellen, sondern versuchte mir statt dessen einzureden, daß ich mich nie an dieser Sache beteiligt hätte, hätte ich gewußt, worauf sie hinauslief.
Eine Kajüte für den General war bereits vorbereitet, und er wurde umgehend dorthin gebracht. Als die Tür ge-

schlossen war, waren Berringer und ich alleine. Ich beschwor ihn, seinen Entschluß noch einmal zu überdenken. »Ich ändere meine Entschlüsse nie«, entgegnete er. »Der Mann wird übermorgen früh bei Sonnenaufgang an der Rahnock erhängt. Er hat meinen Bruder kaltblütig aufgeknüpft, und das gleiche mache ich mit ihm. Basta. Und jetzt muß ich gehen und nach meinem Maat sehen. Er ist schon eine Woche krank. Wenn Sie Hunger haben, wird der Proviantmeister Ihnen etwas bringen, und falls Sie eine Koje möchten, bitte, bedienen Sie sich.«

Damit machte er auf dem Absatz kehrt und ließ mich allein.

Das war ja eine schöne Bescherung! In Wirklichkeit hatte ich Beihilfe zum Mord geleistet, und falls irgendein Mannschaftsmitglied Berringers einmal Lust bekäme, den Kronzeugen zu spielen, säße ich mir nichts, dir nichts als überführter Meuchler auf der Anklagebank. Vergebens zerbrach ich mir den Kopf, wie ich nicht nur den Mann retten könnte, dessen Leben keinen Penny mehr wert war, sondern auch mich. Aber mir wollte nichts einfallen.

Den ganzen nächsten Tag über fuhren wir, wie mir schien, auf die nordaustralische Küste zu. Dabei traf ich den Captain zwar während der Mahlzeiten und an Deck, aber er wirkte äußerst mißgelaunt, war streng in seinen Befehlen und kurz angebunden und machte, soweit ich mitbekam, nicht eine einzige Bemerkung über den Unglücklichen unter Deck. In der Hoffnung, daß der Zweite Maat meine Ansichten vielleicht teilen würde, versuchte ich das Thema ihm gegenüber anzuschneiden, mußte jedoch bald feststellen, daß meine Fühlungnahme in dieser Richtung kaum auf Gegenliebe stieß. Die Mannschaft bestand, wie ich entdeckte, bis auf zwei Ausnahmen aus Kanaken und war ihrem Captain mit Leib und Seele ergeben. Sie würden ganz

bestimmt nicht gegen seinen Wunsch handeln. Es war ein Heiligabend, wie ich ihn hoffentlich nie wieder verbringen muß.
Am späten Nachmittag ging ich in die Höhle des Löwen. Ich begab mich in die Kapitänskajüte und unternahm einen zweiten Versuch, Berringer umzustimmen. Zehn Minuten später war ich wieder in meiner eigenen Unterkunft – ein klügerer und ein traurigerer Mann. Von diesem Augenblick an fügte ich mich ins Unvermeidliche.
Um halb sechs am selben Abend aßen der Kapitän und ich wie zwei Fremde miteinander, und danach ging ich an Deck. Es war eine schöne, sternenklare Nacht. Kaum ein Lüftchen blähte die Segel, die See war spiegelglatt, und wir hinterließen eine lange phosphoreszierende Spur. Ich hatte vom Captain schon seit vier Glasen nichts mehr gesehen. Gegen zehn Uhr jedoch – ich dachte gerade daran, mich aufs Ohr zu legen – erschien er aus seiner Kajüte. Ein paar Schritte, und er war neben mir.
»Schöne Nacht, Riddington«, sagte er mit einer seltsamen, harten Stimme, die sich ganz anders anhörte als sonst.
»Sehr schöne Nacht«, erwiderte ich.
»Riddington ...« Es klang, als gäbe er sich einen Ruck. »Glauben Sie an Gespenster?«
»Darüber habe ich noch nicht viel nachgedacht«, antwortete ich. »Weshalb?«
»Weil ich heute abend eins gesehen habe«, sagte er. »Den Geist meines Bruders Bernard, den der Mann dort unten in der Kajüte vor genau einem Jahr bei Tagesanbruch erhängt hat. Fühlen Sie ruhig meinen Puls, wenn Sie Lust haben, und Sie werden feststellen, daß er so gleichmäßig schlägt wie eh und je. Ich habe heute auch noch keinen Tropfen Alkohol getrunken und bin der festen Überzeugung, daß mein Verstand so klar ist wie irgendein anderer.

Und trotzdem sage ich Ihnen: Es ist keine Viertelstunde her, da stand mein Bruder neben mir in meiner Kajüte.«
Da ich nicht wußte, was ich darauf erwidern sollte, hielt ich erst einmal den Mund. Nach einer Weile fragte ich: »Hat er irgend etwas gesagt?«
»Er hat gesagt, daß ich mich an van der Vaal nicht rächen dürfte, daß man es ihm selbst überlassen müsse, mit ihm abzurechnen. Aber ich habe es mir geschworen, und ich werde es tun. Geist hin oder her – bei Sonnenaufgang hängt der Kerl!«
Sprach's und wandte sich von mir ab, um wieder nach unten zu gehen.
Ich möchte nicht behaupten, daß ich in dieser Nacht ein Auge zutat. Und eines weiß ich mit Sicherheit, nämlich daß der Captain die ganze Nacht über in seiner Kajüte blieb. Eine halbe Stunde vor Morgengrauen jedoch trat er zu mir an die Koje.
»Kommen Sie an Deck«, sagte er. »Die Zeit ist abgelaufen.«
Ich folgte ihm, und bei meinem Erscheinen fand ich die grausigen Vorbereitungen allesamt getroffen. Ein letztes Mal flehte ich mit aller Kraft um Gnade, und wieder ließ Berringer sich nicht von mir erweichen. Selbst der Geist, den er angeblich gesehen hatte, schien jetzt vergessen.
Schließlich wandte er sich an seinen Maat, sagte: »Bring ihn an Deck!« und gab ihm den Kajütenschlüssel. Ich konnte nicht anders, ich ging an die Reling, um in das ruhige Wasser hinunterzustarren. Die Brigg machte kaum Fahrt. Dann hörte ich plötzlich Schritte auf dem Niedergang, und als ich mich umdrehte – zweifellos mit kreidebleichem Gesicht –, sah ich den Maat und zwei Besatzungsmitglieder aus der Kajütenluke erscheinen. Sie traten auf den Captain zu, der sie offenbar gar nicht bemerkte, denn zum allgemeinen Erstaunen starrte er mit einer Miene namenlosen

Entsetzens geradewegs über das Offiziersdeck hinweg. Dann taumelte er und schmetterte vornüber auf die Planken. Wir eilten ihm zu Hilfe, aber wir kamen zu spät. Er war bereits tot.

Wer kann sagen, was Berringer in dieser schrecklichen halben Minute gesehen hat? Der Maat und ich blickten einander an. Wir waren wie vor den Kopf geschlagen, und ich fand als erster meine Stimme wieder.

»Der General?« fragte ich.

»Tot«, antwortete der Maat. »Er ist gestorben, als wir in die Kajüte kamen, um ihn zu holen. Gott steh mir bei – so was hat die Welt noch nicht gesehen! Es war, als würde er mit jemandem kämpfen, der für uns unsichtbar war und der ihn langsam erdrosselte.«

Ich wartete nicht, bis ich noch mehr hören würde, sondern wandte mich ab und ging nach achtern. Ich bin kein abergläubischer Mensch, aber ich hatte das Gefühl, dem Bruder des Captains war es doch ernst gewesen, als er sagte, er werde die Rache für seinen Tod selbst in die Hände nehmen.

Das Haus im Schnee

Bernard Capes

Auch Bernard Capes (1854–1918) war um die Jahrhundertwende ein ebenso beliebter wie fleißiger Autor, der sich sowohl auf das Romantische als auch auf das Geheimnisvolle verstand, vor allem das Bizarre und Übernatürliche. Diese originelle Geschichte über einen Straßenmusikanten stammt aus dem ersten (und besten) von Capes' insgesamt sechs Sammelbänden, *At A Winter's Fire* (1899).

Mein Großvater«, sagte das Banjo, »hat ›Hundeschnauze‹ getrunken, mein Vater hat ›Hundeschnauze‹ getrunken, und ich trinke ›Hundeschnauze‹. Wenn das nicht Vererbung ist, dann taugen die ganzen Internate nichts.«

»Ach«, sagte die Pikkoloflöte, »du immer mit deiner Bildung. Gib doch nicht so an. Dann trinkt dein Sohn wahrscheinlich auch ›Hundeschnauze*‹?«

»Nein«, entgegnete das Banjo mit dröhnendem Gelächter. Es hörte sich an wie Wind im Spundloch einer leeren Tonne. »Ich hab nämlich gar keinen. Mit mir endet die Familie – leider, denn ich bin ein Schlußpunkt, auf den man stolz sein kann.«

Er war ein gewaltiger Mensch mit einem Bauch wie ein Bierfaß – ein Berg nichtssagenden Fleisches, dessen bloße Größe sich in ständigem Gelächter auszahlte. Wenn sein

* Ein Gemisch aus Bier, Gin und Rum

Gesicht wie das der übrigen schwarz angemalt war, glich es einem Kohlebrocken auf einem Sockel im Museum.

Im *Good Intent* war eine Weihnachtsfeier, und der mit Sand ausgestreute Schankraum stank nach Rauch und dem Dampf von heißem verdünntem Gin. Aufgebockte Tische standen herum, und Stechpalmenzweige steckten unter verrußten Balken.

»Wieviel könntest du dir an einem Abend hinter die Binde gießen, Jack?« fragte ein grinsendes Männchen neben der Tür.

»Na«, erwiderte das Banjo, »genug, um das verstaubteste Gespenst aller Zeiten unter den Tisch zu saufen.«

»Ach, *tatsächlich?*« sagte das Männchen.

»Pah!« Das Banjo kicherte. »Es geht nichts über Weingeist, wenn man einen anderen Geist unterkriegen will, und das könnte ich euch als Beweis Nummer zwei für die Vererbungstheorie anführen.«

»Wie! Soll das etwa heißen, du hättest schon mal einen Geist gesehen?«

»Na, und ob! He, was flüstert du da, du Milchgesicht dort am Fenster?«

»Ich hab nur gerade gesagt, Sir, daß es schneit wie der Teufel.«

»So? Dann ist der Teufel während der letzten tausendachthundertundneunzig Jährchen überschätzt worden.«

»Hast du wirklich schon mal ein Gespenst gesehen?« wiederholte das grinsende Männchen, das sich von seinem Thema nicht abbringen ließ.

»Nein, hab ich nicht, Sir!« äffte das Banjo ihn nach. »Außer im Kaffeesatz. Aber mein Großvater, der hat in seinem Glas immer eins gesehen. Womit wir beim dritten Punkt zum Thema Vererbung wären.«

»Erzähl uns doch die Geschichte, Jack!« sagten die Kastagnetten, deren durchgefrorene Schienbeine vor dem Kamin ihr eigenes Geklapper improvisierten.

»Na, von mir aus«, meinte der Dicke. »Ist ja auch die richtige Zeit dafür. Und ich selbst passe ebenfalls in diese Zeit wie der Plumpudding, gelobt sei Gott der Herr! Und je mehr heißen Brandy ihr mir hinstellt, desto lebhafter und bunter wird meine Geschichte.«

»Du wärst mir ein schöner alter Pudding! *Ich* möchte dich nicht im Magen haben!« sagte das Pikkolo.

»Deine schlechte Laune kannst du dir in die Pfeife stecken, und stopf dir mit Siegelwachs die Ohren zu!«

Einen Moment lang sog das Banjo kritisch am Stiel seiner Tonpfeife, beugte sich dann nach vorn, kippte den Inhalt seines Glases in seinen voluminösen Leib und wackelte mit dem Bauch, als wollte er diese neue Last gut verstauen, während er wie folgt begann: »Musik und Malz sind mein natürliches Erbgut. Schon mein Großvater hatte seine ›Hundeschnauze‹ geblasen und seine Klarinette gebechert wie ein wahrer Künstler; und mein Vater ...«

»Was, sagtest du gerade, hat dein Großvater getan?« fragte das Pikkolo.

»Er hat die Klarinette gespielt.«

»Du hast gesagt, er hat seine ›Hundeschnauze‹ geblasen.«

»Red keinen Stuß, Fred!« entgegnete das Banjo ungehalten. »Wie, zum Donnerwetter, soll jemand eine Hundeschnauze blasen, außer er hält dem Köter die Nase zu und verdreht ihm den Schwanz? Er hat Klarinette gespielt, sag ich; und mein Vater musizierte auf Trinkgläsern – das war eine Harmonie, die ihm ganz besonders lag. Haben uns, wenn man uns drei zusammennimmt, 'n ganzes langes Jahrhundert um die Ohren geschlagen – ach ja! Auch wenn ich noch wie ein neugeborenes Baby ausseh, das vor lauter Brei und eingetunktem Brot aus allen Nähten platzt.«

»Was!« rief das Männchen neben der Tür. »Diese Dreispitze schließt du aus deinem Erfahrungsbereich aus?«

»Mein Großvater hat noch einen aufgehabt, Sir. Und auch einen Komödiantenrock, und Schnallen an seinen Schuhen hat er getragen, falls er welche bekam; und er ist zusammen mit ein, zwei Freunden von Haus zu Haus gezogen, um Musik vorzutragen, hauptsächlich auf dem Lande, und das zu einem sehr niedrigen Preis, nämlich für alles, was sie dafür kriegen konnten. So haben sie sich ihr Geld verdient.«

»Wann kommst du jetzt endlich zu dem Gespenst, Jack?« fragte das Männchen gierig.

»Alles zu seiner Zeit, Sir. Nun, meine Herren, Sie können sich denken, daß das sehr oft harte Zeiten für meinen Großvater und seine Freunde waren, ganz besonders, wenn sie über freies Land stapfen mußten, wo der Nordostwind ihnen zwischen den Zähnen summte und sich der Schnee auf ihren Dreispitzen häufte wie Zitronenschaumpudding. Was sie verdient haben, hab ich meinen Großvater sagen hören (denn er ist trotz allem noch neunzig Jahre alt geworden), war nur eine armselige Entschädigung für die Schneestürme, die Grippeanfälle und die Frostbeulen. Aber hier und da kriegten sie bei irgendeinem fröhlichen Landjunker mal einen ordentlichen Schluck Schnaps in den Bauch, was sie wieder aufgerichtet hat wie Vogelscheuchen, wenn man sie mit neuen Besenstielen zusammenflickt.«

»Ho, ho, ho!« platzte der Störenfried in der Ecke dazwischen und legte sich dann aus Bedauern über das allgemeine Aufsehen, das seine Heiterkeit erregte, eine Hand auf seine stopplige Mundpartie.

»Also«, sagte das Banjo, »das, wovon ich euch erzählen möchte, war eine ganz besondere Nacht und ein ganz besonderer Schluck Schnaps. Diese Nacht brach stockfinster herein, und dieser Schluck wurde vor fast einhundert Jahren getrunken, ebenfalls im Dezember, so wahr ich ein Jack-Pudding bin!« Er machte eine kurze Kunstpause, ehe er fortfuhr: »Sie sind damals unten im Südwesten gewesen, wo sie sich kaum auskannten, und näherten sich der Stadt Winchester, zumindest glaubten sie das. Aber in diesen gottverwünschtem kahlen Höhenzügen verirrten sie sich und waren, ehe sie sich's versahen, vom Weg abgekommen. Meine Güte! Da standen sie im Schnee, so verloren wie drei Nußschalen, die in einem Mehlpudding versinken. Nun ja, sie liefen blindlings umher, zu Anfang recht zuversichtlich, aber immer verzweifelter, je weniger sie sich auskannten. Und die bittere Kälte ging ihnen regelrecht an den Lebensnerv, so daß sie nichts mehr sahen als ein großes Leichentuch, daß vor ihnen ausgebreitet lag, um ihre toten Kadaver einzuhüllen.

Zu guter Letzt blieb mein Großvater stehen, riß sich mit einer schrecklichen Grimasse zusammen und sagte: ›Wenn wir nicht zeigen, daß wir Menschen sind, sind wir nur Weihnachtsplätzchen für die rumflatternden Krähen. Auf, Jungens! Holen wir unsere Instrumente raus und blasen unsere Sorgen damit in die Luft!‹ Also stellten sie sich nebeneinander auf wie vor einem Haus und spielten ›Kate of Aberdare‹, allerdings mächtig trübsinnig und falsch, denn ihre Finger froren ihnen an den Tasten beinahe fest.

Aber jetzt kommt's! Aufgepaßt! Sie waren nämlich noch nicht über die erste Strophe hinaus, da pfiff ein Windstoß, der sie fast von den Füßen riß, und lauter Schnee wirbelte um sie herum. Und wie dieser Windstoß abgeflaut war, ließ Jim Sloke, der die Oboe gespielt hatte, das Rohr aus dem Mund fallen und rief: ›Heiliger Strohsack! Wenn wir drei Hornochsen nicht die ganze Zeit vor dem Tor eines feinen Herrn stehen, ohne es zu merken!‹

Man hätte sie allesamt mit einem Gerstenstrohhalm umschmeißen können, während sie dastanden und starrten und starrten und dann in ein klingendes Gelächter ausbrachen. Sie waren nämlich keine sechs Schritt von einem hohen eisernen Tor in einer Steinmauer entfernt, und dahinter schimmerte trüb ein großes Haus, in dessen Fenstern überall Licht brannte.
›Mein Gott!‹ sagte mein Großvater kichernd. ›Wenn man denkt, was einem diese Landschaft für Streiche spielt! Aber da wir schon mal hier sind, gehen wir hin und geben ihnen eine Kostprobe von unserem Können.‹
Gesagt, getan. Wie ihr euch denken könnt, sind sie mit frischem Mut an ihr Vorhaben gegangen. Aber sie hatten noch gar nicht recht angefangen, da öffnete sich die große Haustür, und heraus kam ein lächelndes junges Mädchen mit einem Tablett voll Gläsern in seinen Händen.
In einem Lichtstrahl, der bis zum Tor geschossen war, ist sie zu ihnen gegangen, und sie hat ein Glas durch das Torgitter gereicht, zwar so stumm wie ein Fisch, aber mit einem stillen Lachen, das die Männer zum Trinken einlud. Ob einer das Glas genommen hat? Natürlich, werdet ihr denken – und da denkt ihr verkehrt. Nicht einer von den dreien hat sich gerührt. Wie versteinert sind sie gewesen, und ihre Lippen waren so fahl, daß sie die Farbe von Schlehen hatten. Keiner von ihnen hat das Glas angenommen. Und weshalb? Weil in dem Moment, als das Mädchen es ihnen hinhielt, jeder das Gesicht von etwas sah, das aus dem Fenster über der Vortreppe guckte, und dieses Etwas war so scheußlich, daß man's gar nicht beschreiben kann. Sein Schatten fiel über die Auffahrt bis zum Tor, und er hat auch dieses Mädchen scheußlich gemacht.
Schließlich stieß mein Großvater einen gedämpften Schrei aus und streckte seine Hand gegen das Ding, um es abzu-

wehren; und kaum daß er das tat, war das Gesicht verschwunden und das Mädchen wieder schön.
›Tod und Teufel!‹ sagte mein Großvater. ›Denn eins von beidem muß es sein, oder beides zusammen, und ich mag's lieber heiß als kalt!‹
Also hat er das Glas halb ausgetrunken, mit den Lippen geschmatzt und dann einen Moment lang starr die Augen aufgerissen.
›Oje. Oje!‹ sagte das Mädchen mit einer Stimme wie perlendes Wasser. ›Ihr habt Blut getrunken, Sir!‹
Mein Großvater stieß einen Schrei aus, schüttete den Rest der Flüssigkeit seinen Freunden ins Gesicht und warf das Glas gegen das Gitter, wo es mit einem Donnerschlag zersprang. Dann riß er seine Hände hoch und ist der Länge nach in den Schnee gestürzt.«
Ein kurzes Schweigen trat ein, während das Männchen neben der Tür sich unbehaglich auf seinem Stuhl wand. Nach einer Weile fragte es: »Er ist doch wieder zu sich gekommen – natürlich ist er wieder zu sich gekommen?«
»Ja, er ist wieder zu sich gekommen«, antwortete feierlich das Banjo. »Im bitterkalten Anbruch eines neuen Tages; das heißt, er ist so weit wieder zu sich gekommen, wie er's dann für immer war. Er hat ein paarmal kurz gezuckt und den Kopf gehoben, und da sind er und seine Freunde allesamt im Schnee gelegen.«
»Und das Haus mit dem Mädchen?«
»Das war spurlos verschwunden; nichts als Himmel und die einsame weiße Landschaft, Sir. Und noch etwas anderes.«
»Nämlich?«
»Ein roter Flecken, der tief in die Stelle eingezogen war, wo mein Großvater das Glas ausgeschüttet hatte.«
Wieder trat Schweigen ein, und das Banjo blies in seinen Pfeifenkopf.

»Ich kann euch sagen, sie sind nichts wie weg aus dieser Gegend. Und mein Großvater war nachher nie mehr der alte. Sein Gesicht war blaurot geworden, während das von seinen Freunden nur ein paar rote Spritzer behielt, genau wie Muttermale. Und wenn er sich wieder einmal an ›Kate of Aberdare‹ getraut hat, dann sind ihm die Backen geschwollen bis zu seinem Klarinettenrohr, als wär's ein Stiel mit einer blauen Pflaume drauf. Vierzig Jahre später dann ist er an etwas gestorben, was sich Zersetzung des Blutstroms zum Gehirn nennt.«

»Und einen besseren Beweis kann man sich nicht wünschen«, sagte das Männchen.

»Ganz meine Rede!« bekräftigte das Banjo. »Und jetzt, meine Herren – der nächste Spieler bitte!«

Der weiße Rabe

Dick Donovan

»Dick Donovan« war das Pseudonym und Alter ego von J. E. P. Muddock (1843–1934), Autor von über fünfzig Kriminal- und Detektivromanen, als deren Held oft Donovan selbst figurierte. Daneben lieferte er häufig Beiträge für den *Strand* und die meisten anderen populären Magazine seiner Zeit. »Der weiße Rabe« stammt aus Donovans einzigartiger Sammlung von Schauergeschichten, *Tales of Terror* (1899).

Die Geschichte, erzählt von Lydia Stainsby

Mein Vater, ein Sohn des verstorbenen Sir John Mark Stainsby, galt allgemein als so etwas wie ein Unikum. Originelle Einfälle hatte er bestimmt, und es war eine seiner Lieblingsbemerkungen, daß er nur deshalb keine Lust zum Blöken habe, weil die große Familie menschlicher Schafe bereits im Chor blöke. So wurde er zweifellos dank seiner Originalität zum Besitzer von Moorland Grange, das am Rande des wilden Dartmoor lag. Mein Vater war verwitwet und ich seine einzige Tochter, aber ich hatte vier Brüder, Brüder, die mir zu Füßen lagen, wie es wohl kaum eine Schwester je erfahren hat. Wir waren eine Familie, die sehr zusammenhielt, hatten viele Jahre in London gewohnt, und da mein Vater ein großes Vermögen besaß, fanden wir unser Leben höchst angenehm. Ich selbst, damals eine junge Frau, galt als ein ausgesprochenes Glückskind. Alle meine Bekannten sagten mir, daß ich schön sei, und ich weiß, daß mir aus dem Spiegel gewiß nichts Scheußliches entgegensah. Das war natürlich Eitelkeit, aber die ist ja auch das weibliche Vorrecht. Darum habe ich gar nicht erst die Absicht, mich für sie zu entschuldigen, denn ich bin ziemlich sicher, daß ich nie ein reizloses Mädchen war.

Als mein Vater Moorland Grange kaufte, war ich gerade zwanzig geworden und freute mich – wie wahrscheinlich alle jungen Mädchen – voll Ungeduld auf die Heirat mit einem der liebsten, hingebungsvollsten Männer. Er hieß Herbert Wilton. Herbert war Ingenieur und hatte einige Zeit in Brasilien verbracht, um für eine englische Gesellschaft den Bau einer neuen Eisenbahnstrecke zu überwachen. Jetzt war Herberts Arbeitsvertrag bald ausgelaufen, und am Neujahrstag nach seiner Rückkehr sollte unsere Hochzeit sein.

Mein Vater hatte Verwandte in Devonshire, einem Landesteil, in den er ganz vernarrt war. Und nach einem Besuch dort sagte er einmal: »Lydia, wie würde es dir gefallen, wenn wir nach Devonshire zögen?«

Ich antwortete, daß ich kaum etwas lieber tun würde, und daraufhin überraschte er mich mit der Mitteilung, er habe dort ein Anwesen gekauft, »eines der kuriosesten, baufälligsten, romantischsten alten Gemäuer, die man sich vorstellen kann«, angeblich ein Spukhaus. Es hieß Moorland Grange, und er habe es, wie er sich ausdrückte, für »ein Butterbrot« bekommen, weil es schon fünfundzwanzig Jahre leer stehe. Der Grund dafür war, wie ich erfuhr, in erster Linie ein außergewöhnlicher, rätselhafter Mord, der in grauer Vorzeit dort stattgefunden und das Haus in Verruf gebracht hatte. Das erzählte man sich zumindest, und die Interessen der Grundstückseigentümer hatten zweifellos darunter zu leiden. Wieder so ein Beispiel dafür, daß man einen schlechten Ruf kaum mehr los wird. Die Leute mieden dieses Haus wie einen Aussätzigen. Es hatte längere Zeit zum Verkauf gestanden, und da sich kein Interessent finden ließ, konnte mein Vater es zu einem geradezu lächerlichen Preis erwerben. Wie er mir vergnügt erzählte, hatte er die Absicht, das Haus ein für allemal von dessen schlechtem Ruf zu befreien.

Zu dieser Zeit waren nur noch meine beiden jüngeren Brüder, damals noch kleine Kinder, daheim, während die älteren sich in Indien aufhielten. Und so brachen wir – sie, mein Vater und ich – zusammen mit drei Dienstboten nach Moorland Grange auf, um es als künftigen Wohnsitz für uns herzurichten.

Die nächste Eisenbahnstation befand sich in Tavistock, wo wir gegen siebzehn Uhr ankamen. Es war gerade April und ein so stürmischer, trister Tag, wie ihn unser unbeständiges Klima in diesem Monat nur bescheren kann. Da wir von der Bahnstation aus noch über drei Meilen fahren mußten, hatte mein Vater einen alten Mann namens Jack Bewdley bestellt, um uns mit einem kleinen Einspänner abzuholen. Er hatte Jack auf unserem neuen Besitz eine Anstellung als Knecht, Holzfäller oder sonst etwas versprochen, womit er sich nützlich machen konnte. Seine Tage waren beinahe gezählt, und er wirkte krumm und knorrig wie eine alte Eiche – ein ruppiger, offenherziger Bauer, sehr abergläubisch und von sehr schlichtem Gemüt: Als gebürtiger Einwohner dieser Gegend war er zeit seines Lebens nicht mehr als fünfzig Meilen über Dartmoor hinausgekommen, und sobald er mich erblickte, riß er seine wäßrigen alten Augen auf und rief: »Heiliger Strohsack, Miss, Sie sind aber schön! Hoffentlich kriegen Sie auf dem alten Hof nichts von dem weißen Raben zu sehen!«

Ich errötete über dieses Kompliment und fragte ihn, was denn der weiße Rabe sei. Daraufhin antwortete er mit tieftrauriger Miene: »Nein, ich will nicht derjenige welcher sein, der Ihnen Ihr Gesicht weiß werden läßt vor Angst. Also bitte, fragen Sie mich nicht.«

Da ich beileibe kein nervöses oder abergläubisches Mädchen war, erheiterte mich seine Geheimnistuerei eigentlich nur, und ich bat ihn um keine weiteren Auskünfte, denn wenn wir einander erst einmal besser kennenlernen würden, wäre er bestimmt mitteilsamer. Nach einer sehr kalten und windigen Fahrt erreichten wir Moorland Grange. Der Tag ging schon zur Neige, aber es war gerade noch genug Licht, um das Anwesen und seine Gebäude als eine gespenstische Silhouette zu erkennen. Das Haus hatte viele Giebel, dazu alle möglichen Ecken, Kanten und vorspringenden Traufen sowie eine groteske Veranda in gotischem Stil, auf die man über eine Freitreppe mit steinernem Geländer gelangte. Das ganze Gebäude war von dichtem Efeu umrankt, der selbst über die Fenster hing und wehmütig in der kalten Brise raschelte wie zerfetzte Girlanden. Ringsherum lagen düstere Wälder, und der Garten war eine gottverlassene, wuchernde Wildnis. Die Frau des alten Jack hatte ein paar Zimmer aufgeräumt, und da auch ein paar Möbelstücke hergebracht worden waren, hatten wir es gleich in dieser ersten Nacht einigermaßen bequem. Am nächsten Tag machte ich mich mit meinen Brüdern daran, unser merkwürdiges Heim zu erkunden. Ich konnte die Ansicht meines Vaters schon bald bestätigen. Es war das denkbar kurioseste, wunderlichste, romantischste und unheimlichste Gemäuer. Ich sagte ja bereits, daß ich weder nervös noch abergläubisch bin, aber ich bekenne offen, daß mir dieses große, unüberschaubare, zugige Haus mit seinen vielen Echos aufs Gemüt schlug. Moorland Grange war angeblich über vierhundert Jahre alt, obwohl in mancher Hinsicht modernisiert, aber dennoch steckte es voller Überraschungen: Erkern, Nischen, tiefen dunklen Ecken, sonderbaren Winkeln, düsteren Gängen, Wendeltreppen und Räumen mit Wandtäfelung und Deckengebälk. Eines von diesen Zimmern war lang, schmal und lief am einen Ende beinahe spitz zu. Die Wände waren bis unter die Decke getäfelt und die Decke selbst mit Eichenpaneel verkleidet. Es gab einen breiten Kamin mit einem sehr wuchtigen, behauenen Sims, und erhellt wurde das Zimmer von zwei rautenförmigen Fenstern, deren eines aus lauter blauen und roten Glasscheiben bestand. Aber vorläufig wurden sie von dem herunterhängenden Efeu noch so verdüstert, daß wir ihn abschneiden müßten. Dieser altertümliche Raum weckte das lebhafteste Interesse in mir. In einer Anwandlung von Übermut taufte ich ihn sofort »das Spukzimmer« und erklärte, daß ich darin schlafen wolle. Später, als ich mit meinem Vater darüber sprach, sagte ich lachend: »Wenn es in diesem Zimmer noch kein Gespenst gibt, Pa, dann müssen wir uns eins dafür ausdenken.«

»Oh«, erwiderte mein Vater, »den Erzählungen des alten Jack Bewdley zufolge ist das der Raum, in dem der weiße Rabe erscheint.«

Etwas später ging ich zu Jack, der gerade emsig damit beschäftigt war, das verwahrloste Anwesen ein wenig vom Unkraut zu befreien – zumindest versuchte er es.

»Sagen Sie mal, Bewdley«, sprach ich ihn an, »was hat es eigentlich mit diesem weißen Raben für eine Bewandtnis? Sie müssen es mir verraten!«

Er hielt in seiner Beschäftigung inne, stützte sein graues Stoppelkinn auf den Spatenstiel, und ein ängstlicher Ausdruck huschte über sein runzliges Gesicht. Dann antwortete er: »In dieser Gegend, Miss, gibt es Leute, die schwören

Stein und Bein darauf, sie hätten den weißen Raben gesehen, und es heißt, der, der ihn sieht, muß noch in derselben Woche sterben. Aber ich weiß nicht, ob die, die ihn angeblich gesehen haben, gestorben sind oder nicht.«

»Haben *Sie* ihn denn schon gesehen, Jack?« fragte ich und bemühte mich, ein todernstes Gesicht zu machen, obwohl ich mir das Lachen kaum verkneifen konnte.

»Neein, neein, Gott sei Dank nicht!« rief er mit verblüffendem Ernst und wischte sich trotz der Kälte mit seinem roten Taschentuch den Kahlkopf ab, während seine braunen, wettergegerbten Wangen zu erbleichen schienen. Dann fragte er: »Sind Sie schon in dem Raum gewesen, der bei uns hier ›das Eichenzimmer‹ heißt?«

Da ich ahnte, welches Zimmer er meinte, antwortete ich ihm mit Ja, und sofort sagte er, genau dort erscheine jener todbringende weiße Rabe.

Daran hatte ich natürlich meine Zweifel. Ich machte mich über diesen »Aberglauben«, wie ich es nannte, lustig und kann auch nicht behaupten, daß ich tiefer beeindruckt war, als ich bei späterer kritischerer Prüfung des Zimmers folgende Knittelverse entdeckte, die in die Wandtäfelung geschnitzt waren:

Wer hier erblickt den weißen Raben,
Dem ist sein sich'res Grab gegraben;
Denn ein Fluch liegt auf dem unheiligen Ort
Und das Blut, das hier floß, wirkt bis heute fort.
Drum, o Fremder, hüte dich, hier zu schlafen,
Sonst wird dich ein schrecklich Verhängnis strafen!

Von Leuten aus den Nachbardörfern erfuhr ich, daß in ebendieser Kammer, die ich spontan »das Spukzimmer« getauft hatte, einst eine sehr schöne Dame von ihrem eifersüchtigen Gatten brutal ermordet worden sei. Dem Volksglauben nach hatte er ihre Leiche dort auch verwesen lassen, doch er hatte behauptet, seine Frau sei mit einem Liebhaber durchgebrannt. Erst viele Jahre später habe man ihr Skelett gefunden, und seither spuke sie in diesem Zimmer als weißer Rabe. Ihr Erscheinen sei ein sehr unheilvolles Omen – warum und wieso, wußte aber niemand zu sagen; das war ein Rätsel.

Nun, ich muß offen gestehen, daß ich diese Geschichte immerhin so grausig fand, auch wenn ich sie nicht ganz glaubte, daß ich meine Meinung änderte und mir ein anderes Zimmer nahm. Daraufhin sagte mein Vater, er selbst werde dort schlafen. Obwohl man es darum in ein sehr komfortables Schlafgemach umwandelte, überlegte jedoch auch er es sich anders. Ich weiß nicht, warum.

Binnen weniger Wochen gab Moorland Grange ein völlig anderes Bild ab. Wo vorher Düsternis und Schwermut geherrscht hatten, breiteten sich jetzt Licht und Frohsinn aus. Unter der liebevollen Pflege von drei oder vier Gärtnern leuchteten Blumen im Gras und in den Beeten, ein Teil des Gebälks, das zu sehr auf das Haus »drückte«, wurde herausgerissen, der Efeu von den Fenstern entfernt, und schließlich wuchs mir das alte Anwesen tief ans Herz, weil es so bizarr war, so anders als alles, was ich bisher gesehen hatte.

Das ungebildete Bauernvolk ringsum erklärte zwar, daß auch uns wie jeden Besitzer des Hauses seit der Ermordung der bedauernswerten Lady früher oder später der Fluch treffen werde, aber allen Unkenrufen zum Trotz fühlten wir uns ausgesprochen glücklich und zufrieden.

Es dauerte lange, bis dieser Sommer zu Ende ging, doch dafür folgte ein kurzer Herbst, und der Wintereinbruch war geradezu erschreckend. Gegen Ende der ersten Dezemberwoche fing es an zu schneien und hörte mehrere Tage nicht auf, so daß das Land ringsum unter einer dikken weißen Schneedecke lag.

Das ganze Jahr über hatte ich meinen Liebsten herbeigesehnt, denn ich wußte, daß er auf dem Heimweg war. Allerdings blieb er länger in Brasilien als beabsichtigt, weil ein Mitglied der Aufsichtsmannschaft an Gelbfieber gestorben war und man ihn gebeten hatte, die Arbeit des toten Kollegen zu übernehmen. Das bedeutete für Herbert eine Verlängerung seines Dienstes um sechs Monate.

Mit schmerzlicher Spannung und Nervosität suchte ich in den Zeitungen seit Tagen nach einer Meldung von dem Schiff, das Herbert zu mir brachte, denn es war bereits überfällig. Doch auf See hatten schreckliche Unwetter geherrscht, und ein alter Seemann sagte, die Schiffe, die zum Kanal unterwegs seien, hätten damit ihre liebe Not. Da das von Herbert in Plymouth anlegen sollte, überredete ich meinen Vater, mich dorthin zu fahren, denn sobald mein Liebster seinen Fuß wieder auf englischen Boden setzte, wollte ich, daß wir beide ihn begrüßten. Papa erklärte sich gern dazu bereit – er konnte mir ja nie etwas abschlagen –, doch erst drei Tage vor Weihnachten kam die freudige Mitteilung, das Schiff sei in den Kanal eingefahren. Muß ich das Glück näher beschreiben, das ich nach unserer langen Trennung in Herberts Armen empfand? Wie attraktiv und männlich er wirkte! Die Sonne hatte ihn gebräunt, die frische Seeluft auf der Heimfahrt hatte ihm nach der drückenden Hitze Brasiliens gutgetan, und er erklärte, daß er noch nie in seinem Leben so gesund gewesen sei. Er besaß eine kräftige Konstitution, und selbst in Brasilien war er nicht einen einzigen Tag krank gewesen. So selbstsüchtig es auch erscheinen mochte, sagte ich ihm natürlich, daß ich ihn über Weihnachten bei mir haben wolle, und an

Neujahr sollte ich ja nach unserer längst bestehenden Vereinbarung seine Frau werden. Er erwiderte darauf, daß er unbedingt nach London fahren müsse, um seine Freunde zu besuchen und einige Vorbereitungen zu treffen, versprach aber, an Heiligabend wieder bei mir zu sein. So sagte ich ihm denn Lebewohl, doch da wir uns ja bald wiedersehen würden und er in nicht einmal vierzehn Tagen mein Ehemann wäre, fühlte ich mich in diesem Augenblick als eines der wahrlich glücklichsten jungen Mädchen der ganzen Welt.
Mein Vater war ein englischer Hausherr von altem Schrot und Korn, dessen Tür an Weihnachten fast jedermann offenstand. Und weil dies unser erstes Weihnachtsfest auf Moorland Grange war, hatten wir viele Gäste. Das Haus war beinahe voll. Herbert beschlossen wir im »Spukzimmer« einzuquartieren, denn als Bräutigam stand ihm eine angemessene Unterkunft zu, und es war fraglos das schönste Schlafzimmer im Haus. Mich selbst hatte zwar eine alberne, ungewöhnliche Nervosität – wie ich es damals noch aus voller Überzeugung nannte – davon abgebracht, diesen Raum zu benutzen, aber weder ich noch mein Vater gaben einen Pfifferling auf die Gespenstergeschichten, die in der Gegend kursierten. Ich hatte das Zimmer mit meinen eigenen Händen für Herbert hergerichtet und es mit allem erdenklichen Krimskrams gefüllt, von dem ich glaubte, er könne ihm Freude bereiten oder zu seiner Bequemlichkeit beitragen. An Heiligabend war ein Schneesturm, wie man ihn nach Aussage der Landbevölkerung schon seit vierzig Jahren hier nicht mehr erlebt hatte. Der Zug, der Herbert aus London brachte, kam mit großer Verspätung, und ich wurde ziemlich nervös. Doch alle ängstlichen Befürchtungen waren vergessen, als ich meinem Liebsten in der Eingangshalle aus seinem schneebeladenen Mantel half und

er mich in die Arme nahm, um mich auf seine herzliche, unbeschwerte Art zu küssen. Wir bildeten eine sehr fröhliche Gesellschaft, und dieser Abend war so schön, daß ich ihn nie vergessen werde – weder ihn noch die Worte meines geliebten Herbert, als er mir, während die große Uhr in der Eingangshalle gerade eins schlug, auf der Treppe einen Gutenachtkuß gab.

»Meine süße kleine Frau«, flüsterte er, »was für eine Freude, was für eine Seligkeit, wenn ich mir vorstelle, daß du in einer Woche mir gehörst!«

Mir fehlten die Worte. Ich konnte nur seufzen, um das unermeßliche Glück zu bekunden, von dem mein Herz überquoll.

Der Weihnachtstag begann mit einem schönen, hellen Morgen. Es fiel kein Schnee mehr, und ein strenger Frost hatte eingesetzt – ein wahrhaft kanadisches Wetter: rauh, frisch und belebend. Gleich nach Beendigung des Frühstücks zog mich Herbert beiseite und sagte: »Wie du weißt, Lydia, bin ich einer der nüchternsten, bodenständigsten Männer weit und breit und überzeugt, daß ich bisher auch von jedem Fünkchen eines Aberglaubens frei war. Aber hol mich der Henker, wenn ich nach dem Erlebnis von heute nacht nicht Shakespeares Glauben teile, daß es mehr Dinge im Himmel und auf Erden gibt, als unsere Philosophie sich träumen läßt!«

Ich wurde totenbleich bei diesen Worten, ohne genau zu wissen, warum, und keuchte: »Was ... was soll das heißen?«

»Also«, antwortete er mit einem gekünstelten Lachen, »ich bin der Überzeugung, daß es in diesem Zimmer, in dem ich heute nacht geschlafen habe, spukt.«

Nun muß ich an dieser Stelle erwähnen, daß zwischen Herbert und mir kein Sterbenswörtchen über die Geschichten, welche sich um das Haus rankten, gefallen war. Mein Vater und ich hatten nämlich ausgemacht, daß wir unsere weiblichen Gäste nicht beunruhigen wollten, weshalb dieses Thema strikt gemieden worden war. Bei Herberts Worten aber blickte ich in sein gebräuntes Gesicht auf und sah, daß ein Ausdruck von Verstörtheit darin lag. Auch seine Augen wirkten anders als sonst.

»Erzähl mir«, drängte ich ihn, »was hast du gesehen oder gehört?«

»Ach, laß uns nicht mehr darüber reden«, erwiderte er und gab sich unbekümmert. »Vielleicht habe ich ja doch bloß geträumt.«

»Du mußt es mir erzählen, Herbert!« rief ich. »Du weißt, ich habe starke Nerven.«

Er schien zu zögern, dann aber sagte er mit neuerlichem Lachen, das sich ebenso gezwungen anhörte wie das vorherige: »Also, rundheraus: Wenn ich je in meinem Leben einen Raben gesehen habe, dann heute nacht. Nur daß der weiß war.«

Bei diesen Worten schwanden mir die Sinne, und Herbert griff nach meinem Arm, um mich festzuhalten. Mit einer verzweifelten Anstrengung vermied ich eine Ohnmacht.

»Sprich weiter!« verlangte ich. »Erzähl mir die ganze Geschichte!«

Was ich dann erfuhr, war folgendes: Herbert hatte einen weißen Raben oder etwas, das er für einen weißen Raben hielt, durchs Zimmer fliegen sehen. Der Vogel hatte kein Geräusch gemacht, während er immer wieder seine Kreise zog, und das, so gestand Herbert mir später, habe ihn nicht nur erstaunt, sondern ihm auch angst gemacht. Er versuchte diese mysteriöse, lautlose Kreatur zu fangen, griff aber nur ins Leere, weil sie keine feste Gestalt besaß; sie war ein Phantom. Aber bei beiden Malen, als er sie zu fassen schien, vernahm er plötzlich ein lautes, tiefes Stöhnen und Seufzen.

Eine eisige Furcht erfaßte mein Herz, doch ich bemühte mich, sie nicht zu zeigen, und brachte es einfach nicht über mich, meinem Liebsten von dem Volksglauben zu erzählen, der in dieser Gegend herrschte – die Geschichte von der Ermordung der vornehmen Lady und vom weißen Raben.

Doch der Eindruck, den dieses außergewöhnliche Erlebnis in Herbert hinterließ, konnte nicht tief sein, denn er hatte ihn bald abgeschüttelt. Nicht lange, da schallte sein herzliches, melodisches Lachen wieder durch das Haus, und seine Augen waren von der alten tiefen Liebe erfüllt, mit der sie mich immer ansahen. Man hatte verabredet, daß die Herren ins Moor ziehen und dort versuchen wollten, ein paar Wildenten zu erlegen. Zunächst dachte ich daran, Herbert die Sache auszureden – ach, hätte ich es nur getan! –, aber dann erschien es mir doch überängstlich und dumm, zumal die Wildentenjagd ein ganz neues Erlebnis für ihn war und er sich so darauf freute. Darum flüsterte ich ihm an der Tür nur zu: »Paß auf dich auf, Liebster, um meinetwillen!«

»Aber natürlich, Schatz. Und du auch!« erwiderte er unbekümmert.

Ich sah ihm nach, bis er zwischen den Bäumen verschwunden war. Er schien strotzend vor Gesundheit, und sein prachtvoller Körper wurde von dem exquisiten russischen Zobelpelz, den er anhatte, noch denkbar vorteilhaft zur Geltung gebracht. Wie stolz ich auf ihn war! Denn auf so einen Mann konnte man ja auch stolz sein.

Drei Stunden später kehrte die Jagdgesellschaft zurück – ohne Herbert. Irgendwie, sagten die Männer, hätten sie ihn aus den Augen verloren und fest geglaubt, er sei wieder zum Hof zurückgekehrt, doch obwohl mich einen Moment lang das Gefühl überkam, daß etwas nicht stimmte, versuchte ich, dies als Nervosität abzutun. Natürlich eilten die Männer sofort wieder ins Moor, und als sie zurückkamen, brachten sie mir meinen Liebsten – verstümmelt und allem Anschein nach in seinen letzten Zügen. O mein Gott! Es war zu schrecklich! Ich glaubte, ich müßte wahnsinnig werden vor Schmerz. Offenbar hatte man Herbert in einer Grube entdeckt, in die er gefallen war, als der Schnee unter seinen Füßen nachgab. Doch nicht genug damit, daß er sich bei diesem Sturz einen Arm und ein paar Rippen gebrochen hatte – auch seine Flinte war losgegangen und hatte ihn nicht nur gräßlich entstellt, sondern auch noch beide Augen zerstört. Der Schuß traf ihn nämlich mitten ins Gesicht.

Man kann sich vorstellen, welch furchtbarer Schock dies für das gesamte Haus war – wie Freude und Ausgelassenheit in Jammer und Wehklagen umschlugen. Ärzte wurden herbeigeholt, doch sie erklärten den Zustand des Patienten für kritisch und gaben uns keine Hoffnung, das Augenlicht retten zu können.

Ach, welch ein schreckliches Weihnachtsfest das für mich wurde! Ich glaube, in meiner Seelenqual verfluchte ich mein Schicksal, ja, selbst meinen Gott. Und wie ich dieses Haus haßte, wie mir schauderte, wenn ich an dieses grauenhafte Zimmer dachte, in dem mein Liebster die seltsame Erscheinung des weißen Raben erblickt hatte!

Noch bis vor kurzem hätte man gegenüber allem, was nach Aberglauben roch, schwerlich ein skeptischeres Mädchen finden können als mich; nun aber war ich von einer merkwürdigen Furcht erfüllt und hatte Angst vor meinem eigenen Schatten.

Als ich den alten Jack zum erstenmal nach dem Unfall wiedersah, sagte er: »Stimmt es, Miss, daß Mister Wilton in dem Spukzimmer geschlafen hat?«

»Ja, Jack, das stimmt«, antwortete ich gebrochenen Herzens.
»Dann hat er vielleicht auch den weißen Raben gesehen?«
Ich bejahte das, woraufhin der Alte so erschrocken schien, daß ich schon dachte, er werde umkippen und einen Anfall bekommen.
»Gott schütze und bewahre uns alle!« murmelte er. »*Ich* würde nie in diesem Zimmer schlafen, Miss, nicht für die goldene Krone der Königin Viktoria! Diesen Raum, Miss, sollte man absperren und nicht erlauben, daß einer auch nur in seine Nähe geht!«
Nach dem Schatten, der so jäh und so grausam auf uns gefallen war, war an eine Weihnachtsfeier nicht mehr zu denken, und tiefbekümmert reisten die meisten Gäste am nächsten Tag ab. Es folgten viele düstere, martervolle Wochen für mich, denn Herberts Leben hing an einem seidenen Faden. Wenn es aber für mich schon düstere Wochen waren, wie unendlich, wie unsagbar viel düsterer mußten sie dann für ihn sein, der in so jungen Jahren der Fähigkeit beraubt worden war, je wieder die Wunder der Schöpfung Gottes zu erblicken. Und doch äußerte er keinen Ton der Klage oder des Schmerzes. Für mich bestand der einzige Trost darin, daß ich in seiner Nähe war, daß ich ihn pflegen und seine Stimme hören konnte, die nichts von ihrer alten Fröhlichkeit verloren hatte. Langsam, ganz langsam gewann er im Lauf des Sommers einen Teil seiner Kraft zurück, und als der Herbst kam, führten wir ihn nach draußen unter die Bäume und in die Sonne, obwohl es für ihn selbst nun ewig Nacht war. Kein Lichtstrahl drang mehr zu ihm durch. Und wenn ich in seine blinden Augäpfel und sein zerfetztes, verstümmeltes Gesicht sah, aus dem keine Macht der Welt diese grausamen, gräßlichen Narben verbannen konnte, dann überkam mich ein unaussprechlicher Haß auf Moorland Grange.

Eines Tages bat mich Herbert, ihn zu meinem Vater zu bringen, und seinen Arm um den meinen geschlungen, gingen wir zu ihm.
»Mr. Stainsby«, begann er mit einem gezwungenen Lächeln, »ich bin nicht mehr ganz derselbe, als der ich letzte Weihnachten zu Ihnen kam. Aber in all meinem Elend hat ein Engel über mich gewacht, Ihre Tochter, die unter anderen Gegebenheiten meine Frau geworden wäre. Sie hat mich aus dem Schatten des Grabes geführt, und ich stehe nicht weniger in ihrer Schuld als in der Ihren, Mr. Stainsby. Darum muß ich Lydia von allen Schwüren und Versprechen entbinden und sie freigeben, damit sie ihr Herz einem Menschen schenken kann, der nicht krank und verkrüppelt ist. Ich bin jetzt nur noch ein Wrack und kann bloß hoffen, daß ich bald in das große, geheimnisvolle Meer ewigen Schweigens eingehe. Doch bitte, Sir – ich *muß* Sie darum bitten: Sorgen Sie dafür, daß der Mann, dem Sie Ihre Tochter anvertrauen, so vollkommen ist, wie es ein Mensch nur sein kann, denn es gibt keine vollkommenere Frau auf Erden als Lydia. Mehr habe ich nicht zu sagen, aber mit diesen armseligen Worten und mit meinem ganzen gebrochenen Herzen danke ich Ihnen für Ihre Gastfreundschaft.«
Er hatte sich so sehr bemüht, stark und gefaßt zu sein, sich die schreckliche Verzweiflung nicht anmerken zu lassen. Doch gibt es wohl den Menschen, der ungerührt durch eine solche Feuerprobe gehen könnte? Seine Lippen bebten, seine Stimme wurde schwach, und eine Art Krampf ließ ihm den Atem stocken.
Meine eigenen Augen waren blind vor Tränen, heißen, brennenden Tränen, und mein Herz flatterte wie ein Vogel, der große Qual erleidet. Ich ging zu Herbert hinüber, legte ihm meine Arme um den Hals, lehnte meine Wange

an sein vernarbtes Gesicht und fand Stimme genug, um meinem Vater, der gleichfalls sehr ergriffen war zu erklären: »Vater, der Mann, den Herbert für mich ausgesucht hätte, ist schon gefunden. Er hält sich innerhalb dieser vier Wände auf, und mein Herz schlägt an seinem Herzen, meine Wange ruht an der seinen.«

Mein Vater trat zu uns, legte eine Hand auf Herberts Schulter, die andere auf meinen Kopf und sagte: »Die Liebe einer Frau, die nicht zu ihrem Mann hält, wenn ihn ein Unglück trifft, ist wertlos. Herbert, ich gebe Ihnen meine Tochter von ganzem Herzen, wenn ihr beide es wünscht.«

»Mein Mann«, murmelte ich, während ich ihn noch fester an mich drückte. Das war meine einzige Antwort.

Herbert versuchte mich zu überzeugen, daß es zu meinem Glück und in meinem Interesse sei, wenn ich ihn verließe; aber genausogut hätte er versuchen können, die Winde des Himmels zu überzeugen, daß sie nicht mehr wehen sollten. Äußerlich war der Herbert, den ich kennengelernt hatte, nun zwar ein anderer. Sein hübsches Gesicht war nicht mehr hübsch, seine wunderschönen Augen für immer erblindet. Aber sein Herz war noch dasselbe, und wodurch sollte sich dieses Herz verändern, das tapferste, aufrichtigste, zartfühlendste, das je in einer Männerbrust schlug? So war ich noch vor dem nächsten Weihnachtsfest Herberts Ehefrau. Kurze Zeit danach überließ mein Vater das fluchbeladene Gehöft der Stille, Düsternis und Schwermut, aus der er es herausgeholt hatte, und bald darauf brannte es bis auf die Grundmauern ab. Wir haben nie erfahren, wie das Feuer entstanden ist, aber es wurde allgemein vermutet, daß ein paar abergläubische Menschen aus der Umgebung den Hof in Brand gesteckt hatten, weil er von Menschenblut besudelt war. Ich gestehe, daß ich mich bei dieser Nachricht freute, und sagte mir im stillen: Nun wird

der weiße Rabe nie wieder Unglück bringen, wie er es uns gebracht hat.
Fünf Jahre ging ich Hand in Hand mit meinem Ehemann durch dessen Finsternis und ließ ihn die Welt mit meinen Augen sehen. Zwei Kinder segneten unseren Bund, ein Mädchen und ein Junge, und wenn ich »segnen« sage, dann meine ich dies wörtlich. Aber mein geliebter Mann erholte sich nie ganz von dem Schock dieses düsteren, denkwürdigen Weihnachtstags. Obwohl er niemals ein Wort der Klage von sich gab, zehrte seine Blindheit an seinem Verstand, und eine kurze Krankheit raffte ihn dahin.
Viele Jahre weht nun bereits das Gras über seinem Grab im Wind. Andere Männer haben mein Gesicht gerühmt und um meine Hand angehalten, doch allen zeigte ich ein taubes Ohr, denn meine Liebe lag mit Herbert begraben. Aber in meinem Sohn lebt der Vater weiter, und wenn ich sein hübsches Gesicht, seine prächtige Gestalt anschaue, dann spüre ich, daß Gott sehr gütig ist und Er uns züchtigt, um uns vor Seinem Antlitz vollkommener zu machen.

Die merkwürdige Geschichte des Klosters von Northavon

F. Frankfort Moore

Frank Frankfort Moore (1855–1931) arbeitete mehrere Jahre als umherreisender Berichterstatter und Journalist in Afrika und den Kolonien, bevor er 1893 mit seinem Roman *I Forbid the Banns* großen Erfolg erlangte. Wie sein irischer Landsmann und Schwager Bram Stoker, der Schöpfer von *Dracula,* ließ Moore sich in London nieder und war mehr als dreißig Jahre ein überaus beliebter Schriftsteller (der sich auf Liebes- und Abenteuerromane aus dem achtzehnten Jahrhundert spezialisierte). Seine unheimlichen und phantastischen Geschichten wurden 1904 unter dem Titel *The Other World* gesammelt.

Als ich Arthur Jephsons Einladung zu seiner Weihnachtsfeier in Northavon Priory erhielt, fragte ich mich, wo ich diesen Namen bereits gehört hatte. Er war mir bestimmt schon einmal untergekommen, nur konnte ich mich im Augenblick nicht daran erinnern, ob in einem Zeitungsartikel über einen Fall von Bruch des Eheversprechens oder in einem Parlamentsbericht zum Thema »Inländische Fischereibetriebe«. Ich neigte eher zu letzterem. Vor einigen Jahren hatte ich mich nämlich einem intensiven Studium dieser Form von Literatur gewidmet, denn blutjung, wie ich damals war, hegte ich die unbestimmte

Überzeugung, daß eine Bildung durch Parlaments- oder Staatsratsberichte für jeden, der politische Ambitionen hatte, unentbehrlich sei. Ja, ich wiederhole: Ich bin damals noch blutjung gewesen und hatte bislang nicht erkannt, daß Parlaments- und Staatsratsberichte die Rumpelkammer für unangenehme Fakten sind.

Erst nach meiner Zusage an Arthur fiel mir wieder ein, wo ich etwas über Northavon Priory gelesen hatte, und im selben Moment begriff ich auch, wie ich darauf gekommen war, den Namen aus irgendeinem amtlichen Schriftstück zu kennen. Ich hatte in einem sonderbaren alten Manuskript, das ich in den sogenannten Marsh Towers, Sir Dennis le Wardens Wohnsitz in Norfolk, ausgegraben hatte, allerhand über dieses Kloster gelesen. Das Dokument war zusammen mit vielen anderen in einem Wandschrank in der großen Bibliothek verstaut gewesen und sollte angeblich ein Kurzprotokoll der Beweisaufnahme sein, die eine von König Heinrich VIII. eingesetzte Kommission vorgenommen hatte. Ziel dieser Untersuchung war es, gewissen Mißbräuchen auf den Grund zu gehen, die Ordensinstituten in ganz England nachgesagt wurden, und wie es schien, hatte ein Vorfahre von Sir Dennis ein Aussageprotokoll verfaßt, das er als Mitglied einer dieser Kommissionen später dem König übergab.

Das Pergament sei, so ließ ich mir sagen, ursprünglich in einer Eisenkassette mit doppeltem Vorhängeschloß aufbewahrt worden, doch habe man die Schlüssel irgendwann in grauer Vorzeit verloren und die Kassette, die sich in einer Turmstube mit Blick auf den östlichen Burggraben befand, sei nach und nach unter allerlei altem Bauholz verschwunden, bis ein Brandunglück dazu geführt habe, daß man das Gerümpel sichtete. Dabei sei die Kassette zum Vorschein gekommen. Man habe einen Schmied damit beauftragt, die Schlösser zu öffnen, was er mit einem Vorschlaghammer tat; doch gestand man allgemein, daß sein Kraftaufwand es nicht wert gewesen sei, als der Inhalt der Kassette bekannt wurde. Sir Dennis interessierte sich nämlich für nichts außer der Förderung seines Gestüts durch Pferderennen, so daß man das Manuskript seines peniblen Ahnherrn in eine der Pressen in der Bibliothek steckte. Ein Teil dieses Bündels war jedoch von der klugen Haushälterin zurückgelegt und in der Vorratskammer verstaut worden, um damit einmal Marmeladengläser zu verschließen – ein Zweck, für den sich dieses Papier, wie sie mir bemerkenswert ausführlich erklärte, ganz vorzüglich eignete.

Es fiel mir nicht schwer, diejenigen Blätter, die mir in die Finger kamen, zu entziffern, denn ich verfügte über eine nicht geringe Erfahrung mit den Tücken frühenglischer Manuskripte. Und während des Lesens erfaßte mich ein großes Interesse für alles, was »Seyne Liebden, der hoch verehrliche Sir Denice le Warden« zu Papier gebracht hatte. Bei bestimmten Punkten verschlugen mir die von ihm gesammelten Aussagen geradezu den Atem, obwohl ich die Direktheit, mit der manche Menschen des fünfzehnten Jahrhunderts sich ausdrückten, schon lange gewöhnt war. Northavon Priory gehörte zu jenen Ordensinstituten, deren Sitten und Gebräuche im Mittelpunkt der Untersuchung standen, und was mich dermaßen fesselte, war Sir Denices Protokoll über die schwarzen Messen, die in den Mauern dieses Klosters stattgefunden hätten. Schon diese bloß stichwortartige Schilderung der Exzesse wäre, falls sie sich erhärten ließ, Grund genug gewesen, den Orden in ganz England aufzulösen. Die schwarze Messe war eine in ihren Einzelheiten geradezu unbeschreibliche Orgie, obwohl der Königliche Untersuchungsbeamte deren Art und Beschaffenheit nicht nur andeutete. Etwas von so gottesläs-

sterlicher Monstrosität konnte sich auch die kühnste Phantasie nicht vorstellen, denn das heidnische Gelage war mit dem Ritual der heiligen Messe vermischt. Gefeiert wurde es an Heiligabend, und um Mitternacht gipfelte die wilde Zeremonie in einer Teufelsbeschwörung, deren Wortlaut den christlichen Gottesdienst parodierte und – laut Aussage einiger Zeugen – mit einem Menschenopfer verbunden war. Zu diesem letzten Punkt jedoch, gestand Sir Denice, gingen die Meinungen auseinander.
Bei einem der vernommenen Zeugen handelte es sich um einen Mann, der an einem bestimmten Heiligabend – es tobte gerade ein fürchterlicher Sturm – vom Fluß her in das Klostergelände eingedrungen und zu einem der Fenster emporgeklettert war, durch das er laut seiner Aussage das Gelage beobachtet habe. Er versicherte, daß Schlag Mitternacht sämtliche Kerzen gelöscht worden seien, und einen Augenblick später habe ein geradezu schreckliches rotes Licht den Raum durchströmt, gefolgt von den schrillen Schreien eines Menschen, den man erdrosselte. Danach sei ein grausiges, johlendes Gelächter ertönt. Ein zweiter der einvernommenen Zeugen hatte lange Zeit als Holzfäller in Klosterdiensten gestanden und bei irgendeiner Gelegenheit die Feier der schwarzen Messe beobachtet. Er aber behauptete, daß weder menschliches noch anderes Leben geopfert worden sei, obwohl er in dem seltsamen roten Licht, das den Raum blitzartig erhellte, etwas gesehen habe, das er für zwei am Boden kämpfende Männer hielt. Im allgemeinen herrschte jedoch Einigkeit über den Ablauf der Orgie, und wäre der alte Sir Denice le Warden auch nur annähernd so etwas wie ein vergleichender Mythologe gewesen, dann hätte es ihn sehr interessieren müssen, daß er so hautnah in Kontakt mit einem uralten Aberglauben geriet, der innerhalb geweihter Klostermauern überlebt hatte.

Eine ganze verregnete Woche lang hatte ich mich mit den Aufzeichnungen über Northavon Priory verlustiert, und obwohl sie mich damals tief beeindruckten, war meine Erinnerung an irgendeinen so unbedeutenden Vorfall wie das Entziffern eines halb vermoderten Schriftstücks durch dreijährige harte Arbeit in verschiedenen Teilen der Welt dermaßen verblaßt, daß mir, wie gesagt, erst nach meiner schriftlichen Zusage an Arthur Jephson, ein, zwei Tage an seiner Weihnachtsfeier teilzunehmen, einiges von dem wieder einfiel, was ich über Northavon Priory gelesen hatte. Ich war wie selbstverständlich davon ausgegangen, daß es zerstört worden sei, als König Heinrich sämtliche Ordensinstitute im Lande auflösen ließ, und hielt es für unwahrscheinlich, daß man bei einem Kloster mit einer derartigen Vergangenheit, wie sie das Protokoll festhielt, auch nur einen Stein auf dem anderen gelassen hätte. Und als ich einen Moment weiterüberlegte, gelangte ich zu der Erkenntnis, wie extrem unwahrscheinlich es doch außerdem sei, daß Northavon Priory nun, gegen Ende des neunzehnten Jahrhunderts, für Besucher zugänglich sein sollte, selbst wenn der König es verschont hatte. Ich hatte viele »Abteien« in den unterschiedlichsten Landesteilen gesehen, aber sie alle bestanden aus rotem Backstein, waren nicht mehr als zehn Jahre alt und wurden vorwiegend von Herren bewohnt, die ein Vermögen mit Eisen oder vielleicht auch mit Schweineschmalz gemacht hatten; das soll dem Vernehmen nach ja eine exzellente Vermögensgrundlage sein. Soviel ich wußte, gab es an die zwei Dutzend »Northavon Priories« in England. Was Arthur Jephsons Vater betraf, so hatte er sein Geld durch geschickte Propagierung eines Orientteppichs gemacht, der in den Midlands hergestellt wurde, und ich hielt es für mehr als wahrscheinlich, daß er sich eine sogenannte »Northavon Priory« als Wohnsitz hatte erbauen lassen.

Ein Brief, den ich von Arthur erhielt, stellte meine Gemütsruhe wieder her. Arthur erklärte mir sehr ausführlich, bei Northavon Priory handle es sich um ein innerhalb uralter Klostermauern errichtetes Hotel. Im Sommer habe er dort einen höchst vergnüglichen Monat mit Angeln zugebracht – ich selbst hatte zu dieser Zeit am Amazonas geangelt – und dabei festgestellt, daß das Hotel trotz dessen malerischer Erscheinung ein wahres Wunder an modernem Komfort sei. Darum habe er sich auch gedacht, wie schön es doch sein müsse, während der Weihnachtswoche einige Freunde in dieses Haus einzuladen.

Seine Erklärung genügte mir vollauf. Mir blieben noch ein, zwei Wochen für mich, bevor ich nach Indien fahren würde, und als mir meine Lektüre über Northavon Priory wieder einfiel, freute ich mich, daß meine Sympathie für Jephson mich bewogen hatte, seine Einladung anzunehmen.

Als wir zusammen zu dem Bahnhof fuhren, welcher dem Kloster am nächsten lag, erwähnte mein Freund ganz nebenbei, er habe während des Sommers das Glück gehabt, mit einer jungen Dame Bekanntschaft zu schließen, die in einem großen, vom Hotel aus leicht erreichbaren Landhaus wohne und seinem bescheidenen Urteil nach (wobei er sich in solchen Dingen etwas auf seine Urteilskraft einbildete) das zauberhafteste Mädchen von ganz England sei.

»Ich verstehe«, fiel ich ihm ins Wort, bevor seine Eröffnungshymne zu einem angemessenen Schluß gelangt war. »Jetzt wird mir alles klar. Du hast nicht den Mut, oder besser gesagt, die Dreistigkeit, allein in dieses Hotel zu fahren – wahrscheinlich ist ihr Bruder ein kleiner Athlet –, aber du meinst, daß Tom Singleton und ich ein hinlänglich guter Vorwand für etwas sind, das Eltern und Erziehungsberechtigte nur auf eine einzige Art verstehen können.«

»Na ja, vielleicht ... Ach, zum Henker, Mann, du brauchst

mir keine Motive außer dem der edelsten Gastfreundschaft zu unterstellen!« sagte er lachend. »Ist dir die Aussicht auf ein echtes altenglisches Weihnachtsfest mit Kaminfeuer und so nicht genug? Mußt du noch weiter gehen?«

»Mir genügt das vollauf«, erwiderte ich. »Ich bedaure lediglich, daß *du* mehr willst. Rechnest du damit, daß du sie jeden Tag sehen wirst?«

»Jeden Tag? Sei nicht albern, Jim! Ich kann von Glück sagen, wenn ich sie in dieser Woche mehr als viermal zu Gesicht bekomme – und das müßte ich eigentlich schaffen.«

»Aber angenommen, du siehst sie weniger als viermal; hältst du das dann für ein überdurchschnittliches Pech?«

»Oh, für viermal habe ich, glaub ich, alles gut eingefädelt. Und was das übrige betrifft, muß ich mich auf mein Glück verlassen.«

»Was? So weit ist die Sache schon gediehen?«

»Was heißt ›so weit‹?«

»Daß ihr euch verabredet?«

Mein Freund lachte selbstzufrieden. »Na hör mal, alter Junge! Ich konnte euch doch wohl nicht dieses tolle Fest geben, ohne ihr mitzuteilen, daß ich hier bin«, sagte er.

»Ja, das stimmt allerdings. Aber ich verstehe nicht, was ...«

»Lieber Himmel! Willst du wirklich behaupten, daß du nicht verstehst – oh, wart's nur ab! Du bekommst schon deinen Spaß!«

»Hoffentlich. Ich muß allerdings sagen, daß es bisher nicht gerade danach aussieht. Schließlich werden wir in der Woche während deines ›tollen Festes‹, wie du es nennst, nicht oft in den Genuß deiner Anwesenheit kommen.«

»Ich werde euch so viel Zeit widmen, wie ich erübrigen kann – wahrscheinlich mehr, als euch lieb ist. Eine Woche ist eine lange Zeit, Jim.«

»Die Zeit vergeht unterschiedlich schnell mit unterschiedlichen Menschen, mein Lieber. Vermutlich ist dein neuer Schwarm genauso bezaubernd wie die aus früheren Jahren?«

»So bezaubernd?! Jim, sie ist einfach das ...«

»Bemüh dich nicht! Ich erinnere mich noch lebhaft an die Ausdrücke, die du auf die Beschreibung der anderen verwendet hast. Da waren Lily, Gwen, Bee und ... da gab's doch noch eine vierte. Eine gewisse Nelly oder ...«

»Lauter Strohfeuer, mein Lieber. Damals wußte ich ja selbst noch nicht, was ich wollte. Oh, wenn du sie siehst, wirst du mir recht geben. Sie ist das einzig Wahre – Irrtum ausgeschlossen!«

Er gab mir eine echte Liebhaberbeschreibung der jungen Frau, die, wie er sagte, Sylvia St. Leger hieß, aber diese Beschreibung unterschied sich nur unwesentlich von denen, die er in vergangenen Zeiten von mindestens vier anderen Mädchen geliefert hatte – und für die er alle eine unverbrüchliche, ewige Leidenschaft zu empfinden wähnte. Doch in keinem Fall hatte sie auch nur ein einziges Jahr überdauert.

Als wir nach einer Fahrt von acht Meilen zum Hotel gelangten, wurden wir schon recht ungeduldig von Tom Singleton erwartet, und binnen einer Viertelstunde saßen wir bei einem ausgezeichneten Dinner. Wir waren die einzigen Gäste, denn trotz seiner malerischen Lage am Hochufer eines Flusses und seines unzweifelhaften Reizes als Sommeraufenthalt hatte das Hotel dem Freizeitbesucher im Winter nur wenig zu bieten.

Nach dem Abendessen machte ich einen Streifzug durch das Haus und stellte zu meiner Überraschung fest, daß die alten Klostermauern praktisch noch so dastanden wie am ersten Tag. Auch die Küche war unverändert, während man das Refektorium beziehungsweise den Speisesaal in vier Räume unterteilt hatte. Die Gästeunterkünfte oberhalb des Parterres waren offensichtlich auf die gleiche Weise mit Backsteinwänden abgeteilt worden, aber die von schmalen Fensterchen durchbrochenen Außenmauern gehörten zu dem ehemaligen Kloster.

Am nächsten Morgen unternahm ich weitere Erkundungszüge, nur diesmal im Freien. Dabei stieß ich auf die Ruine des alten Klosterturms und bemerkte, daß man nur einen kleinen Teil des ursprünglichen Gebäudes für das Hotel genutzt hatte. Der Hotelier selbst, der mich begleitete, war gewiß kein Altertumsforscher. Er erzählte mir, daß man ihn, soweit es sein Etablissement betraf, hereingelegt hätte. Man – das heißt die Leute, von denen er das Anwesen kaufte – hatte ihm zu verstehen gegeben, daß die Einnahmen während der Sommermonate hoch genug wären, um das Ausbleiben der Gäste im Winter zu kompensieren. Doch nach jetzt einjähriger Erfahrung konnte er das nicht bestätigen. Offenbar war er übers Ohr gehauen worden, und so lautete seine Schlußfolgerung, daß er die Pflicht habe, jemand anderes auf dieselbe Art und Weise übers Ohr zu hauen.

»Ich hoffe nur, daß es klappt, Sir«, sagte er. »Aber ich habe da meine Zweifel. Die Leute werden mit jedem Tag mißtrauischer.«

»Na, Sie waren es jedenfalls nicht«, erwiderte ich.

»Stimmt – um so bedauerlicher, Sir. Aber ich weiß, daß es mich all meine Zeit kosten wird, den Kasten loszuwerden. Ach ja! Es ist heute nicht leicht, jemanden dazu zu bringen, daß er einem Ehrenwort vertraut.«

Während der nächsten beiden Tage blieben Tom Singleton und ich recht viel allein zusammen, denn Tatsache ist, daß unser Freund Arthur sich nach dem Mittagessen verabschiedete und erst zum Zeitpunkt des Abendessens wiederkam, wobei er jedesmal erklärte, er habe gerade den schönsten Tag seines Lebens verbracht. An Heiligabend kehrte er nicht nur strahlendster Laune zurück, sondern auch mit einer Einladung. Eine Dame, die sich dadurch auszeichnete, daß sie Miss St. Leger das Leben geschenkt hatte, bat uns, den ersten Weihnachtsfeiertag unter ihrem Dach zu verbringen – das heißt dem Dach eines schönen georgianischen Herrenhauses namens The Grange, wie es Arthur uns bereits geschildert hatte.

»Ich habe in euer beider Namen zugesagt«, verkündete er. »Mrs. St. Leger ist eine ganz bezaubernde Frau, und ihre Tochter – ich weiß nicht, ob ich das schon erwähnt habe, daß sie eine Tochter hat, eine Tochter namens Sylvia –, ist vielleicht das schönste ... Aber was soll ich sie euch lange beschreiben? Morgen könnt ihr sie ja selbst sehen und euch ein Urteil bilden, ob ich auch nur im geringsten übertrieben habe, wenn ich sage: Es gibt kein herrlicheres, anmutvolleres Geschöpf unter der Sonne!«

»Ja, nach einer Stunde mit ihr werden wir vollauf imstande sein, eine Meinung zu diesem Thema zu verkünden«, sagte Tom lachend.

Wir blieben bis gegen elf Uhr abends rauchend vor dem Holzfeuer sitzen, das in dem großen Kamin loderte, und gingen nach einigen Späßen im Foyer auf unsere Zimmer. Das meine war ein kleines am Anfang des Korridors, das von Arthur Jephson lag nebenan, und am Ende des Flurs befand sich das von Tom Singleton – drei Räume, die früher einmal ein einziger großer gewesen waren.

Da ich tagsüber viel herumgewandert war, hatte ich mich kaum ins Bett gelegt, da fielen mir die Augen zu.

Plötzlich schreckte ich aus dem Schlaf. Ein unbestimmter Instinkt sagte mir, daß es irgendwo brannte, und ein merkwürdiges rotes Licht strömte von draußen ins Zimmer. Im Nu war ich aus dem Bett gesprungen und lief ans Fenster. Doch noch bevor ich dort ankam, wurde es wieder dunkel in dem Raum, und es ertönte ein gellendes Gelächter – allem Anschein nach aus dem Nebenzimmer.

Einen Moment lang war ich wie gelähmt. Aber sogleich hatte ich meine Geistesgegenwart wieder. Bestimmt hatten Tom und Arthur mir einen Streich gespielt, wie sie es ja öfter taten. Sie hatten, so sagte ich mir, vor meinem Fenster ein rotes Licht angezündet und brüllten jetzt vor Lachen, weil sie mich aus dem Bett springen hörten.

Das war die Erklärung, die sich mir zuerst aufdrängte, und ich wollte schon wieder zu Bett, da klopfte jemand an meine Tür und öffnete sie dann.

»Was, um alles in der Welt, soll das heißen?« sagte Arthur Jephson. »Hast du vielleicht die Bettvorhänge in Brand gesteckt? Wenn ja, dann gibt es darüber nichts zu lachen.«

»Raus mit dir und deinen blöden Streichen«, erwiderte ich. »Das ist ein sehr armseliger Witz, Arthur. Geh wieder zu Bett.«

Er zündete ein Streichholz an – er hatte eine Schachtel davon in seiner Hand – und ging ohne jedes Wort zu meiner Kerze. Im Nu war der Raum schwach erleuchtet.

»Soll das etwa heißen, du hast hier eben kein Licht gehabt – ein rotes Licht?« schrie er.

»Nein, hatte ich nicht. Ein rotes Licht ist zwar durchs Zimmer geströmt, aber das kam anscheinend von draußen«, antwortete ich.

»Und wer hat da so gellend gelacht?«

»Ich dachte, daß selbstverständlich Tom und du das wären – bei einem eurer üblichen dummen Streiche.«

»Streiche! Nein, ich habe dir keinen Streich gespielt, Ehrenwort! O Gott, dieses Gelächter hat sich ganz und gar nicht nach einem Streich angehört.« Er setzte sich auf mein Bett. »Könntest du dir vorstellen, daß es jemand vom Personal war, einer, der mit einer Wagenlampe in den Ställen herumgegangen ist?« fragte er. »Vielleicht ist ja irgendein später Gast eingetroffen.«

»Klingt ganz plausibel«, meinte ich. »Ja, das könnte es gewesen sein, und das Gelächter kam vielleicht von den Stallburschen.«

»Ich höre nicht den geringsten Lärm im Haus, keine Stimmen, keine Schritte, weder hier noch draußen.«

»Die Stallungen liegen nicht in diesem Flügel«, sagte ich. »Wir müssen das Licht gesehen und das Gelächter gehört haben, als die Kutsche an unseren Fenstern vorbeifuhr. Aber egal. Wenn wir noch lange im Schlafanzug hier herumsitzen, holen wir uns bloß eine Erkältung. Am besten, wir gehen wieder in unsere Betten.«

»Mir ist nicht gerade nach Schlafen zumute, aber wenn du deine Ruhe haben willst, möchte ich dich nicht stören«, sagte er und stand auf. »Wird es nicht schon bald Tag?«

Ich hielt die Kerze an meine Taschenuhr, die über dem Bett hing.

»Es ist genau fünf Minuten nach zwölf«, antwortete ich. »Wir haben kaum eine Stunde geschlafen.«

»Dann ist es besser für uns beide, wenn ich schnell wieder verschwinde«, sagte er und ging hinaus. Ich hörte noch, wie er in seinem Zimmer ein Streichholz anzündete. Offenbar wollte er seine Kerze brennen lassen.

Ich schlief erst nach mehreren Stunden wieder ein und schreckte abermals plötzlich auf. Arthur Jephson stand neben meinem Bett. Das Morgenlicht erfüllte den Raum.

»Um Gottes willen, schnell! Komm mit in Toms Zimmer!« flüsterte mein Freund. »Er ist tot! Tom ist tot!«

Ich brauchte einige Sekunden, um den vollen Sinn seiner

Worte zu erfassen. Dann sprang ich aus meinem Bett und lief durch den Korridor zu dem Zimmer, in dem Tom Singleton untergebracht war. Der Hotelbesitzer und ein paar Angestellte waren bereits da. Sie hatten die Tür aufgebrochen.

Es war nur allzu wahr: Unser armer Freund lag in seinem Bett, und sein ganzer Körper war so verrenkt, als hätte er bis zur letzten Sekunde verzweifelt mit jemandem gekämpft. Auch sein Gesicht war gräßlich verzerrt, mit weit aufgerissenen Augen.

»Einen Arzt«, stieß ich hervor.

»Wir haben schon nach einem geschickt, Sir«, erwiderte der Hotelier.

Binnen weniger Minuten war der Arzt zur Stelle.

»Herzattacke«, lautete sein Befund. »War der Verstorbene allein im Zimmer? Nein, er kann ja nicht allein gewesen sein.«

»Doch, das war er«, entgegnete Arthur. »Völlig allein. Als ich vor einer Viertelstunde bei ihm anklopfte und keine Antwort bekam, habe ich das Schloß aufzubrechen versucht, aber ohne Erfolg. Der Hotelbesitzer und der Dienstbote, der uns das heiße Wasser brachte, haben die Tür auf meinen Wunsch hin gesprengt.«

»Und das Fenster – ist es verriegelt gewesen?« fragte der Arzt.

»Es war fest zu, Sir«, antwortete der Hotelier.

»Eine plötzliche Herzattacke«, wiederholte der Doktor.

Natürlich wurde eine Leichenschau vorgenommen, da aber nichts auf ein Verbrechen hindeutete, gab sich das Gericht mit der Diagnose »Herzattacke« zufrieden, und man bestätigte einen »Tod durch natürliche Ursache«.

Vor meiner Rückkehr nach London untersuchte ich noch einmal das Zimmer, in dem unser bedauernswerter Freund gestorben war. Dabei entdeckte ich an einem der Fensterläden vier merkwürdige Brandflecke, die den Eindruck machten, als habe einmal jemand mit einem rotglühenden Panzerhandschuh die Außenkante ergriffen.

Noch vor Ende des Jahres brach ich nach Indien auf und blieb dort acht Monate. Dann kam mir die Idee, eine meiner Schwestern in Queensland zu besuchen. Bei meiner Rückkehr am Ende des Jahres wollte ich ein paar Wochen in Kairo Zwischenstation machen, und ich betrat gerade das Foyer von *Shepherd's Hotel*, da stand mir Arthur Jephson mit seiner Frau gegenüber – er nannte sie Sylvia. Sie hatten zwar schon im August geheiratet, aber ihre Flitterwochen befanden sich anscheinend noch im Anfangsstadium. Erst als Mrs. Jephson gute Nacht gesagt hatte und Arthur mit mir allein zusammensaß, um mit ein, zwei ziemlich starken Zigarren die kühle Nachtluft zu genießen, wagten wir es, das tragische Unglück, das bei unserer letzten Begegnung geschehen war, anzusprechen.

»Ich bitte dich, tu mir den Gefallen, und erwähne kein Sterbenswort von dieser furchtbaren Geschichte, und auch nicht von diesem Schreckenszimmer in dem Kloster, wenn meine Frau in der Nähe ist«, sagte Arthur.

»Ich werde mir Mühe geben«, erwiderte ich. »Du hast vermutlich deine Gründe, mich darum zu bitten.«

»Ich habe die besten Gründe, Jim. Sylvia hat ebenfalls ihre Erfahrungen mit diesem Zimmer, und sie waren genauso schrecklich wie unsere.«

»Du lieber Himmel! Das ist mir ja völlig neu. Sie hat doch wohl nicht darin geschlafen?«

»Nein, Gott sei Dank nicht. Ich kam gerade noch rechtzeitig.«

Ich brauche wohl kaum zu erwähnen, daß mein Interesse jetzt vollständig geweckt war.

»Erzähl mir, was passiert ist, wenn du kannst«, sagte ich. Nach kurzem Zögern begann mein Freund: »Du selbst warst ja im Ausland. Darum hast du von dem Brand im Hause meiner Braut wohl kaum etwas hören können.«

»Kein Wort habe ich davon gehört.«

»Es ist nur zwei Tage vor dem letzten Weihnachtsfest passiert. Ich war gerade in Südfrankreich, wo ich zwei Monate mit meiner Mutter verbrachte – sie erträgt den englischen Winter einfach nicht – und hatte Sylvia versprochen, Weihnachten wieder bei ihr zu sein. Als ich in Northavon eintraf, waren sie, ihre Mutter und ihre Hausangestellten zu meiner Überraschung in dem Kloster. Der Brand war in der Nacht zuvor ausgebrochen, und jetzt, da sie kein Dach mehr über dem Kopf hatten, kam ihnen das Hotel sehr gelegen. Nun ja, wir aßen gemeinsam zu Abend und waren bis zum Zubettgehen so vergnügt wie unter den gegebenen Umständen nur möglich. Ich hatte Sylvia sogar schon gute Nacht gesagt, da fiel mir wieder ein, was am letzten Heiligabend in diesem Haus geschehen war. Sofort bin ich nach oben gestürmt und sah Sylvia gerade ihr Zimmer betreten – eben jenes verhängnisvolle Zimmer, in dem Tom gestorben ist. Als ich sie beschwor, sich ein anderes zu nehmen, lachte sie zuerst nur und versicherte mir, sie sei nicht abergläubisch. Dann jedoch merkte sie, daß ich es ernst meinte, und zwar todernst, Jim, das kannst du mir glauben ...«

»O ja, das tue ich!«

»Nun gut, sie erklärte sich einverstanden, bei ihrer Mutter zu übernachten, und ich zog erleichtert ab. Als ich wieder vor dem Kamin im Speisesaal saß, fing ich an, über den armen Tom Singleton nachzudenken. Ich fühlte mich merkwürdig erregt und wußte, daß es keinen Sinn hätte, ins Bett zu gehen. Genau gesagt, beschloß ich, den Speisesaal ein paar Stunden lang nicht zu verlassen, nur für den Fall, und als der Hotelbesitzer kam, um das Licht auszumachen, erklärte ich ihm, das könne er getrost mir überlassen. Das war gegen halb zwölf. Seine Schritte waren kaum auf der Eichenholztreppe verklungen, da verspürte ich eine Furcht wie ein Kind im Dunkeln. Ich zündete mir eine neue Zigarre an und ging eine Zeitlang im Zimmer umher. Dabei trat ich an das Fenster, von dem aus man das alte Klostergelände überschaut, und sah, daß draußen eine schöne Nacht war. Vielleicht, sagte ich mir, würde mir die kühle Luft ja guttun. Also habe ich die Tür aufgemacht, bin hinausgeschlendert und war erst ein paar Meter über den Rasen gegangen, da drehte ich mich um und blickte am Haus hinauf – zu dem letzten Fenster, dem Fenster des bewußten Zimmers. Man hatte früh am Abend darin Feuer gemacht, und der Schimmer dieses Feuers fiel durch die weiße Jalousie. Auf einmal aber verstärkte er sich zu einem schrecklichen Leuchten, Jim, einem roten Leuchten, und dann erschienen die Schatten zweier Gestalten auf der Jalousie, der eine davon der einer Frau, der andere – weiß Gott, was es gewesen ist. Ich bin sofort zurückgerannt, aber ich war noch nicht an der Tür, da vernahm ich dieses grauenvolle Gelächter. Es schien aus dem bewußten Zimmer zu kommen und weit durch die Luft zu schallen, bis über den Fluß. Ich bin mit einer Kerze nach oben gelaufen und sah Sylvia mit ihrer Mutter, beide in Umhängetücher gehüllt, an der Zimmertür stehen. ›Gott sei Dank, daß dir nichts geschehen ist!‹ rief ich, ganz außer Atem. ›Ich hatte schon befürchtet, du wärst wieder in dem Zimmer.‹ – ›Hast du es gehört – dieses schaurige Gelächter?‹ flüsterte sie. ›Ja, du hast es gehört, und du hast auch etwas gesehen. Was? Was ist das gewesen?‹ Ich brachte sie und ihre Mutter mit sanfter Gewalt wieder in ihr Zimmer, denn schon drängten die Dienstboten und die Familie des Hotelbesitzers in den Gang. Auch sie hatten genug gehört, um alarmiert zu sein.«

»Und? Warst du dann in dem Zimmer?«

»Das ganze Schauspiel dieses schrecklichen Morgens wiederholte sich. Die Tür war von innen verschlossen. Wir brachen sie auf und entdeckten auf dem Boden eine Mädchenleiche, deren Gesicht genauso verzerrt war wie das des armen Singleton. Es war Sylvias Zofe. Man vermutete, daß sie das Zimmer ihrer Herrin selbst benutzt hatte, um in den Genuß des warmen Feuers zu kommen.«

»Und der Arzt diagnostizierte auf ...?«

»Herzattacke – das gleiche wie damals. Merkwürdiger Zufall! Ich brauche kaum hinzuzufügen, daß wir nie wieder unter diesem Dach geschlafen haben. Die arme Sylvia! Die Vorstellung, wie knapp sie noch einmal davongekommen ist, war fast zuviel für sie.«

»Ist dir an diesem Zimmer irgend etwas Besonderes aufgefallen – an den Fensterläden zum Beispiel?« fragte ich.

Einen Moment betrachtete er mich mit merkwürdigem Blick. Dann beugte er sich nach vorn und sagte: »An der Kante des Fensterladens befanden sich ein paar merkwürdige Brandflecke.«

»So als hätte sich ein rotglühender Handschuh darauf gelegt?«

»Es waren die Abdrücke zweier solcher Handschuhe«, antwortete mein Freund bedächtig.

Wir blieben noch eine Stunde im Garten sitzen, dann warfen wir unsere Zigarrenstummel weg und gingen wortlos ins Innere des Hotels.

Die schwarze Katze

W. J. Wintle

William James Wintle war ein produktiver Journalist und Beitragslieferant für die populären Magazine, zu dessen zahlreichen Publikationen *Nights with an Old Lag, Continental Dishes* und *Armenia and its Sorrows* gehören. Während seines Aufenthalts in dem Kloster von Caldy Island erzählte er den jungen Novizen Sonntag abends am Kaminfeuer Geistergeschichten. »Diese Geschichten hatten das Glück, den Beifall ihrer recht kritischen Zuhörerschaft zu finden. Offen gestanden, kamen die grausigsten davon am besten an. Jungens mögen es nun einmal scharf gewürzt.« Die Geschichten erschienen unter dem Titel *Ghost Gleams* (1921).

Wenn es ein Tier gab, das Sydney weniger leiden konnte als jedes andere, dann waren es Katzen. Nicht, daß er generell kein Tierfreund gewesen wäre. Seinen alten Apportierhund früher hatte er tief ins Herz geschlossen; aber eine Katze schien irgendwie alles Schlechte, um nicht zu sagen, das Schlechteste, in ihm zu mobilisieren. Es kam ihm immer so vor, als müsse er in einem früheren Leben einmal eine Maus oder ein Vogel gewesen sein und von daher eine instinktive Furcht und einen instinktiven Haß gleichermaßen »geerbt« haben.

Wenn eine Katze in der Nähe war, dann löste das die seltsamsten Reaktionen in ihm aus, zunächst einmal eine Art Abscheu. Die Vorstellung, daß dieses Tier ihn anstarrte, daß man einen lautlosen Schritt hörte, daß einen dieses glatte Fell streifte – all das ließ ihn schaudern und zurückschrecken. Doch diese Empfindungen wichen rasch einer noch seltsameren Faszination. Er fühlte sich von dem Wesen, das er fürchtete, angezogen – so wie man es (ganz zu Unrecht) einem Vogel nachsagt, der in das Auge einer Schlange starrt. Am liebsten hätte er das Tier gestreichelt, hätte gespürt, wie sich dessen Kopf an seiner Hand rieb – und doch erfüllte ihn diese Vorstellung mit einer namenlosen Angst. Es war ungefähr so wie der morbide Zustand, in dem es einem Menschen körperliches Vergnügen bereitet, sich selbst Schmerz zuzufügen. Und dann war da noch nackte, unverhüllte Furcht. Sosehr er es auch zu leugnen versuchte, wenn eine Katze im Zimmer war, empfand Sydney eine Todesangst. Immer wieder bemühte er sich, sie zu überwinden, aber vergeblich. Er hatte sich die bekannte Gutmütigkeit der Hauskatze vor Augen geführt, ihre notorische Scheu und ihr faktisches Unvermögen, einem ausgewachsenen starken Mann irgend etwas Ernsthaftes anzutun. Aber alles war zwecklos. Er fürchtete sich vor Katzen, und es hatte keinen Sinn, diese Furcht zu leugnen.

Andererseits war Sydney kein Katzenfeind und der letzte auf dieser Welt, der einer Katze etwas zuleide getan hätte. Egal, wie sehr sein Schlaf von den stimmlichen Anstrengungen eines liebeskranken Streuners auf dem Dach gestört wurde, es wäre ihm doch niemals eingefallen, ihn mit einem Wurfgeschoß zu attackieren. Der Anblick einer halbverhungerten Katze, deren Besitzer in Urlaub gefahren war, erfüllte ihn mit einem Erbarmen, das an Schmerz grenzte. Er war ein großzügiger Spender für das »Heim für herrenlose Katzen«. Ja, sein ganzes Verhalten und seine ganze innere Einstellung waren ein Widerspruch in sich selbst. Aber man mußte der Wahrheit ins Auge blicken: Er mochte keine Katzen, er hatte Angst vor ihnen.

Wahrscheinlich wurde diese fixe Idee bis zu einem gewissen Grade dadurch unterstützt, daß Sydney ein Mann mit viel Freizeit war. Hätte ihn etwas Wichtigeres beschäftigt, dann wäre er mit reiferen Jahren diesen Grillen vielleicht entwachsen. Aber aufgrund eines umfangreichen Vermögens, einer ererbten Abneigung gegen jede Art von körperlicher Arbeit und zwei, drei interessanten Steckenpferden, mit denen sich ebenso angenehm wie mühelos die Zeit totschlagen ließ, hatte er allen erdenklichen Spielraum für seine Marotten. Und wer Marotten ungehindert nachgibt, der wird am Schluß nicht selten zu ihrem Sklaven. So auch Sydney.

Er schrieb gerade an einem Buch über irgendeine Epoche des alten Ägypten – eine Arbeit, die nicht nur ein umfangreiches Studium der Sammlungen im Britischen Museum und anderswo erforderte, sondern auch viele Nachforschungen in den Beständen der Buchantiquariate. Und wenn Sydney nicht diesen Beschäftigungen nachging, dann war er daheim, in einem alten Haus, um das sich wie um die meisten alten, verwinkelten Gemäuer allerlei merkwürdige Geschichten und Gerüchte rankten. Zu irgendeinem nicht näher definierten Zeitpunkt sollte sich an diesem Ort eine Tragödie ereignet haben, der zufolge dann und wann irgend etwas hier »umgehen« und dabei irgend etwas tun würde. Das Wörtchen »irgend« besaß in den Gerüchten dieser Gegend einen hohen Stellenwert, denn es deckte eine Vielzahl verschwommener Erinnerungen und ungenauer Legenden. Sydney, der ein zurückgezogenes Leben führte und wenig mit den Nachbarn in Berührung kam, hatte wahrscheinlich nie etwas über den Ruf des Hauses gehört. Doch auch wenn er etwas vernommen hätte, hätte er sich nicht das Geringste anmerken lassen, denn abgesehen von seinem Katzen-Spleen war er ungemein ausgeglichen und wahrscheinlich der letzte, der »Gespenster sah« oder etwas auf unbewiesene Behauptungen gab.

Das Geheimnis um sein vorzeitiges Ende kam daher für seine Bekannten sehr überraschend. Und das Grauen, das über seinen letzten Lebenstagen schwebte, wurde durch den Fund eines Tagebuchs und anderer für diese Geschichte verwendeten Schriftstücke nur teilweise ans Licht gebracht. Vieles bleibt nach wie vor im dunkeln und läßt sich nicht aufklären, denn der einzige, der vielleicht noch etwas mehr Aufschluß hätte gewähren können, weilt nicht mehr unter uns. Und so müssen wir uns mit den bruchstückhaften Indizien begnügen, die zur Verfügung stehen.

Wie es scheint, war Sydney eines Tages, mehrere Monate vor seinem Ableben, im Garten und las gerade irgend etwas, als sein Blick auf einen kleinen Erdhügel fiel, den der Gärtner neben dem Pfad hatte liegenlassen. Es war nichts Besonderes an diesem Hügel, und doch faszinierte er Sydney offenbar. Er setzte seine Lektüre fort, aber der Erdhügel fesselte hartnäckig seine Aufmerksamkeit. Sydney konnte seine Gedanken nicht davon abhalten und fast genausowenig seinen Blick. Er war kein Mann, der sich von solchen Dingen ablenken ließ, und er behielt seine Augen fest entschlossen auf dem Buch. Aber es war ein innerlicher Kampf, und schließlich gab Sydney sich geschlagen. Er blickte zu dem Häufchen, diesmal recht neugierig, was eine solche Aufmerksamkeit wohl auslösen mochte.

Offenbar gar nichts, und er lächelte bereits über die Unsinnigkeit der Sache, da schrak er auf, denn er entdeckte *doch* etwas Besonderes. Der Erdhaufen sah genau wie eine schwarze Katze aus! Und diese Katze hatte sich geduckt, um ihn anzuspringen. Die Ähnlichkeit war geradezu absurd, denn genau dort, wo die Augen hätten sitzen müssen, lag ein Paar gelber Kieselsteine, und sekundenlang empfand Sydney all die Angst und all den Abscheu, welche die Nähe einer wirklichen Katze in ihm auslöste. Dann erhob er sich von seinem Stuhl, um so lange in den Erdhaufen zu treten, bis jede Ähnlichkeit mit dem verabscheuten Vierbeiner zerstört war. Als er sich wieder hinsetzte, lachte Sydney zwar über die Verrücktheit des Ganzen, aber es hatte doch ein unbestimmtes Gefühl der Unruhe und der Furcht in ihm hinterlassen. Nein, diese Sache schmeckte ihm gar nicht.

Es muß rund vierzehn Tage später gewesen sein, da begutachtete Sydney gerade ein paar ägyptische Antiquitäten, die kürzlich einem Londoner Händler in die Hände gefallen waren – die meisten ganz alltägliche und daher uninteressante Stücke. Einige wenige jedoch verdienten größere Aufmerksamkeit, und Sydney nahm Platz, um sie näher zu untersuchen. Besonders ein paar Elfenbeintafeln faszinierten ihn. Waren da nicht noch schwach die Überreste irgendeiner Inschrift zu erkennen? Wenn ja, dann würde es sich hierbei um eine ausgesprochene Entdeckung handeln, denn derartige Memoranda waren sehr selten und müßten einiges Licht auf die privateren Details des damaligen Alltags werfen, wie sie auf Baudenkmälern meist nicht dokumentiert sind. Noch während Sydney in diese Untersuchungen vertieft war, beschlich ihn plötzlich ein undefinierbares Gefühl des Grauens, und ehe er sich's versah, schien er von einer Art Tagtraum umhüllt, der viele Eigenschaften eines Alpdrucks besaß. Sydney bildete sich ein, er würde eine schwarze Katze streicheln, die immer größer wurde, bis sie geradezu riesenhaft war. Ihr weiches Fell verdichtete sich um seine Hände und flocht sich ihm um die Finger wie eine Masse von seidigen Schlangen; und zahllose winzige Bisse von giftigen Zähnen prickelten auf seiner Haut. Gleichzeitig wurde das Schnurren der Kreatur immer lauter, bis es dem Brüllen eines Wasserfalls glich und Sydneys gesamte Sinneswahrnehmungen überwältigte. In seinem Geiste ertrank er bereits in einem Meer von drohenden Katastrophen, da gab er sich einen letzten, gewaltigen Ruck, befreite sich aus dieser Wahnidee und sprang auf. Dabei entdeckte er, daß seine Hand eine ungeöffnete kleine Tiermumie gestreichelt hatte, die sich bei näherer Begutachtung als eine Katze erwies.

Das nächste Vorkommnis, das ihm offenbar erwähnenswert schien, ereignete sich ein paar Nächte später. Sydney war bei guter Gesundheit zu Bett gegangen und hatte fest geschlafen. Gegen Morgen aber wurde sein Schlaf von einem Traum gestört, der an die nächtlichen Ängste der Kindheit erinnerte. Zwei ferne Sterne wurden immer größer und heller, bis er sah, daß sie mit unglaublicher Geschwindigkeit durch den Weltraum auf ihn zuschossen. Gleich mußten sie ihn in einem Meer von Feuer und Flammen zerschmettern – zwei große lodernde Blüten, die bei ihrem unaufhaltsamen Näherkommen anschwollen und sich öffneten und mit jeder Sekunde eine blendendere Helligkeit annahmen. Und dann, gerade als sie ihn zu zermalmen drohten, wurden daraus plötzlich die grün und gelb glühenden Augen einer riesenhaften Katze. Mit einem Schrei sprang Sydney aus seinem Bett. Er war mit einem Schlag hellwach. Und dort, auf seiner Fensterbank, lag eine große schwarze Katze, die ihn mit boshaften gelben Augen anfunkelte, nur um sich einen Moment später in Luft aufzulösen. Wenigstens schien es so.

Das Unerklärliche an der Sache bestand nämlich darin, daß die Fensterbank für alles, was keine Flügel hatte, unerreichbar war. Selbst eine Katze konnte unmöglich hin-

aufgeklettert sein. Aber damit nicht genug, gab es auch unten im Garten keine Spur von ihr.
Der Zeitpunkt des nächsten Vorfalls ist ungewiß, denn anscheinend wurde es erst später aufgezeichnet. Doch dürfte er sich wenige Tage nach dem eben beschriebenen Traum ereignet haben. Sydney ging an einen Sekretär, den er immer abschloß, weil sich Manuskripte und andere wertvolle Schriftstücke darin befanden. Den Schlüssel dazu gab er nie aus der Hand. Soweit er sich erinnerte, hatte er diesen Sekretär seit mindestens einem Monat nicht mehr geöffnet, und aus dem einen oder anderen Grund wollte Sydney nun in einer Notizensammlung etwas nachsehen, die mit dem Studium seines Lieblingsthemas in Verbindung stand. Als er den Sekretär öffnete, überfiel ihn sofort ein merkwürdiger Geruch, kein direkter Moschusgeruch, aber eindeutig ein tierischer; anders ließ es sich nicht beschreiben. Er erinnerte vage an eine Katze. Was Sydney jedoch sofort ins Auge sprang und ihn überaus verdroß, war die Tatsache, daß jemand in den Papieren gewühlt hatte. Die losen Blätter waren aus einigen Brieffächern auf die Schreibplatte hinausgezerrt und sahen haargenau wie ein Nest aus. Irgend etwas hatte sie nämlich zu einem runden Haufen geformt, in dessen Mitte sich eine Vertiefung befand, ganz so, als hätte sich dort ein Tier zum Schlaf zusammengerollt, und die Größe dieser Vertiefung entsprach genau der Größe einer Katze.
Sydney ärgerte sich in diesem Moment zu sehr über das Durcheinander unter seinen Papieren, um von deren kuriosem Arrangement sonderlich beeindruckt zu sein, doch der Schock traf ihn mit Verspätung, als er die Blätter wieder sortierte. Manche von ihnen wirkten leicht verschmutzt, und bei näherer Untersuchung stellte er fest, daß auf ihnen kurze schwarze Haare waren, wie die einer Katze.

Ungefähr eine Woche nach diesem Ereignis kehrte er später als sonst von einer Versammlung der Wissenschaftsgesellschaft, welcher er angehörte, nach Hause zurück. Es war Abend, und er zog gerade seinen Schlüssel aus der Tasche, um die Tür zu öffnen, da war ihm, als reibe sich etwas an seinem Bein. Er sah nach unten: nichts. Doch sofort hatte er wieder dieses Gefühl, und jetzt glaubte er, neben seinem rechten Fuß einen Schatten zu erkennen. Als er aber genauer hinschaute, war nichts da. Beim Betreten des Hauses spürte er jedoch eindeutig, wie etwas an seinem Bein streifte, und als er im Flur kurz stehenblieb, um seinen Mantel aufzuhängen, entdeckte er einen schwachen Schatten, der die Treppe hinaufzugehen schien. Kein Zweifel, es handelte sich bloß um einen Schatten und um nichts Greifbares, denn es war hell im Haus und Sydney sah alles ganz deutlich. Nur bewegte sich nichts, das diesen flüchtigen Schatten hätte erklären können. Und die Art, *wie* der Schatten sich bewegte, erinnerte merkwürdig an eine Katze.

Die nächsten Tagebucheintragungen, die Sydney diesem Thema gewidmet hat, beschreiben offenbar nur eine Reihe von Zufällen, und daß er sie überhaupt für erwähnenswert hielt, beweist bloß allzu deutlich, wie sehr sein Geist bereits von der Idee besessen war. Er hatte den numerischen Wert des englischen Wortes »Katze«, die Buchstaben C, A und T, ihrer Reihenfolge im Alphabet nach addiert, die Summe 24 erhalten und daraufhin die Anlässe überdacht, bei denen diese Zahl in seinem Leben eine Rolle spielte. Er war am 24. zur Welt gekommen, in einem Haus mit der Nummer 24, und seine Mutter war damals 24 Jahre alt. Er selbst war 24 gewesen, als sein Vater starb und ihm ein beträchtliches Vermögen hinterließ – vor genau 24 Jahren. Als er das letztemal Bilanz gezogen hatte, hatte er festgestellt, daß sein Anlagekapital – ohne Haus- und Grundbesitz – rund 24 000 Pfund betrug. In drei verschiedenen Abschnitten seines Lebens und in unterschiedlichen Gemeinden hatte er zufällig in Häusern mit der Nummer 24 gewohnt, so auch momentan. Außerdem endete die Nummer seines Bibliotheksausweises für das Britische Museum mit der Ziffer 24, und sowohl sein Arzt als auch sein Rechtsbeistand lebten in Häusern mit der gleichen hartnäckigen Nummer. Er hatte noch etliche andere solcher Zufälligkeiten notiert, aber sie waren recht weit hergeholt und sind hier nicht erwähnenswert. Am Schluß der Eintragung steht jedoch die ominöse Frage: »Wird auch alles mit einer 24 enden?«

Schon bald nach diesen Notizen hieß es, eine weitaus ernstere Angelegenheit schriftlich festzuhalten. Sydney ging eines Abends ins Erdgeschoß, da bemerkte er in einer schlecht beleuchteten Ecke der Treppe etwas, das er für eine Katze hielt. Aufgrund seiner angeborenen Abneigung schrak er davor zurück. Bei genauerem Hinsehen erkannte er jedoch, daß es lediglich ein Schatten war, den irgendeine Schnitzerei am Treppenkopf warf. Lachend wandte er sich ab, aber gerade als er dies tat, hatte er den Eindruck, daß sich der Schatten bewegte. Beim Hinuntergehen stolperte Sydney zweimal, weil er glaubte, gleich auf eine Katze zu treten, und einen Moment später schien er dies tatsächlich zu tun. Etwas Weiches gab unter seinen Füßen nach und brachte ihn zu Fall, so daß er arg durcheinandergeschüttelt wurde.

Als er sich mit Hilfe seines Dieners vom Boden aufgerappelt hatte, hinkte er in die Bibliothek und stellte fest, daß seine Hose ein Stückchen oberhalb des Knöchels zerrissen war. Kurioserweise jedoch handelte es sich um drei senkrechte parallele Risse – genau wie von den Krallen einer Katze. Und ein stechender Schmerz führte zu näherer Un-

tersuchung: Sein Bein wies drei tiefe Kratzer auf, die exakt mit den Rissen in der Hose übereinstimmten.
Am Rand der Seite, auf der er dieses Mißgeschick festhielt, fügte er die Worte hinzu: »Diese Katze bringt Unglück.« Und der ganze Tonfall der verbleibenden Einträge sowie der wenigen Briefe, die aus dieser Zeit datieren, beweist überdeutlich, daß Sydneys Gemüt mehr oder weniger verdüstert war.
Allem Anschein nach kam es nur einen Tag später zu einem weiteren zwar nebensächlichen, aber dennoch beunruhigenden Ereignis. Sydneys Bein schmerzte immer noch, und er verbrachte den ganzen Tag mit ein oder zwei Lieblingsbüchern auf einer Couch. Kurz nach vierzehn Uhr hörte er ein dumpfes Geräusch, wie es eine Katze hätte verursachen können, die aus mäßiger Höhe herunterhüpft. Er blickte auf, und da, auf dem Fensterbrett, kauerte tatsächlich ein solches Tier; es war schwarz, mit funkelnden Augen. Einen Moment später sprang es in das Zimmer. Aber es kam nie am Boden auf – oder falls doch, dann mußte es durch ihn hindurchgefallen sein. Sydney sah die Katze springen, sah sie eine Sekunde lang mitten in der Luft, und dann – war sie verschwunden, einfach nicht mehr da!
Er hätte ja gern daran geglaubt, daß es sich um eine optische Täuschung handelte, doch leider sprach die Tatsache, daß die Katze bei ihrem Sprung vom Fensterbrett einen Blumentopf umgeworfen hatte, gegen diese Theorie. Und zum Beweis lagen Scherben auf dem Boden.
Nun bekam Sydney es wirklich mit der Angst. Schlimm genug, daß er Dinge sah, die objektiv nicht vorhanden waren, jetzt sah er sich auch noch eindeutig realen Geschehnissen gegenüber, die man nicht mit den üblichen Naturgesetzen erklären konnte. In diesem Fall bewies der

zerbrochene Blumentopf, daß die Katze eine physische Wirkung auszuüben vermochte, obwohl sie möglicherweise bloß das war, was wir in Ermangelung eines treffenderen Ausdrucks als »Geist« bezeichnen. Wenn sie einen Blumentopf umwerfen konnte, dann konnte sie vermutlich auch kratzen und beißen – und die Aussicht, von einer Katze aus einer anderen »Dimension« angegriffen zu werden, dürfte logisch kaum nachvollziehbar sein.

Ganz offensichtlich hatte Sydney jetzt wirklich Grund zur Beunruhigung. Die Geisterkatze – oder wie man sie auch nennen will – gewann auf irgendeine Weise an Stärke und war nun imstande, ihr Vorhandensein und ihre Feindseligkeit offener und handgreiflicher zu zeigen. Noch in derselben Nacht wurde der Beweis dafür erbracht. Sydney träumte von einem Besuch in den Zoologischen Gärten, da entsprang plötzlich ein schwarzer, sehr wild und gefährlich aussehender Leopard seinem Käfig und fiel Sydney an. Er wurde von dem schweren Tier rücklings zu Boden geschleudert, und das Gewicht der Bestie erdrückte ihn fast. Ihre Klauen waren an seiner Kehle, ihre grausamen gelben Augen starrten ihm ins Gesicht, und als das Übermaß des Grauens den Traum schlagartig zerspringen ließ, war Sydney aufgewacht. Langsam stellte sich sein Bewußtsein ein, und er nahm tatsächlich ein Gewicht auf seiner Brust wahr. Als er die Augen aufschlug, blickte er geradewegs in die Tiefen zweier gelb funkelnder Flammen in einem Gesicht aus schwarzem Samt. Die Katze sprang von seinem Bett und durch das Fenster, doch das Fenster war verschlossen, und es ertönte kein Geräusch von splitterndem Glas.

In dieser Nacht tat Sydney kein Auge mehr zu. Beim Aufstehen aber erwartete ihn ein neuer Schock. Er entdeckte zwei kleine Blutflecke auf seinem Kopfkissen, und als er sich im Spiegel untersuchte, bemerkte er an seinem Hals zwei Stellen mit winzigen Verletzungen. Sie waren kaum größer als Nadelstiche, doch beide halbkreisförmig angeordnet, jeweils eine auf jeder Seite der Kehle und genau wie von einer Katze, die den Hals zwischen ihren Vorderpfoten zu packen versucht.

Dies ist der letzte Vorfall, den Sydneys Tagebuch dokumentiert. Und wie ernst er die ganze Sache nahm, zeigt sich in gewissen Briefen, die er an diesem Tag schrieb: letzte Anweisungen an seinen Testamentsvollstrecker und Instruktionen in diversen geschäftlichen Angelegenheiten – offenbar mit Hinblick auf sein bevorstehendes Ende.

Was sich während der Schlußszene jener Tragödie zutrug, können wir nur anhand der hinterlassenen Spuren erraten, aber es gibt Indizien zur Genüge, daß das Grauen entsetzlich war.

Wie es scheint, wurde die Haushälterin im Laufe der Nacht einmal von einem seltsamen Geräusch aufgeweckt, das sie nur als das Fauchen einer Katze beschreiben konnte, während das Stubenmädchen, dessen Zimmer unmittelbar über dem von Sydney lag, angeblich geträumt hat, daß es seinen Herrn ein- oder zweimal gräßlich schreien hörte.

Als man Sydney morgens zur gewohnten Stunde wecken wollte, erfolgte keine Antwort, und da sich die Tür als verschlossen erwies, holte die Haushälterin unverzüglich Hilfe und ließ sie aufbrechen. Man fand Sydney zusammengesunken an der Wand gegenüber dem Fenster. Der Teppich war mit Blut durchtränkt, und rasch wurde auch die Ursache dafür offenbar. Man hatte dem Unglücklichen auf beiden Seiten die Kehle aufgerissen, so daß die Halsschlagadern durchtrennt waren. Soweit sich feststellen ließ, hatte man ihn im Schlaf angegriffen, denn die Bettwäsche war mit Blut bespritzt. In seinem verzweifelten Kampf gegen das Etwas, das ihn in seinen fürchterlichen Klauen hielt,

war er offensichtlich aufgestanden. Laut Zeugenaussagen sei der Ausdruck des Grauens auf seinem verzerrten Gesicht ganz unbeschreiblich gewesen.
Sowohl die Tür als auch die Fenster waren verschlossen, und es gab keinen Hinweis darauf, wie der Mörder eingedrungen war. Allerdings existierte ein Indiz, auf welchem Wege er den Raum verlassen hatte. Die Blutspuren auf dem Boden entsprachen denen einer riesenhaften Katze und führten von dem Toten zu der gegenüberliegenden Wand – wo sie endeten. Die Katze hatte niemals kehrtgemacht; ob sie aber durch die feste Wand gegangen war oder sich in Luft aufgelöst hatte, weiß Gott allein. Auf irgendeine geheimnisvolle Art ist sie erschienen und verschwunden und hat im Vorübergehen diese Greueltat verübt.
Es ist ein sonderbarer Zufall, daß die Tragödie sich an Heiligabend ereignete – dem 24. des Monats!

Weihnachten wieder hier

John Collier

John Collier (1901–1980) ist weithin berühmt wegen seiner zahlreichen Kurzgeschichten und Romane, in denen sich ein leichter, unbeschwerter Stil mit bizarrer Phantasie und Horror vermischt. »Weihnachten wieder hier«, das aus seiner größten Sammlung, *Fancies and Goodnight* (1951), stammt, gehört zu Colliers schönsten Geschichten dieser Gattung. Seine besten frühen Romane sind der unlängst als Bühnenstück bearbeitete *His Monkey Wife* (1930), *No Traveller Returns* (1931) sowie *Tom's-a-Cold* (1933). Zu seinen späteren Sammlungen gehören *Of Demons and Darkness* (1965) und *The John Collier Reader* (1976).

Doktor«, sagte Major Sinclair, »Weihnachten wollen wir Sie aber bestimmt wieder hier haben.« Carpenters Wohnzimmer war voll von Freunden, die zum Tee gekommen waren, um dem Doktor und seiner Frau ein letztes Lebewohl zu sagen.

»Er wird wieder hiersein«, sagte Mrs. Carpenter. »Ich verspreche es Ihnen.«

»Ganz sicher ist es nicht«, sagte Dr. Carpenter. »Obwohl ich natürlich nichts lieber täte.«

»Aber Sie haben doch nur einen Dreimonatsvertrag für Ihre Vorträge«, sagte Mr. Hewitt.

»Es könnte ja was dazwischenkommen«, sagte Dr. Carpenter.

»Ganz gleich, was passiert«, sagte Mrs. Carpenter mit strah-

lendem Lächeln, »Weihnachten ist er wieder in England, das dürfen Sie mir glauben.«
Alle glaubten es. Sogar der Doktor selbst glaubte es beinahe. Seit zehn Jahren hatte sie ihn den Leuten zu Abendgesellschaften, Gartenfesten, Komiteesitzungen und wer weiß was noch versprochen, und all diese Versprechen waren gehalten worden.
Man begann sich zu verabschieden. Komplimente über das wunderbare Organisationstalent der lieben Hermione wurden geflötet. Carpenters würden heute abend mit dem Wagen nach Southampton fahren und morgen an Bord gehen. Keine Eisenbahnfahrt, keine Hetzerei, bis zur letzten Minute alles bestens geregelt. Wirklich, der Doktor wurde glänzend versorgt. Und in Amerika würde er großen Erfolg haben. Besonders wenn Hermione sich um alles kümmerte. Und ihr war die schöne Reise auch zu gönnen. Sie würde die Wolkenkratzer sehen – so etwas gab es in Little Godwearing nicht. Aber sie mußte bestimmt dafür sorgen, daß er wiederkam. »Ja, ich werde dafür sorgen, darauf können Sie sich verlassen.« Daß er sich nicht etwa überreden ließ, seinen Aufenthalt zu verlängern oder gar einen fabelhaften Posten an einer superamerikanischen Klinik anzunehmen! Er wurde hier im Krankenhaus notwendig gebraucht. Und Weihnachten mußte er wieder hiersein. »Ja«, rief Mrs. Carpenter den letzten abziehenden Gästen nach, »ich werde dafür sorgen. Weihnachten ist er wieder hier.«
Die letzten Arbeiten, bevor das Haus verschlossen wurde, waren bald erledigt. Nachdem die Mädchen das Teegeschirr abgewaschen hatten, kamen sie herein, um sich zu verabschieden, gerade rechtzeitig, um den Nachmittagsbus nach Devizes zu erreichen.
Nun blieben nur noch die allerletzten Kleinigkeiten zu tun: Türen abschließen, alles sauber und ordentlich hinterlas-

sen. »Geh nach oben, und zieh den braunen Tweedanzug an«, sagte Hermione. »Mach die Taschen von diesem Anzug leer, bevor du ihn in den Koffer packst. Alles übrige mache ich schon. Sieh nur zu, daß du mir nicht im Weg bist.«

Der Doktor ging nach oben und zog seinen Anzug aus, aber statt des braunen Tweedanzugs zog er einen schmutzigen alten Bademantel an, den er aus dem Hintergrund seines Schrankes hervorgeholt hatte. Dann, nachdem er einige kleine Vorbereitungen getroffen hatte, beugte er sich übers Treppengeländer und rief seine Frau: »Hermione! Hast du einen Augenblick Zeit?«

»Natürlich, Schatz. Ich bin gerade fertig.«

»Dann komm doch bitte mal herauf. Ich muß dir etwas sehr Sonderbares zeigen.«

Hermione kam sofort herauf. »Aber, mein Liebling, was soll denn das?« rief sie, als sie ihren Mann sah. »Warum läufst du denn in dem dreckigen alten Ding herum? Ich habe dir schon vor langer Zeit gesagt, du sollst es verbrennen.«

»Kannst du mir vielleicht sagen«, fragte der Doktor, »wer eine goldene Kette in den Badewannenabfluß geworfen hat?«

»Niemand natürlich«, sagte Hermione. »Bei uns trägt niemand so etwas.«

»Wie kommt es dann da hinein?« sagte der Doktor. »Nimm die Taschenlampe. Wenn du dich richtig vorbeugst, kannst du sie da ganz unten schimmern sehen.«

»Wahrscheinlich so ein billiges Armband, das eins von den Mädchen verloren hat«, sagte Hermione. »Was sollte es sonst sein?« Aber sie nahm die Taschenlampe, beugte sich über die Wanne und spähte, die Augen zusammenkneifend, in den Abfluß. Der Doktor hob ein kurzes Bleirohr,

schlug zwei- bis dreimal sehr kräftig und präzise zu, hob die Leiche bei den Knien an und ließ sie in die Wanne fallen.
Dann warf er den Bademantel ab; nackt wie Adam wickelte er die in ein Handtuch verpackten Instrumente aus und legte sie ins Waschbecken. Nachdem er den Fußboden mit Zeitungspapier ausgelegt hatte, wandte er sich wieder seinem Opfer zu.
Sie war tot, natürlich. Scheußlich zusammengekrümmt, als setzte sie zu einem Salto an, lag sie am einen Ende der Wanne. Er stand sehr lange da und sah sie an und dachte gar nichts. Erst der Anblick des vielen Blutes brachte seinen Geist wieder in Bewegung.
Er zog und rückte so lange an ihr herum, bis sie ausgestreckt in der Wanne lag. Dann zog er sie aus, was in der engen Badewanne keine leichte Arbeit war, aber schließlich hatte er es geschafft. Er drehte die Wasserhähne auf, und das Wasser rauschte in die Wanne. Nach einem Weilchen floß es spärlicher, dann versiegte es ganz, und das letzte bißchen gurgelte den Abfluß hinunter.
»Großer Gott!« sagte er. »Sie hat den Haupthahn abgestellt.«
Es blieb ihm nichts anderes übrig, als in den Keller zu gehen. Der Doktor wischte hastig die Hände an einem Handtuch ab, öffnete mit einem sauberen Handtuchzipfel die Badezimmertür, warf das Handtuch auf den Schemel und lief barfüßig, leicht wie eine Katze, hinunter. Die Kellertür befand sich in einer Ecke der Diele, unter der Treppe. Er wußte genau, wo der Absperrhahn war, und das hatte seine Gründe: Er hatte sich nämlich in letzter Zeit da unten zu schaffen gemacht – weil er einen Weinverschlag machen wollte, wie er Hermione gesagt hatte. Er stieß die Kellertür auf, ging die steilen Stufen hinunter und fand den Hahn

gerade noch, ehe die Tür zufiel und es im Keller pechfinster wurde. Nachdem er das Wasser wieder angestellt hatte, tastete er sich an der schmutzigen Mauer entlang und zurück zu den Stufen. Er wollte gerade hinaufsteigen, als es klingelte.

Der Doktor nahm dieses Klingeln kaum als Geräusch wahr. Er fühlte es wie ein spitzes Eisen, das sich vom Magen aus langsam immer höher bohrte, bis es sein Gehirn erreichte. Dann zerbrach etwas in ihm. Er warf sich auf den mit Kohlenstaub bedeckten Boden und sagte: »Ich bin erledigt. Ich bin erledigt. Jetzt *darf* niemand kommen«, sagte er. Dann hörte er sein eigenes Keuchen und sagte sich: »Nimm dich zusammen.«

Allmählich kam er wieder zu sich. Er stand auf, und als es noch einmal klingelte, verursachte der Ton ihm kaum noch einen Schmerz. »Sie werden schon wieder weggehen«, sagte er. Dann hörte er die Vordertür aufgehen. »Ist mir egal«, sagte er. Seine Schulter hob sich wie bei einem Boxer, der sein Gesicht schützen will. »Ich geb's auf«, sagte er.

Er hörte jemand rufen. »Herbert! Hermione!« Es waren die Wallingfords. »Zum Teufel mit ihnen! Einfach so hereinzuplatzen, wenn man es eilig hat wegzukommen und noch dazu splitternackt ist! Und ganz voll Blut und Kohlenstaub! Ich bin erledigt. Es ist aus. Ich schaffe es nicht.«

»Herbert!«

»Hermione!«

»Wo können sie bloß sein?«

»Der Wagen ist da.«

»Vielleicht sind sie auf einen Sprung zu Mrs. Liddell gegangen.«

»Wir müssen sie noch sehen.«

»Oder vielleicht zum Einkaufen. Vielleicht ist ihnen in letzter Minute noch was eingefallen.«

»Das sieht Hermione nicht ähnlich. Horch mal! Klingt das nicht, als ob jemand badet? Soll ich rufen? Oder an die Tür bummern?«

»Seht! Lieber nicht. Das wäre nicht sehr taktvoll.«

»Ach was, rufen kann nichts schaden.«

»Nein, Schatz. Wir werden auf dem Rückweg noch mal hereinschauen. Vor sieben fahren sie nicht ab, hat Hermione gesagt. Sie wollen unterwegs essen, in Salisbury.«

»Na schön, wenn du meinst. Aber ich muß noch mit Herbert auf seine glückliche Wiederkehr anstoßen. Sonst wäre er gekränkt.«

»Wir werden uns beeilen. Gegen halb sieben können wir wieder hiersein.«

Der Doktor hörte sie hinausgehen und die Vordertür leise hinter sich schließen. Er dachte: »Halb sieben. Das kann ich schaffen.«

Er ging durch die Diele zur Vordertür und schob den Riegel vor. Dann stieg er hinauf, nahm seine Instrumente aus dem Waschbecken und erledigte, was er zu tun hatte. Wieder mit dem Bademantel bekleidet, trug er die in Handtücher oder Zeitungspapier gewickelten und säuberlich mit Sicherheitsnadeln zugesteckten Pakete, eins nach dem anderen, in den Keller. Er verstaute sie sorgfältig in dem engen, tiefen Loch, das er in der Kellerecke ausgehoben hatte, schaufelte es zu und bedeckte das Ganze mit Kohlenstaub. Er vergewisserte sich, daß alles in Ordnung war, und ging wieder hinauf. Dort säuberte er erst das Bad, dann sich selbst und dann das Bad noch einmal. Nachdem er sich angezogen hatte, schaffte er die Kleidung seiner Frau und seinen Bademantel hinunter und warf sie in den Abfallverbrennungsofen.

Er rückte hier und dort noch etwas zurecht, dann war alles in Ordnung. Es war erst Viertel nach sechs. Die Wallingfords würden, wie immer, zu spät kommen; er brauchte jetzt nur in den Wagen zu steigen und abzufahren. Schade, daß er nicht warten konnte, bis es dunkel war, aber er konnte ja einen Umweg machen, um die Hauptstraße zu vermeiden, und selbst wenn er allein im Wagen gesehen wurde, würden die Leute sich nichts dabei denken, sondern glauben, Hermione wäre aus irgendeinem Grund vorausgegangen.

Trotzdem war er froh, als er schließlich völlig unbemerkt die Landstraße erreicht hatte und in die sinkende Dämmerung hineinfuhr. Er mußte sehr vorsichtig fahren, denn er merkte, daß er keine Entfernungen schätzen konnte und abnorm langsam reagierte, aber das war Nebensache. Als es ganz dunkel war, erlaubte er sich, auf der Höhe der Downs anzuhalten, um nachzudenken.

Was für ein herrlicher Sternenhimmel! Unten in der Ebene konnte er die Lichter von ein paar kleinen Ortschaften erkennen. Er hätte vor Freude jauchzen mögen. Was nun kam, war alles ganz einfach, und in Chicago wartete Marion, die ihn bereits für einen Witwer hielt. Seine Vorträge konnte er mit irgendeiner Ausrede absagen. Er brauchte sich nur noch in einer aufblühenden, abgelegenen amerikanischen Stadt niederzulassen, dann war er für immer in Sicherheit. Natürlich, die Koffer mit Hermiones Kleidung – aber die konnte er durch die Kabinenluke werfen. Gott sei Dank, daß sie ihre Briefe mit der Schreibmaschine schrieb – solche Kleinigkeiten wie handgeschriebene Briefe konnten alles vereiteln. »Aber das ist es eben«, sagte er. »Sie war immer auf Draht, eine tüchtige Frau in jeder Beziehung. Mit allem wurde sie fertig – bis sie sich selber fertiggemacht hat – das verwünschte Weib! Kein Grund zur

Aufregung«, dachte er. »Ich werde für sie ein paar Briefe schreiben, mit der Zeit immer weniger. Ich werde selber schreiben: Bald komme ich zurück, noch ein bißchen Geduld – und nie wird es klappen. Das Haus werde ich für dieses Jahr behalten, dann für das nächste und dann fürs übernächste; die Leute werden sich dran gewöhnen. Könnte sogar in ein oder zwei Jahren allein zurückkommen und alles ordnungsgemäß regeln. Nichts leichter als das. Aber nicht zu Weihnachten!« Er ließ den Motor an und fuhr weiter.

In New York fühlte er sich endlich frei, wirklich frei. Er war in Sicherheit. Er konnte mit Vergnügen – wenigstens mit einem gewissen Vergnügen, etwa wenn er sich nach dem Essen seine Zigarette anzündete – an die Minuten zurückdenken, als er im Keller auf die Klingel, die Tür, die Stimmen gehorcht hatte. Er konnte sich auf Marion freuen

Als er durch die Hotelhalle schlenderte, winkte der Empfangschef ihm lächelnd mit einigen Briefen. Es war die erste Post aus England. Nun, was war schon dabei? Es würde Spaß machen, ein paar Briefe in Hermiones biederem Stil herunterzuklappern und ihre verschnörkelte Unterschrift darunterzusetzen, allen Freunden zu berichten, daß sein erster Vortrag ein Bombenerfolg gewesen sei, daß er von Amerika begeistert sei, aber Weihnachten bestimmt wieder zu Hause sein werde. Daß diese Rückkehr zweifelhaft war, konnte man später einfließen lassen.

Er durchflog den Briefstapel. Die meisten waren für Hermione. Von Sinclairs, von Wallingfords, vom Vikar, und ein Geschäftsbrief von Holt & Söhne, Bauunternehmer und Dekorateur.

Er stand mitten in der Halle, die Vorübergehenden streiften ihn. Er riß die Umschläge mit dem Daumen auf, las hier eine Stelle und da eine Stelle und lächelte. Alle sahen seiner Rückkehr zu Weihnachten zuversichtlich entgegen. Sie vertrauten auf Hermione. »Da irren sie sich ganz gewaltig«, sagte der Doktor. Zuletzt öffnete er den Brief des Bauunternehmers. Wahrscheinlich eine Rechnung. Er las:

Sehr geehrte gnädige Frau,
wir danken Ihnen bestens für Ihre freundliche Zustimmung zu unserem nachstehenden Kostenanschlag sowie die Übersendung des Schlüssels.
Wir versichern Ihnen nochmals, daß wir Ihren Auftrag umgehend ausführen werden, so daß die bauliche Veränderung als Weihnachtsgeschenk zurechtkommt. Wir werden noch in dieser Woche mit den Arbeiten anfangen.

1 eingelassenen Weinverschlag im Keller ausschachten, mauern und ausfüttern unter Verwendung besten Materials nebst Ausbesserungsarbeiten, wie besprochen ... £ 18

Mit vorzüglicher Hochachtung
Paul Holt & Söhne

Eine Weihnachtsgeschichte

»Sarban«

»Sarban« war der Künstlername des britischen Diplomaten John W. Wall (1910–1989), den er Anfang der fünfziger Jahre für drei sehr gelungene Bücher auf dem Gebiet des Phantastischen benutzte. *Ringstones* (1951), dem »Eine Weihnachtsgeschichte« entnommen ist, und *The Doll Maker* (1953) enthalten Kurzgeschichten, während *The Sound of His Horn* (1952) ein unvergeßlicher Roman über das England einer »Alternativwelt« ist, in der die Nazis den Krieg gewonnen haben. Alle diese Bücher sind heute seltene Sammlerexemplare.

Ich werde euch eine Weihnachtsgeschichte erzählen. Ich werde sie so erzählen, wie sie mir Alexander Andrejewitsch Massejew eines lange zurückliegenden, schwülen Heiligabends in seinem Häuschen vor den Mauern von Dschidda erzählt hat.

Unter den Engländern in Dschidda war es damals Sitte, eine Gruppe zusammenzustellen, die an Heiligabend Weihnachtslieder vortrug. Eine Woche vorher übten die drei oder vier von uns, die sich ihrer Stimme nicht zu schämen brauchten, und die ein, zwei anderen, die weder Stimme noch Schamgefühl besaßen, in dem einzigen britischen Handelshaus vor Ort. Die Saiten des alten Klaviers, das uns begleitete, hatten dem feuchtheißen Klima nicht besser standgehalten als die Stimmbänder von einigen der

Sänger. Dann, an Heiligabend, versammelte sich die Festgesellschaft in unserem Haus, wo wir ein Bankett gaben, und mit einer fernen Erinnerung an den Weihnachtsmummenschanz in England putzten wir uns mit allen bunten und phantasievollen beziehungsweise närrischen Fetzen heraus, die uns nur in die Hände fielen. Wir machten falsche Backenbärte aus Watte oder Hanfbüscheln, malten unsere Gesichter schwarz an, röteten unsere Nasen mit Lippenstift, den die Frau Vizekonsul zur Verfügung stellte, stülpten unsere Jacken nach außen und bestreuten unsere Schultern mit künstlichem Schnee aus einem kleinen Päckchen, das jemand vor einer Ewigkeit in England gekauft und das durch irgendein Wunder hartnäckiger Gefühlsduselei ein jahrelanges Exil an dieser gottverlassenen Küste überstanden hatte.

Ich bin zwar kein Sänger, machte aber trotzdem bei diesem Treiben immer mit. Meine Rolle bestand darin, die Laterne zu tragen.

Unsere jungen sudanesischen Hausangestellten bedienten uns eher mit einem bewundernden als mit erheitertem Gesichtsausdruck, und die Traube von arabischen Nachbarn, die sich bei jeder Gelegenheit zum Gaffen um unsere Tür scharten, zeigte mit keiner Miene, daß sie unsere Erscheinung komischer als sonst finden würde. In unserem Ford-Kleinbus klapperten wir die Häuser der Europäer ab, wobei ich meine Laterne an einer Stange aus dem Fahrzeug hielt und es nur einem glücklichen Zufall verdankte, daß sie nicht zerschmettert wurde, wenn unser Erster Sekretär auf den schmalen Straßen haarscharf an einer Häusermauer abbog. Außer unseren Nachbarn, die anscheinend nie zu Bett gingen (wenigstens nicht zum Schlafen), legten sich alle Rechtgläubigen von Dschidda, Gott sei Dank, zeitig aufs Ohr, so daß die unbeleuchteten sandigen

Fahrbahnen verlassen waren bis auf ein paar streunende Hunde und Ziegenfamilien, die es sich dort bequem gemacht hatten, um mit müden Pfeifgeräuschen die stille, dunkle Nacht wegzudösen. Die armen Ziegen von Dschidda, deren Stall und Weidegründe die stinkenden Gassen waren; tragische Mütter eines desillusionierten Nachwuchses, mit Büstenhaltern, die auf den ersten Blick wie eine erstaunliche Veredelung des Grundyismus wirkten, die sich aber lediglich als ökonomische Sicherheitsvorkehrung erwiesen – Gürtel, nicht der Keuschheit, sondern der Landwirtschaft. O ihr Ziegen, mit eurer spärlichen Kost aus alten Zeitungen und den Enden von Strohseil, die den Fund eines unerwünschten (oder unbewachten) Panamahutes einem Frühstück bei *'Id ul Fitr* gleichkommen ließ. Wie viele Flüche und Rippentritte habt ihr euch von einem nachtschwärmerischen Frank verdient, weil ihr euch nicht in ebenjener Grube der Finsternis niederließt, wo die schwachen Strahlen der einen Paraffinlampe bereits verlöschen und die der anderen noch nicht aufgeleuchtet sind. An den Fassaden der verrückten, aus Koralle gebauten Häuser, welche die Fahrbahn säumen, ragen *roschans* heraus – Erkerfenster mit morschem Gitterwerk –, und auf die verputzte Fläche oberhalb der Fenster fällt der Mond an diesem Heiligabend so klar und weiß, daß es dem Nach-Tisch-Auge erscheint, als wäre Schnee gefallen.

Als ersten besuchten wir immer den Minister. Dort, in der getäfelten Eingangshalle, die sich abgesehen von ihrer Kahlheit auch in England hätte befinden können, stellten wir uns jedesmal auf und trugen relativ geordnet unser Repertoire vor, während der Minister oben in seinem Arbeitszimmer das Funktelefon ein paar Minuten lang auflegte und die Hausherrin sowie der Rest der Familie von der Treppe aus zuhörten. Wir lieferten die meteorologischen

Angaben des »Guten König Wenzeslaus« stets mit Gefühl, wobei wir vielleicht deutlicher als bei anderen Gelegenheiten unsere Hitzepickel und den Schweiß wahrnahmen, der im Innern unserer Hemden hinunterrieselte. Dann stieg die Frau Minister zu uns herab, um uns herzlich zu unserem Gesang und, spontan, auch zu unseren Kostümen zu gratulieren, während der schnauzbärtige sudanesische Butler uns auf einem Tablett gewürztes Bier brachte. Nach unserem eigenen Minister besuchten wir immer die amerikanische Gesandtschaft und dann den niederländischen Geschäftsträger, wo die Treue zur Tradition ihre ebenfalls traditionelle Belohnung in Gestalt eines Umtrunks fand, der das morgenländische Gegenstück zu gewürztem Bier darstellte. Bis dahin konnte unsere Truppe einen schönen Brauch einigermaßen geordnet und verständlich aufrechterhalten. Danach schlich sich eine gewisse Feuchtfröhlichkeit ein. Aber solange die meisten von uns ihre Textblätter noch nicht verloren hatten und zwei oder drei sich immer noch über die Melodie eines jeden Weihnachtslieds einig waren, bestand Frau Vizekonsul darauf, daß wir auch zu den Massejews gingen. Darüber gab es nie irgendwelche Unstimmigkeit; Differenzen entstanden vielmehr über die Reihenfolge der einzelnen Besuche, denn in diesem Stadium war unsere jeweilige Aufenthaltsdauer unberechenbar. Aber immer setzte die Frau Vizekonsul sich durch. Also kuppelte der Erste Sekretär mit einem Ruck aus, brauste um die Stadtmauer herum, durch das Tor von Medina und über die notdürftige, ausgefahrene Straße zu dem Hüttenvorort Bagdadia.

Irgendwann einmal vor vielen Jahren, als selbst der Vizekonsul noch nicht in Dschidda war, hatte Alexander Andrejewitsch Massejew als Leutnant in der Zaristischen Marine gedient, war von der Oktoberrevolution verbannt worden und hatte eine Pilgerfahrt durch den Mittleren Osten beendet, indem er den Posten eines Ausbilders bei der arabischen Luftwaffe übernahm. Bei unserem Kennenlernen wohnten er und seine Frau Lydia eine Meile nördlich des Tors von Medina in einem weißen Häuschen mit winzigem Garten, zwischen der wuchernden Vorstadt und dem Meer.

Dorthin also fahren wir an Heiligabend. Wir werden erwartet, auch wenn wir so tun, als kämen wir überraschend. Mit viel »Pscht! Pscht!« ermahnen wir uns zum Schweigen, und jeder ermahnt den Vizekonsul, dessen Frau, die mit Lydia unter einer Decke steckt, das Hoftor hat öffnen lassen, so daß wir alle auf Zehenspitzen hindurchgehen, uns, zumindest teilweise, halbkreisförmig auf einem briefmarkengroßen Blumenbeet aufstellen und das »Christen, erwachet!« hinausschmettern können. Dann – nach viel energischem »Und jetzt alle!« – »Hört die Himmelsboten singen« und am Schluß nochmals den »Guten König Wenzeslaus«, ein Zugeständnis an den Vizekonsul, der meint, das hätten wir zu Anfang singen sollen. Alexander Andrejewitsch und Lydia erscheinen lächelnd unter ihrer beleuchteten Haustür, lächelnd, weil sie zwar nicht alles verstehen, aber weil es etwas Christliches mit einem vagen Zusammenhang zu den weißen Wintern in der Ferne ist. Mit einem lauten »Frohe Weihnachten« aus zahlreichen Kehlen drängen wir uns in das kleine Wohnzimmer der beiden, während Lydia über unsere vollgekleckten Gesichter und unser zerrüttetes Auftreten kreischt und in einer Mischung aus gebrochenem Französisch und Englisch plappert. Alexander Andrejewitsch bringt unterdessen, über sein ganzes breites Gesicht strahlend, Flaschen und Gläser herbei und schlägt uns seine sechs Brocken Englisch um die Ohren. Er und der Vizekonsul verständigen sich in etwas, das sie Arabisch nennen, aber ein Araber verstünde davon rein gar nichts.

Lydia hat Kuchen gebacken. Die Frau Vizekonsul hat eine Flasche Wein als Geschenk dabei, wir haben eine Flasche Whisky zum Vorschein gebracht, und siehe da, der Vizekonsul hat aus Prinzip eine Flasche Rum in der Tasche. Es gibt Schüsselchen mit gesalzenen Mandeln und Oliven, Aufschnitt von gut abgehangener Wurst und sogar Schinkenstückchen aus dem Lebensmittelgeschäft von Yanni, dem zypriotischen Händler im Suq (alles zu einem Preis, gegen den der Schwarzmarkt die reinste Ladentheke wäre). Es ist heiß in dem kleinen Raum. Bartholomew, unserem einzigen britischen Handelsvertreter, rieseln Korkasche und Lippenstift über sein Pausbackengesicht. Der Erste Sekretär macht die Tür auf, klemmt etwas dazwischen und fächelt sich Luft zu, aber das muslimische Arabien bleibt hinter den Mauern des Hofes. Wir sind nur fünfzig Meilen von Mekka entfernt, und die Wüste zwischen uns und Bethlehem ist zehnmal so breit, aber wir machen es uns auf den paar Stühlen oder am Boden bequem und singen, nachdem sämtliche Christengläser gefüllt sind, »Gott schenke euch fröhliche Ruh, Gentlemen!«. An der Wand hängen die verblaßte Fotografie irgendeiner Aussicht in St. Petersburg sowie ein einstiger Besitz der Reichsmarine, ein Kompaß und ein Aneroidbarometer, beide in soliden, obwohl abgenutzten Lederbehältern und von Alexander Andrejewitsch nicht nur aus einem Schiffsunglück gerettet, sondern irgendwie auch all die Jahre über konserviert. Alexander Andrejewitsch ist ein kleiner, gedrungener Mann mit kurzem eisengrauem Haar und einem breiten, tief zerfurchten Gesicht, das selten lächelt. Sein Herz ist nicht mehr das, was es einmal war. Er selbst hat aufgehört, mit den zwei, drei alten Wapiti-Maschinen zu fliegen, aus denen die arabische Luftwaffe besteht. Seine heutige Aufgabe liegt hauptsächlich darin, die verkäuflichen Luftwaffenbestände nach Möglichkeit vor einem Versickern im Suq zu bewahren, dem Nedschd-Kameltreiber, der die Streitkräfte befehligt, zu erklären, daß die Prinzipien der Luftfahrt nicht im Koran festgeschrieben sind, und das Kriegsministerium schriftlich um Begleichung ausstehender Zahlungen zu bitten. Er hat in keiner Hinsicht je irgendeinen merklichen Fortschritt gemeldet.

Ich sitze neben Alexander Andrejewitsch und bringe auf russisch einen Toast auf ihn aus, worüber er zuerst lächelt. Dann erhebt er sich mit einem Ausruf, als ob ihm plötzlich etwas eingefallen wäre, kramt in einem Schränkchen an der Wand und bringt eine merkwürdige Flasche zum Vorschein, die er mir stolz vorführt. Das Etikett habe ich im Umkreis von tausend Meilen noch nicht gesehen. Dann fällt mir ein, daß Alexander Andrejewitsch ja vor einigen Monaten nach Bagdad gefahren ist. Dort hat er durch einen glücklichen Zufall eine Flasche Subrowka aufgetan, die vermutlich aus Teheran oder Täbris heruntergeschmuggelt wurde. Ich bin der einzige in unserer Runde, der weiß, was das ist. Die anderen bevorzugen Whisky oder Rum. Alexander Andrejewitsch stellt zwei kleine Gläser hin und schenkt ein. Zurück den Kopf! *Do dna!* Wir vollführen dieses Ritual ziemlich oft, während die anderen an ihren höheren Gläsern nippen. Alexander Andrejewitsch lächelt jetzt häufig und redet die ganze Zeit über auf russisch.

Das Etikett der Flasche hat mich schon immer interessiert. Mein Russisch ist nicht so umfangreich, daß ich den Zusammenhang zwischen dem Namen Subrowka und der Abbildung des Wisents erkennen könnte, das anscheinend als Markenzeichen dient. Darum erklärt mir Alexander Andrejewitsch die Sache und bereichert meinen Wortschatz um eine neue Vokabel. »*Daaa* ...« sagt er, indem er die Silbe wehmütig in die Länge zieht. »Heute sind sie alle verschwunden. Aber früher, vor der Revolution, da gab es noch ein paar, in den Wäldern von Litauen. Der Zar hat sie sich gehalten.« Er seufzt. Ich selbst erinnere mich daran, als kleiner Junge einmal ein altes, buckliges Vieh mit einem Zottelfell gesehen zu haben, das an ihm hing wie abgewetzte Fußmatten am Geländer eines eingefriedeten Fleckchens im Regent's Park – ein mächtiges, müdes, einsames Tier, das mit halb geschlossenen Augen seinen schweren Kopf hängen ließ, während ihm eine dreckige Hand Erdnüsse unter die Schnauze hielt und Cockneystimmen sich fragten, was das wohl für ein Biest sei.

»Haben Sie denn je eins zu Gesicht gekriegt?« frage ich Alexander Andrejewitsch. Er schüttelt so traurig den Kopf und wirkt so voll von der unwiderruflichen Vergangenheit, daß ich versucht bin, einen symbolischen Zusammenhang zwischen ihm und dem Subr, zwischen ihnen beiden und dem Zarenreich zu sehen, und die Last des Unwiederbringlichen bedrückt mich, bis wir den Spiegel des Subrowka auf Höhe der Wisenthufe gesenkt haben. Dann werden wir wieder ein wenig munterer, und ich sage: »Vielleicht ... Wer weiß? Rußland ist groß ... Es gibt immer noch Wälder, die kein menschlicher Fuß je betreten hat ...«

Alexander Andrejewitsch nickt feierlich mit dem Kopf. *»Da, w Rossij* ... Ja, es gibt seltene Dinge in Rußland. Ich habe etwas gesehen – hören Sie, Mister –, können Sie sich vorstellen, daß ich etwas gesehen habe, weit, weit hinter den Wäldern, etwas, das kein Subr war?«

»So? Was denn?«

»Es ist kein Wisent gewesen, kein Rentier und auch kein Elch. Als kleiner Junge bin ich immer mit auf die Jagd gegangen. Ich kenne das alles. Aber einmal, es war im Jahre 1917, fuhr ich auf der *Knjas Nicolai*, und wir waren nach Archangelsk abkommandiert. Von dort aus kreuzten wir auf dem Polarmeer ostwärts zur Mündung des Jenissej. Das war natürlich im Sommer. Warum wir dorthin fuhren, wußte kein Mensch. Manche von uns glaubten, wir hätten Befehl, durch die Beringstraße Richtung Japan zu steuern. Wir waren noch jung. Wir rissen Witze darüber, daß wir in Sibirien an Land gehen würden, um Holz zu hacken, wenn die Kohle knapp würde. So machten es ja auch die Arbeitstrupps von der Eisenbahn. Diese Küste sieht im Sommer genauso aus wie das Hedjas-Gebirge, braun und kahl. Die *Knjas Nicolai* hatte ein Wasserflugzeug an Bord, eine englische Maschine. Das war damals etwas ganz Neues. Die Engländer hatten die Idee gehabt. Wir Russen hatten sie ausgeführt. Bei schönem Wetter unternahmen wir dort oben im Eismeer Versuchsflüge. Der Pilot war mein alter Freund Igor Paljaschkin. Ich begleitete ihn als Orter. Es war eine revolutionäre Idee. Ich glaube, die Russen waren die ersten, die sie in die Tat umsetzten, obwohl sie zweifellos von den Engländern stammte.

Nun gut. An der Mündung des Jenissej gab es einen kleinen Stützpunkt, vollkommen abgeschnitten vom Rest der Welt. Ein paar Russen hielten dort die Stellung und sammelten Pelze bei den Einheimischen. Außerdem gab es einen Offizier der Reichsmarine. *Der* sammelte keine Pelze. Der trank bloß. Die *Knjas Nicolai* hatte Befehl, sich an diesem Stützpunkt zu melden – er hieß Kamjenaja Gora – und Proviant abzuliefern. Wir waren nicht mehr weit davon entfernt, aber dieses Jahr wurde es früh Winter. Obwohl das Meer noch einen Monat hätte befahrbar sein sollen, bildete sich das erste Eis. Wir stießen auf eine geschlossene Eisdecke, so weit das Auge reichte; allerdings war sie nur dünn, und der Kreuzer konnte sie durchbrechen. Doch gefährlich war es trotzdem, denn bei einem plötzlichen Kälteeinbruch wird solch dünnes Eis innerhalb von ein

paar Tagen steinhart, und man sitzt hoffnungslos fest; und dann fängt es an, sich zusammenzuschieben. Die *Knjas Nicolai* kam nicht ans Ziel. Wir kehrten in offene Gewässer zurück, aber weil wir Kamjenaja Gora schon so nah waren, beschloß unser Kapitän, das Wasserflugzeug mit einer Nachricht loszuschicken. So etwas hatte noch nie jemand getan. Wir sollten den Stützpunkt umkreisen, unsere Nachricht abwerfen, dann umkehren und uns im offenen Wasser wieder auffischen lassen.
Igor Paljaschkin und ich stellten unsere Berechnungen an und flogen los. Es war sehr schönes Wetter, die letzten ruhigen, klaren Tage des Polarsommers. Wir konnten nicht sehr weit schauen, denn unsere Sicht wurde von einer blauen Wand begrenzt, aber unter uns erblickten wir das Meer, ohne Wellen, weil eine dünne Eishaut darauf lag, jedoch mit sanften Bewegungen, so als würde es atmen. Und ein bißchen weiter in der Ferne sahen wir das Land, braun, mit Schneestreifen. Wir flogen lange darüber. Ein trauriges, schwermütiges Land ist das – und kahl! So etwas Kahles haben Sie zwischen hier und dem Persischen Golf noch nicht gesehen. Wir flogen so weit, daß ich schon dachte, unsere Berechnungen könnten nicht stimmen; dann aber entdeckten wir diesen kleinen Stützpunkt, Igor Paljaschkin und ich. Die Leute dort hatten wohl noch nie ein Flugzeug gesehen. Sie liefen unter uns davon wie die Wilden. Wir gingen ganz tief, ich winkte, warf die Nachricht ab, und dann drehten wir wieder um, Richtung Kreuzer. Wir waren die ersten, die je im Polarkreis geflogen sind, Igor Paljaschkin und ich.«
Alexander Andrejewitsch schenkt uns wieder ein, Bartholomew und der Vizekonsul singen noch einmal den »Guten König Wenzeslaus«, aber anscheinend nur, um irgendeinen Streit beizulegen, und der Zweite Sekretär lehnt hinter der Tür an der Wand. Offenbar ist er eingeschlafen.

»Da«, sagt Alexander Andrejewitsch leise zu dem Wisent und stellt sein Glas auf das Tablett. »Später haben sie ihn erschossen, die Bolschewiken. Aber wir waren die ersten, Igor Paljaschkin und ich!« Er schüttelt den Kopf, und ich warte.

»Sie müssen wissen«, sagt er, »unsere Berechnungen haben nicht ganz gestimmt. Das Land sahen wir schon, oh, Land auf allen Seiten, braun, mit weißen Streifen vom Schnee. Und als wir tiefer gingen, erblickten wir die Wälder, lauter kleine graue Sträucher und das todtraurige Marschland, die ganze Taiga, so weit das Auge reichte. Aber das Meer sahen wir nicht. Und dann wurde die blaue Wand, die uns rings umgeben hatte, immer grauer und kam ganz nah, und bald konnten wir nichts mehr als grauen Nebel erkennen, außer wir gingen ganz, ganz tief. Auf diese Weise gerieten wir sehr in Bodennähe. Wir flogen direkt über den kleinen Kiefern, den grauen Sträuchern und den trostlosen schwarzen Tümpeln dahin. Über uns waren keine Sonne und kein Himmel mehr, auf jeder Seite nur die einsame graue Taiga.

Kurz darauf hat Igor Paljaschkin den Kopf gedreht, mich angesehen, und ich wußte, daß wir kein Benzin mehr hatten. Er machte mir mit seinem Arm ein Zeichen, daß er landen würde, und schon sausten wir nach unten, auf das triste graue Marschland zu. Wir streiften die Wipfel der kleinen Sträucher, dann breitete sich etwas, das so schwarz wie Stahl war, vor uns aus, und die Schwimmkufen der Maschine ließen Wasserschwälle und weiße Eiskrusten spritzen. Am Rande des Marschlands kamen wir zum Stehen. Die Schnauze unseres Flugzeugs steckte in ein paar Sträuchern, aber wir selbst stiegen mit heiler Haut hinaus. Er war ein guter Pilot, mein Freund Igor Paljaschkin.

Anhand unserer Karte und unseres Kompasses stellten wir

neue Berechnungen an und marschierten los, um nach Kamjenaja Gora zurückzukehren. Aber da schon die Nacht hereinbrach, machten wir halt und zündeten ein Feuer an. Es dauerte lange, bis wir das geschafft hatten. Die kleinen Weidenbüsche wollten nicht gut brennen, und wir hatten dieses Feuer noch nicht soweit, daß wir ein bißchen Moos darauf legen und Rauch machen konnten, da fielen Millionen von Stechmücken über uns her. Wir hatten unsere eiserne Ration, genug für eine Mahlzeit. Die aßen wir auf, zogen uns dann unsere Mäntel über den Kopf und legten uns auf den Boden, in den Feuerqualm. Aber die Mücken erwischten uns immer noch. *Basche moj!* Wie die stachen! ›Wenn's doch nur frieren würde!‹ sagte Igor Paljaschkin. ›Das wäre zwar unser Tod, aber diese verdammten Mücken müßten zuerst dran glauben!‹
Als es hell wurde, machten wir uns auf den Weg, doch in der Taiga kann man nicht gut zu Fuß gehen. Im Sommer ist der Boden überall weich, die kleinen Büsche wachsen im Sumpf, und es ist unmöglich, sich zwischen ihnen hindurchzuschlagen, wenn man bis zur Taille in Wasser und Schlamm steckt. Und dazu diese Mücken! Sie hörten nicht einen Moment zu stechen auf. Zwei Tage hielten wir durch. Am zweiten und am dritten Abend konnten wir nicht einmal mehr Feuer machen, weil es nirgendwo trocken genug dafür war und auch die Streichhölzer naß gewesen sind. Dazu eine Hundekälte, und wir hatten nichts zu essen, aber Igor Paljaschkin war unverdrossen. Er habe doch seinen Revolver. ›Ich werde ein Rentier schießen‹, hat er gesagt. Ich entgegnete, daß es in Sumpfgebieten keine Rentiere gebe. ›Na, dann eben einen Wolf‹, sagte er. ›Nein? Einen Fuchs, einen Hasen, eine Ratte? Ist doch egal! Ich schieß auf das erstbeste, das mir vor die Flinte kommt, und dann essen wir's roh. Und falls Gott sonst nichts schickt, dann

erschieße ich zuerst dich und danach mich, damit wir nicht jämmerlich krepieren.‹ – ›Igor Sergejewitsch‹, sagte ich, ›erschieß mich jetzt gleich. In dieser ganzen verfluchten Taiga gibt's nämlich nichts Lebendiges außer den Moskitos und uns.‹

Aber ich täuschte mich. Am dritten Tag gelangten wir auf einen Flecken trockenes Gelände, wo ein paar Bäume wuchsen. Oh, kleine Bäume, so wie Weihnachtstannen, aber vor lauter Freude über ihren Anblick und darüber, daß wir nicht mehr durch den Sumpf waten mußten, klatschten wir in die Hände, Igor Paljaschkin und ich, tanzten um die kleinen Tannen herum und sangen das Kinderlied von der *jolka*.

Hinter diesem Stück trockenen Bodens befand sich ein Fluß, so breit, daß wir unter dem düsteren Grau des Himmels gerade noch das andere Ufer erkennen konnten. Es sah aus wie ein brauner Wall. Der Fluß war voll von schwammigem Treibeis, so daß er nicht die kleinste Welle schlug, während wir auf der niedrigen Böschung neben den Tannenbäumchen rückwärts zu gleiten schienen, wenn Sie verstehen ... Es war so still! Weit und breit regte sich nicht einmal ein Vogel, und selbst die Stechmücken hatten uns verlassen. So still, daß wir das Harz an den kleinen Tannen hinab und in den Boden konnten rinnen hören. Und da haben wir gewußt, Igor Paljaschkin und ich, daß heute nacht Väterchen Frost in die Taiga kommen, den Fluß erstarren, die Zweige springen und uns selbst festfrieren lassen würde wie Steine. Es war so still, daß wir ihn von ferne herankommen hörten, und Igor Paljaschkin hat seinen Revolver gezogen, um damit sechsmal in Richtung Norden zu schießen. Er kannte keine Gottesfurcht, mein Freund Igor Paljaschkin.

Dann sind zwischen den Tannen sechs kleine Gestalten

erschienen, alle in Pelze gehüllt, mit Fellstiefeln und mit Bogen, die sie schußbereit vor sich hielten: Jäger vom Stamm der Samojeden. Sie brachten uns zu einer selbstgebauten Hütte zwischen den Tannen und gaben uns Fleisch. Wir aßen und aßen, bis uns schlecht geworden ist. Anschließend legten wir uns auf ein paar Felle und hörten Bäume knacken, während der Frost durch die Dunkelheit an ihnen vorbeizog. Zum Schlafen war es zu kalt, aber da die Männer in der Mitte der Hütte eine kleine Feuerstelle hatten und wir uns darum herumkauerten, acht Mann nebeneinander, mußten wir nicht erfrieren. Sie gaben uns noch ein bißchen Fleisch, aber diesmal beherrschten wir uns. Wir hockten die ganze Nacht um dieses Häufchen glühender Asche, Igor Paljaschkin, ich und die sechs Samojeden-Jäger. Sie konnten kein Wort Russisch und wir kein Wort von ihrer Sprache. Ach, wenn wir damals eine Flasche Subrowka gehabt hätten, in dieser Nacht – ja, nur ein einziges Gläschen voll ...!«

Die Frau Vizekonsul ist aufgestanden und zieht einen herzlichen Abschied von Lydia in die Länge. Der Erste Sekretär, der sich immer noch zufächelt, hält unterdessen die Tür auf. Der Zweite Sekretär hockt hinter der Tür auf dem Boden; er schläft jetzt schon zehn Minuten. Aber der Vizekonsul ist erneut mit Bartholomew in Streit geraten. »Wozu die Eile?« sagt er. »Es ist ja noch eine halbe Flasche Rum da. Das nächste Haus läuft uns schon nicht davon.« Also nehmen seine Frau und der Sekretär wieder Platz. »Ein Gläschen noch!« sagt Alexander Andrejewitsch zu mir. »Der Abend ist ja noch jung.« Und er kippt das Wisent.

»Morgens sind wir aufgebrochen«, fährt er fort. »Wir haben zu den Samojeden sehr laut ›Kamjenaja Gora‹ gesagt, um ihnen klarzumachen, wohin wir wollten. Also ergriffen sie ihre Pfeile und Bogen, und einer nahm eine uralte

Flinte, so alt und so schwer, daß am Lauf eine Stützgabel befestigt war. Sie winkten uns, ihnen zu folgen, aber Igor Paljaschkin aß gerade noch von dem Fleisch, und im Morgenlicht sah er sich etwas genauer an, was er da vertilgte. Es war ein großer, blaurosa Brocken, wie Rindfleisch, aber es hing noch ein bißchen Haut daran, und auf dieser Haut waren Haare, lange, wollige, rötlich gefärbte Haare, ganz anders als die von einem Rind in Rußland oder Sibirien. ›Was ist das für ein Fleisch?‹ fragte Igor Paljaschkin, und auch ich habe es mir genauer angesehen und noch einmal davon gekostet. Weil mein Hunger gestillt war, konnte ich es jetzt erst richtig schmecken. Puh! Es hatte eindeutig einen Stich; das war ja schon fast verdorben. Ich fragte mich, wie ich am Vorabend meine Schnauze auch nur in seine Nähe hatte bringen können. Es war schließlich roh, bloß in der Asche angewärmt. Es roch alt und nach Erde. Ich hatte in diesem Sommer gehört, daß die Samojeden, wenn sie ein Tier erlegen, ein Loch in den Boden graben, bis sie dorthin gelangen, wo die Erde immer gefroren bleibt, und das Fleisch dort aufbewahren, das sie nicht aufessen können. So hält es sich den ganzen Sommer über, zumindest nach *ihren* Maßstäben. Lieber Gott! Es stank wie ein Paar Totengräberstiefel!
›Das Fleisch hier! Das Fleisch!‹ kreischte Igor Paljaschkin, und zog den ältesten Samojeden an seinem steifen Pelzärmel. ›Zum Teufel mit euch! *Ot kuda eto mjaso?* Woher kommt das, Mann? Woher?‹
›*Mjaso! Mjaso!*‹ donnerte Igor Paljaschkin, als er sah, daß sie ihn nicht verstanden. Er deutete auf den verdorbenen Fleischklumpen mit der langen roten Wolle daran und brüllte ›*Mjaso!*‹, bis der kleine Alte ganz verängstigt wirkte und sie alle ihre Köpfe zusammensteckten. Anscheinend fragten sie sich, wie man diesen wilden Russen wieder be-

ruhigen konnte. Dann deuteten sie zum Fluß hinab, lächelten schüchtern und winkten uns, ihnen zu folgen.
›Kamjenaja Gora!‹ sagten wir immer wieder, während die kleinwüchsigen Jäger uns zwischen den froststarren grauen Bäumen hindurchgeführt haben. Die sechs lächelten und nickten. Weiß der Himmel, ob sie den russischen Namen verstanden, aber sie wußten, daß wir Russen waren, und würden uns zu den nächsten Christenmenschen bringen. Es war bitterkalt geworden. Der schwarze Himmel schien nicht höher als die Tannenwipfel zu sein und so fest, daß man unwillkürlich den Kopf einzog, als würde man eine Hütte betreten. Ein eisiger Nebel zwischen den kleinen Bäumen umgab uns wie eine Palisade, keine zwei Armlängen von uns entfernt, und wenn wir sprachen, dröhnten unsere Worte, als würden sie zwischen festen Mauern schallen. Die Samojeden hatten uns Felle gegeben, und so tappten wir hinter diesen kleinen Männern her wie Tanzbären, Igor Paljaschkin und ich.
Den ganzen Tag zogen wir mit den Samojeden-Jägern im Gänsemarsch dahin, bis wir wieder zu den weiten Sümpfen kamen. Jetzt aber waren sie hart gefroren, und wir stapften darüber, manchmal auf schwarzem Eis, das sich unter unseren Füßen wie dünne Planken bog, manchmal auf gefrorenem Schlamm, der unter unseren Stiefeln quietschte und winselte. Wir brachen die starren Weidenzweige wie Stoppeln auf einem Acker. Nicht ein Lebewesen bekamen wir zu Gesicht, und kein Laut von irgend etwas Lebendigem drang durch den Nebel.
Aber am späten Nachmittag – es wurde bereits Abend – erwachte weit entfernt auf dem Marschland ein Flüstern, das zu uns herüberkam. Der Nebel lichtete sich, und ein scharfer Wind schnitt uns in die Wangen. Die Samojeden hielten inne. Sie sahen einander an, schnupperten in die

Luft, und auch wir wußten, was für ein Wind das war: der Schneewind.

Jetzt konnten wir über die gewaltige, trostlose Taiga blikken, eine flache, ausgestorbene Einöde aus tristem Braun und verwaschenem Grau, in der das winzigste bißchen Leben von diesem einen schrecklichen Zugriff des Väterchens Frost erstickt und sein Leichnam von den Bajonetten des Schneewinds immer wieder durchbohrt wurde. Als der Wind sich legte, wußten wir, daß das weiße Sargtuch aus dem schwarzen Himmel fallen würde. Der Nebel war ja nicht vollständig verschwunden; er war bloß zum Geist eines Nebels zergangen, der mit dem Wind trieb und die leblose Welt immer noch halb verschleierte. Es gab weder Licht noch Dunkelheit, nur ein Gemisch von beidem, so als wäre die heranbrechende Nacht ein Puder, das der eiskalte Wind um uns herum blies. Er fuhr uns bis in die Knochen, aber die Sträucher brachte er nicht zum Rascheln; die waren steinhart gefroren. Wir konnten alles überschauen – bis ans Ende der Welt konnten wir sehen, denn es gab nichts außer diesem trüben Licht, dieser schmutzigbraunen Erde und diesem schmutziggrauen Gesträuch, das so tot war wie die Haare einer Leiche.

Igor Paljaschkin und ich, wir wußten nicht, wohin wir unterwegs waren. Wir sahen nicht auf unseren Kompaß oder auf unsere Karte. Mit eingezogenen Köpfen stolperten wir hinter den sechs kleinwüchsigen Jägern durch die leblose Welt. Ich glaubte nicht, daß ich Kamjenaja Gora je erblicken, daß ich St. Petersburg oder sonst eine christliche Behausung jemals wiedersehen würde. Ich glaubte, ich würde hier sterben müssen, hier, wo es nichts als Grau und Kälte gab. Ich war ja noch jung, wahrscheinlich hätte ich geweint, aber es war zu kalt dafür.

Doch die Samojeden wußten, wohin sie gingen, und noch

bevor das graue Zwielicht ganz verschwand, brachten sie uns zu einer Stelle, wo etwas Festeres in der grenzenlosen Düsternis zu sehen war. Auf der einen Seite erblickten wir den breiten, unter einer Eisdecke erstarrten Fluß, der in dieser ungewissen Landschaft aber dennoch blaß glitzerte, und etwas weiter vor uns auf dem flachen Moor sahen wir einen niedrigen dunkelbraunen Erdwall, der sich über den Fluß wölbte. Vielleicht war er in der kurzen sommerlichen Tauperiode entstanden, als ein Teil des Ufers wegrutschte, und seine Überreste würden nun den ganzen Winter hindurch von der Hand des Frostes erhalten. Die dünnen grauen Sträucher auf der gewaltigen, trostlosen Weite um uns herum wurden spärlicher, aber dafür höher. Sie wirkten wie Rauchsäulen, die zu dem tiefhängenden grauen Himmel emporgestiegen und gleich allem anderen erstarrt waren, nur von festerer Gestalt als die graue Atmosphäre. Der braune Schlamm, der sich so weit nach allen Seiten hin erstreckte, war im Griff des Frostes zusammengeschrumpft, und Eis äderte seine runzlige Oberfläche.

Gerade als wir in Sichtweite des Flusses und dieser Uferböschung gelangten, flaute der Schneewind ab. Igor Paljaschkin und ich, wir sahen einander an. Unsere Lippen waren so taub vor Kälte, daß wir nicht sprechen konnten. Die Samojeden steckten die Köpfe zusammen, und ihr Atem hing in dicken weißen Wölkchen vor ihnen. In ein paar Minuten würde es zu schneien anfangen, und wenn das weiße Flockengestöber die Luft erfüllte, fände nicht einmal ein Samojeden-Jäger seinen Weg durch die Einöde. Der älteste von ihnen blickte umher, zum Himmel hinauf, auf die geisterhaften Sträucher ringsum, auf die vereiste, runzlige Erde hinunter und schließlich zu der fernen Uferböschung, die die endlose Weite ein ganz klein wenig unterbrach. Danach sah er uns an, und sein dunkles, völlig verhutzeltes Gesicht glich dem gefrorenen Taigaschlamm, die Feuchtigkeit war in den Furchen seiner Haut zu Eis erstarrt wie in den Furchen des Marschlands. Der dicke Reif auf seiner Lippe bewegte sich, und die Eishaut auf seinen Wangen zersprang, als er lächelte. Dann deutete er auf die ferne Uferböschung und krächzte mit seiner dünnen, erfrorenen Stimme: ›*Mjaso!*‹

Igor Paljaschkin bemühte sich zu schreien, brachte aber nur ein heiseres Flüstern heraus. ›Zum Teufel mit ihm! Dieser tatarische Hundesohn! Was soll das heißen, *Fleisch?*‹

Ich wollte sagen: Er meint, daß wir Gefrierfleisch sind, wenn wir nicht irgendeinen Schutz finden, bevor es schneit, aber ich glaube, meine Lippen konnten meiner Zunge nicht folgen.

Die Samojeden führten uns mit beschleunigtem Schritt zu der kleinen Klippe. Näher beim Fluß war der Boden nicht so fest gefroren und trug manchmal nicht unser Gewicht. Er quiekte und quietschte, um dann mit einer Art Schmatzgeräusch nachzugeben. Aber die Jäger glitten darüber hinweg, fanden die schwierigeren Stellen für uns heraus, und platschend und stapfend schafften wir es irgendwie, ihnen zu folgen. Der Himmel über uns verfestigte sich, die Düsternis um uns herum wurde dichter, die Sträucher schienen wieder zu Rauch zu zergehen, zu wabern und in der Dämmerung zu verschwinden. Dann erreichten wir den Erdwall und kauerten uns unter seine gefrorene Wölbung. Ich hockte mich mit dem Rücken zum Ufer und sah in die trostlose Weite hinaus, wo nun alles ein Tanz von Schatten war, in dem sich weder Erde, Eis noch Büsche klar voneinander unterscheiden ließen. Hinter mir hörte ich Igor Paljaschkin merkwürdige Laute ausstoßen – Flüche und Gelächter prallten zwischen dem Eis auf seinen Lippen zusammen. Ich drehte mich nach ihm um. Er trat gerade mit seinen Stiefeln in die gefrorene Erde. Die Uferböschung und das erstarrte Geröll überall ringsum enthielten etwas, das nun herausragte, die sommerlichen Erdrutsche hatten es freigelegt: mächtige gelbe Knochen, ganze Gliedmaßen, fleischige Organe, die so hart gefroren waren wie Töpferware, dicke, glasige Stücke blaßvioletten Fleisches, an denen noch die Haut und eine starre, rostfarbene Haarwolle hingen.

Wir fragten einander mit unserem Blick, auf was für einen Teufelsfriedhof wir da geraten waren? Igor Paljaschkin trat nach einigen Stücken von dem Aas, das er heute früh mit solchem Appetit verschlungen hatte. Der kleine alte Jäger nickte. ›*Mjaso, mjaso!*‹ krächzte er und machte dabei Kaubewegungen, durch die noch ein paar Falten mehr auf seine ledrigen Wangen traten. Igor Paljaschkin zog an einem langen Knochen, der herausragte wie ein Zaunpfahl, und ich glaube wahrhaftig, ich hätte dem alten Knaben damit eins übergebraten, hätte mein Freund das Ding nur losbekommen.

Da stieß einer der Jäger plötzlich ein wildes Zischen aus. Im Nu wurden die sechs Samojeden alle so starr wie die gefrorenen Klumpen um uns herum. Auch Igor Paljaschkin und ich duckten uns erschrocken zu Boden, und was wir dann vernahmen, ließ uns erstarren wie ein noch strengerer Frost. Mir wurde kalt bis ins Herz. Durch diese schreckliche tote Stille vor dem Sturm hörten wir etwas über die unsichtbare Einöde auf uns zukommen. Den ganzen Tag hatte sich in dieser ausgestorbenen Welt nichts geregt außer uns selbst. Nun kam dort draußen, wo die Schatten ständig näher rückten und wieder zurückwichen und die fahle Düsternis uns die Sicht raubte, etwas so mühselig auf uns zu, schleppte und kämpfte sich durch das halbgefrorene Marschland. In dieser absoluten Stille der zu Eis erstarrten Luft hörten wir es, als es noch weit weg war. Es kam so langsam, brauchte so viel Zeit, und wir wagten nicht, etwas anderes zu tun, als in den dunkler werdenden Nebel zu lauschen und unsere Augen anzustrengen, um darin etwas zu erkennen. In welchem noch existierenden Ungetüm konnten sich solche Willenskraft und solch schreckliche Stärke vereinen? Ein Wesen, mächtiger als jedes, das Gott für Menschenauge erschaffen hat, schleppte sich dort durch den Morast. Wir hörten zuerst das Knirschen der Eiskruste, dann das Quietschen von gefrorenem Schlamm, als diese gigantische, unvorstellbare Masse langsam ihr Gewicht darauf setzte; danach ein tiefes Keuchen, wie wenn jemand nach Luft schnappen würde, auch der Frost das Marschland nicht mehr zusammenhalten konnte und es unter der Last des Kolosses nachgab. Anschließend ein Platschen von solcher Heftigkeit und ein so mühsames, qualvolles Ächzen, daß es mir die Luft abdrückte. Und nach einer fürchterlichen Anstrengung ein langgezogenes Schmatzgeräusch und eine laute Explosion, als das Biest sich befreite und der Morast es losließ. Und so ging es weiter. Es folgte Kampf um Kampf, einer verzweifelter als der andere. Es war schrecklich, und wir lauschten so gespannt, daß wir die Qual eines jeden Meters miterlitten, den das Geschöpf überwand. Je näher es aber kam, desto länger wurden die Pausen zwischen seinem Einsacken und seinen furchtbaren Anstrengungen, sich loszureißen. Es schien, als würden diese unvorstellbare Kraft und Hartnäckigkeit allmählich versagen. Und in dieser Stille hörten wir jedesmal den schrecklichsten Laut von allen: wie das Ungetüm schrie vor Schmerz und Todesangst. Lieber Gott im Himmel! Ich glaube, kein Christenmensch außer uns, Igor Paljaschkin und mir, hat so eine Stimme je gehört, und ich weiß, daß keine Stimme auf dieser gan-

zen Welt jener tierischen, stumpfsinnigen Seele hätte antworten können, die an diesem Abend vor dem Einsetzen des Schnees im Nebel der einsamen Taiga ihr Leid hinausstöhnte. Dieses Ungetüm war von allen verlassen.
Es kam so nah, bevor es endgültig unterging! So nah! Bis unmittelbar hinter den Vorhang der Düsternis, der einem die Sicht raubte und wo die grauen Sträucher sich mit der trübseligen Dämmerung verwoben, ja, bis dorthin, wo eine letzte fürchterliche Anstrengung es auf festeren Boden und zu diesen riesenhaften Knochen um uns herum gebracht hätte. So weit kämpfte es sich vor, ehe es einen letzten langgezogenen Schrei ausstieß. Die Samojeden kauerten hinter uns, versteckten ihre Köpfe in ihren unförmigen Pelzmänteln und versuchten, in der nackten Erde zu versinken, während Igor Paljaschkin nach seinem leeren Revolver tastete. Dann verschränkte er die Arme über der Brust. Nein, Igor Paljaschkin fürchtete weder Tod noch Teufel. Was aber mich betraf, so war es die Qual in dieser wilden Stimme, die mir das Herz sinken ließ, die Qual und die schreckliche, schreckliche Einsamkeit. *Bosche moj!* Ich bin ein christlich getaufter Mann, und das da war eine primitive tierische Seele, die aus der Wildnis kam. Aber sie ging dort unter, am leblosen Rand der Welt, wo es weder Wald noch Felder, weder Land noch Wasser, weder Sonne noch Schnee gab, sondern nur ein grenzenloses eisiges Chaos zwischen Tag und Nacht, und kein Ohr auf der ganzen Welt oder in allen Zeiten konnte die Qual dieser Seele erhören. Etwas, das von der Zeit vergessen worden war, ertrank dort, allein, in dem Abgrund der eisigen Finsternis.«
»Jimmy!« Der Erste Sekretär ist mit seiner Geduld am Ende. Er brüllt mich an, weil ich seine Aufrufe zum wiederholten Male mißachtet habe, und auch der Vizekonsul

ist jetzt endlich auf den Beinen, ja, selbst Bartholomew, obwohl seine etwas wacklig sind. Ich stehe auf. Alexander Andrejewitsch stellt das Wisent zuerst über meinem Glas auf den Kopf und ergreift dann sein eigenes. *»Da* . . .«, sagt er, stößt dabei einen langen Seufzer aus und dreht sein Glas bedächtig in der Hand. »Ich habe es gesehen. Nur einen winzigen Moment, aber ich habe es gesehen. Zwischen dem braunen Schlamm und den grauen Sträuchern. Dann kam sofort der Schnee, und es war nichts mehr zu erkennen außer dem dichten weißen Flockengestöber. Aber das mächtige Haupt war immer noch über dem Morast, das mächtige Haupt und der zottige rotbraune Schulterpelz und etwas, das emporgereckt war wie ein flehender Arm, und die langen, langen Stoßzähne, die nach innen gekrümmt waren wie Schlittenkufen. Dann ist der Schnee gekommen.«

»Alexander!« ruft Lydia. »Mach das Tor draußen auf!«

Auf unsicheren Beinen drängeln wir uns in den kleinen Hof. Die Nacht des Roten Meeres umgibt uns mit ihrer feuchten Hitze wie ein nasses Handtuch, das frisch aus dem Waschkessel kommt. Die Schwelle von Alexander Andrejewitschs enger Tür bringt uns ins Stolpern. Wir verstellen den Hofeingang; und mit unseren lärmenden Gutenachtwünschen stacheln wir die Truthähne der Massejews zum Wetteifern an. Alexander Andrejewitsch steigt aus Versehen in einen Blumentopf und schmettert die Scherben mit Fußtritten an die Hauswand. *»Tschort wosmi!«* flucht er, kommt aber zurück, um mir die Hand zu schütteln. *»Da* . . . Wir haben es gesehen, Igor Paljaschkin und ich. Danach war die Revolution.«

Jemand hat den Ford-Kleinbus angelassen. Ich habe meine Laterne verloren. Es ist jedes Jahr dasselbe. An diesem Punkt der Ereignisse geschieht das jedesmal. »Jimmy!«

quietscht die Frau Vizekonsul. »Was ist das für ein Stern dort oben?« Der Zweite Sekretär ist erstaunlich wach. Er singt im tiefsten Baß:

»Sie blickten auf und sahn einen Stern,
Der strahlte ihnen am Himmel fern ...«

Im Dunst über dem Meer geht ein gelber Mond unter, das ganze arabische Firmament strotzt von Sternen: die dichtgedrängten Plejaden, der leuchtende Aldebaran, die Zwillinge, der gegürtete, juwelenfunkelnde Orion mit seinen gespreizten Beinen. Frau Vizekonsul kann nicht ganz gerade stehen. »Canis Major«, sage ich schroff, »der Große Hund«, und mache Anstalten, in den Kleinbus zu steigen, stolpere dabei jedoch über mein Kostüm – oder vielleicht auch über das von jemand anderem. Eine dreiviertel Flasche Rum macht den Vizekonsul nur um so gesprächiger. »Das ganze Latein, an das ich mich erinnere«, bemerkt er, »ist *hic, haec, hoc.*«
Und eine beinahe vergessene Liebe zu den Klassikern beschleicht an diesem Heiligabend Bartholomews empfängliches Herz. Er hört einen Moment lang auf zu schwanken und stößt den arabischen Gestirnen ein bekräftigendes »Hic!« entgegen.

Die Sternsinger

L. P. Hartley

Leslie Poles Hartley (1895–1972) ist weithin berühmt für seine Romane über das Landleben, vor allem *Eustace and Hilda* und *The Go-Between* (deutsch: *Der Mittler*). Daneben war er ein hochangesehener Verfasser von Gespenstergeschichten und schrieb fast vierzig Jahre regelmäßig Beiträge für die *Ghost Book*-Serie. »Die Sternsinger« stammt aus seiner Sammlung *Two for the River* (1961).

Der Heiligabend war für die ganze Familie Marriner ein höchst anstrengender Tag gewesen, nur nicht für deren Oberhaupt. Mr. Marriner kam an solchen Festtagen immer ganz gut weg – ganz gut, soweit es körperliche Anstrengung betraf, finanziell nicht. Er wußte, daß man ihm ein ziemliches Loch in die Tasche reißen würde. Und später, wenn er sein Scheckbuch zückte, um der Familie, den Verwandten und dem Personal seine üblichen Geschenke zu machen, wurde das Loch noch größer. Aber er konnte es sich leisten, konnte es sich in der ganzen Geschichte seines stetig wachsenden Vermögens dieses Jahr sogar am besten leisten. Und obendrein brauchte er nicht nachzudenken, brauchte nicht auszusuchen, mußte nur eine Liste konsultieren, ein, zwei Namen hinzufügen und ein, zwei andere streichen. Es gab ziemlich viel auszustreichen, ziemlich viel, obwohl dies weder auf der Liste noch auf den Durchschlägen von Mr. Marriners Scheckbuch in Erscheinung trat. Wenn Mr. Marriner es für angebracht hielte, würde er die Summe auf den Schecks seiner Kinder um den auf diese Art eingesparten Betrag erhöhen. Dann fänden Jeremy und Anne ihn sogar noch großzügiger, und falls seine Frau irgendeine Bemerkung dazu machen würde, was sie mit ihrem Taktgefühl sowieso nie tat, dann würde er selber lachen und es als Kapitalverteilung bezeichnen – »Kapital in jedem Sinne des Wortes, meine Liebe!«

Aber das konnte warten bis nach dem Abendessen.

So war von dem Quartett, das sich zu Tisch setzte, Mr. Marriner der einzige, der keinen anstrengenden Tag hinter sich hatte. Seine Frau und Anne hatten beide mit viel Mühe das Haus geschmückt und Vorbereitungen für die Feier am ersten Wochentag nach Weihnachten getroffen. Sie hatten keine Zeit auf das Besorgen von Geschenken verwandt, sie kamen einfach nicht dazu. Anne, die zwei Jahre älter war als Jeremy, hatte das Talent ihrer Mutter, Geschenke zu machen, geerbt und ihre Auswahl schon vor Wochen getroffen. Sie besaß einen sechsten Sinn dafür, was jemand brauchte. Jeremy dagegen hatte alles auf die letzte Minute verschoben. Seine Methode war das genaue Gegenteil zu der von Anne und weit weniger erfolgreich. Er dachte zuerst über das Geschenk nach und dann über den Empfänger. Für wen war dieses Päckchen wohl geeignet? Für wen das andere? Wer sollte der glückliche Besitzer dieses dritten Päckchens werden? Was das Geschenkemachen betraf, folgte sein Verstand einer Einbahnstraße, und dieses Jahr waren es kleine Päckchen – teure, wahllos zusammengekaufte Präsente, für die er sich insgeheim schämte. Jetzt war es zu spät, um noch etwas zu unternehmen: Wenn er aber an die drei, vier Freunde und Bekannten dachte, die leer ausgehen würden, dann zerschmetterte ihn sein schlechtes Gewissen.

Still und voller Selbstvorwürfe saß er da und vernahm so den Gesang vor dem Fenster als erster.
»Horcht mal! Da sind Sternsinger!« krächzte er, weil ihm die Stimme versagte.
Die anderen hörten alle auf zu reden, und ein Lächeln erschien auf ihren Gesichtern.
»Ganz gut, was?«
»Die ersten, die wir dieses Jahr zu hören bekommen«, sagte Mrs. Marriner.
»Nein, nicht die ersten, meine Liebe. Die waren doch schon vor Tagen hier, und ich habe sie wieder weggeschickt, weil Sternsinger bis zum Heiligabend warten müßten.«
»Wie viele sind es denn?«
»Zwei, glaub ich«, antwortete Jeremy.
»Ein Mann und eine Frau?«
Jeremy stand auf und zog den Vorhang zurück. Nur von einer einzigen fernen Straßenlaterne gebrochen, drückte sich die Dunkelheit des Gartens an die Fensterscheiben.
»Ich kann sie nicht richtig erkennen«, sagte er beim Zurückkommen. »Aber ich glaube, es sind ein Mann und ein Junge.«
»Ein Mann und ein Junge?« wunderte sich Mr. Marriner. »Das ist recht ungewöhnlich.«
»Vielleicht sind sie aus einem Chor, Daddy. Sie singen unheimlich gut.«
Und in diesem Moment klingelte es an der Tür. Um den Charakter des schon alten Hauses zu wahren, hatten sie den originalen Glockenzug aus Messing beibehalten. Wenn ihn jemand betätigte, schien das ganze Gebäude hörbar zu erbeben – ein merkwürdig suchendes Geräusch, so als hätte man eine Saite in dessen Herzen zum Klingen gebracht, während die Glocke selbst ein Gellen von sich gab, das sich

in ein schrilles, abgehacktes Geklingel auflöste. Die Marriners waren an dieses Phänomen gewöhnt und lächelten, wenn Fremde deshalb erschrocken zusammenzuckten. Heute abend jedoch zuckten sie selbst zusammen. Sie lauschten und warteten auf Schritte, die die Steinplatten der Eingangshalle überquerten, aber da waren keine.

»Mrs. Parfitt kommt erst zum Abwasch«, sagte Mrs. Marriner. »Wer geht hin und gibt ihnen was?«

»Ich«, antwortete Anne und sprang auf. »Was sollen sie denn kriegen, Dad?«

»Ach, gib ihnen einen Shilling«, sagte Mr. Marriner und zog das Geldstück aus seiner Hosentasche.

Mit dem leichten Schritt und den glühenden Wangen einer emsigen Wohltäterin machte sich Anne auf den Weg. Als sie nach ein, zwei Minuten zurückkam, waren ihre Schritte wesentlich langsamer, ihr Gesicht ratlos, ja, sogar verschüchtert, und sie setzte sich nicht hin, sondern legte die Hände auf ihre Stuhllehne.

»Er sagt, das reicht nicht«, erklärte sie.

»Reicht nicht?!« wiederholte ihr Vater. »Hat er das wirklich gesagt?«

Anne nickte.

»Der hat vielleicht Nerven! Ganz sympathisch!« Selbst für seine Familie waren Mr. Marriners Launen unberechenbar; durch irgendeinen Zufall hatte die Unverschämtheit des Mannes eine gleichgestimmte Saite in ihm zum Klingen gebracht. »Geh wieder raus, und sag ihnen, wenn sie noch ein Weihnachtslied singen, dann kriegen sie zwei Shilling.«

Aber Anne rührte sich nicht von der Stelle.

»Wenn's dir nichts ausmacht, Daddy, dann möchte ich lieber hierbleiben.«

Die drei sahen Anne fragend an.

»Lieber hierbleiben? Wieso?«

»Ich mag seine Art nicht.«
»Wessen Art? Die des Mannes?«
»Ja. Der Junge – du hast recht gehabt, Jeremy, es ist ein Junge, ein ganz kleiner – hat kein Wort von sich gegeben.«
»Was hat denn mit der Art des Mannes nicht gestimmt?« fragte Mr. Marriner, immer noch jovial.
»Ach, ich weiß nicht!« Annes Atem wurde rascher, und ihre Finger verkrampften sich um die Stuhllehne. »Es war ja auch nicht nur seine Art.«
»Henry, ich an deiner Stelle ...«, begann Mrs. Marriner warnend, da sprang Jeremy plötzlich auf. Er sah seine Chance, vor sich selbst für sein Versagen beim Weihnachtseinkauf Buße zu tun – ja, für sein allgemeines Versagen, dessen er sich bewußt war, sooft er sich mit Anne verglich.
»Da ist der Shilling«, sagte Anne und hielt ihm die Münze hin. »Er hat ihn nicht gewollt.«
»Mit dem hier sind es zwei«, fügte ihr Vater hinzu, indem er seinem Wort die Tat folgen ließ. »Aber nur, wenn sie noch einmal singen, wohlgemerkt!«
Solange Jeremy weg war, schwiegen sie alle. Anne versuchte immer noch, wieder ein gefaßtes Gesicht zu machen, Mr. Marriner klopfte mit seinen Fingern auf den Tisch, und seine Frau studierte eingehend ihre Ringe. Schließlich sagte sie: »Heutzutage sind alle so klassenbewußt.«
»Das ist es nicht gewesen«, erwiderte Anne.
»Was denn sonst?«
Aber noch bevor Anne zu einer Antwort kam – falls sie überhaupt geantwortet hätte –, ging die Tür auf, und Jeremy trat ein, aufgeregt und mit gerötetem Gesicht zwar, aber auch triumphierend, weil er über sich selbst gesiegt hatte. Statt auf seinen Platz zu gehen, blieb er ein Stück vor dem Tisch stehen und sah seinen Vater an.

»Er hat es nicht annehmen wollen«, verkündete er. »Er sagt, das reicht nicht. Er sagt, du wüßtest schon, warum.«
»Ich wüßte schon, warum?« Mr. Marriners Stirnrunzeln war ein Versuch, sich an etwas zu erinnern. »Was ist es denn für ein Mann, Jeremy? Kannst du ihn beschreiben?«
»Groß und dünn, mit einem eingefallenen Gesicht.«
»Und der Junge?«
»Wahrscheinlich um die sieben. Er hat geweint.«
»Ist das irgend jemand, den du kennst, Henry?« fragte seine Frau.
»Ich hab grade nachgedacht. Ja, nein, das heißt, ja, kann sein, daß ich ihn einmal kannte.« Mr. Marriners Erregung war nun für alle zu erkennen, und das mehr dem Gefühl als dem äußeren Eindruck nach. »Und was hast du gesagt, Jeremy?«
Jeremy warf sich in die Brust. »Ich habe ihm gesagt, er soll verschwinden.«
»Und? Hat er das getan?«
Wie zur Antwort gellte die Glocke erneut.
»Diesmal gehe ich«, erklärte Mrs. Marriner. »Vielleicht kann ich ja für das Kind etwas tun.«
Und schon war sie verschwunden, bevor der ausgestreckte Arm ihres Mannes sie daran hindern konnte.
Wieder saß das Trio schweigend auf seinen Plätzen, wobei die Kinder weniger mit sich selbst beschäftigt waren als mit dem Leuchten in den Augen ihres Vaters, das einmal stärker, einmal schwächer zu werden schien, wie ein Abblendlicht.
Mrs. Marriner kehrte mit viel mehr Selbstsicherheit zurück als jedes ihrer beiden Kinder.
»Ich glaube nicht, daß er irgend etwas Böses im Schilde führt«, verkündete sie. »Einen kleinen Knacks hat er, weiter nichts. Besser, wir lassen ihm seinen Willen. Er hat

gesagt, daß er dich sprechen möchte, Henry, aber ich habe ihm geantwortet, du seist nicht da. Er sagt, was wir ihm anbieten, sei nicht genug, und er möchte, was du ihm letztes Jahr gegeben hast, was immer das heißen soll. Also schlage ich vor, wir schenken ihm etwas anderes als Geld. Vielleicht hättest du ja eines deiner Päckchen für ihn übrig, Jeremy. Ein Weihnachtspäckchen ist eine ganz gute Idee.«

»Das wird er nicht annehmen«, erwiderte Anne, noch bevor Jeremy etwas zu sagen vermochte.

»Wieso?«

»Weil er nicht kann«, erklärte sie.

»Nicht kann? Was soll das heißen?«

Anne schüttelte den Kopf. Ihre Mutter drängte sie nicht zu einer näheren Auskunft.

»Du bist schon ein komisches Mädchen«, meinte sie. »Jedenfalls können wir es versuchen. Oh, und dann hat er noch gesagt, sie würden uns ein zweites Weihnachtslied singen.«

Alle nahmen Platz, um es sich anzuhören, und einen Moment später ertönten die Klänge von »God rest you merry, gentlemen.«

Jeremy stand auf. »Ich glaube, sie singen nicht ganz den richtigen Text«, sagte er und ging ans Fenster, um es zu öffnen. Ein eisiger Luftzug fuhr herein.

»Oh, mach zu!«

»Einen Augenblick nur. Ich möchte mich vergewissern.«

Sie spitzten alle die Ohren und hörten folgendes:

»Die Kindlein froh rings um den Tisch,
Hausherrin und Hausherrn,
Es mag euch all zusammen
Erstrafen Gottes Stern!«

Jeremy schloß das Fenster. »Habt ihr gehört?« krächzte er.
»Ich glaube schon«, sagte Mrs. Marriner. »Aber es könnte auch ›erstrahlen‹ geheißen haben. Die beiden Wörter klingen ja ganz ähnlich. Henry, mein Lieber, jetzt schau doch nicht so ernst!«
Die Türglocke ging zum drittenmal. Noch ehe das Geklingel erstarb, stand Mr. Marriner auf. Seine Beine waren wacklig.
»Nein, nein, Henry«, sagte seine Frau. »Geh nicht! Das ermuntert sie bloß noch. Außerdem hab ich doch gesagt, du seist nicht da.« Er betrachtete sie zweifelnd, und die Glocke klingelte erneut, diesmal lauter. »Sie werden es schon bald leid werden, wenn niemand kommt«, meinte Mrs. Marriner. »Ich bitte dich, Henry, geh nicht hin!« Und als er sie immer noch mit ratlosem, hilfesuchendem Blick ansah, fügte sie hinzu: »Kannst du dich nicht erinnern, wieviel du ihm letztes Jahr gegeben hast?«
Ihr Mann machte eine ungeduldige Handbewegung.
»Aber wenn du schon gehst, dann nimm eins von Jeremys Päckchen mit.«
»Ein Päckchen möchten die nicht«, sagte er. »Die möchten eine Kugel.«
Er ging zur Anrichte und zog eine Pistole hervor. Es war ein altmodischer Salonrevolver, ein Relikt aus den Zeiten, als Henrys Vater mit anderen Angehörigen seiner Generation Pistolenschießen geübt hatte, und lag schon länger hinten in einer Schublade, als irgend jemand von ihnen sich erinnern konnte.
»Nein, Henry, nicht! Du darfst dich nicht aufregen! Und denk doch an das Kind!«
Jetzt waren alle auf den Beinen.
»Bleibt, wo ihr seid!« fauchte Mr. Marriner.
»Anne! Jeremy! Sagt ihm, er soll es nicht tun! Versucht ihn

doch aufzuhalten!« Aber seine Kinder konnten ihren lebenslangen Gehorsam nicht in einer Sekunde abschütteln und sahen hilflos zu, wie ihr Vater ging.

»Aber das nützt doch nichts, das nützt doch nichts!« wiederholte Anne ständig.

»Was nützt nichts, Liebling?«

»Die Pistole. Weißt du, ich hab nämlich durch ihn hindurchgesehen!«

»Was soll das heißen, ›durch ihn hindurchgesehen‹? Du meinst, du hast ihn durchschaut?«

»Nein, nein. Ich habe richtig durch ihn hindurchgesehen.« Annes Stimme wurde zu einem Flüstern. »Ich habe die Straßenlaterne durch ein Loch in seinem Kopf scheinen sehen.«

»Liebling ... mein Liebling!«

»Ja, und auch der kleine Junge ...«

»Halt gefälligst den Mund, Anne!« schrie Jeremy hinter dem Fenstervorhang hervor. »Halt gefälligst den Mund! Sie sagen gerade etwas. Jetzt zielt Daddy mit der Pistole auf ihn! Sein Finger ist auf dem Abzug, gleich wird er schießen! Nein, doch nicht. Der Mann ist näher gekommen! Jetzt steht er direkt vor Daddy! Jetzt zeigt er ihm etwas, etwas an seiner Stirn! Oh, wenn ich doch nur eine Taschenlampe hätte! Daddy hat ihn fallenlassen, er hat den Revolver fallenlassen!«

Noch während Jeremy sprach, hörten sie das Klappern der Pistole; es klang wie der Applaus des Studiopublikums für einen Rundfunksprecher.

Jeremys Stimme ertönte erneut: »Er geht weg mit ihnen – er geht mit ihnen weg! Sie führen ihn fort!«

Mrs. Marriner war in Ohnmacht gefallen, noch bevor sie oder sonst einer von ihnen die Tür erreichen konnte.

Die Polizei ließ nicht lange auf sich warten. Sie fand die Leiche im Gras neben dem Gartentor. Es gab Anzeichen für einen Kampf – eine Schlitterspur auf dem Kies, wie von einem abbremsenden Wagen, und tiefe Absatzabdrücke im Rasen. Später erfuhr man, daß Mr. Marriner an einer Verstopfung der Herzkranzgefäße gestorben sei. Von seinen Angreifern fehlte jede Spur. Doch konnte das Tatmotiv nicht Raub gewesen sein, denn sämtliches Geld, das er in den Taschen gehabt hatte, sowie alle Banknoten aus seiner Brieftasche (ein großer Betrag) waren rings um ihn verstreut, als hätte er einen letzten Versuch unternommen, sich von seinen Häschern freizukaufen, ihnen aber nicht genug geben können.

Florinda

Shamus Frazer

»Shamus Frazer« war das Pseudonym, das James Ian Arbuthnot Frazer (1912–1966) in den Dreißigern und Vierzigern dieses Jahrhunderts für mehrere ungewöhnliche Romane des Phantastischen benutzte. Anfang der sechziger Jahre schrieb er für Magazine einige gute Horrorgeschichten, von denen »Florinda« zu den besten gehört.

Haben du und Miss Reeve einen schönen Spaziergang gemacht, mein Schatz?« fragte Clare das Kind in den beschlagenen Tiefen des Spiegels vor sich.

»Na ja, für mich ist er schon schön gewesen, aber nicht für Miss Reeve. Sie hat sich nämlich an einem Brombeerstrauch den Strumpf zerrissen, und es hat geblutet.«

»Was? Der Strumpf?«

»Nein, der hat eine wunderschöne Laufmasche gekriegt«, antwortete Jane todernst. »Aber an ihrem Bein waren zwei lange Kratzer, wie von einer Katze. Wir sind gerade den Fußweg am See entlanggegangen, da hat sie sich in den Brombeeren verfangen. Sie wär fast reingefallen. Hat schon sehr komisch ausgesehen, Mummy, wie sie da herumgequäkt hat und am Ufer gehopst ist wie ein Amselweibchen, wenn eine Katze mit ihm spielt.«

»Die *arme* Miss Reeve! ... Dein Vater muß den Pfad demnächst in Ordnung bringen lassen, der ist ja ganz verwildert.«

»Oh, hoffentlich nicht, Mummy. Ich liebe diese zugewachsenen Stellen, und was die Vögel und Kaninchen tun sollen, wenn man das ganze Gestrüpp abhackt, weiß der Himmel. In dem Gestrüpp hüpft's und flattert es überall nur so, wenn man vorbeigeht. Und auch der Pfad schlängelt sich, als wäre er lebendig, als ob man richtig die Füße hochheben und darauf stampfen müßte, so wie's Florinda tut ...«

Aber Clare hörte schon nicht mehr zu. Sie hatte ihren Blick von Janes ernsten, elfenhaften Zügen in den schattigen Winkeln des Spiegels abgewandt, um sich selbst zu inspizieren. Ihr Bild war auf der gläsernen Oberfläche ausgebreitet wie ein eleganter Schwan.

»Und wenn Daddy die Hecken umhacken läßt«, fuhr Jane fort, »was wird dann aus der armen Florinda? Wo soll sie dann spielen? Sie wird auf der ganzen Welt kein Plätzchen für ihre kleinen Fallen und Fußangeln mehr haben, kein Plätzchen, wo sie sich verkriechen, pfeifen und in klimperndes Gelächter ausbrechen kann, wenn etwas Komisches passiert – wie zum Beispiel, als Miss Reeve mit ihrem Bein hängengeblieben und herumgehopst ist.« In solchen Momenten, wenn ihre Mutter nicht zuhörte, konnte Jane am zwanglosesten über Florinda sprechen. Sie sah zuerst auf das Spiegelbild ihrer Mutter, das innerhalb des ovalen Chippendale-Glases in die geheimnisvollen Gedanken der Erwachsenen gehüllt war, dann zu dem Rokokorahmen aus golden bemaltem Holz, in dessen verschlungenen Schnitzereien auf ewig zwei Vögel von verblaßter goldener Farbe, eine Fledermaus mit abgesplittertem Flügel und Blumen gefangen waren, deren goldene Blüten und Blätter hier und da kleine weiße Gipsflecken zeigten, als hätten sie eine Krankheit.

»So habe ich Florinda kennengelernt.« Jane plapperte nun, da sie wußte, daß sie für sich allein war, ganz ohne Scheu. »Ich war damals unten am Seeufer, wo es keine Dornensträucher gibt – du weißt schon, die *Rasenseite* –, und habe mich ans Wasser gekniet, um mein Spiegelbild zu betrachten, *und es gab mich zweimal.* Wenigstens habe ich das zuerst gedacht – daß es mich zweimal gab. Aber dann habe ich gesehen, daß das eine jemand anders war – Florinda. Sie hat mich angelächelt. Doch ich konnte einfach nicht zurücklächeln, um nichts in der Welt. So haben wir uns dort gespiegelt, wie du und ich – die eine lächelnd und die andere ganz ernst. Und dann hat Miss Reeve gerufen, und Florinda ist ganz einfach *verschwunden.* Mein Gesicht war allein im Wasser und hat ganz erstaunt ausgesehen. Sie ist sehr schüchtern, Florinda – und dazu schlau. Schüchtern und schlau – so ist Florinda für euch.«

Die wiederholte Erwähnung des Namens ließ Clare jetzt doch aufhorchen. Sie hatte ihn schon einmal aus Janes Mund gehört.

»Wer ist Florinda?« fragte sie.

»Das hab ich dir doch gerade erzählt, Mummy. Sie ist eine Puppe, glaub ich, nur ganz groß, so groß wie ich. Und sie sagt nie etwas – mit Worten sowieso nicht. Und ihre Augen kann sie nicht einmal dann zumachen, wenn sie sich hinlegt.«

»Ich dachte, sie heißt Arabella?«

»Das ist die Puppe, die mir Onkel Richard zu Weihnachten geschenkt hat. *Arabella* macht die Augen *zu,* wenn sie sich hinlegt, und sie sagt auch ›Gute Nacht, Mamma‹, wegen der Schallplatte innendrin. Aber Florinda ist anders. Das ist keine Puppe fürs Zimmer. Sie gehört nach draußen – obwohl ich sie für Heiligabend zum Tee eingeladen habe.«

»Na schön, Liebling, ich habe noch einen Berg Briefe zu schreiben. Lauf du also nur ins Kinderzimmer, und viel Spaß beim Tee.«

Florinda war demnach eine Puppe, eine Idealpuppe anscheinend, die Jane in ihrer Vorfreude auf Weihnachten erfunden hatte. Da sie im nächsten Jahr bereits neun wurde, war Jane vielleicht schon ein wenig zu alt für Puppen. Ein merkwürdiges Kind, dachte Clare, schwer zu verstehen. In diesem Punkt geriet sie nach ihrer Mutter, obwohl sie äußerlich ihrem Vater nachschlug. Und mit einem Seufzer zog Clare die Schublade ihres Mahagonischreibtischs heraus. Sie legte Briefpapier, Umschläge und Weihnachtskarten – Reproduktionen von Alken-Drucken – in ordentlichen Häufchen auf dem roten Leder zurecht und klappte ihr Adreßbuch auf, um zu schreiben.

Mit der frühen Dezemberdämmerung kam Roger wieder herein. Er war mit Wakefield, dem Verwalter, um das Anwesen gestapft, und die Kälte hatte nicht nur seine Wangen blau, sondern auch seine Nase so rot gefärbt, daß er wie ein überdimensionaler, plumper Gartenzwerg aussah. Er küßte Clare auf den Nacken, und als seine eisige Nase sie berührte, lief ihr eine Gänsehaut über die Schultern.
»Geh nur«, sagte sie. »Schenk dir einen Whisky ein, und tau dich am Feuer auf. Ich komm in einer Minute.« Mit ihrer klaren Handschrift setzte sie noch die Adressen auf zwei Briefumschläge und sagte dann, ohne sich umzudrehen: »Haben wir uns da etwas zuviel zugemutet?«
»Es gibt eine Heidenarbeit«, antwortete ihr Mann vom Kamin her. »So viel, daß man kaum weiß, wo man anfangen soll. Der Wald ist ein Trümmerfeld – Wellblechbaracken, Unrat und Stacheldraht. Man sollte meinen, Onkel Eustace hätte sich nach dem Abzug der Armee ein bißchen bemühen können, den Schweinestall aufzuräumen ...«
»Aber, Liebling, er hat doch nie mehr hier gewohnt. Dazu war er zu klug.«
»Zu alt und krank war er, und wahrscheinlich hat er auch

nie einen Gedanken an diejenigen verschwendet, die das hier einmal erben würden.«

»Jedenfalls hat er nie geglaubt, daß wir dumm genug wären hierherzuziehen.«

Rogers Onkel war im Frühjahr in einem Pflegeheim in Bournemouth gestorben, wodurch Roger in den Besitz dieses ausgedehnten Wald- und Parklandes kam. Es lag in Darkshire, und in seinem Schoß stand das düstere, zerbröckelnde Gutshaus Fowling Hall. Auf Clares Drängen hin hatte Roger versucht, das Anwesen zu verkaufen. Aber es gab keine Interessenten, und jetzt hatte Roger es sich in den Kopf gesetzt, hier zu wohnen und den Erhalt des Gutes wenn möglich mit Schweinen und Hühnern zu bestreiten. Clare war natürlich klar, daß noch etwas anderes hinter diesem neuen Interesse am Landleben steckte. Man brauchte kein Wort darüber zu verlieren, sie wußte, was Roger wollte, und sie wußte auch, daß er schon bald darauf anspielen würde – das verbotene Gesprächsthema. Sie stapelte ihre Briefe auf dem Schreibtisch und ging ans Feuer, um sich zu ihm zu setzen.

»Eines könntest du aber *wirklich* tun«, sagte sie, »nämlich diesen Fußweg freimachen, der um den See herum geht. Die arme Miss Reeve hat sich dort heute nachmittag ganz schlimm das Bein an einem Brombeerstrauch aufgerissen.«

»Ich werde Wakefield erinnern, daß er die Männer morgen darauf ansetzt. Und was hat Jane unten am See gemacht, als ich gerade reinkam? Ich habe sie gerufen, aber sie ist in die Büsche gerannt.«

»Mein Lieber, Jane ist seit mindestens einer Stunde oben im Kinderzimmer. Miss Reeve liest ihr etwas vor. Du weißt doch, daß sie bei diesem rauhen Wetter nicht hinausdarf, außer die Sonne scheint. Der Doktor sagt ...«

»Na, ich hab mich ja nur gewundert ... Ich habe sie ja kaum

gesehen, bloß ganz kurz – ein kleines Mädchen in der Dämmerung. Es ist weggerannt, als ich es gerufen habe.«
»Eines der Kinder von den Arbeitern vermutlich.«
»Kann sein ... Komisch, daran hab ich noch gar nicht gedacht.«
Er nahm einen Schluck Whisky und wechselte das Thema. »Clare, es wird ein Heidengeld kosten, dieses Anwesen ordentlich herzurichten, und das wäre es auch wert, wenn ... wenn ...« Er nahm alle Kraft zusammen. »Ich meine, wenn man glauben könnte, daß es irgendwohin führt ...«
Da war sie also, die erste Andeutung.
»Du meinst wohl, wenn wir einen Sohn hätten, nicht wahr? ... Nicht wahr, Roger?« Sie klang anklagend.
»Ich meinte lediglich ... Gut, ja, du hast recht ... obwohl natürlich ...«
Sie ließ ihn nicht ausreden. »Aber du weißt doch, was der Arzt nach Janes Geburt gesagt hat. Du weißt, wie empfindlich sie ist ... Du kannst doch nicht wollen ...«
»Wenn sie einen Bruder hätte ...« begann Roger.
Clare lachte, ein plötzliches, bebendes Gelächter, wie ein Kälteschauer, und hielt ihre Hände ans Feuer.
»Roger, was bist du doch für ein Heuchler! ›Wenn sie einen Bruder hätte‹! Dabei meinst du die ganze Zeit: ›Wenn ich einen Sohn hätte‹! Und woher nimmst du die Sicherheit, daß es nicht eine Schwester wird? Nein, Roger, wir haben das doch schon tausendmal besprochen. Es geht nicht.« Sie schüttelte den Kopf und sah blinzelnd ins Feuer. »Es ist unmöglich.«

Nach allzu unregelmäßiger Gepflogenheit ging Roger ins Kinderzimmer, um Jane gute Nacht zu sagen. Sie saß in ihrem rosafarbenen flauschigen Bademantel und ihren Pantoffeln da, die Zehen auf dem Kamingitter, auf den

Knien eine leere Schüssel, in der Brot und Milch gewesen waren. Miss Reeve las ihr gerade ein Märchen über eine Königstochter vor, die in einen Fuchs verzaubert wurde.

»Lassen Sie sich von mir nicht unterbrechen, Miss Reeve. Ich schaue später noch mal rein.«

»Oh, kommen Sie doch, Mr. Waley. Wir sind fast fertig fürs Bett.«

»Hat mir leid getan, das über Ihren Unfall heute nachmittag zu hören.«

»Das war doch eine Lappalie, eigentlich ganz lächerlich. Ich bin mit meinem Fuß in einer Brombeerranke hängengeblieben. Es war fast, als hätte jemand sie absichtlich ausgelegt, nur wäre das ja vollkommen absurd. Aber ein Schock war es schon, und beim Versuch, mich zu befreien, habe ich mir ein paar schmerzhafte Kratzer geholt.«

Ein Schatten dieser Panik lag immer noch auf Miss Reeves schwammigem weißem Gesicht und war hinter ihren runden Brillengläsern zu erkennen. »Kein sehr schöner Spazierweg«, fügte das Kindermädchen hinzu, »aber man kann Jane nicht vom See weghalten.«

»Ich werde das ganze Ufergestrüpp ausreißen lassen«, versprach Roger. »Dann müßte das Spazierengehen leichter sein.«

»Oh, tausendmal schöner wäre es dann, Mr. Waley!«

Florinda wird das nicht gefallen, dachte Jane, während sie steif in ihrem Korbsessel am Feuer saß. Es wird ihr überhaupt nicht gefallen. Sie wird sehr böse sein. Aber mit einer Stimme leisen Protests – denn was hatte es für einen Sinn, mit Erwachsenen über Florinda zu sprechen – sagte sie nur: »Es wird überhaupt nicht schön sein. Ganz gräßlich abscheulich wird es sein.«

Die Männer hatten absolut keinen Spaß an der Arbeit. Es sei wegen der Gerippe, sagten sie und stocherten argwöhnisch mit ihrem Werkzeug in den Knochen-, Fell- und Federklümpchen, die beim Hacken und Mähen zum Vorschein gekommen waren. Irgendwo in den Wäldern stecke ein Räuber. »Eulen«, meinte der eine, »Wiesel«, meinte ein anderer, aber der alte Renshawe sagte finster, es sei weder ein Vogel noch sonst irgendein Tier, sondern »etwas, das umgeht, aber nicht umgehen sollte«. Diese Bemerkung löste in den Reihen der Leute eine höhnische Unruhe aus. Jedenfalls wurden im Laufe des Vormittags fünfzig Meter des Pfades vom Gestrüpp befreit, wobei man an einem kleinen dorischen Pavillon vorüberkam, der früher als Bootshaus gedient hatte und ein steinernes Gegenstück auf der Ostseite des Sees besaß. Dieses Gegenstück beherbergte den Flutungsmechanismus.

Am Nachmittag ging Miss Reeve mit ihrem Schützling ins Freie, um die Fortschritte der Männer zu begutachten. Jane lief über den gejäteten Pfad voraus, hielt am Pavillon inne, um sich über das abblätternde Geländer zu beugen und ins Wasser zu blicken, flüsterte etwas, schüttelte den Kopf und rannte weiter.

»Hallo, Mr. Renshawe – *allein?*« schrie sie, als sie hinter einer plötzlichen scharfen Biegung des Pfades auf den Alten stieß, der dort gerade im Gestrüpp hackte. Renshawe schrak zusammen, hackte dabei nicht weit genug, und die Klinge traf ihn in den Fuß. Mit diesem Unfall war die Arbeit für heute beendet.

»Das war nicht recht, Miss Jane, das Sie mich derart überrascht haben«, sagte er, während man ihm ins Haus hinaufhalf. »Sie haben mir wirklich einen Schrecken eingejagt. Ich dachte schon ...«

»Ich weiß«, erwiderte Jane, indem sie ihre ernsten, verwundert wirkenden Augen auf ihn richtete. »Und sie ist ja auch dagewesen. Sie hat die ganze Zeit zugeschaut.«

Wer auch immer der Räuber war, in dieser Nacht durchstreifte er sein Revier. Am nächsten Morgen wurden zwei Zuchthühner an den Fischteichen tot aufgefunden. Ihre Federn waren wie Schnee über den nackten Boden verstreut.

»Und es ist kein Tier«, sagte Ron, der Junge, der das Futter in die Freigehege brachte und die Kadaver entdeckt hatte.

»Was soll das heißen: Es ist kein Tier?« fragte der Verwalter.

»Ich meine, weil man diesen Hühnern den Hals umgedreht hat, Mr. Wakefield.«

»Ach, geh zu!« sagte dieser.

Aber am nächsten Morgen wurde wieder eine Henne entdeckt, die in einem Wust von Federn und Blut lag, und Wakefield meldete es seinem Herrn.

»Es kann unmöglich ein Fuchs sein, Sir. Dieser Kopf da war nämlich nicht abgebissen. Etwas hat ihn *abgerissen,* Sir ... Und das hier, Sir, wurde bei den Fischteichen gefunden.«

Es handelte sich um einen Kinderarmreif aus schwarz gewordenem Silber.

Der Pfad war von allem Unkraut befreit, aber auf der anderen Seite wuchs das Gesträuch, das unmerklich in den Wald überging, bis dicht ans Seeufer. Hier trödelte Jane bei ihrem Nachmittagsspaziergang herum. Sie wartete an der Biegung des Pfades beim Bootshaus, bis ihre Gouvernante außer Sicht war, und rief dann leise in das Dämmerlicht von Eiben, Rhododendren und Lorbeer: »Ich finde, du bist ein Biest, *ein Biest!* Und ich werde nicht mehr deine Freundin sein, hörst du? Und an Heiligabend darfst du auch nicht mehr kommen, selbst wenn du verhungerst!«

In den Schatten regte sich etwas, und ihr Blick fiel kurz auf die durchdringenden blauen Augen, das verkniffene Gesicht und die feinen, aber zerlumpten Satingewänder.

»Und es hat auch keinen Zweck, uns zu verfolgen, so!« Jane streckte die Zunge heraus und lief über den Pfad davon.
»Alles in Ordnung?« fragte Miss Reeve, die sie bereits vermißt und sich nach ihr umgedreht hatte. »Ich dachte, ich hätte jemanden weinen hören.«
»Oh, das ist nur Florinda«, erwiderte Jane, »und sie kann sich jetzt meinetwegen die Augen ausheulen.«
»Jane«, ermahnte sie Miss Reeve, »wie oft muß ich dir noch sagen, daß das ein ganz unartiges Geflunker ist und wir nicht einmal im Spaß flunkern sollten?«
»Florinda ist kein Spaß«, entgegnete Jane so leise, daß Miss Reeve kaum ein Wort verstehen konnte, »es ist überhaupt kein Spaß, Florinda zu sein.«

Über Nacht setzte strenger Frost ein. Er verwandelte Park und Wälder in eine Mondlandschaft und ritzte wie ein Glasschneider komplizierte silbrige Eisblumen in die Fenster des Kinderzimmers. Die Rinde der Bäume trug ein Maschendrahtmuster von Rauhreif, und an dem hageren Geäst glitzerten scharfe Eiszapfen in der Sonne. Jeder Zweig des kahlen Gesträuchs hatte seine eisigen Tränenknospen getrieben. Der Spiegel des Sees war grau und von Falten durchzogen wie das Gesicht einer Greisin. »Und Wakefield sagt, wenn es weiter so friert, können wir nach Weihnachten darauf Schlittschuh laufen ...« Um die Mittagszeit aber stieg die Temperatur, und die ganze freie Natur war von traurigen Tropf- und Plätschergeräuschen erfüllt.
Gegen Abend schimmerte der Himmel schmutzig gelb, und dickes schwarzes Gewölk mit zerfaserten Rändern zog über dem Wald herauf. Danach schneite es zwei Tage lang, und dann war Heiligabend.

»*Aussehen* tust du wie die Schneekönigin, aber *riechen* wie die Königin von Saba. Müßt ihr denn heute abend weg, Mummy?«

»Schatz, du gehst mir auf die Nerven. Wir haben es Lady Graves versprochen, also müssen wir hin.«

»Ihr hättet eure Finger eben kreuzen sollen. Aber ihr werdet doch bald zurückkommen?«

»Rechtzeitig, um den Weihnachtsmann dabei zu ertappen, wie er den Kamin hinuntersteigt, nehm ich an.«

»Nein, noch früher! Versprochen ...?«

»Viel früher. Daddy möchte sowieso bald wieder heim. Er und Wakefield haben eine anstrengende Nacht hinter sich. Sie sind die ganze Zeit aufgeblieben und haben mit Gewehren ihre kostbaren Hühner bewacht ...«

»Aber sie ... es hat sich nicht blicken lassen, oder?«

»*Letzte* Nacht nicht. Und jetzt geh schlafen, und träum was Schönes, und wenn du aufwachst, hat dir der Weihnachtsmann in seinem großen Sack vielleicht Florinda ...«

»Nein, nicht Florinda!« schrie das Kind. »*Bitte,* Mummy!«

»Du bist vielleicht komisch«, sagte Clare und hörte auf, sie zu küssen. »Vor ein paar Tagen warst du doch noch ganz verrückt nach ihr.«

Jane fröstelte. Sie kuschelte sich zitternd unter die warme Bettdecke.

»Ich hab's mir überlegt«, erwiderte sie. »Wir sind jetzt keine Freundinnen mehr.«

Als das Licht aus war, stellte Jane sich vor, sie würde draußen im Schnee spazierengehen. Die Flocken fielen so sanft wie Küsse, und bald hatten sie sie in weiße, weiche Daunen gehüllt. Jane wußte, daß sie jetzt ein Schwan war. Sie steckte ihren Kopf unter den einen Flügel und schlief so auf den sanften, dunklen Wellen ein.

Miss Reeve im Nebenzimmer jedoch, die zeitig zu Bett gegangen war, wurde beim Einschlafen von dem Wind gestört, der um die Winkel des Hauses pfiff. Schließlich streckte sie eine Hand nach dem Nachttisch aus, schenkte sich etwas Wasser ein, tastete nach dem Aspirinfläschchen und schluckte drei Tabletten auf einmal. Erst beim Zuschrauben des Deckels stellte sie fest, daß sie ja gar nicht das Aspirinfläschchen in der Hand hielt. Sie hätte schwören können, daß die Schlaftabletten in ihrer Nachttischschublade waren, und im ersten Moment dachte sie, jemand müsse die Flaschen absichtlich vertauscht haben, aber das, sagte sie sich, wäre doch gar zu absurd. Nun, jetzt ließ es sich nicht mehr ändern. Das Geheul des Windes schwoll zu einem schrillen, gebrochenen Pfeifen an, das wie Kindergelächter klang.

Als sie mit knirschenden, klirrenden Schneeketten unter dem düsteren Portikus vorfuhren, fiel ihnen als erstes auf, daß die Haustür offenstand. »Warten Sie hier!« befahl Roger dem Chauffeur. »Anscheinend ist während unserer Abwesenheit jemand zu Besuch gekommen.«

Clare schaltete die Wohnzimmerlampen ein und stieß einen gellenden Schrei aus, als sie die Verwüstung sah. Es war, als hätten Dämonen gehaust. Die Stühle und Tische waren umgeworfen, der Teppich ein einziges Trümmerfeld von zerbrochenem Porzellan, Federn, die aus den Kissen herausgerissen waren, und schmelzendem Schnee. Jemand hatte das schwere Tintenfaß aus Silber in den Wandspiegel geschleudert, der schief hing und nicht nur Löcher und Sprünge aufwies, sondern dessen zierlicher Rahmen ebenfalls zerbrochen war.

»Kein vernünftiger Mensch ...«, begann Roger.

Aber Clare rannte schon mit wildem Geschrei ins Kinderzimmer hinauf. »Jane! ... Jane!« kreischte sie.

Auch das Kinderzimmer war ein Trümmerfeld – die Laken

in Streifen zerrissen wie von scharfen Krallen, der Boden wie eine Schneewehe von Federn aus den zerfetzten Kopfkissen. Nur die Puppe Arabella saß aufrecht in dem leeren Bett. Ihr Kopf war zertrümmert, und als Clare sie berührte, fiel die Puppe nach hinten, und ihr Sprechmechanismus setzte sich in Gang. »Gute Nacht, Mamma! Gute Nacht, Mamma! Gute Nacht, Mamma! ...«

Sie entdeckten Janes Fußabdrücke im Schnee. Die Spur führte über den Rasen in Richtung See, und einmal glaubten sie, das Kind zu sehen, aber es war bloß der Schneemann, den Roger im Lauf des Nachmittags hatte bauen helfen. Ein nebelverhangener Mond stand am Himmel, und in seinem Schein folgten sie den Abdrücken der kleinen nackten Füße zum Seeufer – aber über das von Schnee gesäumte Eis hinaus konnten sie nichts erkennen.

Roger hatte den Chauffeur schon an eine Kurve des Fahrwegs geschickt, wo die Autoscheinwerfer das gegenüberliegende Ufer anstrahlen konnten. Und da sahen sie, in der dunklen Mitte des Eises, zwei kleine Gestalten: Jane in ihrem Nachthemd und daneben ein kleines Mädchen in einem altmodischen blauen Satinkostüm, das sich seltsam ruckartig bewegte. Es hob seine Füße, um damit aufs Eis zu stampfen. Clare und Roger riefen gemeinsam: »Jane! ... Jane! Komm zurück!«

Anscheinend hatte sie sie gehört. Sie drehte sich um und streckte hilfesuchend ihre Hände nach dem Licht aus. Aber das andere Mädchen packte sie am Arm, und zusammen kämpften sie auf der schwarzen, glasigen Eisfläche. Dann kam – scheinbar aus den Sternen – ein Geräusch wie das Springen einer riesigen Gitarrensaite und drang den beiden Eltern mitten in ihr kaltes Herz. Die winzigen, ineinander verschlungenen Gestalten waren verschwunden, und das Eis an den Ufern des Sees ächzte und klimperte.

Der Galgenbaum

R. Chetwynd-Hayes

Ronald Chetwynd-Hayes, 1919 geboren und als »Britanniens Gruselkönig« (»Prince of Chill«) bezeichnet, gehört zu den produktivsten Horrorschriftstellern dieses Landes. Allein die Verkaufszahl seiner Taschenbücher beträgt über eine Million, und zwei Horrorfilme beruhen auf seinen Erzählungen (*From Beyond the Grave,* 1973, und *The Monster Club,* 1980). »Der Galgenbaum« stammt aus dem Band *A Quiver of Ghosts* (1984).

Ich bin wach – gehe diesen Spukpfad, an dessen Ende der verfluchte Baum steht, und sosehr ich mich bemühe, komme ich auf keiner Seite auch nur einen Fingerbreit ab. Der rauhreifbedeckte Rasen wirkt silbern im Mondschein, während der Baum, der beim letztenmal noch ein dichtes braunes Laubdach trug, jetzt nackte, knochige Zweige gen Himmel reckt.

Eine enge Landstraße verläuft zu meiner Rechten und hinter der Terrasse von Reihenhäusern. Schmal und stattlich stehen sie da, keinen Deut anders als zu meiner Zeit, der Zeit, da ich atmete, aß und tat, was mir so sehr gefiel. Das Haus, in dem ich einst wohnte, hat ein vorhangloses, erleuchtetes Fenster im Erdgeschoß, und wenn ich mich auf die Bank gegenüber setze und bewußt die Holzlehne zu spüren versuche, die mir in den Rücken drückt, dann ist es möglich, eine Illusion von sinnlich wahrnehmbarem Leben zu genießen – IHR *zuzusehen, dem Gefäß, das mir von seiner herrlichen Lebensessenz abgeben könnte, würde sie nur herauskommen und Kontakt zu mir herstellen.*

Fluch allen Sterblichen! Fluch all jenen, die immer noch festen Boden unter ihren Füßen spüren. Mögen sie ebenso wie ich dazu verdammt sein, auf einem schmalen Streifen Gras zu wandeln, nur dazusitzen und in ein Fenster zu starren wie ein Verhungernder, den man mit einem Aufgebot saftiger Speisen foltert – eine unsichtbare Präsenz für alle außer ein paar Auserwählten – sämtlicher Gefühlsregungen beraubt bis auf die des Hasses!
Sie ist da! Sie kommt ans Fenster, preßt ihr liebliches Gesicht gegen die Scheibe – zum Henker mit ihr! Warum kommt sie nicht heraus?

»Movita«, sagte Mrs. Fortescue von ihrem Sessel am Kamin, »um Himmels willen, komm vom Fenster weg! Nichts erschrickt einen so sehr wie der Anblick eines fremden Gesichts, das sich nachts an eine Fensterscheibe preßt.«
Das Mädchen erhob seine sanfte, beschwingte Stimme, drehte sich aber nicht um.
»Es ist doch gar niemand draußen. Dazu ist es viel zu kalt. Der Mondschein läßt den Rasen so aussehen wie ein langes Silbergewand, das plötzlich erschienen ist. Papa sagt, früher, in den Zeiten Heinrichs VII., sei hier einmal ein Turnierplatz gewesen, und vielleicht treten die Geister dieser Ritter ja heute noch der Reihe nach zum Kampf an – oder was immer sie getan haben.«
»Kind, du hast heute abend nur Grillen im Kopf. Ich bin sicher, diese schrecklichen Kerle, die in einem eisernen Anzug herumgelaufen sind, haben schon zu Lebzeiten genug gekämpft.«
Movita wechselte ihre Stellung und versuchte, um den Fensterrahmen herum zu der riesenhaften Eiche zu spähen. Ein jäher Windstoß rüttelte in dem nackten Geäst.
»Der Galgenbaum hat gerade geächzt.«
Mrs. Fortescue schauderte und lehnte sich näher ans Feuer.

»Bitte benutz nicht diesen Ausdruck! Er jagt mir kalte Schauer über den Rücken.«
Movita wandte sich um und trat langsam an den Kamin. Ihr blasses, ovales Gesicht wirkte nachdenklich, was durch die dunklen, schwermutsvollen Augen noch verstärkt wurde. Sie ließ sich in einen Sessel gegenüber ihrer Mutter sinken und sah zu, wie orangefarbene Flammen ein Weihnachtsscheit verschlangen.
»Aber jeder nennt ihn doch den Galgenbaum. Es heißt, vor hundert Jahren sei ein junger Mann, der seine Liebste ermordet hatte, dort hinausgegangen und habe sich an diesem Baum erhängt.«
»Lieber Himmel, Kind, hör auf! Solche Reden ein paar Tage vor Weihnachten! Was ist denn nur in dich gefahren?«
Movita schüttelte den Kopf und strich eine Strähne kastanienbraunes Haar nach hinten.
»Aber ist Weihnachten denn nicht die Zeit für Gespenster? Ich frage mich, ob der junge Mann in diesem Haus gewohnt und vielleicht in genau diesem Zimmer seine Liebste ermordet hat.«
Mrs. Fortescue ließ eine geballte Faust auf die Armlehne ihres Sessels knallen und nahm eine so strenge Miene an, wie es ihr normalerweise friedliches Gesicht nur zustande brachte.
»Jetzt reicht's! So ein morbider Unsinn kann nur die Ausgeburt eines kranken Gemüts sein. Du gehst augenblicklich ins Bett, und bete zu Gott, daß du keine ganz gräßlichen Träume hast.«
»Ich träume nie. Aber ich verstehe nicht, was so schrecklich daran sein soll, wenn im eigenen Haus ein Mord geschehen ist. Das ist doch nur eine Todesart von vielen ...«
»Kein Wort mehr! Gar nicht auszudenken, was Papa sagen

würde, wenn er dich so reden hörte. Und jetzt rauf mit dir, auf der Stelle!«

»Ganz wie du willst. Ich bin sowieso müde, und es ist schon fast Schlafenszeit.« Movita stand auf, ging zu ihrer Mutter hinüber und küßte sie auf ihre glatte Wange. »Gute Nacht, Mama. Tut mir leid, wenn ich dich erschreckt haben sollte.«

Mrs. Fortescue nahm das junge Gesicht fest zwischen ihre Hände und seufzte tief.

»Du bist ein merkwürdiges Kind. In der einen Minute so zauberhaft, in der anderen genau das Gegenteil. Gute Nacht, Schatz.«

Sie wartete, bis ihre Tochter aus dem Zimmer war. Dann stand sie auf und zog die Vorhänge zu. Aus irgendeinem Grund widerstrebte es ihr, auf den mondbeschienenen Rasen hinauszusehen.

In Movitas Kamin brannte ein Feuer, das ein Stubenmädchen vor rund zwei Stunden angezündet hatte. Dadurch wurde die empfindliche Kühle, welche die oberen Räume an Wintertagen befiel, etwas gemildert. Das Mädchen schlüpfte in seinen dicken Morgenmantel, ehe es einen Stuhl ans Fenster zog und durch einen gut fünfzehn Zentimeter breiten Spalt zwischen den Vorhängen nach draußen spähte.

Jetzt konnte Movita alles beobachten, ohne eine Unterbrechung befürchten zu müssen, und ihren Mutmaßungen freien Lauf lassen, ein Netz von Phantasien spinnen und dabei für ein Weilchen vergessen, daß sie ein achtzehnjähriges Mädchen war, welches in einem Mittelstandshaushalt des neunzehnten Jahrhunderts gefangensaß.

Der Rasen glich einem Silberteppich, der sich aus der Baumreihe auf der anderen Seite hinaus erstreckte, und die Baumreihe selber reckte sich empor wie gigantische Schildwächter, während links davon das alte Pförtnerhäuschen stand, einst der Eingang zu einem längst zerstörten Schloß.

Heute abend ließ Movita ihren Blick bedächtig nach rechts wandern.

Starr und schwarz stand der Galgenbaum unter den frosthellen Sternen. Sein Geäst warf Schattenkopien auf den gefrorenen Boden, und wenn der nie zur Ruhe kommende Wind ihn wieder einmal peinigte, dann ächzte er, und man konnte sich unschwer eine dunkle Gestalt vorstellen, die erst daran hin und her baumelte und sich dann plötzlich herumdrehte, um ein verzerrtes Gesicht zu offenbaren.

Hatte er sich zur Winterszeit erhängt? War er mit dem Strick um seinen Hals in das kalte Ästelabyrinth hinaufgeklettert – und dann gesprungen? Oder hatte er es an einem strahlenden Sommerabend getan, als der Baum noch in raschelndes Grün gekleidet war und die Vögel ein Notturno sangen, das sich mit dem glücklichen Gelächter von Kindern, die auf dem Rasen spielten, vermischte?

Eine Kutsche, die von zwei pechschwarzen Pferden gezogen wurde, ratterte um die Ecke und kam polternd die Landstraße entlang. Sie fuhr am Haus vorbei. Kutscher und Lakai waren zwei massige, in dicke Mäntel eingehüllte Gestalten mit komischen Bowlerhüten. Das Fahrzeug hielt vor Nummer 23, und sofort kletterte der Lakai vom Bock herunter, um eilfertig den Schlag zu öffnen.

Movita kicherte, als Mr. Davenport mit pfeifenden Lungen seine Leibesfülle durch die schmale Tür hievte und dabei die ganze Zeit den armen Lakaien beschimpfte, dessen Bemühungen, seinem Herrn beim Hinauszwängen zu helfen, eher lachhaft als nützlich waren. Dann stampfte der mächtige Mann mit seinen Füßen aufs Pflaster und achtete

dabei kaum auf Mrs. Davenport, die im Gegensatz zu ihrem Gatten eine kleine, extrem magere Dame war. Sie kletterte ohne Unterstützung aus dem Wagen und erklärte dabei lauthals, daß sie durchgefroren sei bis auf die Knochen.
»Reib die Pferde ab, und gib ihnen warme Kleie, aber nicht zu knapp!« befahl ihr Mann dem Kutscher. »Warum hat Travers die Haustür nicht aufgemacht? Der Teufel hole den Burschen!«
Und wie als Antwort auf seine Bemerkung fiel ein gelbes Lichtgeviert auf das Pflaster. Mr. Davenport stieg zusammen mit seiner nörglerischen Frau die drei Stufen hinauf und verschwand aus dem Blickfeld, während der Lakai wieder auf seinen Platz neben dem Kutscher kletterte. Gleich darauf waren die Pferde, die vor Ungeduld auf dem Boden gescharrt hatten, in einem schnellen Trab, und das Fahrzeug rumpelte die Straße hinunter, wo es um eine Kurve bog.
Die Stille kehrte zurück, und Movita fügte ihren Phantasiegespinsten einen neuen Faden hinzu.
»Angenommen«, flüsterte sie, »nichts von allem hier wäre Wirklichkeit, sondern nur eine Widerspiegelung aus früheren Zeiten? Vielleicht sind ja Mama und Papa, der dicke Mr. Davenport und seine entsetzlich dünne Gattin, ja, sogar ich, alle nur Gespenster, die in einer längst vergangenen Welt eine alberne Scharade spielen. Wenn ich nur eine Sekunde meine Augen schließen, meinen Kopf auf eine bestimmte Art zur Seite neigen und ein paar sonderbare Worte sprechen würde, vielleicht würde ich dann in einer fremden Welt erwachen, wo niemand Zeit zum Träumen hätte.«
Einen einzigen schrecklichen Moment lang glaubte Movita das leise Grollen ferner Maschinerie und Stimmengewirr zu vernehmen. Als sie aber ihre Augen wieder aufschlug,

schlummerte nach wie vor der Rasen unter einer schimmernden Decke von Mondschein, der Galgenbaum schüttelte sein Haupt, wie um solch unsinnige Hirngespinste zu rügen – und der einzige Mensch weit und breit war ein junger Mann auf einer Bank gegenüber der Haustür, der zu Movitas Fenster emporstarrte.
Sie hatte den flüchtigen Eindruck, daß er in Grau gekleidet sei, mit einer weißen Krawatte um den Hals, aber er war so starr. Nicht einmal eines seiner blonden Haare regte sich, obwohl sogar der alte Baum vom Wind geschüttelt wurde.
Dann, mit einem impulsiven Ruck, zog Movita die Vorhänge zu und blieb in der fast vollkommenen Dunkelheit sitzen, bis ihr pochendes Herz sich wieder beruhigte.
Nach einer Weile wagte sie es, noch einmal einen Blick auf die mondbeschienene Szenerie zu werfen. Sie zog die Vorhänge auseinander und spähte hinaus. Die Bank war leer. Es gab nirgends die geringste Spur von einem jungen, graugekleideten Mann.

An Heiligabend breitete schwerer Schneefall einen dicken weißen Teppich über den Rasen. Er ließ alle Dächer aussehen, als hätte man sie mit Watte dekoriert, und legte ein schimmerndes Gewand über den Galgenbaum. An einer Stelle jedoch schien kein Schnee liegenzubleiben, oder er schmolz im Fallen: Es war ein langer schmaler Streifen, der von der Straßenkurve und am Haus vorbei bis unter den Baum verlief, wo er endete – eine häßliche schwarze Narbe durch eine makellos weiße Oberfläche.
Mr. Fortescue sagte, es sei viel zu kalt, um hinauszugehen, und Movita solle sich lieber bei ihrer Mutter nützlich machen, die mit der Vorbereitung der heute abend beginnenden Festivitäten alle Hände voll zu tun hatte. So verbrachte Movita den Tag damit, die Leiter zu halten, während Jane,

das Zimmermädchen, die Girlanden aufhängte, und Geschenke in Papier mit Stechpalmenmuster zu verpacken. Später, als allmählich der Abend heranrückte und man die Tafel deckte, überwachte sie die ausgeklügelte Tischordnung und vergewisserte sich, daß jedes Messer, jeder Löffel, jede Gabel an der richtigen Stelle lag und jede Serviette zu einer säuberlichen Pyramide gefaltet war.

Dicke Quellwolken brachten die blassen Strahlen der untergehenden Sonne zum Verlöschen. Die Nacht stationierte erste Heerposten auf dem schneebedeckten Grün und dem eisüberzogenen Pflaster, verbannte Häuserschatten in feuchte, dunkle Winkel und verwandelte Fenster in Lichtvierecke.

Movita spähte ab und zu in die gespenstische Dämmerung, konnte aber nur die Straßenlaterne drüben zu ihrer Linken erkennen, die einen flackernden gelben Lichtkreis warf, und in diesem Lichtkreis gerade noch das Ende einer Holzbank. Movita empfand eine leichte Enttäuschung, als kein graugekleideter junger Mann Gestalt annahm, um mit verstörender Intensität zu ihr heraufzustarren, obwohl ein solches Geschehnis die Tür zur Angst aufgestoßen hätte.

Die ersten Gäste trafen ein, und es gab keine Zeit für weitere Mutmaßungen, für das Spiel mit furchterregenden Möglichkeiten, denn jetzt mußte Movita lächeln, sich nichts daraus zu machen versuchen, wenn Mr. Davenport ihre Hand länger festhielt als unbedingt notwendig, und eine passende Erwiderung auf Mrs. Davenports leise Bemerkung parat haben: »Sie sehen aber nicht gut aus, mein Kind. Etwas kränklich, scheint mir.«

Movita nahm die Feindseligkeit der älteren Frau instinktiv wahr, eine Feindseligkeit, die möglicherweise einem unbewußten Neid auf Movitas unverbrauchte Jugend entsprang, auf die erst noch zu zerstörenden Illusionen, aber vor allem auf die Schönheit, die Mrs. Davenport selbst niemals besessen hatte. Sie war nämlich mit extrem wenig körperlichen Reizen ausgestattet, eine kleine Frau, dürr bis zur Magerkeit, mit krummen Schultern und einem scharf geschnittenen kleinen Gesicht, das durch eine außergewöhnlich große Nase nicht gerade verschönert wurde, zumal besagte Nase bei passender Gelegenheit ein lautes, mißbilligendes Schnauben ausstoßen konnte.

Kaum daß sich die Davenports ihrer Straßenkleidung entledigt und Platz genommen hatten, kam Miss Mansfield, eine unverheiratete, quicklebendige Dame von etwa fünfzig Jahren, die im Verdacht unkonventioneller Ideen stand, über die Türschwelle getrippelt, wobei sie sich laut beklagte, daß solches Wetter nicht gut für ihre Ischias sei und sie besser zu Hause geblieben wäre.

»Der Schnee«, meinte Miss Mansfield, während man ihr aus dem Mantel half, »sollte auf Weihnachtskarten beschränkt bleiben. Ich habe eine halbe Stunde von Paradise Close bis hierher gebraucht.«

»Zum Glück« – Mrs. Davenport unterdrückte gerade noch ein Schnauben – »wohnen wir ja nur ein paar Türen weiter. Sonst hätten wir unsere Kutsche genommen.«

Miss Mansfields Stimme klang nicht ganz unähnlich einem Messer, das über Eis gezogen wird. »Wie schrecklich! Sie müssen ja furchtbar anfällig sein, wenn Sie nicht einmal eine kleine Strecke zu Fuß gehen können.«

Mr. Davenport brach in ein lautes, pfeifendes Gelächter aus und übersah dabei geflissentlich den vorwurfsvoll funkelnden Blick seiner Frau. Später, als man in großen, dick gepolsterten Sesseln und fieberhaft auf der Jagd nach Gesprächsstoff beisammensaß, gelangte Movita zu einem schockierenden Schluß.

Die Davenports konnten einander nicht ausstehen, und

Miss Mansfield war zu einem Mord fähig. Etwas in ihren funkelnden, intelligenten grauen Augen, die Art, wie sie die beiden anderen Gäste beobachtete, die kaum merkliche Unmutsgebärde, wenn jemand eine Meinung äußerte, die sie nicht teilte – all das ließ darauf schließen, daß sie bei einer Provokation und sofern die Möglichkeit dazu bestand jeden aus dem Weg räumen würde, der ihr in die Quere kam.

Aber dennoch gab es keinen Grund zu der Annahme, die gute, ehrenwerte Dame würde nicht weiterhin auf geradem Pfad ihrem Grab entgegenwandeln und dabei nicht einmal ahnen, daß er eine erheblich unkonventionellere Wendung hätte nehmen können. Mr. und Mrs. Davenport und Movitas Eltern hingegen konnten genausowenig jemanden umbringen wie – sie suchte nach dem rechten Vergleich – nackt im Schnee spazierengehen. Sie waren mit Sicherheitsventilen ausgestattet, geistigen Belüftungslöchern, durch welche die tödlichen Dämpfe der Langeweile und des Hasses abziehen konnten.

Und was ist mit mir? Movita richtete den Strahl der Untersuchungslampe auf sich selbst. »Ich könnte ebenfalls nie jemanden töten – aber ein Mordopfer könnte ich sein. Oder eine potentielle Selbstmörderin.«

Ich kann sie alle in diesem Raum sitzen sehen ... und sie blickt mir direkt ins Gesicht. Aber verflucht, ich kann nicht zu ihr durchdringen; ich mache nicht den geringsten Eindruck auf dieses Spatzenhirn ... ein Leben für ein Leben ... eine Seele für eine Seele ... Muß ich so lange ruhelos umhergehen, bis selbst die Sonne alt wird? Dieses Mädchen hat die richtige Essenz ... Ich spüre es ... Ich könnte mich an ihrer zitternden weißen Seele festhaken ... wenn sie nur herauskommen, wenn sie sich nur auf diesen Spukpfad stellen würde ...

»Movita ... Movita ... hör auf zu träumen. Wir gehn gleich hinein zum Abendessen.«
Mama stand neben dem Fenster und sah mit wütenden Augen auf sie herab, während Papa vom Sofa her mit spöttischem Tadel den Kopf schüttelte. Mr. Davenport lächelte. Es war eine Art langmütige Miene, die zu besagen schien: Kleinen Mädchen muß man ihren Willen lassen. Aber seine Augen leuchteten vor unterdrückter Wollust. Es war ziemlich erschreckend, wenn man so plötzlich einen Blick auf die Menschen erhaschte, die hinter den sorgfältig konstruierten Masken lauerten. Dann marschierten sie alle hintereinander durch die Verbindungstür in das Speisezimmer, wo es anscheinend allerhand unnötiges Aufhebens über die Sitzordnung gab, doch zum Schluß saß Movita unvermeidlicherweise neben Mr. Davenport, der ihr eine feuchte Hand auf den Arm legte und sagte: »Wir werden gegenseitig auf uns aufpassen, nicht wahr, mein Liebes?«
Sie murmelte: »Ja, ich glaube schon«, sah jedoch mit übertriebenem Interesse auf das Fenster, das sich nun in einen trüben Spiegel verwandelt hatte. Es zeigte den größten Teil des Zimmers und die sechs Gestalten, die darin um den Tisch saßen. Köpfe hüpften auf und ab, Hände führten Löffel an klaffende Münder, Augen waren in schwarzen Höhlen versunken, und es schien, als dürfte Movita ein grausiges Festmahl mit ansehen: Der Tod bei seinem Schmaus in einem Gemach, das vom Schein des Feuers gerötet und aus dem Fundament der Hölle gehauen war. Aber dieser Fensterspiegel wurde von einer Straßenlaterne gestört, die in der rechten unteren Scheibe einen hellen Lichtklecks erzeugte und sogar – wenn die Augen sich erst darauf eingestellt hatten – einen Teil der Sitzbank erkennen ließ. Eine graue Gestalt stand im Schattengeflecht des Galgenbaums. Sie winkte, ein langsames Krümmen des er-

hobenen Zeigefingers, ein lautloser Befehl, nach draußen zu kommen, zu ihr, unter den Baum. Da plötzlich wurde das kalte Band, das Movitas Verstand fesselte, von Miss Mansfields Stimme gesprengt, und die Gestalt war verschwunden. Doch in Movitas Gedächtnis blieb sie weiterbestehen, als eine heiße, brennende Flamme.

»Mord ist die komplexeste aller menschlichen Handlungen. Aber ich behaupte, daß er selten – wenn überhaupt – kaltblütig begangen wird. Und Angst ist dabei die vorherrschende Emotion.«

Mr. Davenport stieß ein polterndes Gelächter aus und knuffte Movita, entweder versehentlich oder aus Absicht, mit seinem Ellbogen in die Rippen.

»Aber meine Teure! Sie wollen doch nicht behaupten, daß ein abartiger Mörder sein Opfer deshalb totschlägt, weil er Angst vor ihm hat? Eher ist es ja wohl umgekehrt.«

»Angst ist der beherrschende Faktor im Leben von uns allen, und sie nimmt viele Gestalten an. Angst vor Armut, Spott, Bloßstellung, dem Verlust des Lebensunterhalts, der Ehefrau, des Ehemanns, der Gesundheit – die Liste ließe sich endlos fortsetzen. Und jeder x-beliebige könnte einen anderen Menschen zum Mord treiben.«

»Ich denke doch ...« meldete sich Mrs. Fortescue zu einem leisen Protest, wurde aber rasch von Mr. Davenport unterbrochen, der Miss Mansfield als eine ziemlich gewöhnliche Person und deshalb als jemanden betrachtete, den man bei jeder sich bietenden Gelegenheit in seine Schranken verweisen mußte.

»Ein zivilisiertes, vernunftbetontes Wesen mit nur einem Fünkchen Moral käme über jedes dieser Mißgeschicke hinweg, ohne deshalb in dem Mord an einem Artgenossen Zuflucht zu suchen.«

Miss Mansfield runzelte ihr Gesicht zu einem grimmigen

Lächeln. »Und was ist mit dem Soldaten auf dem Schlachtfeld?«

»Diese Frage gehört absolut nicht hierher. Das ist Selbstverteidigung.«

»Ja, weil er Angst hat, getötet zu werden.«

»Ich weiß wirklich nicht, wie wir in ein so unangebrachtes Gespräch geraten sind«, sagte Mrs. Davenport nach einem besonders erbosten Schnauben. »Es eignet sich ja wohl kaum für einen Heiligabend, geschweige denn für die Ohren eines zarten Geschöpfs.«

»Unsinn! Was ist Heiligabend denn schon anderes als die Geburtstagsfeier für einen Mann, der auf grausamste Weise ermordet wurde?«

Mrs. Davenport sagte, nach Luft schnappend: »Das geht wirklich zu weit!«, und Movita nahm instinktiv eine unbekannte Macht wahr – den Speer von ... etwas, das in seinem angestrebten Opfer stocherte, um es zu sondieren. Doch möglicherweise hatte er – der Mann in Grau – die falsche Person getroffen. Statt in Movitas Gehirn einzudringen, war er in das von Miss Mansfield geraten und zwang sie, unterstützt von heißem Punsch und zwei Gläsern bestem Madeira, zu Äußerungen, die sie später bereuen würde.

Diese zutiefst erschreckende Vermutung hätte man eigentlich als bloßes Hirngespinst abtun sollen, aber Movita glaubte mit unumstößlicher Sicherheit, daß wenigstens ein Bruchteil davon den Tatsachen entsprach. Allerdings würde sie vielleicht später – morgen, wenn die Sonne auf eine weiße Welt herabschien – zu ein ganz klein wenig Skepsis imstande sein.

»Aber ich bin etwas Besonderes – etwas Besonderes.« Dieser törichte Satz wurde zu einem dumpfen Echo, das immerfort in ihrem Kopf widerhallte. Er erzeugte ein schönes

Gefühl der Überlegenheit, jagte Movita einen Schauer über den Körper, bevor sie von einer warmen Selbstzufriedenheit durchglüht wurde. Tief in ihrem Herzen hatte sie es schon immer gewußt, nur konnte sie diese Erkenntnis erst jetzt akzeptieren. Niemand sonst hatte den heimlichen Schatten gesehen, der manchmal wie ein Dieb die Treppe herunterhuschte, oder das schwache Schluchzen gehört, das sie in den Stunden vor Morgengrauen aus dem Schlaf riß.

»Hoffentlich ist der Weihnachtspudding nicht zu schwer.« Mama wandelte wie immer auf weltlichen Pfaden. »Die Köchin geht oft ein bißchen ungeschickt mit dem Nierenfett um, und wehe, man gibt ihr einen Rat.«

»Köstlich!« lobte Mr. Davenport mit pfeifenden Lungen. »Etwas Besseres könnte man selbst der Königin nicht servieren.«

»Ein Gedicht!« Seine Frau jedoch vermittelte den Eindruck, daß ihr Lob nicht ohne gewisse Vorbehalte kam. »Ich habe schon weitaus Schlechteres gegessen.«

Miss Mansfield gab keinen Kommentar ab, sondern verspeiste ihre Portion in düsterem Schweigen, so als habe sie Angst, ihre Zunge könnte ihr ein zweitesmal durchgehen und skandalöse Aussagen treffen. Mr. Davenport warf einen interessierten Blick nach rechts.

»Nanu! Unsere kleine Lady hat ja kaum etwas angerührt. Also wirklich, meine Liebe, das geht nicht. In Ihrem Alter hätte ich schon nach einer zweiten Portion gefragt.«

Movita wünschte, er würde sie in Ruhe lassen, denn jetzt stand sie im Mittelpunkt der Aufmerksamkeit, und jeder machte spöttisch tadelnde Geräusche, die bald in alberne Bemerkungen übergingen.

»Essen zwischen den Mahlzeiten verdirbt immer den Appetit«, eröffnete Papa den Chor.

»Vielleicht ist sie ja verliebt«, meinte Mrs. Davenport mit etwas, das an ein Hohnlächeln grenzte.

»Oder es beschäftigt sie etwas«, sagte Miss Mansfield, indem sie ihr selbstauferlegtes Schweigen über Bord warf und das Mädchen mit hellen, wißbegierigen Augen beobachtete.

»Das halte ich doch für höchst unwahrscheinlich«, bemerkte Mama trocken. »Aber sie wirkt schon den ganzen Tag über ein wenig blaß. Fühlst du dich nicht wohl, Liebes?«

»Doch, Mama. Ich habe einfach keinen Hunger, weiter nichts.«

Als willkommene Unterbrechung ertönte ein Chor kindlicher Stimmen, der direkt vor der Haustür eine eher unmelodische Wiedergabe von »God Rest Ye Merry Gentlemen« intonierte.

»Weihnachtssänger!« sagte Papa freudig. »Lassen wir sie doch herein, meine Liebe. Ein Hackfleischpastetchen und dazu ein Glas Wein für die Älteren.«

»Wie? Sie ermuntern sie auch noch?« meinte Mrs. Davenport. »Das überrascht mich! Schließlich ist das die reine Bettelei.«

»Nicht an Weihnachten.« Movitas Vater sah über seine Schulter und wandte sich an das Hausmädchen. »Jane, bitten Sie sie herein. Und dann soll die Köchin noch ein paar ihrer ausgezeichneten Hackfleischpastetchen heraufschicken.«

»Sehr wohl, Sir.«

Die Sänger betraten das Speisezimmer, vier Jungen und zwei Mädchen. Ein kleiner Junge, der seinen achten Geburtstag erst noch vor sich hatte, fesselte Movitas ganze Aufmerksamkeit. Während die anderen anerkennende Geräusche machten, als man ihnen jeweils ein Hackfleischpastetchen und ein Glas verdünnten Wein gab, starrte er

Movita mit großen Augen an, warf einen kurzen, verstohlenen Blick zu dem aufgeschossenen Mädchen, das vielleicht seine Schwester war, und lavierte sich dann um den Tisch herum. Movita neigte sich hinunter, bis der Mund des Jungen zwei Zentimeter vor ihrem Ohr war. Die geflüsterten Worte tosten durch ihren Kopf.

»Bitte, Miss, der Mann auf der Bank hat gesagt, er wartet.«

»Charlie, hierher, auf der Stelle!« ließ das große Mädchen ihre schrille Stimme ertönen und errötete dann unvorteilhaft. »Entschuldigung, Miss, aber ich weiß nicht, was in ihn gefahren ist. Als wir gesungen haben, hat er sich auf diese kalte Bank gesetzt und so getan, als ob er mit jemandem redete. Normalerweise ist er ganz brav und tut, was man ihm sagt.«

»Mir scheint, Sie haben einen neuen Verehrer, Movita. Was hat Ihnen der kleine Schlawiner denn ins Ohr geflüstert?« wollte Mr. Davenport wissen.

Movita gab keine Antwort. Statt dessen blickte sie ängstlich zum Fenster, das das Zimmer und die darin Anwesenden spiegelte. Die Stimme ihres Vaters brach den Bann und stellte wieder einen Anschein von Normalität her.

»Necken Sie das Mädchen nicht, Davenport. Wir wollen doch nicht, daß an Heiligabend jemand eingeschnappt ist.« Er wandte den Weihnachtssängern ein strahlendes Gesicht zu. »Kennt ihr denn auch alle ›When Shepherds Watched Their Flocks By Night‹?«

Eines der Kinder sagte: »Ja, Sir«, andere nickten bloß, und im Nu wurden die bekannten Verse von Stimmen geschmettert, gebrüllt und sogar gesungen, die durch Begeisterung wettmachten, was ihnen an Harmonie fehlte. Mrs. Davenport verzog das Gesicht, Miss Mansfield schüttelte den Kopf, aber zumindest Movitas Eltern taten so, als entspräche die Darbietung ganz ihren Erwartungen. Dann be-

kam jedes Kind einen Shilling und wurde von Jane zur Tür gebracht, wobei die mißbilligenden Blicke des Hausmädchens andeuteten, daß man diese Bande seiner Meinung nach gar nicht erst hätte hereinlassen sollen.
Einen Moment bevor ihn seine große Schwester nach draußen zog, drehte sich der kleine Junge noch einmal um und sagte klipp und klar die verhängnisvollen Worte. Man hätte annehmen können, ein hartnäckiger Elternteil habe ihm eingeschärft, immer geradeheraus zu sein, und zum Teufel mit den Konsequenzen.
»Er wird wirklich böse, Miss, wenn Sie nicht hinausgehn.«
Als die Kinder wieder fort waren, hing eine Art schockierter Stille im Raum, wie eine drohend schwarze Wolke, die jedem schweren Unwetter vorausgeht. Dann brach Mrs. Fortescue das Schweigen.
»Was, um alles in der Welt, sollte das heißen? Movita, was verheimlichst du vor uns? Hast du dich mit irgendeinem Mann verabredet?«
»Ich wußte doch, ihr geht etwas durch den Kopf!« sagte Mrs. Davenport mit sichtlicher Genugtuung. »Meiner Erfahrung nach sind stille Wasser immer tief.«
Papa erhob seine Stimme, obwohl es ihm offenkundig peinlich war, ein so heikles Thema in Gegenwart seiner Gäste zu erörtern.
»Sollen wir das so verstehen, Movita, daß dort draußen ein Mann auf dich wartet?«
Ihnen reinen Wein einzuschenken war Irrsinn, und doch gab es kaum eine andere Wahl, denn Schweigen würde als Schuldeingeständnis gedeutet.
»Nein, kein Mann ... ich weiß nicht ... ein Gespenst vielleicht. Manchmal geht er nachts über den Rasen, aber nicht jede Nacht. Zumindest glaube ich es nicht. Ich habe ihn schon immer gespürt oder wahrgenommen, schon als

Kind. Aber erst seit neuestem hat er es sich angewöhnt, mich ... nun ja ... sozusagen zu rufen. Ich hätte nicht gedacht, daß noch jemand ihn sehen kann, aber dieser kleine Junge muß es wohl getan haben.«

Ihre Stimme verklang, und eine Zeitlang sagte niemand etwas. Dann stand Mrs. Davenport schließlich auf und machte ihrem Mann ein Zeichen, das gleiche zu tun.

»Ich glaube, es wird Zeit, daß wir nach Hause gehen. Sie wissen ja, Heiligabend ... da gibt es jede Menge Arbeit.«

»Schon so früh!« protestierte Mrs. Fortescue, der nur allzu klar war, daß man sich spätestens morgen überall einen ausgeschmückten Bericht von Movitas vermeintlichem Wahnsinn erzählen würde. »Ich ... wir dachten, Sie blieben den ganzen Abend.«

»Ja, sicher, nur ... mir ist gerade eingefallen ... Komm, Harold!«

Mr. Davenport war von diesem Schuß Dramatik, der noch interessanter zu sein schien als Miss Mansfields merkwürdiger Ausbruch, offenkundig gefesselt, weshalb er seine Massen nur äußerst unwillig aus dem Sessel hievte. Er troff von Entschuldigungen, machte Andeutungen über unerwartete Gäste, eine ungeheure Krise, die sofortiger Aufmerksamkeit bedürfe, und folgte dann seiner Frau ins Vestibül, so daß Movita mit Miss Mansfield allein blieb. Diese betrachtete das Mädchen mit zusammengekniffenen Augen.

»Sagen Sie auch die Wahrheit? Versuchen Sie nicht bloß, so ein bißchen Larifari mit einem Jungen zu vertuschen?«

Movita spürte, daß sie den Tränen nahe war, und schüttelte den Kopf. »Jedes Wort davon ist wahr, aber ich kann nicht erwarten, daß irgend jemand mir glaubt. Ich habe lange Zeit gedacht, alle wüßten von ihm, fürchtete mich aber, das Thema anzuschneiden.«

Miss Mansfield nickte und blickte rasch in Richtung des

Vestibüls, von wo man hören konnte, wie Mrs. Fortescue ihre Gäste noch immer zurückzuhalten versuchte.

»Haben Sie sonst noch etwas gesehen oder gehört?«

»Manchmal. Einen Schatten auf der Treppe, das Schluchzen einer Frau. Aber ich habe mich nie davor gefürchtet – bis jetzt.«

Die Haustür fiel zu, und Movitas Eltern betraten wieder das Zimmer. Sie waren beide wütend, hatten vielleicht sogar Angst, aber es war Movitas Vater, der seine Besorgnis in Worte faßte.

»Movita, schämst du dich nicht? Dir eine so schlimme, kindische Geschichte aus den Fingern zu saugen? Was hast du dazu zu sagen?«

»Jedes Wort davon ist wahr. Bestimmt.«

»Vielleicht sollte sie zu einem Arzt gehen«, meinte Mrs. Fortescue. »Sie muß krank sein. Eine andere Erklärung gibt es nicht.«

»Das Mädchen ist hellseherisch begabt«, erwiderte Miss Mansfield ruhig.

Mr. Fortescue bekam einen untypischen Zornesanfall.

»Unsinn, Miss Mansfield! Und es wundert mich, daß eine Frau von Ihrer Intelligenz ein Mädchen in seinem ... seinem Wahnsinn auch noch unterstützt! Sie spielt uns doch etwas vor. Sie versucht, irgendeinen Fehltritt zu verschleiern – wenn nicht noch etwas viel Schlimmeres!«

»Und ich bleibe dabei, sie hat einen siebten Sinn!« beharrte Miss Mansfield. »Eine Wahrnehmungskraft, die uns anderen, Gott sei Dank, versagt geblieben ist. Vielleicht ist es Ihnen nicht klar, aber dieses Haus stand schon lange vor Ihrem Einzug in einem schlechten Ruf. Man munkelte über irgendeinen Mord, der im vergangenen Jahrhundert hier geschehen sein soll. Statt dieses Mädchen zu schelten, sollten Sie ihm zu helfen versuchen.«

Mrs. Fortescue machte den Eindruck, als würde sie gleich in Ohnmacht fallen, während ihr Mann in einen Sessel sank und murmelte: »Das ist mir alles zu hoch. Wollen Sie damit etwa sagen, meine Tochter könnte im wahrsten Sinne des Wortes ... Gespenster sehen?«

»Ich will sagen, daß sie eine Erscheinung wahrnimmt, die sich mit irdischen Begriffen nicht erklären läßt. Sie hat eine innere Verbindung zur Vergangenheit, vielleicht auch eine unbewußte Kraft, einer Persönlichkeitsausdehnung – ich weiß keinen besseren Ausdruck – Gestalt zu verleihen, etwas, das in einem ›Spukschema‹ gefangen ist.«

»Guter Gott! Frau, Sie müssen ja wahnsinnig sein!«

»Wahnsinn ist die Vernunft der Auserwählten. Aber ich habe schon von ähnlichen Fällen gelesen und weiß, daß etwas geschehen muß, und zwar rasch.«

»Was schlagen Sie vor? Den Pastor rufen und ihn das Haus exerzieren lassen?«

»Exorzieren!« berichtigte Miss Mansfield. »Aber ich bezweifle, daß das allgemeine Aufsehen, das eine solche Prozedur erregen würde, Ihnen sehr lieb wäre. Mein Vorschlag ist wesentlich einfacher: Erlauben Sie, daß ich mit Movita nach draußen gehe und herausfinde, was er will. Wenn nichts geschieht, wissen wir, daß das Kind in einer Phantasiewelt lebt, und Sie können andere Maßnahmen ergreifen.«

»Großer ...! Gut, schaden kann's ja wohl nicht.«

»Aber es ist doch so kalt«, protestierte Mrs. Fortescue. »Sie wird sich den Tod holen.«

»Es sind nur ein paar Schritte bis über die Straße, und sie kann sich ja warm einpacken.«

Movita schüttelte heftig den Kopf, während ihr Tränen über die fahlen Wangen liefen. »Ich will nicht gehen. Er wird mir etwas Schreckliches antun ... meinem Geist. Das weiß ich ganz bestimmt. Bitte, zwingen Sie mich nicht zu gehen!«

Miss Mansfield nahm eine der kraftlosen Hände in die ihren und sprach mit sanfter Stimme.

»Hören Sie zu, meine Liebe, und versuchen Sie, zu verstehen. Er *ist* bereits in Ihrem Geist, weil Sie an sein Vorhandensein glauben. Möchten Sie zeitlebens von einem Gespenst verfolgt werden? Die einzige Möglichkeit, Ihre Furcht zu verjagen, besteht darin, daß Sie ihm Auge in Auge gegenübertreten und herausfinden, weshalb er hier umgeht. Sie brauchen bloß ein Fünkchen Mut.«

»Es wird etwas Furchtbares geschehen.«

»Nein. Verlassen Sie sich auf mich.«

Die Eltern sahen mit besorgter Miene zu, die Versucherin legte sich einen Mantel um die Schultern, und jeder weitere Widerstand schien zwecklos – denn war Movita nicht zu diesem Schicksal geboren?

Miss Mansfield machte die Tür auf und sagte: »Kommen Sie, meine Liebe. Gleich ist alles vorbei.« Dann nahm der Wind sie in seine eisigen Arme, und der Galgenbaum ächzte sein beständiges Klagelied. Die Bank kam, undeutlich wahrnehmbar, immer näher. Auf der Rücklehne lag wie ein gebleichtes Leichentuch gefrorener Schnee und bildete glitzernde Anhänger an den Armstützen. Und da war er – ein Schatten unter dem Baum, eine Nebelsäule, die verschwand, noch ehe sie eine erkennbare Gestalt annehmen konnte, eine Stimme, die in Movitas Kopf sprach.

Endlich bist du gekommen! Nun kann ich aus dem übervollen Becher nippen und mich vom Spukpfad befreien. Noch ehe die Sonne aufgeht, werden saftige Früchte am Galgenbaum prangen, und eine neue Seele wird an die Erde gefesselt sein, wird diesen

schmalen Grasstreifen abschreiten und denen zusehen, die hinter erleuchteten Fenstern immer noch essen, leben und atmen.
Laß mich für einen kurzen Augenblick ein winziges Bewußtseinsfünkchen werden, das in deinem Gehirn zusammenschrumpft, das durch deine Augen späht, das dein Blut durch deinen Leib pulsieren fühlt ... das mit deiner Zunge spricht ...

»Sehen Sie, mein Kind, es ist niemand da, absolut niemand. Wir haben ihn gemeinsam exorziert. Zwei, die zusammenhalten, müssen siegen.«
Movitas Kopf drehte sich langsam um; die Augen leuchteten, die Zähne waren zu einem Grinsen grausamen Frohlockens gebleckt, zwei schmale Bäche von Feuchtigkeit troffen ihr rechts und links über die schlaffen Lippen. Der schlanke Hals verrenkte sich, und plötzlich stieß eine harte, fremde Stimme einen Strom von gequälten Worten aus.
»Danke ... daß Sie ... mir ... gebracht haben ... was ich ... am dringendsten ... brauchte.«
Damit ließ der unsichtbare Puppenspieler die Fäden fallen, und seine Marionette sackte in sich zusammen. Movita blieb reglos auf der Erde liegen. Ein friedliches Lächeln verklärte ihr Gesicht. Und Miss Mansfield stieß einen einzigen langen Schrei aus. Dann lief sie um die Bank herum, über den Rasen und wurde bald zu einer taumelnden, wild gestikulierenden Gestalt, die durch das Tor des alten Schlosses verschwand.
Vollständig angezogen und hellwach lächelte Movita in den Mondschein. Sie lag auf ihrem Bett. Man hatte um sie geweint, sie umhätschelt, ihr jede Menge nahrhafter Flüssigkeit verabreicht und sie dann unter die Decke gesteckt. Jetzt schlug die Stunde der Offenbarung – die Stunde, furchtlos hinauszugehen und sich allem zu stellen, was die

Nacht bereithalten mochte. Ruhig und langsam schritt Movita an die Tür.

Sie mußte die Treppe hinunterschleichen, denn schon beim leisesten Geräusch wären ihre Eltern auf den Beinen und würden um sie herumflattern. Sie durften das Grauen im Mondschein nicht erblicken; nur ganz besondere Menschen konnten das, ohne ihren großartigen Verstand zu verlieren. Zuerst ein Abstecher in die Küche, wo eine Rolle Wäscheleine über einem Pflock hing, dann wieder ins Vestibül, um die Haustür aufzuriegeln; und von dort ... von dort über die schmale Landstraße und auf diesen nackten Streifen Gras.

Der Galgenbaum ächzte ein Willkommen – oder war es ein wütender Protest? Denn an einem seiner unteren Äste baumelte eine dunkel gekleidete Gestalt, die sich sacht von rechts nach links drehte und dabei zuerst eine Masse wirren Haares präsentierte, dann ein gräßlich verzerrtes Gesicht, zwischen dessen blutüberströmten Lippen eine lilafarbene Zunge hervorquoll. Miss Mansfield war schon zu Lebzeiten nicht gerade hübsch gewesen, im Tod war sie ausgesprochen abscheulich.

Der Wind hob schelmisch ihre Röcke und entblößte ein Paar dünne, schwarz bestrumpfte Beine – eine Freiheit, die er sich zu Lebzeiten der Dame nie und nimmer hätte erlauben dürfen. Movita entrollte die Wäscheleine, zog die Röcke wieder dorthin, wo sie hingehörten, und band die beiden Knöchel fest zusammen. Dann trat sie zurück, um in Miss Mansfields groteskes Gesicht emporzulächeln.

»Ich hatte das, was er brauchte, damit Sie sich erhängen. Aber Sie – Sie hatten den Mordinstinkt. Sie beide waren aus dem gleichen Holz.«

Damit machte sie kehrt, ging in ihr Bett zurück und verbrachte den Rest der Nacht friedlich schlafend. Der morgige Tag versprach aufregend zu werden.

Die Grotte
Alexander Welch

Alexander Welch (der in der Fernsehindustrie arbeitet) veröffentlichte seine erste Kurzgeschichte schon mit achtzehn Jahren. »The Eighth Day.« Seitdem hat er weitere Erzählungen verfaßt und schreibt derzeit an einem Roman. »Die Grotte« gewann im Dezember 1988 den ersten Preis bei einem Wettbewerb des Magazins *Time Out* für unheimliche Weihnachtsgeschichten.

Sankt Nikolaus drückte seine Zigarette aus und genehmigte sich rasch einen Schluck aus der Flasche, die unter seinem Kostüm verborgen war. Gottlob, dachte er, für dieses Jahr ist es überstanden.

Diese Rotznasen schienen mit jedem Tag schlimmer zu werden. Kamen da mit ihren albernen Müttern, Schwestern oder Kindermädchen hereinspaziert (Sag schön: »Danke, lieber Nikolaus«, so ist es brav.), kicherten, tuschelten und zogen an seinem Bart. Gib dem Nikolaus einen Kuß. Setz dich auf seine Knie. Verdammt unwahrscheinlich.

Noch ein kleiner Schluck aus dem Fläschchen, und Sankt Nikolaus schüttelte sich aus seinem wattierten Mantel, um ihn achtlos über die Geweihsprossen eines in der Nähe stehenden »Rudolph« zu schleudern. Dabei warf er einem Zwerg die Mütze vom Kopf. Er lächelte. Der Whisky tat seine Wirkung, Gott sei Dank. Sankt Nikolaus ließ sich wieder in seinen Sessel plumpsen und überschaute sein

»Reich«. Gott, was für eine Müllkippe! Eines der größten Kaufhäuser in der Stadt, und alles, was sie zustande brachten, waren ein paar Plastikzwerge, ein ausgestopftes Rentier, ein paar Christbaumlämpchen und rund eine Tonne künstlichen Schnee. Er kratzte sich im Genick; dieses verfluchte Schneezeug ging ihm schon wieder an die Schuppenflechte. Eine Gefahrenzulage, das war's, was er brauchte, teils wegen dieser verdammten Gören und teils wegen des verdammten Schnees.

Die Schwingtür öffnete sich, und jemand steckte seinen Kopf herein. »Mach nicht zu lange, Charlie, wir schließen gleich.« Der Kopf verschwand. Als ob ich das nicht wüßte, dachte Charlie und verzog sein Gesicht, während er sich den falschen Bart herunterschälte. Teufel noch mal! Heiligabend und immer noch nüchtern. Dagegen mußte man ernsthaft etwas unternehmen.

»Gute Nacht, Jungs. Tut nichts, was ich nicht auch täte.« Die Zwerge beachteten ihn gar nicht.

Er knipste das Licht aus, so daß höllische Finsternis über die Grotte hereinbrach, und begab sich zum Ausgang.

Ob es nun der Whisky oder einfach die Dunkelheit war, jedenfalls stolperte er und stieß mit seinem Schienbein hart gegen einen Riesenpilz. »Verflucht und zugenäht!« schimpfte er. Das ist bis morgen früh ein saftiger Bluterguß. Er ließ sich auf den heimtückischen Pilz fallen, um sich sein Bein zu reiben.

In der Dunkelheit kicherte jemand.

Charlie sprang auf. Einer der kleinen Bälger war immer noch hier drin.

»Wer ist da?« rief er.

Wieder ein Kichern und dazu ein Rascheln. Jemand bewegte sich.

Während sich seine Augen an die Dunkelheit gewöhnten,

sah Charlie einen Schatten aus einer Ecke in den Schlitten sausen. Ganz kleiner Knirps, dachte er, mußte schon stundenlang hier sein. Und er rieb sich die Augen. »Ich sehe dich!« rief er. »Ich versohl dir den Hintern, wenn du da nicht rauskommst!«
Nicht gerade die überzeugendste Drohung, dachte er. Er könnte von Glück sagen, wenn er die kleine Rotznase überhaupt erwischen würde. Wieder ein Kichern, diesmal eines, das ihm die Nackenhaare zu Berge stehen ließ.
Reiß dich zusammen, Mann! Was ist denn in dich gefahren? Läßt dir von einem blöden Kind angst machen. Und zähneknirschend trat er auf den Schlitten zu. Es saß jemand darin. Jemand Kleines.
Charlie wartete ein, zwei Sekunden, bevor er sich auf ihn stürzte. Er griff ins Leere. Ein Kichern von hinten. Wohin war der Bengel so schnell verschwunden? Charlie konnte nur ein, zwei Meter weit sehen, aber wie der Balg unbemerkt an ihm vorbeigekommen war, blieb ihm trotzdem ein Rätsel.
Vielleicht sollte er den Sicherheitsdienst rufen. Die würden mit so was fertig. Ist nicht meine Sache, kleine Rotznasen zu jagen, dachte er. Und außerdem, wer möchte Weihnachten schon in einem der größten Kaufhäuser der Stadt verbringen, nur weil er nicht rechtzeitig rausgekommen war? So einige fielen ihm da zwar ein, aber er gehörte nicht dazu. Nicht für Geld und gute Worte.
Charlie war schon im Begriff, einen Wachmann zu rufen, da sprang ihm eine Bewegung ins Auge. Dort, in der Ecke hinter den sieben Zwergen.
Er zitterte.
Es war eindeutig kühler geworden, seit das Kaufhaus sich geleert hatte. Irgendwo zog es hier herein. Er konnte den

Schnee kleine Verwehungen bilden sehen, als ob das Zeug echt wäre.
Es wurde immer kälter.
Dieser Knirps würde noch erfrieren, wenn er nicht aufpaßte.
Charlie ging zu dem Rentier zurück, um sich seinen Mantel zu holen. Er streckte seine Hand aus und zog sie erschrocken wieder weg. Der Mantel war eiskalt.
Vorsichtig griff Charlie noch einmal danach und berührte ihn. Verdammt, das war ja wie Rauhreif oder so was.
Als nächstes bemerkte er, daß auch sein Sessel davon bedeckt war. Es war ganz genauso wie echter Schnee. Das Zeug, das vom Himmel fiel. Verrückt. Da spielte ihm jemand einen Streich, und er wußte auch schon, wer. Er würde dem kleinen Rotzlöffel einen Denkzettel verpassen.
Charlie griff nach dem Lichtschalter, mußte jedoch feststellen, daß auch dieser vollkommen vereist war. Verdammt gefährlich, mit Wasser an elektrischen Einrichtungen herumzupfuschen.
Charlie schüttelte sich, nicht bloß vor Kälte. Er wurde allmählich etwas nervös und schreckhaft. Er wäre nicht gerne in dieser Dunkelheit allein mit einem Kicherer, der sich nicht schnappen ließ. Ein zweiter Gedanke war ihm in den Kopf gekommen: Ratten!
In der Kantine herrschte schon seit Wochen lebhaftes Getuschel über den Skandal im Lebensmittellager, wo man einen sechzig Zentimeter langen Nager aus einer der Tiefkühlkammern gefischt haben solle, und im Kaufhaus war der Witz kursiert (bis man ihn unterband), daß hier nachts mehr Betrieb sei als am Tag. Das war der letzte Strohhalm.
Charlie hatte in seinem Leben schon genug Ratten gesehen. Große schwarze Viecher mit fettigem Pelz, roten Augen und nadelscharfen Zähnen. Er würde nicht hier her-

umtrödeln, um sich von einer Ratte fressen zu lassen. Weder jetzt noch sonstwann. Und im Bemühen, die Panik, die in seiner Kehle aufstieg, zu ignorieren, lief er rutschend und schlitternd über den vereisten Boden zu der Tür, die in die Hauptverkaufsetage führte. Er riß die Tür auf – und blieb wie angewurzelt stehen. Sein Atem hing als eine gefrierende Wolke in der Luft. Die Verkaufsräume waren verschwunden. Nun ja, nicht direkt verschwunden. Sie hatten sich verwandelt, besser gesagt. Statt blitzender Chrom- und Glastheken waren da Ladentische aus lackiertem Holz. Statt Bergen von ausgestopften Teddybären, mechanischen Spielsachen, Computern und Computerspielen gab es geschnitzte Schiffe, Puppen mit Porzellangesichtern und reihenweise bunte Zuckerstangen in Form von Spazierstöcken. Charlie setzte das Herz aus. Was war mit den Preisschildern passiert? Ein Viertelpenny, ein Penny, Sixpence. Was, zum Teufel, wurde hier gespielt?

Mit zitternder Stimme rief er nach dem Wachmann. Sein Ruf hallte zurück. Charlie rieb sich die Augen. Jetzt weiß ich, was los ist, dachte er. Ich bin auf diesem Schneezeug ausgerutscht und bewußtlos – das ist passiert. Dann kicherte etwas zu seiner Linken. Er wirbelte herum und sah aus dem Augenwinkel gerade noch, wie ein kleines Kind, kleiner, als er's für möglich gehalten hätte, hinter einer der Ladentheken verschwand. Während das Herz in seiner Brust klopfte wie ein zappelnder Fisch, stolperte er dem Eindringling hinterher. Nur wollten Charlies Beine sich nicht richtig vom Boden heben, und für jeden Schritt schien er eine Ewigkeit zu brauchen. Er konnte das Trappeln kleiner Füße vor sich hören und zwischendurch immer wieder das gleiche Gekicher wie zuvor.

Charlies Atem kam stoßweise, und ein Schmerz schoß ihm durch die Brust. Er kümmerte sich kaum noch um die

Kälte, die ihm in die Finger schnitt, oder den glitzernden Reif, der die altertümliche Ladeneinrichtung ringsum bedeckte. Er mußte der winzigen Kreatur folgen, die er jetzt schlitternd über den vereisten Boden vor ihm konnte rennen sehen.

Das Kind mußte eine Mißgeburt sein. Es war höchstens sechzig Zentimeter groß, und doch bewegte es sich mit dieser Schnelligkeit. Lange goldene Locken, die nach hinten über sein Kleid flossen, schimmerten in der seltsam gedämpften Beleuchtung. Charlie versuchte einen Blick auf das Gesicht des Kindes zu werfen, aber es blieb ihm immer ein Stück voraus und kicherte dabei vor sich hin.

»Komm zurück!« keuchte Charlie, von Schmerz gepeinigt. Die eisige Luft drückte ihm auf die Lungen, und sein Gesicht fing an blau zu frieren. Doch obwohl er vor Erschöpfung zitterte, gab er die Verfolgung nicht auf. Er schaffte es, irgendwelche Reserven zu mobilisieren, und bog um eine Ecke. Zu schnell. Seine Beine rutschten nach hinten unter ihm weg, und er stürzte aufs Gesicht. Vor ihm stand das Kind. An einer Fahrstuhlöffnung.

Sie war schwarz und tief, und das Eisengitter war offen. Das Kind hatte Charlie den Rücken zugekehrt und beugte sich über die Kante. Er erhob eine Hand. »Komm zurück«, japste er. »Du fällst noch runter.«

Das Kind kicherte noch immer. Dann hob es eine winzige Hand und deutete in den Fahrstuhlschacht. Charlie spürte, wie ihm ein Faden von Angst ins Herz kroch. Das Kind drehte sich um. Charlie hörte seinen eigenen Schrei, denn was sich ihm zeigte, war kein reizendes Kindergesicht, sondern eine gräßliche Parodie des Lebendigen, in der es von Würmern und Geschmeiß wimmelte und die nach Grab stank. Das Ding wandte sich wieder zum Fahrstuhlschacht, und Charlie verlor das Bewußtsein.

Er erwachte mit einem kleinen Schrei. Etwas hatte ihn berührt. Seine vor Schreck geweiteten Augen starrten in das besorgte Gesicht von Derek, dem Nachtwächter.
»Hallo, Nikolaus«, sagte der Mann, »was haben Sie denn um diese Zeit hier zu suchen?«
»Gott!« keuchte Charlie. »Der Liftschacht, es liegt jemand dort unten.«
Der Nachtwächter sagte nichts, aber sein Gesicht verriet eindeutig, daß er eine Alkoholfahne gerochen und zwei und zwei zusammengezählt hatte.
»Bitte«, flehte Charlie fast schluchzend, »gehn Sie, und sehen Sie im Keller nach. Im alten Teil des Gebäudes, hinten, wo der Fahrstuhl früher war.«
Mit zitternden Händen und schweißglitzernder Stirn folgte er dem Nachtwächter in das unterste Kellergeschoß hinab. Sie drangen durch den ältesten Teil der Grundmauern vor, und ihre Schritte hallten in der höhlenhaften Düsternis, während sie nach dem ehemaligen Liftschacht suchten. Der Nachtwächter fand ihn als erster und rief Charlie herbei. Ein Schutthaufen, der offenbar über Jahre unbeachtet liegengeblieben war, türmte sich an dieser Stelle mehrere Fuß hoch. Niemand kam hier herunter, wenn es sich vermeiden ließ. Derek stocherte murrend mit seinem Fuß in dem Geröll. Etwas Weißes schimmerte im Licht der Taschenlampe. Interessiert beugte sich der Nachtwächter nach vorn und prallte mit einem Schrei wieder zurück. Im schwachen Schein der Taschenlampe war eindeutig ein Menschenknochen zu erkennen. Einer aus dem Bein, der unterhalb des Knies sauber entzweigebrochen war. Als sie den Schutt beiseite räumten, kam noch mehr von dem Skelett zutage. Es handelte sich um ein höchstens vier- oder fünfjähriges Kind. Aber nicht das war es, was Charlie vor Grauen aufschreien ließ. Der Leichnam hatte noch einen

Gefährten. Einen Gefährten, der Charlie am Heiligabend an diese Todesstätte geführt hatte. Einen Gefährten, der niemals einen Schritt getan und ihn dennoch ausfindig gemacht hatte.
Mit zertrümmerten Gliedern, die von den Überresten eines Kleides bedeckt wurden, und von Knochenhänden in einer letzten Umarmung fest umklammert, blickte die Puppe scheinbar eine Ewigkeit zu ihnen auf, bevor sie langsam, wie erleichtert darüber, daß ihre Herrin nun gefunden war, ihre Augen zur endgültigen Ruhe schloß.

Kurz vor Morgengrauen

Eugene Johnson

Eugene Johnson (geb. 1930) hat mehrere Gedichte und Kurzgeschichten geschrieben. Er trug zu der landesweit mit Beifall aufgenommenen Anthologie *In Praise of Slough* bei, und sein Gedicht »Beautiful Slough« fand Eingang in Boroughs London-Führer. Mit seiner bislang unveröffentlichten Geschichte »Kurz vor Morgengrauen« kam Johnson 1988 bei dem Gespenstergeschichtenwettbewerb, den das Magazin *Time Out* zu Weihnachten veranstaltete, auf den zweiten Platz.

Toby Bellman zog den Kopf zwischen die Schultern und raffte seinen verdreckten Mantel fester um seinen ausgehungerten Körper zusammen. Er hatte kalte Füße, und die Luft am Themseufer strich über den nackten Teil seines Beines, das zwischen seinen Socken und seiner Hose hervorschaute.

Es war eine kalte, klamme Nacht, und die Straßenlaternen schimmerten infolge der Luftfeuchtigkeit durch matte, regenbogenfarbene Lichthöfe, ohne daß die paar Leute, die nach Hause fuhren, sie in ihren mollig warmen Autos bemerkten.

Toby hatte mit dem Leben abgeschlossen. All seiner Energie, seinem ganzen Unternehmungswillen hatte eine jahrelange Kette von persönlichen Katastrophen den Garaus gemacht, von der er schließlich und endlich in das Meer

der Welt hinausgeschwemmt und hier, am Themseufer bei Charing Cross, zusammen mit anderem menschlichen Strandgut an Land gespült worden war.
Diese Nacht würde seine letzte sein. Es war das einzige, über das er selbst bestimmen konnte. Sein Entschluß stand fest.
Er streifte vom Trafalgar Square, wo er in den Abfalleimern nach ein paar weggeworfenen Bissen gestöbert hatte, zur Themse hinunter. Der große Weihnachtsbaum stand auf dem Platz, und trotz der späten Stunde hatten sich Menschen mit aufgeregten Kindern darum gedrängt.
Während er verschämt, aber kaum bemerkt vorübergeschlurft war – wobei die, die ihn bemerkten, einen großen Bogen um ihn machten –, hatte er gebetet, daß ihm irgend jemand, vielleicht aus einem Herzen voller Weihnachtsstimmung, dreißig Pennies oder so geben würde, damit er sich etwas Warmes zu trinken kaufen könnte. Aber niemand schenkte ihm etwas.
Da der Trafalgar Square ihn hatte leer ausgehen lassen, schlurfte er weiter durch die Northumberland Avenue auf die U-Bahn-Station »Themseufer« zu. Für gewöhnlich suchte er sich dort ein Plätzchen zwischen den anderen jammervollen Körpern aus, die dichtgedrängt auf dem Pflaster unter der Eisenbahnbrücke lagen.
Die Brücke und die Bogen über ihnen spendeten ihnen Schutz vor dem Regen, aber vor nichts sonst. Mit eingedrückten, kaputten Pappkartons als Matratze und Plastiksäcken oder Zeitungen als Decke schliefen sie dort unbequem auf offener Straße, viele betäubt durch irgendeinen Fusel.
Heute nacht ging Toby an diesem Schlafsaal des Elends vorbei und schlurfte ein kurzes Stück weiter zum Themseufer. Als er sich auf die Mauerbank setzte, wurde ihm die

Stille bewußt, von der die große Stadt nun umhüllt war. Keine vorüberfahrenden Autos mehr, kein Zischen von Reifen auf der feuchten Straße. Mit geröteten Augen spähte er erst nach rechts, dann nach links.

Er war allein, allein wie schon seit Jahren. Die Last seiner Verzweiflung erdrückte ihn geradezu. Einen Moment lang schweiften seine Gedanken sieben Jahre zurück, zu den Zeiten, als Toby Bellman noch ein erfolgreicher, von Kraft und Leben sprühender Mann gewesen war. Ein Mann mit einem florierenden Transportunternehmen, einem schmucken Eigenheim in Kingston, einer schönen Frau. Nein, hübsch war sie gewesen, nicht schön. Er hatte sein Leben genossen: angenehme Ferien im Ausland, mit Freunden zum Essen gehen, Gäste empfangen. Die Kinder, o Gott, die Kinder!

Seine Firma hatte ein paar gewinnbringende Daueraufträge erhalten, indem sie Güter von und nach Europa beförderte. Das Unternehmen wuchs, und gerade als Toby über den Kauf einiger neuer Containerwagen verhandelte, hatte sein Teilhaber den Betrieb ein für allemal zerstört.

Richard Stillwell, dieser Teilhaber, hatte mehrere wertvolle Lkw-Ladungen verkauft. Er hatte einen guten Preis dafür bekommen, etliche hunderttausend Pfund. Das Dumme war nur, daß die Fracht Richard Stillwell gar nicht gehörte – und auch Toby nicht.

Stillwell war schon immer ein Teufelskerl gewesen, aber er hatte etwas von seinem Geschäft verstanden und größtenteils Sympathie genossen. Er verfügte über einen ziemlich gewagten Humor und ein geradezu unerschöpfliches Repertoire an Anekdoten, das ihn innerhalb der Branche beliebt gemacht hatte. Doch darüber hinaus hatte er sich als Ganove entpuppt und wurde seit sieben Jahren vom Betrugsdezernat gesucht.

Infolge von Stillwells Veruntreuung war die Firma über Nacht zusammengebrochen, und als Stillwell verschwand, mußte sich Toby einer polizeilichen Untersuchung stellen. Ihn selbst hatte man zwar von jeglicher Schuld freigesprochen, aber drei Fahrer landeten im Gefängnis, und für Toby war das der Anfang vom Ende.

Früher, als Toby seine Firma noch aufgebaut hatte, hatte er sein Haus sowie etliche andere Werte auf den Namen seiner Frau überschreiben lassen, um seine Familie vor den Launen des Geschäftslebens zu schützen, und bald nach dem Prozeß hatte ihn seine Frau an diesen Sachverhalt erinnert. Sie hatte Toby die Schuld an dem Zusammenbruch der Firma gegeben, ihn dann schließlich hinausgeworfen und auf Scheidung geklagt – ein Gesuch, dem zwei Jahre später stattgegeben wurde.

Toby hatte nach seiner Scheidung einen Nervenzusammenbruch erlitten. Er war daran völlig kaputtgegangen und hatte mehrere Monate im Krankenhaus verbracht. Nach seiner Entlassung hatte er eine Anstellung als billige Arbeitskraft in einem Büro gefunden, sie aber nicht halten können. Von da an ging es mit seinem Leben unweigerlich bergab; er bewegte sich von vereinzelten mittelmäßigen Jobs auf den Abgrund der Arbeitslosigkeit zu. Gleichzeitig verschlechterte sich seine Unterkunft von einer möblierten kleinen Wohnung über ein möbliertes Zimmer zum Übernachtungsheim und von da auf den Asphalt.

Er, der einst ein entschlußkräftiger Mann gewesen war, brachte heute gerade noch genug Willenskraft auf, um seinem Elend in dieser Nacht ein Ende zu machen.

Toby erhob sich von der Bank und schlurfte Richtung Westminster Bridge. Er sah auf das beleuchtete Zifferblatt des Big Ben; es war fast drei Uhr. Kein Wunder, daß er völlig durchgefroren war, hatte er doch stundenlang still dagesessen. Während er sich der Brücke näherte, hörte er vom Parliament Square einen Wagen herankommen. Toby hielt sich eine Hand über die Augen, als das Auto in die Embankment Road abbog und dessen Scheinwerfer über ihn hinwegstreiften.

Die sekundenlange Lichtflut hatte die Flußmauer beleuchtet, und Toby sah kurz ein Päckchen darauf liegen. Er ging hinüber zu dem Päckchen. Es handelte sich um eine ordentlich zusammengefaltete braune Papiertüte, und als Toby sie öffnete, entdeckte er zwei in Plastikfolie eingeschlagene Käse-Sandwiches. Hübsch fest und ordentlich lagen sie darin verpackt.

Tobys gerötete Augen weiteten sich. Er war am Verhungern, und hier gab es einen Festschmaus. Die selbstzerstörerischen Gedanken wichen dem Hunger, und während er nervös umherspähte, als hätte er Angst, daß jemand herbeistürzen und ihm seinen Fund entreißen könnte, zwang Toby seine tauben Finger, die Plastikhülle des einen Sandwiches herunterzureißen. Er stolperte vorwärts, um die Ecke und auf die Brücke hinauf, doch gerade als er das Sandwich an seinen Mund führte, um einen herzhaften Bissen von dem Festmahl zu nehmen, bemerkte er eine Bewegung in den Schatten.

Die Überreste seines Herzens setzten kurz aus. Er würde doch die erste Mahlzeit seit Tagen, die er gefunden hatte, nicht etwa verlieren? Toby wußte, daß er zu schwach wäre, um eine entschlossene Attacke von seiten eines seiner obdachlosen Mitbrüder abzuwehren, und er wußte, daß diese Attacke wild wie die eines Löwen sein würde.

Als der Schatten sich näher schob, sah Toby, daß das dunkle Bündel klein und gekrümmt war. Er fletschte seine gelben Zähne in der Hoffnung, so die Sandwiches vor diesem nächtlichen Beutejäger verteidigen zu können.

Ein paar Schritte vor ihm blieb das Bündel stehen. Toby verharrte regungslos auf seinen abgestorbenen Füßen und beobachtete es gespannt. Vor ihm stand eine heruntergekommene alte Hexe von einem Weib. Sie war in einen Wust von Lumpen gehüllt, und das Licht der Straßenlaternen zeigte, daß sie einen offenen Herrenmantel trug – offen, weil sein ursprünglicher Besitzer die Knöpfe entfernt hatte, bevor er ihn dem Gemeindepfarrer als Spende gab. Der Mantel hing an ihr herab, und Fasern einer ausgefransten Wolljacke, die aus seinen Ärmeln hervorschaute, hingen über ihre rheumatischen Handgelenke. Die Alte betrachtete Toby mit klaren schwarzen Augen. Ihr Blick war ausdruckslos, und Toby sah, wie das Licht der Straßenlaternen in ihnen glitzerte. Wie versteinert standen die beiden Penner in der morgendlichen Dunkelheit, während unten lautlos der Fluß dahinzog.
Toby brauchte diese Sandwiches wirklich dringend; er war schon am Verhungern. Da plötzlich bewegte sich die Alte, und Toby erschrak, als sie diese armen unbrauchbaren Hände hob, um sie nach ihm auszustrecken.
Tief im Innern dieses Menschenwracks namens Toby flackerte eine Gefühlsregung; in den Abgründen seiner Verzweiflung empfand er Mitleid mit der alten Frau. Er gab ihr die Sandwiches und schlurfte weiter.
In der Mitte der Brücke machte er halt, um sich auf das Geländer zu ziehen, und ließ sich ganz einfach vornüberkippen. Als ein Lumpenbündel fiel er auf den Fluß zu. Sein Fall schien eine Ewigkeit zu dauern. Er hatte Zeit, die Lampen zu sehen, welche die Gebäude am Südufer in Licht tauchten, die erleuchteten Schiffe, die Richtung Blackfriars vor Anker lagen. Dann stürzte ihm der ölige schwarze Themsespiegel entgegen, um ihn in seinen Besitz zu nehmen.

Es erstaunte Toby, wie weich das Wasser war. Er hatte mit einem schmetternden Aufprall gerechnet, statt dessen glitt er ganz warm und weich in die Tiefen.

Etwa zum selben Zeitpunkt, als Toby Bellman in London qualvoll am Themseufer entlangschlich, stahl sich Richard Stillwell, der betrügerische Geschäftspartner, mit seiner Motorjacht aus dem winzigen Hafen von Giens in Südfrankreich.

Stillwell hatte während der letzten zehn Monate in einem Ferienapartment des Dörfchens Giens gelebt, sich als Schriftsteller ausgegeben und von Zeit zu Zeit massige Kuverts voll unbeschriebener Blätter für angebliche Verlage in England auf die Post gebracht. Nun wurde die sehr freundliche Ortspolizei allmählich sehr neugierig. Er hatte beschlossen, daß es Zeit zum Weiterziehen war.

Stillwell hatte sich den ganzen Tag auf seinem Boot aufgehalten und die Festlandkarten studiert. Sollte er ost- oder westwärts fahren? Zu guter Letzt entschied er sich für Spanien. Es würde eine kurze Tour, einfach nur Richtung Westen an der Küste entlang.

Es war eine ruhige Nacht, vielleicht ein wenig frisch, aber nicht so kalt, daß nicht ein leichter Pullover genügte. Früher an diesem Abend hatte Stillwell in einem Hafencafé gegessen und sich großzügig einen hinter die Binde gegossen. Jetzt fühlte er sich wohl, zufrieden und erfüllt. Niemand würde sich über seine nächtliche Abreise weiter Gedanken machen. Die Ortsbevölkerung war inzwischen daran gewöhnt, daß er zu ausgefallenen Zeiten kam und ging. Wahrscheinlich hatte dies die Gendarmen so neugierig gemacht. Jedenfalls war er jetzt schon unterwegs, fuhr ruhig und gleichmäßig auf spiegelglatter See Richtung Spanien. Stillwell ging in seine Kajüte hinunter, um eine Tasse Kaffee zu trinken. Als er auf seiner Koje Platz nahm, sah er

sich um. Eine sehr gemütliche kleine Kajüte, dachte er bei sich, das heißt, »gemütlich« war eigentlich nicht das richtige Wort – die Kajüte war eine Schatzkammer. Sie steckte voll ausländischer Währung, französischer, deutscher, spanischer, schweizerischer – wenn man nur wußte, wo man zu suchen hatte.
Plötzlich fiel ihm Toby Bellman ein. Stillwell lachte laut auf bei dem Gedanken, als was für eine arglose, ehrliche Haut der alte Toby sich entpuppt hatte. Er hatte sämtliche Winke, Fingerzeige und Andeutungen übersehen. Hart für den arglosen, ehrlichen Toby Bellman.
In genau diesem Moment stotterten Stillwells Außenbordmotoren, kamen dann wieder in Gang, stotterten erneut und blieben stehen. Stillwell saß da, lauschte verwundert und fluchte. Dann erhob er sich von seiner Koje, um an Deck zu steigen. Als er sich über das Heck beugte und nach unten spähte, erwachten plötzlich beide Außenbordmotoren brüllend zum Leben. Mit einem Satz schnellte das glänzende weiße Boot vorwärts, und Stillwell wurde über das Heck ins Meer geschleudert.
Als Toby Bellman spürte, wie er an die Oberfläche stieg, erinnerte er sich irgendwo in seinem Hinterkopf, daß er noch zweimal würde untergehen müssen, bevor der Fluß ihn endgültig in seinen Besitz nahm.
Tobys Kopf durchbrach den Wasserspiegel, und der Himmel schien heller als noch ein paar Sekunden zuvor, bei Tobys Sprung von der Brücke. Aus irgendeinem Grund begann Toby mit den Beinen zu rudern und sah sich um. Das Südufer war verschwunden! Big Ben, Westminster Bridge – alles weg!
Das Geräusch schnurrender Motoren ließ ihn sich erneut umdrehen, und er sah eine weiße Motorjacht auf sich zukommen. Dicke weiße Fender baumelten an ihrer Seite.

Toby bekam ein Tau zu fassen, mit dem einer der Fender befestigt war, und fand irgendwie die Kraft, sich an Bord zu hieven. Er stürzte in eine gemütliche Kajüte. Es war niemand da, nur etwas heißer Kaffee lief gerade durch den Filter.

Der für die Abendausgabe einer beliebten Londoner Zeitung zuständige Chefredakteur legte seinen Telefonhörer auf, wandte sich an einen Kollegen und erzählte ihm von dem merkwürdigen Anruf, den er gerade erhalten hatte. Cannon Row, der Kontaktmann des Chefredakteurs in der Polizeiwache meldete, daß ein Streifenpolizist auf seiner Patrouille an der Westminster Bridge gesehen habe, wie ein männlicher Penner in den frühen Morgenstunden von der Brücke gesprungen sei. Wenigstens habe es so ausgeschaut.

Der Beamte hatte über Funk sofort seine Zentrale verständigt, und in Minutenschnelle war ein Boot der Flußpolizei zur Stelle gewesen. Doch von dem Penner fand sich keine Spur. Was man dagegen aus dem Wasser fischte, war ein sonnengebräunter Mann in einer leichten, teuren Segelbootmontur.

Man unternahm Wiederbelebungsversuche und glaubte schon, man hätte es geschafft, er aber keuchte bloß so etwas wie »Tobt die Höll', Ben?« und starb.

Buggane
Peter Tremayne

»Peter Tremayne« (geb. 1943) gehört mit mehreren beachtlichen Romanen zu Großbritanniens erfolgreichsten Horrorschriftstellern (darunter die Titel *Kiss of the Cobra, Nicor!, The Ants, The Morgow Rises!* und *Bloodmist*).
Unter seinem eigenen Namen ist Peter Berresford Ellis ein Fachmann für keltische Kultur und hat neben maßgeblichen Büchern zu diesem Thema *(The Cornish Language and Its Literature; A Dictionary of Irish Mythology* etc.) auch Biographien von Captain W. E. Johns, Henry Rider Haggard und Talbot Mundy verfaßt.

Angefangen hat alles mit dem Geruch von Veilchen. Wilden Veilchen zur Weihnachtszeit; dem Duft von Veilchen, der die klare, frostige Dezemberluft durchdrang. Und da war der Klang dieser Geige, deren Musik in spöttischen Kadenzen auf- und abschwoll, irgendwo weit, weit hinter den Bergen.
Aber vielleicht fing es auch früher an, vielleicht begann es mit meinem Urgroßvater vor über einhundertfünfundzwanzig Jahren. Ach, hätte ich doch nur einen klaren Kopf! Wäre ich doch nur nicht so durcheinander ... und voll von Angst. Wann hat alles angefangen? Würde ich eine Geschichte schreiben, deren gesamte Handlung auf einem unwahrscheinlichen Zufall beruht, dann würde mein Lek-

tor sie mir wieder auf den Tisch werfen, weil ich die oberste Regel der Erzählkunst mißachtet hätte: die Glaubwürdigkeit! Sicher hat doch irgendwer eine kleine Regelsammlung für Erzähler geschrieben? Wenn ja, dann muß die Glaubwürdigkeit ziemlich an erster Stelle rangieren. Der Zufall ist etwas, das sich nur in der Realität ereignet, nicht in der Dichtung. Aber was soll's! Ich befasse mich ja mit der Realität. Und vielleicht war es irgendein unheimlicher, schrecklicher Zufall, wie alles für mich anfing. Wäre ich nicht auf die Insel Man gekommen, um für die Drehbücher zu recherchieren, hätte ich nicht diese Hütte bei Lag-ny-Cailleeyn gemietet, und hätte nicht mein Urgroßvater ...
Aber beginnen wir ganz von vorn.
Ich war gerade dabei, ein Drehbuch für eine Seifenoper zu schreiben, eine recht erfolgreiche Fernsehserie aus dem Big-Business- und Jet-set-Milieu. Im Sommer waren die Dreharbeiten zu einer neuen Staffel anberaumt, und Grant, der Regisseur, wollte sie außerhalb der klaustrophobischen Stadtgrenzen Londons vornehmen, abseits der üblichen Schauplätze, wo man die ersten Episoden gefilmt hatte. Er selbst hatte die Idee, die nächsten Folgen auf der Insel Man anzusiedeln. Grant hatte immer ein scharfes Auge für neueste finanzielle Entwicklungen, und die Insel Man entwickelte sich gerade zum international am schnellsten wachsenden Finanzzentrum außerhalb des Festlandes. Ich hatte noch nicht einmal gewußt, daß Man nicht zum Vereinigten Königreich gehörte, sondern nur der Oberhoheit der Krone unterstand. Es besaß eine eigene Regierungsverwaltung und lag bis auf Fragen der Außen- und Verteidigungspolitik außerhalb der britischen Gesetzgebung. Hinsichtlich ihrer öffentlichen Finanzen war die Insel vollkommen unabhängig, hatte ihre eigenen Firmen-, Banken-, Versicherungs-, Investitions- und Reedereigesetze,

und da die Einkommensteuer bei durchschnittlich zwanzig Prozent lag und keine anderen direkten Steuern anfielen, strömten nun kapitalstarke Unternehmer aus allen Winkeln der Erde auf die Insel, um dort ihr Hauptquartier zu errichten. Darüber hinaus lockte ein breites Spektrum von Steuerfreibeträgen für internationale Unternehmungen. Soweit in aller Kürze die Gründe, weshalb Grant mich Anfang Dezember auf die Insel abkommandierte, um ein paar Monate dort zu verbringen und mit den Entwürfen für sechs zusammenhängende Folgen der nächsten Staffel zurückzukommen.

Um ehrlich zu sein, war Douglas, die Hauptstadt der Insel, mit ihrer Atholl Street als Gegenstück zur Londoner Wall Street eine Enttäuschung. Trotz ihrer zweisprachigen Straßenschilder in manx und englisch erinnerte sie mich an ein typisch nordenglisches Küstenstädtchen. Ich hatte noch nicht einmal gewußt, daß Man eine eigene Sprache besaß, eben jenes Manx, eine Sonderform des Gälischen. Alles schien tot: die Vergnügungshallen mit ihren heruntergelassenen Rolläden, die geschlossenen Imbißbuden, ja, selbst die immer noch geöffneten Märkte mit chinesischem Essen zum Mitnehmen wirkten – nun ja, »tot« ist das einzige zutreffende Wort. Länger als ein paar Tage hielt ich es in Douglas nicht aus. Ich mietete mir einen Wagen und startete zu einer Inselrundfahrt. Die Insel ist nur dreiunddreißig Meilen lang und dreizehn breit. Aber dennoch bietet sie genug Platz, daß sich ihre fünfundsechzigtausend Einwohner in der großartigen Landschaft hinter Douglas, in den schroffen Bergen und Schluchten, unauffällig verteilen können.

Und während dieser Spritztour fiel mein Entschluß, mir für ein paar Monate eine Hütte zu mieten. Ich wandte mich an einen Grundstücksmakler außerhalb von Douglas, da ich mir sagte, daß ein kleiner Immobilienvermittler auf dem Lande vielleicht eher etwas nach meinem Geschmack zu bieten hätte als seine Kollegen in der Stadt. Und wirklich, schon das dritte Objekt war Liebe auf den ersten Blick. Sobald ich die getünchten Mauern und das Strohdach des winzigen Häuschens sah, das sich schutzsuchend an einen der größeren Inselberge kauerte, verspürte ich ein Gefühl der Vertrautheit, des »Nach-Hause-Kommens«. Ich hatte mich von jeher danach gesehnt, mein viktorianisches Reihenhaus in London gegen eine Kate in der Wildnis einzutauschen. Nun, da war sie!

Nur eine einzige Straße führte in das Tal, in dem diese Hütte stand. Man fuhr von Cronkgarroo aus Richtung Süden, weg von den bevölkerten Flachlandgebieten, und die teils dunkel-, teils rotbraun gefärbten Winterhänge des Slieau Managh hinauf, um dann in eine Schlucht namens Lag-ny-Cailleeyn zu kommen. Die Hütte stand auf einem flachen Vorsprung, der ein Stück weiter oben abrupt an einer steilen, dreihundert Meter tiefen Granitwand endete. Das Plätzchen lag also abgeschieden genug, obwohl man mit dem Auto trotzdem nur eine Viertelstunde bis zur nächsten Gemeinde fuhr, der Ortschaft Ramsey.

Ich legte eine Dreimonatsmiete auf den Tisch und zog zwölf Tage vor Weihnachten dort ein. Ich stellte meinen Textcomputer auf, packte haufenweise Inselführer, Prospekte und andere Materialen über Man und dessen Geschäftsleben in die Regale und war voller Zuversicht, daß ich bis Ende Februar die von mir verlangten Handlungsskizzen würde vorweisen können.

An diesem ersten Tag schwelgte ich in dem neuen Häuschen. Ich machte Feuer in dem großen Kamin, legte einen Berg von Torf darauf und fand es vor dem Schein der Flammen schön warm und gemütlich. Sogar das kleine Schlafzimmer war erwärmt, als ich unter die Decke schlüpf-

te, die infolge irgendeines Mottenschutzmittels, wie ich annahm, leicht nach wilden Veilchen roch.
Am Tag nach meinem Einzug beschloß ich, die klare, kalte Dezembersonne zu nutzen und einen Spaziergang zu unternehmen, der meine Säfte in Gang und meinen Geist in Arbeitsstimmung bringen würde. Mit zügigen Schritten machte ich mich am breiten Hang des Slieau Managh entlang auf den Weg. Der Name bedeutete nach der Auskunft des Immobilienmaklers »Berg der Mönche«. Er gehörte zu jener Kette von Höhenzügen, unter denen sich auch der Snaefell befindet, der höchste Berg der Insel, auf dessen breiten Hängen jedes Jahr die *Isle of Man Tourist Trophy*, das berühmte »T. T.«-Motorradrennen, abgehalten wird. Es war ziemlich kühl, aber ich war dagegen gefeit, und der blasse, wäßrige Sonnenschein gab einem das Gefühl, daß die Kälte gar nicht so schlimm sei. Ein zügiges Tempo beim Besteigen der steilen, mit Sträuchern bewachsenen Hänge verjagte bald jedes Frösteln.
Ich glaube, ich spürte sie bereits kommen, bevor ich sie sah. Das sanfte Zittern des Bodens ließ mich kurz innehalten und mich umdrehen, ehe ich das Hufgedonner vernahm. Eine große rotbraune Stute kam über den Pfad, dem ich folgte, auf mich zu. Im Sattel saß ein Mädchen, oder besser gesagt, eine junge Frau. Ihre schlanke Gestalt steckte in einem eher altmodischen, leuchtend grünen Reitkostüm, und ihr Haar war ein einziges Feuerrot, während ihre Haut vor Blässe fast durchsichtig erschien. Die Augen, die mit prüfendem Blick auf mich herabsahen, glichen zwei Kugeln aus kaltem, blankem Stahl.
»Guten Morgen«, rief ich, als sie auf gleiche Höhe mit mir kam.
Sie nickte mir zu und wäre wohl weitergeritten, hätte ich nicht gesagt: »Herrlicher Tag heute, nicht wahr?«

Ihre Brauen zogen sich zusammen, und sie zögerte kurz, bevor sie parierte.

»Ja, ganz hübsch«, erwiderte sie, fast distanziert. »Sie sind fremd hier.« Es war eine Feststellung.

»Ich bin gerade erst in die Hütte in Lag-ny-Cailleeyn eingezogen.«

Ihre Augenbrauen gingen einen Moment nach oben, ohne daß sich das Erstaunen auf ihrem Gesicht oder in diesen sonderbar kalten Augen abzeichnete.

»Sie wohnen in Rhullick?«

»Ja. Gestatten, Jon Jameson.«

Eigentlich war »Jon Jameson« nur mein Künstlername, aber ich benutzte ihn schon so lange, daß kaum jemand mich mit meinem richtigen ansprach.

»Warum haben Sie die Hütte von Rhullick genommen?« fragte sie abrupt und ziemlich gebieterisch. Ihre Stimme klang kalt und so rauh wie Schmirgelpapier. Ich war etwas überrascht, aber nicht weniger entschlossen, dieser Fremden irgendeine freundliche Reaktion zu entlocken. Ich muß zugeben, daß mir ihre keltische Schönheit ziemlich gefiel. Ich erzählte ihr von meiner Arbeit. Das imponierte den meisten Frauen. Außerdem hatte ja auch ich ein Ego zu nähren. Aber sie schien weder beeindruckt noch interessiert.

»In der Regel wird Rhullick nur den Sommer über vermietet«, sagte sie. »Im Winter ist es kein schöner Aufenthaltsort. Haben Sie vor, Heiligabend dort zu verbringen?«

Ich war ein wenig verblüfft.

»Ja. Warum?«

»Es ist kein schöner Aufenthaltsort.«

Und mit einem leichten Tritt in die Flanken trieb sie das Pferd wieder voran.

Ich war etwas entgeistert, als ich ihr hinterhersah, wie sie die Hänge hinunter verschwand.

An diesem Abend beschloß ich, mich im Gasthaus der Gegend bekannt zu machen. Wie sich herausstellte, lag es über eine Meile weit weg in einem Weiler, der offenkundig schon bessere Zeiten gesehen hatte. Dem Wirtshausschild zufolge – es zeigte drei alte Weiber, die Shakespeares *Macbeth* entsprungen schienen, sowie einen Kessel – nannte sich diese Schänke *Thie-ny-Cailleeyn*, und der Wirt war ein fleischiger, rotgesichtiger Mann. Und auch ein Schwätzer. Das erste, wonach ich ihn fragte, war, was der Name zu bedeuten habe.
»Na ja, man müßte es wohl mit ›Die Hexenschänke‹ übersetzen. Oder was meinst du, Juan?«
Er warf einen raschen Blick zu einem anderen Gast, der dasaß und an seinem Bier schlurfte. Es handelte sich um einen alten Mann, eindeutig ein Einheimischer. Er nickte.
»So müßte es heißen«, sagte er mit einem seltsam singenden Akzent.
»Ich frage nur, weil ich eine Hütte an einem Ort gemietet habe, der sich ›Lag-ny-Cailleeyn‹ nennt. Darum bin ich stutzig geworden.«
Der Wirt starrte mich einen Moment an. »Sie meinen doch wohl nicht Rhullick?«
»Ganz recht.«
»Rhullick – der Friedhof.«
Ich drehte mich zu dem einheimischen Alten um, der gesprochen hatte.
»Wie bitte?«
»So heißt ›Rhullick‹ übersetzt«, ergriff aber schon wieder der Wirt das Wort. »Friedhof. Nicht, daß es ein richtiger Friedhof wäre. Man nennt es so, weil dort ein paar Leute ums Leben kamen. Sie sind ja wohl keiner von der ängstlichen Sorte, oder?« Er grinste mich an.
Ich lachte. »Ich glaube nicht an schreckliche Gespenster

oder kleine Monster mit langen Beinen und Dinge, die nachts herumpoltern.«

»Dann ist's ja gut.« Der Wirt wandte sich mit einem Augenzwinkern an den alten Dorfbewohner. »Es heißt nämlich, daß in Rhullick der *Buggane* umgeht.«

»Der *Buggane?* Das hört sich eher wie eine Krankheit an«, meinte ich spöttisch.

»Der *Buggane* ist ein böser Geist, der nach Vergeltung trachtet, ein Geist der Rache für eine ungesühnte Schuld.« Der einheimische Alte hatte gesprochen.

Ich kicherte.

Er blickte mich verärgert an. »Es geht nicht, daß man sich über solche Dinge lustig macht, Mister«, sagte er. »Die Geschichte ist nur allzu wahr.«

»Wollen Sie mir dann nicht davon erzählen?« versuchte ich ihn mit breiter werdendem Grinsen aus der Reserve zu locken.

Der Alte schüttelte den Kopf, stellte sein leeres Bierglas auf den Tisch und verließ uns ohne ein weiteres Wort.

Der Wirt machte ein bedauerndes Gesicht. »Der alte Juan Qualtrough dort hat nichts übrig für Fremde, die sich über hiesige Volkssagen und Gebräuche lustig machen.«

»Ich hatte nicht die Absicht, ihn zu beleidigen«, erwiderte ich. »Aber Geschichten über gruslige Gespenster und Butzemänner kann ich nun mal nicht ernst nehmen.«

Na schön, dachte ich, wenn die Leute hier so empfindlich waren, dann sollte ich besser meinen Mund halten beziehungsweise das Thema wechseln.

»Übrigens, heute früh habe ich eine junge Frau beim Ausreiten getroffen. Können Sie mir vielleicht sagen, wer sie ist?«

Ich beschrieb dem Wirt die Frau, der ich heute früh am Berg begegnet war, aber er zuckte mit den Schultern.

»Kann nicht behaupten, daß ich sie nach Ihrer Beschreibung wiedererkenne, Mister. Wäre allerdings möglich, daß es eins von den Carroon-Mädchen ist. Die Carroons haben ein Gehöft auf der anderen Seite des Slieau Managh.«

Ich kehrte in meine Hütte zurück. Der Eintopf, den ich auf dem Torffeuer hatte köcheln lassen, war ausgezeichnet. Ich arbeitete ein paar Stunden an der Grundidee für die neuen Episoden und ging dann zu Bett. Unter die Decke gekuschelt, lag ich da, überdachte noch einmal dies und jenes – und in den letzten Momenten bevor ich in Morpheus' Arme sank, registrierte mein Bewußtsein den Duft von wilden Veilchen. Mir fiel wieder ein, daß ich diesen Geruch ja schon gestern abend bemerkt hatte; jetzt aber schien er mir stärker zu sein. Viel stärker.

Am nächsten Tag kam ich mit meiner Arbeit sehr gut voran. Gleich zu Beginn machte ich einen Spaziergang über die Hänge und hielt dabei nach dem Mädchen Ausschau. Aber umsonst. Dann kehrte ich an meinen Entwurf zurück, und ehe ich mich's versah, war es wieder Abend. Ich ließ den restlichen Eintopf über dem Feuer kochen, um auf einen Drink ins *Thie-ny-Cailleeyn* zu gehen.

Als ich das Lokal betrat, saß der alte Mann, Juan Qualtrough, am Kamin. Ich bot ihm an, ein Glas Bier zu spendieren, und äußerte mein Bedauern darüber, daß ich gestern abend so eine lose Zunge gehabt hätte.

»Es ist nicht recht, sich über die Geister der Toten lustig zu machen«, erwiderte er in seinem weichen Manx-Akzent.

»Das war nicht meine Absicht«, sagte ich in der Hoffnung, daß es nicht allzu herablassend klang. Vielleicht würde er mir ja jetzt die Geschichte über den Geist von Rhullick erzählen, den *Buggane,* wie er ihn nannte. Aber da wurde die Tür aufgestoßen, und herein kam ein halbes Dutzend Einheimische, lauter starke, vierschrötige Kelten mit Haaren wie ein Fellteppich – Bergvolk, dessen Hautfarbe von einem Leben in Wind und Wetter erzählte. Als einer von ihnen den alten Juan Qualtrough entdeckte, kam er zu uns herüber und klopfte ihm auf die Schulter.

»Cre'n-ash ta shiu? Ta mee treishteil dy vel shiu ayns slaynt vie.«

Ich hatte Manx noch nie gesprochen gehört, ja, hatte die alte Sprache trotz all der Straßenschilder sogar für tot gehalten.

»Cha nel veg aym dy hrughaney mysh«, erwiderte dieser und blickte dann kurz zu mir. *»She Sostnagh eh.«*

Sofort begann der Mann in englisch zu reden, und ich war sicher, daß dies nur mir zuliebe geschah, denn die Einwohner von Man sind ein höfliches Volk und in der Regel gastfreundlich. Sie luden mich ein, mit ihnen zu trinken, und einer von ihnen stimmte ein Lied an. Dann bat man den alten Juan, etwas zu singen, und er trug eine Ballade vor, die nach Auskunft des Wirtes *Kirree fo Niaghtey* hieß, »Das Schaf unter dem Schnee«, weil sie von einem Hirten erzählte, der im Winter nach seinem verirrten Schaf suchte. Auf meinem Nachhauseweg summte ich die Melodie.

Ich fuhr gerade zu der Hütte hinauf, da fielen meine Scheinwerfer ganz kurz auf einen Schatten neben der Tür.

»Wer ist da?« rief ich beim Aussteigen.

Es kam keine Antwort, und ich rief abermals, bevor ich mich zur Tür wandte, sie aufmachte und das Licht einschaltete, so daß es aus dem überdachten Hauseingang fiel.

Ich erblickte das Mädchen, das ich gestern morgen getroffen hatte.

»Nanu! Guten Abend«, sagte ich, völlig verblüfft.

Mit ihrem blassen, ausdruckslosen Gesicht starrte sie mich an. »Weshalb sind Sie immer noch hier?«

Ich schmunzelte. »Ich habe die Hütte für ein paar Monate gemietet. Sie sind nicht gerade sehr freundlich.«

»Irgend jemand muß Sie doch warnen.« Die Stimme blieb monoton wie zuvor.
Ich runzelte die Stirn. »Wie bitte?«
»Die Hütte ist nicht der richtige Aufenthaltsort um diese Jahreszeit. Sie müssen hier weg.«
Ich blinzelte. »Ich glaube, es ist besser, Sie kommen herein, trinken einen Schluck und erklären mir das Ganze einmal.«
Sie schüttelte heftig den Kopf. »Nein, nein. Das geht nicht ...« Und sie trat aus dem Lichtschein heraus.
Ich machte einen Schritt nach vorne. »He!« rief ich.
Aber sie war verschwunden. Es kam keine Antwort.
Ich griff nach der Taschenlampe, die ich hinter der Tür aufbewahrte, und leuchtete damit in die Finsternis. Die geheimnisvolle junge Frau war nicht mehr da, und ich glaubte leise Hufgeräusche zu vernehmen.
Kopfschüttelnd ging ich hinein, und da der Eintopf nach meiner Meinung zerkocht war, nahm ich zu einem kalten Abendbrot mit Käse und Essiggurken Platz. Ich hatte etwas zuviel getrunken, um an diesem Abend noch zu arbeiten, und so ging ich nach oben ins Bett und las noch eine Weile. Dabei muß ich wohl eingeschlafen sein. Als ich nämlich wieder erwachte, brannte die Nachttischlampe immer noch, und meine Uhr zeigte genau eins. Einen Augenblick blieb ich mit vom Alkohol ausgedörrtem Mund liegen und fragte mich, ob ich mein warmes Bett verlassen sollte, um mir unten einen Kaffee zu machen. Genau da jedoch bemerkte ich wieder diesen Veilchenduft. Veilchen im Winter. Ich seufzte. Ich würde die Mottenkugeln oder das Duftkissen finden müssen, denn allmählich wurde der Geruch lästig.
Als ich aufstand, um mir meinen Kaffee zu machen, vernahm ich ein schwaches Geräusch. Den Klang von Musik.

Er kam irgendwo von den Berghängen her. Eine sanfte Melodie, die jemand auf einer Geige spielte. Verdutzt schüttelte ich den Kopf. Wer, der noch alle fünf Sinne beisammen hatte, würde um ein Uhr nachts Geige spielen? Ich trat ans Fenster und zog den Vorhang zurück. Ein Vollmond stand am Himmel. Hell und klar schien er in die frostkalte Luft herunter. Ich konnte keine Menschenseele entdecken, aber die Musik war jetzt ganz deutlich. Ich glaubte die Melodie zu erkennen. *Kirree fo Niaghtey* – Das Schaf unter dem Schnee.

Dann hörte ich nichts mehr.

Ich ging nach unten, um mir meinen Kaffee zu kochen.

Tags darauf fuhr ich nach Douglas und machte eine Menge Weihnachtseinkäufe. Ich habe dieses Fest nie besonders gefeiert, und Grant wußte wahrscheinlich, daß es nicht mit meinem häuslichen Leben kollidieren würde, mich im Dezember auf diese Insel zu schicken. Seit meine Exfrau Pamela mich vor sieben Jahren verließ und unsere beiden Kinder mitnahm, habe ich Weihnachten nie wieder gefeiert. Weihnachten war eine Zeit, die man ignorierte, nicht eine, die man großartig beging.

Danach begann eine Arbeitsphase, die bis zwei Tage vor Heiligabend dauerte. Ich sah in dieser Zeit niemanden, noch ging ich ins *Thie-ny-Cailleeyn,* um nach Feierabend auch nur ein Glas zu trinken. Und von dem seltsamen rothaarigen Mädchen bekam ich ebensowenig zu Gesicht. Das einzige, was meinen Frieden störte, war dieser verdammte Fiedler auf der anderen Seite der Berge, und immer spielte er dieselbe Melodie, und immer kurz nach Mitternacht. Ich war zu der Erklärung gelangt, daß es irgendein Schafhirt sein müßte, der sich in langen Winternächten über seine Einsamkeit hinwegtröstete.

Eines allerdings ärgerte mich wirklich. Ich hatte alles von

oben bis unten nach Mottenkugeln oder dem Duftkissen durchsucht, ohne etwas zu finden. Das Bettzeug mußte mit dem Geruch durchtränkt sein, wenn es ihn dermaßen stark verbreitete.

Zwei Tage vor Heiligabend betrat ich das *Thie-ny-Cailleeyn.* Die Wirt schien überrascht, mich zu sehen.

»Meiner Seel'! Wir dachten schon, Sie wären weitergezogen. Was darf's denn sein? Ein Bier?«

Ich nickte.

Juan Qualtrough saß auf seinem Stammplatz beim Kamin und hielt ein leeres Glas in seiner Hand. Ich bestellte ihm ein Bier.

Er hob den Krug. *»Shoh slaynt!«* sagte er grinsend.

»Zum Wohl!« erwiderte ich feierlich.

»Wohnen Sie immer noch in Rhullick?«

Ich nickte wieder.

»Und glauben Sie immer noch nicht an Gespenster?«

»Nicht mal an Ihren Freund, den *Buggane*«, versicherte ich ihm. »Aber Sie wollten mir doch die Geschichte über diesen *Buggane* erzählen.«

Er warf mir einen besorgten Blick zu. »Am besten, Sie wissen nichts davon, wenn Sie immer noch in Rhullick leben.«

»Ach, kommen Sie!« redete ich ihm zu.

Nach einem kurzen Moment des Zögerns erwiderte er: »Na schön. Die Geschichte ist ganz einfach. Sie hat sich in den Zeiten von Gouverneur Loch zugetragen.«

Der Wirt beugte sich über die Theke und schaltete sich dazwischen. »Die Insel wird von einem Gouverneur als Statthalter der englischen Krone verwaltet. Seit Mitte des achtzehnten Jahrhunderts regieren der König oder die Königin von England auch über die Insel Man. Gouverneur Loch war irgendwann nach 1860 hier.«

Juan Qualtrough überhörte die Zwischenbemerkung des Wirts. »Es war in den Zeiten von Gouverneur Loch«, wiederholte er in entschlossenem Ton, »einem strengen, militärischen Mann. Der Gouverneur hat unsere uralten Bräuche und Gesetze, ja, sogar unser Parlament, den Tynwald, ignoriert. Er öffnete einer Menge englischen Siedlern Tür und Tor, die mit ihrem Reichtum bald große Grundstücke auf der Insel kauften. Und er erlaubte ihnen auch noch, diese Anwesen zu vergrößern, indem er unsere Gesetze über den gemeinsamen Besitz von Grund und Boden für nichtig erklärte und seinen Landsleuten gestattete, Zäune aufzustellen, wo kein Zaun hingehörte. Natürlich ließen sich die Inselbewohner das nicht so ohne weiteres gefallen. Manche von unseren jungen Männern, in deren Adern heißes Blut pulsierte, gingen nachts hinaus und stießen die Zäune um. Man gab diesen Burschen den Spitznamen ›die Kosaken‹, und Loch setzte eine Belohnung für jeden aus, der sie verraten würde, aber keiner hat's getan. In Rhullick oben – das damals wohlgemerkt noch nicht Rhullick hieß – in Rhullick oben lebte ein Mann namens Callan Kissack, ein verwitweter Bauernknecht. Er wohnte dort mit seiner Tochter Calyhony. Jawohl, Calyhony Kissack. Sie war zweifellos ein schönes Mädchen. Siebzehn Jahre und mit einem Schäfer namens Kerron Moughty verlobt. Es heißt, Kerron sei ein Mann von sehr kräftiger Statur und mit einem kühnen Geist gewesen, und er habe Geige spielen können, daß selbst die Engel dahinschmolzen. Er konnte die Leute zum Lachen oder zum Weinen bringen, bloß durch die Art, wie er den Bogen über die Saiten seines Instruments zog. Es wurde kein Leichenschmaus, keine Hochzeit oder *giense* abgehalten ...«

»Eine Art fröhliches Beisammensein«, warf der Wirt ein.

»... ohne Kerron Moughty mit seiner Geige einzuladen.

Allerdings wußte man gleichzeitig, daß Kerron Moughty der Anführer der ›Kosaken‹ war.«

Juan Qualtrough hielt inne und nahm einen Schluck von seinem Bier.

»Nun, eines Tages schickte Gouverneur Loch englische Soldaten aufs Land, um die ›Kosaken‹ ein für allemal zu vernichten. Eine Kompanie war im Dorf stationiert, und ihr Offizier, ein junger Lieutenant, quartierte sich in Kissacks Hütte ein. Er war ein hübscher junger Mann mit strahlender Montur – rote Jacke und weiße Hosen –, ein Stellvertreter einer Welt, die zwar fremd, aber insgesamt dennoch aufregend war und neugierig machte. Was Wunder, daß die junge Calyhony Kissack sich in ihn vernarrte. Und noch mehr als das. Sie verlor Leib und Seele an diesen Mann.

Calyhony wurde mit einem Kind schwanger ... dem Kind des hübschen englischen Lieutenants. Als Kerron Moughty davon hörte, packte ihn eine solche Wut, daß seine Freunde um seinen Verstand fürchteten. Jung, launisch und naiv, wie Calyhony war, wenn es um die Leidenschaft ging, die sie in den Männern entfachte, sagte sie ihrem Vater, daß sie nichts mehr mit Kerron Moughty zu tun haben wolle; ihr Herz gehöre allein dem englischen Soldaten, der sie liebe und verehre.

Leider Gottes glaubte Callan Kissack, er täte das Richtige für seine Tochter. Er wußte, daß Kerron Moughty den jungen Lieutenant bei der erstbesten Gelegenheit umbringen würde. Um daher das Leben des Lieutenants und das Glück seiner Tochter zu schützen, verriet der arme, irregeleitete Mann Kerron Moughty an die Soldaten. Manche sagen, es sei Mord gewesen, andere hielten es für Selbstverteidigung. Jedenfalls lief Kerron Moughty dem Lieutenant und dessen Männern eines Nachts über den Weg,

Schüsse fielen, und die Pfarrei verlor ihren besten Fiedler. Kerron Moughty wurde getötet.«

»Dann geht also der Geist von Kerron Moughty in Rhullick um?« fragte ich.

Juan Qualtrough schüttelte den Kopf. »Das ist noch nicht alles.«

»Noch nicht alles?«

»Ein paar Tage nachdem Kerron Moughty ums Leben gekommen war, wurde der Lieutenant zu einer Untersuchung des Feuergefechts nach Douglas beordert. Bei seinem Abschied versprach er, zu Calyhony zurückzukehren, denn er hatte zwar ihren früheren Geliebten umgebracht, aber das kümmerte sie nicht. Sie war dem Lieutenant mit Leib und Seele ergeben.«

»Und was ist passiert?«

»Die Zeit verging, und noch immer war aus Douglas nichts zu hören. Callan Kissack ritt in die Stadt, um der Sache auf den Grund zu gehen, und erfuhr, daß der Lieutenant die Insel verlassen hatte. Nach seinem Freispruch durch das Untersuchungsgericht, das sich mit Moughtys Tod befaßte, war er nach Indien versetzt worden. Und er hatte die Insel verlassen, ohne Calyhony ein Wort davon zu sagen. Die ganze Zeit über hatte er sie nur benutzt. Und jetzt saß sie mit einem Kind da, das bald zur Welt kommen würde.«

»Hört sich nach einem ziemlichen Lumpen an«, bemerkte ich.

»Als Callan Kissack nach Hause kam und seiner Tochter die Nachricht beibrachte, lief Calyhony in die Nacht hinaus. Ich weiß noch, es ist an Heiligabend gewesen. Am nächsten Morgen entdeckte man sie am Fuß der Steilwand hinter der Hütte. Es wurde allgemein angenommen, daß sie sich in die Schlucht von Lag-ny-Cailleeyn hinuntergestürzt hatte.«

»Und damit ja wohl auch das Baby? Eine traurige Geschichte.«
»Es wird noch trauriger«, sagte der Wirt, und Juan Qualtrough fuhr fort.
»In derselben Nacht kamen einige von Kerrons Freunden, den sogenannten Kosaken, um Callan Kissack zu holen, und warfen auch ihn den Abhang hinab. Seitdem heißt dieser Ort Rhullick – der Friedhof. Und darum sagt man, daß jetzt der *Buggane* dort spukt. Ein schreckliches Gespenst, daß nach Rache für eine ungesühnte Schuld dürstet.«
»Aber Ihrer Geschichte nach haben Kerron Moughtys Freunde ihn ja bereits gerächt.«
»Ja, nur denjenigen, der all die tragischen Vorgänge ins Rollen brachte, hat die Rache noch nicht ereilt.«
»Sie meinen den englischen Lieutenant?«
»Genau den.«
In dieser Nacht schrak ich aus meinem Bett, weil ich die Geigenklänge hinter dem Berg vernahm – die traurigen Klänge von *Kirree fo Niaghtey.*
Und der Veilchengeruch war fast erdrückend.
Den ganzen nächsten Tag über konnte ich nicht arbeiten. Ich lief ziellos und gereizt in der Hütte umher und fragte mich, warum mir, der ich nicht an Gespenster, *Bugganes* oder sonst etwas glaubte, bei dieser Geschichte so unbehaglich zumute war. Lag es daran, daß ich Geigenklänge gehört hatte? Dabei ließ sich das so leicht erklären. Und warum verstörte mich dieser Geruch nach wilden Veilchen? Und was war mit dem rothaarigen Mädchen ... dem Mädchen, dessen Namen ich nicht kannte?
Ich brachte absolut nichts zustande. Ich versuchte ein paar Papiere wegzuräumen, und als ich nach einem dafür geeigneten Platz Ausschau hielt, stieß ich auf einen Schrank, in dessen Inneren sich jede Menge altertümlicher Krims-

krams befand. Um Raum für meinen eigenen Plunder zu schaffen, nahm ich gerade ein paar modrige viktorianische Bücher heraus, als eine Fotografie zu Boden fiel. Sie war so alt, daß die Sepiatönung fast völlig verblaßt war. Ich hob sie auf, warf einen Blick darauf – und mir erstarrte das Blut in den Adern. Das Bild war mir nur allzu bekannt. Ich war damit aufgewachsen. Es hatte in einem vergoldeten Rahmen im Arbeitszimmer meines Vaters gehangen.

Das Foto zeigte einen jungen, hübschen Offizier in voller Montur – er sah einfach blendend aus –, und am unteren Rand des Bildes stand etwas, das zwar fast verblaßt war, aber immer noch eine schöne, starke Handschrift erkennen ließ: »Meinem Liebling Cal – auf ewig, Jonathan.«

Ein Geräusch hinter mir ließ mich zusammenzucken. Ich schnellte herum und erblickte das Mädchen.

»So«, sagte es nach einer langen Pause, während der seine kalten, stählernen Augen in die meinen starrten. »So, dann weißt du's ja nun.«

Ich schluckte schwer und versuchte meine fünf Sinne beisammenzuhalten.

»Wissen? *Was* weiß ich nun?«

»Die Geschichte von der armen Calyhony Kissack und Kerron Moughty.«

Die kalten, stählernen Augen wanderten zu dem Foto in meiner Hand.

»Der Lieutenant war ein hübscher junger Mann, nicht wahr? Weißt du, du ähnelst ihm ein bißchen, *Jon* ... Jon Jameson. Oder sollte ich sagen: Jonathan ...?«

»Na und?« fuhr ich sie an. »In Wirklichkeit heiße ich Jonathan Lambert. Nur beim Schreiben nenne ich mich Jon Jameson.«

Ihr Mund verzog sich zu einem spöttischen Lächeln. »Ja, das war sein Name, nicht wahr? Lieutenant Jonathan Lambert.«

Ich bemerkte plötzlich den überwältigenden Geruch von wilden Veilchen.
»Veilchen«, flüsterte die junge Frau, und ihre Lippen lächelten weiterhin, während die Augen kalt wie Stahl blieben. »Das war ihr Lieblingsduft.«
»Ihr ...? Wen meinen Sie damit?«
»Calyhony Kissack natürlich! Und Jonathan Lambert sagte, es sei auch seiner.«
Ich gab mir einen Ruck und richtete mich auf.
»Hören Sie, ich verstehe Sie nicht. Das hier ist ein Bild meines Urgroßvaters, Jonathan Lambert. Er war Generalmajor beim Indienheer, aber er ...«
»Wir haben viele Lebzeiten hindurch auf dich gewartet, Jonathan Lambert.«
Ihr Stimme hörte sich sanft an – tödlich. Ihr Blick hielt den meinen gebannt.
»Was, zum Teufel, soll das heißen?« Meine eigene Stimme war schroff.
»Ahnst du es denn nicht, Jonathan Lambert?«
»Ahnen? Was?«
»Mein Name ist Calyhony.«
Ich zwang mich, ihr lauthals ins Gesicht zu lachen.
»Wollen Sie mir etwa weismachen, Sie wären Calyhony Kissack?«
Sie lächelte.
»Sie sind ja übergeschnappt!« schnaubte ich und bemühte mich, die Hysterie, die ich spürte, zu beherrschen.
Das Mädchen stieß einen seltsamen kichernden Laut aus.
»Wir haben alle auf deine Rückkehr gewartet, Jonathan Lambert.«
»Ich bin nicht Lieutenant Jonathan Lambert«, protestierte ich. »Mein Urgroßvater ist 1901 im Burenkrieg gefallen. Er war der Lieutenant. Nicht ich! Nicht ich!«

Der Veilchenduft hatte sich zu einem Gestank verstärkt, der einem die Luft nahm. Ich fühlte mich schon dem Ersticken nahe. Da bemerkte ich Geigenklänge. Sie mußten schon einige Zeit dagewesen sein, und ihre Rhythmen schrillten mir in den Ohren. Ich hob meine Hände, um das Geräusch auszusperren.

Dann drängte ich mich plötzlich an dem Mädchen vorbei und lief aus der Hütte in die Nacht hinaus. In dem Licht, das aus der Tür fiel, sah ich draußen auf einer alten Steinmauer einen Mann sitzen, einen großen, zäh wirkenden Arbeiter mit Cordhosen, Weste und Stoffmütze, der eine Geige unter seinem Kinn und einen Bogen in seiner Hand hielt. Mit lautlosem Gelächter bleckte er die Zähne in meine Richtung und spielte. *Kirree fo Niaghtey!* Das Schaf unter dem Schnee!

Ich stieß einen unartikulierten Laut aus und rannte weiter, ohne eine Ahnung, wohin. Ich wußte nur, daß ich diesem Irrsinn, dem überwältigenden Veilchengeruch und den Klängen der Geige entkommen mußte. Ich raste quer über den Hang des Slieau Managh hinauf. Und dann wurde mir klar, wohin ich lief. Ich rannte geradewegs auf den oberen Rand des Steilhangs zu, über den Calyhony Kissack vor mehr als einhundert Jahren in den Tod gesprungen war – wegen des Treuebruchs, den mein Urgroßvater an ihr begangen hatte! Ich versuchte, mich aufzuhalten, aber anscheinend hatten meine Beine ihren eigenen Willen.

Und dann stürzte ich, fiel mit weit ausgestreckten Armen und Beinen. Ich prallte auf einen Felsblock, hörte dabei etwas in meinem Bein knacken, wurde vornüber aufs Gesicht geschleudert, und ein dunkler Pfuhl schien sich vor mir zu öffnen. Ich tauchte hinein.

Als ich wieder zu mir kam, lag ich in der Hütte. Ich war in meinem Bett und hatte einen Verband um den Kopf, während mein Bein zwischen zwei harten Schienen steckte. Ein Mann mit einem roten, gutmütigen Gesicht hatte sich über mich gebeugt.

»Hallo, junger Freund«, begrüßte er mich. »Wie geht es Ihnen?«

Meine einzige Antwort bestand in einem Ächzen.

»Sie hatten einen schlimmen Sturz. Gottlob war ich zufällig in der Nähe. Ihr Unterschenkel ist gebrochen, und ich habe ihn geschient. Ich bin ganz gut im Knochenflicken. Wird bald wieder besser.«

Ich blinzelte und sah mich um. »Was ist heute für ein Tag?«

Der Mann kicherte. »Na, Heiligabend, mein Junge. Sie haben Glück gehabt. War eine rauhe Nacht gestern. Ein paar von den Schafen auf der anderen Seite des Berges sind unter dem Schnee begraben worden. Sie hätten leicht erfrieren können, wäre ich nicht zufällig in der Nähe gewesen. Das ist nicht die richtige Gegend, um sich hier nachts herumzutreiben.«

Mit einem Seufzer der Erleichterung sank ich wieder auf die Kopfkissen.

»Meine Tochter ist unten und macht Ihnen etwas Suppe. Ein paar Tage werden Sie sich ausspannen müssen.«

Mich ausspannen? Ich fühlte mich bereits entspannt. So sicher und entspannt, als wäre ich gerade aus irgendeinem gräßlichen Alptraum erwacht.

Ein paar Sekunden später wurde die Tür aufgestoßen.

»Ah, da ist ja schon meine Tochter!« sagte der Mann und drehte sich lächelnd zu ihr um.

Im selben Moment atmete ich den Duft von wilden Veilchen und vernahm ferne Fiedelklänge.

Das Mädchen stand im Türrahmen und lächelte mich an – seine Augen jedoch blieben kalt, so kalt wie blanker Stahl.

»Komm herein, Calyhony!« sagte der Mann neben dem Bett.

Ungebetene Gäste

John Glasby

John Stephen Glasby (geb. 1928) gehört mit über 500 Kurzgeschichten aus so unterschiedlichen Themenbereichen wie Horror, Krimi, Krieg, Abenteuer und ein paar Krankenhausromanen zu Großbritanniens produktivsten Autoren. Trotz seines ungeheuren Schaffens hat er immer einen höheren Standard bewahrt als die meisten seiner Kollegen aus den Fünfzigern. Seines Zeichens Chemieforscher (bei Imperial Chemical Industries), hat er außerdem ein vierbändiges Lexikon der Chemie sowie mehrere Bücher über Astronomie geschrieben, darunter *Variable Stars* (1968), *Dwarf Novae* (1970) und *Boundaries of the Universe* (1971). Das bekannteste von den vielen Pseudonymen, unter denen er Unterhaltungsliteratur schreibt, ist »A. J. Merak« (nach dem hellen Stern im Großen Bären). Die beiden nachfolgenden neuen Geschichten beweisen, daß Glasby bis heute nichts von seiner Erzählergabe verloren hat, und wir freuen uns auf viele weitere Geschichten von ihm.

Sie denken doch nicht daran, Weihnachten allein in so einem großen Haus zu verbringen, Mrs. Forester?« Doktor Gledden legte sein Stethoskop zusammen, ging wieder zu seinem Sessel, ließ sich hineinsinken und sah sie über den Rand seiner Stahlbrille kritisch an.

»Wo sollte ich Weihnachten denn sonst verbringen, Herr Doktor?« Celia Forester knöpfte sich ihre Bluse zu. Sie war eine kleine, schlanke Frau Ende Vierzig und immer noch attraktiv, obwohl das letzte Jahr sie anscheinend verhärtet, die Querfalten auf ihrer Stirn vertieft, ihren Mund etwas straffer gezogen hatte.

Gledden bemerkte den mißmutigen Ausdruck in ihrer Stimme und wurde deutlicher.

»Haben Sie denn keine Verwandten oder Bekannte, die Sie ein paar Tage besuchen könnten? Glauben Sie mir, das würde Ihnen in Ihrem gereizten Zustand weit besser bekommen als irgendwelche Tabletten. Es wäre gar nicht so schlecht, wenn Sie ins Dorf ziehen würden. High Towers liegt schon sehr abgeschieden.«

Dem fügte er noch hinzu, daß die Situation dieses Jahr eine ganz andere sei als im letzten. Da hatte Celia Forester über die Feiertage Gesellschaft in Hülle und Fülle gehabt.

Ihr Ehemann Stephen war damals noch dagewesen, erinnerte sich der Doktor. Aber kurz vor Neujahr war Stephen Forester verschwunden, und dem Dorfklatsch nach sollte eine andere Frau im Spiel sein. Man hatte darüber geredet, daß die Beziehung zwischen Celia und ihrem Mann nach nur vier Jahren Ehe zu einer Folge von fast täglichen Streitereien geworden war.

Außerdem war Celias Vater damals noch am Leben und hatte zusammen mit ihrem Bruder und dessen Frau Weihnachten in High Towers verbracht, das fünf Meilen außerhalb des Dorfes hoch auf einem Hügel thronte.

»Es gibt niemanden mehr, Herr Doktor«, sagte sie verbittert.

»Und was ist mit Ihrem Bruder? Könnten Sie bei dem nicht eine Weile bleiben?«

»Der!« In Celias Stimme lag offene Verachtung. »Er und seine Frau, dieses Weibsstück, sind doch nur hiergeblieben, um das Geld unseres Vaters in die Finger zu kriegen.

Nachdem alles an mich ging, ist er ausgewandert, und als ich das letztemal von ihm gehört habe, waren sie irgendwo in Australien.«

Gledden seufzte und zog sein Taschentuch hervor, um sich damit die Brille zu putzen. »Nun, wahrscheinlich geht mich das alles gar nichts an. Aber als Ihr Arzt muß ich Ihnen sagen, daß diese Nervositätssymptome kaum geringer werden dürften, wenn Sie so allein bleiben. Sie müssen sich einmal vollkommen entspannen und brauchen einen Tapetenwechsel.«

»Das einzige, was ich brauche, ist etwas zur Beruhigung meiner Nerven, etwas, das mich nachts durchschlafen läßt.«

»Ganz, wie Sie wollen.« Gledden hob verärgert seine Hände. »Aber ich muß Sie warnen: Diese Tabletten werden die Symptome bloß abmildern, heilen werden sie Sie nicht. Richtig gesund können Sie nur werden, wenn Sie von hier wegziehen und irgendwo anders von vorn anfangen. Denken Sie wenigstens darüber nach, was ich gesagt habe.«

Er kritzelte sein Rezept, reichte es ihr und sah zu, wie sie es übertrieben ordentlich zusammenfaltete, um es in ihre Handtasche zu stecken.

»Versprechen Sie mir das?« beharrte er.

»Ich werde mir merken, was Sie gesagt haben, Herr Doktor. Vielleicht nächstes Jahr.«

Nach dem Verlassen der kleinen Arztpraxis ging Celia über die Straße zu dem Apotheker an der Ecke. Der Schnee fiel jetzt sehr dicht, in dicken weißen Flocken, die auf dem harten, gefrorenen Boden schon eine Decke bildeten. Es war fast halb vier und wurde bereits dunkel. Wenn es so weiterschneite, wäre die Straße zurück ins Dorf morgen früh praktisch unbefahrbar.

Zum Glück hatte Celia genug Lebensmittel für drei oder

vier Wochen im Haus. Das wäre also kein Problem. Aber Mrs. Clements, ihre Haushaltshilfe, könnte Schwierigkeiten haben, zu ihr hinauszukommen.
Als Celia sich die Tabletten geholt hatte, ging sie wieder zu ihrem Wagen, der vor der Arztpraxis stand, und setzte sich hinters Steuer. Es waren wenig Leute unterwegs. Die vereinzelten Laternen am Straßenrand warfen kleine gelbe Lichtpfützen auf den Schnee, die sich in der Dunkelheit fast verloren. Celia schaltete die Scheinwerfer ein und fuhr langsam aus der Ortschaft.
Jetzt herrschte vollkommene Nacht und eine Stille, die den Wagen zu umhüllen und von der Außenwelt abzuschneiden schien. Celias Finger umklammerten den Lenker, bis ihr vor Anstrengung die Hände weh taten. Sie kniff die Augen zusammen, um die schmale Landstraße zu erkennen, aber es war schwer. Das Licht der Scheinwerfer bohrte sich vielleicht drei Meter tief in den dichten Schneefall, weiter reichte es nicht.
Celia wußte, daß sie nicht alles bis zuletzt hätte aufschieben sollen. Der Schnee war angekündigt worden, und sie hätte wirklich vor der Mittagszeit ins Dorf fahren sollen. Ihre Phantasie spielte ihr schon wieder merkwürdige Streiche. Sie hatte die sonderbare Vorstellung, daß in den schwarzen Schatten der Hecken, gerade außerhalb ihres Blickfelds, etwas lauerte und geduldig und unbeweglich nur darauf wartete, sie anzuspringen, sobald sie in ihrer Wachsamkeit einmal nachließ.
Den ganzen Tag über hatte sich das Gefühl ängstlicher Erwartung in ihr verstärkt und nahm jetzt eine konkretere, bedrohlichere Form an. Es war, als stünde ihr unmittelbar irgendeine Gefahr bevor. Die schwach erkennbaren weißen Äcker schienen mit lautlosen, nur halb wahrnehmbaren Schatten bevölkert, die am Rande von Celias Gesichts-

feld huschten, während sie ihren Blick starr auf der Fahrbahn zu halten versuchte.

Auf einmal stellte sie fest, daß sie trotz der Kälte im Wagen schwitzte, und eine winzige Sekunde lang war die Vorahnung einer hereinbrechenden Katastrophe dermaßen stark, daß sie fast angehalten hätte. Sie gab sich einen verzweifelten Ruck, um weiter den Windungen der Landstraße zu folgen, und versuchte dabei das Gefühl zu ignorieren, daß *irgend etwas* dort draußen war, sich in der Finsternis versteckte und mit einer übermenschlichen Geduld auf sie wartete. Aufgrund irgendeines Instinkts wußte es, daß sie sich auf dem Nachhauseweg befand, und bereitete sich auf ihre Ankunft vor.

Bei diesem Gedanken umklammerte sie den Lenker unbewußt sogar noch fester. Ihre Muskeln verkrampften sich gegen ihren Willen, aber nach einem Augenblick fing Celia sich wieder und zwang sich zur Entspanntheit. Es gab nichts, wovor man Angst haben mußte. Nicht das Geringste. Nur, weil Weihnachten vor der Tür stand! Ihre Nerven waren einfach in einer schlechten Verfassung, weiter nichts. Kein Wunder, da sie so allein in diesem großen Haus lebte und nur Mrs. Clements ihr viermal in der Woche Gesellschaft leistete, um ihr beim Saubermachen zu helfen.

Den Sommer über war es ja noch auszuhalten. Da waren die Nächte kurz, und es wurde selten einmal richtig dunkel. Kaum war die Sonne untergegangen, da kam auch schon wieder ein neuer Tag. Aber jetzt war das alles anders. Es gab Geräusche im Haus, für die sie keine bestimmte Ursache fand und die sie nicht identifizieren konnte; seltsame Knarr- und Rassellaute, an denen nicht einfach der Wind schuld war, der um die alten Dachtraufen pfiff, oder die Fensterläden, die in stark reparaturbedürftigen Angeln klapperten.

Vielleicht würden ihr die Tabletten in ihrer Handtasche ja helfen, sich zu entspannen und nachts ein wenig Schlaf zu finden. Wenn der Winter erst einmal vorbei war, würde sie ernsthaft darüber nachdenken, das Anwesen zu verkaufen und anderswo hinzuziehen, vielleicht sogar ins Ausland. Schließlich hatte sie nun mehr Geld als genug, um sich jeden Wunsch zu erfüllen. Sie war ein freier Mensch. Sie konnte gehen, wohin sie Lust hatte.

Celia beugte sich angespannt nach vorn und spähte durch die Windschutzscheibe, um in der Dunkelheit das kleine Schild zu entdecken, das den Weg zum Haus wies. Bei diesem Hundewetter könnte man leicht daran vorbeifahren.

Der Scheibenwischer glich einem dicken schwarzen Finger, der den Schnee wegfegte und ihn auf beiden Seiten der Scheibe anhäufte. Es schien, als wäre sie schon Meilen zwischen nichts als Hecken hindurchgefahren. Sie hatte die Abzweigung doch bestimmt nicht verpaßt.

Dann plötzlich erschien der Wegweiser, ohne jede Vorwarnung, und sie mußte so scharf bremsen, daß die Reifen in dem weichen Schnee rutschten. Sie stieß ein paar Meter zurück, bog von der Hauptstraße ab, legte den zweiten Gang ein und begann langsam den schwierigen Anstieg hinaufzufahren. Das Schlimme am Autofahren, besonders nachts, war, daß es ihr Gelegenheit gab, nachzudenken, sich an das vorige Weihnachten, als sie in dem Haus zu fünft gewesen waren, zu erinnern.

Sie drehte das Lenkrad herum, als die hohen steinernen Säulen des Einfahrtstors ins Scheinwerferlicht kamen. Das Haus stand schwer und düster hinter den Rasenflächen, wo die Gestalten knorriger, verkümmerter Büsche ihre entlaubten Zweige gen Himmel reckten. Celias überreizter Phantasie kam es so vor, als würden die Bäume und Gewächse die Nacht mit furchterregenden, schnell dahinhuschenden Phantomen bevölkern.

Sie war froh, als sie am Eingang vorfuhr und den Motor abstellte. Dann suchte sie im Dunkeln nach dem Schlüsselloch. Ihre Finger waren taub vor Kälte, und es dauerte mehrere Sekunden, bevor sie das dicke Eichenportal aufbekam. Nachdem sie es hinter sich wieder geschlossen hatte, knipste sie das Licht an und lauschte in die Stille.

Auf dem Weg in den Salon, einen niedrigen, langgezogenen Raum mit Wand- und Deckengebälk, stellte sie mit Befriedigung fest, daß das Feuer in dem großen Kamin noch immer brannte. Mächtige Holzscheite, die ein warmes Licht verströmten, knisterten und sprühten Funken. Celia zog ihren dicken Mantel und ihre Handschuhe aus, um ihre Finger über die Flammen zu halten. Sie konnte spüren, wie die Hitze in ihre durchgefrorenen Knochen eindrang.

Sie legte noch ein paar Scheite nach, machte sich dann etwas zu essen und nahm mit dem Teller auf den Knien vor dem Kamin Platz. Ihr ganzer Körper war müde und abgeschlagen, ihre Augenlider entzündet und gerötet von der langen Fahrt, während der sie in die Finsternis gestarrt hatte.

Anschließend versuchte sie ein Weilchen zu lesen, aber ihre Gedanken waren nicht bei den bedruckten Seiten. Im Innern wußte sie, daß sie auf die Geräusche wartete. Sie konnte nicht genau sagen, wann es angefangen hatte, aber irgendwie kam es ihr so vor, als hätte sie sie zunächst gar nicht richtig bemerkt; erst als die Nächte zur Wintersonnenwende hin länger wurden. Jedenfalls hatten diese Geräusche sich im Lauf der letzten Wochen verstärkt, so daß Celia einfach keinen Schlaf mehr fand.

Da! Ihr ganzer Körper verkrampfte sich, und sie setzte sich

aufrecht. Das Herz klopfte ihr in der Brust, ihre Seele zuckte in einer merkwürdigen Mischung aus Angst und Erwartung, so als wäre sie selbst gerade aus einem schrecklichen, halb vergessenen Alptraum erwacht. Das Geräusch kam von unten, aus dem Keller.

Celia hatte es schon öfter gehört, aber diesmal schien es stärker – ein Rumpel- und Schleifgeräusch, so als würde irgendein schwerer Gegenstand weggerückt. Ihre Hand flatterte an ihren Mund. Seit einem Monat war es jede Nacht das gleiche. Zuerst das Geräusch im Keller und kurz darauf das schwache, abgehackte Klopfen am Fenster.

Sie hatte sich einzureden versucht, daß das erste nur von dem alten Haus komme, welches sich auf seinen Grundmauern senkte, und das zweite nur von einem Ast, der sich im Wind bewegte. Aber diese Erklärungen genügten ihr jetzt nicht mehr. Verzweifelt biß sie sich auf die Lippe und zwang sich, ruhig durchzuatmen.

Dann stand sie auf, nahm die Laterne aus der Ecke, zündete sie an und stieg über die Steintreppe in den Keller. Sie war seit fast einem Jahr nicht mehr hier unten gewesen, seit dem letzten Weihnachtsfeiertag. Nun hatte das Geräusch aufgehört. Die dicken Steinmauern glänzten in dem gelben Schein der Laterne vor Feuchtigkeit, und die Ecken waren mit riesigen Spinnweben verhangen. Celias Angst, die so schlagartig eingesetzt hatte, flaute ein wenig ab. Der nackte feuchte Erdboden war glatt und unberührt.

In Celias Kopf bildeten sich verschwommene Gedanken, als sie an den letzten Weihnachtsfeiertag zurückdachte, daran, wie sie alle fünf bei Kerzenschein um den langen Tisch gesessen hatten: Das Abendessen war gerade beendet, als einer nach dem anderen auf seinem Stuhl nach vorn sackte. Das Gift hatte seine Wirkung getan.

Celia hatte alles akribisch geplant, bis in die letzte Einzelheit. Ihr Vater war schon seit einigen Monaten herzkrank, und Doktor Mellow hatte ihn gewarnt, daß er jederzeit sterben könne. Sie hatte keine Schwierigkeiten darin gesehen, den alten Arzt zum Unterschreiben des Totenscheins zu bringen. Ihr Mann, ihr Bruder und dessen Frau hingegen standen auf einem anderen Blatt. Celia hatte sich schon entschieden, wie sie deren Verschwinden erklären würde. Nur mußte man die Leichen irgendwie loswerden. Zum Glück war Mrs. Clements erst einige Tage später wieder gekommen, und Celia hatte reichlich Zeit, ihre Pläne durchzuführen.

Mit einer Kraftanstrengung hatte sie ihren Ehemann Stephen halb von seinem Stuhl gehievt, so daß er teilweise über den Tisch hing. Dann war sie in die Hocke gegangen, hatte ihren Kopf fest unter seine Brust gesetzt und den schweren Körper auf ihre Schultern genommen, um ihn wie ein Feuerwehrmann zu tragen, während seine Arme und Beine schlaff auf beiden Seiten herabhingen. Auf diese Weise hatte sie ihn quer durchs Zimmer und dann in den Weinkeller geschleppt, wo sie ihn wie einen Sack Kartoffeln am Fuß der Treppe fallen ließ.

Die Spitzhacke und die Schaufel waren schon seit zwei Tagen im Keller, und im Schein der Laterne hatte sie in den planierten Erdboden ein Loch gegraben. Als sie mit ihrer Arbeit zu Ende war und die Leiche in das tiefe Grab geschleudert hatte, war der Schweiß auf ihrem Körper bereits eiskalt von der feuchten Luft. Sie hatte mehr als zwei Stunden dafür gebraucht, Stephen zu verscharren und die Erde über ihm wieder festzustampfen.

Sie war ins Speisezimmer zurückgekehrt, hatte aber die beiden anderen Leichen bis Einbruch der Dunkelheit auf ihren Stühlen gelassen. Soweit war alles höchst zufriedenstellend verlaufen. Es gab nicht genug Platz im Keller, damit

Peter und Marjorie, seine Frau, Celias Ehemann Gesellschaft leisten konnten. Doch auch dafür hatte sie gesorgt. Das Wetter war schon mehrere Tage außergewöhnlich mild für diese Jahreszeit und der Boden draußen relativ weich. Das Loch für die beiden hatte sich leichter ausheben lassen als das im Keller, und die Wahrscheinlichkeit, daß jemand Celia beobachten würde, war gleich null. Ihre nächsten Nachbarn wohnten mehr als drei Meilen weit weg, und zu dieser nachtschlafenden Zeit war wohl kaum ein Mensch unterwegs.
Allerdings hatte sie bei völliger Dunkelheit arbeiten müssen. Sie wollte nicht, daß irgendein später Autofahrer, der auf der Landstraße vorbeikam, am Fuße des Hügels Licht erspähte. Und zudem mußte sie sie einzeln aus dem Haus und über den weichen, schlüpfrigen Boden tragen, was bei Marjorie ja noch ging, denn sie war eine kleine Frau, die stets darauf geachtet hatte, ihre Figur in Form zu halten. Aber Peter hatte sich in mittleren Jahren gehenlassen, hatte Fett angesetzt, und Celia mußte mehrere Pausen einlegen, bei denen sie ein- oder zweimal von starken Zweifeln befallen wurde. Wenn ihre ausgefeilten Pläne nun aufgrund von Kräftemangel schiefgehen würden?
Aber stolpernd unter ihrer steifen Last hatte sie sich zum Weitermachen gezwungen, bis sie erschöpft ins Bett gefallen war, um erst am nächsten Morgen um dreiviertel zehn wieder aufzuwachen. Es hatte die ganze Nacht über geschneit, und sämtliche Spuren ihrer Arbeit lagen unter einer dicken weißen Decke begraben.
Alles weitere war relativ leicht gewesen. Doktor Mellow hatte einen Herzanfall als Todesursache ihres Vaters diagnostiziert, und der alte Herr war in dem Familiengrab an der kleinen Kirche, eine Meile weiter unten an der Straße, beigesetzt worden. Was Stephen betraf, hatte sie die sitzen-

gelassene Ehefrau gespielt und die Blicke über sich ergehen lassen, mit denen manche Dorfweiber sie bedachten. Sie wußte von dem Gerede, das hinter ihrem Rücken stattfand. Mehrere Wochen lang hatte sie zitternd darauf gewartet, daß irgend jemand käme, um nach Peters und Marjories Verbleib zu forschen. Aber die Monate vergingen, ohne daß etwas geschah, und im Sommer fühlte sie sich schon einigermaßen sicher.

Woher also diese unbestimmte Angst? Celia riß sich zusammen, richtete ihre Gedanken wieder auf die Gegenwart und hob die Laterne hoch über ihren Kopf, um den Keller in Augenschein zu nehmen. Es war alles an seinem Platz. Nichts, aber auch gar nichts schien eine Erklärung für diese absonderlichen Geräusche zu geben. Celia forschte in jeder Ecke, spähte hinter große Kisten, die sich hier unten stapelten, seit sie und Stephen mit Celias Vater in dieses Haus gezogen waren.

Nichts.

Sie schüttelte den Kopf. Was, zum Teufel, war bloß los mit ihr? Vielleicht lag es daran, daß sie zu oft bei der Vergangenheit verweilte. Die war aus und vorbei, und man sollte sie vergessen. Celia hatte alles so perfekt geplant, daß nicht der Schatten eines Verdachts auf sie fiel. Jetzt mußte sie lediglich ihre Nerven unter Kontrolle behalten und, sobald der Frühling käme, hier wegziehen und weiter ihr eigenes Leben führen.

Sie ging wieder in den Salon und warf einen Blick auf die große Standuhr in der Ecke. Es war fast acht. Wenn sie heute nacht durchschlafen würde, dann sähe vielleicht schon morgen früh alles ganz anders aus. Sie löschte das Licht, ging auf ihr Zimmer, schluckte ein paar von den Schlaftabletten und zog sich rasch aus. Dabei nahm sie die Kälte im Zimmer wahr. Sie drang ihr bis in die Knochen.

Das letzte, was Celia vor dem Einschlafen hörte, war ein leises, beharrliches Klopfen an eines der Fenster im Erdgeschoß.

Als sie erwachte, platzte Celia fast der Schädel vor Kopfschmerzen. Regungslos und kaum atmend blieb sie liegen, während sie den Geräuschen des alten Hauses lauschte. An ihren Schläfen hämmerte der Puls, um das Adrenalin wegzupumpen, das in Celias Organismus geflutet war. Sie wußte, daß irgendein fremdes Geräusch sie geweckt hatte, und eine Sekunde später wiederholte es sich. Das Geräusch kam von unten. Es war das Brummen des Staubsaugers.
Mrs. Clements mußte sich selbst aufgesperrt haben. Sie hatte ja einen Hausschlüssel. Celia drehte sich herum und warf einen Blick auf den Nachttischwecker. Es war kurz nach zehn. Mit einer Kraftanstrengung stemmte sie sich aus dem warmen Bett, tappte ins Badezimmer, bespritzte ihr Gesicht mit Wasser und rieb es mit einem Handtuch trocken. Ihre Finger zitterten ein bißchen, als sie sich hastig das Kostüm zuknöpfte.
Sie traf Mrs. Clements unten im Salon. Bei Celias Eintreten blickte sie auf.
Sie stellte den Staubsauger ab, betrachtete Celia besorgt und fragte: »Geht es Ihnen gut, Mrs. Forester? Ich muß sagen, Sie sehen ein bißchen schlecht aus.«
Celia spürte, wie ihre Zunge sich um die trockenen Lippen bewegte. Irgendwie zwang sie einen ruhigen, normalen Tonfall in ihre Stimme. »Nein, mir geht's prima. Hab nur zu lange geschlafen. Aber daß Sie durch den Schnee heute hergekommen sind!«
»Oh, so schlimm ist es gar nicht. Außerdem hat Dan mich heraufgebracht und wird mich auch wieder abholen, wenn ich fertig bin. Weil morgen Weihnachten ist, dachte ich,

ich komm besser noch mal und lasse nicht alles bis nach den Feiertagen liegen.« Sie faßte Celia scharf ins Auge. »Ich mach Ihnen eine Tasse Kaffee. Sie sehen aus, als könnten Sie einen vertragen.«

»Danke. Machen Sie sich selbst auch einen.«

Celia setzte sich vor den lodernden Kamin und streckte ihre Hände danach aus. Die Anspannung und das Furchtgefühl kamen erneut in ihr auf. Sie hatte die unerschütterliche Überzeugung, daß etwas Schreckliches geschehen würde, aber woher sie diese Überzeugung nahm, konnte sie nicht sagen.

Aus der Küche ertönte ein Klappern von Geschirr, dann kam Mrs. Clements mit zwei großen Tassen heißen Kaffees zurück. Die eine davon gab sie Celia, dann setzte sie sich. Sie betrachtete Celia über den Rand ihrer Tasse hinweg und sagte: »Ich weiß, es geht mich nichts an, aber ich finde wirklich, Sie sollten über Weihnachten nicht allein hierbleiben. Kommen Sie doch einfach mit Dan und mir mit. Sie wären ein sehr willkommener Gast.«

Eine winzige Sekunde lang war Celia versucht, die Einladung anzunehmen. Dann schüttelte sie den Kopf. »Vielen Dank, aber ich bleibe lieber hier. Machen Sie sich keine Sorgen meinetwegen. Es ist schon in Ordnung.«

»Na, solange Sie auch wirklich sicher sind.« Mrs. Clements klang skeptisch. »Es ist bloß, daß ...« Sie zögerte, weil sie nach einer Formulierung suchte, mit der sie Celia nicht zu nahe treten würde. »... Ich weiß, es hört sich merkwürdig an, aber manchmal habe ich das Gefühl, es ist noch jemand hier, jemand, der mich beobachtet.«

Celia stieß ein gezwungenes Lachen aus. »Also, ich kann Ihnen versichern, daß es in diesem Haus nicht spukt. Sonst würde ich als erste davon wissen.«

Sie trank ihren Kaffee aus, stand auf, und während Mrs.

Clements mit ihrer Arbeit fortfuhr, zog sie ihren dicken Mantel an, um in den Garten zu gehen. Der Himmel war bewölkt, aber es hatte zu schneien aufgehört, und Celias Winterstiefel knirschten auf dem gefrorenen Boden. Die Landschaft lag regungslos unter ihrer weißen Decke, und es gab kaum ein Geräusch außer dem leisen, gespenstischen Klappern der kahlen Zweige.

Irgendwie fühlte sich Celia zu dem kleinen Dickicht auf der Hügelkuppe, rund fünfzig Meter hinter dem Haus, hingezogen. Dabei erinnerte sie sich an den nicht enden wollenden Weg vor einem Jahr, als sie Peters und Marjories Leichen stolpernd zu deren letzter Ruhestätte geschleppt hatte. Jetzt war dort totes Unkraut, und die ganze Stelle besaß etwas Eigentümliches, Verlassenes. Aber obwohl die Toten tief unter der Oberfläche begraben waren, regte sich in Celias Innerem eine leise Panik, und sie suchte den verschneiten Boden genau ab, als erwartete sie, irgendein Zeichen zu finden, das jedem, den es zufällig hierher verschlug, das Vorhandensein dieser Toten verraten könnte. Explosionsartig verspürte sie den Impuls, hier wegzukommen, den Hügel hinab und immer weiter zu laufen, bis sie meilenweit fort wäre. Aber es gab ja das Haus; so etwas hatte sie sich von jeher gewünscht. Sie war zur Mörderin geworden, um es zu bekommen, und tief in ihrem Innern wußte sie, daß sie nie von hier weggehen würde, auch wenn sie es zu Doktor Gledden und Mrs. Clements gesagt hatte. Sie richtete sich zu voller Größe auf. Ihr Verhalten war einfach albern. Mit einer Willensanstrengung schob sie ihre Gedanken beiseite, ging langsam wieder ins Haus zurück und zitterte dabei ein wenig in dem schneidenden Wind.

An diesem Abend, als Mrs. Clements fort war, machte Celia im ganzen Haus die Lampen an. Vom Salonfenster aus konnte sie gerade noch die Lichter des fünf Meilen entfernten Dorfes erkennen. Dort unten gingen jetzt Sternsinger von Tür zu Tür, Kinder wurden frühzeitig zu Bett gebracht, Vorbereitungen für den Weihnachtstag getroffen. Es war das erste weiße Weihnachten seit Jahren, der perfekte Hintergrund für die bevorstehenden Festlichkeiten. Eine Zeit des Dankes und der Freude.

Celia zitterte und preßte ihre Lippen aufeinander. Plötzlich hatte dieses Haus in krassem Gegensatz zu jener fernen Szenerie etwas Kaltes, Leeres, Totes. Sie wußte, daß sie da ihre Nerven und ihre Einbildungskraft mit ihr durchgehen ließ, aber dennoch wurde sie von einer Art Übelkeit ergriffen. Wieder regte sich in den Tiefen ihres Bewußtseins die Ahnung einer hereinbrechenden Katastrophe. Mit einem wilden Ruck zog sie die schweren Vorhänge zu, um den Anblick der Bäume auszusperren, die ein schwarzes Maßwerk von einsamen, verlassenen Ästen an den mondbeschienenen Himmel warfen.

Der Wind hatte aufgefrischt. Er pfiff jetzt um die Dachtraufen, und während Celia so dastand, glaubte sie, schwache, auf- und abschwellende Stimmen in dem Geräusch zu hören, eine gespenstische Kakophonie von unverständlichen Worten. Das Haus schien voll von unerklärlichen Lauten. Etwas kratzte an der Wandtäfelung entlang wie Knochenfinger, und irgendwo weit oben, fast unter dem Dach, setzte ein gleichmäßiges, beharrliches Hämmern ein, so als würde einer der Fensterläden an den Rahmen schlagen. Aber Celia wußte mit Sicherheit, daß keiner der Läden lose war. Erst vor zwei Stunden hatte sie sie alle mit Mrs. Clements zusammen überprüft.

Die Angst drohte Celias Geist zu zerfetzen, ihn in tausend kreischende Stücke zu reißen. Die Kälte, von der sie plötzlich ergriffen wurde, erschwerte ihr das Atmen. Verzweifelt schob sie sich näher ans Feuer, um sich aufzuwärmen. Aber

die Flammen, die immer noch um die knisternden, Funken sprühenden Scheite hüpften, gaben scheinbar keine Wärme ab.
Nach einer Weile zwang sich Celia, sämtliche Türen und Fenster zu überprüfen. Als sie sich vergewissert hatte, daß nichts hereingelangen konnte, setzte sie in der Küche einen Kessel Wasser auf, machte sich etwas Warmes zu trinken und legte beide Hände um die Tasse, während sie langsam daran schlürfte.
Es war noch recht früh, aber sie dachte daran, wie gut die Tabletten letzte Nacht gewirkt hatten. Sie war bereits nach ein paar Minuten eingeschlafen. Wenn sie die Nacht gut überstehen würde, wäre es bei Tag nicht gar so schlimm.
Sie nahm ein Glas Wasser und ging damit auf ihr Zimmer. Körperlich fühlte sie sich zwar abgeschlagen, aber ihre Sinne waren merkwürdig scharf und wach. Darum spitzte sie die Ohren nach jedem noch so kleinen Geräusch, und ihre Augen forschten in allen Ecken.
Vor dem Zubettgehen schluckte sie zwei von den Tabletten und lag dann im Schein der Nachttischlampe, die sie brennen ließ. Schon bei dem bloßen Gedanken an die Dunkelheit begann der kleine Keim von Panik in ihrem Gehirn zu schreien, aber schließlich sank sie doch in einen künstlichen Schlaf. Diesmal allerdings wachte sie auf, als es draußen noch dunkel war. Der weiße Mondschein warf lange Schatten über den Boden.
Wieder wußte sie, daß sie nicht von selbst erwacht war. Irgend etwas hatte sie aufgeweckt, und sie schrak bolzengerade in ihrem Bett hoch. Die Standuhr unten im Erdgeschoß schlug Mitternacht. Hatte sie nur drei Stunden geschlafen?
Sie faßte sich ein Herz und sah sich vorsichtig im Zimmer um. Alles wirkte normal. Dann merkte sie, daß ihre Finger bereits taub waren, so fest hielt sie den Rand der Bettdecke

umklammert. Langsam löste sie ihren Griff. Was sie aus ihrem künstlichen Schlaf gerissen hatte, mußte auf jeden Fall etwas massiv Unnormales sein.
Und da merkte sie, daß der melodische Schlag der Uhr verstummt und alles vollkommen still war. Der Wind, der um das Haus strich, hatte mit seinem gespenstischen Stöhnen aufgehört. Selbst die normalen Knarr- und Ächzgeräusche des alten Gemäuers fehlten. Es war, als hielte das ganze Haus den Atem an, während es darauf wartete, daß etwas geschähe.
Celia nahm ihren ganzen Mut zusammen, schlich an die Tür und öffnete sie einen Spaltbreit. Jetzt war sie froh, daß sie sämtliche Lichter hatte brennen lassen. Der breite Treppenabsatz und die Treppe waren leer, die Türen aller anderen Zimmer geschlossen. Einen langen Moment verharrte sie wie gelähmt, lauschte und wagte dabei kaum zu atmen.
Da zerriß plötzlich ein Geräusch die drückende Stille, ein gedämpftes Poltern irgendwo unter dem Haus. Celia, deren Nerven aufs äußerste gespannt waren, verlor bei diesem Geräusch völlig den Kopf und versuchte zu schreien. Aber der Schrei wollte einfach nicht zwischen den zusammengeschnürten Muskeln ihrer Kehle herauskommen. Im Bruchteil einer Sekunde erkannte Celia, daß es sich um das gleiche Geräusch handelte, das sie im Laufe der letzten Wochen schon mehrmals gehört hatte, nur war es jetzt lauter; es hallte durch das Erdgeschoß und die Treppe hinauf.
Instinktiv zog sich Celia in ihr Zimmer zurück und mußte dabei unwillkürlich zittern. Sämtliche Angst und Furcht der letzten Tage brachen wieder über sie herein, zerschmetterten sie.
Sie dachte wie irrsinnig: *In Wirklichkeit passiert das alles gar nicht. Ich bilde mir das nur ein. Hat was mit diesen Pillen zu tun, die der Doktor mir verschrieben hat.*

Da plötzlich stockten ihre Gedanken, erstarrten in ihrem Gehirn. Ein scharfes Klopfen ertönte von der Haustür. Celias Magen schnürte sich zu einem festen Knoten der Angst zusammen. Sie versuchte, klar und geordnet zu denken. Vielleicht hatte einer der Dorfbewohner gesehen, daß alle Lichter im Haus brannten, und war gekommen, um nachzuschauen, ob alles in Ordnung war.

Wie von Sinnen machte sie auf dem Absatz kehrt. Ihr Herz raste, das Blut hämmerte in ihrem Kopf, und sie wußte instinktiv, daß es dumm von ihr gewesen war, Mrs. Clements' Einladung auszuschlagen. Es war wirklich etwas Schreckliches in diesem Haus, etwas Boshaftes, das sie um jeden Preis bekommen wollte. Ihre zitternde Hand strich über das Geländer, während sie die Treppe hinunterrannte. Das Klopfen an der Haustür ertönte erneut, und sie glaubte eine Frauenstimme zu hören, die ihren Namen rief.

Dann war es also Mrs. Clements! Celia wurde jetzt von einem einzigen Gedanken beherrscht: Egal, was man von ihrem Aussehen halten würde, der wilden Unordnung in Haar und Kleidern und ihrem ebenso wilden Blick, sie mußte sie dazu bewegen, sie von hier wegzubringen. Celia stürmte durch den Salon, gelangte an die Haustür und stieß die beiden Stahlriegel zurück, bevor sie den Schlüssel umdrehte.

Ein Schwall eiskalter Luft wirbelte herein, als sie das Portal aufzog.

Davor stand Marjorie, und direkt hinter ihr Peter. Die gräßlichen, entstellten Gesichter der beiden, deren Fleisch schon weitgehend verwest und abgefallen war, sahen sie mit schiefen, fast hämischen Blicken an. Langsam streckten sich knochige Finger nach ihr aus. Marjories lippenloser Mund klaffte weit auf – eine schwarze Höhle, bei deren grausigem Lächeln weiße Zähne blinkten.

»Frohe Weihnachten, Celia«, zischte die gräßliche Erscheinung.
Celia prallte zurück, und ein dünner Schrei platzte aus ihren bebenden Lippen. Eine Sekunde lang stand sie wie angewurzelt, unfähig, sich auch nur einen Zentimeter zu bewegen, während die beiden grausigen Phantome vorwärts schlurften. Bei jeder ihrer Bewegungen ertönte ein leises Klappern von Knochen.
Dann stellte Celia plötzlich fest, daß sie wieder bewegungsfähig war. Mit einem hellen Entsetzensschrei machte sie kehrt und lief in Richtung des großen Eßzimmers, um vielleicht durch die Hintertür zu entkommen. Ein tiefes, blubberndes Stöhnen entfloh ihren Lippen, als sie durch die Halle taumelte und sah, daß die Kellertür unter der Treppe nicht mehr verschlossen war. Die dicke Eichenpforte öffnete sich langsam, und etwas schickte sich an herauszukommen.
Als sie es durch den dunklen Spalt erblickte, glaubte Celia Forester, sie müsse ohnmächtig werden. Ein paar Sekunden lang spürte sie, wie ihr Herz buchstäblich aussetzte. Dank der trockenen Erde, auf der das Haus stand, war Stephens Leiche etwas besser erhalten als die von Celias Bruder und dessen Frau. Die halbzerfallenen Überreste der Kleidung hingen noch an seinem Körper, und sein Gesicht war fast bis zur Unkenntlichkeit verschmutzt.
Dünne dunkle Haarbüschel entsprossen dem gräßlichen grauweißen Schädel. Weiße Rippen schimmerten gespenstisch unter der zerlumpten Jacke.
Der grinsende Mund öffnete sich weit. »Frohe Weihnachten, mein Schatz«, sagte Stephen mit hohler Stimme.
An diesem Punkt begann Celia zu schreien. Ihr hysterisches, markerschütterndes Gekreisch gellte durch das Haus, und ein paar Sekunden lang verharrte der Leichnam neben der Treppe. Dann tappte er mit schiefen, schwerfäl-

ligen Beinen auf sie zu. Er kicherte leise – ein höllisches Frohlocken war herauszuhören.
Celia streckte ihre Hände nach vorn, fuchtelte in der Luft, als wollte sie ihn abwehren, und diese Bewegung zerriß den Bann, der sie wie gelähmt hielt. Ein rascher Blick über ihre Schulter verriet ihr, daß Marjorie und Peter schon fast bei ihr waren, während ihr kreischender Verstand ihr sagte, daß sie fliehen müsse, um ihr Leben und ihn selbst zu retten. Irgendwie zwang sie ihre Beine, sich zu bewegen, und stürmte zur Speisezimmertür.
Eine übelkeiterregender Schwall von Fäulnisgeruch umströmte sie, als sie an Stephen vorbeilief und die Tür des Eßzimmers hinter sich zuknallte. Wenn sie nur die Hintertür aufsperren und hinauskommen könnte! Dann hätte sie eine Chance. Selbst in ihrem von Entsetzen erfüllten, halb wahnsinnigen Zustand war sie überzeugt, sie könne diese Kreaturen abhängen.
Sie fiel gegen die Tischkante und schlug sich dabei das Knie an, empfand aber kaum Schmerz. Eine kleine Stimme in ihrem wirbelnden Kopf sagte ihr, daß dies alles gar nicht wirklich passiere, daß es irgendeine merkwürdige, furchterregende Halluzination aufgrund ihres Medikaments sei. Aber diese greulichen Gestalten waren real genug gewesen, und während Celia um den Tisch herum wankte, hörte sie, wie hinter ihr der Türgriff gedreht wurde.
Irgendwie kam sie bis zum Hintereingang, und ihre zitternden Finger zogen und kratzten wie wild an den dikken Riegeln. Sie konnte fühlen, wie das Grauen sich um sie verdichtete, sie in seine alptraumhafte Umarmung schloß. Sie bekam den oberen Riegel aus dessen Halterung, bückte sich dann rasch nach dem unteren und brabbelte wirres Zeug, als der sich ihren Bemühungen widersetzte.

Die Tür des Speisezimmers krachte auf. Ohne sich umzudrehen, verdoppelte Celia noch einmal ihre Anstrengungen und legte all ihre Kraft hinein, den Riegel nach hinten zu stoßen. Plötzlich gab er ein Kreischen von Metall auf Metall von sich. Celia schnappte den Schlüssel, drehte ihn wild im Schloß und riß mit derselben halb irrsinnigen Bewegung die Tür auf.

Die frostige, eiskalte Luft schien ihr durch das dünne Nachthemd geradewegs in die Knochen zu dringen. Wenn sie nur bis zur Hauptstraße am Fuße des Hügels käme, dachte Celia, dann hätte sie immerhin eine Chance, ein Auto anzuhalten, selbst zu dieser späten Stunde. Im Dorf wäre sie in Sicherheit.

Während ihr, im Bewußtsein, daß diese toten, aber nicht leblosen Dinger dicht hinter ihr waren, das Herz wie wahnsinnig an die Rippen pochte, schleuderte sie sich durch die Tür und keuchte, als die schneidend kalte Nachtluft ihr in den Rachen fuhr.

In dem Haus hinter ihr war der Wahnsinn, aber wenn sie nur ...

Das Blut wich aus ihrem Gesicht, und ein plötzliches Schwindelgefühl brachte sie ins Taumeln. Am liebsten hätte sie aufgeschrien, aber ihre Kehle wollte sich nicht öffnen. Eine große dunkle Gestalt schlurfte durch den Schnee auf sie zu, und selbst im blassen Licht des Mondes erkannte sie diese Fratze von einem Gesicht.

»Vater!« Nur dieses Wort kam ungebeten zwischen ihren Lippen hervor, während sie rückwärts an die Wand fiel.

Erbarmungslose Knochenfinger packten sie an den Armen und hoben sie hoch. Unerbittlich wurde sie wieder ins Haus gezerrt.

Celia mußte in Ohnmacht gefallen sein, denn als sie ihre Umgebung allmählich wiedererkannte, saß sie auf einem

hohen Lehnstuhl am Eßtisch und war an Händen und Füßen gefesselt. Sie konnte sich nicht bewegen.
Die anderen saßen um sie herum. Sie hatten ihre gräßlichen Gesichter, ihre leeren Augenhöhlen fest auf sie gerichtet, und in Celias furchterfülltem, benommenem Zustand glaubte sie, winzige Höllenflämmchen darin glühen zu sehen.
»Schön von dir, daß du uns hereingelassen hast.« Marjories zischende Stimme brannte sich in Celias Gehirn.
»Wir dachten uns, es wäre doch ganz nett, Weihnachten mit dir zu verbringen, Celia«, zischte Stephen. »Und was wäre Weihnachten ohne ein Geschenk von uns allen?«
Celia krümmte sich innerlich zusammen, als sie sah, wie sich die begierigen, entfleischten Gesichter ringsum über den Tisch beugten, und nahm den Modergeruch von Erde und längst verwestem Fleisch wahr. All ihre Sinne waren bis zur Panik gereizt, aber sie konnte nicht schreien, fand keine Möglichkeit, ihre Furcht auf diesem Wege loszuwerden.
»Nur sind wir weggewesen, wie du weißt, an einem Ort, wo sich unmöglich ein Geschenk für dich beschaffen ließ«, flüsterte Peter. »Wir können dir also nur das geben, was du uns letzte Weihnachten gegeben hast.«
Celia wollte schreien: *Aber ich habe euch doch letzte Weihnachten gar nichts geschenkt!*
Doch der Gedanke wurde abrupt abgewürgt, als ihr die jähe, schreckliche Erkenntnis kam. Ihr Kopf schien starr auf ihren Schultern festzusitzen, aber aus dem Augenwinkel sah sie, wie Stephen sich unbeholfen auf die Beine stieß und dabei die getrocknete Erde von seinem verwesten Leib auf den Eßtisch fiel.
Das grelle Licht der elektrischen Lampen blitzte auf der Klinge des langen Tranchiermessers, das er in seinen Knochenfingern hielt.

Das schönste Geschenk

A. J. Merak

Gleich noch eine Geschichte von John S. Glasby

Natürlich kann ich unmöglich beweisen, daß meine Geschichte wahr ist. Jedenfalls handelte es sich nicht um einen Traum, denn etwas von dem Grauen, das an Heiligabend geschah, ist auch einigen Leuten im Dorf bekannt. Die ganze grauenvolle Wahrheit aber kenne nur ich. Doktor Morton, der einzige andere Zeuge der grotesken Vorkommnisse in dieser Nacht, ist tot und kann sie nicht mehr bestätigen.

Falls es aber irgendeine vernünftige, logische Erklärung gibt, dann bete ich zu Gott, daß ich sie erfahre, bevor ich um meinen Verstand fürchten muß. Mein Verhalten an diesem Weihnachtsmorgen läßt sich sicher nicht als das eines Menschen interpretieren, der im Vollbesitz seiner geistigen Fähigkeiten ist. Doch es gibt immer noch Dinge auf dieser Welt, die widerlegen, daß alles rational und wissenschaftlich erklärbar ist, wie wir uns gar so gerne einbilden.

An diesem Morgen zog ich meinen alten Armeerevolver aus der verschlossenen Schublade in meinem Zimmer, vergewisserte mich, daß er geladen war, und steckte ihn dann in meine Manteltasche. Anschließend marschierte ich zum Herrenhaus. Es war ein kalter, frostiger Tag, und der Schnee, der die ganze Gegend bedeckte, glitzerte in der

Wintersonne. Unterwegs begegnete ich nur wenigen Dorfbewohnern; die meisten waren in ihren Häusern und machten sich für den Weihnachtsgottesdienst in der kleinen Kirche zurecht.

Im Herrenhaus verlangte ich nach Anne Kirby. Es sei wichtig, daß ich mit ihr spräche, bevor sie zur Kirche gehe, sagte ich dem Butler, und während ich auf sie wartete, wußte ich genau, was ich zu tun hatte. Als sie ein paar Sekunden später erschien und mit einem schwachen Lächeln auf ihren Lippen zu mir herabsah, zog ich meinen Revolver und jagte ihr eine Kugel durch den Kopf.

Danach wird alles ein bißchen wirr und verschwommen. Ich erinnere mich noch, wie mir jemand die Waffe aus der Hand riß, an das gellende Geschrei von Annes Mutter, an das Eintreffen der Polizei und wie man mich zwischen zwei Beamten unsanft in den Wagen verfrachtet hat.

Im Anschluß an eine kurze Fahrt nach Exeter sah ich mich einem Sperrfeuer von Fragen seitens einiger Männer mit grimmigen Gesichtern ausgesetzt. Keiner von ihnen war bereit, mir meine Geschichte zu glauben.

Ich weiß, wo ich jetzt bin, nämlich in einer Anstalt für geisteskranke Verbrecher, und langsam kehrt mein Gedächtnis zurück, so daß ich mich an jede Einzelheit dieses Heiligabends wieder lebhaft erinnern kann. Die Ärzte ermahnen mich zur Ruhe und haben mir schließlich Feder und Papier genehmigt, damit ich den gesamten Hergang niederschreiben kann. Und wenn ich das tue, dann als Versuch, meinen Verstand zu retten und sie davon zu überzeugen, daß das, was ich getan habe, kein Mord ist.

Ich habe mein ganzes Leben in Redforde zugebracht, und als vor drei Jahren diese kleine Fernmeldestelle eröffnet wurde, übernahm ich den Posten eines Telefonvermittlers. Ich tat ausschließlich Nachtdienst. Da ich Junggeselle war und allein lebte, war diese Arbeit ideal. Nachts kamen nur wenig Anrufe; dann und wann einmal ein Dorfbewohner, der eilig nach Doktor Morton verlangte, oder ein vereinzelter Besucher aus Exeter, der ein Taxi für die Nachhausefahrt brauchte. Aber die meisten Einwohner der Gemeinde neigten völlig unabhängig von der Jahreszeit dazu, bei Sonnenuntergang ins Bett zu gehen und ihr Tagewerk bei Sonnenaufgang zu beginnen.

Da es Heiligabend war, rechnete ich mit etwas mehr Leben im Dorf und mehr nächtlichen Anrufen als sonst. Die Gemeinde hatte sich schon seit einigen Wochen vorbereitet, nicht nur auf Weihnachten, sondern auch auf die Verlobungsfeier von Sir Johns einziger Tochter, Anne Kirby, mit Jonathan Weatherby, dessen Vater die vier Meilen entfernte Deepdale Farm gehörte. Das Paar kannte sich zeit seines Lebens und hatte seine Verlobung auf den Weihnachtstag angesetzt. Daher war jeder überaus erfreut, als der Schnee dem Ganzen gerade noch die richtige Stimmung verlieh.

Gegen zweiundzwanzig Uhr dreißig hatte ich mir die erste von mehreren Tassen heißen Kaffees gemacht und mich an den kleinen Klappenschrank gesetzt, über dem nur ein schwaches rotes Lämpchen brannte. Ein paar lautstarke Nachtschwärmer zogen auf der Straße unter dem Fenster vorbei, und ich lauschte, bis ihr Stimmenlärm in der Ferne verklang. Danach war alles ganz still.

Ich trank meinen Kaffee in kleinen Schlucken, zündete mir eine Zigarette an und wollte gerade den Roman aufschlagen, den ich mir mitgenommen hatte, da ertönte der Summer am Klappenschrank.

»Die Nummer bitte«, sagte ich mechanisch.

Ich erkannte die Stimme des Pastors auf Anhieb.

»Guten Abend, Charles, und frohe Weihnachten«, wünschte er in seinem typischen Tonfall, der immer leicht wie eine Entschuldigung klang. »Verbinden Sie mich bitte mit dem Herrenhaus. Ich weiß, es ist schon etwas spät, doch ich würde gern ein paar bestimmte Dinge mit Lady Kirby besprechen.«

»Aber sicher, Herr Pastor. Ich verbinde Sie sofort. Bleiben Sie nur einfach am Apparat.«

Ich stellte seinen Anruf durch, wartete, bis jemand im Herrenhaus den Hörer abnahm, lehnte mich dann wieder auf meinem Stuhl zurück, behielt die Kopfhörer aber auf und belauschte das Gespräch.

Das war natürlich strikt gegen die Bestimmungen. Da ich jedoch nie auch nur ein Sterbenswörtchen weitersagte, sah ich nichts Schlimmes darin – einfach eine harmlose Angewohnheit, welche die langen Stunden vertreiben half. Das Gespräch dauerte fünf Minuten. Der Pastor rief an, um die Kirchenlieder vorzuschlagen, die seines Erachtens für den morgigen Gottesdienst geeignet wären, und dankte Lady Kirby für das Blumenarrangement auf dem Altar.

Als das Gespräch beendet war, zog ich den Schaltstecker heraus, trat ans Fenster und blickte in die Nacht. Sie war sehr still, und ein fast voller Mond strahlte im Südosten. Auf den Feldern und Bäumen lag dicker Schnee. Außerdem fiel mir auf, daß in ein, zwei der näher gelegenen Häuser immer noch Licht brannte, und noch mehr Lichter schimmerten zwischen den fernen Ulmen, wo das Herrenhaus lag.

Dort mußte sich ja jetzt auch allerhand tun, dachte ich bei mir; letzte Vorbereitungen für den Verlobungsempfang. Ich fragte mich, wo wohl der junge Jonathan war und ob innerhalb der nächsten dreißig Minuten ein Anruf von ihm kommen würde.

Ein wenig später jedoch sah ich ein Paar Autoscheinwerfer

über eine Fläche zwischen den Bäumen schwenken. Sie bewegten sich auf der breiten Zufahrt zum Herrenhaus Richtung Landstraße. Ich erkannte Jonathans roten Sportwagen. Offensichtlich würde ich heute nacht keinen Anruf von ihm erhalten. Mit dieser Vermutung aber sollte ich mich täuschen, denn das ganze Grauen hatte noch nicht begonnen.

Ich spülte meine Tasse aus und füllte mein Heißwassergerät für eine zweite Portion Kaffee, wie ich es gegen Mitternacht fast immer tat. Doch ich hatte mich kaum hingesetzt, da ertönte der Summer erneut. Ich ließ meinen Blick über den Klappenschrank wandern und fragte mich dabei, wer gerade jetzt nach mir verlangen könnte. Der Anruf kam aus einer Telefonzelle fünf Meilen unterhalb, an der Nebenstraße beim Friedhof. Wahrscheinlich irgendein Kraftfahrer, der auf dem schmalen Stück Landstraße eine Panne hatte und Hilfe brauchte, sagte ich mir.

Aber irgendwie beschlich mich ein unheimliches Gefühl, als ich den Anruf entgegennahm. Im selben Moment redete am anderen Ende der Leitung eine Männerstimme los. Ich verstand überhaupt nichts und unterbrach den Anrufer rasch.

»Was für eine Nummer möchten Sie?« Ich merkte, daß ich eine Spur lauter sprach als beabsichtigt.

»Hören Sie, hier draußen treibt sich irgendeine Wahnsinnige rum! Ich bin gerade um die Ecke gebogen, und ich schwöre, ich bin nur dreißig gefahren, da hat sie mitten auf der Straße gestanden, mitten auf der Straße! Ich bin auf die Bremsen gestiegen, aber ich muß sie überfahren haben.«

Mich befiel bei seinen Worten ein leichter Schauder, aber ich konnte beim besten Willen nicht genau sagen, weshalb.

»Möchten Sie die Polizei oder einen Notarzt?«

»Ja – ich meine, nein. Das ist ja das Unheimliche daran. Ich hab angehalten und bin zurückgegangen, aber sie war fort. Wie weggeblasen. Sogar in den Straßengraben hab ich geguckt, auf beiden Seiten, und …«

»Versuchen Sie sich einfach zu beruhigen«, unterbrach ich mit geduldiger Stimme. »Ist Ihr Wagen beschädigt?«

»Nein, der ist anscheinend ganz in Ordnung, aber …«

»Dann glauben Sie mir, da war niemand. Ich kenne dieses Stück Straße. Das Mondlicht kann einem ziemlich komische Streiche spielen. Es wird bloß ein Ast auf der Fahrbahn gewesen sein.«

»Aber ich hab sie doch gesehen, so klar wie am hellichten Tag! Mitten im Scheinwerferlicht hat sie gestanden – eine junge Frau, rotes Haar, weiß gekleidet –, so als würde sie schlafwandeln.«

»Hören Sie«, sagte ich und zwang mich, einen ruhigen Tonfall zu bewahren, »sind Sie absolut sicher, daß *jetzt* niemand da ist?«

Eine lange Pause entstand, und ich wußte, daß er nun durch die Scheibe der Telefonzelle angestrengt in beide Richtungen der Landstraße schauen würde.

Schließlich sagte er mit bebender Stimme: »Ja, ich bin sicher.«

»Dann würde ich an Ihrer Stelle nicht die Polizei da mit reinziehn.« Ich hatte keinen Zweifel, daß er unter Alkohol stand. »Gehen Sie einfach wieder zu Ihrem Wagen, und fahren Sie auf dem kürzesten Weg nach Haus. Zu dieser nachtschlafenden Zeit war bestimmt niemand auf dieser Straße.«

»Und *ich* sage Ihnen, ich habe sie gesehen!«

»Ja, Sie haben etwas gesehen. Aber ob es nun ein Ast war, der im Mondschein geschwankt hat, oder bloß irgendein Streich des Lichts auf dem Schnee, das weiß ich nicht. Wäre

es eine Frau gewesen, dann hätten Sie doch gemerkt, wenn Sie sie überfahren haben, und außerdem läge jetzt ein Körper auf der Straße, oder nicht?«
Die Sache ging mir allmählich selbst ein bißchen unter die Haut, aber ich tat mein Bestes, mir nichts anmerken zu lassen.
»Ja, schon ... vermutlich.«
»Na, also. Wenn Sie sich dabei wohler fühlen, dann geben Sie mir Ihren Namen und Ihre Adresse, und sollte im Laufe der Nacht sonst noch was vorfallen oder es stellt sich etwas Näheres heraus, dann kann ja ich es der Polizei melden. Aber ich bin sicher, daß das nicht geschieht.«
»Das ist sehr freundlich von Ihnen.«
»Nicht der Rede wert.« Er nannte mir seinen Namen und seine Anschrift in Exeter, legte dann auf, und ich machte mir die zweite Tasse Kaffee, obwohl es erst Viertel nach elf war. Ich brauchte sie jetzt. Ob der Anrufer nun betrunken gewesen war oder nicht, er hatte sich auf jeden Fall sehr verschreckt angehört, und irgend etwas mußte auf diesem einsamen Stück Landstraße passiert sein, daß er so Hals über Kopf zum Telefon gerannt war.
Während ich in großen Schlucken meinen Kaffee trank, sah ich vor meinem geistigen Auge diesen kurvenreichen Straßenabschnitt. Auch wenn er noch so nah am Friedhof lag, hatte nie jemand irgendwie darüber gemunkelt, daß es dort spuken würde. Draußen auf dem Lande waren die Menschen viel erd- und naturverbundener als in der Großstadt. So etwas wie Gespenster wurde nicht von vornherein verlacht oder abgetan. Hätte es in dieser Gegend auch nur eine Spur von Geistererscheinungen gegeben, dann hätte ich davon gewußt.
Aber dennoch hatte ich in meinen Knochen ein merkwürdiges Gefühl, daß ich von diesem Vorfall noch mehr hören

würde, und obwohl es warm und stickig in dem Raum war, überlief mich ein Schauer, als ich vom Fenster aus verfolgte, wie die gelben Lichter im Ort nacheinander erloschen. Schon bald schimmerten nur noch die des Herrenhauses. Anne Kirby würde jetzt bereits schlafen, dachte ich, aber ihre Eltern waren eindeutig noch wach.

Es kamen keine weiteren Anrufe bis fünf Minuten vor Mitternacht, und obwohl ich meine Gefühle unter Kontrolle zu halten versuchte, fuhr ich bei dem durchdringenden Ton des Summers in meinem Stuhl hoch.

Was war denn das wieder? fragte ich mich, während ich die Verbindung herstellte.

»Charles?«

»Ja«, antwortete ich. »Welche Nummer wollen Sie?«

»Hier ist Jonathan Weatherby. Könnten Sie mir wohl einen Gefallen tun und nachfragen, ob Anne noch im Herrenhaus ist?«

»Noch im Herrenhaus?!« Ich merkte, daß ich seine Worte wiederholte. »Warum, um alles in der Welt, sollte sie das denn *nicht* sein? Sie war doch bestimmt noch da, als Sie vor einer Weile dort weg sind? Ich hab von ferne Ihr Auto abfahren sehen.«

»Ja, das war sie auch. Und mir ist klar, daß es vielleicht merkwürdig klingt, Charles, aber ... ich weiß nicht, wie ich es ausdrücken soll. Vielleicht ist es ja nur meine Einbildung, die ganze Aufregung wegen morgen, aber ich schwöre Ihnen, ich habe Anne gerade auf der Straße vor dem Haus gehen sehen.«

»Das ist doch unmöglich«, erwiderte ich. »Sie wohnen ja auf der anderen Seite des Dorfes, mehr als vier Meilen vom Herrenhaus entfernt. Wie sollte sie in so kurzer Zeit dorthingekommen sein?«

Ich schwieg kurz und versuchte ihn dann rasch weiter zu

beruhigen, so daß er gar keine Zeit für eine Antwort fand. »Und außerdem: Was sollte sie zu dieser nachtschlafenden Zeit da draußen treiben?«

»Das weiß ich wirklich nicht. Vielleicht schlafwandelt sie. Das ist das einzige, was mir einfällt. Wenn ich's recht bedenke, hat sie tatsächlich merkwürdig ausgesehen. Sie hat vor sich hin gestarrt, als wüßte sie nicht, wo sie ist. Und wenn sie aus irgendeinem Grund zu mir wollte, warum ist sie dann nicht reingekommen statt schnurgerade vorbeizulaufen und das Fenster nicht einmal eines Blickes zu würdigen?«

»Dann müssen Sie doch einsehen, daß es bloß Ihre Phantasie gewesen ist«, entgegnete ich und versuchte überzeugend zu klingen. Tief im Innern jedoch bekam ich es allmählich wirklich mit der Angst zu tun. Zuerst dieser Autofahrer auf der Landstraße draußen und jetzt das. Was, zum Teufel, ging hier vor?

»Vielleicht haben Sie recht, Charles.«

»Ich weiß, daß ich mich nicht irre.«

»Aber könnten Sie nicht trotzdem, nur zu meiner Beruhigung, im Herrenhaus anrufen und sich vergewissern, daß Anne noch dort ist? Unter welchem Vorwand, ist mir gleich, doch es wäre mir lieb, wenn Sie das, was ich gerade gesagt habe, nicht zur Sprache bringen würden.«

»Na schön. In ein paar Minuten rufe ich Sie zurück.«

Es paßte mir gar nicht, daß ich zu so später Stunde im Herrenhaus anrufen sollte, um dumme Fragen zu stellen. Ich konnte mir schon denken, wie man darauf reagieren würde. Aber ich wußte, daß es der einzige Weg war, Antwort auf ein paar Fragen zu erhalten, die jetzt allmählich an mir nagten.

Es war Annes Mutter, die zwei Minuten später den Hörer abnahm. Nachdem ich mich für meinen späten Anruf entschuldigt hatte, fragte ich, ob Anne da sei. Vor ein paar

Sekunden hätte ich nämlich jemanden auf der Straße vorbeigehen sehen, der ihr ähnelte.
»Da müssen Sie sich getäuscht haben, Charles«, erwiderte Lady Kirby gereizt. »Anne ist seit fast einer Stunde im Bett und hat ihr Zimmer nicht mehr verlassen.«
»Ich verstehe. Dann muß es ein Streich des Mondlichts gewesen sein. Tut mir leid, wenn ich Sie gestört habe, Lady Kirby.«
Ich rief Jonathan zurück, berichtete ihm, was Annes Mutter gesagt hatte, und er gab sich damit zufrieden; aber irgendwie klang er mir nicht recht überzeugt.
»Besser, Sie gehen jetzt schlafen, Jonathan«, riet ich ihm. »Sie haben morgen einen großen Tag vor sich.«
»Wahrscheinlich haben Sie recht, Charles. Und danke für die Nachfrage. Ich muß sagen, ich habe mich vorhin ziemlich erschreckt.«
»Kein Grund zur Sorge«, erwiderte ich mit gezwungenem Lachen. »Ich schätze, Sie haben nichts als Anne im Kopf. Da wär es doch ganz natürlich, daß Sie sich einbilden, sie zu sehen.«
Er legte auf, und ich blieb in der Stille des Raums sitzen. Ich versuchte, so etwas wie Ordnung in das Chaos meiner Gedanken zu bringen. Aber das war keineswegs einfach. Ich wurde das Gefühl nicht los, daß dort draußen im Schnee etwas war, das dort nicht sein durfte.
Ich stand auf, um zu der Wandkarte zu gehen, die das Dorf und sein Umland zeigte. Das Zimmer schien mir merkwürdig kalt, und mich fröstelte am ganzen Leib, weil der Schweiß auf meinem Körper jetzt abgekühlt war.
Im trüben Schein des Lichts gelang es mir, die gewundene Linie der Landstraße zu verfolgen, die durch das Dorf verlief, an der Deepdale Farm vorbei, dann nordwärts zum Friedhof und von da Richtung Exeter. Ich entdeckte die

Stelle bei der Kurve, wo das Telefonhäuschen stand, und ließ meinen Finger langsam weiterwandern, bis er zur Deepdale Farm kam.
Und da machte es »klick« in meinem Kopf. Ich zählte zwei und zwei zusammen und erhielt ... nun ja, *fast* vier. Auf einmal wurde mir nämlich klar, daß der Abstand zwischen diesen Punkten in der Zeit, welche die beiden seltsamen Telefonate trennte, auch zu Fuß bequem zu bewältigen war.
Und diejenige – oder dasjenige – war nun in Richtung Dorf unterwegs. Ich weiß nicht, warum ich plötzlich so überzeugt war, daß sowohl der Pkw-Fahrer als auch Jonathan die Wahrheit gesagt hatten. Aber einen Moment später hatte ich das Licht ausgeschaltet, stand in der kalten Dunkelheit direkt neben dem Fenster und starrte auf die Dorfstraße hinunter. Die Art von benommener Erwartung, die ich dabei empfand, war geradezu erschreckend.
Das Ticken der Wanduhr tönte laut durch die absolute Stille. Unter mir glitzerte, vom weißen Mondlicht übergossen, der Schnee. Er bedeckte die Dächer und Schornsteine und lag dick auf den ausgestreckten Ästen der Baumreihen. Von meinem Standort aus wirkte es wie das ideale Motiv für eine Weihnachtskarte. Doch statt weihnachtlichen Friedens und Freude waltete etwas Böses über dieser Szenerie.
Als die plötzliche Bewegung sich dem Sankt-Margaret-Kreuz in der Mitte des winzigen Dorfplatzes näherte, hatte ich sie schon fast erwartet. Ich preßte mich an die kalte, harte Wand und kniff fest die Augen zusammen, um trotz des glitzernden Schnees die weißgekleidete Gestalt zu erkennen, die langsam auf der anderen Straßenseite dahinschritt. Selbst auf diese Entfernung hätte ich schwören können, daß das da unten Anne Kirby war. Aber der gesunde

Menschenverstand sagte mir, es könne sich unmöglich um sie handeln, daß sie in dieser Sekunde in ihrem Bett im Herrenhaus schlief.

Sah etwa auch ich Hirngespinste? Genau wie der angetrunkene Autofahrer und Jonathan Weatherby? Als die Gestalt auf gleiche Höhe mit mir kam, dachte ich einen Augenblick daran, das Fenster zu öffnen und ihr zuzurufen. Aber etwas an ihrem langsamen, zielstrebigen Gang war so seltsam furchterregend und düster, daß ich den Mund hielt und mich tiefer ins Zimmer zurückzog, um nicht gesehen zu werden.

Ich wußte, daß das dort unten tatsächlich Anne war. Mitten in der Nacht irrte sie so umher, schlafwandelte höchstwahrscheinlich. Und ich wußte, daß ich noch einmal im Herrenhaus anrufen sollte, um es ihren Eltern mitzuteilen. Aber ich blieb zitternd stehen, wo ich war, und beobachtete die schlanke Gestalt, während sie von der Hauptstraße abbog, um dem schmalen Fußweg zu folgen, der über die Felder und zwischen den Bäumen hindurch zum Herrenhaus führte.

Meine Hände und Beine kamen mir merkwürdig taub vor, und mein Herz pumpte mit lautem Klopfen das Blut durch die Adern. Solange diese Gestalt zu sehen war, fühlte ich mich von einem seltsamen, feindlichen Druck umgeben. Und als ich meinen Mund zu einem tiefen, bebenden Atemzug öffnete, schien die Luft erfüllt vom Geschmack des Bösen.

Irgendwie kam ich wieder an meinen Stuhl vor dem Klappenschrank und ließ mich auf ihn sinken. Ich hatte das Gefühl, daß ich etwas tun sollte. Aber was? Bei Annes Mutter anrufen und ihr erzählen, was ich gerade gesehen hatte? Oberflächlich betrachtet, schien dies das Vernünftigste. Doch ich hatte ja schon behauptet, Anne gesehen zu ha-

ben, und Lady Kirbys Reaktion war nicht besonders freundlich gewesen. Falls Anne wider alles Erwarten tatsächlich schlief, dann wollte ich mich nicht gern noch mehr zum Narren machen.
Natürlich hätte die Möglichkeit bestanden, bei der Polizei anzurufen. Aber ich konnte mir schon vorstellen, was die sagen würde. Man würde meine Geschichte zweifellos mit derselben Skepsis aufnehmen, wie ich sie diesem Autofahrer gegenüber gezeigt hatte. Mondschein und Schatten, Sir. Das ist alles. Sie müssen sich getäuscht haben.
Und da fiel mir Doktor Morton ein. Abgesehen davon, daß er ein persönlicher Freund von mir war, kannte auch er die Kirbys schon länger, als wir beide wahrhaben wollten. Ja, er hatte Lady Kirby selbst vor zwanzig Jahren von Anne entbunden und das Mädchen zu der schönen jungen Frau heranwachsen sehen, die es heute war. Außerdem wußte ich, daß auch er, wie ich, eine Nachteule war und selten vor ein oder zwei Uhr morgens zu Bett ging. Daß man ihn aus dem Tiefschlaf reißen würde, stand also nicht zu befürchten.
Nun, da ich zu dem Entschluß gelangt war, jemand anders ins Vertrauen zu ziehen, fühlte ich mich gleich ein bißchen besser, und ich war schon bereit, Mortons Nummer zu wählen, da kam ein Anruf. Irgendwie packte mich beim Geräusch des Summers und beim Aufleuchten des roten Lämpchens ein Grausen. Ob meine Nerven durch die Ereignisse der Nacht schon so strapaziert waren oder ob irgendeine merkwürdige Vorahnung mir verriet, daß dies kein gewöhnlicher Anruf war, konnte ich nicht sagen. Jedenfalls zögerte ich ein paar Sekunden, bevor ich die Verbindung herstellte, und meine Stimme klang seltsam heiser und gar nicht wie meine eigene, als ich sagte: »Die Nummer bitte.«
Einen Moment lang hörte ich nichts außer einem leisen

summenden Knistern in der Leitung und wollte meine Frage gerade wiederholen, da sagte eine sonderbar fern klingende Frauenstimme: »Ich würde gerne mit Anne Kirby sprechen.«

»Anne Kirby«, wiederholte ich, und der eisige Anflug von Grauen drang tiefer in mich. Ich konnte den Schweiß auf meinen Handflächen und meiner Stirn fühlen. »Aber es ist schon nach Mitternacht. Sie wird bereits schlafen. Kann das denn nicht bis morgen warten?«

»Nein. Es kann nicht warten. Was ich zu sagen habe, ist äußerst wichtig.«

»Na schön. Bleiben Sie bitte am Apparat, ich verbinde Sie mit dem Herrenhaus.«

Ich wählte die Nummer der Kirbys und wartete mehrere Sekunden, wobei ich hoffte, daß niemand abnehmen würde. Dann meldete sich die Hausherrin.

»Ich habe hier einen Anruf für Sie, Lady Kirby«, sagte ich und zwang mich zu einem ruhigen, normalen Tonfall. »Angeblich ist es wichtig.«

»Schon gut, Charles. Ich nehme ihn an.«

Ich stellte die Verbindung her, und zum erstenmal, seit ich diesen Posten hatte, wünschte ich, ich hätte mir nie das Mithören angewöhnt.

»Lady Kirby?« fragte die Frau.

»Ja. Wer ist denn dran?«

»Ich möchte gerne mit Anne sprechen.«

Eine kurze Pause entstand, dann sagte Lady Kirby halb ärgerlich: »Tut mir leid, aber meine Tochter schläft bereits. Sie feiert morgen ihre Verlobung, und ich habe nicht vor, sie um diese Zeit aus dem Bett zu holen. Wenn es sich um etwas Wichtiges handelt, können Sie es auch mir sagen; dann werde ich mich morgen früh als erstes darum kümmern, daß sie es erfährt.«

»Nein.« Die Frau blieb unerbittlich. »Diese Sache ist streng vertraulich. Sie geht nur Anne und mich etwas an. Es ist lebenswichtig, daß ich jetzt gleich mit ihr spreche.«
Diesmal trat eine viel längere Pause ein. Ich sah regelrecht vor mir, wie Lady Kirby jetzt neben dem Apparat stand und sich fragte, wer zu dieser Stunde nur anrufen könnte und welche Mitteilung wohl so wichtig sei, daß sie Anne deshalb aufwecken mußte.
»Na gut«, sagte sie schließlich. »Ich stelle Sie durch.«
Umgarnt von einer Atmosphäre wachsenden Entsetzens, blieb ich ganz still auf meinem Stuhl sitzen. Schon seit über einer Minute nagte ein Gedanke in meinem Hinterkopf, etwas, das mit der Stimme der anderen Frau zusammenhing. Ihr Klang hatte mit einem eiskalten Finger meine Nerven berührt, und jetzt erkannte ich, weshalb. Die Stimme war seltsam schwach und entfernt, so als wären die Lippen ihrer Besitzerin ein Stück vom Hörer weg, aber es handelte sich unverkennbar um Annes Stimme. Wie, um alles in der Welt, war das möglich?
Ich versuchte verzweifelt, den Schauder zu unterdrücken, der mich ergriff, während ich dort in dem trüben Licht saß und mich mit aller Kraft um eine logische Erklärung für das bemühte, was hier geschah.
Da ertönte am anderen Ende der Leitung Anne Kirbys schläfrige Stimme.
»Ja, bitte?«
Eine Sekunde lang herrschte Stille. Und dann geschah etwas Schreckliches. Es gibt einen Punkt, an dem die menschliche Fassungskraft bis zum Äußersten erschöpft ist, und alles, was darüber hinausgeht, läßt sich nicht mehr rational erklären.
Vom anderen Ende der Leitung kam ein leises, teuflisches Kichern, bei dessen Ertönen ich den Rand des Klappen-

schranks umklammerte, bis meine Fingergelenke weiß wurden und ich erneut in kalten Schweiß ausbrach.
Kurz darauf zerschnitt wieder diese zischende, flüsternde Stimme die Stille. »Du weißt nicht, wer ich bin, Anne. Aber ich kenne dich. Ich weiß alles über dich, von der ersten Sekunde deiner Geburt an. Zwanzig Jahre lang hast du gehabt, was von Rechts wegen mir gehört. Aber jetzt ist es aus. Du hast geglaubt, dieses Jahr wäre für dich das schönste, glücklichste Weihnachtsfest aller Zeiten. Aber nun bin ich da, und ich komme, um zu verlangen, was mir gehört.«
»Wovon reden Sie eigentlich?« Da Anne offenkundig aus dem Schlaf gerissen worden und wahrscheinlich ebenso verängstigt war wie ich, wurde ihre Stimme etwas höher. »Ich weiß nicht, wovon Sie da sprechen, und wenn das ein Scherz sein soll, dann ist er sehr geschmacklos.«
»Es ist kein Scherz, Anne. Und ich wollte dir nur sagen, daß ich komme. Bald bin ich bei dir.«
Ein scharfes Klicken ertönte, die Verbindung war unterbrochen, und ich hörte Anne wie von Sinnen in ihr Ende der Leitung rufen. Rasch schaltete ich mich dazwischen.
»Hier ist Charles von der Vermittlung, Miss Kirby. Die Teilnehmerin hat aufgelegt.« Ich wußte, daß meine Stimme zitterte, aber ich konnte nichts dagegen tun. Sie gehorchte mir nicht mehr.
»Wer war das, Charles?« Anne klang wirklich verängstigt.
»Tut mir leid, aber das weiß ich nicht. Sie hat sich nicht namentlich gemeldet.«
Ich hörte, wie Anne nach Luft schnappte. Dann sagte sie: »Wissen Sie, von wo sie angerufen hat?«
»Augenblick!« Ich sah kurz nach oben zu der Reihe von Anschlüssen, wo eben das rote Lämpchen aufgeleuchtet war. Ich wußte schon vorher, welches es sein würde.
Die Worte sprudelten mir über die Lippen, noch ehe ich

sie daran hindern konnte. »Der Anruf kam aus der Telefonzelle direkt neben der Straße, die zu Ihrem Haus führt.«
»Verstehe«, erwiderte Anne mit merkwürdig ruhigem Ton. »Vielen Dank.«
Nachdem sie aufgelegt hatte, blieb ich zitternd auf meinem Stuhl sitzen. Mich umgab ein Netz von Grauen. Ich hatte Angst – anders läßt sich mein Gefühlszustand nicht beschreiben –, tiefe Angst. Ich war restlos davon überzeugt, daß meine Befürchtungen auf irgendeiner gräßlichen Realität beruhten, die ich nicht verstehen konnte. Denn während ich dieser haßerfüllten, flüsternden Stimme gelauscht hatte, war vor mein geistiges Auge immer wieder das Bild der weißen Gestalt getreten, wie sie über die schmale, verlassene Landstraße auf das Herrenhaus zuschwebte. Und gleichzeitig wußte ich ohne jeden Schatten eines Zweifels, daß etwas unsagbar Böses ins Dorf gekommen war.
Es vergingen mehrere Minuten, in denen nur das wilde Pochen meines Herzens und das Ticken der Wanduhr die unerträgliche Stille unterbrachen. Zu welchem Zeitpunkt genau mir der verwegene Gedanke kam, ließ sich unmöglich sagen. Zuerst wies ich ihn rundweg zurück, weil er zu absurd, zu phantastisch erschien. Aber er wollte sich nicht verdrängen lassen, und schließlich wußte ich, daß ich ihm nachgehen mußte.
Ich rief Doktor Morton an. Er meldete sich schon nach dem ersten Klingeln, und ich merkte an seiner Stimme, daß er noch nicht geschlafen hatte.
»Doktor, hier ist Charles von der Vermittlung.«
»Oh, hallo Charles«, erwiderte er in herzlichem Tonfall. »Wo brennt's? Wird's Ihnen zu einsam da draußen, und möchten Sie ein Weilchen mit jemandem plaudern?«
»Wenn's das nur wäre, Doc! Aber heute abend ist irgend etwas passiert, und ich brauche Ihre Hilfe.«

»Na, dann schießen Sie mal los!«

Ich erzählte ihm, so gut ich konnte, alles, was geschehen war, angefangen bei dem verschreckten Autofahrer bis hin zu dem Gespräch, das ich gerade belauscht hatte. Ich war halb darauf gefaßt, daß er fragen würde, ob ich mir das meiste nicht nur eingebildet hätte und aus einer Mücke einen Elefanten mache. Aber er schwieg mehrere Sekunden lang.

Dann fragte er mit leiser, gefaßter Stimme: »Und Sie sind sich all dessen absolut sicher, Charles?«

»Glauben Sie im Ernst, ich könnte mir so eine Geschichte aus den Fingern saugen?«

»Nein, wahrscheinlich nicht. Und ich denke, es muß auch einen Grund geben, wenn Sie mich jetzt anrufen. Haben Sie irgendeine Theorie über die Vorgänge?«

»Mein Gott, ich bin mir nicht sicher. Es ist bloß so ein komischer Gedanke, und ich wollte mit Ihnen darüber sprechen. Jetzt kommt mir das Ganze dermaßen schwachsinnig vor, daß ich gar nicht weiß, wie ich es formulieren soll.«

»Heraus damit, Charles!«

Ich zögerte. Ich wußte, daß ich immer noch zitterte, und die Stille im Raum war beklemmender geworden, geladen mit der Bosheit der Hölle.

»Es war nur so ein Gedanke, Doc. Sie haben doch vor zwanzig Jahren Lady Kirby von Anne entbunden?«

»Ja.«

»Dann verraten Sie mir eins: War Anne ein Einzelkind oder ... oder kamen damals Zwillinge zur Welt?«

So, nun war es heraus, und ich rechnete damit, daß er mich auslachen würde. Aber das tat er nicht.

Statt dessen sagte er leise: »Ja, es waren Zwillinge. Ein anderes Mädchen ist zuerst gekommen. Aber das starb binnen einer halben Stunde nach der Geburt. Es hatte nie eine Überlebenschance, und sowohl Sir John als auch Lady Kirby baten mich dringend, keiner Menschenseele ein Wort davon zu verraten. Nicht einmal Anne weiß Bescheid.«

»O mein Gott!« Von Abscheu und Entsetzen erfaßt, suchte ich verzweifelt meine wirbelnden Gedanken unter Kontrolle zu halten. Ich wollte die Ideen nicht zulassen, die sich mir in den Kopf drängten. Die Vorstellung, daß diese weiße Gestalt sich mit Absichten von teuflischer Bosheit über diese einsame Landstraße, an welcher der Friedhof lag, an Deepdale Farm vorbei und durch das Dorf bewegt hatte, konnte ich einfach nicht akzeptieren. Aber dann, urplötzlich, gab es gar keine andere Wahl: Ich *mußte* glauben, daß etwas Scheußliches, Abgrundböses an Heiligabend durch den Schnee geschritten war.

Mortons Stimme riß mich aus meinen Gedanken und holte mich zurück in die Gegenwart. »Hören Sie, Charles, wir müssen dieser Sache auf den Grund gehen. Es ist immerhin möglich, daß es sich um einen albernen Scherz handelt, obwohl ich das bezweifle. Aber ehe wir nicht sicher sind, womit wir es zu tun haben, möchte ich niemanden im Herrenhaus unnötig beunruhigen. Sie verstehen?«

»Natürlich. Aber was können wir tun?«

»Es gibt nur einen einzigen Weg. Ich werde selbst zum Friedhof hinausfahren, um mir dieses Grab einmal anzusehen. Je nachdem, was ich dort finde, rufe ich Sie von dem Fernsprecher an der Landstraße aus an. Wahrscheinlich werde ich dafür eine Stunde brauchen. Rühren Sie sich nicht von der Stelle, und warten Sie auf meinen Anruf.«

»Meinen Sie nicht, es wäre besser, bis morgen abzuwarten, wenn es wieder hell ist?« entgegnete ich schroff.

»Nein. Diese Sache duldet keinen Aufschub. Wenn wir uns

nicht irren, geht etwas Teuflisches und Groteskes hier um, und je eher wir Gewißheit haben, desto besser.«

Ich merkte an seinem Tonfall, daß er es ernst meinte und daß nichts, was ich vorbringen konnte, ihn abschrecken würde. »Na gut, Doc. Ich warte auf Ihren Anruf.«

Ich wollte noch eine Warnung hinzufügen, aber schon hängte er ein.

Jetzt konnte ich wirklich nur noch warten und wußte, daß es die längste Stunde meines Lebens werden würde. Also machte ich mir noch einen Kaffee, stellte mich damit ans Fenster und trank.

Aus einem Fenster des Herrenhauses drang noch ein einsames Licht. Aber es erlosch vor meinen Augen, und was blieb, waren nur der helle Mondschein und eine Vielzahl huschender, sich regender Schatten. Die Sterne standen so hart wie Diamanten am frostigen Himmel. Unten auf der Straße war der Schnee kreuz und quer mit Reifenspuren und Fußstapfen durchzogen. Aber überall sonst lag er tief, weiß und unberührt.

Ich versuchte mir vorzustellen, wie der Doktor jetzt über diese einsame mondbeschienene Landstraße fuhr, seinen Wagen am Friedhofstor abstellte und hineinging, zu den Grabsteinen, die aus der verschneiten Erde ragten wie Reihen eines alten, verfaulten Gebisses. Aber das Bild wollte nicht erscheinen. Statt dessen sah ich immer wieder diese weiße Gestalt, die zur Erfüllung eines grauenhaften Vorhabens durch den Mondschein schwebte.

Ich rauchte eine Zigarette nach der anderen, etwas, das ich noch nie getan hatte, und fühlte die Spannung in mir dabei stärker werden wie eine Sprungfeder, die sich mit jeder Sekunde mehr zusammenpreßt. In meinem verwirrten Geisteszustand war es schwer zu beurteilen, was mir am meisten angst machte, das, was jetzt im Herrenhaus ge-

schah, oder das, was Doktor Morton zwischen den Grabsteinen auf dem Friedhof entdecken könnte.
Als der Summer am Klappenschrank ertönte, wäre ich vor Schreck fast an die Decke gesprungen. Ich hatte den Anruf zwar erwartet, aber trotzdem bedurfte es immer noch einer äußersten Willensanstrengung, ihn entgegenzunehmen.
»Charles, sind Sie das?«
»Ja. Was haben Sie entdeckt?« Obwohl sie sich durch die Leitung merkwürdig verzerrt anhörte, merkte ich an dem sonderbaren Zittern seiner Stimme sofort, daß irgend etwas Schreckliches passiert war.
»Es ist grauenhaft, Charles. Buchstäblich grauenhaft. Ich bin den ganzen Weg von dieser verfluchten Stelle im Friedhof bis hierher gerannt. Das Grab ist ... völlig leer und aufgewühlt. *Aber von innen!*«
Er schrie diese Worte, um sie überhaupt hervorzubringen. Bestimmt wußte er, daß seine Entdeckung, soweit es diese geistig gesunde, alltägliche Welt betraf, keinen Sinn ergeben würde.
Ich muß ziemlich lange gezögert haben, obwohl ich es kaum merkte.
Dann vernahm ich wieder seine Stimme, aber diesmal wie von fern, viel schwächer und merkwürdig nuschelnd. »Charles, ich glaube, ich ... rufen Sie einen Notarzt. Bitte schnell!«
»Doc! Was ist denn?« Zutiefst erschrocken und besorgt, schrie ich jetzt selber in den Hörer.
Es kam keine Antwort, obwohl nicht aufgelegt worden war. Fast ohne nachzudenken, brach ich die Verbindung ab, wählte die Nummer des Rettungsdienstes und eines Arztes in Exeter und gab ihnen die nötigen Direktiven.
Erst ein paar Stunden später, es wurde bereits Tag, erfuhr ich, was der Mann vom Krankenwagen gefunden hatte.

Doktor Mortons Leiche lag in der Telefonzelle, und der Hörer hing immer noch herunter. Offenbar hatte er infolge eines Laufs von über einer Viertelmeile vom Friedhof bis zu diesem Fernsprecher eine Herzattacke gehabt.
Nun, da Morton tot war, wußte ich, daß niemand an meine Geschichte glauben würde. Das geöffnete Grab würde man für einen puren Akt des Vandalismus halten, und keiner der Zuständigen würde auch nur einen Moment bedenken, daß es ans Unmögliche grenzte, in den steinharten Boden einen Spaten zu stechen. Doch diese Erklärung wäre immer noch akzeptabler als das, von dem ich wußte, daß es die Wahrheit war.
Ein schrecklicher Gedanke, daß ein so alptraumgeborenes Grauen wie das, was am Heiligabend nach Redforde gekommen war, existieren dürfte, ohne daß jemand außer mir etwas davon ahnte.
Darum ging ich an diesem frostigen, klaren Weihnachtsmorgen aus meinem Haus und stapfte durch den tiefen Schnee zu den Kirbys. Bezeichnenderweise waren die einzigen sichtbaren Spuren auf dieser Landstraße meine eigenen.
Als Anne Kirby an die Tür kam, sah sie haargenau wie das Mädchen aus, das ich sein Leben lang gekannt hatte, bis auf die Augen. Kalt und böse starrten sie mir direkt ins Gesicht, und ich verspürte einen heftigen Schauer der Angst und des tiefsten Abscheus, denn ich wußte, wer da stand, war nicht Anne, und sie wußte, daß ich ihre wahre Identität kannte. Deshalb zog ich meinen alten Revolver und jagte diesem Scheusal eine Kugel durch den Kopf.
Ironischerweise war es das schönste Weihnachtsgeschenk, das ich Anne Kirby machen konnte.

Der schwarze Plünderer
Simon MacCulloch

Simon MacCulloch (geb. 1960) ist ein Staatsbeamter, der sein Interesse an phantastischer Literatur kürzlich in düstere Geschichten umgesetzt hat. Er schreibt regelmäßig für die *British Fantasy Newsletter,* und seine Sachbeiträge sind auch in den einschlägigen Zeitschriften *Fear* und *Dagon* erschienen.

Und damit ist die heutige Frühmesse beendet.« Diese Worte in Reverend Pipers gewohnheitsmäßig sanfter, aber irgendwie schnarrender Stimme stiegen dampfend in die feuchtkalte Luft der kleinen Kirche empor. Für Tim, mit seinen sieben Jahren das jüngste Mitglied der spärlichen Gemeinde, waren es die erfreulichsten, die er an diesem Morgen hörte. Und höchstwahrscheinlich stand er damit nicht allein, denn der Reverend war in der Ortschaft, wo er sich vor einem Jahr niedergelassen hatte, nicht gerade beliebt. Nach ebenso baldigem wie auffallend unbekümmertem Verzicht auf die Dienste seiner Haushälterin, einer schwatzsüchtigen Witwe namens Mrs. Atterby, lebte er allein. Er nahm nicht an dem zugegeben begrenzten Gesellschaftsleben des Dorfes teil, und wenn man ihn unter der Woche überhaupt sah, dann nur auf einer Stippvisite beim Metzger oder beim Gemüsehändler, wo ihn diejenigen, die ihn bedienten, bemerkenswert erfolglos in ein Gespräch zu verwickeln suchten. Es konnte kaum verwundern, daß die schon zu ihren besten Zeiten lückenhaften Reihen der Gottesdienstbesucher sich weiter gelichtet hatten. Die Überheblichkeit des Pastors zusammen mit seiner Vorliebe für esoterische Predigtthemen, abstruse Erörterungen und zweifelhafte Schlüsse hatten das bißchen Treue zur Sonntagstradition, das unter seinen Schäfchen bestand, bedenklich untergraben, und an Weihnachten, so prophezeite man allgemein, werde er seine Messen alleine halten.

Doch das Interesse für Reverend Piper selbst war in dem gleichen Maße gestiegen, wie sich die Anziehungskraft seiner Gottesdienste verringert hatte. So kam es, daß sich sowohl das Gespräch als auch die Schritte von Tim und seinem älteren Bruder Robert wieder der Kirche zuwandten, als man die beiden Jungen nach dem Mittagessen aus den engen vier Wänden des elterlichen Reihenhauses im oberen Teil des Dorfs in eine silbrige Spätherbstsonne entlassen hatte.

»Mum hat beschlossen, daß wir nicht mehr zur Kirche gehen«, verkündete Robert.

»Wieso?«

»Liegt doch auf der Hand. Sie hat was gegen den Pastor, und Dad auch. Keiner kann ihn leiden. Er ist so langweilig. Der alte Thomas früher hat immer alle besucht. Und im Sommer hatte er dieses Teekränzchen. Piper tut einfach *gar nichts*. Und wie er einen immerzu *anstarrt* ...«

»Aber was *macht* er denn die ganze Zeit?« fragte Tim.

»Weiß nicht. Vielleicht sitzt er einfach nur rum und liest. Muß echt langweilig sein. Ich wette, deshalb schwafelt er sonntagmorgens auch immer so lang. Weil er die ganze Woche nur diese vielen Bücher liest und davon übersprudelt.«

»Die alte Mrs. Atterby hat sich doch mit ihrem Ersatzschlüssel noch mal ins Pfarrhaus geschlichen. Und Piper habe sie erschreckt und weggejagt. Sie sagte ...«

»Diese verrückte alte Schachtel erschrickt doch vor ihrem eigenen Schatten. Ich wette, der alte Thomas hat sie auch nicht gemocht. Ich wette, er war froh, als er sie losgeworden ist.«

»Warum mußte er überhaupt weg?«

»Natürlich, weil's der Bischof ihm befohlen hat, du Blödmann.«

»Und wieso?«

»Hör auf mit den blöden Fragen.«

Tim begnügte sich damit, über die Aussicht am Ende der ländlichen Häuserzeile an der scharfen Fahrbahnkurve zu sinnieren. Von hier aus konnte er den größten Teil des Dorfes überschauen, ein kleines Gitter von ein- oder zweistöckigen Reihenhäusern aus grauem Stein, das aussah, als hätte man es anderswo zusammengetragen und dann auf einen Haufen an den Hang geschmissen. Er konnte die schiefergedeckte Schule erkennen. Sie klebte auf halber Höhe des Hügels und verströmte wie an jedem Wochenende eine Aura schlummernden Unheils. Die umliegende Heidelandschaft und der weiße Himmel darüber ließen alles kümmerlich erscheinen.

Bald waren die beiden Jungen an der Stelle, wo die Kirche, ein Gebäude, das durch seinen Mangel an reizvollen architektonischen Besonderheiten auffiel, sich verzagt in die Talsohle kauerte. Die Hänge zu beiden Seiten, die den Stummel von einem Turm mühelos überragten, hielten, schon lange bevor es Abend wurde, das meiste Tageslicht ab, und da die Kirchenfenster nur von grauem Staub gefärbt waren, konnten Tim und Robert nach Erklimmen eines abblätternden Steingesimses in das trübe Innere spähen.

Sie hatten zweifellos nicht mehr als die flüchtige Genugtuung erwartet, die ein Abschiedsblick über einen ehemaligen Ort der Gefangenschaft nicht selten schenken kann. Daher waren sie freudig überrascht, als ihre Augen, nachdem sie sich an das Halbdunkel gewöhnt hatten, die aufrechte, schwarzgekleidete Gestalt Reverend Pipers vor dem Altartisch entdeckten, der am weitesten von ihrem Blickpunkt entfernt auf einem kleinen Steinsockel stand.

»Was macht er denn da?« fragte Tim und flüsterte trotz der geringen Wahrscheinlichkeit, daß man sie aus dem Inneren der Kirche hören konnte.

»Weiß nicht.« Roberts Stimme klang schneidend in ihrer unbehaglichen Entschlossenheit, nicht zu flüstern. Er leckte sich an den Fingern und rieb dann bedächtig den Schmutz vom Fenster. Tim strengte sich an, mit ihm durch die saubere Stelle zu sehen. Der Pastor wandte sich gerade dem verlassenen Kirchenschiff zu, als würde er die Frühmesse fortsetzen. Seine Gestalt war in dem Halbdunkel nicht genau zu erkennen. Tim kniff die Augen zusammen, um zu sehen, ob sich die Lippen des Geistlichen bewegten oder nicht. Dann senkte sich dessen Kopf, als würde er auf eine unsichtbare Gemeinde blicken. Aber dort, wo die starren Augen hätten sein sollen, sah Tim nur ein einziges verwaschenes Schwarz. Nicht einmal einen Mund besaß der blinde Kopf, mit dem er seine rätselhafte Ansprache hätte formulieren können.

Tim schrie auf und zupfte seinen Bruder am Ärmel. Robert starrte ihn eine Sekunde verständnislos an. Dann sah er noch einmal kurz zu der Gestalt vor dem Altar, und als er sich wieder zu Tim umdrehte, lag ein gewisses vertrautes Funkeln in seinen Augen, eines, das ein längeres gnadenloses Gefrotzel ankündigte.

»Er steht doch mit dem Rücken zu dir, du Blödmann! Du

doofer Blödmann. ›Wo ist denn sein Gesicht hin?‹« (Eine vernichtende Nachäffung seines Bruders.) »Siehst du denn nicht, was er da macht? Ich weiß nicht, wie jemand in deinem Alter so blöd sein kann ...« Und so weiter. Als Tim wieder zum Altar blickte, sah er, daß der Pastor weniger dem Kirchenschiff zugewandt stand, wie er geglaubt hatte, sondern mit seinem Rücken zu dem verstaubten Gestühl. Dabei starrte Reverend Piper in einen mannsgroßen Spiegel, der dort aufgestellt war, wo sich für gewöhnlich das Pult befand. Es ließ sich unmöglich erkennen, welches Bild dieser Spicgel wiedergab, aber nach der Haltung des Mannes vor ihm und dessen gelegentlichen Arm- und Handbewegungen mußte der Pastor eine Predigt einstudieren. Diese amüsante Schlußfolgerung bestätigte sich, als die beiden Jungen – vermutlich infolge Pipers wachsender Begeisterung für seinen Text – erste bruchstückhafte Wendungen und kurz danach etwas aufschnappten, das sich zwar wie ganze Sätze anhörte, aber in der Leere des Kircheninneren seltsam widerhallte und quasi zerfetzt wurde.

»In was für einer Sprache redet er denn da?«

»Muß wohl Latein sein. Haben sie früher in der Kirche immer gesprochen.«

»Wie kann er denn seine Predigt auf lateinisch halten, du Blödmann«, konterte Tim und versuchte durch einen höhnischen Tonfall einen Teil seiner verlorenen Würde wiederzugewinnen. »Für mich klingt das ganz und gar nicht wie Latein.«

»Ach, ich weiß auch nicht. Ist doch völlig schnuppe!« Roberts Verlegenheit um eine sachkundige Entgegnung signalisierte das Ende des Gesprächs und ihrer letztlich unergiebigen Lauscherei. Die beiden rutschten von dem Sims und trödelten nach Hause. Tim hätte gern zur Sprache gebracht, daß er Reverend Piper bei seinem letzten Blick durchs Fenster dabei ertappt hatte, wie er vor dem Spiegel auf die Knie ging; als aber Roberts ätzende Bemerkungen zu dem »Mann ohne Gesicht« sich in die Länge zogen, wünschte er allmählich, das Thema würde fallengelassen, und hielt darum seinen Mund.

Es muß ungefähr zu Beginn des Advents gewesen sein, da wurden die Gottesdienste in Reverend Pipers Kirche eingestellt. Allerdings konnte es später niemand genau sagen. Die paar, bei denen sich die Macht der Gewohnheit dem zunehmend kalten Wetter gewachsen erwies, legten keinen sehr lauten Protest ein, als sie die Kirchentür am Sonntagmorgen verschlossen fanden, und soweit irgend jemand wußte, blieb es dabei bis zum nächsten Sommer. Da wurde das Gebäude von einem anderen Geistlichen wieder geöffnet und neu geweiht. Daß das Pfarrhaus immer noch bewohnt war, ging in dieser Zeit nur aus der Tatsache hervor, daß die vor seiner Tür abgelieferten Lebensmittel weiterhin bezahlt und vermutlich auch konsumiert wurden. Der Gemeindearzt hatte seine speziellen Talente schon lange genug ausgeübt, um zu versichern, daß der Pastor wahrscheinlich nicht krank, wenn auch zweifellos sehr ruppig sei, und danach legte sich die Aufregung unter den Dorfbewohnern, um einer der Festzeit entsprechenden Orgie von Spekulationen zu weichen.
Waren die diversen Hypothesen, die man in Erwachsenenkreisen ausstreute, bereits unwahrscheinlich, so wurden sie durch ihre Übersetzung in die kühnen Gedankengänge halbwüchsiger Jungen vollends phantastisch. Ein Augenzeugenbericht über die Ankunft irgendeines unidentifizierbaren Möbelstücks, das letzten Sommer von einem Lieferwagen zum Pfarrhaus gebracht worden sei, galt Robert und gewissen Personen aus seinem Bekanntenkreis nach einge-

hender Beratung nur als die unbedeutendste in einer endlosen Reihe von heimlichen Lieferungen und als unwiderlegbarer Beweis für die Beteiligung des Pastors an kriminellen Machenschaften denkbar größten Maßstabs. Man schmiedete ausgeklügelte Pläne, kraft deren sich unbefugter Zutritt zur Kirche oder zum Pfarrhaus erlangen ließe und durch die unsere nur vom Allgemeinwohl beseelten Fahnder Reverend Pipers Beute heldenmütig ans Licht bringen könnten.

Dies alles wäre von nur geringem Interesse, hätte sich nicht eine der vorgeschlagenen Methoden als durchführbar erwiesen.

Tim hatte das Gefühl, daß sein Status unter seinen Altersgenossen sich noch von dem Schlag erholen mußte, den sein Bruder ihm durch weite Verbreitung des oben erwähnten Abenteuers und Tims keineswegs eindrucksvoller Rolle darin versetzt hatte. Doch selbst unter diesen Umständen ist es unwahrscheinlich, daß die Dinge derart vorangekommen wären, hätte Tim nicht gegenüber etwas von seinem lange bestehenden Wunsch herausrutschen lassen, an Heiligabend »einmal aufzubleiben und den Weihnachtsmann zu sehen«. Vielleicht war die zusätzliche Demütigung, die sich daraus ergab, das, was Tim schließlich wieder in Richtung Kirche und, genauer gesagt, zu einem zerbrochenen Sakristeifenster führte, das die Jungen bei einem früheren Erkundungszug entdeckt hatten.

Nachdem sich das Fenster Tims halbherzigen Bemühungen als unerwartet zugänglich erwies, kauerte Tim auf dem Steinboden des menschenleeren Raumes und versuchte, zu Atem zu kommen. Da war er. Kaum zu glauben! Und das ganz allein! Es war noch nicht Nacht draußen, und sobald er die Einrichtung des spartanischen Vorzimmers einigermaßen identifizieren konnte, gab er sich einen Ruck, trat

auf die Tür zu und begann mit jenem kurzen Rundgang durch das Gebäude, der Tims Prestige unter seinen Schulkameraden wiederherstellen sollte.
Die Sakristeipforte öffnete sich zum Chorraum hinter dem Altar. Tim überschritt die Schwelle, und das Scharren seiner Schuhe verstärkte sich. Das Kircheninnere hatte sich seit Tims letztem Besuch hier ausgedehnt. Seine Seiten waren einzig anhand der blinden grauen Fenstervierecke sichtbar, seine Decke ein Gewölbe von Finsternis, das die Echos des leisesten Geräusches in sich aufsog. Tim nahm plötzlich seinen Atem wahr und das Rascheln seiner Kleidung. Es schien, als müßte selbst das Blinzeln seiner Lider in dieser abgrundtiefen Stille zu hören sein. Das hagere, verschleierte Etwas jedoch, das am Altar wartete, machte kein Geräusch, und Tim stolperte schon fast über es, als er es entdeckte. Der Schrecken lähmte ihn gerade lange genug, daß er die ovalen Umrisse von Reverend Pipers Spiegel erkennen konnte, der jetzt mit einem Tuch verhangen war. Tim wandte sich hastig davon ab und begab sich steif ins Mittelschiff. Er war entschlossen, mindestens bis zum Hauptportal an dessen anderem Ende zu gehen, bevor der Drang, vor den flüsternden Schatten zu fliehen, unwiderstehlich würde.
Der Junge hatte sein Ziel schon fast erreicht, da ertönte hinter ihm ein rutschendes Geräusch. Er drehte sich um. Wahrscheinlich infolge eines Luftzugs durch das offene Sakristeifenster war das Tuch, welches den Spiegel verhüllte, heruntergefallen und lag nun davor. Der Rahmen des Spiegels enthielt nur einen Klumpen schwarzer Finsternis. Tim war jetzt von fast all seinem Mut verlassen. Da er auf keinem anderen Weg zur Sakristeitür gelangen konnte, ging er wieder zum Altar zurück; nur sein Widerwille gegen diesen Spiegel hinderte ihn daran zu laufen. Das Echo

seiner Schritte wurde immer lauter, und der Mittelgang erschien jetzt als ein langer, düsterer Tunnel, an dessen Ende der Spiegel statt eines Lichtpunkts einen Flecken tiefster Schwärze bildete. Bei Tims Näherkommen nahm der Flecken einen dunklen Schimmer an. Tim sah allmählich seinen Zwilling aus der öligen Tiefe des Tunnels auftauchen, und er versuchte noch, seine eigenen Züge in dieser rapide anschwellenden Silhouette zu erkennen, da stieß sein Fuß an die erste Altarstufe. Er stürzte vornüber und schlug mit einem Knie schmerzhaft auf die dritte Stufe auf. Dann aber hatte er sein Gleichgewicht wiedergefunden und lief, von Panik ergriffen, zu der Sakristeitür. Eine halbe Minute später war er aus der Kirche.

Er erzählte niemandem etwas von diesem Vorkommnis, ja, später fiel es ihm sogar schwer, sich im einzelnen daran zu erinnern. Seine atemlose Flucht nach Hause erwies sich als ausreichend, um eine glasklare Wahrnehmung in sein Unterbewußtsein zu verbannen, nämlich daß, als er sich von seinem unfreiwilligen Kniefall vor dem verlassenen Altarstein erhob, das Echo seiner Schritte in zielstrebigem Gleichmaß fortgedauert und der Schatten im Spiegel nicht aufgehört hatte zu wachsen.

Der Schnee blieb dieses Jahr aus, obwohl der Himmel damit beladen schien, und vielleicht rührte von daher das Gefühl einer unbestimmten Erwartung, das sich vierzehn Tage vor Weihnachten im Dorf breitmachte. Eine solche Stimmung war ungewöhnlich, denn da die Gemeindeeinwohner beim Begehen des Christfestes nie viel Eifer oder Begeisterung an den Tag legten, blieb die Vorfreude meistens auf die jüngsten beschränkt, für die die Aussicht auf eine mitternächtliche Bescherung immer noch etwas Faszinierendes enthielt. Im übrigen waren die Festtage nur durch einen vereinzelten Stechpalmenzweig an Türen, die sich früher schlossen als sonst, oder durch eine Kerze hinter dem dicken grauen Winterschmutz eines Fensters gekennzeichnet, und jeder neu anbrechende Tag erblickte die Straßen ebenso abschreckend wie die hartgefrorenen Felder dahinter, und genauso trostlos.

Die Schulferien begannen eine Woche vor Weihnachten. Es wurde schon wieder dunkel, als Robert am letzten Unterrichtstag auf seinen typischen Umwegen nach Hause ging, und so bemerkte er erst spät die krumme Gestalt, die mit eingezogenem Kopf und das Gesicht in einen breiten dunklen Schal gehüllt in einem Hauseingang auf ihn wartete. Es war Mrs. Atterby. Anscheinend hatte sie Robert in der Nähe der Kirche beobachtet (über die sie immer noch gern »wachte«, wie sie sich ausdrückte) und ihn hier abgefangen, um ihm eine gehörige Gardinenpredigt zu halten. Während Robert darauf wartete, daß die Alte zum Ende käme (ihm war der Umfang solcher Schelte ja nur allzu bekannt), mußte er jedoch feststellen, daß ihr Vortrag ein außergewöhnliches Element enthielt. Es tauchten häufig Anspielungen auf »das Buch« und »das gewölbte Portal« darin auf, die mit Wendungen wie »das Wort wurde Fleisch, und das Fleisch wurde Wort«, »der schwarze Plünderer« und »die zehnte Plage Ägyptens« durchsetzt waren. Diese Formulierungen begriff Robert nicht ganz; vielleicht lag es an den dicken Dunstwolken vor Mrs. Atterbys Lippen, die den Sinn dieser Bibelanklänge verschleierten. Am deutlichsten ging aus dem Monolog der Alten noch ihre Ablehnung des neuen Pastors hervor – »Hätten ihm den Priesterrock ausziehen sollen, aber sie sagen, es gebe keine Beweise. Die haben schon gewußt, was sie taten, verlaß dich drauf!« Sie beendete ihren Vortrag mit der Ermahnung: »Fliehe in die Hügel, auf daß du nicht verschlungen wer-

dest«, und ihre rheumatischen Klauen fuchtelten – vielleicht als eine Art Segen – in der Luft, bevor sie sich keuchend und pfeifend zu ihrer Haustür zurückzog.
Erst spät am Nachmittag des Heiligabends sah Robert Mrs. Atterby wieder, aber sie kümmerte sich gar nicht um ihn. Ihre Aufmerksamkeit war ganz auf die Befestigung irgendeiner späten Dekoration an ihrer Haustür gerichtet, und als er, am Ende der Straße angekommen, kurz zu ihr zurücksah, stellte er fest, daß sie immer noch herumfummelte, während ringsum die Dunkelheit das Tal überströmte und sich in den Himmel sog.

Der Mond, der an Heiligabend aufging, brachte Stille in die Luft. Tim hatte stundenlang mit aufgerissenen Augen in seinem Bett gelegen und die Zeit abgewartet, da er sicher sein konnte, daß Robert schlief. Der teilte nämlich das Zimmer mit ihm, und Tim wollte seinen Posten am Fenster beziehen. Der Spott seines Bruders hatte ihn in seiner Absicht nicht beirrt. Wenn er an diesem Weihnachten nicht einen definitiven Blick auf den nächtlichen Wohltäter des Kleinkinderglaubens erhielt, dann, hatte er beschlossen, sollte dies nicht an ihm liegen; er hatte genug Willenskraft. Schon kurz nach Mitternacht schlich er zu dem Fenster im Obergeschoß, durch das man die Straße überschauen konnte. Leise zog er die Vorhänge auf. Die Welt war ausgestorben, und überall klafften Schatten. Es war wie ein Blick in den Höllenschlund.
Nachdem er etwa ein halbe Stunde Wache gehalten hatte, bemerkte Tim, daß einer dieser Schatten sich langsam auf das Haus zubewegte, und als dieser Schatten durch einen Streifen Mondlicht kam, sah der Junge, daß es sich um eine Gestalt in einem dunklen Mantel handelte, die sich lautlos die Straße heraufschleppte. Mit einer kaum zu zügelnden

Freude erkannte er, daß sie einen schweren Sack auf dem Kopfsteinpflaster hinter sich herschleifte. Zuerst glaubte er, das Objekt seiner nunmehr brennenden Wißbegier und Überwachung werde an seinem Elternhaus vorbeigehen wie an den anderen in dieser Reihe, doch als die Gestalt auf gleiche Höhe mit seinem Fenster kam, hielt sie inne und hob ihren von einer Kapuze verhüllten Kopf. Tim machte Anstalten, sich vom Fenster zurückzuziehen, denn seine Eltern hatten ihm gesagt, wie sich die Entdeckung von Beobachtern auf die festtägliche Großzügigkeit des guten Geistes auswirken würde. Doch er zögerte noch ein paar Sekunden, als er bemerkte, daß die Persönlichkeit, mit der er es hier zu tun hatte, ihren Blick nicht wieder vom Haus abwandte. Statt dessen starrte sie weiterhin geradeaus, und der Neigungswinkel ihrer Kapuze ließ vermuten, daß die Gestalt nach etwas lauschte oder vielleicht in der Luft witterte. Nach ein, zwei Sekunden jedoch drehte sie sich um, und Tim zog sich hastig in sein Bett zurück.
Nur in einem Punkt war Tims Neugier noch nicht befriedigt. Er hatte seinen Vater angebettelt, die Haustür heute nacht nicht zu verriegeln, war aber auf kategorische Ablehnung gestoßen. Schließlich, so versicherte man ihm, seien Schlösser für den von ihm erwarteten Besucher kein Hindernis. Dies bestätigte sich, als Tim keine Minute später einen Schwall eiskalter Luft wahrnahm, der das Öffnen der Haustür signalisierte. Fast gleichzeitig vernahmen seine Ohren einen schweren Schritt auf der untersten Treppenstufe. Das Geräusch kam langsam, doch unbeirrbar die Treppe herauf und wurde dabei von dem leisen, dumpfen Poltern des Sackes, der hinaufgeschleift wurde, begleitet. Ein zweites Geräusch vermochte sich Tim jedoch bei aller Vorstellungskraft, die zu diesem Zeitpunkt die faszinierendsten Bilder entwarf, nicht zu erklären, obwohl er sich

bei nur sekundenlanger Überlegung vielleicht gesagt hätte, daß sie von dem hölzernen Geländer stammen könnte, das beim Vorankommen des Eindringlings stark beschädigt wurde.
Ähnlichen Schaden erlitt auch die Füllung der Schlafzimmertür während des kurzen Zeitraums, in dem etwas sich daran zu schaffen machte, das Tim bei dessen Eintritt nur in Umrissen erkennen konnte. Sein erster irrationaler Eindruck bestand jedoch weniger darin, daß jemand hereingekommen sei, sondern daß ein Teil der Schlafzimmerwand neben der Tür blitzschnell entfernt worden war und statt dessen nur ein großes Loch übrigblieb, das ins Nichts führte. Das Knarren der Dielen, welches das knapp einen Meter weite Vordringen des Schemens markierte, erlaubte Tim jedoch, diese beunruhigende Vorstellung schnell zu verwerfen und sich der Frage zuzuwenden, auf welche Art der Besucher seine Absichten wohl erreichen werde. Aber dies blieb selbst jetzt noch eine Vermutungssache, denn der fremde Gast verharrte vollkommen regungslos in der Dunkelheit, eine unbestimmte Masse. Und während Tim seine Augen anstrengte, um das nahtlose Schwarz der Gewänder zu durchdringen und irgendeinen Hinweis auf die Absichten dieser Gestalt zu erhalten, rannen die ersten Tropfen kalter Angst durch die Wärme seiner Aufregung. Die absolute Reglosigkeit, mit der die Gestalt ihre Haltung bewahrte, ihr gebeugtes, immer noch unter der Kapuze verstecktes Haupt – dies alles erschien unnatürlich, obwohl Tim sich nicht ganz erklären konnte, wieso. Er wußte nur, daß er diesen beunruhigenden Anblick nicht lange ertragen würde, und öffnete gerade seine Lippen, um nach seinem Bruder zu rufen, da hob sich der dunkle Kopf endlich.
Als nächstes konnte sich Tim nur daran erinnern, daß er

Robert und seine Eltern mit seinem schrillen Geschrei geweckt hatte. Der fremde Besucher war zu diesem Zeitpunkt schon wieder aus dem Haus. Daß der Junge einen Alptraum gehabt hätte, war eine Theorie, die rasch verworfen wurde, als man an den Stellen, wo unerklärlich kraftvolle Hände das Treppengeländer umklammert hatten, dessen zersplitterten, wie mit einem Meißel beschädigten Zustand bemerkte. Außerdem war da dieser hartnäckige Geruch, eine Art Fleischgestank, der Robert an einen Metzgerladen an einem heißen Nachmittag erinnerte. Aber Tim konnte ihnen wenig Aufschluß geben, was passiert oder woher dieses Grauen gekommen war. Das Etwas, das seine unausgesprochene Einladung angenommen hatte, hatte ihm nur das allerkürzeste Beisammensein gewährt, ehe es zur Erfüllung eines anderweitigen Auftrags davongezogen war. Aber in künftigen Träumen würde sich die dunkle Knospe dieses Augenblicks öffnen, und in einer Welt aus Schatten und krummen, von weißem Mondschein übergossenen Straßen würde Tim abwechselnd davonlaufen und niederknien vor irgendeiner uralten Ausgeburt des Nichts, deren Augen in der rauchigen Grube, wo ihr Gesicht hätte sein sollen, von der lodernden, ewigen Glut ihres Hungers brannten.

Reverend Pipers Leiche wurde am ersten Wochentag nach Weihnachten in seiner Kirche gefunden. Unzählige Gerüchte rankten sich um diese Entdeckung. So wurde beispielsweise vermutet, daß die sorgfältigen, komplizierten Muster, die er sich mit einem Papiermesser in das eigene Fleisch geschnitten hatte, Schriftzeichen einer unbekannten Sprache seien. Am Ende jedoch stand nur fest, daß er an Heiligabend kurz vor Sonnenuntergang infolge dieser Wunden verblutet war, und allein diese Tatsache ließ die Dorfbewohner wohl zögern, dem geisteskranken Pastor die

Entführung von sechs Kindern zuzuschreiben, allesamt jünger als zwei Jahre, die in der Nacht vom 24. auf den 25. Dezember aus ihren Elternhäusern verschwunden waren. Auch durch den größten Polizeieinsatz, den diese Gegend je erlebt hatte, gelang es nicht, die Vermißten aufzuspüren, geschweige denn einen Hinweis auf Verbleib oder Motiv des Täters zu erhalten, dessen Fährte in den Häusern seiner Opfer zwar überdeutlich, aber dennoch rätselhaft war.

Am ersten Jahrestag der Tragödie wurde der Fall immer noch bearbeitet, doch da hatte man im Dorf schon alle Hoffnung aufgegeben, daß die Behörden ihn jemals lösen würden. Vielleicht waren die Kreuze aus roter Farbe, die, zweifellos nach dem Vorbild von Mrs. Atterby, im nächsten Dezember an den Türen der Gemeinde auftauchten, eine Geste der Erinnerung. Zumindest konnte der neue Pastor sie als solche betrachten und das tolerieren, was er manchmal als unterschwelligen Aberglauben bezeichnete, was aber einer strenggläubigen Pflichterfüllung nach seiner Ankunft in der Gemeinde zum Glück keinen Abbruch tat. Im Anschluß an ein Unglück, wie es diese einfachen Leute hier getroffen hatte, war ja auch mit einem neuen Aufflammen von Frömmigkeit zu rechnen, und der jetzige Pastor betrachtete es als ziemliches Privileg, in vieler Hinsicht deren Mittel- und Sammelpunkt zu sein. Natürlich mußte man genauso mit dieser ausgesprochen unerfreulichen Sache leben, der Geschichte seines Vorgängers, aber zum Glück hatten die Kirchenbehörden den Besitz des Verstorbenen beiseite geschafft, darunter auch ein antiker Spiegel, mit dessen Hilfe der Wahnsinnige sein bizarres Selbstopfer habe mit ansehen können. Wenigstens wurde so erzählt. Selbst die Buchbestände des Pfarrhauses – der Ausdruck »Bibliothek« wäre gar zu hoch gegriffen – hatte man rigoros von allem gesäubert, was im Verdacht stand, während der letzten achtzehn Monate hinzugekommen zu sein, und die neue Haushälterin, eine tüchtige, wenngleich übermäßig gesprächige Seele, vertrat die Ansicht, daß man diese Stücke »gleich mit ihm hätte begraben sollen« – wogegen sein Nachfolger bestimmt nichts einzuwenden gehabt hätte. Doch die alte Frau beendete ihre Ansichten stets mit einem Seufzer. »Sie werden die Dinger allerdings nicht loswerden. Na, vielleicht finden sie ja noch weitere Verwendung dafür.« Und das, nahm er an, war auch recht.

Unheilige Nacht

Roger Johnson

Roger Johnson (geb. 1947) hat sich durch seine Erzählungen in der Tradition der klassischen englischen Gespenstergeschichte einen Namen gemacht. Die meisten davon spielen in seiner Heimat Essex. Daneben ist Johnson ein treuer Bewunderer der Sherlock-Holmes-Geschichten und gibt für die Sherlock Holmes Society eine unschätzbare Clubzeitschrift heraus *(The District Messenger)*. »Unheilige Nacht« wurde eigens für diese Anthologie geschrieben.

Gott, wie ich Weihnachten hasse!«

Hilary Falkner drückte energisch ihre Zigarette aus und machte ein finsteres Gesicht. So früh am Abend war das Lokal fast leer. Ich sah von ihrer verächtlichen Miene zu dem harmlosen, unauffälligen Weihnachtsbaum, den der Wirt neben dem Kamin aufgestellt hatte, und als Hilary Falkner fortfuhr, kam mir der Gedanke, daß sie nicht gerade die Begleiterin wäre, die ich mir für die Nachhausefahrt mit dem letzten Zug aussuchen würde. Wieso, um alles in der Welt, hatte George Cobbett sie überhaupt rübergebeten? Doch bestimmt nicht aus Mitleid.

Aber das Gesicht des Alten blieb völlig ausdruckslos, während er sie beobachtete und sich ihre Klagen anhörte.

»Diese ganzen verlogenen Dekorationen! Ich meine, wie grell sie sind ... Und immer muß man den Weihnachtstag mit der verdammten Familie verbringen! Und dazu die

Kinder, lieber Gott! ›Ich will dies haben, ich will das ...‹ – ›Was bringt der Weihnachtsmann mir denn diesmal? ...‹«

»Ah!« sagte George. »Jetzt kommen wir auf den springenden Punkt. Der Weihnachtsmann, was? Steckt der nicht hinter allem? Dieser dicke, alte, freigebige Geist?«

Hilarys Gesicht entspannte sich plötzlich, und sie warf uns ein flüchtiges, verschmitztes Lächeln zu. In diesem Augenblick sah ich, daß sie trotz ihrer sechzig Jahre und des anfänglichen Eindrucks von Menschenfeindlichkeit eigentlich eine gutaussehende Frau war. Mit einer ziemlich maskulinen Geste rieb sie sich am Kinn. Dann seufzte sie und betrachtete George mit ruhigem Blick.

»Natürlich hast du recht«, sagte sie. »Obwohl ich verdammt sein will, wenn ich weiß, woher du's gewußt hast. Du bist 'n durchtriebener alter Halunke, George. Na schön. Wenn wir schon so gemütlich hier beisammensitzen, sehe ich keinen Grund, es euch nicht zu erzählen. Ist ja schließlich genau die richtige Zeit dafür.« Sie zitterte leicht.

Ich werde euch jetzt (sagte sie) von dem schlimmsten Weihnachtsfest meines Lebens erzählen. Und – der Teufel soll dich holen, George! – das hat tatsächlich etwas mit dem Weihnachtsmann zu tun. Aber glaube mir: Es ist kein Weihnachtsmann, dem du gerne begegnen würdest! »Ein vergnügter alter Kobold?« Brrr!

Als ich noch klein war, war meine beste Freundin eine gewisse Diana Calthrop. Diana und ich sind zusammen groß geworden, denn unsere Eltern waren direkte Nachbarn, und wir kamen fast zur gleichen Zeit zur Welt. Sie war ein absolut normales Kind, ein wahrer Sproß des unteren Mittelstands, nicht unintelligent und ganz attraktiv. Ich will euch damit nur klarmachen, daß sie absolut nichts Außergewöhnliches an sich hatte. Fast nichts. Denn sie litt

an einem ständig wiederkehrenden Alptraum – und das Wort »leiden« ist nicht zu hoch gegriffen.
Sie wurde von diesem Traum oder dieser Vision, wie man es auch nennen will, vielleicht drei-, viermal im Jahr heimgesucht und war am nächsten Tag immer in einem wirklich jämmerlichen Zustand. Angefangen hatte das Ganze, glaub ich, irgendwann kurz vor ihrem dritten Geburtstag. Wenigstes konnte sie da zum erstenmal einigermaßen vernünftig darüber erzählen. Ihre Eltern glaubten, sie sei krank, und holten einen Arzt. Der ist gekommen, hat das Kind untersucht, das immer noch die ganze Zeit kein Wort redete und unter Schock stand, konnte aber nichts Ungewöhnliches feststellen. Nichts, das sich eindeutig hätte bezeichnen lassen. Er verordnete irgendein Beruhigungsmittel, und tatsächlich war Diana binnen ein, zwei Tagen so munter wie eh und je.
Dann ist es wieder passiert, und weil die Therapie beim erstenmal ja so gut gewirkt hatte, wurde erneut der Doktor geholt, mit demselben Resultat. Beim nächstenmal, so hat sie mir erzählt, fragten sich ihre Eltern bereits, ob sie nicht simulierte, vor allem, weil sie sich auch ohne Zutun eines Arztes ganz gut zu erholen schien. Aber die Sache ist immer und immer wieder passiert, und selbst den Calthrops, die nicht unbedingt Phantasten waren, wurde allmählich klar, daß da etwas nicht mit rechten Dingen zuging. Doch wie der Arzt bereits gesagt hatte: *Was* es war, ließ sich nicht eindeutig bestimmen. Obwohl die Attacken (das dürfte die richtige Bezeichnung sein) unregelmäßig wiederkehrten, erholte sich Diana stets innerhalb von ein paar Tagen, und die schlimmste Nachwirkung bestand in einer Art nervöser Schwermut.
Aber wißt ihr, ich hatte schon damals meine Zweifel, daß diese Sache so ungefährlich war. Offenbar war jede Einzelheit aus dem Traum bei Dianas Erwachen im Handumdre-

hen vergessen, so daß sie nichts Konkretes erzählen konnte, weder ihren Eltern noch dem Doktor ... oder mir, der sie es unter den gegebenen Umständen wohl noch am ehesten mitgeteilt hätte. Sie konnte lediglich sagen, daß sie wieder »diesen Traum« gehabt habe, und wir wußten, was das hieß. Für mich bedeutete es eine leere Schulbank neben mir und daß ich nicht am Nachbarhaus klingeln durfte, um zu fragen, ob Diana zum Spielen herauskommen könnte. Doch schon bald gewöhnte ich mich an die Situation – als Kind tut man das ja rasch –, und genauso, nehme ich an, Diana, zumindest einigermaßen. Aber es war kein normaler, unbedenklicher Zustand. Schließlich gab es danach nichts, was man besprechen, nichts, was man verarbeiten konnte. Die bösen Geister wurden nicht gebannt.
Nicht normal, nicht unbedenklich und nicht angenehm, aber wir Menschenkinder sind zähe Geschöpfe. Wir vertragen einiges. So gewöhnte sich auch Diana irgendwie an diese Attacken. Im Lauf der Zeit wartete sie fast darauf und wußte genau, wie sie sich auf sie und ihre Eltern auswirken würden. Ab und zu konnte sie sogar darüber lachen, aber es war ein beunruhigendes, nervöses Gelächter.
Sie hatte eben trotz allem Angst.
Der Höhepunkt – der erste Höhepunkt – kam an dem Weihnachten unmittelbar nach unserem vierzehnten Geburtstag. Diana reifte schneller heran als ich. Körperlich jedenfalls. Man hätte sie für eine Achtzehnjährige halten können, während ich noch sehr in der Babyspeckphase steckte. Außerdem sah sie ganz gut aus. Ein liebes kleines, herzförmiges Gesicht, glänzendes kastanienbraunes Haar und dazu ganz große, klare Augen. Ich glaube, nur an den Augen konnte man erkennen, wie jung sie eigentlich war.
Nun, einige von uns wurden eingeladen, Weihnachten bei den Eltern einer Freundin zu verbringen – keiner sehr

engen Freundin –, die erheblich besser dastanden als wir. Es gab die üblichen Tränen von seiten unserer Mütter und Ermahnungen von seiten unserer Väter, aber ich habe stark den Verdacht, sie waren allesamt recht froh, uns loszuwerden. Meine eigenen Ansichten zum Weihnachtsfest im Kreise der Familie sind ja keineswegs neu.

Das Haus lag in Woodham Priors, nicht sehr weit von Maldon entfernt, aber ich mit meinen vierzehn Jahren und der Aussicht auf ein rauschendes Weihnachtsfest nahm das Gebäude kaum wahr. Es schien sehr alt und und kam uns Mädchen vom Lande fast wie ein Märchenschloß vor. Die Schlafzimmer wirkten gigantisch, und ihr könnt euch vielleicht vorstellen, wie neuartig und faszinierend es für uns war, ein eigenes Becken mit fließendem Wasser zu haben. Wenn es an unserer Unterbringung auch nur etwas Primitives gab, dann haben wir es entweder übersehen oder betrachteten es als ländlichen Charme.

Der Saal, in dem wir aßen und auch viel von unserer Zeit verbrachten, war wirklich riesig. Für Dianas Haus oder meines wäre schon der Holztisch darin viel zu groß gewesen, aber hier blieb noch jede Menge Platz. Ich weiß nur, daß ich ein ganz klein wenig enttäuscht war, weil es keine Schwerter, Schilde oder Ritterrüstungen gab; statt dessen hingen bloß ein rundes Dutzend Landschaftsgemälde an den Wänden. Ziemlich langweilig, dachte ich bei mir, aber sie konnten von der Pracht des Saals nicht ablenken.

Am Morgen des dreiundzwanzigsten kamen wir an, zum Teil mit dem eigenen Auto, aber Diana, ich und ein paar andere wurden am Bahnhof in Witham vom Chauffeur unseres Gastgebers abgeholt. An diesem ersten Tag gab es keine Vergnügungen. Wie man uns mit ernster Miene erklärte, blieb derartiger Leichtsinn dem Weihnachtstag selbst vorbehalten. Aber immerhin versprach man uns eine

große Überraschung für den Heiligabend, und bis dahin war es ja nur noch ein Tag. In der Zwischenzeit mußten wir uns – auf die allerfreundlichste Aufforderung hin – unseren Spaß verdienen, indem wir beim Vorbereiten des Hauses halfen. Wir hängten Dekorationen auf, sammelten Stechpalmen- und Mistelzweige, brachten das Weihnachtsscheit herein und schmückten den großen Baum ... Ich hatte an Weihnachten noch nie soviel Spaß gehabt.
Die »große Überraschung« kam tags darauf nach dem Abendessen, oder besser, gegen Ende der Mahlzeit. Wir hatten gerade mit unserem Kakao angefangen, da ertönte von der Haustür her ein schweres Klopfen. Als unsere Gastgeberin aufstand, um zu öffnen, sagte sie zwar nichts, aber wir konnten sehen, daß sie nur mit Mühe ein Grinsen hellster Freude unterdrückte. Die Tür wurde aufgemacht, und eine dröhnende Stimme sagte:

»Macht auf die Tür, und laßt uns ein!
Gefällig hoffen wir zu sein.
Ob es beliebt, ob's nicht beliebt,
Ein jeder von uns sein Bestes gibt!«

Eines der Mädchen (ich glaube, es hatte seine Kindheit in Dorset verbracht) klatschte in die Hände und rief: »Das ist ja ein Weihnachtsmummenschanz! Ich wußte gar nicht, daß es das hier auch gibt.«
Fasziniert sahen wir zu, wie die massige Gestalt hereinstolziert kam und dabei weiter einen Singsang von sich gab:

»Ein Raum, ein Raum, ein prächt'ger Raum,
Und Raum zum Reimen auch!
Gar keckes Treiben bringen wir,
Wie es zum Christfest Brauch.«

Von unseren Plätzen aus konnten Diana und ich die eine Seite dieses kuriosen Wesens sehen. Es schien, als sei es ganz und gar in eine Art dunkelgrüne Kutte gehüllt, deren Kapuze sein Gesicht vor uns verbarg.
»Wer ist das?« flüsterte meine Freundin, aber ich konnte nur mit den Schultern zucken und zusehen, wie hinter dem Anführer ein ziemlich buntscheckiges Trüppchen hereinmarschierte. Zuerst ein großer, schlanker Mann mit einer altmodischen Militäruniform und einem Schwert. Er wirkte sehr streng. Ihm unmittelbar auf dem Fuß folgte ein etwas kleinerer Kerl, dessen Uniform schwarz statt rot war und der ebenfalls ein Schwert trug. Dann kam ein Knirps mit Bauernkittel und zerdelltem Hut, hinter ihm wiederum ein dünner Mann, der Frack und Zylinder anhatte, und zu guter Letzt noch ein kleiner mit irgendeiner Art Waffenrock und Mütze. In seiner Hand aber hielt er ausgerechnet eine Suppenkelle. Sie alle gaben sich sehr würdevoll und sahen bei ihrem Eintreten stur geradeaus, aber wir konnten ihre Gesichter klar erkennen. Das einzige, was uns verborgen blieb, war das Gesicht des Anführers.
Zielstrebig, bedächtig und immer noch unter irgendwelchem Singsang schritt er in die Saalmitte, wo er direkt gegenüber dem Gastgeberpaar stehenblieb, seine Kapuze zurückschlug und sich vor Hausherrn und Hausherrin verneigte, während die anderen sich zu beiden Seiten von ihm gruppierten – drei links, zwei rechts. Die beiden Männer mit den Schwertern standen einander gegenüber, und als der mittlere, der Sprecher, sich in die Brust warf, konnte ich an seinem Hinterkopf eine rosafarbene Glatze erkennen, die sich aus einer Masse weißer Haarlöckchen erhob. Dann drehte er sich zu uns allen um.
Sein Gesicht war das Gutmütigste, Vergnügteste, was ich an diesem vergnügten Tag gesehen hatte. Die dicken Paus-

backen glühten von der Kälte, die grauen Äuglein funkelten wie Sterne, ein Lächeln spielte um seinen Mund, und der weiße Vollbart paßte haargenau zu dem wolligen Lockenkopf. Außerdem war beides nicht einmal falsch; die Haare um den Mund hatten einen deutlichen Gelbstich, der verriet, daß der alte Knabe Zigarrenraucher war. Er fing erneut an zu sprechen:

»Von drauß vom Walde komm' ich her;
Ich muß euch sagen, es weihnachtet sehr!
Nun sprecht, was ich hierinnen find.
Sind's gute ...«

Plötzlich ertönte ein schockierender Schrei neben mir. Die tiefe, selbstbewußte Stimme geriet ins Stocken, und alle Gesichter wandten sich Diana zu. Aber Diana saß nicht mehr auf ihrem Stuhl. Sie rutschte vor unseren Augen zu Boden wie eine Flickenpuppe und war bewußtlos, als unser Gastgeber sie in das Zimmer hinauftrug, wo sie und ich zusammen schliefen. Er machte kein Theater, weil ich mich vom Tisch wegstahl, um ihm zu folgen, ja, ich durfte ihm sogar helfen, Diana bequem auf ihr Bett zu legen. Dabei hörte ich wie aus unendlich weiter Ferne ein paar Stimmen, die zum Vortrag erhoben waren. Die Spieler des Mummenschanzes hatten sich von dieser Unterbrechung nicht lange aufhalten lassen.
»Das arme Kind hat irgendeine Art Schock«, meinte der Gastgeber. »Aber der Kuckuck soll mich holen, wenn ich sagen könnte, woher.« Er wandte sich an mich. »Ist dir irgend etwas aufgefallen, das ihre Ohnmacht veranlaßt haben könnte?«
Er war ein einfühlsamer Mann und hatte Mitleid. Das fand ich zwar sympathisch, aber ich vermochte ihm nicht zu

helfen. Ich erzählte ihm alles, was ich gesehen hatte, und machte die vage Bemerkung, daß wohl der Anblick des Weihnachtsmanns meiner Freundin derart nahegegangen sein müsse. Natürlich war auch unser Gastgeber schon zu dieser Schlußfolgerung gelangt, aber trotzdem schien es ein ziemlich verwegener Gedanke.

Nach einem Moment zuckte er mit den Schultern und sagte: »Na, das werden wir schon noch feststellen. Bis dahin ist *eine* Frage vordringlicher: Was machen wir jetzt mit deiner Freundin? Unter anderen Umständen wäre ich ja dafür, sie in Ruhe und von selbst wieder zu sich kommen zu lassen, aber ... du hast ja ihr Gesicht gesehen. Du glaubst doch wahrscheinlich genausowenig wie ich, daß dieses Mädchen einen friedlichen Schlummer genießt.«

Er hatte recht. Der Ausdruck auf Dianas hübschem Gesicht war alles andere als ruhig oder gelöst.

Kurzum, man mußte sie wieder zu sich bringen, und dies gelang unserem Gastgeber auf die denkbar sanfteste Weise, nämlich indem er ihr Gesicht mit Kölnischwasser abwusch. Ich war darauf vorbereitet, ihr, wenn nötig, Riechsalz unter die Nase zu halten, aber so weit kam es gar nicht. Dianas Lider flatterten kurz, und dann riß sie plötzlich die Augen auf. Sie brauchte nicht länger als eine Sekunde, um die Situation zu erfassen, und ihre ersten Worte waren: »Was müßt ihr nur von mir denken!«

Meine rasche Umarmung genügte wohl, um ihr zu zeigen, was ich empfand. Ich muß in diesem Moment weit weniger ruhig und gefaßt ausgesehen haben als meine Freundin. Unser Gastgeber bewahrte die Haltung, aber auf seinem Gesicht lag ein deutlich fragender Ausdruck. Er faßte Diana scharf ins Auge, betrachtete sie und sagte dann: »Keine Sorgen wegen uns anderen. Ein bißchen Unruhe hast du wohl tatsächlich verursacht, aber man kann es kaum als

Sensation bezeichnen. Hättest du vielleicht Lust, darüber zu sprechen? Ich würde wirklich gerne erfahren, was hinter dieser Sache steckt. Irgend etwas hat dir einen ziemlichen Schock versetzt, und deine Freundin und ich (apropos, ich fürchte, ich weiß noch nicht einmal, wie du heißt. Hilary? Und du bist Diana. Freut mich, euch beide kennenzulernen, obwohl es ziemlich sonderbare Umstände sind. Ich selbst heiße Richard. Also, was wollte ich gerade sagen? Ach, ja!), Hilary und ich sind zu dem eher unwahrscheinlichen Schluß gelangt, daß dein Anfall durch den Anblick des Weihnachtsmanns ausgelöst wurde.«

Diana schluckte schwer und nickte. Im Moment sagte sie gar nichts.

»Also richtig«, fuhr er fort. »Nun, du wirst zugeben, daß das recht ungewöhnlich ist. Von dem alles andere als furchteinflößenden Charakter der Figur einmal ganz abgesehen, hätte ich gesagt, daß Onkel William so etwa der liebenswürdigste Mensch sein dürfte, dem ich je begegnet bin. Und damit nicht genug, er sieht auch so aus. Also, was steckt hinter dem Ganzen, hm? Weißt du irgend etwas Unschönes über den alten Knaben?«

Diana brachte ein sehr glaubwürdiges Lächeln zustande. »Nein«, entgegnete sie bestimmt. »Ich habe den alten Herrn noch nie gesehen und weiß nichts über ihn. Wahrscheinlich sieht er ja auch so nett aus, wie Sie sagen, aber ich fürchte, er hat mich an etwas ziemlich Schreckliches erinnert, das mich nicht Ihren Onkel in ihm sehen ließ, sondern ... Hören Sie! Möchten Sie wirklich etwas darüber wissen?«

Richard antwortete: »Unbedingt«, während ich bloß nickte. Mir schwante plötzlich die Wahrheit, und ich wollte meine Stimme nicht auf die Probe stellen.

Diana war jetzt viel gefaßter und sah wieder ganz wie sie

selbst aus. Es war offenkundig, daß sie unseren Gastgeber restlos für sich gewonnen hatte. Sie setzte sich anmutig in ihrem Bett auf und schlug die Beine unter, so daß sie aussah wie ein goldenes Kätzchen, und ich selbst hockte mich auf das andere Bett, während Richard in einem Sessel Platz nahm. Nachdem er höflich um Erlaubnis gefragt hatte, steckte er sich eine kleine Zigarre an und benutzte den metallenen Abfalleimer als Aschenbecher.

»Hilary weiß genausoviel darüber wie jeder andere«, sagte Diana. »Soviel wie ich selbst bis heute abend. Das mag sehr ominös klingen, aber es wird sich noch klären. Ehrenwort. Sehen Sie, solange ich denken kann, leide ich nämlich an Alpträumen, oder besser gesagt, einem einzigen Alptraum, der immer wiederkommt, und das mehrmals im Jahr. Danach war ich stets schwach, nervös und verängstigt, und das Schlimmste daran war vielleicht, daß ich mich hinterher nicht an das geringste erinnern konnte, außer daß er mich wahnsinnig erschreckt hat. Ich konnte ihn einfach nicht loswerden, weil ich ja nicht wußte, *was* ich da loswerden wollte. Sie verstehen?«

Richard verstand genau, hielt aber wohlweislich seinen Mund.

»Nun, jetzt weiß ich es. In all diesen schrecklichen Träumen wurde ich von einer Männergestalt heimgesucht – verfolgt – bedroht. Einer mächtigen, aufgedunsenen, grotesk fettleibigen Männergestalt mit einer riesigen Glatze und einem langen Bart. Der Bart ist dicht und weiß oder hellgrau. Und dieser Mann sieht mich mit seinen boshaften kleinen Augen an, in denen eine Art schreckliches, selbstgefälliges Vergnügen liegt – und er lächelt. Immer lächelt er. Sagen tut er nie etwas, aber ich weiß, was er mir zu verstehen geben will: Du gehörst mir, mir allein – und, oh, was werde ich mit dir für einen Spaß haben! Dann hebt er mich hoch, als wäre ich eine Puppe, und sieht mich mit einem schiefen, lüsternen Blick an, während seine Finger drücken und zwicken und streicheln ...« Sie brach ab und schauderte, aber sie weinte nicht, obwohl ich das bestimmt getan hätte.

»Wie ekelhaft«, sagte Richard. »Äußerst ekelhaft. Und wenn ich Onkel William auch nicht so ohne weiteres als grotesk bezeichnen würde, liegt doch jetzt auf der Hand, warum sein Anblick dir den Traum wieder ins Gedächtnis rief. Man wird wohl zugeben müssen, daß der alte Knabe genau wie der Geist in einer von Dickens' Erzählungen aussieht. Und jetzt zu dem Traum: Du sagst, du hättest ihn seit deiner Kindheit?«

»Ja. So lange ich zurückdenken kann.«

»Seltsam, daß er sich derart hartnäckig hält! Kannst du dich an sonst noch etwas erinnern? Hat der Mann sich im Lauf der Jahre überhaupt verändert?«

»Nein. Nein, ich glaube nicht. Aber ich mich selbst natürlich schon.«

»Ah, dann hat er dich also beim Heranwachsen verfolgt? Na, ich denke, das war ja auch zu erwarten, obwohl ich kein Psychologe bin. Es klingt ganz plausibel. Jetzt nur noch eine Frage. Verbindest du den Mann aus deinem Traum mit irgend jemandem, den du gesehen oder kennengelernt hast?«

»Nein, überhaupt nicht. Nicht einmal mit einem Bild. Sonst wäre es mir bestimmt schon früher eingefallen. Und davon abgesehen« – sie warf ihm ein charmantes Lächeln zu – »ähnelt Ihr Onkel William dem Mann aus meinem Traum wirklich nicht sehr stark. Es ist alles – wie sagt man doch gleich? – rein oberflächlich. Und wissen Sie ...«

»Ja?«

»Nun ja, es ist bloß ... ich bin mir keineswegs sicher, daß der Mann in dem Traum lebendig ist.«

Viel mehr gibt es über dieses Weihnachtsfest nicht zu berichten. Wir drei blieben noch eine Zeitlang ziemlich nachdenklich, aber es wurde allmählich klar, daß es Diana durch die Erinnerung an ihren merkwürdigen Traum und dadurch, daß sie ihn so genau geschildert hatte, gelungen war, den schwarzen Mann zu vertreiben. Bald war sie wieder die alte, ja, sogar noch mehr als zuvor, wenn ihr versteht, was ich meine. Fröhlich, liebenswürdig und sehr glücklich. Ich stimmte nur allzugern in ihre gute Laune ein. Den anderen sagten wir bloß sehr wenig, und sie hatten sowieso lauter Sachen im Kopf, die den Festtagen mehr entsprachen. Nur Richard, der von Natur aus ein nachdenklicher, besonnener Mensch zu sein schien, war alles andere als hysterisch vor Heiterkeit.

Wie alle Ferien, so gingen auch diese zu Ende. Mir fiel auf, daß unser Gastgeber bei seinem Abschied von Diana und mir uns besonders bedachtsam und erwachsen behandelte. Zumindest in einem Punkt schien er uns als seinesgleichen zu betrachten, und das bereitete mir große Genugtuung. Es war etwas sehr Außergewöhnliches, den Vater einer Schulfreundin beim Vornamen anzureden. Diana war immer noch glücklich und zufrieden, aber als er mir die Hand schüttelte, sagte Richard unauffällig: »Behalte dieses junge Fräulein im Auge. Wenn sie ihren Eltern nichts von dem Traum erzählt, dann ist es auch nicht deine Aufgabe. Klingt so, als wären es ganz nette, normale Menschen, und irgendwie glaube ich, es ist besser, wenn sie's nicht wissen. Aber du bist ja ein vernünftiges Mädchen. Halt einfach die Augen und die Ohren offen, und falls irgend etwas passiert, das dir nicht behagt – ich meine, irgend etwas, das mit dem Traum in Zusammenhang steht –, dann schreib mir ein paar Zeilen.«

Aber es geschah nichts, und drei Jahre lang bestand unser

einziger Kontakt in einer kurzen Notiz auf den Weihnachtskarten, die seine Tochter uns schickte. Während dieser ganzen Zeit kam der Traum nicht noch einmal. Dianas Eltern unterdrückten anfangs ihre Erleichterung; als aber sechs Monate ohne Traum vergangen waren, war ihre stille Freude und Zufriedenheit fast peinlich offensichtlich. Trotzdem hielt ich weiter Augen und Ohren offen, was Diana selbst jedoch kaum zu bemerken schien. Man hätte fast glauben können, dieser Alptraum wäre niemals dagewesen, und schließlich war sie sogar imstande, in unbekümmertem Tonfall über »diesen komischen Traum« zu reden, den sie früher immer gehabt hatte.
Dann wurde es wieder Weihnachten – wir beide hatten gerade unseren achtzehnten Geburtstag gefeiert und waren natürlich schon von der Schule abgegangen. Diana hatte eine Stelle als Privatsekretärin angenommen, während ich eine Ausbildung zur Lehrerin machte, und da unsere finanziellen Verhältnisse in diesen Jahren nicht besonders beneidenswert waren, freuten wir uns beide sehr, als wir eine ebenso höfliche wie freundliche Einladung nach Woodham Priors erhielten. Kopfschmerzen bereiteten uns lediglich unsere Eltern. Was würden sie dazu sagen? Aber wie sich herausstellte, gab es von dieser Seite keinerlei Schwierigkeiten. Meine Mutter jedenfalls hatte schon immer eine leichte Enttäuschung darüber verborgen, daß wir nicht wieder zu dem Mädchen eingeladen wurden, das für sie »unsere reiche Freundin« war, und freute sich daher ebensosehr wie Diana und ich.
Am 24. Dezember wurden wir von Richard und seiner Frau an der Haustür empfangen. Seine Tochter – wir hatten sie seit über einem Jahr nicht mehr gesehen – war für uns fast wie eine Fremde, obwohl wir natürlich sämtliche Phrasen von uns gaben, die der gute Ton verlangte. Die Mutter war

höflich, zuvorkommend und eine Spur geistesabwesend, aber der Vater unserer Freundin, Richard, hatte sich anscheinend gar nicht verändert. Er war so herzlich, aufmerksam und sensibel wie eh und je.
Als die beiden Frauen schließlich in die Küche gingen, sagte er: »Ich freue mich wirklich sehr, daß ihr gekommen seid.«
Dianas Lächeln grenzte haarscharf an eine Unverschämtheit, als sie fragte: »Und gab es einen besonderen Grund, uns einzuladen?«
Richards eigenes Lächeln darauf war sehr verbindlich. »Du meinst, einen anderen als den Umstand, daß wir euch gern haben? Ja, es gab noch einen Grund. Genauer gesagt, zwei. Erstens hat mich die Neugier geplagt, zu erfahren, was aus euch geworden ist, und es wird euch freuen zu hören, daß ihr euch beide prächtig herausgemacht habt.«
Ich erhaschte einen Blick schelmischer Belustigung von seiten Dianas, und wir machten beide einen Knicks, doch statt zu lachen, erwiderte Richard unseren Scherz mit einem würdevollen Handkuß. Danach lachten wir alle drei. Aber plötzlich wurde Richards Gesicht nachdenklich, und er fuhr fort: »Wie gesagt, gab es noch einen anderen Grund, euch einzuladen. Tatsache ist: Ich würde euch gerne jemanden vorstellen.«
Eine kurze Pause trat ein, und ich erwiderte nur: »Ach?«
»Ja. Jemanden, den ihr beide schon gesehen habt, aber bisher nicht persönlich kennt. Ich meine ... nun ja, den Onkel meiner Frau. Onkel William.«
Mit einemmal fühlte ich mich beunruhigt und fragte mich, ob dies ein kluger Schritt war. Das gequälte, von Schatten heimgesuchte Gesicht meiner Freundin, als sie zum ersten- und einzigenmal Onkel William erblickt hatte, trat mir wieder vor Augen. Aber schon gleich wurde

mein Unbehagen von Dianas freudigem Ausruf: »Oh, das ist ja wunderbar!« verscheucht. »Er hat mir geholfen, meinen Alptraum zu verbannen«, jubelte sie, »und ich würde ihn liebend gerne persönlich kennenlernen, um mich bei ihm zu bedanken!«

Ich merkte, daß Richard ebenso nervös gewesen war wie ich. Fast unwahrnehmbar entspannte sich sein Gesicht, und er erwiderte: »Na, großartig! Aber ich muß dir sagen, daß der alte Knabe über deinen Traum Bescheid weiß – im Gegensatz zu meiner Frau und meiner Tochter. Ich hielt es nur für recht und billig, ihm zu erklären, was hinter deinem recht dramatischen Verhalten damals gesteckt hat. Du wirst verstehen, daß er ein klein wenig verblüfft war. Er ist es nicht gewöhnt, daß junge Frauen bei seinem Anblick in Ohnmacht fallen.«

Onkel William erwartete uns im Herrenzimmer. Im Aschenbecher lag eine halb zu Ende gerauchte Zigarre, und seine massige, behagliche Gestalt ruhte tief eingeschlafen in dem danebenstehenden Sessel. Ich vermute, Richard hätte ihn ohne zu zögern geweckt, aber das war gar nicht nötig. Sowie die Tür hinter uns zuklappte, kam der alte Herr mit einem Ruck, oder besser gesagt, mit einem Blubbern zu Bewußtsein.

»Du meine Güte!« rief er. Und dann, als er eine Hornbrille aus seiner Brusttasche gefischt und sie recht skeptisch auf seine runde Stupsnase gesetzt hatte: »Na, das ist ja eine nette Überraschung! Der Bursche da hat mir zwar zwei Mädchen angekündigt, aber ich dachte, er bringt mir Kinder her. Daß es so gut aussehende junge Damen sind, darauf war ich nicht gefaßt. Donnerwetter!«

Warum man für die Rolle des Weihnachtsmanns gerade ihn ausgesucht hatte, lag auf der Hand. Sein Gesicht und sein Kahlkopf glühten rosafarben über seinem wolligen weißen Bart, seine von Lachfältchen umgebenen Augen funkelten fröhlich, und sein Bauch wackelte, wenn er kicherte. Er war alles in allem ein Mensch, den man einfach lieben mußte.

Er machte Anstalten, sich aus seinem Sessel zu erheben, wurde jedoch von Richard höflich, aber bestimmt wieder hineingedrückt, und während wir drei anderen Platz nahmen, beschäftigte sich Onkel William mit dem Anzünden seiner Zigarre.

»Also«, sagte er, »eine von euch ist doch das Kindchen mit den schlechten Träumen, nicht wahr?«

»Stimmt«, antwortete Diana. »Dieses – Kindchen bin ich.«

Er kniff die Augen zusammen und sah sie eindringlich an. »Der junge Richard hier sagt, der Buhmann in deinen Alpträumen soll so ein bißchen wie ich aussehn.«

»Ein bißchen.« Sie lächelte charmant. »Aber nicht sehr. Der Mann in diesem Traum ist einfach – entschuldigen Sie bitte – alt und dick gewesen, mit einem langen weißen Bart und einer Glatze. Aber der war ein Riese und grauenhaft, widerlich fettleibig, wogegen Sie ...«

Er tippte mit einem dicken Zeigefinger auf seinen Brustkorb. »Ich?« sagte er selbstzufrieden. »Ich bin dick. Das weiß ich, und ich bin glücklich damit. Aber gnade Gott all denjenigen, die mich fettleibig nennen! Dann hat er mir also gar nicht sehr geähnelt, abgesehen von gewissen Äußerlichkeiten, wie? Na, da fällt mir ja ein Stein vom Herzen. Wäre mir eine abscheuliche Vorstellung gewesen, wenn ich einem so hübschen Mädchen wie dir soviel Kummer gemacht hätte.«

»Das haben Sie durchaus«, entgegnete ich keck. »Aber letztendlich war doch alles zum besten, denn durch Ihren Anblick ist der ganze Traum aus Dianas Unterbewußtsein hervorgekommen, und sie hat ihn so sehen können, wie er

war. Damals muß das ein furchtbarer Schock gewesen sein, aber seither wird sie kein bißchen mehr davon geplagt.«
»Schocktherapie, was? Na, freut mich, daß alles so gut ausgegangen ist.« Aus irgendeinem Grund klang er ein wenig skeptisch.
Diana lächelte glücklich. »Das ist es, und ich bin Ihnen sehr dankbar.« Sie warf mir einen raschen, schelmischen Blick zu. Dann stand sie plötzlich auf, trat zu dem alten Mann und küßte ihn auf seine Glatze. Als der Ausdruck freudiger Überraschung auf seinem Pausbackengesicht in erheitertes Wohlgefallen übergegangen war, saß sie schon wieder brav auf ihrem Stuhl. Richard grinste breit. Ich wahrscheinlich ebenfalls.
Dann stellte ich eine zaghafte Frage. »Onkel William – dürfen wir Sie so nennen? –, warum haben wir Sie damals am Weihnachtstag nicht mehr gesehen?«
Er winkte mit einer großen Hand ab. »Ganz einfach, weil ich nicht hier war.«
»Nicht hier? Aber ...«
»Nein. Ich bin von zu Hause in Worcestershire heruntergefahren und habe bei meiner verheirateten Tochter in Maldon gewohnt. Ich war nur für das Treiben an Heiligabend hier. Als mein Sohn den Vorschlag machte, bei dieser Gelegenheit den alten Mummenschanz wiederzubeleben, weil eine Gesellschaft von jungen Mädchen dasein würde, war ich sofort einverstanden. Man hat mich ja schon oft für die Rolle des Weihnachtsmanns geholt, aber es war schön, einmal etwas Handfesteres zu haben als dieses ewige ›Ho, ho, ho!‹ und ›Bist du auch ein artiger Junge gewesen?‹. Jedenfalls bin ich, wie gesagt, nur für die ein, zwei Stunden nach Woodham Priors rübergekommen und anschließend wieder nach Maldon gefahren, damit ich rechtzeitig für meine Enkelkinder in die rote Kutte schlüpfen

und ihnen die Strümpfe auffüllen konnte. In den darauffolgenden Tagen waren wir dann ziemlich beschäftigt, und am siebenundzwanzigsten mußte ich zurück nach Hause. Das ist alles. In den letzten drei Jahren kam meine Familie immer nach Worcester rüber, um Weihnachten bei mir zu feiern. Ich bin jetzt selbst zum erstenmal wieder hier, seit unser kleiner Mummenschanz bei dir eine so unerwartete Reaktion ausgelöst hat.«

»Vor einer Weile«, sagte Richard zu Diana, »habe ich ihm den kleinen Zwischenfall in allen Details erzählt, inklusive deiner Beschreibung von diesem widerwärtigen Unhold aus deinem Traum. Und das war auch der Grund, weshalb sich der alte Knabe dieses Weihnachten bei uns eingeladen hat.«

Onkel William machte ein beleidigtes Gesicht, aber nicht sehr überzeugend, bevor er sagte: »Du weiß verdammt gut, daß ich ausdrücklich zu euch eingeladen wurde. Oder legt vielleicht nur meine Nichte Wert auf meinen Besuch? Ha! Na, bestens!« Er richtete seinen Blick wieder auf Diana und mich, und abermals trat diese leise Unsicherheit in seine Stimme. »Ich hatte tatsächlich einen Grund für mein Kommen, und Richard und ich sind zu dem Schluß gelangt, daß es eine gute Idee wäre, euch ebenfalls einzuladen. Und da diese Idee erwartungsgemäß auch den beiden Damen des Hauses gefallen hat, sind wir nun alle hier. Natürlich wollte ich euch beide gern kennenlernen, aber das war nicht der einzige Grund.

Bei deiner Beschreibung des Mannes in deinem Alptraum, der dich seit deiner Kindheit verfolgt hat, ist mir nämlich etwas eingefallen. Tatsache ist, daß sie verdammt gut einem meiner Vorfahren entspricht. Na schön, ich weiß, es laufen nicht gerade wenige dickwänstige alte Männer herum, selbst wenn man diejenigen abzieht, die glattrasiert sind oder volles Haar haben. Aber alte Bösewichte oder Lüstlinge sind sie ja wohl nicht alle? Mein Großonkel hingegen war das hoch drei. Und um allem die Krone aufzusetzen, hat er in diesem Haus hier gelebt. Genau gesagt, war er sogar der Erbauer.«

»Das Haus«, erklärte Richard, »gehört meiner Frau. Als das einzige Kind hat sie es von ihren Eltern geerbt, und es wird einmal an meine Tochter gehen. Ich bin hier nur geduldet.« Er stieß ein kurzes, selbstzufriedenes Lachen aus.

»Aber es wirkt so alt!« sagte ich. »Natürlich hatten wir heute keine Zeit, es uns richtig anzusehen, aber bei unserem ersten Besuch damals habe ich fest geglaubt, es sei elisabethanisch.«

»Tut mir leid, dich enttäuschen zu müssen. Es wurde um 1820 erbaut. Aber natürlich hat man es mit Absicht so gestaltet, daß es viel älter aussieht ...«

»Dieser schlimme Großonkel«, sagte Diana. »Wie hat er geheißen, und was hat er denn so Schlimmes getan?«

»Sein Name war Marcus Ridler«, antwortete Onkel William. »Er wurde 1756 geboren. Ja, da bleibt einem erst mal die Luft weg, was? Aber sein Bruder, mein Großvater, der bei Marcus' Tod alles geerbt hat, war fast vierzig Jahre jünger. Strenggenommen waren sie natürlich Halbbrüder. Marcus starb 1839, oder besser gesagt, er verschwand in diesem Jahr. Die Umstände seines Verschwindens sind ziemlich unklar und offen gesagt auch mehr als dubios. Es besteht keine Frage, daß er sich hier in der Gegend einen wirklich schlechten Ruf gemacht hatte und man nicht allzu scharf darauf war, Marcus' Verschwinden hinterherzuschnüffeln. Zweifellos aus verschiedenen Gründen. Ich vermute, man ahnte, wer da die Finger im Spiel hatte, und hätte ihn lieber gelobt als verurteilt. Und das beste Lob bestand unter diesen Umständen darin, einfach den Mund zu halten.

Fragt mich jetzt aber nicht, wer den Alten aus dem Weg geräumt hat, denn ich habe keine Ahnung. Da kämen gleich mehrere Personen in Betracht. Er hatte sich einen Haufen mächtiger Feinde gemacht.«

»Und wie?« fragte ich. »Was hat er getan?«

»Ha! Jetzt kommen wir zum springenden Punkt. Euch ist vielleicht aufgefallen, daß ich bisher eher um die Sache herumgeredet habe. Und rundheraus, sie ist auch ziemlich delikat. Dabei stört mich weniger die Tatsache, daß er ein Verwandter von mir war. Das Ganze ist schließlich schon lange her, und vielleicht hatte er die schlechten Veranlagungen ja auch von seiner Mutter geerbt, so daß unsere Familie sich gar keine Vorwürfe zu machen braucht. Wenigstens hoffe ich das. Jedenfalls haben wir seitdem alle ein recht untadeliges Leben geführt.

Im Grunde genommen war er ein Satyr, womit ich nicht sagen will, daß er Bocksbeine und Hörner gehabt hätte; die wären nicht schicklich oder standesgemäß gewesen. Aber Marcus Ridler war ein Wüstling und ein Sadist. Er hatte Marquis des Sades Thesen gelesen und sie doch tatsächlich für gut befunden, und aus den noch erhaltenen zeitgenössischen Berichten geht ziemlich eindeutig hervor, daß er die Theorien dieses Irrsinnigen nach besten Kräften in die Praxis umsetzte. Soweit ich sagen kann, war alles an ihm pervertiert. Er verkehrte Liebe in Lust, Autorität in Tyrannei. Seine Bildung brachte ihn dazu, Wege purer Bosheit und Verkommenheit zu beschreiten. Und nichts genoß er so sehr, wie anderen Schmerz zuzufügen. Ich möchte euch ersparen, was ich in einem der Briefe meines Großvaters an Schilderungen über die Dinge gefunden habe, die Marcus dem Spaniel seiner Mätresse antat. Schon das ist schlimm genug, aber es blieb ja nicht nur bei Tieren. Nun, meine Liebe, wenn Marcus das Schreckgespenst war, dann kann ich nur vermuten, daß du irgendwann einmal von ihm gehört oder ein Bild gesehen hast. Jedenfalls fällt mir nur eine Möglichkeit ein, sich zu vergewissern, ob dich Marcus Ridler die ganzen Jahre über verfolgt hat. Richard, mein Junge, ich bin schon zu alt, zu dick und zu bequem, um hier im Haus herumzuschießen. Wärst du wohl so freundlich, nach oben in mein Zimmer zu gehen und mir meine schwarze Aktenmappe zu holen?«

Weder Diana noch ich brachten es über uns zu sprechen, solange unser Gastgeber abwesend war, aber ich konnte mir schon sehr gut vorstellen, was sich in dieser Aktenmappe befand. Richard mußte seiner Frau und seiner Tochter etwas gesagt haben – obwohl mir schleierhaft war, wie er das schaffte, ohne ihnen etwas Genaueres über Dianas Alpträume zu verraten. Jedenfalls sahen wir die ganze Zeit, während wir mit Onkel William in diesem Zimmer saßen, nichts von den beiden.

Richard kam mit der Aktenmappe zurück und reichte sie wortlos Onkel William, der zwar das Schloß aufmachte, aber nicht eine Sekunde lang den Deckel hob.

»Ihr habt euch sicher schon gedacht«, sagte er mit ernsterem Tonfall, als ich es bisher von ihm gehört hatte, »daß ich auf ein Bild von Marcus Ridler gestoßen bin. Ich wußte, es gab eins – ich hatte es als Kind ja selbst gesehen, noch bevor ich irgend etwas über ihn erfuhr. Ich war damals zu jung und zu vertrauensselig, um hinter den gutmütig-vergnügten Ausdruck auf diesem dicken alten Gesicht zu schauen, und meine Eltern, Gott hab sie selig, wollten mir nur verraten, daß er der Großonkel sei, der dieses Haus erbaut habe. Erst viel später fand ich sein verkommenes Leben und sein zweifelhaftes Ende heraus und bemühte mich im Lauf der Jahre nach Kräften, ihn aus meinem Gedächtnis zu verbannen. Aber als Richard mir dann er-

zählt hat, was du sagtest, ist mir alles schlagartig wieder eingefallen. Besonders frappierte mich dieser Zufall, ich meine, daß du dich ausgerechnet in Marcus' eigenem Haus plötzlich haarklein an deinen Plagegeist erinnert hast. Und da dir das bei meinem Anblick passiert ist, dachte ich mir, nun ja, ich wäre es uns allen schuldig, einmal einen Versuch zu machen und zum Kern der Sache vorzudringen. Nun, meine Liebe, willst du das Bild lieber nicht sehen?«
Diana antwortete jedoch im Brustton der Überzeugung: »Ich möchte es sehen. Ich möchte Gewißheit haben. Bestimmt werden Sie mich verstehen.«
»O ja«, erwiderte er und öffnete seine Aktenmappe, um ihr einen kleinen, in ein Baumwolltuch gewickelten Gegenstand zu entnehmen, den er auspackte. Zum Vorschein kam eine Miniatur in einem vergoldeten Rahmen. Er starrte sie mehrere Sekunden lang an, ohne sie uns sehen zu lassen. Erst dann reichte er sie Diana.
Einen langen, schrecklichen Moment betrachtete Diana das Bild. Ihr Gesicht war kreideweiß, und ich konnte ein Zucken in ihrem linken Mundwinkel erkennen, aber sie sagte kein Wort. Gleich wird sie losschreien, dachte ich. Und wenn nicht sie, dann tu ich es! Aber sie schrie weder los, noch fiel sie in Ohnmacht. Sie machte nur die Augen zu und schluckte. Dann nickte sie.
»Ja. Das ist der Mann.«
Onkel William atmete tief durch und räusperte sich. »Bemerkenswert!« sagte er. »Ich hatte nämlich kaum zu glauben gewagt, daß er es ist. Da bastelt man sich diese phantastischen Erklärungen, ohne richtig davon überzeugt zu sein ...« Er verstummte und zündete sich eine neue Zigarre an.
Bald kehrte die Farbe in Dianas Wangen zurück, aber ihre Hand zitterte immer noch, als sie das Bild an mich weitergab. »Da«, sagte sie. »Das ist mein Schreckgespenst.«

Das Porträt wirkte wie eine grausame Karikatur von Onkel William. Der Abgebildete trug die Kleidung des frühen neunzehnten Jahrhunderts, und sein aufgedunsenes Gesicht sah den Beschauer mit einer schrecklich ironischen, falschen Gutmütigkeit an.

»Was für ein widerliches Ding«, sagte ich, als ich es an Richard weitergab, und das war noch gelinde ausgedrückt. Onkel William betrachtete uns eine Weile mit düsterem Blick, so als würde er sich überlegen, was er sagen sollte. Zum Schluß faßte er seine Entscheidung. »Tut mir leid, meine Liebe. Tut mir wirklich leid. Offenbar ist es mein Schicksal, dich in Kummer zu stürzen.«

»Güte durch Grausamkeit«, erwiderte Diana mit einem recht unsicheren Lächeln. »Nein, Sie sind ein Schatz, und Sie haben sich sehr vernünftig verhalten. Ich will nicht bestreiten, daß es etwas hart für mich ist, aber ich bin froh, daß ich dieses Ding da gesehen habe. Weiß der Himmel, wie dieses schreckliche Gesicht sich in meine Träume geschlichen hat, aber wenigstens weiß *ich* jetzt, daß es ein richtiges Gesicht und ein richtiger Mensch war. Außerdem hat mich der Alptraum ja schon vier Jahre verschont.«

Der alte Mann erwiderte ihr Lächeln, aber Richard blieb sehr ernst. »Ich komme einfach nicht davon weg«, sagte er, »*wie* Marcus Ridler in deine Träume geraten ist. Bist du ganz sicher, daß du niemals von ihm gehört oder ihn auf einem Bild gesehen hast?«

»Ganz sicher. Vergessen Sie nicht, ich war ja noch schrecklich jung, als ich diesen Traum zum erstenmal hatte, und hätte *ich* damals so etwas Grauenhaftes gesehen, dann bestimmt auch meine Eltern. Sie hätten irgend etwas gesagt.«

»Hm. Kann sein, aber sie wußten ja ebensowenig wie du, was deine Nächte zu so einer Qual machte.« Er zuckte mit den Schultern. »Nun ja, wir müssen uns wohl damit abfinden, daß es ein Geheimnis bleibt. Jetzt ist ja alles vorbei, und wir können uns auf ein fröhliches Weihnachtsfest freuen. Ich rufe meine Frau und meine Tochter herein, dann können wir eine Flasche aufmachen. Ich glaube, das ist eine gute Idee. Trinken wir auf ein glückliches Wiedersehen.«

Fröhlich? Ja, ich denke, das waren wir, obwohl es nur wenig herzhaftes Gelächter, dafür aber oft ein Lächeln und zufriedenes Gekicher von seiten Onkel Williams gab. Wir waren glücklich, das ist besser als fröhlich. Und für mich war es das letzte Weihnachten, an dem ich wirklich sagen konnte, daß ich glücklich war.

Wir, das heißt, zumindest die weiblichen Mitglieder der Gesellschaft, gingen bald nach Mitternacht zu Bett, weil wir uns verabredet hatten, die Frühmesse in der Pfarrkirche zu besuchen. Diesmal hatten Diana und ich zwar getrennte Zimmer, aber wir plauderten noch eine ganze Weile, bevor Diana sagte: »Gute Nacht, meine Liebe, und träume süß. *Ich* jedenfalls tue das ganz bestimmt. Jetzt sind die schlimmen Nächte für alle Zeiten vorbei, und man kann sich nur auf gute freuen.« Sie gab mir einen Kuß, ging auf ihr eigenes Zimmer, und wenig später hörte ich die beiden Männer. Sie bewegten sich flüsternd und übertrieben leise durch den Korridor. Dann schlief ich ein.

Kurz nach sechs weckte mich eine Gestalt, in deren bleichem, eingefallenem Gesicht ich kaum das von Richard wiedererkannte. »Hast du in der Nacht irgend etwas gehört?« fragte er abrupt.

»Nein, nichts – nichts, glaub ich. Ich habe einen ziemlich festen Schlaf. Wieso? Was ist los? Was ist, Richard?«

Er setzte sich einen Moment aufs Bett und nahm dabei meine Hände zwischen die seinen. »Es ist wegen Diana«, sagte er. Ich konnte sehen, daß er sich zwang, die Ruhe zu bewahren. »Sie ist aus ihrem Zimmer verschwunden. Lieber Gott, hätte ich sie doch nur nicht eingeladen!« Er sah mir mit ängstlichem, durchdringendem Blick ins Gesicht. »Sie ist doch keine Schlafwandlerin, oder? Wenn's doch nur das wäre ...! Aber weißt du, ich habe Angst – ich habe solche Angst!«

»Wie? Wovor haben Sie Angst?«

»Ich habe Angst, daß sie entführt wurde.«

Ich scheuchte ihn aus dem Zimmer, solange ich mich in aller Eile anzog. Dann ging ich geradewegs in das von Diana, wo schon alle vier beisammen waren. Unsere Gastgeberin hatte in einem Sessel Platz genommen und starrte mit stumpfem Blick auf den Boden, während ihre Tochter neben ihr kniete und ihr die Hände hielt. Richard und Onkel William standen bei dem verlassenen Bett. Sie sprachen miteinander, und ihre Stimmen klangen leise und verzweifelt. Bei meinem Anblick verstummten die beiden sofort. Wortlos nahm mich der alte Mann an der Hand und deutete auf das Bett.

Anscheinend hatte man das Laken grob heruntergerissen. Dianas Strümpfe und Kostüm lagen am Boden verstreut, und das ließ mich das Schlimmste ahnen, denn ich wußte, daß sie in bezug auf ihre Kleider ein geradezu penibler Mensch war.

»Meine Frau wurde von irgendeiner Unruhe im Haus geweckt«, sagte Richard. »Aber erst nach einer Weile hat sie sich gedacht, daß es aus Dianas Zimmer kommen könnte. Als sie auf den Korridor trat, sah sie die Tür des Zimmers offenstehen. Sie hat hineingeschaut und alles so gefunden, wie du es hier siehst. Auf ihren Ruf hin bin ich sofort gekommen. Zu diesem Zeitpunkt waren auch die beiden anderen schon wach. Ich habe die Frauen Onkel William anvertraut und das Haus gründlich durchsucht. In dein

Zimmer habe ich zuallererst geschaut, aber du warst eindeutig allein. Und da es auch anderswo keine Spur von Diana gab, habe ich dich geweckt.«

Vor meinem geistigen Auge entstanden alle möglichen wahnsinnigen, gräßlichen Bilder. Meine arme, liebste Diana! »Wir müssen noch einmal alles durchsuchen«, sagte ich. »Aber diesmal komme ich mit.« Ich sah zu den beiden Frauen mit ihren weißen Gesichtern, ihren in sich gekehrten Blicken, und zu Onkel William, der jetzt plötzlich sehr alt wirkte. Seine Pausbacken schienen eingefallen, er schaute schrecklich aus. Alle drei waren gute Menschen, aber im Moment völlig nutzlos. Nur Richard und ich konnten tun, was getan werden mußte.

Das einzige, was in unserer Macht stand, war, das Haus von oben bis unten zu durchsuchen, und das taten wir auch. Allem Anschein nach war alles in Ordnung. Es gab nichts, was sich nicht dem fröhlichen Beisammensein von gestern abend hätte zuschreiben lassen. Und es gab keine Spur von Diana. Wir mußten das Schlimmste befürchten.

Als wir wieder nach oben kamen, stellten wir fest, daß Richards Frau zu Bett gegangen war. Ihre Tochter hatte soviel Verstand besessen, ihr ein Beruhigungsmittel zu geben. Onkel William war ein fassungsloses Wrack von einem Mann. Er saß auf einem Stuhl, und wir ließen ihn allein, um wieder ins Vestibül hinunterzugehen, dessen bunte Dekorationen mir wie ein grausamer Scherz vorkamen.

Im ersten Tageslicht suchten wir das umliegende Gelände ab, und nicht lange, da entdeckte Richard etwas, das nicht dorthin gehörte. Irgendwann während der Nacht hatte es geregnet, und im Schlamm bei den Ställen fanden sich Fußabdrücke – große, tiefe Fußstapfen. Das Bild, das sie in mir wachriefen, erschreckte mich so sehr, daß ich mich fest an Richards Hand klammerte, während wir der Spur folgten. Sie war sprunghaft und unterbrochen, doch an einer Stelle ließ sich mit grauenvoller Klarheit erkennen, daß man etwas über den Boden geschleift hatte. Die Fährte lief unerbittlich auf die Stallungen zu.

Was wir dort fanden, hat in der Gegend viele wilde Spekulationen ausgelöst. Vielleicht ist es ein Glück, daß sie nie bis in die Landespresse gedrungen sind. Jedenfalls erlitt der gute Onkel William einen Herzanfall, von dem er sich nie wieder richtig erholte. Ein paar Monate blieb er noch am Leben, war aber nur ein Schatten seiner selbst. Die Wirkung, die der Vorfall auf mich ausübte, war zwar weniger drastisch, dafür jedoch nachhaltiger.

Jemand hatte die mächtigen Steinquader, die den Boden des Stalles bildeten, herausgerissen und zerbrochen, während die festgestampfte Erde darunter bis in etwa drei Meter Tiefe aufgewühlt war. Als die Polizei eintraf, hatte sie überraschend wenig Mühe zu graben, und nicht lange, da stieß man auf die Leiche meiner bedauernswerten Freundin. Ich schätze, das war unvermeidlich. Was die Beamten jedoch schockierte, in Richard und mir aber nur eine übelkeitserregende Bestätigung unseres Verdachts hinterließ, war die andere Leiche.

Genau gesagt, handelte es sich um das Skelett eines älteren Mannes. Fleisch hing keines mehr daran, doch es gab noch Überreste von Kleidern und Metall sowie Knochensplitter. Der Schädel war mit einem schweren Gegenstand zertrümmert worden und die Arm- und Beinknochen gebrochen – wahrscheinlich bereits vor dem Tod. Schien aber schon das schlimm genug, so waren es die Verletzungen an der Leiche meiner Freundin, die mich wirklich entsetzten. Sie entsprachen haargenau denen des Mannes. Und seine dürren, zerbrochenen Knochenhände hielten die ihren besitzergreifend umklammert.

Hilarys Hände zitterten so stark, daß sie ihr Streichholz einfach nicht ruhig an die Zigarette halten konnte. Widerwillig ließ sie sich von mir Feuer geben und sog den Rauch tief in sich ein. Als sie ihn wieder ausstieß, entspannten sich ihre Züge, und sie betrachtete uns mit diesem plötzlichen, unerwarteten Lächeln, das den Charakter ihres Gesichts völlig veränderte.
»Seit dieser Zeit«, sagte sie, »bin ich diejenige, die unter Alpträumen leidet.«
George blickte sie ungewöhnlich mitfühlend an. »Ich kann mir schon denken«, sagte er, »daß der Ausdruck auf dem Gesicht deiner toten Freundin schwer zu vergessen ist.«
Sie schloß ihre Augen und zog noch einmal an ihrer Zigarette. »Da hast du natürlich recht«, sagte sie, »aber nicht das ist es, was mich in meinen Nächten heimsucht. In meinen Träumen sehe ich Diana friedlich in ihrem Bett liegen. Es ist Heiligabend, und sie wartet auf den Weihnachtsmann, ›diesen dicken, alten freigebigen Geist‹ – und er kommt tatsächlich. Er kommt, und er ist ein grotesker, abstoßender Fettsack, der mit bösen, wollüstigen Äuglein auf sie herabschaut. Dann streckt er seine riesenhaften Hände aus und ...«
Hilary schauderte. »Fröhliche Weihnacht, alle zusammen!« sagte sie, und ihr Lächeln war der pure Sarkasmus.

Auf den Flügeln des Gesangs

David G. Rowlands

David G. Rowlands (geb. 1943 und von Beruf Biochemiker) gehört zu Englands begabtesten Autoren von Horror- und Geistergeschichten. Er hat viele hervorragende, originelle Erzählungen verfaßt, die im Laufe der letzten zwanzig Jahre erschienen sind, und liefert regelmäßig Beiträge zum *Holly Bough,* einer Weihnachtszeitschrift des *Cork Examiner.* »Auf den Flügeln des Gesangs« ist eine bisher unveröffentlichte Weihnachtsgeschichte, die eigens für diese Anthologie geschrieben wurde.

Und horch, ans Ohr dringt leis' und sacht
Der Warnsirenensang der Nacht ...

Es war ein schwüler, stickiger Juniabend, und ich saß mit meinem Freund Patterson in der Nähe des Landungsstegs, der zu dem kleinen Sommerhaus mit Schuppen gehörte. Der Garten grenzte nämlich an den Fluß. Mücken tanzten aus dem Gras empor, und unser geselliges Schweigen aus dem Schutz einer dicken Tabakswolke heraus wurde von dem Sirren eines solchen Insekts gestört. Zu meinem Erstaunen wirkte Patterson zuerst nervös, dann erschrocken und klatschte schließlich mit seiner Zeitung nach dem unwillkommenen Gast.

»Keine Sorge«, sagte ich gutgelaunt, »das ist ein *Culex,* der sticht Menschen fast nie. *Anopheles* und *Theobaldia*, vor *denen* muß man sich hüten. Die saugen Menschenblut und kommen ganz leise; typisch weibliche Raubgier.«

Patterson lächelte schwach und beinahe entschuldigend. »Ja, das weiß ich. Aber das Surren einer Stechmücke im Dunkeln verbindet sich für mich mit den unangenehmsten Erinnerungen.«

»Dann solltest du mir vielleicht besser davon erzählen und diese Erinnerungen bannen«, meinte ich.

Patterson schwieg eine Weile, und seine Augen waren auf die Insektenschwärme über dem träge dahinziehenden Wasser gerichtet.

Schließlich sagte er: »Das tue ich auch vielleicht. Aber es ist nicht ganz einfach, die Szenerie zu entwerfen, denn meine Geschichte hat sich an Weihnachten zugetragen, als ich noch ein Junge war.«

»Klingt schon mal ganz gut«, ermunterte ich ihn. »Eine schöne Weihnachtsgeschichte – sehr englisch, mit altem Landhaus und allem Drum und Dran. Aber Stechmücken kommen ja wohl keine darin vor? Die verschwinden an Weihnachten doch Gott weiß wohin, dort, wo auch die Fliegen sind ...«

»Dieser schnoddrige Tonfall, mein Lieber, wird dir schon noch vergehen, wenn du meine Geschichte erst gehört hast«, entgegnete er. »Aber egal. Mach dir dein eigenes Bild.«

Wir lehnten uns bequem in unsere Sessel, und während das Licht allmählich schwand, begann Patterson mit seiner Geschichte.

»Du erinnerst dich doch bestimmt noch an Hulme-Beamans ›Toytown‹-Geschichten?« Ich nickte. »Und an die zu Recht gepriesenen Rundfunkbearbeitungen, die ›Onkel

Mac‹ in der Kinderstunde erzählt hat – mit ihm als Larry dem Lamm, den wunderbar volltönenden Stimmen von Felix Felton als Bürgermeister, Ernest Jay und anderen?« Ich nickte erneut. »Dann wirst du dich auch an die Kinderbuchvorlagen und das Toytown Theatre Royal erinnern, das eine Marionettentruppe unterhielt und regelmäßig Stücke aufgeführt hat. Das beliebteste davon war ›Der Müller und seine Männer‹, mit diesen dramatischen Schlußbildern von der Explosion, für die Montague Summers so schwärmte – lauter rotes und grünes Theaterfeuer und viel Pulverkrach.
Dieses Stück gehörte trotz seiner Zeitgebundenheit zu den Lieblingsstücken von meinem Schulfreund Christopher Wilson und mir. Unser eigenes Puppentheater war zwar nicht so prachtvoll wie das Theatre Royal, denn unsere Darsteller waren ziemlich vom Schlage dessen, was Reverend Summers als die *juvenilia dramatica* bezeichnet hat, nämlich aus Pappe. Und genauso, wie wir uns nur ein paar Ausschneidebogen leisten konnten (ein Nachhall der alten ›Ein Penny schwarzweiß/zwei Penny in Farbe‹-Zeit und bestimmt nicht die hochglanzbedruckten *Puffin Books à 3/6*), bearbeiteten und kürzten wir die Stücke für unsere Zwekke, entwarfen das Bühnenbild, zeichneten unsere Figuren, schnitten sie aus und bemalten sie mit bunter Tinte. Ach, da fällt mir das alles wieder ein. Ich kann diese Tinte jetzt richtig riechen. Die meisten Dialoge stammten von Chris, und ich schrieb die Musik beziehungsweise ›bearbeitete‹ vorhandenes Klaviermaterial (sprich: Ich kupferte ab).
An diesem Punkt muß ich noch einmal an Reverend Summers erinnern, um klarzustellen, daß wir unsere Inszenierungen sehr ernst nahmen. Sie wurden für den Winter vorbereitet, und in den vier Jahren, in denen sich unser Interesse entwickelt hatte, war es Familiensitte geworden,

daß man sich am Weihnachtstag nach dem Tee unsere neueste Bemühung zu Gemüte führte.
Im letzten Jahr war es etwas ganz Besonderes gewesen. Chris' Vater, ein ausgezeichneter Hobbytischler, hatte unser selbstgebasteltes Pappdeckeltheater, das nach dem Vorbild der Bühne von Windsor gebaut war, in festes Holz samt Batteriebeleuchtung, funktionierenden Vorhängen und sogar einer Schutzwand aus Asbest umgesetzt. Die Vorhänge hatte meine Mutter gemacht. Das alles ging ganz heimlich vonstatten, bis man die große Überraschung aus dem Sack ließ. Wir waren ganz weg. Zum Glück konnten wir mit einer Inszenierung aufwarten, die dem Anlaß gerecht wurde, einer gekürzten Fassung der ›Kröte von Krötinhall‹, bei deren Figuren wir uns an Shepards vielgeliebte Illustrationen hielten. Nur die Tonartenwechsel der wunderbaren Fraser-Simpson-Musik machten Moira, meiner großen Schwester, ziemlich zu schaffen. Aber trotzdem verlief alles glatt, das Stück kam an, und jeder sang mit bei solchen Chören wie ›Auf, Freunde, jetzt gibt's Dresche!‹ und ›Als Kröte heimkam‹. Und genausowenig werde ich den stillen Charme vergessen, mit dem Chris' Schwester das Titelmotiv vortrug, ›Der Wind in den Weiden‹. Aber für meine Geschichte ist nur von Bedeutung, daß wir uns nach dieser Sternstunde sehr unter Druck gesetzt fühlten, um nächstes Weihnachten etwas noch Besseres zu bieten.
Chris und ich berieten uns das ganze Jahr hindurch über in Frage kommende Themen, überlegten hin und her, waren aber in den Frühlings- und Sommerferien doch mehr mit Kanufahren, Insektenjagd und Radeln beschäftigt, kurz damit, unsere Atempause von der förmlichen Schulerziehung zu genießen.
Eines Tages waren wir mit unseren Rädern unterwegs. Ich erinnere mich noch, daß wir nach einer steilen Aufwärts-

fahrt voll Freude auf der anderen Seite hinunterpreschten. Chris fuhr vorneweg und rief mir etwas zu, wobei seine Worte in dem sausenden Luftstrom, der sie trug, an Enthusiasmus gewannen.

›He, wie wär's denn mit so was richtig Grusligem für Weihnachten? So was wie *Dracula*?‹

›Da kennen wir doch noch nicht mal die Geschichte richtig‹, wandte ich ein.

Aber Chris blieb hartnäckig, und nach und nach gewöhnte ich mich an den Gedanken.

Das Buch stand sogar bei Mr. Wilson im Regal, aber es gehörte zu den ›unerlaubten‹. Natürlich hatten wir aufgrund dieses halbherzigen Verbots schon einmal die Nase hineingesteckt, fanden das Ding aber ziemlich langweilig. Vor kurzem jedoch hatte ein tüchtiger Verleger spitzbekommen, daß Kinder die ›Klassiker‹, die angeblich gut für sie seien, zwar oft nicht gerne lesen, sie in Form von Comic-Heften aber bereitwillig verschlingen, und so war ›Illustrierte Klassiker‹ in den Groschenbuchläden erschienen. Der Preis war für Ende der Vierziger ziemlich gesalzen – ein Shilling –, aber dafür hatte man die Handlung geschickt adaptiert und, was wichtig war, um elterliche Zensur zu vermeiden, mit guten Figurenzeichnungen versehen. Die meisten der angebotenen Titel stammten von Scott, Dickens oder Shakespeare, aber zwischen den Alcotts, Hodgson Burnetts, Austens und Eliots lauerten *Die Schatzinsel, Dr. Jekyll und Mr. Hyde, Frankenstein* und, jawohl, auch *Dracula.* Und genau der wurde von uns redlich erworben und studiert, obgleich nicht ohne ein paar Finanzschwierigkeiten. (Beim Theater ist es doch immer dasselbe!) Die Handlung war gut gekürzt, und die Bildvorlage ließ neben manchen packenden Szenen auch einigen Bedarf an schöpferischer Phantasie vermuten, was Mondschein-,

Wolfs- und Fledermauseffekte betraf. Zumindest war gerade die richtige Jahreszeit, um abendliche Fledermausflüge zu studieren.
Ja, wir fragten sogar unseren Gemeindearzt, Dr. Edmonds (der als Naturkundler der Gegend bekannt war), wo man nach schlafenden Fledermäusen zu suchen hätte, und kletterten einige Zeit zwischen den gefährlich morschen Balken der seit langem stillgelegten Wassermühle herum. Dabei holten wir uns jede Menge Stiche von den Insekten am Mühlenteich, einem stehenden Gewässer, und einer dieser Stiche verursachte bei mir eine Woche lang eine Hautentzündung sowie ein entzündetes Handgelenk, während Chris starke Halsschmerzen bekam.
Nun waren wir uns zwar einig, daß Fledermäuse einen gruseligen Effekt abgaben, und hatten auch einige düstere Beleuchtungseffekte ausgetüftelt, indem wir die Hitzeschwaden einer Kerze dazu benutzten, vor einem nur als Silhouette erkennbaren Hintergrund eine Flimmerbewegung zu erzeugen, aber daß wir den Grafen selbst in Gestalt einer Fledermaus zeigten, stellte Chris nicht zufrieden. Als beschlagener junger Naturwissenschaftler wollte er etwas haben, daß wirklich in England nachts Blut saugte, und da die Untoten laut Stoker (beziehungsweise dem Kauderwelsch der Vampirsage) auch als Fliegen oder Nachtfalter auftreten durften, fand er es plausibel, den Grafen als eine riesige Stechmücke darzustellen. Das funktionierte in den Flugszenen ziemlich gut, aber wenn unser Held auf festem Boden gelandet war und aufrecht ging, mußten wir einige überschüssige Beine und Fühler wegzupfen. Doch bei einer Papierfigur klappte auch das einigermaßen. Wie Chris nämlich sarkastisch bemerkte, sind Volkssagen ohnehin oft ziemlich dumm, und wenn der Graf sich bei Tagesanbruch in seinen Sarg zurückzöge, dann würde das Blut, in dem

er schwamm, an einem Insektenkörper *nicht* klebenbleiben; in den Comic-Heften war ja die unvermeidliche Galakleidung des Grafen stets makellos sauber. Ich wies zwar darauf hin, daß nur weibliche Stechmücken Blut saugen (die Männchen sind nämlich Vegetarier!), wurde aber überstimmt. Die sexuellen Aspekte von Stokers Schauergeschichte waren in der Comic-Version eindeutig heruntergespielt.

Was mir Bauchschmerzen machte, war die Musik. Wir hatten im News Theatre Disneys *Skelettanz* gesehen (von Chefzeichner Ub Iwerks, der später für Columbia ein farbiges Remake dieses Films machte: *Skeleton Frolic*) und in der Hoffnung auf Inspiration die dazugehörige Partitur studiert. Auch hatten wir uns auf unserem Grammophon Orchesterfassungen von Musik aus *Faust* und die *Nacht auf dem Kahlen Berge* angehört; am Schluß jedoch blieb ich auf meine eigene Kreativität angewiesen (was durch das entzündete Handgelenk nicht gerade erleichtert wurde). Ich suchte auf dem Klavier ein paar unheimliche Akkordfolgen zusammen, aber meine Schwester war von der Musik, die sie zu spielen hatte, nicht sehr beeindruckt.

Chris hatte ein paar glänzende Gruselszenen ausgeheckt – die meisten von hinten beleuchtet und nur als Schattenriß erkennbar –, und wenn er den Grafen in der Luft schweben oder in Stechmückenform zu ruchlosen Taten herumfliegen ließ, wurde dieser von einem angemessenen Sirren begleitet. Zugegeben, es klang mehr wie die Motorradsirene eines amerikanischen Streifenpolizisten als nach dem wütenden Kraftaufwand des *Culex,* aber es war sehr effektvoll, weil es über den gedämpften Klängen des Klaviers ertönte – zumal, wenn die gräfliche Stechmücke in Lucys verdunkeltem Schlafzimmer auf dem Bett landete. Das jähe Ende dieses Sirrens ließ Fürchterliches ahnen.

Während unserer Proben in den letzten Tagen vor Weihnachten mußte ich jedoch feststellen, daß Chris außergewöhnlich unruhig und reizbar geworden war. Die Mädchen behandelte er regelrecht bissig, und mich beschimpfte er, wenn wir über ein inszenatorisches Detail oder die Wiederholung irgendeiner Szene stritten. Aber der Regisseur war er, und ich fand mich damit ab, soweit ich konnte – bis an Heiligabend das Maß voll war. Ich explodierte.
›Hör zu, Chris! Jetzt wird's mir aber allmählich zu blöd. Das hier ist ein Spiel, es soll Freude machen. Aber wenn du dich weiter so aufführst, helfen uns die Mädchen nicht mehr bei der Musik und bei den Dialogen, und dann sind wir aufgeschmissen. Es wär doch ein Jammer, wenn wir noch mal *Waterloo* spielen müßten, und das zu zweit!‹
›Tut mir leid, Pete‹, brummte er reumütig. ›Du hast ja recht. Ich werde mich bei den Mädchen entschuldigen. Aber mir geht's dermaßen dreckig ... Hoffentlich schaff ich die Sache noch.‹
Ihm stand der Schweiß auf der Stirn, und ich fühlte nach, ob er Fieber hätte. ›Blödsinn, du Idiot! Du gehörst ja ins Bett.‹
›Übermorgen‹, erwiderte er. ›Ich nehme ein paar Aspirin, die werden mich über Wasser halten.‹ Und das taten sie anscheinend.

Es war Sitte in unserer Familie, daß wir am Weihnachtstag zu den Wilsons hinübergingen (die sich mit einem Silvesterbesuch revanchierten). Wie es aussah, hatte Chris zwar erhöhte Temperatur, aber trotzdem noch Appetit. Nach dem Tee bezogen wir hinter unserem Theater für die Aufführung von *Dracula* Stellung. Vor allem unsere Mütter waren von der Themenwahl (immer ein streng gehütetes Geheimnis) nicht sonderlich angetan, aber im Lauf der beiden zwanzigminütigen Akte entwickelte sich das Ganze dann doch zu einem Erfolg. Man applaudierte für das Bühnenbild, die einzelnen Szenen und nicht zuletzt die Effekte; obwohl es schon ein bißchen wurmte, daß niemand etwas zur Musik sagte (außer Moira – aber etwas dagegen!). Während der Pause gestand mir Chris, daß er sich wieder ziemlich krank fühle, aber die Vorstellung zu Ende bringen wolle. Ich erklärte mich freiwillig zum Aufräumen bereit, wenn er sich dann ins Bett legte.

Als alles vorbei und der letzte Vorhang gefallen war, tat er das auch, und beim Zusammenpacken der Kartons konnte ich seine Mutter mit ihm schimpfen hören. Sie maß ihm nämlich gerade das Fieber und gab ihm Grippetropfen.

Wieder zu Hause, verzehrte ich ein kleines Abendbrot (die unvermeidlichen Reste des Mittagessens) und ging zu Bett, weil ich es eilig hatte, mit einem der *Sanders of the River*-Bücher zu beginnen, das mir geschenkt worden war. Ich las eine Weile über Bosambo und die Ochori, sagte kichernd zu mir selbst ›Oh, Ko‹, machte dann das Licht aus und ging noch einmal zum Fenster. Ich zog den Vorhang zurück. Das Wetter entsprach immer noch nicht der Jahreszeit. Wir hatten bislang keinen Schnee. Statt dessen war es ziemlich mild, naß und stürmisch; alles andere als fröhliche rote Gesichter, ›Ho, ho, ho‹, gewürztes Bier und Schneeballschlachten. Als ich mich wieder hinlegte, fragte ich mich, wie es Chris wohl jetzt ginge.

Es ist nie gut, mit vollem Magen ins Bett zu gehen, und nach den Aufregungen des heutigen Tages und dem Erfolg von *Dracula* ließ es sich vielleicht nicht vermeiden, daß ich träumte.

Das, woran ich mich nachher erinnerte, war ein abgedunkelter Raum, in dem ich das bohrende Sirren einer Stech-

mücke vernahm – leise zuerst, aber immer lauter, je näher das Biest kam. Meine Augen gewöhnten sich an die Dunkelheit, und ich erkannte Chris' Zimmer. Chris selbst lag im Bett, aber er wälzte sich herum und murmelte im Schlaf, während das Gesumm der Stechmücke immer stärker wurde. Dann ließ sich eine riesige schwarze Gestalt mit durchsichtigen Flügeln auf ihm nieder, und das Sirren verstummte. Ich rief inzwischen schon ›Chris, aufwachen! Wach auf!‹, denn der Traum eskalierte zusehends zu einem Alptraum. Die riesige Kreatur hatte Chris ihren Rüssel in den Hals getaucht und drehte zwei mächtige, hervorstehende, rot glitzernde Augen etwas in meine Richtung. Ich hatte mir Chris' Kanupaddel geschnappt und wollte das furchterregende Biest gerade vertreiben, da erwachte ich.
Puh, dachte ich mit einem Seufzer der Erleichterung. Ich war förmlich in Schweiß gebadet, mein Schlafanzug klebte an meinem Körper, und mein Herz pochte noch von der gräßlichen Lebhaftigkeit des Traumes. Normalerweise bleibt ja, wenn man aus einem Alptraum erwacht, das Angstgefühl, und die Einzelheiten verblassen, aber genau das passierte nicht. Vor meinem geistigen Auge stand nach wie vor die ganze grausige Szene. Ich machte die Lampe an und sah auf meine Armbanduhr neben dem Bett: halb zwei.
Mit der unbekümmerten Entschlußkraft eines Elfjährigen zog ich mir meine Strümpfe an, stopfte die Schlafanzugbeine hinein, schlüpfte in ein Flanellhemd, eine Strickjacke, und zum Schluß folgten meine Turnschuhe. Dann öffnete ich leise das Fenster. (Chris und ich ölten regelmäßig die Angeln und den Riegel, da wir oft diesen Ausgang benutzten.) Es war nicht schwer, von dort auf den Apfelbaum und in den Garten hinter dem Haus zu kommen. Verstohlen drückte ich mich durch die Gartentür – wobei

ich wachsam nach roten Augen Umschau hielt – und dann die Straße zu den Wilsons entlang.
Der Weg zu Chris' Fenster bestand aus einer Kombination von Efeu und Dachrinne. Ich leuchtete mit meiner Taschenlampe durch die Gitterscheiben ... das Bett meines Freundes war leer, das Bettzeug zerwühlt, und er selbst ... er selbst kroch gerade durch den Korridor davon. Da das obere Querfenster gekippt war, fischte ich die Drahtschlinge heraus, die wir immer hinter der Regenrinne hängen ließen. Damit war der Riegel im Nu geöffnet. Das Fenster schwang nach innen, und leise ließ ich mich hineinfallen. Meine Lampe zeigte mir, daß mein Freund an der Biegung des Treppenabsatzes krabbelte, auf dem Weg zum Zimmer seiner Schwester. Ich zischte: ›Chris! Was ist?‹, und er wandte mir sein Gesicht zu. Es war schmerzverzerrt. Da ich Jill ziemlich gern mochte und nicht wollte, daß er sie erschreckte, setzte ich ihm nach, und wir rollten die drei Stufen zum Stockwerk seiner Eltern hinunter. Er glühte vor Hitze und war naß von Fieberschweiß; außerdem sah ich im Schein der Taschenlampe dicke rote Flecken an seinem Hals und in seinem Gesicht. Der Krach, mit dem wir in die Schlafzimmertür schmetterten, brachte das ganze Haus auf die Beine.
Die unmittelbare Reaktion war zu erwarten, weil man wußte, daß wir zwei, wie schon gesagt, öfter heimliche Nachtausflüge unternahmen. Man merkte jedoch rasch, wie krank mein Freund war.
Der arme Dr. Edmonds wurde aus seinem Bett geholt, und bis zu seiner Ankunft hing ich noch herum. Dann wurde ein Krankenwagen gerufen und Chris, begleitet von seiner Mutter, schleunigst ins Hospital befördert. ›Hirnhautentzündung‹, sagte sein besorgter Vater. Ich wurde wieder nach Hause geschickt und hoffte, ohne daß jemand es

merkte, auf demselben Weg nach drinnen zu gelangen, auf dem ich herausgekommen war. Das klappte natürlich, aber ich konnte einfach nicht wieder einschlafen.
Also setzte ich mich in meinem Bett auf, las meinen *Sanders* und lutschte ein kugelförmiges Bonbon aus einer Blechdose, die Jill mir geschenkt hatte. Im Ochori-Pidgin, einer verballhornten Form des Englischen, las ich die Worte *the sickness mongo* ... und ›Schlafkrankheit‹ ... Fieber, Moskitos. Zufall zweifellos, aber es paßte auf unheimliche Weise mit meinem Traum zusammen, und tatsächlich hatte ja dann auch etwas nicht gestimmt! Ich schlich ins Erdgeschoß, um das *Medizinische Wörterbuch* zu finden, einen ehrwürdigen Wälzer aus den Zeiten, als die Virologie noch in den Kinderschuhen steckte. Ah, da stand es ja: ›Hirnhautentzündung, lat.: *Encephalitis*‹, konnte viele Ursachen haben, aber – ja, die von Viren ausgelöste und durch Mansonia-Moskitos übertragene Entzündung hieß im Afrikanischen oder Japanischen ›Schlafkrankheit‹, zu deren Überträgern auch der ›singende‹ *Culex* gehörte.
Ich schlich wieder aus dem Haus und in den Nieselregen der Frühdämmerung. Was für ein Weihnachten! dachte ich; dieses würde ich bestimmt nie vergessen.
Das rote Licht in Dr. Edmonds Praxis brannte noch, und wie immer war die Tür zum Wartezimmer unverschlossen. Auf der Wandtafel stand mit weißer Kreide, daß man den Doktor weggerufen habe und man bitte warten oder eine Nachricht hinterlassen solle.
Müde und verzagt setzte ich mich hin und blätterte achtlos in *Picture Post, Illustrated* und *Punch,* bis ich den großen Austin des Doktors in der Einfahrt hörte. Ich lief ihm entgegen.
›Nanu! Du hier, Peter?‹ rief der Arzt.
›Wie geht's Chris?‹ platzte ich heraus.

Dr. Edmonds schüttelte traurig den Kopf. ›Sehr schlecht, fürchte ich.‹

Ich fragte: ›Hat er die Schlafkrankheit?‹

›Hier in England? Lieber Himmel, nein! Wie, um alles in der Welt, kommst du auf diese Id...ee?‹ Seine Worte verklangen, und er sah mich scharf an. ›O Gott, Peter! Kinder und Narren sagen die Wahrheit, was? Angenommen, du hättest recht und es *ist* ein Virus, dann haben wir ihm die falschen Medikamente gegeben – die da werden ihm nicht helfen.‹ Er stockte, als er meine Angst bemerkte, und fuhr etwas rascher fort: ›Aber er ist ja ein kräftiger Bursche und hat viele Reserven. Er wird's schon schaffen. Und jetzt rein mit dir! Trinken wir einen heißen Tee, ja?‹

Wir setzten uns in die Küche, schlürften Tee und aßen dazu Schokoladenbiskuits aus einer Blechdose.

›Was, um alles in der Welt, bringt dich auf Schlafkrankheit?‹ fragte der Doktor. ›Eine Form von Gehirnhautentzündung ist das ja, aber keine, an die ich gedacht hätte.‹

Ich erzählte ihm von meinem Traum und rechnete damit, daß er lachen würde, aber das tat er nicht.

›Nun‹, sagte er, ›ich glaube zwar nicht an Träume, aber daß du dir eine Stechmücke als Vampir und Überträger von Krankheiten vorstellst, ist natürlich ganz richtig. Nur hätte er es ausschließlich von einer *Mansonia* bekommen können, und die ist hierzulande nicht verbreitet. Die einzige Stelle, die mir dazu einfiele, ist ...‹

›Der Mühlenteich‹, warf ich ein, ›wo wir nach Fledermäusen gesucht haben.‹

›Großer Gott, ja!‹ sagte der Doktor. ›Gut, dann muß ich im Krankenhaus anrufen. Wenn du mit deiner Vermutung richtigliegst, braucht er ständige Beobachtung. Kopf hoch!‹ Er klopfte mir auf die Schultern. ›Er ist ein kräftiger Bursche. Er wird's schon schaffen.‹

Der erste Wochentag nach Weihnachten war für uns alle ein Tag des Jammers, und Neujahr genauso.
Denn Dr. Edmonds' Zuversicht erwies sich als falsch. Eine Zeitlang hielt Chris zwar durch, aber dann, ganz allmählich, fiel er in sich zusammen, wurde schwächer, blasser und litt an Blutarmut. Zu guter Letzt gab man ihm eine Transfusion, doch das half auch nichts mehr. Er starb binnen drei Wochen nach seiner Einlieferung. Dieses Ereignis warf mich für Monate aus dem Gleichgewicht, und die Wirkung, die es auf unsere Familien ausübte, war ungeheuer.

Später, im Sommer dieses Jahres, nahm Dr. Edmonds mich mit auf einen Spaziergang, angeblich, um meinen Wissensstand über die ›Lebenstatsachen‹ zu prüfen (ich war inzwischen in einem Internat). In Wahrheit aber sprachen wir über die Tatsache des Todes und über Chris. Wir gingen zur Alten Mühle. Die Gesundheitsbehörde hatte den Teich vor Monaten trockengelegt, und das Gebäude selbst war mit Zäunen und Stacheldraht verbarrikadiert.
›Bei Chris' Obduktion‹, sagte der Doktor, ›haben wir etwas in seinen Eingeweiden gefunden, das wir zuerst für eine Wucherung hielten, aber es handelte sich um einen großen Hakenwurm, der sich dort festgesetzt und ihm das Blut ausgesaugt hatte. Die Eier dieser Tiere werden von der *Mansonia* übertragen, genau wie die virale Enzephalitis. Ich habe diese Sache mit Ross besprochen, und wir errechneten, daß die Inkubationszeit für Eier innerhalb der Blutbahn rund vier Monate beträgt. Genau die Zeit, in der ihr hier herumgestöbert habt. Wie richtig du also mit deiner Vorstellung von einem Vampir lagst! Nicht nur, was den ursprünglichen Stich und die Entzündung betrifft. Denn wie der legendäre Vampir kehrt übrigens auch die *Manso-*

nia immer an dieselbe Quelle zurück, bis sie mit Blut gesättigt und zur Eiablage bereit ist – und gleichzeitig übertrug sie dabei den Parasiten, der in dem armen Chris heranwuchs und sich von dessen Blut ernährte.‹ Dr. Edmonds seufzte. ›Ich erinnere mich noch, daß ich vor Jahren einmal den Film *Nosferatu* gesehen habe, und der dort dargestellte Vampir brachte nicht nur Tod und Siechtum, sondern zehrte auch von fremder Lebenskraft, wie ein Neunauge. Die Chancen standen eins zu einer Million, aber kein anderer als ich hat euch gesagt, wo ihr die Schlafplätze der Fledermäuse für euer Theaterstück studieren solltet. Und das werde ich für den Rest meines Lebens mit mir herumschleppen.‹«

Es war schon dunkel, als Patterson sich aus seinem Stuhl erhob.

»Und ich ebenfalls«, sagte er. »Jetzt weißt du, warum ich Mücken hasse und warum Weihnachten für mich trübe Erinnerungen bringt. Komm, laß uns ins Haus gehen.«

Der Weihnachtsmann

Jessica Amanda Salmonson

Jessica Amanda Salmonson (geb. 1950) gehört zu den fleißigsten Autorinnen innerhalb einer neuen Generation von amerikanischen Horrorschriftstellern. Wir verdanken ihr viele Kurzgeschichten und Anthologien, darunter *The Swordsman, Ou Lu Khen and the Beautiful Madwoman, Tales By Moonlight* sowie eine definitive Ausgabe der Horrorgeschichten von Fitzjames O'Brien.

Michele lag da und hielt Clowny an sich gedrückt, ihre Stoffpuppe mit dem breiigen Gesicht, buntscheckigen Kleidern und Narrenkappe.

Aus den Augen des Kindes schimmerte Besorgnis.

Mit einem strahlenden Gesicht sah die Mutter ins Zimmer. Was hatte sie für ein Geheimnis? Michele wußte es nicht.

»Du mußt jetzt schlafen, Schatz«, sagte die Mutter, und ihre Hand schwebte über dem Lichtschalter. »Oder willst du vielleicht, daß der Weihnachtsmann unser Haus ausläßt, weil du hellwach bist?«

»Hm-mm«, machte Michele, obwohl sie in Wahrheit Angst vor dem Weihnachtsmann hatte. Jeder, der wie er durch Schornsteine kommen konnte, war ein bißchen unheimlich.

Die Mutter knipste das Licht aus.

»Küßchen, Küßchen«, sagte sie und klang dabei weit, weit weg.

Dann machte sie die Tür zu.

Es war dunkel im Zimmer, so schrecklich dunkel. Schneeflocken tanzten und wirbelten vor dem Fenster und schimmerten dabei im Licht über der Haustür. Wind pfiff unter den Dachrinnen entlang: Huuuu. Buu-huuuu. Michele zog sich die Bettdecke bis unters Kinn, dann auch unter das von Clowny. Ihre aufgerissenen Augen blickten forschend in alle Richtungen, aber ihr Kopf bewegte sich nicht. »Schon gut, Clowny«, flüsterte sie beruhigend. »Du brauchst keine Angst zu haben. Ich pass' schon auf dich auf.«

Clowny lächelte.

Etwas kratzte am Fenster, und Michele schluckte einen Schrei hinunter. Sie sah auf die schimmernden Schneeflocken vor der eisüberzogenen Scheibe. »Wer – wer ist da?« fragte sie mit zartem, verängstigtem Piepsstimmchen. Einen Moment lang verdichteten sich die Flocken zum Antlitz eines weißbärtigen Mannes mit pelzgesäumter roter Mütze und blutunterlaufenen Augen.

Huuuu. Buu-huuuu.

Es wurde still im Haus. Der dünne Lichtstreifen, der unter Micheles Schlafzimmertür hindurchfiel, verschwand. Mommy und Daddy waren zu Bett gegangen. Eine Zeitlang konnte Michele sie noch flüstern hören. Es klang merkwürdig weit weg und von irgendeiner rätselhaften Geheimnistuerei erfüllt. Bestimmt ging es um sie selbst. Wollten ihre Eltern ihr etwas antun? Was hatten sie vor?

Nach scheinbar langer Zeit schlug sie die Bettdecke zurück. Sie hatte ein gelbes Nachthemdchen an, so gelb wie ihr Haar. Mit Clowny in ihren Armen schlich sie zur Tür. Sie griff nach oben, drehte den Knauf und sah auf den Gang hinaus.

Grüne, rote und gelbe Schatten blinkten, bewegten sich und verflossen miteinander.

Niemand da.
Leise gingen Micheles nackte rosafarbene Füße durch den Flur. Die Tür von Mommys und Daddys Schlafzimmer war nur angelehnt. Sie hörte Daddy schnarchen. Noch leiser setzte sie ihren Weg fort und schlich ins Wohnzimmer.
Die Christbaumlämpchen ließen den orientalischen Teppich aussehen wie die Haut einer lebendigen Schlange, die sich bewegte. Ihr Blinken warf seltsame, sich ständig verändernde Gestalten an die Decke. Unter dem Baum lag eine Fülle hübscher Päckchen. »Siehst du das, Clowny?« sagte Michele. »Siehst du das?«
Ihr Fuß trat in etwas Nasses. Sie zog ihn weg und entdeckte auf dem Eichenboden zwischen den Teppichen einen mächtigen Fußabdruck. Da war noch einer, und da ein dritter. Die Spuren führten vom Kamin zum Weihnachtsbaum und wieder zurück. Michele verkroch sich in einen Schatten beim Sofa. »Ich glaube, er ist jetzt weg, Clowny«, sagte sie. »Ist schon alles in Ordnung.«
Mit angehaltenem Atem schlich sie wieder vorwärts, zum Kamin. Sie beugte sich über die Feuerstelle und reckte ihren Hals, um in den finsteren Schlund des Rauchfangs hinaufzusehen.
Sie hörte ein leises Knistern. Eine Rußflocke fiel schwer wie ein Stein hinten in die Feuerstelle und flüsterte dabei durch alte Asche.
Ein Kratzen an der Haustür ließ Michele herumwirbeln. Ihre Augen waren weit aufgerissen, und sie zitterte. Die Türfüllung bestand aus kleinen Glasscheiben, und Michele glaubte den großen schwarzen Stiefel eines gewaltigen Mannes zu erkennen, der gerade draußen davonlief.
Der Schneefall ließ alles verschwimmen, obwohl die Lampe über der Haustür den Garten und die Einfahrt zu erhellen versuchte.

Michele stand neben dem bunten, duftenden Baum und betrachtete die Päckchen. Irgendwie ließen sie gräßliche Geheimnisse vermuten. Was war in ihnen enthalten? Was lauerte unter dem verführerischen Papier? Sie ging mit Clowny auf die Haustür zu und blickte durch eine Glasscheibe. »Siehst du das, Clowny? Siehst du? Es gibt nichts, wovor man sich zu fürchten braucht. Der Weihnachtsmann ist nett.«
Auf dem verschneiten Rasen draußen und nur so schwach als Silhouette zu erkennen, daß es ein Streich von Micheles reizbarer Phantasie sein konnte, lief der gewaltige Mann in dem schwarz-weiß-roten Kostüm hin und her, machte Luftsprünge, wälzte sich im Schnee, stand Kopf und schlug erstaunliche Räder.
Michele mußte unwillkürlich kichern.
Der bärtige Riese hielt inne. Er sah zum Haus. Von irgendwoher ließ er einen großen, schlaffen Sack erscheinen. Der Finger des Mannes lockte Michele nach draußen, zum Spielen. Die Dachrinnen heulten: Wuu-huuu-waaarm-immm-Saaack.
»Hast du Lust, Clowny?« fragte sie mit einem Blick in das liebe, breiige, lächelnde Gesicht und sah dann wieder durch die Scheibe. »Ich weiß nicht, ob wir sollen. Aber hast du Lust?«
Jetzt lief der dicke Weihnachtsmann immer im Kreis herum und hielt dabei den schlabbrigen Sack über seinen Kopf, so daß er sich mit Wind und Schnee füllen konnte.
Michele lachte. Sie griff nach dem Türschloß, dann nach der Klinke und trat mit Clowny auf den verschneiten Treppenabsatz hinaus. Hinter ihr fiel leise die Tür zu. Michele drehte sich um und versuchte sie wieder aufzubekommen, denn es war sehr kalt draußen. Aber die Tür war verschlossen.

Huuu-huuuu.
Sie sah zur Dachrinne hinauf.
Etwas war immer noch da draußen auf dem Rasen, aber das Schneetreiben machte es unsichtbar. Es war der Weihnachtsmann. Voll Zweifel, Hoffnung und einem befremdlichen Gefühl ging Michele barfuß durch den Schnee, um den Weihnachtsmann zu suchen. In der Mitte des Gartens schaute sie zurück und sah den funkelnden, glitzernden Christbaum in Flammen stehen. Die Fenstervorhänge brannten.
Sie blickte zu dem heulenden Dach hinauf und sah dort etwas Rundes, Gespenstisches vom Kamin zum Giebel, von da zum Mansardenfenster und dann geradewegs in die Luft springen.

Im frühen Morgengrauen stocherten Feuerwehrleute in der Asche. Sie hatten alle ernste, verschlossene Gesichter und suchten nach irgendwelchen Spuren. Über Michele stolperten sie rein zufällig; ihr Körper lag unter dem Schnee. Die Arme und Beine des Kindes ragten blau gefroren aus seinem gelben Nachthemdchen. Seine Augen waren mit offenen Lidern erstarrt, und sein Gesicht drückte sich fest an eine zerlumpte Clownspuppe.
Hatte der Weihnachtsmann versucht, das Mädchen zu retten, oder hatte er selbst das Haus angezündet? Wir werden es nie erfahren. Wir werden es nie erfahren.

Copyrightvermerke

»A Present for Christmas« von A. J. Merak. Copyright © A. J. Merak, mit freundlicher Genehmigung.

»The Deliverer« von Simon MacCulloch. Copyright © Simon MacCulloch, mit freundlicher Genehmigung.

»The Night Before Christmas« von Roger Johnson. Copyright © Roger Johnson, mit freundlicher Genehmigung.

»On Wings of Song« von David G. Rowlands. Copyright © David G. Rowlands, mit freundlicher Genehmigung.

»The Santa« von Jessica Amanda Salmonson. Nachdruck aus W. Paul Ganleys *Weirdbook 23/24*, Copyright © 1988 by Jessica Amanda Salmonson.

»Ein aufregender Heiliger Abend oder Mein Vortrag über Dynamit« von Arthur Conan Doyle in: Der Schuß ins Schwarze und weitere unbekannte Stories
© 1987 Franz Ehrenwirth Verlag GmbH + Co. KG München, aus dem Englischen von Hanna Neves.

»Morrowbie Jukes' Ritt zu den Toten« von Rudyard Kipling.
© für die deutsche Ausgabe Paul List Verlag KG, München 1965.